你的名字 我的姓氏

姚瑶·著

● 上册

有时候，
留在一座城市是因为一个人。

北京联合出版公司
Beijing United Publishing Co.,Ltd.

图书在版编目（CIP）数据

你的名字 我的姓氏：全两册 / 姚瑶著. -- 北京：
北京联合出版公司，2018.6
ISBN 978-7-5596-2112-2

Ⅰ. ①你… Ⅱ. ①姚… Ⅲ. ①言情小说－中国－当代
Ⅳ. ①I247.5

中国版本图书馆CIP数据核字(2018)第095483号

你的名字 我的姓氏

作　　者：姚　瑶
出版统筹：新华先锋
责任编辑：楼淑敏
特约编辑：许　玲
封面设计：易珂琳
版式设计：朱明月
营销统筹：章艳芬

北京联合出版公司出版
（北京市西城区德外大街83号楼9层 100088）
天津旭丰源印刷有限公司印刷　新华书店经销
字数365千字　620毫米×889毫米　1/16　30印张
2018年8月第1版　2018年8月第1次印刷
ISBN 978-7-5596-2112-2
定价：59.00元（全两册）

Contents

目 录

你的名字
我的姓氏

Contents

目 录

你的名字
我的姓氏

第一章 /

1

2001 年年初，日历已然翻到了立春的日子，冬日压抑阴沉的天气渐渐散去，充满阳光的日子多了起来，整个上海都沉浸在一股明媚的春意当中。

某个寻常的周日，一辆小轿车在高架桥上超速行驶，仿佛在逃离着什么可怕的东西。此时从右侧辅路汇入的一辆大卡车毫无避让地冲了过来，随着巨大的撞击声，轿车由于惯性和冲击力被撞飞，在空中画出一道标准的抛物线，直直地撞上了隔离带，翻身落到了对面的车道。而大卡车由于有了小轿车的缓冲并没有冲出车道，只是不受方向盘的控制，转了个圈，横在了车道上。

小轿车的副驾驶位已经被撞得不成样子，车头引擎盖翻起，不停地冒着白烟。驾驶室的门被打开，项语秋爬了出来，咬牙忍住小腿的疼痛挪向副驾驶，只见罗婷满身是血，脸上、手上布满深深浅浅的伤口，腹部更是流血不止。

项语秋慌了，吃力地拖出已经昏迷的女友，按住她腹部不断流血的伤口，可血依旧像涌泉一样不断地从指缝儿间渗涌而出。项语秋声嘶力竭地呼唤着："婷婷，婷婷，你醒醒！别睡，别睡，坚持住！求你了！"

身后传来的刹车声和鸣笛声，还有人们的惊呼声，周遭嘈杂的一切，项语秋都置若罔闻，只是一遍遍呼唤着罗婷的名字。

罗婷在项语秋不断的呼喊声中渐渐醒来，虚弱地扯出一个微笑，艰难地抬手摸着他的脸："答应我，要开开心心地活下去。"

"别说这些傻话！你不会有事的！不会的……"项语秋握住她冰凉的手，声音颤抖着，充满了焦急与不安。

"语秋，听我说……带我回家，替我向爸爸妈妈道歉……还有，孤儿院里的连心，那个失明的女孩儿……把我的眼角膜给她，这样……这样……她就能看见了……"

"婷婷，别说了，我不想听这些。"项语秋痛苦地摇着头。

罗婷的呼吸声变得急促："答应我，你会好好照顾她，就像……就像照顾我一样……"

"我……"

"答应我……"罗婷越来越虚弱，嘴唇渐渐失去了血色。

项语秋艰难地点点头，哽咽道："我……我答应你……"

三个月后，上海市第二中级人民法院。

项语秋眼窝深陷，失魂落魄地站在被告席上，法庭上回荡着法官宣判的声音："现本庭作出以下判决：一、被告人赵兵犯以危险方式危害公共安全罪，判处有期徒刑三年；二、被告人赵兵赔偿附带民事诉讼原告人罗中浩、林依总计人民币三十四万零二百零七元八角四分；三、被告人项语秋犯交通肇事罪，判处有期徒刑六个月；四、被告人项语秋赔偿附带民事诉讼原告人罗中浩、林依总计人民币三万零五百七十元六角三分。"

听到宣判结果的项语秋没有一点儿反应，他的时间仿佛停在了罗婷出事的那一刻。

上海的冬天向来少雪。但今年除夕的下午，天空中居然细细柔柔地飘起了雪花。风信子孤儿院的老师们忙碌而有序地准备着年夜饭，留孩子们自己在宿舍玩耍。没有老师看着的孩子们，像脱缰的野马一般满屋子疯跑，叠好的被子被弄散，柜子里的东西也全数被翻了出来，画画的水彩染得到处都是，孩子们的脸上、身上，都蹭得花花绿绿的。

一位老师走进房间想看下孩子们玩得怎么样，一进去就被满屋子的混乱吓了一跳，随即用略带生气的语气说道："你们几个赶紧去把脸洗干净！"

听到老师的呵斥声，孩子们立刻停止了打闹，四散离去，唯独连心依然站在床上独自往墙上画画，丝毫未动。

老师有些意外，虽说连心比别的孩子调皮些，但平日里对老师一向有礼貌，今天这是怎么了？

老师语气稍微缓和了一下，微笑着说："连心，你先下来，和老师说说发生了什么，好吗？"

"老师，这些都是我干的，和他们没有关系，您要罚就罚我一个人吧。"连心从床上爬下来，一脸无所谓的样子，想把责任都揽到自己头上。

"谁说要罚你了？告诉老师到底怎么了？"老师一脸疑惑地看着连心。

"我不喜欢在这里过年！"连心大声地说出了心里话，生气地转过身去。

老师瞬间明白了缘由，走上前去抱了抱连心，柔声说道："老师知道你心情不好，但是你想，要是罗婷姐姐在这里的话，她肯定是希望你能高高兴兴的，不是吗？"

"老师，我知道了。"一提到罗婷，连心蔫儿了下来，嘟着小嘴承认了错误。

训斥过孩子们后，老师又继续在厨房收拾着。小朋友们乖乖地在客厅里坐着看电视，只有连心一个人待在房间里，有些心神不宁。天色渐渐暗下来，院子里薄薄的一层雪映出一片温暖的白色。连心跑到床头，打开抽屉，把叠得整整齐齐的一小沓一元纸币全都拿了出来，小心翼翼地揣进口袋，看着房外无人，一路猫着腰，蹑手蹑脚地绕开了老师和门卫，从大铁门旁未关严的小门逃了出去。

由于走得太仓促，连心并没有穿太多衣服，冬日夜晚的寒风透过单薄的衣物冻得她瑟瑟发抖，她把身体缩成一团，跺了跺冻得有些发麻的双脚，迎着冷风走到了公交站。

大约等了10分钟，连心要乘坐的那辆车终于驶入了她的视线。上车后，连心熟练地买了车票，穿过大家的议论声，在最后一排靠窗的位置坐下。

"谁家大人让这么小的孩子一个人出来坐车。"一位大妈一边看着小连心，一边跟自己身边的阿姨说着。

"是啊，大过年的，也不怕孩子走丢了。"大妈和阿姨的脸上都露出担忧的神情。

这时，同坐在最后一排的一个男人慢慢地移到了连心身边，和她隔着一个座位，笑眯眯地凑近连心，咧出一口黄牙，问道："小朋友，你家人呢？怎么一个人啊？"

连心瞥了一眼眼前的这个陌生人，他穿着不太整洁的黑色大衣，衣角处有些发白，满脸胡楂儿，头发也乱糟糟的。

连心收回目光，不动声色地往一旁挪了挪，不以为然地说："我爸爸是警察，一会儿到站就会来接我的。"

男人听了连心的话愣了愣，又看连心一脸笃定的表情，将信将疑地起身走开了。

没过一会儿，他又停在一位打瞌睡的女乘客身边，左右张望了一下，感觉没有人注意他，就慢慢把手伸进女乘客的包里，动作很轻，女乘客丝毫没有察觉。可男人没想到的是，连心一直在身后注意着他的一举一动，正在他窃喜自己马上要得手的时候，连心从包里拿出弹弓对准男人的手打过去，男人"嗷"地惨叫了一声。

女乘客被惊醒，看到一个男人站在自己身边，手还伸向自己的包，恨恨地瞪了男人一眼，把自己的包放在了靠窗的一面。没能得逞的男人转过头，愤愤地往车厢后面瞪，想找出是谁坏了自己的好事，见到男人看过来，连心忙望向窗外，装作什么都不知道的样子。

"哼，果然是坏人！"连心心想。

车窗外，暮色四合，雪花慢悠悠地飘着，在路灯的反射下呈现出晶莹的颜色，马路两旁挂满了大红色的灯笼，整个城市笼罩着浓浓的喜庆气氛。街边的店铺大部分都闭店过年了，零星的几个行人步履匆匆，汽车在难得畅通的道路上疾驰而去。

"大家都是赶着回家过年的吧。"连心小声喃喃道。

像是想起了什么伤心事，连心收回视线，垂下了眼眸。

这时，在城市的另一边，项语秋独自背着双肩包走出金茂大厦，低头看了眼手里被退回来的简历，这些天自己被不停拒绝的画面一一划过脑海，心里一阵愤懑，烦躁地把手上的简历撕成了两半，塞进垃圾桶。正准备走的时候，余光看到一位身形佝偻的老人在垃圾桶里翻找着能回收的东西，项语秋心里一酸，迅速将手里的半瓶矿泉水喝完，将瓶子递给老人。雪花落在脸上，凉凉的。

"谢谢，谢谢你小伙子。"老人接过瓶子，放进了身旁的大袋子里。

也许是水喝得太快，冰凉的感觉从嗓子一直蔓延到心里，项语秋打了个寒战，紧了紧身上的大衣，茫然地站在原地，不知道该往哪里去。

"语秋，项语秋！"不远处有人喊着项语秋的名字，还伴着一阵急匆匆的喘气声。

听到这个声音，项语秋压制住心中的不满，冷冷回头："李昂，还有事吗？"

李昂是项语秋的大学同学，毕业后在设计公司待了几年，现在也算是小有成绩，虽然个头儿不高、外表普通，但一身名牌还是给他增色不少。大过年的，他好心帮项语秋介绍工作，却没想到弄得不欢而散。

"实在对不住，我们老板这人挑得很，在这里上班的最起码得是个硕士。"一路小跑过来的李昂上气不接下气地说着，又略带责备地看着项语秋，"你说你也是，这年头学历和工作经验谁不加点儿水分，你倒好，还主动把自己蹲监……把自己进去过的事讲出来。"

"我不喜欢撒谎，我会做家具和坐过牢有关系吗？"项语秋有些不服气，"当初不是你说你们这里只看能力不问过去吗？"

"你小子还犟！知不知道我费了多大劲儿，大过年的让人家见你一面，你倒好，我交代的事不但一点儿没听进去，还跟人顶嘴，害得我解释半天。"

"我很感谢你能帮我，但我也有自己的底线，哪怕去捡破烂儿，也要靠自己的本事吃饭。"项语秋打断他，"让我说谎还低三下四地奉承他那些歪理，我做不到。"

"行，算我多管闲事。"李昂无奈地摊摊手，又一拍脑袋突然想起什么，"哦！还有件事情，你那幅画我没卖掉，直接送给老板了，就当给他赔礼道歉，要不我在这儿也没法儿混了。"

项语秋无法理解李昂的行为，难以置信地问道："这是我的东西，你怎么能私自做主？我不欠你们老板的，你要讨好你们老板可以，但拿我的画去给自己买前途似乎不太好吧。"

一番话说得针针见血又不卑不亢，李昂脸上有点儿挂不住了。

"你这话我就不爱听了，这是行规你懂不懂？我要不是看在同学一场，才懒得管你这事，你以为才华能当饭吃？出来混谁不是低头做人，搞没搞清楚状况，现在是因为你有案底差点儿连累我。"李昂有些生气地说。

一直压着的火瞬间蹿了起来，项语秋盯着李昂，一字一板地说："李昂，你听好了，咱俩的情分就到今天为止！"

说完，项语秋转身快步离开，没走几步又停住了，回头补了一句道："对了，下次别穿 A 货了。"

李昂在后面气得抓狂，不顾形象地在街上大声嚷嚷："你以为你是谁啊？杀人犯！"

一阵寒风吹来，项语秋不由得加快脚步，赶到车站追上了一辆公交车。

车里人很少，车窗外不时传来爆竹和放烟花的声响。项语秋头靠着窗户，眼前霓虹闪烁，远处烟花绽放，车上开了空调暖暖的，让他有些迷糊，隐约间又回到了那个在脑海中挥之不去的场景：他跪倒在血泊里，抱着罗婷痛哭，旁边的车冒着浓烟，警车的鸣笛，喧闹的人群……他什么也听不到，看着怀里的女孩儿苍白带着血污的脸，耳边只有嗡嗡的轰鸣……

回忆像梦魇般将他包围，他无力逃脱，无法呼吸。

突然公交车猛地刹车，项语秋被惊醒，坐起身来发现车上只剩自己一人，窗外的雪也不知道什么时候停了。

2

雪很快就化了，地面湿漉漉的，连心缓缓走在一片别墅区的小路上。

说是别墅，其实是些独栋的老房子，一场雪后，年代久远的建筑愈加显得灰蒙蒙的，密密麻麻的爬山虎趴在墙壁上，跟新式别墅小区明亮的路灯及整齐的绿化相比，显得有些老旧。沿路高大的老树也失去了生机，树叶虽不至于脱尽，却也是落叶满地，被阵阵阴冷的寒风卷起，发出飒飒的声响。

然而这份冷寂萧索却丝毫掩盖不住新年的喜庆，大部分人家里都亮着灯，透出暖洋洋的光亮，门口灯笼朦胧的红光照着新贴的对联，屋内人影攒动，弥漫着过年的欢乐气氛。

此刻，唯有连心在小区内独自走着，小小的影子拖在地上，愈发显得孤独。最后，她在一家没有灯光、大门紧闭的房子前停下了脚步，看到这冷冷清清的房子，连心撇了撇嘴，绕到了一旁。

项语秋情绪低落地回到家，随意地把钥匙一丢，打开灯，被眼前一片狼藉的场景吓了一跳：客厅的书柜被翻得乱七八糟，地上到处是未干的泥水和鞋印，厨房里还传来窸窸窣窣的声响。

小偷儿！项语秋一惊。

"这大过年的都不放假吗？"他皱着眉头想着，定了定神儿，轻轻取下肩上的背包，蹑手蹑脚地走向厨房，路过客厅时顺手抄起墙角的一根木雕半成品。

冰箱门大开着，里面已是空空如也，连心蹲在冰箱旁边，一勺接一勺地大口塞着冰激凌，香蕉、面包、罐头……能吃的东西都被翻出来堆在了地上，整个厨房如同经历了大扫荡一般。听到有脚步声，连心从冰箱门旁探出头，扑闪着眼睛望着来人，嘴角还留着面包残渣。她差点儿被项语秋手上举着的木雕砸个正着。

"你回来了，我都等你半天……"连心嘴里的话还没说完，就被气急败坏的项语秋一把提起来，像拎小动物一样拎到了客厅的沙发上。

"说吧，你是怎么进来的？"好好的家被弄成这样，项语秋很不爽，他双手抱在胸前，居高临下地质问连心道。

连心一脸无辜，伸出小手弱弱地指了指窗户的方向，坦然地说："喏，那儿。"

顺着连心的手势，项语秋转头看到大开的窗户和窗台上赫然的两个黑脚印，差点儿被气死，质问的声音也不禁大了起来："小小年纪就学会翻窗户了，只有小偷儿才翻窗户，老师没教你吗？"

"那也是跟你学的，罗婷姐姐说过，你经常翻窗户去找她。"

连心立马把罗婷搬出来，一脸的理直气壮，她知道这是项语秋最大的弱点。被小丫头这么一抢白，项语秋一时语塞，只好尴尬地转移话题："上次你闯祸偷跑出来，知不知道院长和老师有多着急，这次又闯什么祸了？你这么一个人偷偷跑出来，万一路上遇到坏人怎么办？"

"我没有闯祸。"连心低下头嘟囔着，语气中是掩不住的失落，"我只是不想在孤儿院过年。"

看着这个蜷缩在沙发上的小小身影，项语秋的气消下去一大半，他也不再追问连心为什么跑出来了。

以往每到过年，罗婷都会把连心接到自己家里，一家人在一起热热闹闹的，也只有这个时候，连心才能体会到有家人陪伴的温暖。如今，是罗婷走后的第一个除夕，没有人来接她一起过年，这小丫头自小敏感，怎么会不失落呢！

"铃铃铃……"一阵急促的手机铃声打断了项语秋的思绪，他拿出手机一看，是好友陈奇打来的电话。

坏了，只顾着教训连心，忘了跟孤儿院说一声了，这个时间打来电话，那边肯定因为找不到连心而炸开锅了吧！想到这里，项语秋赶忙接通电话，只听见陈奇语气焦急地说连心不见了，她常去的几个地方他们都找过了，还打电话问了罗家，要是再找不到，就准备报案了。项语秋偏头看了看安然坐在沙发上的连心，叹了口气，让陈奇不用担心，连心跑到自己家来了！

得知连心没事，陈奇长舒了一口气，赶忙安抚一直忧心忡忡的院长。原来院长最近一直觉得连心的表现不太对劲，做什么都打不起精神的样子，本以为她只是因为想念罗婷所以情绪才这么低落，却没想到她会在除夕这天出走。院长正因为自己的疏忽大意而自责，听到陈奇说连心跑去项语秋家的消息，紧锁的眉头才终于舒展开来。

"谢天谢地，没事就好。这丫头自己有主意，估计看着我们院里一直有人来收养别的孩子，心里难过又不愿意讲，怪可怜的。"院长拍了拍陈奇的肩膀，"真是麻烦你了，大过年的又叫你来帮忙。"

陈奇忙摆手，有些不好意思地傻笑着说："不麻烦，不麻烦，我是看着连心长大的，又是罗婷的朋友，这都是应该的，正好今天也想过来给小朋友们拍点儿照片呢。"

见陈奇一脸热忱，院长也微笑起来，抬头看向窗外，想起了刚认识陈奇的时候。

陈奇是项语秋的发小，热心快肠，偏又毒舌无比，总是一副坏坏的迷人的笑脸，非常会讨女孩子欢心，给人一种玩世不恭的感觉。大学毕业后，他一直在项语秋家蹭吃蹭住，整天捣鼓着自己的几台宝贝相机，也没个正经工作。后来，罗婷拉着他和项语秋一起到孤儿院当了义工，陈奇表面上吊儿郎当、油嘴滑舌，但其实数他对孤儿院的事情最上心，从来都不含糊。

"陈老师在我们这儿做义工都第四年了吧？时间过得真快。"院长感慨道，"既然来了，今天你就别着急走了，一起吃年夜饭。"

"行，我一会儿再陪小朋友们放鞭炮。"陈奇爽快地答应着，说罢也加入了正在忙碌地准备晚餐的队伍，帮老师们把热气腾腾的菜端上桌子。

项语秋挂了电话，准备好好教育一下连心。正犹豫着该怎么开口可以让她心服口服地接受，项语秋余光瞥见了已经见底的冰激凌盒，还是到厨房倒了一杯热水出来，递给还在赌气的连心。

"我喜欢喝冰的。"连心嫌弃地看了一眼，根本不想伸手接，满脸都写着不满。

项语秋发现连心根本就没有意识到自己今天到底犯了什么错误，正色道："你听好了，刚才陈奇打来电话，他和院长都很着急，孤儿院的老师们找了你一圈，饭都没顾上吃。你要么就留在这儿过年，乖乖听我的话，要么我立刻送你回孤儿院。"

听了项语秋这段半教育半威胁的话，连心自知理亏，闷声不响地退到了沙发边缘。

"快把热水喝了，刚才吃那么多冰激凌，感冒了可是要打针的，你自己想想。"项语秋把水放在茶几上，起身去关窗户。

连心双手抱起杯子"咕咚咕咚"喝光了热水，才感觉到饿意，肚子开始"咕噜噜"地叫，她也不说话，任由肚子叫着，沉默地宣示着什么。

项语秋当然也听到了这"嚣张"的"咕噜噜"声，但他故意装作没听到，等着这个傲娇的小丫头先松口。

"啊啾！"连心伴着响亮的"咕噜噜"声打了个大大的喷嚏。

项语秋闻声看过去，才发现连心脚上的鞋还是湿漉漉的，身上的衣服也被蹭脏了。他忍不住心软，轻叹了一口气，把连心推进了浴室。

"会洗澡吗？"项语秋一边问，一边打开暖风，又打开热水开关给浴缸蓄水。

连心看着项语秋细心地试着水温，一脸茫然地摇摇头。

"我七岁就会自己做饭了，从现在开始，你自己的事情要自己做，谁都帮不了你。"项语秋给浴缸放好水，确认水温适宜后，关上浴室门，走之前留下一句，"洗干净才能吃饭。"

项语秋走后，连心呆站在镜子前发愣。过了许久，她才不服气地嘟囔道："哼，你们大人就会欺负小孩儿。"

勉勉强强洗漱完，连心换好了项语秋准备的干净衣服，刚要拉开浴室门，视线被洗漱台上一只公主皇冠模样的发卡吸引住了。发卡上的皇冠整整齐齐地镶了一圈水钻，虽然被放在洗漱台上一个不起眼儿的角落里，但依然闪耀着迷人的光辉。连心欣喜地走过去，小心翼翼地把发卡放在手上，闭着眼睛轻轻地触摸着，熟悉的感觉唤起了脑海深处的回忆：这是罗婷姐姐的发卡！

那时连心的眼前还是一片漆黑，靠着有限的触感认知这个世界。她总是像一条小尾巴一样跟着罗婷，听故事的时候会乖巧地倚在罗婷身边。有一次讲到《长发公主》时，连心稚嫩的小手抚摩着罗婷柔顺的长发，摸索到了罗婷头上的发卡。

"罗婷姐姐，你的头发应该和莴苣姑娘一样吧，这个发卡也一定像她的皇冠那么漂亮，等我长大了也会有吗？"虽然连心也不知道公主的皇冠是什么样，但这是她能够表达对这个发卡喜爱的最华丽的词了。

罗婷伸手把小连心搂进怀里，摸着她的头说："连心想当公主啊，等你长大了，治好了眼睛，姐姐会送你一个比这个更漂亮的发卡，还有漂亮的公主裙，好不好？"

"我的眼睛真的会好吗？"连心倚着罗婷，用不确定的又带着一点儿期待的语气问道。

罗婷看着天真的小连心，心疼地把她搂得更紧了些，似乎是在向她保证，也是在给自己信心，肯定地回答道："一定会。"

想到罗婷姐姐以前对自己的好，连心的眼睛涩涩的。那么温柔的声音，那么温暖的拥抱，她却再也感受不到了。想到这里，连心鼻子一酸，眼泪终于夺眶而出，她攥着发卡蹲在地上哭了出来，哽咽道："罗婷姐姐，我好想你！"

项语秋怕连心饿太久，飞快地准备着晚餐，见连心一直不出来，以为她在里面出了什么事，一边端菜一边朝浴室喊："连心，洗好了吗？出来吃饭了。"

连心听见项语秋的声音，赶紧擦干眼泪，红着眼走了出来。

凌乱的客厅已经被收拾整齐，厨房里炖的汤，发出愉悦的"咕嘟"声，从锅里不断冒出的热气让整个屋子暖烘烘的。餐桌上已经摆好了几道菜。

项语秋将鱼从蒸锅里端出来，又将打散的鸡蛋放进蒸锅，瞥见连心出来，问道："怎么这么慢？"

项语秋一边说一边抬眼望过去，发现连心身上的衣服有些大，袖口空空荡荡的，扣子也没扣好，整个人显得愈加瘦弱。

项语秋皱了皱眉，有些无奈地说："怎么连外套都不会穿。"

说着他走上前，重新帮连心扣好纽扣，用干毛巾将连心头发上滴着的水擦干，再把吹风机打开，调到最小，仔细地吹着。

连心感受着项语秋温暖的指尖滑过自己发端，有种被家人呵护的幸福感。片刻后，她鼓起勇气，小心翼翼地问："我可以戴这个吗？"

说着她摊开手心，罗婷的发卡出现在项语秋的视线中。

项语秋盯着发卡有些恍惚，一时间罗婷戴着发卡言笑晏晏地依偎在他身边的样子，噘着嘴撒娇对他耍小脾气的样子，与孤儿院的小朋友们做游戏的样子，闭着眼躺在血泊中叫也叫不醒的样子，一一从他眼前滑过，就好像此时此刻拿着发卡跟他说话的不是连心而是罗婷。

看着一言不发的项语秋，连心开口问道："你是不是……也想罗婷姐姐了？"

思绪被连心打断，项语秋回过神儿来，迅速把发卡从连心手中接过来，宝贝似的揣进口袋，看看连心微红的眼眶，又似是安慰地对她说道："这个不能给你，你想要我送你新的。"

"我不，我就要这个。"连心撇撇嘴，坚持地说。

项语秋没有理会连心，催促她赶紧吃饭，转身回到厨房端出了蒸好的鸡蛋羹。

被无视的连心不情不愿地挪着步子走到桌前，看着眼前一桌丰盛的饭菜，眼睛一下子亮了，把刚才发卡的事忘到了九霄云外。

终究是孩子心性，再加上跑了一天实在是饿坏了，连心直接上手拿起一块牛肉就往嘴里放。项语秋看见了连忙制止道："你不是想当公主吗？哪个公主是用手直接抓食物的？"连心吐了吐舌头，悻悻地收回手。

项语秋把一双碗筷放在连心面前，语重心长地说道："记住，什么时候都别忘了你想成为什么样的人。"

连心早已全身心都扑在眼前的美味菜肴上，哪还顾得上听项语秋那些啰啰唆唆的"人生哲理"，拿起筷子就狼吞虎咽起来。

"你不是没有钱吗？怎么还能有这么多好吃的？"连心嘴里塞得满满的，腾出仅有的一点儿空间含混不清地问项语秋。

"谁告诉你我没钱的？"项语秋慢条斯理地吃着，但好像没什么胃口，更多的是喝着杯中的红酒。

"陈奇哥哥说的，你没有工作，所以没有钱。"连心从兜里掏出五张皱巴巴的纸币放在桌上，一脸"豪气"地说，"这是今天的饭钱。"

"算得挺清楚啊，你哪儿来的钱？"项语秋又好气又好笑。

"不告诉你，反正是我自己的。"连心双手撑着下巴，有些困惑地看着坐在对面的项语秋，心想：老师说坏人才会被警察抓走，可是罗婷姐姐又说过，有什么事情都可以找他，我到底应该听谁的呢？

"发什么呆啊？"见连心不动筷子了，项语秋又倒了一杯红酒，严肃地对连心说，"听院长说你最近闯了不少祸，为什么总跟小朋友打架？"

"不是我先动的手，罗婷姐姐说过，女孩子要学会保护自己。"连心偷偷观察着项语秋的表情，小声地问，"他们说，是你害死罗婷姐姐的，你是坏人吗？"

"那你为什么还来找我？我确实不算好人。"项语秋淡淡地说，并不在意连心说出的这个字眼儿。

"我不相信你是坏人，但我也不喜欢你。"连心一本正经地回答，像个小大人。

项语秋被她的样子逗笑，反问道："是吗？你知道什么是坏人？"

"我当然知道，今天在公交车上还碰到了。"连心的语气有些得意。

吃过饭，连心好奇地趴在窗台上看绚烂的烟花，听着爆竹声声，眼睛也跟着一起明亮起来。项语秋在一旁将连心的脏衣服洗干净晾起来，又取出一件羽绒服给连心披上，拿着烟花往外走。连心看见项语秋手上的烟花，兴冲冲地跟了出去。

连心望着被绽放的烟火照亮的星空，眼里闪着晶亮的光，像是住进了星星一般。

项语秋看着连心的笑容，好像又回到了罗婷还在的时候。

他们三个人一起在院子里放烟花，小连心藏在罗婷的怀里，虽然看不见漂亮的烟花，又害怕听见那响声，但依然止不住好奇心，探个脑袋出来，不时被爆竹声吓一跳，像只受惊的小兔子，自己则站在一边，微笑而宠溺地看着她们。

而现在，连心还是当初那个胆小的样子，害怕爆竹的响声，但她第一次看到了烟花，五颜六色的、明亮绚烂的。只是，身后却没了罗婷。

项语秋默默地走到兴奋又害怕的连心身后，一颗心逐渐变得坚定：他答应过罗婷会照顾连心，他一定会尽力。

回到屋里，两人看起了春节联欢晚会，连心看了没一会儿就开始拨弄桌上的摆件，无聊地打着哈欠，项语秋瞥到连心坐立不安的样子，装作不经意地把遥控器放在两人中间，起身去倒水。连心也不负项语秋"所望"，逮到时机迅速拿过遥控器，换到了少儿频道。

项语秋倒完水回来，像什么事都没发生似的，坐下之后歪过头去，偷偷笑了笑。

陪连心看了一会儿动画片，项语秋开始犯困，支着下巴强撑着，瞌睡得直点头。突然，他好像想起来什么事，视线依旧望着电视的方向，对连心说："小鬼，跟你商量个事呗。"

过了一会儿，见连心一直没有回应，项语秋才回头，发现小家伙已经抱着遥控器在沙发角落里缩成一团睡着了。

项语秋轻笑一声，心想：你也只有在睡觉的时候比较可爱。

他起身走过去，把遥控器小心地从连心手中取出放在茶几上，抱起她走进卧室，放到自己的床上，盖好被子，留下一盏小夜灯，轻轻退出了房间。

3

被撞得变形的小轿车，引擎盖翻起，不停地冒着白烟，汽车鸣笛声此起彼伏，项语秋抱着罗婷，一脸痛苦的表情，语气焦急地说："都怪我，婷婷，你坚持住，救护车马上就来了！"罗婷奄奄一息，虚弱地抬起伤口斑驳的手去摸项语秋的脸道："答应我，要开开心心地活下去。"

"带我回家，替我向爸爸妈妈道歉……"

"连心……把我的眼角膜给她……"

"答应我……"

"婷婷！婷婷！"项语秋绝望地呼喊着，深深的无力感几乎让他窒息。

倏然怀中人的脸又变成了连心的……项语秋一身冷汗地从梦中惊醒，转头看连心反跪在出租车的后排，正趴在座椅靠背上看着倒退的风景。

出租车一路开到了孤儿院，从车上下来的时候正好碰上罗婷的父母和弟弟罗锐，时间并没有冲释罗父罗母的丧女之痛，两人看上去有些憔悴。

罗家人看见连心和项语秋一起进来，显得有些吃惊。

罗锐跑过去把连心拉到一边，警惕地问："你怎么跟他在一起？"

罗锐只比连心大几岁，头发梳得整整齐齐，五官深邃，浓浓的眉毛下边闪着一对大眼睛，乌黑的眼珠滴溜溜地转，穿着打扮、待人接物一看就是家教很好的样子，浑身上下闪耀着骄傲和自信。

连心耸耸肩，糊弄似的说道："我不知道，一觉醒来就在他家了。"

"你这小孩儿，老师没教你不能撒谎吗？"项语秋有些生气地说。

罗锐马上推了一把项语秋，大声吼道："你凶什么凶，杀人犯。"

项语秋愣了一下，顺势后退了几步，没有说话。

连心没想到罗锐会有如此大的反应，有些心虚地转移话题，转向罗父罗母道："叔叔阿姨好，今天大年初一，你们怎么有空来了？"

罗母冷冷地看了项语秋一眼，蹲在连心面前，微笑着对她说："我们来看新女儿，连心，我们想收养你，你愿意吗？"

听到罗母的这番话，连心有些意外。

她一直想离开孤儿院，向往着拥有属于自己的温暖的家和爱自己的家人，但由于她的年龄和做过手术的眼睛，总使得有收养意愿的家庭有所顾忌。

如今这个愿望就要成真，她一点儿心理准备都没有，仿佛做梦一般，让她难以置信。

连心懵懂地问道："是不是说，以后我都不用住在孤儿院了？"

罗母微笑着点头。

"我会有自己的房间？"连心满脸期待地继续问道。

"是的，不但有自己的房间，还会有爸爸、妈妈和哥哥了。"罗母慈爱地微笑着对小连心说。

看着一直微笑的罗父罗母，又看看目光灼灼的罗锐，连心终于敢确定这是真的。

"我要有家啦！"她雀跃地想着，几乎要跳起来。

她定了定神儿，摆出一副小大人的模样，走近罗父罗母，拍拍胸脯说道："叔叔阿姨，我会替罗婷婷姐姐好好照顾你们的。"

罗母眼里泛出了泪花。罗锐更是高兴得几乎跳起来，迫不及待地拉起连心的手，两人都看着对方傻笑。

罗父对院长说："这就太好了。这孩子和婷婷小时候还真有点儿像，收养她，也算是完成婷婷的心愿吧。等我们把手续办好，就带她回家。"

罗母看着一旁开心地说着话的罗锐和连心，欣慰地说："能成为一家人，这也是种缘分。"

项语秋站在一旁，看连心和罗家人其乐融融，由衷地替连心感到开心。

一回到家，项语秋便把罗家收养连心的消息告诉陈奇，陈奇正喝着水，一口呛住，使劲儿咳嗽了两声。

"罗家要收养连心？你不是答应罗婷会好好照顾她的吗？"陈奇疑惑又惊讶地问道。

项语秋垂下头，不知道说什么好。他又何尝不想照顾连心，可连心自小在孤儿院长大，内心十分渴望爸爸妈妈的关怀，连心需要的是一个完整温暖的家，他给不了。现在这样是最好的，连心有了新家和爸爸妈妈，罗婷的父母也有了连心这个女儿，或多或少也能减少一些他们对罗婷的思念，也算是两全其美，权衡之下，他自己是什么想法已经无足轻重了。

项语秋心不在焉地做着木工，有些自嘲地说："这下好了，那个小鬼不会再来打扰我了。"

"你还是怕看见那小家伙的眼睛？"陈奇好像突然明白了什么。

项语秋很诚实地回答道："是，我是挺怕她每次盯着我的。现在连心还小，不懂什么是恨，如果她经常在我身边，我只怕哪天她懂事了，会恨我，我不想让她带着仇恨长大。而且每次她盯着我看的时候，我总感觉那双眼睛是在提醒我，不要忘了，罗婷是怎么死的。"

陈奇道："我只怕那小鬼头古灵精怪的，没准儿哪天还真黏上你了。对了，你工作找得怎么样？"

项语秋长叹一声，想起了李昂说过的话。

见项语秋不说话，陈奇默契地上前拍了拍他的肩膀道："加油，哥们儿，实在不行，咱俩合伙开个工作室，你给我打杂，我养你！"

"凭什么，应该是我做家具，你打杂！我养你还差不多。"

"哼，道不同不相为谋！"陈奇转身朝大门走去。

"你去哪儿？"项语秋朝着陈奇的方向大声问。

"院长不是申请了艺术基金嘛，让我去给做策展的广告公司送孤儿院的资料。"陈奇背对着项语秋，边说边摆了摆手。

华娱星空传媒公司一楼的展示厅，正在为即将举办的公益画展做准备。工作人员来回忙碌着，陆陆续续有展品、灯光设备、音响设备被搬进来，平时空阔的走道现在竟显得有些拥挤。服务台周围散布着休息区，有早到的客人在坐着休息。

唐诗在服务台后面整理材料。来公司不到一个月，唐诗还处在实习期。这次活动是上海基金会跟欧洲艺术中心合作的一个大型项目，展卖所得的钱会捐给孤儿院，用于培养一些有艺术天赋的孩子。唐诗第一次参与项目，又是如此有意义的活动，虽然只是给其他同事打打下手，还是会有点儿紧张。

不一会儿，一位四十岁左右的外国男人进来，径直走到服务台问道："Excuse me？"

听到有人说话，唐诗立刻从一堆文件中抬头，面带微笑地站起来。

这位男士叫 Dylan，是个画家，妻子是中国人，他们一直想为中国的孩子们做些事情，这次是专程过来了解公益画展的具体情况的。

这时，在一旁指挥工作人员搬易拉宝的行政助理艾米迅速跑过来抢话，唐诗将 Dylan 交给艾米接手，自己继续去核对资料。结果艾米除了双眼发亮地看着外国帅哥，完全没法儿跟 Dylan 英文交流，几句下来便招架不住，频频用眼神向唐诗求助。唐诗只好走过来，跟 Dylan 交流展会和他个人的情况，艾米见两人相谈甚欢，中途几次想插话进去，但因为英文水平实在有限，都以失败告终。

最后，Dylan 对唐诗的介绍很满意，临走前礼貌地递出名片准备与唐诗交换，谁知艾米又故技重施，伸手拦截了 Dylan 的名片，迅速将自己的名片递给 Dylan，满脸堆笑地望着他，扭头就变了副面孔，轻蔑地瞥了唐诗一眼说："行了，这里没你的事了，去忙吧。"

唐诗无奈地坐了回去。

将 Dylan 送走后，艾米一边拿着 Dylan 的名片翻来覆去地看，一边嘲讽唐诗："不过就是个新来的实习生，不好好当花瓶，抢什么风头？"

唐诗没忍住，愤愤不平地嘟囔："有些人干了四年不也就是个行政助理。"

艾米被人说到了痛处，一下子暴跳起来道："你说什么？有本事你再说一次！"

唐诗不想和艾米继续争辩，又正巧听见身后有相机快门的声音，回头看到一人正在对着墙上的画作拍照，急忙冲了过去。

原来华娱星空传媒做的这个策展活动，就是院长申请艺术基金的项目。陈奇正好过来送材料，一进门就被墙上挂的展品吸引，忍不住举起相机拍了起来。

"别拍了，别拍了，我们这儿不允许拍照！"唐诗喝止正拍得起兴的陈奇。

陈奇听到有人喝止，放下举着的相机，狡辩道："我拍美女呢！"

"拍什么都不行！"听到陈奇这样说，唐诗不免有些生气。

陈奇依旧不改口，顽劣地说："门口又没写，我怎么知道？"

"我现在告诉你了，不许拍！"唐诗低头看陈奇胸前道，"你没记者证是怎么混进来的？相机拿过来。"

陈奇忙后退，抱紧了自己的宝贝相机，冲着唐诗喊："凭什么给你啊？"

"你拍了不该拍的，我要检查删除！"唐诗很坚持。

这时艾米追上唐诗，继续不依不饶地说："新来的，有本事把刚才的话再说一遍！"

唐诗两边受气，烦躁之间心里的火也压不住了，顶撞道："说就说，欺负新人，现在还妨碍我工作，再干四年你也只能是个行政助理！"

艾米气急败坏地使出力气伸手猛推了唐诗一把，唐诗没站稳往后退了几步，正好撞上了陈奇，陈奇的手被撞得一松，只听见"啪"的一声，相机摔在了地上。陈奇眼睁睁看着自己的宝贝相机就这样摔在地上，立马扑过去捧起相机，心疼地猛吸气，大声对唐诗和艾米喊："你们两个疯女人吵架就吵架，别祸害我呀！"

"你说谁疯女人呢？"唐诗刚被艾米一阵欺负，现在心里火正旺。

陈奇也毫不示弱道："你知道这镜头有多贵吗？摔坏了你赔啊？现在好了，照片都摔没了！你满意了？"说完抱着相机急匆匆地跑了出去。

唐诗跟陈奇刚吵完，回头看到艾米，刚刚的火又上来了，唐诗也不想再忍气吞声，对着艾米毫不客气地说："你找人吵架能不能注意一下场合，公共场合动手推人算什么本事。如果你想上位的话就多学点儿真本事，整天只会在一边指指点点，怪不得四年也就混了个行政助理。实习生怎么了？实习生有一天也会成为你的上司。"

艾米自觉理亏，纵使心里不平也没有反驳之力，丢下一句"懒得和你计较"，便愤愤走开了。

陈奇气冲冲跑回家，小心翼翼地把相机放在桌上，细细检查相机的各个部件，看有没有磕伤摔坏的地方，然后取出内存卡，把照片导入电脑。项语秋走进来时，正好看见陈奇对着电脑上一张美女的背影照。

"哟，新女朋友？"项语秋忍不住打趣道。

正在认真看照片的陈奇吓了一跳，转头看是项语秋，拍了拍胸脯顺气，问：

"你什么时候回来的？"

"在你对着照片流口水的时候！"项语秋没忍住笑了出来。

"花痴也要分对象的。"陈奇指着无意拍到的唐诗没好气地说，"这样的，不被她气死就算好了！害我摔了宝贝相机，你看那镜头，差点儿就不能用了！"说完又一副郁闷得要死的表情。

项语秋走过来看了一眼相机，安慰陈奇道："这么大的怨气，算了，这不是没摔坏吗？"

"真摔坏我就不活了，你直接上黄浦江捞我去吧。"

"就属你嘴最贫，你不是去广告公司送资料了吗？怎么样？"项语秋想起陈奇今天本来要去办的事。

陈奇一拍脑袋，发出一声绝望的哀号："完了，正事忘了！"

"你这记性……"项语秋只得摇头叹气。

回到自己房间，项语秋瞥见摆在桌上的发卡，脑海中又浮现出连心拿着它询问自己时那渴望的眼神。他又看了看墙上挂着的罗婷的巨幅画像，长发柔顺地披在肩上，眼角和眉梢带着温柔的笑意。呆呆地盯了半晌，他最终下定决心，把发卡收进口袋。

第二天项语秋来到孤儿院看连心，摸出口袋里的发卡递给连心，装作云淡风轻地说道："呐，给你的。"

连心一看是自己梦寐以求的那个发卡，兴奋不已，赶紧拿过来攥紧，生怕他反悔。小气鬼，之前还宝贝似的死活不给。心中这样想着，连心不禁瘪了瘪嘴。

"不想要？那算了。"项语秋见状说道，作势伸手去拿。

连心立马把攥着发卡的手藏到身后，警惕地望着项语秋。

"你好好收着，可别弄丢了啊。"项语秋又叮嘱了一遍，像是交代很重要的事情一样。

连心也表情严肃地对着项语秋点点头，然后跑进屋子把发卡小心翼翼地收了起来。

吃过午饭之后，平时一到这会儿就犯困的连心今天格外精神，兴冲冲地拉着项语秋看她的画作。项语秋看着墙上连心凌乱的涂鸦，发出一连串夸张的感叹："这是你画的？太厉害了。你整天跟个小疯子一样，这画也是抽象派风格的。"

本来以为能得到一番夸奖的连心，没想到项语秋会这样说自己，恼羞成怒，脾气一上来就抓起床上的玩具砸向项语秋道："我讨厌你！你出去！"

由于陈奇忘记送材料，唐诗只能到孤儿院找院长拿，正好路过连心宿舍前，她无意中透过门缝儿，看见项语秋一米八几的大个子，被连心这个小萝莉满屋子追着打的场面，忍不住笑出了声。项语秋听到声音回头看了看，门外却不见任何身影。

躲在一边的唐诗回想刚才项语秋回过头的那一眼，只一眼，便望进了她的心底，像被什么击中一样，"咯噔"一下。等她再探头去看时，项语秋又只剩一个背影。

"你谁啊，鬼鬼祟祟在这儿偷看什么呢？"

唐诗突然被人拽起胳膊，拉到一边。

"放开我！"被突然拉开的唐诗不满地对拉自己的人吼道。

两人四目相对，互相认出了对方。

"是你？"陈奇看到是之前在展会见到的那位，疑惑地松开了手。

"还真是冤家路窄啊！"唐诗整理了一下被扯歪的衣服，好像明白了什么似的，一脸嫌弃地说，"不是吧，为了找我赔相机，跟踪啊？"

"拜托你看清楚，这是孤儿院，我的地盘！"陈奇一脸无语的表情。

唐诗上下打量陈奇，讽刺道："你的地盘？不是过了十六岁就不能待在孤儿院了吗？你这是长得着急还是脸皮厚啊？"

"你……"陈奇气结。

院长从不远处跑过来，责怪陈奇道："这是华娱星空传媒的唐小姐。昨天让你去送材料，你忘得一干二净，今天人家亲自上门来取，你还不说谢谢！"

唐诗一脸得意地看着陈奇，陈奇反应过来，有些心虚地嘀咕道："我哪知道，还不是怪她摔坏我的相机。"

4

时间一天天过去，面试依然磕磕绊绊毫无进展，项语秋感觉自己仿佛掉入了被不断拒绝的无限循环中。今天也是这样，面试结束一出来，他就听到周遭人的指指点点：

"听说那人进去过，就这样还想找到工作？"

"不会吧，看他长得一表人才，不像作奸犯科的人啊。"

"说你天真吧？坏蛋难道会在脸上写'坏蛋'两个字吗？"

"这年还没过完呢就出来找工作，看来是真着急。哎，进去过一次，这辈子也就这样了。"

项语秋已经习惯了这个场景，面无表情地穿过这些闲言碎语，走向电梯，甩手间不小心掉了几张设计图。

一个一直观察着这边的男人帮项语秋捡起地上的图，饶有兴致地仔细看了看，觉得设计图中有几处独具匠心，让人眼前一亮。男人走到项语秋身边，拍了拍他的肩，递过图纸，说："小伙子，你的东西掉了。"

项语秋沉浸在面试失败的失落中，一边说"谢谢"一边不以为意地接过，男人看着他装好图纸，又递给他一张名片。

"有兴趣的话，明天来试试。"男人微笑着对项语秋说。

电梯到了，男人先走一步，项语秋还站在原地发呆，有些不可置信地看着名片上"程氏装修公司总经理"几个字。这是……山重水复疑无路，柳暗花明又一村？项语秋心想。

第二天，项语秋如约出现在程总的办公室。

程总看过项语秋的其他作品之后，十分惊喜："我就说嘛，高手在民间！果然！创意都不错，一看就是专业的！之前做过装修吗？"

"没有……我的专业是家具设计，不过我有美术底子，应该能很快上手！"项语秋很有信心。

程总满意地点点头，将简历和作品集还给项语秋，起身走向门外，到了门口，转身发现项语秋还坐着。

"愣着干吗？还不赶紧跟我去看看我新接的项目？"程总问道。

"就这样？您不介意我……"项语秋不敢相信自己居然真的得到了这份工作，踌躇间还有些顾虑的样子。

程总挥一挥手，根本不在意这些事，十分潇洒地说："介意什么？人活一辈子谁没有过去，我之前还给人扛过大包呢！英雄不问出处，只要你好好干就行，赶紧去吧！"

项语秋这才相信自己得到了这份工作，大喜过望，激动地跳起来，跟着程总踏出办公室。

　　程总带着项语秋来到了一处毛坯的别墅。这次的客户是一对中年夫妻，两人全身上下各种 LOGO 显眼的名牌，却搭配得毫无章法，挂满了缺乏设计感的金饰，散发着浓浓的土豪气质。

　　夫妻俩在房子里走来走去，满怀对新家的期待，不停地提出自己的设计要求。男主人找老家的先生算过，说黑色聚财，所以地板要全部铺成黑色的大理石。女主人接着补充道，也不能太沉闷，像窗户还有楼梯，她就喜欢用颜色明亮一点儿的雕花。

　　项语秋一直跟在后面边听边记，听到这两句，眉头一皱，手中的笔停顿了下来："明亮的雕花？"

　　"对呀，对呀，那种西式的，好多韩剧里面女主角住的房子里都有的！"女主人一脸向往地解释着。

　　项语秋根据她的描述想了一下，不确定地问道："韩式公主风？"

　　女主人兴奋得直点头，赞同地说就是这个名词。项语秋刚想开口，男主人抢先表示担心，觉得这风格和家里的整套红木家具不搭配。项语秋内心为男主人点了一万个赞。

　　女主人撇撇嘴，有些不高兴了，趾高气扬地说道："你懂什么？咱们有这么多层楼呢！一层一个风格不就行了，我就要和韩剧女主角一样的房间！没问题吧，设计师？"

　　项语秋听到这对夫妻这么"豪华"的装修要求，一脸尴尬，彻底无语了。照这么搭配，装修出来还能看吗？

　　"一般我们还是建议客户，在装修阶段尽量统一风格，后续的软装和家具可以根据自己的喜好选择。"项语秋忍着吐槽，组织了一下语言，想要委婉地劝阻这对夫妻天马行空、不切实际的装修想法。

　　没料到女主人只听懂了最后一句，就连忙点头同意，说自己的喜好就是每层不一样的风格。项语秋再次耐心地对她解释道，韩式公主风现在已经有点儿过时了，全中式也略为沉闷，而且实用性也并不太强，这栋别墅本身采光的条件很好，可以考虑用浅色的木材作为基础，打造一栋风格简约的园林住宅。

　　"简约？那就没有雕花了？"女主人有些震惊。

　　"园林风格可能更方便搭配您的中式家具。"项语秋依旧尝试跟女主人解释。

"我们有的是钱！为什么要简约？直接用木头有什么意思？家里来了客人，还以为我们花不起那个装修钱呢！"女主人可能不太分得清"简约"和"简单"两个词的区别。

"作为设计师，我还是建议您……"身为设计师，项语秋坚持想要好好解释，以达到最佳的装修效果。

女主人一脸不耐烦地打断道："没什么好建议的！你也知道自己是设计师，找你来不就是为我们服务的，我的房子，我想怎么装就怎么装。"

"我是专业设计师，您请我来肯定也是希望装修得更漂亮、更养眼，按您刚才说的那样，完全可以直接找装修师傅来动手，何必请设计师呢！"

"你这是什么态度？装清高？给你钱还给你脸了？爱做不做，不按我说的来就滚蛋！"

项语秋有些急了，下意识地说道："真是不可理喻。"

"你说谁不可理喻呢？你再说一遍！"女主人急了，顺势就要向项语秋冲了过来。

男主人赶紧拉住妻子，让她不要和项语秋一般见识。

"你松手，就你窝囊。我是客户，是上帝，今天必须把话给我讲清楚了！我怎么就不可理喻了？"女主人冲着丈夫嚷嚷着。

男主人抱住妻子，对项语秋挤眉弄眼道："还磨蹭什么？赶紧走吧！"

项语秋看女主人一副油盐不进劝不了的样子，心想真是秀才遇到兵有理说不清，便头也不回地走了。男主人看妻子还在对着项语秋的背影骂骂咧咧，息事宁人地连声劝她消消气。

女主人回头一巴掌打到男主人脸上："你个窝囊货，就知道看别人欺负我！"

第二天，项语秋刚到公司，同事们怜悯的目光就投向了他，一副"你闯大祸了，自求多福吧"的表情。紧接着程总的办公室传出咆哮的女声："你们公司怎么回事？到底还想不想做生意了？顾客就是上帝，你们把上帝的意见摆在哪儿？"

项语秋顿时明白发生了什么事，放下手中的东西，径直走向了程总的办公室。

"您别着急，慢慢讲，到底怎么回事？"程总正不停地安抚发飙的女人，丝毫不敢怠慢。

项语秋一进门，就打断女人的咆哮，让她别在公司大呼小叫，有什么问题都冲着自己来。

"我找的就是你！"女人一看是昨天那个不听自己意见的设计师，气不打一处来，转向程总，"你们这个员工素质实在是需要好好审核一下！看房子的时候就给我甩脸色，不尊重客户意见还说我不可理喻，丝毫不把我们客户放在眼里！这个设计你们到底能不能做？不能做我找别家！"

"能！能！您消消气，喝口水，小项是新来的，不懂规矩，我一定好好批评他！这样吧，您这个项目，我们再给您打个折，明天就把设计图送到府上，包您满意，您看这样行不行？"程总息事宁人，提出了优惠的条件。

女人坚持要求必须按她的想法来装修，程总赶紧再三向她保证一定照做，绝不会再出现类似昨天的情况。可项语秋却在此刻不知趣地接话，说自己做不了。

"你看他什么态度？这种员工不赶紧开除还等什么？"女人更加生气了。

"你少说两句！"程总瞪了项语秋一眼，转而继续对女人和颜悦色道："他不能为您服务是他不懂事，我找别的设计师帮您做，一定包您满意！"

女人这才略微消气，命令式地问道："明天送来？"

"保证明天送到！"程总保证道。

女人趾高气扬地出了门，临走还对项语秋丢下一句："跟你们程总好好学学做人！小心我让你在这一行再也混不下去！"

送走客户，程总低声对项语秋说："你也听见了，今天加个班，明天把图纸送过去。"

"我做不了。"项语秋还是同样的回答，"不是说换人吗？"

"换人？那我招你干吗？我废了多大劲儿把你捅的娄子兜下来，做不了也得做！"程总的语气强硬了起来。

项语秋情绪有些激动，争辩道："您知不知道她的装修要求有多么不切实际？就照她的想法，那房子装修好了还能住吗？"

"我不管她有什么要求，你照做就是了，你管她能不能住。客户就是上帝，你不做，其他公司有多少人虎视眈眈地等着抢你的活儿呢！"

项语秋鄙视地看着程总，觉得这种没品位的客户，不值得他这样低三下四。

程总顿了一下，轻声说："你去把门关上。"

项语秋有些疑惑，但还是依言关上了门。

程总瞬间严厉起来，提高嗓门儿道："你跟谁横啊？跟客户？人家是你的衣食父母。跟我？我为难你了？你这种小青年我见多了，满脑子的艺术理想，理想能当饭吃？我知道你心里怎么看我的，唯利是图，是吧？我以前也跟你一样，觉得自己的作品能震惊世界。不愿向现实妥协，一路横冲直撞，但是在现实中碰得头破血流后，不得不低头，我也得养家糊口啊！你的艺术和尊严都是建立在成就的基础上的，在你取得让人心服口服的成就之前，没有人关心你的意见是什么样的。现在我学会曲线救国了，等咱赚到了钱，在艺术上就真正有话语权了，到时候还有这些客户发表意见的机会？"

程总的一番话，不好听，但是细细品来的确很有道理，对于目前项语秋的状况来说，很实用，这让他醍醐灌顶。他觉得自己好像真的错了。

"算了，我看你一时半会儿也想不通，这个项目就先交给别人，我手上还有个艺术机构的项目，这回你再搞砸了，我就真的爱莫能助了。"程总摆摆手，让项语秋出去。

项语秋站在原地没动。

"还有事？"程总问道。

"对不起，程总，给您添麻烦了。"项语秋小声说。

项语秋的道歉让程总有些意外，却也在预料之中，预料之中是因为项语秋是聪明人，不会想不通这么简单的道理，意外是因为没想到他会这么快想通，这让他更加坚定了项语秋是个可塑之才的想法："能让你说出对不起挺不容易的，好了，去工作吧。"

5

罗父罗母收养连心的手续总算办下来了，他们驱车来到孤儿院准备接连心回家。

临行前，院长不停地对罗父罗母叮嘱道："连心这孩子失明了那么多年，加上罗婷的事情，情绪容易不稳定，还请你们多多注意。"院长将一沓文件递到罗父手中，对他说道："她的眼睛恢复得很好，但还需要定期去医院复查，这些是前几次的复诊材料，平时监督她不要用眼过度。"

"院长放心吧，既然决定收养她，我们就拿她当亲生女儿看，一定会好好照顾连心的。"罗父罗母诚恳地说。

连心从小就在孤儿院长大，虽然偶尔淘气，但还是跟院长有了深厚的感情，院长忍不住有些伤感，抬手擦了擦眼角的泪，叹了口气："唉，我也知道自己啰唆，你们见谅。连心被送来的时候还不到两岁，现在她要走了，我心里还真舍不得，她也算和你们家有缘分。"

"以后有时间，我们一定多带她回来看看。"罗父罗母跟院长保证道。

"连心这孩子机灵，胆子大，平时就爱闯祸，你们多担待。"院长又嘱咐了句。

罗父罗母带着连心走向孤儿院门口，连心忽然停住了脚步，罗父罗母知道她还想再多留一会儿，便走到一边去等她。连心转过身，站在院子里环视整个孤儿院，心中忐忑。

离开孤儿院是她一直盼望的，但真到了离开的这一天，她却满心的不舍。一想到即将面对的新生活，她有开心，也有紧张，她从来不知道有家是什么感觉，也不知道应该怎么跟罗父罗母相处。

有小朋友捧着礼物走过来："连心，我会想你的。"

"我也会想你们的。"连心微微一笑。

既然已经决定离开，就好好在罗家生活吧。连心回过身和罗父罗母一起上了车。

再次来到罗家，这个陌生又熟悉的地方，这个没有了罗婷姐姐的地方。在罗母的带领下，连心拘谨地步入位于二楼的房间，整个房间明显经过了精心的准备，柔软的床褥铺得整整齐齐，淡粉色的碎花边与淡粉色的窗帘相衬，天花板上贴着星星贴纸，床前的桌子上摆着小巧精致的摆件，明亮的光线照进来，充满了温馨的氛围。从窗户望下去，楼下院子里摆着很多花盆和绿植，平实而清雅。这就是连心一直梦想的家啊。

罗母倚着门，看着一脸欣喜的连心，慈爱地说："以后这里就是你的家了！有什么需要就和叔叔阿姨讲。"

连心感激地看着罗母说："阿姨，谢谢您！"

"谢什么。"罗母看着连心的眼睛，眼中又泛起了泪花，"我们也很开心，又有了一个女儿。"

罗母留下连心熟悉环境，就下楼张罗着准备晚饭了。

连心呈"大"字形倒在床上，尽情地享受着这一刻的温暖。从今以后，这里就是她的家了。连心感觉此刻自己被满满的幸福包围着，安心地闭上了眼，沉沉地睡去。

按照罗家的惯例，周六一大早，罗父罗母就送罗锐去音乐学院练琴了，连心趴在窗台上看着绝尘而去的轿车，空荡荡的别墅里只剩自己孤零零一人，不禁有些失落。

由于罗婷小时候经常一个人在家，所以罗父罗母以为将连心一个人放在家里也不会出什么事。但出于安全角度考虑，他们每次出门都会把房门锁上，连心连着被锁了一个星期，每当偌大的房子里就只剩下她一个人的时候，她就很想念孤儿院，想念和蔼的院长和一起玩闹的小伙伴们，想念那里一天到晚热闹的气氛。

阳光从窗外照进来，落在连心的身上，虽然身上很温暖，但连心的心里却愈发感到孤独。

"不然，就出去玩一小会儿吧。"这个念头从心底冒了出来，连心犹豫了一下，对外面世界的向往战胜了罗母让她乖乖留在家里的叮嘱，于是，连心一咬牙，从一楼的窗户翻了出去。

终于逃离出来的连心走在大街上，听着人声鼎沸，享受着自由自在的感觉。晒着太阳，呼吸着新鲜的空气，一路连蹦带跳，她别提有多开心了。

路过一条巷子口的时候，她隐约听见有小狗哼唧的声音，便好奇地走了进去。只见垃圾桶旁趴着一只瑟瑟发抖的小萨摩，浑身脏兮兮的，一副可怜巴巴的模样，它看见连心过来，又嗷嗷叫了几声。

连心走到小萨摩身边，蹲下来心疼地摸了摸它的头："你怎么在这儿啊，你也没有家人吗？"

小萨摩发出近似哭泣的呜咽声。

连心看着小狗就好像看到曾经的自己一样，没有家人，孤孤单单，怜悯之心油然而生，决定把同病相怜的它带回家里收养。连心轻轻地抱起它，动作小心翼翼的，也不嫌弃它脏，生怕把它摔着了，一路小跑着回了家。

到家之后，连心先从冰箱里拿出水果和牛奶，又从厨房拿来盘子和碗，把水果切成小块放进盘子里，打开牛奶盒子往碗里倒了小半碗牛奶，放在茶几上准备给小萨摩吃。

"以后我就是你的家人啦！"连心摆好食物后开心地转头对小萨摩说，

却发现它正在沙发上撕扯抱枕，赶紧把它放在茶几上。

小萨摩躲在一边，不知道是冷还是害怕地发着抖，身子缩成一团，只露出眼睛看着连心。连心也趴在茶几上看着它。过了许久，或许是感受到连心确实没有敌意，才慢慢地起身挪动脚步，凑到盘子旁边，小心翼翼地舔了舔水果，或许是不合胃口，舔了舔就不吃了。连心又把装牛奶的碗推到它面前，小萨摩望望连心，又看看碗，把脑袋探进去尝了尝，兴许是饿久了，小萨摩津津有味地喝了起来。没喝两口，罗父罗母回来了。

本来房间里安静得只能听见小萨摩喝奶的声音，罗父罗母一开门，小萨摩被开门声一惊，突然跳起来，打翻了茶几上的食物，连心见状想要扑过去把它抱在怀里，小萨摩又被连心的姿势吓到，躲开连心，在各种瓷器摆件中间乱窜，最后直冲向罗父最爱的一个花瓶。

连心见状大喊："不要！"

随着一阵清脆的破碎声，花瓶碎了一地，小萨摩没停住脚步，又朝着罗母直冲过去，罗母吓得尖叫着跑远。

跑了一圈之后，连心终于抓住了小萨摩，罗父罗母目瞪口呆地看着眼前的一地狼藉。连心抱着它躲回房间里，心虚得不敢出去，一直待到罗锐回来。谁知道罗锐回来知道这件事情之后，在连心房间里笑得肚子都痛了。

"哈哈哈，真有你的，我一回来看到我爸的脸都绿了，我觉得有你在，我们家以后肯定会有很多乐趣。"罗锐调侃道，对连心的担心不以为意。

连心带着一丝哭腔："我就是看它可怜，被扔在垃圾桶旁，孤零零的。"

"可惜我妈怕狗，不然肯定让你养它。"罗锐摊摊手，无奈地说。

"真的不能留下吗？我把它关在房间里，每天负责遛它，不会给阿姨添麻烦的。"连心不甘心地问道，企图做最后的挣扎。

罗锐无奈地摇摇头："我以前也想养小狗，求了我妈三个月都没成功，你还是别想了。"

连心不舍地抚摸着怀里的小萨摩，小萨摩似乎意识到自己闯了祸，呜咽着。

罗锐见此情形，忙安抚连心说："放心啦，我爸有个朋友很喜欢狗，可以送到他那儿去，肯定会好好对它的，小狗一定会被照顾得很好，如果你想它了，我随时带你去看，好不好？"

连心犹豫地看着怀里的小萨摩，担心地问："它打碎了叔叔最爱的花瓶，他们会不会怪我，会不会不喜欢我了？"

罗锐见连心是真的害怕，起身抱了抱连心："你看你今天差点儿把我们家房顶掀了，他们也没说你一句，怎么会不要你，如果换成我，早就拖出去乱棍打死了！"

罗母见两人迟迟没有下楼，便对着厨房喊："吴妈，你把饭给两个孩子端上去。"

罗父还在心疼他的花瓶，念叨着："家里不是孤儿院，哪能让她这么胡闹。"

罗母宽慰道："好了，别生气了，连心也不是故意的，她从小自由自在惯了，刚来总会不适应的。这孩子蛮有爱心的，要不是因为我怕狗，就同意她养了。"

"那也不能随便把流浪狗领回家，万一没打过疫苗，伤到孩子们怎么办？不行，你得好好管管她！"比起花瓶，罗父更加关心孩子们的安全。

"怎么管？我们刚收养她，她就能变得像婷婷那么乖巧懂事？你不能这么心急！我可告诉你，一会儿别跟孩子板着脸，更不许骂她。"罗母嘱咐道。

"我知道的。"罗父无奈地点点头。

罗母也有点儿无奈地说："要是婷婷在就好了，我们婷婷从小就安安静静的，又乖巧又懂事，从不可能干出翻窗户这种事。突然碰上连心这样活泼好动性格的，我这一时之间还真不知道怎么办好。"

罗母的话又勾起罗父的丧女之痛，他扶着额头，展了展紧皱的眉头，说："别担心了，学校和舞蹈班都联系好了，等她的时间排满了，应该就没精力胡闹了。"

吃过饭，连心鼓起勇气跟着罗锐一起下楼，耷拉着小脑袋，一副做错事的模样，来到罗母面前。

罗锐在一旁帮腔道："妈，连心刚来家里不适应，你别这么严肃。"

罗母摸了摸自己的脸，疑惑地问道："我严肃吗？"

连心低头憋笑，被罗锐拿胳膊肘悄悄撞了一下。

"咳咳……连心，有件事要跟你说。"罗母正色道，"明天，我们准备送你去舞蹈班。"

连心愣住，对这个突如其来的决定表示不解，跟罗锐对视一眼，没想到罗锐捂着肚子，笑着说："哈哈哈哈哈……她？学舞蹈？学武术还差不多！"

罗锐的笑声缓解了家中的气氛，也化解了连心的自责，连心也跟着笑了起来。

第二章 /

1

红圈艺术中心是专门给小朋友做艺术培训的机构，也是项语秋的第二个客户。程总把项目交给他之前千叮咛万嘱咐，一定一定要一切以客户的要求为准，千万不能像对待之前的夫妻俩那样意气用事，害得公司差点儿丢掉了生意。

周末无事，项语秋便来到艺术中心，提前摸底以便早做准备。路过舞蹈教室，里面传来舒缓的音乐，他不经意地望进去，却看到了一个熟悉的身影，嘴角不自觉地上扬。

只见教室里一群小朋友正在学舞蹈，而连心正穿着洁白的舞衣，站在最后一排，显得有些手足无措。舞蹈老师一边喊着节拍，一边耐心指正："一哒哒，二哒哒，连心手错了！一哒哒，二哒哒，三哒哒，连心注意左右手！"

连心有点儿不开心了，她看看左手，又看看右手，不动声色地往小朋友们后面藏了藏。

"小朋友们，我们重新来一次，一哒哒，二哒哒……"

连心心不在焉地左顾右盼，一扭头看见项语秋趴在窗户上笑她，噘噘嘴，故意大声喊："老师，我叔叔来了！"

"去吧。"老师无可奈何地挥了挥手。

连心怕老师反悔似的一溜烟儿跑出门，把门关上，气冲冲对着项语秋喊：

"叔叔，你怎么来了？"

"叫哥哥！"听到"叔叔"这个称呼，项语秋哭笑不得。

连心"哼"了一声，撇过头去。

项语秋无奈地笑笑，说："人不大，脾气还不小，我都听说了，你在罗家又犯错误了？"

"你听谁说的！我……"连心试图抵赖蒙混过关。

项语秋对她的套路早已了然于心，打断她说是罗锐向陈奇打的小报告。连心还是嘴硬，说自己没有犯错。

"没有？那怎么被送到舞蹈班来了？"项语秋不置可否地一笑。

"我自己想学不行吗？"连心恼羞成怒地喊。

小姑娘嘴硬的样子逗得项语秋哈哈大笑："就你还学舞蹈？学武术还差不多。"

连心突然垂下头，神色黯然地说："你跟罗锐都说一样的话，你是不是也觉我不够讨人喜欢？其实我很希望能像罗婷姐姐那样讨人喜欢，所以罗阿姨叫我来学舞蹈，我就来了，可是我一点儿也不喜欢跳舞。"

项语秋一愣，见惯了连心平时没心没肺小霸王似的样子，今天这副委屈的模样让他有点儿意外。一向我行我素的连心都学会讨好了？

项语秋蹲下来，摸摸连心的头，安慰道："如果你能把不喜欢的事情做好，你就真的很厉害了。"

"那我不喜欢你，还能跟你说话，是不是很厉害？"连心戏谑地反问，透出这个年龄该有的童真。

项语秋笑了，在连心鼻子上轻轻刮了一下，抬手看了看手表，说："好了，我上楼还有事，你快进去吧！"说完就急匆匆地走了。

连心从洗手间往教室走，隔壁跆拳道班的几个小男学员也从洗手间出来，浩浩荡荡地穿过楼道，恨不得螃蟹似的横着走，路过时一点儿也不避让，把连心撞到一边。

连心从地上爬起来，吃痛地揉了揉屁股，冲扬长而去的"螃蟹"们喊："喂，你们撞到我了！"

小学员们回头。

"呀，这不是舞蹈班新来的小妹妹吗？听说笨得要命，左右不分，哈哈哈。"

"哎！我认识她，我妈妈带我去捐款的时候，我在孤儿院见过她！"

"孤儿啊！那就是没有爸爸妈妈咯，真可怜。"

连心心里一顿，仍提高声音重复道："你们撞到我了，应该道歉。"

"现在是上课时间，你应该……乖乖待在班里。"其中一个男孩儿故意歪曲她的意思。

"那你们为什么不待在班里？"连心不服气地反问道。

"我们学会了，可是你没有学会啊。"男孩儿们又哄笑成一团。

连心心虚地低头说："你还没道歉呢。"

一个小学员走近，不耐烦地推了连心一下，嘴里说着："走开，真不可爱。"

连心摔了个屁股墩儿，反应很快地站起来反推了一把，大家顿时吵吵闹闹在楼道中间你推我搡地打了起来，整个楼道的老师都被引了出来。

舞蹈老师责怪连心道："连心，你怎么回事？跑出来半天不回去上课，还跟别人打架！"

推连心的小学员抢先告状："老师，是她先动的手！"

"对，就是她！"

"她先动手的！"

其他小朋友也随着附和。

连心一脸委屈道："我没有，明明是你们先动手的！"

学生家长也急匆匆地赶了过来，不分青红皂白地指责连心："你这小女孩儿怎么回事啊，把我儿子挠成这样！看看这脸上的印子，谁家的孩子！怎么这么野！"

舞蹈老师对连心说："连心，赶紧道歉，承认错误，不然我就要叫你家长来了。"

连心眼中含泪，委屈地小声嘀咕："又不是我一个人的错。"

老师还准备说些什么。突然，一个高大的身影把连心护在身后。

"老师，这么多人打架，你还没问清楚原因就让她道歉，只追究她一个人的责任？"连心抬头，映入眼帘的是项语秋挡在她身前的背影。

学生家长还在不依不饶地喊道："你是谁啊？老师，快找她家长来，我们要和家长解决！"

项语秋坚定地说："我就是她的家长！"

有项语秋出面为连心撑腰，事情很快得到了解决。连心美滋滋地跟在项语秋身后，蹦蹦跳跳地往罗家走去。突然她放慢了脚步，对项语秋说要是她提前回家的话，会让叔叔阿姨有所怀疑。

项语秋无奈地摇摇头："你是知道自己做错了？你不是第一次动手了，罗家可不喜欢打架的小孩儿。我看你很开心嘛，是不是觉得刚才挺威风、挺得意的，还有人帮你出头？"

"我……你能不能帮我保密，别告诉叔叔阿姨，我不想让他们担心，万一他们不喜欢我了怎么办？"连心说着，又垂下了头。

看连心这副可怜的样子，项语秋心软了，说："我可以帮你保密，但你得承认自己的错误，保证以后不会再这样动手打人了。"

连心嘴硬道："我没错，是他们先撞的我，还说我是孤儿，没有家人。"

"那你告诉我，你有没有家人？"项语秋严肃地问。

连心顿了顿，说："我没……我……我有。"

"你有罗叔叔、罗阿姨，有罗锐，还有我，你已经不是孤儿了。"项语秋停下来，回头盯着连心，一字一板清晰地对她说，"为什么还要在意别人说什么？"

连心自知理亏，问："那以后还有人欺负我怎么办？"

"不管怎么样，都不能和人动手。刚才那种情况，如果没有老师拦着，你一个人能打得过他们吗？最后被揍得鼻青脸肿，吃亏的还是你自己。"项语秋耐心地回答。

连心听着觉得有道理，突然觉得不那么讨厌项语秋了。

到了罗家，项语秋犹豫了片刻，还是按下门铃。吴妈开门看见项语秋，脸色一变，拉过连心让她进屋，将项语秋拦在门外。

自从罗婷走后，项语秋一直没再来过罗家，他知道自己愧对罗父罗母，怕他们看到自己又会想起女儿的死。今天他本想借着送连心回来，看看二老，结果意料之中地吃了闭门羹。罗父对他的恨意丝毫未减，从二楼泼下一盆冷水，准确无误地浇在他身上。刺骨的冷水透过衣料传递至皮肤，激起一层鸡皮疙瘩，项语秋的心却比这盆水更凉。他苦笑，如果这样能让罗父罗母心里好受点儿的话，他愿意承受比这更厉害的惩罚。

项语秋站在院中央，全身湿透，迟迟不肯离去。

连心在一楼窗边，看着院中央被淋成落汤鸡的项语秋，不禁打了个寒战。

午饭时间，桌上摆满了吴妈拿手的上海本帮菜：慈姑烧肉、毛蟹年糕、糖醋小排、清炒茭白、葱油菜心……

罗锐和连心在饭桌上叽叽喳喳地聊天儿。

"这次选了德彪西的《水中倒影》，我喜欢他音乐中色彩斑斓的和声，音色澄澈透明……"罗锐在音乐方面很有天赋，从小练习钢琴，一提到钢琴眼中带光，骄傲满满。对即将参加的市级钢琴比赛，罗锐充满了信心。

罗母一边微笑着，欣慰地看着罗锐，一边催促着连心："连心，你赶紧吃饭，明天小学部就开学了，待会儿去收拾收拾上课要用的东西。"叮嘱完连心，罗母突然觉得背后有点儿痒，于是对罗父说："老罗，来，给我挠挠背。"

"妈，我来！"罗锐忙放下筷子跑过去，在罗母背后挠了挠，连心也跳下椅子，跟着跑上前和罗锐一起给罗母挠背。

罗母感叹道："真乖，等你们长大了，我和你爸都走不动了，就连个给我挠背的人都没有了。"

罗父夹起一块肉放在罗母碗里，嗔怪着："吃个饭哪儿来这么多感慨，庸人自扰。"

连心左看看、右看看，觉得两人的拌嘴很有趣，一边挠着一边认真地对罗母说："阿姨，那我就不长大了，一直给你挠痒痒。"

罗父和罗母相视一笑，一家人其乐融融。

就在这时，电话响了，连心突然有种不祥的预感，讪讪地收回手，准备趁人不备溜回房间。

罗母微笑着接起电话，没说几句，脸色渐渐变得僵硬。挂了电话，罗母严肃地叫住楼梯上正在偷溜的连心："连心，你回来。"

"连心，你知道舞蹈班的老师为什么给我打电话吗？"罗母问。

"因为……因为我打架。"连心把双手放在膝盖上乖乖地坐着，低着头不敢看罗母。

听到"打架"两个字，罗父的神情也严肃起来。

罗母的语气严厉起来，说："看来老师说的是真的。阿姨和你说过，不能撒谎，为什么不告诉我们？"

"她肯定不是故意的，说不定是别人先欺负她呢。"看着气氛越来越凝重，罗锐忙帮连心解释。

"罗锐，妈妈在说话，你不要插嘴。去，练琴去。"罗父不耐烦地挥了挥手。

罗锐回头望了一眼连心，讪讪地上楼了。

"叔叔、阿姨，罗锐说得没错，是别人先欺负我的，因为……因为他们说我没有爸妈，没有教养。"连心鼓起勇气说。

罗母听到连心这么说，立刻心软了。

"宝贝，你当然有爸爸妈妈，我们就是啊，以后再有这种情况，要告诉大人来处理。"罗母走到连心身边，心疼地摸了摸连心的头，"不管什么时候，女孩子都不能动手打人的。"

"我知道了。"连心听话地点点头。

2

孤儿院和华娱星空传媒的合作顺利地进行着，陈奇每日帮着院长忙里忙外，借此机会，他的摄影才能也逐渐崭露头角。这天陈奇刚从孤儿院办公室出来，迎面碰上来和院长商量公益活动的唐诗。

"冤家路窄！"唐诗嘟囔着，装作不认识似的，和他擦肩而过。

结果走了一半，她又折了回来，冲陈奇的背影喊道："喂！"

陈奇转过身傲娇地说："我不叫喂，我叫陈奇。"

唐诗一脸傲气，不情愿地开口："问你件事啊，那个……上次我在这里看到的那个男人是谁啊？"

刚刚还装失忆，现在有求于自己了才过来说话，哼！陈奇故作高深地说："你说的是项语秋吧？"

"你们认识吗？"唐诗眼前一亮。

"岂止认识，我们还是同床共枕的好兄弟。"陈奇莫名其妙地望着唐诗，一脸"你说的不是废话吗"的神情。

唐诗急切地问他要项语秋的联系方式。

陈奇一副了然于心的坏笑模样，退开两步，玩味地将唐诗上下打量了一番，讽刺道："你不是他喜欢的类型。"

唐诗翻了个白眼："少废话。"

"不撞南墙不死心啊！那求我啊，求我我就给你。"陈奇选择性地无视了唐诗的白眼，继续逗她。

唐诗看了一眼陈奇怀里的相机，淡淡地说："我们公司最近有个广告要拍，还没找到合适的摄影师……"

"我马上给你写！电话号码、家庭住址、工作地址、三围、身高，你想知道哪个？还是全都要？我一定知无不言，言无不尽！"陈奇闻言立刻正经起来。

项语秋走进院门时右眼皮突然跳了跳，果然一进家门，屋子里油烟缭绕，一股菜炒煳了的味道弥漫着整个房间。

"这个陈奇，说好的'约法三章'总是当耳边风，就差把房子点着了，这次敢用厨房，下次就敢在家抽烟、喝酒，敢带女朋友……"项语秋皱着眉头一边换鞋一边想。

抬头间，项语秋惊得倒退了两步，客厅里居然还真的坐着一个女人！

沙发上的女人看见项语秋，眼睛一亮，微笑着打招呼："嗨，我们在孤儿院见过的，还记得吗？"

项语秋一脸茫然。

"没关系，正式认识一下，我叫唐诗！"唐诗大方地继续介绍自己。之前在孤儿院只是惊鸿一瞥，如今这么近距离地看着项语秋——五官分明的轮廓，举手投足间温文尔雅……唐诗心里小鹿乱撞。

项语秋被目光灼灼的唐诗盯得有些不自在，尴尬地招呼道："啊……你好，坐，坐！"一边说着，一边溜进厨房。

"什么情况？"项语秋揪住陈奇小声问道。

陈奇挤眉弄眼道："有客人在，给我留点儿面子呗！"

"不是说好了，不能带女朋友回家的吗？"项语秋气急。

陈奇赶紧捂住项语秋的嘴，往客厅方向望了望，小声说："你想什么呢！这是之前跟你提过的那个华娱传媒的，我接了几份拍摄工作，都是她推荐的，人家现在可是我的衣食父母，我怎么着也得做顿饭感谢人家啊。"

"那也不能把人带到我家来谢啊！"项语秋无奈地摇摇头，算是默许。

瞅了一眼锅里黑乎乎的一团，项语秋怀疑地问道："况且，你确定拿这东西谢她，你的工作不会丢？"

陈奇像看到了救星，一把抱住项语秋的胳膊，央求道："我一想到要招待衣食父母就有点儿紧张，影响发挥，要不……你帮我重新做一份？"

"打住，自己挖的坑跪着也得填完，一会儿别影响我。"项语秋一脸嫌弃地拿开陈奇的手回工作室去了。

饭桌上，唐诗和陈奇不停地斗嘴。

"陈奇，你不是想要毒死我吧？"

"怎么那么多事呢？请你吃饭还挑三拣四。"

"的确是'挑三拣四'，挑熟了的，拣能吃的，谢谢你让我对这个成语有了新的理解。"

项语秋埋头吃饭，对二人幼稚的对话置若罔闻。唐诗一边跟陈奇斗嘴，一边心不在焉地扒拉着饭，不时偷看项语秋两眼，突然话锋一转，转到项语秋身上，好奇地问："我还不知道你是做什么的呢？"

项语秋愣了一下，回答道："哦……我做家具设计。"

"艺术家？嗯，难怪，看来我没猜错，从这房子的装修摆设就能看出来，它的主人一定很有格调！"唐诗恍然大悟。

陈奇知道她是想讨好项语秋，心里有点儿说不清、道不明的异样，插了句："你怎么知道这房子的主人是他不是我？"

"你浑身上下哪点跟'格调'这两个字搭边儿了？"唐诗嫌弃地看了陈奇一眼。

陈奇撇嘴，从项语秋筷子底下抢走一块肉。

"那……你有女朋友吗？"唐诗自小就是直来直去的性格，于是单刀直入问了她最关心的问题。

项语秋拿筷子的手顿住，陈奇也是一愣，立马用胳膊肘戳了唐诗一下。

"你戳我干吗？"她见两人都变了脸色，气氛有点儿不对，讪讪地问，"怎么了，我……说错什么了吗？"

项语秋沉默地收拾着自己的碗筷起身离开，一字一板地说出两个字："我有！"声音不大，却十分坚定，如同两把巨锤砸在唐诗心头，生生的疼。

好好的饭局转眼间变成这样，唐诗轻声质问陈奇："什么情况？你提供的信息里没说他有女朋友啊！"项语秋坚定的回答还回荡在脑海，唐诗摇摇头："不过没关系，只要他还没结婚，我就有机会！大不了，我们可以公平竞争！"像是说给陈奇又像是说给自己听。

陈奇见唐诗自言自语的不肯放弃，叹了口气，脸上是难得的严肃认真，说："你争不过她的。他女朋友，不，他未婚妻已经……去世了。"

唐诗闻言愣住："怎么会这样……对不起，对不起！我不是故意要揭他伤疤的，没想到他这么痴情。"

"这是他心里永远的伤痛，反正你以后在他面前尽量别提。"陈奇叮嘱道。

"我一定会让他爱上我，到时候他也会这么痴情地对我的。"唐诗毫不畏惧，自信满满。

陈奇心里一热，暗自佩服起唐诗的自信和执着，嘴上依然打趣道："要不你等他的这段时间先拿我练练手？虽然你又凶又爱和我作对，但朋友嘛，我就勉为其难，和你将就一下。"

唐诗严肃地说："我郑重地警告你，以后别开这种玩笑，你能不能当我朋友还是个未知数。"

夜色已深，项语秋躺在床上看着天花板，翻来覆去睡不着，昏昏沉沉间又梦回那个阴冷的早晨……

项语秋在工作室摆弄着手里的木料，只见罗婷神色匆匆地跑进来。

"婷婷，你终于来了！这些天我一直联系不到你，打你电话也一直关机，罗叔叔说你要出国玩一段时间，最近会很忙，但你也得给我个消息啊！"项语秋欣喜地抱住她。

罗婷抓起他的手掌，焦急地说："语秋，你怎么就不明白呢？我不想出国，是我爸根本不希望我们俩在一起。"

"什么？"项语秋心里一惊。

罗婷下定决心，看着项语秋的眼睛，坚定地问道："项语秋，你说过要娶我的，对不对？"

"婷婷，我一定会娶你的，可是伯父……"

"那我们现在就去领证，好不好？"罗婷打断他。

项语秋有些犹豫道："你有没有想过，这么做的话，罗叔叔他们会很伤心的，我不想你的婚礼没有父母的祝福。"

"可这是咱们俩能在一起的唯一办法。"罗婷痛苦地说。

项语秋开着车在高速公路上飞驰，罗婷坐在他旁边的副驾驶位上，手里紧紧攥着手机，来电铃声不停地响起，从倒车镜中可以看到，罗父的车紧紧追在后面。

项语秋扭头看了一眼罗婷，劝道："接电话吧，你爸都追上来了，这事肯定瞒不住。"

罗婷犹豫了一下，终于接起电话，喊了声："爸。"

电话里传来罗父的大吼："罗婷，你要还认我这个爸，现在立刻停车！"

"爸，您拦不住我的。"罗婷望着项语秋，语气坚定。

这时，一辆卡车突然从右侧冲了出来，项语秋甚至来不及反应，他的车被直直地撞飞了出去……

项语秋从梦魇般的回忆中醒来，走进工作室，有些怀念地摸着自己的工具，打开工作台上的灯，拣出一片薄薄的木料，在暖黄色的灯光下小心地削起来，久久不能回过神儿来。

3

连心坐在明亮的教室里，黑板上不断传来老师用力写粉笔字的声音，连心一笔一画地照抄，眉头紧皱，不时露出苦恼的表情。突然后窗浮现出一个人影，伸着脑袋向教室里面张望，引得班里大多数同学都扭头去看。

有女孩儿小声地议论："那不是初中部的罗锐吗？文艺晚会上弹钢琴的那个，好帅啊！"

"是啊，是啊，他为什么会来小学部啊？"

老师听到下面窸窸窣窣的动静回头，提高了声音说："不认真听课在讨论什么？楼道里有马戏团？"

罗锐立刻低下头藏了起来，同学们都低头默不作声。

连心朝后窗看了看，正对上罗锐的眼神，他朝连心使了使眼色，示意她出来。连心转过身看了看在讲台上写板书的老师，灵机一动，从书包里抽出一张卫生纸摊在桌上，往上面倒了些红色的水彩颜料，然后迅速把纸捂在鼻子下面。

"老师，我流鼻血了！"

"快去医务室看看。"老师果然被这以假乱真的鼻血道具骗到，指着连心的同桌小胖，"你送她去。"

"不用了，我自己去就可以了。"连心摆摆手，捂着鼻子跑出教室。

连心拉着罗锐跑到教学楼后面，才放心地把纸拿下来。罗锐见证了她逼真的演技，竖了竖大拇指："这招儿不错！我怎么没想到，下次试试。"

教室里传出琅琅的读书声，连心回望教室的方向，叹了口气，有些闷闷不乐。

罗锐看连心一脸的失落，不解地问："好不容易跑出来了，怎么不高兴啊？"

"有什么好高兴的，老师讲的知识跟天书一样，我实在是听不懂，马上就期中考试了……"

"这个你不用担心，你面前就站着老师呢，回去我给你补课。"罗锐大大咧咧地拍了拍连心的肩，"现在既然已经出来了，就让罗老师带你好好放松一下，跟我来。"罗锐一边说一边牵着连心往外走。

"去哪儿啊？"连心好奇地问。

"到了你就知道了。"

罗锐带着连心到了琴房，拉着连心并排坐在钢琴凳上。随即，优美动人的旋律从罗锐纤长的指尖中流泻而出，连心闭上眼睛，陶醉其中。

一曲奏罢，罗锐扭头，满脸期待地看着连心，见连心迟迟没有反应，有点儿沮丧："我都给你开个人演奏会了，连掌声都没有。"

"这是罗婷姐姐最喜欢的曲子，她也给我弹过。"连心被熟悉的旋律勾起了对罗婷姐姐的怀念，眼眶微微有些泛红。

罗锐闻言表情也变得凝重了，抚摩着琴键说道："这是《天使爱美丽》的主题钢琴曲。我小时候被我爸逼着学舞蹈，可其实我的理想是成为一名钢琴家。而我姐呢，喜欢舞蹈，却被逼着学钢琴。"

"后来呢？"

"后来我们俩就偷偷交换，每天出门后，她去我的舞蹈教室练舞，我去她的琴房学琴。再后来，爸妈发现了我们俩的小诡计，在我俩的坚持下，他们只好妥协了。"罗锐扬起嘴角，"真希望她从来没认识过项语秋，这样她就不会和我爸闹翻，更不会被项语秋害死！都是因为那个项语秋的自以为是！"罗锐越说越激动。

"可是罗婷姐姐跟他在一起很开心呀！"连心小声嘟囔道。

"你不懂……"

一声呼喝打断了罗锐："谁在里面？"

"不好，老师来了。"他赶紧从窗户跳出去，顺势将连心接了下来，"你先走，被老师抓住就惨了。"连心点点头，慌张地往教学楼跑。

值班老师追上来将罗锐抓了个正着，严厉地责问："你是哪个班的？上课时间不待在教室里，躲在这儿干什么？"

连心见罗锐被凶巴巴的值班老师抓到，不忍心扔下他一个人受责罚，咬咬牙又乖乖跑回来，被值班老师拎小鸡似的一把拎起来。

罗锐推开老师："不关她的事，你把她放下来。"

老师被罗锐这么一推，手一松放开了连心，生气地说："小小年纪还学会打老师了！今天非得叫你家长来！"

趁值班老师不注意，罗锐拉起连心："快跑。"张皇失措之间还撞到了门框。

值班老师在后面气急败坏地嚷嚷："都给我站住！反了天了！"

正巧放学的铃声响起，学生们逐渐从教学楼里走出来。连心和罗锐混进人群里，躲过了值班老师。连心的裙子翻窗户时被铁钉钩破了，罗锐也被撞得鼻青脸肿，一进家门，两人一身的狼狈把罗母吓了一跳："你们俩这是跟人打架了？"

连心支支吾吾地不敢吭声。

罗锐急忙解释："没有，没有，我们刚才不小心摔了一跤，没事的，妈！我们先上去写作业了，开饭的时候叫我们。"说着便拉着连心迅速撤离。

罗母看着两人的身影消失在楼梯口，疑惑地说："我怎么觉得这俩孩子怪怪的？肯定有什么事，脑门儿都青了，我去看看。"罗母不放心，喊道："吴妈，拿点儿酒精棉。"

罗父在一旁不以为意地说："你呀，就别瞎操心了，小孩子走路磕磕绊绊的很正常，罗锐那么懂事，肯定能照顾好妹妹的。"

虽然还是不放心，但听罗父这么说，罗母还是坐回了沙发。

连心嘴馋，下楼去拿冰激凌，刚走到楼梯口，就隐约听见吴妈和罗母的谈话声。

"我就是觉得，您对连心太好了。又是送学校又是送舞蹈班的，她那么能闹腾，你们连句重话也没说过。"是吴妈的声音。听到自己的名字，连心顿了顿，默默地往阴影处挪了挪。

"女儿嘛，就应该疼着、宠着。"

"您要是收养个年纪再小点儿不记事的，就好了。连心都十岁了，也知道你们不是她的亲生父母，您看这孩子玩起来没心没肺的，我就担心养不熟。"

"你说的这些我们都考虑过，谁让我们家和她有缘分。其实这孩子也很可怜，看见她的眼睛我就想起婷婷，心里还有个安慰……"

连心听到这儿，扭头上楼，罗锐正好从卧室出来，探头问："冰激凌呢？怎么没拿呀？"

"突然有点儿冷，不想吃了。"连心敷衍着，掩饰起内心的失落。

"我就说嘛，饭点儿吃什么冰激凌，走，下去吃饭。"罗锐没有发现连心的不自然，拉着她下楼。

罗母见连心下来，不再说了，赶紧让吴妈给连心盛米饭。

连心气哼哼地看了吴妈一眼，说道："不用，我自己盛！"

吴妈讪讪地走到一边，罗锐和罗母看连心突然发起小脾气，摸不着头脑。

期中考试成绩出来了，连心抿着嘴唇看着卷子上的 55 分发呆，同桌小胖伸长脖子瞄过来，问她考得怎么样。连心迅速收起试卷，装作若无其事地让小胖先说。

"别提了，我才 87 分，估计说好的大餐没有了。"小胖撇撇嘴。

"我恐怕连汤渣儿都没有了吧。"连心吐吐舌头，一脸的生无可恋。

连心心事重重地背着书包走出教学楼，正好看到小胖的妈妈正在学校门口训他。

"上次还是 90 分，怎么在辅导班上了一个月的课，成绩反倒下降了？看我回去怎么收拾你！"小胖妈妈气得脸都红了。

看着耷拉着脑袋的小胖，连心想起罗锐去比赛之前都顾不上练琴，天天给自己补课，临走还特地给她整理了笔记。这样都考不及格，她觉得自己好笨，55 分也太辜负罗锐的用心和叔叔阿姨的期待了，老师还要求把试卷拿回去给家长签字，想想叔叔和阿姨失望的眼神，连心怎么也不敢回罗家了。

连心边走边琢磨，一不留神儿被路上的石头绊了个狗啃泥，衣服、脸上都沾上了灰尘，手还擦破了皮。连心愤愤不平地爬起来，心想连你也欺负我，便狠狠地踢了下石头。

连心来到项家的时候，项语秋正埋头在院中央的大水缸里憋气。

连心走到项语秋身边，满脸疑惑地看了半天，见项语秋把脸埋进水里一动不动，终于伸出小手拍了拍项语秋的肩膀："喂，你死了吗？"

项语秋抬头，擦了把脸，看到连心一副灰头土脸的狼狈模样，她手上擦破皮的地方还在渗血，戏谑地说："又是哪个不长眼的和你动手了？"

连心感到有些窘迫，撇撇嘴，不理会他的问题，说道："我找陈奇哥，想请他帮忙在我的试卷上签个字。"

"他不在，出去工作了。"项语秋摊摊手。

连心转头就要走，项语秋一把拉住她，不小心碰到她手上的伤口，疼得连心倒吸了一口凉气。

项语秋稍微一使劲儿，像提一只小动物似的，拎着连心背后的衣领往屋里走去，拿出毛巾给连心擦干净脸上和身上的污渍，又拿酒精和棉签，细心地给伤口消毒。

"你刚才在干什么？"连心看着项语秋专注给她擦药的侧脸，有点儿不自在地问。

"憋气。"

"为什么要憋气？"

"身体素质不行，要多练练。"

话语间酒精棉触及伤口，"嘶"的一声，连心皱起了眉头。

项语秋关切地问："疼吗？"

"疼。"

"知道疼以后就小心一点儿，万一磕破脑袋怎么办？看来你真的应该学武术。"虽然嘴上不饶人地教训着，擦药的手还是不自觉放轻了力道。

"哼，我都说了我没有打架。"连心将手从项语秋的大手中抽出，拎起书包起身要走。

项语秋伸出手拦住她，无奈地说："等会儿，试卷。"

连心赌气地说："不用你管，我自己会想办法。"

"都这么晚了，你还有什么办法？再不拿出来，我可就改变主意了啊！"

连心纠结地看了看项语秋，极不情愿地打开书包，拿出试卷，犹豫了片刻，才交了出去。

太没面子了，连心已经做好被项语秋嘲笑的准备了。

却没料到项语秋看了试卷后，说："其实还行，至少下次能拿个最佳进步奖。"说着他便龙飞凤舞地签上了自己的名字。

连心气急败坏地抢过试卷，喊道："签罗叔叔的名字就行了，干吗签你自己的啊？"

项语秋笑着挤了挤眼睛说："没关系，老师看不出来的。"

4

连心在学校就这样一天天单调地过着，状况百出的适应期过后，接下来就是平静的日复一日地上课、练舞，倒也不错。

连心推门进家，传来了熟悉的声音："连心！"

连心有些惊喜："罗锐？你回来了？不是说还要等几天吗？"

"我想家了嘛，就提前赶回来了，看我给你带了什么！"罗锐欣喜地拉起连心往楼上走，一边转身对罗母说："妈，我们上楼了。"两人上楼，笑声还留在客厅。

罗母一直伸着脖子，望着两人消失的方向，压低声音对罗父说："你有没有觉得，锐锐变了？"

"是变了，比以前活泼了。"罗父看着报纸，头也不抬地回答道。

罗母见罗父一副不关心的样子，加快了语速："何止活泼！以前比赛完他都跟着老师多练几天，现在呢，你刚才听到没有，提前赶回来的。我觉得他不是变得活泼了，而是变得浮躁了。你不是说等连心上学以后就没有精力胡闹了吗？我怎么没觉得她收心了。"

"怎么又跟连心扯上了？连心最近又没惹事。当初说要收养她的是你，现在瞎担心的也是你，你到底想怎么样？"罗父觉得罗母莫名其妙。

罗母犹豫了一下，还是决定告诉罗父："你不知道，下午锐锐的班主任给我打电话，说他……动手打老师。"

"什么？打老师？不可能，绝对不可能！"罗父震惊地放下报纸。

"你记不记得连心有一次回来裙子破了，锐锐也是鼻青脸肿的，肯定就是因为这事！当时我就怀疑，你还说没事。"罗母嗔怪道。

"罗锐那么懂事，怎么可能打老师，说不定是这些老师夸大其词了。"罗父还是比较理智的。

罗母忧心忡忡地说："连心之前在舞蹈班就打过架，保不准是她带着锐锐一起……"

"好了，好了，这些话你跟我说说就行，可千万别让连心听到了。叫孩子们吃饭吧。"

晚饭时间，一家人温馨地坐在一起吃晚餐，罗母特意把罗锐念叨了好几天的狮子头从罗父那边换到了罗锐面前。罗锐夹了一筷子，想也不想地放进了连心的碗里，这些都被罗母看在眼里，看着罗锐在席间不断地和连心说说笑笑，罗母心事重重。

刚刚她又接到音乐学院钢琴老师的电话，老师反映罗锐近期的水平明显没有以前稳定，比赛前在国内还缺了好几堂课，这是之前从未有过的。

吃过饭后，罗母琢磨着要跟罗锐谈谈，她敲了两声门："锐锐，妈妈进来了啊。"

罗锐正在房间看漫画，一看罗母进来，吓得手忙脚乱，赶紧把漫画藏在课本下面，有些心虚地说："妈，你怎么这么随随便便就进人家房间啊，能不能尊重点儿人家的隐私啊？"

"我敲了门的，这么大点儿的孩子，还有隐私？"罗母坐在床沿儿上，宠溺地看着罗锐。

"有什么事，您说吧。"罗锐不动声色地把压在课本下的漫画书往里推了推。

"没什么事，只是锐锐，妈妈想提醒一下你，钢琴上的练习不能荒废。连心来咱们家也有段时间了，你们俩相处得好，一家人和和睦睦的，我跟你爸也高兴，但希望你别只顾着跟连心一起玩，把学音乐的事给耽误了。"

罗锐有些不服气："妈，你别瞎操心了，我有分寸。"

"你在学校逃课，在钢琴班逃课，还动手打老师，这叫有分寸？"罗母已经有些不悦，又担心被罗父听到，便压低了嗓子。

罗婷走后，罗母将一腔心血都倾注在罗锐身上，可他最近的表现实在是让自己失望。

"我就推了一下，没打他！"罗锐争辩道。

"推老师也不对！妈妈这是在为你的将来着想！等你中学毕业了，我们是要送你出国继续深造的，你现在不努力，以后怎么办？"

连心手中拿着教材和练习册，跑来找罗锐补课，在门口听到里面的谈话声便停住了脚步。

"出国？我走了，你和爸怎么办？连心怎么办？"

"我们当然会陪你一起出去，至于连心，还要看她自己的想法。"罗母犹豫了一下，还是决定告诉罗锐，好让他早点儿收心，专心学习音乐。

"什么意思？你们不打算带她一起？是谁说要对连心像女儿一样的？到时候把她一个人丢下算怎么回事？如果你们不带她一起，那我也不去了！"罗锐有点儿激动。

"说什么傻话呢？自从连心来了之后，你练琴的时间都少了，这么安排的原因就是怕你受影响，好专心练琴。"

"她现在是我的妹妹，我还不能多陪陪她？"

"你们兄妹相处得好我和你爸都很高兴，但这绝对不能耽误你的前途啊！"

罗锐急了："所以您的意思是，我不应该跟她相处得太愉快？"

连心不想再听下去，抱着书本的手变得冰凉，她默默转身进了洗手间。

罗母无奈地说："我这是为你们两个着想！行了，我今天说的话你可别告诉连心，我也不是怪她，就是你，要好好用功了！还有，再发生逃课这种事，我可要告诉你爸了！你也知道，他对你期望有多高，如果再发生类似的事情看他怎么收拾你！"

罗锐不耐烦地回答说："知道了，知道了！"

连心拧开水龙头，呆呆地看着洗脸池里满满的一盆水，深吸一口气，学着项语秋的样子，把脸埋了进去，眼泪混在里面，谁也看不见。

连心的舞蹈课慢慢走上了正轨，原本笨拙的动作也逐渐变得熟练。这天，连心正跟着老师练习新的动作，"一哒哒，二哒哒……"连心随着音乐转身，看见罗锐正趴在窗户上往教室里面看。连心想起罗母的担忧，怕自己影响罗锐练琴，便假装没看见他，自顾自地做着舞蹈动作。

罗锐见连心不理会他，着急地敲了敲窗，舞蹈老师听到动静停了下来，问："外面怎么回事？"

"不好意思老师，是我哥哥来接我了。"连心只好硬着头皮跟老师请假。

老师不在意地挥了挥手，示意她出去。

连心跑出来，气急败坏地说："你这会儿不是应该在上钢琴课嘛！怎么又逃课？"

"凭我的实力，少练一两次没问题的！有比上课更重要的事，跟我走。"罗锐一脸的无所谓，说着拉起连心就要往外走。

连心挣脱他的手，说："我还没下课呢。"

"你不是一向不喜欢跳舞吗，怎么，带你脱离苦海还不高兴？少上一两节课又没关系。"罗锐觉得连心今天有点儿奇怪。

"可是阿姨会不高兴的。"那天在门外听到罗锐和罗母的对话又浮现在连心的脑海中。

罗锐附在连心耳边说了几句。连心犹豫片刻，终于同意跟他走，并让他保证这是最后一次。罗锐松了一口气，连忙点点头答应了她。

这时，正在家休息的罗母接到了钢琴老师的电话，得知罗锐今天又没有去练琴。

"我打电话来想问问是怎么回事，快要比赛了，如果不是特别重要的事，建议还是不要随便请假。"老师在电话那头委婉地说道。

罗母一边听着，一边神色警惕地瞟了瞟身后，见罗父依旧坐在沙发上看着电视，便低声道："又没去？好，我知道了。上次我已经跟他谈过了……"

话还没说完，电话便被罗父抢了过去。

"喂，您好？哦，赵老师……"罗父皱眉，"曲子三个星期没过？有这种事？"罗父看了身边的罗母一眼，罗母心虚地将目光避开。

"我知道了……您放心，我一定好好教育他，这小子太不像话了。"罗父将电话一摔，沉着脸对罗母说："出了这种事，你还打算瞒我多久？"

"锐锐这么大的孩子，也是一时贪玩……"

"一时贪玩？可能毁了他的未来！逃课这种事，有了第一次就会有第二次，他年纪小，难道你还不懂事吗？"

"还不是因为家里来了连心嘛，锐锐总是帮她补课，跟她一起玩，自然就耽误了练琴。"罗母还想帮罗锐开脱。

"是他自己不努力，你还要怪连心？都是你平时太惯着他了！"

"你成天关心工作多过关心儿子，还好意思说我。"

两人的争执声越来越大。

"我们回来了！"连心和罗锐的笑声传来。

"妈，我们晚上吃什么？"罗锐笑嘻嘻地喊着，走进客厅时才发现气氛不对，笑容尴尬地挂在脸上。

罗父正在气头上，看见罗锐一脸嘻嘻哈哈的样子就气不打一处来。

罗父严厉地说："锐锐，你过来！连心，你先上楼去。"

罗锐吐了吐舌头，看来自己逃课的事情东窗事发了，为了不让连心担心，罗锐故作轻松地向她挤了挤眼睛，示意她赶紧上去。连心一步三回头地上了楼。

待连心的身影消失在楼梯口，罗父才开口："刚才赵老师打电话过来，说你一首曲子连续三个星期都没通过，今天又没去上课，怎么回事？"

"曲子太难了嘛，多练几个星期是难免的。"罗锐企图敷衍过去。

罗父一拍桌子，吼道："胡说！你分明就是不用心！"

罗母忙在一旁劝慰："你小点儿声。"

"还有你！儿子会干出这种事都是你惯的！"罗父对罗母提高了嗓门儿，继续转向罗锐："你知不知道自己现在在干什么？荒废琴艺，你是在拿自己的前途开玩笑！之前是你妈舍不得你，总说你还小，不然我早就把你送到国外去了！现在看来，是你妈太惯着你，都敢逃课了！我这两天安排一下，你下个月就给我滚到美国去！"

"我才不去呢！我要是走了，连心怎么办？"罗锐硬着头皮和罗父对抗。

"这个不是你应该操心的事情！你只要专心练你的钢琴就行了。"

"我怎么可能不操心，我不管的话，你们真的会为她考虑吗？"罗锐继续跟罗父顶嘴。

"我们有我们的安排，你先把你自己管好！"见一向乖巧的罗锐为了连心居然敢这么跟自己说话，罗父更加坚定了把他送去国外的决心，而且，越早越好。

"要是我就不去呢？"话说出口，连罗锐自己也愣了愣，他从未如此坚决地反抗过父亲，但想到自己出国后就只剩连心一人，他一字一板、义无反顾地说，"我不会出国的。"

罗父显然没有料到罗锐会挑战他的决定，声音有些颤抖："翅膀硬了啊，不出国那你也不许回这个家！"

"不回就不回，我还不稀罕呢！"罗锐甩下狠话，转头就往门口跑。

没跑出几步，身后传来罗母惊恐的呼喊："老罗！你怎么样，老罗？"

罗锐转头一看，罗父紧紧捂着心脏的位置，栽倒在身边的沙发里，罗母扶着罗父，不断地为他顺着气。

连心趴在门上听见了外面的争吵，面色凝重，握着门把手的手有些发白。罗锐和罗母慌慌张张地送罗父去了医院，随着一声巨大的关门声，别墅里恢复了宁静，好像刚刚那场激烈的争吵没有发生过一样。

连心打开门走出来，看着空无一人的客厅，心中懊恼不已。想了片刻，她默默来到桌边，从抽屉中取出几张信纸，顿了顿，埋首写了起来：

叔叔、阿姨、罗锐：

我走了，谢谢你们给了我家，这段日子我很幸福。但是我不想看到你们因为我吵架，这个痒痒挠是送给阿姨的生日礼物。我不在，它可以帮您挠痒痒。你们永远是我的家人。

连心

连心简单整理了一下房间，把写好的信和一个形状可爱的痒痒挠放在桌上，提着自己小小的行李箱下楼，有些留恋地环顾了四周。不久之前，她离开风信子孤儿院的时候也是这么回头环顾，当时她心中有不舍，但更多的是对新家的憧憬，如今却只有愧疚。

连心把钥匙留在玄关，郑重地关好门，走出了罗家，瘦小的身影在昏暗的路灯下显得尤其落寞。

街心公园里有几个少年正在练习轮滑，连心呆呆地坐在一旁看着出神。

从小到大，她虽然总是犯错，每次都把大家气得够呛，却总能得到原谅。她从未觉得自己过分，甚至从来没有真正认识到自己的错误。可是这次因为她，罗叔叔都进了医院，连心第一次觉得自己坏透了。她突然特别害怕听到有人对她说"没事，没关系"，因为那会让她心中更加内疚。

5

第一次面对连心离家出走这样的情况，罗父又在医院，罗母和罗锐两人没了主意，不知所措，互相埋怨。

"这孩子，没想到心思这么细腻，我说过的话她都记得，可是我却……"罗母攥着连心送的痒痒挠不停地抹泪，耳边不断回响连心稚嫩的话语："阿姨，我一直给你挠痒痒。"

"妈，要不是你一直埋怨连心耽误我练琴、学习，她怎么会走？下午吵得那么大声，她肯定什么都听见了！"罗锐埋怨着。

罗母后悔不已道："都怪我，是我没顾及她的感受。"

门铃响了，项语秋、陈奇和院长三人站在门外。

"你来干吗？"罗锐一见项语秋，便摆出剑拔弩张的姿态。

陈奇劝罗锐："罗锐，别这样，项语秋是来帮忙的，多一个人多一份力量！况且他比较了解连心，你不想尽快找到连心吗？"

院长也上前问："你们把事情的经过说一说，到底是怎么回事？连心虽然调皮，但心眼儿不坏，也很有主见，她不可能无缘无故离家出走的！"

罗母边抹泪边说："连心在孤儿院自由自在惯了，到我们家来也是常常闯祸，本来想着给她报了舞蹈班，能让她收敛点儿，谁知道她居然带着罗锐一起逃课。"

罗锐打断罗母的话道："妈，你怎么这样说连心！是我硬拉着她逃课的，我们是去给你买生日礼物了，准备给你一个惊喜，这个痒痒挠就是她准备送给你的！"

"你们……你们什么都不跟我说，我哪知道！现在弄成这个样子可怎么办。"罗母一听哭得更伤心了，转头瞪了一眼吴妈："你还跟我说她养不熟，你看看，她都知道给我买礼物！"

保姆吴妈低头不敢说话。

项语秋虽然也很焦急，但显然比罗家人冷静得多，根据对连心的了解，沉着地开始对大家安排道："麻烦院长再回一趟孤儿院；陈奇，你回家看看；我去学校找找。"

项语秋正沿着学校的围栏细细寻找，值班老师睡眼惺忪地跟在他身后，说自己没看到有学生来过，大门锁着，还有那么高的围栏，连心也不可能爬进来。

但是项语秋刚刚跟院长他们通了电话，孤儿院和家里都没找到，连心能去的地方不多，除了学校，实在想不出其他的可能。

项语秋不肯放弃，又围着学校走了几圈，暗自焦急。突然发现围墙角有一个空隙，刚好能从外面钻进来的大小，他立刻警惕地举起手电筒往阴影处照，果然，一个瘦小的身影正靠着行李箱睡觉，像一只被遗弃的小动物，让人顿时心头一软。

项语秋上前轻轻地拍了拍角落里的小人儿，温柔地说："连心，连心，醒醒了。"

连心揉揉眼睛，脸上还有泪痕，看清眼前的来人后，嘴巴一撇，带着哭腔说："我把罗叔叔气病了，我这次真的闯祸了。"

项语秋如释重负道："你这一天天的节目还挺多，一出小鬼当家，一出舞蹈班掐架，一出离家出走，接下来是不是还要大闹天宫呢？你以为自己是孙猴子啊，过得随心所欲。"

"你才是孙猴子！"连心赌气地从地上爬起来，拖着行李箱要走。

"去哪儿？"项语秋看着眼前和他闹别扭的连心，有些无奈地笑着。

"不要你管。"连心说着，拖着行李箱走了几步。

项语秋装作不经意的样子，故意说："不管你也行，反正你这会儿出去的话，还能找到伴儿，什么流浪猫、流浪狗、小老鼠，运气好的话，晚上睡觉一不小心还能吃掉一些小飞虫。不过那也没关系，虫子的营养价值很高的。"

连心听到老鼠、虫子之类的字眼儿飘进耳朵，有些退缩，眼睛里又泛起了泪花，却使劲儿憋着，最终没忍住，号啕大哭起来，委屈地喊："我都这样了，你还吓唬我。我说过要替罗婷姐姐照顾好他们，可我没做到，还变成了一个大麻烦。"

连心越哭越委屈。项语秋伸出手捏了捏连心的脸，心疼地说："你这么可爱，谁说你是麻烦了？"

项语秋给陈奇打电话报平安，简单交代了几句事情的来龙去脉，便让他通知罗家人来接连心。

挂了电话，项语秋见连心还在抽抽搭搭地掉眼泪，安抚地拍了拍她的头，说："等会儿好好道个歉，叔叔阿姨不会怪你的。"

罗家人得到消息后，匆匆赶到项语秋家接连心。

"连心，吓死我了！你没事吧？"罗母急匆匆地冲进来一把抱住了连心。

"阿姨，对不起。"连心在罗母怀里低着头说。

罗母不停地掉眼泪，哽咽道："傻孩子，没事就好，没事就好。之前是阿姨不对，你善良又有孝心，是阿姨误会你了。走，连心，跟我们回家。"

连心踟蹰着，说："阿姨，我想……我能不能住在这里。"

大家闻言都愣住了，项语秋也没想到连心会这么说，不解地问："连心，你刚没跟我说……"

罗锐急了，一把拉住连心追问道："是不是他跟你说什么了？你怎么能住在外人家里，更何况他还是害死我姐的凶手！"

"没有，是我自己想住在这里的。"连心挣脱罗锐的手，坚定地说。

罗母以为连心还在怨怪自己，劝道："连心，阿姨知道有些话肯定伤了你的心，但阿姨绝对不是有心的，再给我们一次机会，跟阿姨回家，好不好？"

连心摇摇头，语气平静且坚定地说："阿姨，我不是在怪你们，也不是因为赌气才说要离开的。罗锐要认真练琴，要好好学习，我住在这里，就不会打扰到他。"

"你这孩子……你住在这里谁照顾你？听话，跟我们回去。"罗母看了一眼站在一旁的项语秋，不放心地说。

"我可以照顾自己的！"连心保证道。

罗母实在拗不过连心，只好回身给罗父打了个电话，挂了电话才勉强道："你叔叔说今天太晚了，先让连心休息，过两天等他出院再说。"

罗锐嚷嚷着："不行，你们怎么能同意连心留在这里！"

"谢谢阿姨！您也早点儿回去休息。你们放心吧，我会经常回去的，阿姨，我还要给您挠背呢。"连心终于露出了微笑，对罗母说完，又转向罗锐说道："罗锐，你如果不回家好好练琴，我就再也不理你了。"看连心一脸认真、没得商量的样子，罗锐只得妥协。

罗家人走了，家里瞬间安静了下来，连心镇定自若地打开行李箱收拾东西，轮到项语秋犯蒙了，嘴巴张了又合，终于吐出几个字："你要住在这儿，跟我商量了吗？"

连心反问："那我去住公园，吹冷风，被虫咬，你忍心吗？"

"你……你故意的吧，不想打扰罗锐，就来祸害我是吧！"项语秋一时语塞。

连心真诚地点头表示赞同，刚准备说些什么，陈奇从外面冲进院子，嘴里喊着："连心呢，连心呢，快给我看看！我刚安抚完院长就赶过来了。"

说着陈奇就扑向连心，连心机敏地从他的臂弯下钻了出去，躲到一边，让他扑了个空。

"这小鬼，躲什么？"扑了个空的陈奇有些尴尬，讪讪地说。

项语秋在旁边幽幽地冒出一句："招架不住你的热情。"

陈奇不理他，接着对连心说："来来来，连心，坐下，哥好好教你做人的道理。"

"是啊，你好好说说她，我的话她不听，你的总该听了。"项语秋点点头顺着陈奇的话说着。

连心不情愿地坐到陈奇对面，陈奇一脸严肃地看着她说："离家出走这种事呢……不是不能做，要做，就要做得轰轰烈烈！你这太不中用，这么轻而易举就让人找到了，多没劲啊！想当年我跟家里闹脾气的时候，跑出去三天愣是没让他们找到……你这小不点儿还是太年轻啊，啊哈哈哈……"陈奇越说越激动，沉浸在当年自己的"英勇事迹"中。

话还没说完，项语秋一巴掌拍在陈奇脑袋上，恨铁不成钢地说："让你教育她，说你那点儿破事干吗？乞丐窝里待了三天，你还好意思说！"

连心和陈奇两人大笑。

"你就笑吧，一会儿有你哭的时候。连心，进屋！"项语秋看陈奇笑得开心，露出了诡异的微笑。说着他推开陈奇的房门，把连心的行李箱放进去，把陈奇的衣服、被子、相机都扔了出来。

陈奇彻底蒙了，冲上去一把抱住项语秋的大腿，喊道："等会儿，等会儿，她不就住一个晚上吗？你把我东西扔出来干吗？"

原本和陈奇站在同一战线的连心，第一时间看清了局势，幸灾乐祸地对着陈奇做了个鬼脸。

"谁说我只住一个晚上了？"连心兴冲冲地进了卧室，"砰"的一声把门关上，从门内传来一句，"晚安啦！"

"项语秋！还是不是兄弟？你增加房客怎么不跟我商量？"陈奇凄惨地抱着自己的一堆物品站在客厅中央，绝望地呐喊着，有种即将被扫地出门的不祥的预感。

项语秋指指连心的房门，一脸"不关我事"的表情，说："你问她。"

"罗家对她不好？"陈奇低声问。

"别胡说，连心自小敏感，自尊心又强。罗家对她越好，她压力越大。"项语秋立刻打断他，顿了顿又压低声音说，"以前有什么事她还会来找我，这次离家出走我也很吃惊，确实有点儿后怕。"

"确实是，连心虽然淘气，但离家出走这种事，确实有点儿出人意料。"陈奇沉思着，"所以你怎么打算的？"

"我也不知道，只能暂时先让她住在这儿，看看罗家怎么安排，不管怎么说，罗家肯定不会同意她长住在这儿的。"

第二天一早，刺耳的闹铃声响了好几遍，连心才背着书包从房间里冲了出来，抄起桌上的面包和牛奶就跑。项语秋追到门口喊："慢点儿跑！小心呛着。"

"知道啦！"连心不耐烦地挥挥手，一溜烟儿没了影儿。

送走了这个"小旋风"，项语秋好奇地推开连心的房门，瞬间被眼前的景象惊呆：一夜之间，单身汉乱七八糟的房间变成了花里胡哨的女孩儿房间。墙上被连心画了喜欢的动漫人物，还贴着《还珠格格》和《蜡笔小新》的海报，衣服扔了一地，床上到处是摊开的漫画、课本，桌上还扔着零食和瓜子皮。

项语秋被连心的"创造力"惊得目瞪口呆，看来她在罗家那点儿小打小闹，完全是发挥失常啊。

6

项语秋在工作台旁专心致志地对着一块木料修修补补，听到敲玻璃的声音，扭头一看，唐诗站在屋外跟他挥手。

几天前程总请华娱星空传媒帮公司做广告，对方负责人就是唐诗，她点名要跟项语秋对接。公私不分、热情过度，是项语秋几次接触下来对她的印象。今天唐诗又跑来家里找他，项语秋都有点儿招架不住了。

项语秋有些尴尬，试图转移重点，说："那个……陈奇不在。"

"我不找他，我找你。"唐诗还是一如既往的直接。

"广告方案我们程总看过了，他很满意，具体细节我们可以去公司谈，这里是我的私人住宅，不太方便。"项语秋委婉地下了逐客令。

唐诗假装听不懂项语秋的言外之意，岔开话题："我好像记得某人答应要请我看电影的。"

"我不记得我答应过。"项语秋皱了皱眉。

唐诗理直气壮地说："可你也没拒绝啊。"

对于唐诗的行为，项语秋感到头疼不已。那天讨论完方案送唐诗出门，唐诗以公谋私，让项语秋陪她看电影，项语秋没搭理，结果这就在唐诗的强词夺理下变成了"没拒绝"？这个陈奇，关键时刻总掉链子，如果陈奇在的话，以他的厚脸皮程度兴许还能压一压唐诗的热情。

就在这时，连心背着书包推门进来，满脸的兴奋。她刚和罗锐路过小卖部，想吃东西没带钱，胡乱报上项语秋的名字，老板居然认识项语秋，同意让她赊账。一想到以后有免费供应的零食，她就止不住地高兴，一口气吃了两个冰激凌，为自己的小聪明沾沾自喜。

唐诗看了连心半天，问道："我记得这小孩儿，我在孤儿院见过，怎么会在你家？"

项语秋不知道怎么解释，只是含混地说："这个……说来话长。"

连心看家里莫名其妙多出个女人，同样好奇地问："她是谁？"

"陈奇的朋友。"项语秋淡淡地回答。

"得了吧，是她要泡你还是你要泡她？"连心一脸不屑，犀利地道破唐诗内心的小算盘。

"嘿，这小孩儿有意思。"唐诗一下子乐了。

项语秋催连心进屋，尴尬地说道："房间的事我还没找你算账呢，小孩子少胡说八道。都学的什么乱七八糟的？"

连心不理项语秋，继续对着唐诗说："他有女朋友，你没戏。"

"大人说话小孩儿别插嘴，回房间去。"唐诗想起那天陈奇告诉她关于项语秋去世的未婚妻的事，对连心摆出了大人的姿态。

连心不乐意地"哼"了一声，故意从两人中间穿过，坐到沙发上看电视，把声音调得巨大。

项语秋被唐诗纠缠得实在没有办法，视线扫到电视屏幕上的动画片，刚想催促连心关了电视去写作业，突然灵机一动，对唐诗说："好吧，我答应你。我换身衣服，你出去等我，可以吗？"

"OK。"唐诗这才心满意足地离开。

"你真要跟她看电影？你是不是喜欢她？"唐诗前脚一走，连心就紧跟着项语秋追问。

项语秋坏坏一笑，说："我是要跟她看电影，可没说是两个人啊，我记得《神奇宝贝》系列上映新电影了，也不知道有没有人想看哦。"

"带我去！带我去！"连心顿悟，高兴地跳起来。

看着并排走出、兴高采烈的两人，唐诗有些失望，没想到项语秋跟她来这招儿。

电影院里，看动画电影的大部分都是家长带着孩子，连心理直气壮地坐在唐诗和项语秋中间，专心致志地看着大屏幕，满脸兴奋，幼稚的电影情节却让唐诗一个劲儿地犯困。

唐诗想越过连心跟项语秋说说话，手刚伸出去，连心目不转睛地看着屏幕，激动地拍了下项语秋的胳膊："你快看！皮卡丘好可爱啊！"

唐诗被吓了一跳，急忙缩回手。项语秋默默赞叹把小丫头带来是个明智之举。

唐诗只好小声地唤："项语秋，项语秋。"

项语秋当然是装作听不见，一副看电影入了迷的样子，不理会唐诗。不得已，唐诗只好再次伸出手。

原本安安静静吃着爆米花的连心突然站起来，大喊一声："干得漂亮！皮卡丘，快点儿使出十万伏特！"

唐诗望着撒了自己一身的爆米花，承受着周围注视的眼神，哭笑不得。

项语秋在心里默默赞叹连心小小年纪演技了得。

又过了一会儿，唐诗拿出饮料喝了一口，下意识地递给项语秋，问他喝不喝。

连心心想这个女人花样怎么这么多，于是装着伸了个懒腰，朝上一挥手，饮料全都打翻洒在了唐诗身上。

唐诗彻底惊呆了，一时之间说不出话。项语秋这才起身，拿出纸巾递给唐诗。

"对不起，阿姨，我不是故意的。"连心装出一脸无辜的样子。

听到"阿姨"这个词，唐诗又气又糗，终于忍受不了，起身离开了。

项语秋觉得这样不太好，刚想追出去，却被连心拉住了衣角，连心目不转睛地盯着银幕，淡淡地说："我听人说，电影院里经常有人贩子趁着大人出去上厕所，拐卖小孩儿的，是不是真的？"

项语秋顺势坐下，连心的嘴角扬起一抹得意的笑容，往嘴里塞了一把爆米花，继续津津有味地看了起来。

连心在项语秋家住了近一个月，罗家也来苦口婆心地劝了好几回，想着罗锐的比赛将近，连心态度坚决地表示不回去，罗家只好商量着给连心办理了住校，对于这个结果，连心也只得妥协。

罗家已经安排好了连心的去处，项语秋也没有理由继续留着连心住在家里。只是想到连心马上就要离开，家里少了她吵吵闹闹的声音，项语秋心中居然生出几分不舍，甚至后悔之前对连心的照顾不够细心。正想着，门外传来一阵急促的敲门声，项语秋开门一看，路口小卖部的老板站在门外，递上了账单。项语秋疑惑不解地接过一看：

四月十九日：薯片两包、棒棒糖一个。

四月二十一日：冰激凌一个、辣条两包。

四月二十八日：巧克力一块。

…………

项语秋这才明白，连心每天零食不断，敢情都是打着他的名义跟店里赊的，刚刚自己居然还自责没有好好照顾她，看来这小丫头把自己"照顾"得挺好，还会改善伙食。

老板不太高兴地说："你家小姑娘隔三岔五就来赊零食，都记在你的名字下面啦，我们是小本生意，这都一个月了，你看……"

项语秋忙赔罪道："真不好意思，多少钱，我现在就给你。下次她再去赊账，麻烦您别理她。"

送走了老板，项语秋脸色阴沉地坐在沙发上等连心回来，准备好好教育她一番。

连心刚一进门，就敏锐地发现气氛不对，鞋也不换扭头就跑，边跑边喊："附近有家面馆，听同学说特别好吃！"

项语秋不放心她一个人跑出去，只好放弃教育计划，紧赶慢赶追上连心。

到了面馆，连心举着厚厚的菜单，翻了半天，对服务员说："来两碗长寿面。"

"好的，还有吗？"服务员微笑着问。

连心转而问项语秋，豪气地说："你还想吃什么，今天我请客！"

项语秋看她一副小大人的样子，忍不住笑出声来，对服务员："就这些。"

"怎么不点了？"

项语秋想起下午小卖部老板来找他的事，吓唬连心道："这店可不能赊账，我怕到时候付不起，要把你抵押在这儿。"

连心"切"了一声，又从口袋里掏出一堆零钱："你别老瞧不起我，我有钱！"

项语秋瞥了一眼，一元的、五角的……零零散散摊了一小堆，还真挺多。

"我没给她这么多零花钱啊？"项语秋内心疑惑，他知道连心的零花钱没有这么多，于是让她老实交代钱是从哪里来的。

可连心傲娇地撇过头去，说道："你管不着，反正不是偷的、抢的。"

"那你有钱还到处赊账？"项语秋无语。

连心转过头，认真地看着项语秋的眼睛，说："那是不一样的，我不攒钱，怎么请你吃长寿面呢？虽然你这个人有时候很讨厌，但对我还算不错，陈奇哥说要礼尚往来。你看你过生日都没人陪，只好我来陪你了！"连心第一次这么认真地向项语秋表达谢意，说完自己也挺不好意思的，正巧服务员把面端了上来，连心顾不上烫，埋头吃面。

项语秋看着眼前的小姑娘，平时没心没肺，总是调皮捣蛋和他作对，找了数不清的麻烦，可她居然记得自己的生日，还偷偷地准备了眼前的惊喜，项语秋眼眶有些湿润，把头埋进碗里。

罗婷在的时候，每年都会陪他一起吃一碗长寿面过生日，没想到，今年陪他的，会是这个烦人的小丫头。

连心歪着头看他，项语秋伸出手把连心的头推开道："别看我，吃面。"

滚烫的汤面温暖了胃，也温暖了距离胃最近的心脏。

连心和项语秋两人一路说说笑笑回家。一进家门，陈奇举着一桶雪花喷雾朝项语秋冲过来，连心眼尖，早早就躲到项语秋身后，项语秋一个不设防，被喷了一脸。

"生日快乐！"陈奇看项语秋一脸泡沫，哈哈大笑。

项语秋呆住，连心钻出来站到陈奇后面，两人一起幸灾乐祸地看向项语秋。

"哈哈哈哈哈……白胡子老头儿！项语秋是白胡子老头儿！"

项语秋一把抹掉脸上的泡沫，气得咬牙切齿地说："陈奇……你们……"

"陈奇哥快跑！"连心赶忙推了陈奇一把。

项语秋把自己身上的泡沫抹下来甩到陈奇身上，两人在客厅打闹起来。连心跳到沙发上，挥舞着自己的红领巾："加油！加油！陈奇哥加油！项语秋你太笨啦！"项家老屋里传出了久违的欢笑。

第二天，项语秋起床后只觉得脑袋昏昏沉沉的，还连着打了好几个喷嚏，但还是准时给连心做好了早餐，可连心迟迟不起。眼看着就快迟到了，项语秋走到连心房前敲门："起床吃饭啦！要迟到了！"可是无人应答。

项语秋又敲了几次，隐隐觉得有些不安，于是拿备用钥匙打开门。只见连心躺在床上一动不动，昏昏沉沉地睡着，项语秋打趣道："懒虫，再不起床就来不及上学了。"说着便要拉连心起来，触到连心肌肤的一瞬，滚烫的热度传来。项语秋慌忙摸了摸连心的额头，发现也烧得烫手。再仔细一看，脸上、身上也起了好多红色的斑疹，项语秋慌忙喊："陈奇！连心起水痘了，快帮忙送医院！"

连心迷迷糊糊地说："我好难受……项语秋……我会死吗？"

"瞎想什么呢，不会的。"项语秋打断她。

"别告诉罗锐和叔叔阿姨，我怕他们说你没照顾好我。"连心蹙着眉头，强忍着不舒服。

"好，我不告诉他们。"项语秋眼眶有些湿润。

"你会一直陪着我吗？"连心的声音越来越小。

项语秋轻声答应着。

"你保证。"

"我保证！你睡一觉吧，明天就会好了。"项语秋心疼不已。

连心昏昏沉沉地睡去。

清晨的阳光照进病房，连心睁开眼睛，立刻四下张望，却没有看到项语秋。

"还说要一直陪着我呢，大骗子！"说着赌气地打了枕头两拳，心底无比失望。

连心换好衣服，背上书包准备离开，刚出病房就碰见提着饭盒的陈奇。

"哎，小祖宗，你终于醒了。"陈奇说罢才看见连心背着书包，"你这是要去哪儿？"

"回家！"连心愤愤地说。

"家里没人。"

"我回罗家！"

陈奇愣了一下，拉着连心穿过楼道，来到正打着点滴昏睡的项语秋旁边："小祖宗，你就别折腾了。项语秋本来就感冒了，又没日没夜地照顾你，现在你倒是活蹦乱跳了，他累倒了还在输液呢！"狭窄的病床上，项语秋眉头紧皱地昏睡着。兴许是不舒服，项语秋翻了翻身，换了个姿势，针头晃了晃回了一点儿血。连心紧张地"哎"了一声。

"别出声，让他好好睡一觉。他为了照顾你都营养不良了。"陈奇放下饭盒，"乖乖待在这里，别乱跑了，我去交费。"连心点点头，坐在一旁的椅子上看着项语秋。

项语秋眼下挂着浓重的黑眼圈，昨夜还没来得及刮的胡楂儿留在下巴上，看起来格外憔悴。

陈奇前脚刚走，连心就跑出了医院，一路寻着来到了古玩街。连心走进一家古色古香的店铺，店主听见门口的风铃声激动地抬头，却见来人是个小丫头，心想可能是好奇进来看看，便不予理会。连心紧张地咽了口唾沫，摊开手中的玉佩，说："叔叔，我想把这个玉佩卖了，我的朋友生病了，我想为他做点儿什么，可是我没有钱，想来想去身上就只有这个值钱了。"

店主一愣，随即拿起玉佩看了看，觉得成色虽然不错，但也没有到值得他收藏的地步。

连心见店主迟迟没有回应，急道："叔叔，这个玉佩是我爸妈留给我的，对我来说很重要，很值钱的。"

店主刚才还在担心玉佩的来历，听连心这样解释便放下心来。他将腰弯到和连心一样高的位置，告诉连心说："小姑娘，你这个玉佩可以值500元，不过你也说它是你父母留给你的，你考虑清楚要卖给我了吗？"

连心看了一眼手中冰凉的玉佩，坚定地点点头。

连心拿到钱，跑进附近最大的超市买了一大堆乱七八糟的营养品，其中还有阿胶糕、中老年奶粉……回到医院，项语秋正收拾东西准备出院。

"你没打完针，不能走！"连心扔下东西去拦项语秋。

"我没病，用不着打针。"项语秋不理她，继续收拾东西。

连心挡住项语秋，坚持道："不行，就算不打针，也得好好休息。"

"我回家也能休息！"项语秋觉得小丫头今天格外难缠，一转头注意到连心扔在门口的一堆营养品，问道，"你从哪儿弄这么多东西？"

连心随便撒了个谎说："陈奇哥让我给你的。"

正好陈奇走进病房，拿起连心买的补品看了看，傻乎乎地说："哟，连心，我还以为你又跑了，原来是去买东西啊。你买这阿胶干什么？"

谎言当场被戳穿，连心低下头，陈奇被突然冷却的气氛搞得一头雾水。

"你到底哪儿来的钱？"项语秋看着连心，严肃地问。

陈奇感到气氛不对，赶紧劝道："嗯……这个不重要。"

"怎么不重要！你别瞎搅和。"项语秋横了陈奇一眼，陈奇灰溜溜地不敢再说话。

项语秋继续盯着连心问："上次吃饭我就有点儿怀疑，我再问你一遍，这么多钱，到底哪儿来的？"

连心不甘示弱，摸了摸自己空荡荡的脖子，吼了回去："我卖我自己的东西，你管不着！"

说完，她瞪了项语秋一眼，转身跑出病房，丢下一句："爱吃不吃！"剩下两个大男人消化这巨大的信息量。

"小丫头还是挺关心你的，那么宝贝的玉佩都卖了，平时碰都不让人碰。"陈奇拍了拍项语秋的肩膀，一阵感慨。

项语秋又感动又懊恼，踹了陈奇一脚道："还不赶紧想办法找回来！"

连心一路跑回老屋，却赌气不肯进去，站在家门口百无聊赖地踢着地上的石子，嘴里嘟囔着："臭项语秋，不识好人心。"

项语秋跟过来，上前轻声问："还生气呢？"连心背过身去，"哼"了一声。

"再不理我，玉佩可就真没了。"项语秋好脾气地笑笑，一块色泽温润的玉佩从掌心滑落，项语秋提着玉佩的绳子，放在连心面前晃。

玉佩的边角经过打磨，中间隐约刻着个"心"字，在阳光下闪着翠绿的光。

连心惊喜地接过玉佩，小心地收在口袋里，又有些疑惑他是怎么找回来的。项语秋却没有回答，只是让她记住，以后再缺钱就告诉他，这个玉佩是父母留给她的东西，这么重要不能随便卖。

连心从小就听院长说，自己来孤儿院的时候，脖子上就挂着这块玉佩，这应该是她父母留给她唯一的东西了。这么多年她一直小心戴着，但看项语秋为了照顾她病倒，完全顾不上多想，一狠心就给卖了。

"可是陈奇哥哥说你营养不良。"连心一脸担忧地望着项语秋。

"咱们俩都营养不良，走，带你去吃牛排补充营养。"见连心如此关心自己，项语秋十分感动。

"哇，吃牛排喽，吃牛排喽！"连心欣喜地拍着手。

项语秋背起连心，往街上走去。

夕阳拉长了两人温馨的背影，笑声久久回荡。

第三章 /

1

项语秋从院子走进客厅，脸上挂着水珠。自从连心发现他练习憋气的习惯之后，就时不时地找他挑战，每次都自信满满一副势在必得的样子，却从未赢过他。

一晃六年，不知不觉中，连心已经长成了一个亭亭玉立的姑娘。平日里住校，周末在罗家和项语秋这边两头跑。而他呢，已经习惯了每天上班、下班、加班，跟连心和陈奇吵吵闹闹地生活。日子虽平淡却不失乐趣。

陈奇半瘫在客厅的沙发上把玩着相机，打趣道："这丫头可真有意思，这么多年都没赢过你，还要比。"

项语秋瘫倒在另一边的沙发上，有气无力地"嗯"了一声。

陈奇看了一眼厨房里剩下的空盘问："她回学校了？那是不是意味着接下来的一个星期，我又要吃白菜豆腐了？凭什么连心周末回来就有肉？我就不是人吗？我也要吃肉！"陈奇嚷嚷着，语气有点儿委屈。

"白菜豆腐多健康，有的吃就很好了，一个月有半个月都在我这儿混，没收你房租和伙食费就不错了，还想吃肉？"项语秋装出很认真的样子回答着，从沙发上坐起来，顺手拿起搭在一旁的外套，准备去上班。

"差点儿忘了！我约了人拍片，要迟到了！我先撤了！"陈奇一拍脑袋，先项语秋一步冲出屋去，生怕哪天真的被扫地出门。

项语秋一到公司，一名同事就凑过来："项语秋，你总算来了，复式的那套设计稿到底进展得怎么样了？出来了没？客户从早上就开始催了。"

"设计好了，我现在就发给你。"

另一个同事也在喊："还有咖啡店那边也是，施工快结束了，老板说让你有空去盯一下！"

"没问题，我等会儿就过去！"

"项哥，你能不能帮我看一眼我的设计稿，有几处始终想不出优化方案。"

一直忙到中午，项语秋才有空坐下来喝口水。

在程氏干了这么多年，他始终铭记程总当年对他的知遇之恩，大小项目都亲力亲为，不敢有丝毫怠慢，况且程总也一直对他不错，在满足客户要求的前提下，给了他很大的自主权，也算没有埋没他的专长。

"项语秋，你女朋友又来了！"

"好！"听到有人喊，项语秋条件反射般答应道。

等到他反应过来，唐诗已经站在了身后，笑眯眯地说："想我了没？"

"算我求你了，别再说是我女朋友好吗？我现在跟他们怎么解释都没用！"项语秋一看是唐诗，头就不由自主地疼。

"那就不用解释了。几年过去，你还是一点儿都没变嘛，至少没有找其他女朋友。"唐诗有些小窃喜。

因为业务能力强、业绩突出，前几年她就被公司派去了香港，如今她举手投足间多了些冷傲成熟，只有在面对项语秋时，才会显露出难得的天真和热情。

这些年，项语秋总能从陈奇嘴里听到一些关于唐诗的零零碎碎的消息，什么被家里催着相亲了，又有帅气多金的男人追她了，诸如此类的。可唐诗顶住家中给她的压力，拒绝所有对她表示好感的男人，始终还是一个人，几乎是偏执地等待着项语秋。

唐诗这次一回来，就拿出了比当年更加锲而不舍的劲头缠着项语秋，家里、公司到处堵，好像都不用工作似的，把项语秋逼得走投无路。

对于唐诗的心思，项语秋只能装傻充愣，能躲就躲。他赶紧抱起设计图纸，匆匆往外走，一着急，跟刚从办公室出来的程总撞了个正着。

程总见项语秋慌慌张张的，全然没了平时的稳重样，有些不解。而项语秋就像看到了救兵一般，拜托他帮忙拦住唐诗，说自己还要去工作，然后逃也似的离开。

看到紧跟着项语秋走远的唐诗，程总讪笑道："一物降一物啊。"

"跑什么跑，我又不是老虎，还能吃了你咋的？你到底什么时候才能正视我对你的情感，你……"唐诗一路上喋喋不休地问着项语秋，突然，她瞥到旁边电影院门口摆着的易拉宝，便朝那边跑去，嘴里还嚷着，"项语秋，你还欠我一部电影呢！"

只见几个工人正在屋檐处安装吊灯，就在唐诗经过的时候，眼看着没安装好的吊灯摇摇晃晃地就要砸下来！回头看到这一幕的项语秋心中一惊，冲过去将唐诗扑倒在一边，两人顺势在地上滚了两圈，同时摇摇欲坠的吊灯在身边噼里啪啦地碎了一地。

唐诗惊魂未定，扭头看到项语秋紧张的侧脸，就这么看痴了，心跳加速。哪怕知道他是情况危急时下意识的反应，这一切也难免让唐诗忍不住多想，这奋不顾身的保护，会不会代表着，他对自己是有那么一丁点儿的喜欢……

转而她又自嘲起来，其实她一直都明白，那些半开玩笑半认真的告白，项语秋都装成听不到。哪怕是这样，自己还是无可救药地喜欢着他。

这几年，国内外的大小钢琴奖项罗锐拿了不少，人也出落得越发帅气了，成为不少小女生心目中的钢琴王子，甚至还有人将其奉为男神。连心没少被求着递情书、带礼物之类的。可她要么直接拒绝，要么就用辛苦费吓唬她们，被不少姑娘视为眼中钉，又恨又无奈。连心想不明白，都说爱情让人充满勇气，可这些人连送个情书的胆子都没有，又舍不得花钱，谈什么真正的喜欢？

听着连心抱怨每天被他的追求者缠身，罗锐一脸戏谑地说："以后再碰到这种事，你就说你是我女朋友。市钢琴冠军的女朋友，你不吃亏！"

"才不要，那我麻烦可就大了！"连心急忙退开两步，表示要和罗锐撇清关系。

罗锐不解道："怕什么，她们还敢欺负你啊？"

"你太不了解女生了。"连心眼前浮现出无数张少女爱而不得的充满敌意的脸，吓得吐了吐舌头。

"那你就说是我妹妹，收了情书就直接交给妈妈了。"罗锐看着连心的表情，终于不再逗她，出了个正经主意。

连心如释重负地说:"这是个好办法!"

项语秋双手枕在脑后,靠在院中的躺椅上看星星,悠然自得,这个周末连心去罗家,终于可以过个清静周末了。

"项——语——秋!"

突然,一个熟悉的、本不应该在此时出现的声音清脆地响起,打破了他还没享受几分钟的安宁。

项语秋一个激灵从躺椅上跳起来,倒吸一口冷气,指着身后的连心气结道:"你……你这周不是去罗家了吗?"

"我想你了不行吗?"连心把项语秋挤到一边,大摇大摆地躺在躺椅上。

"好好说话。"项语秋朝她翻了个白眼,显然不吃这套。

连心明亮的眼珠转了转,找了个理由回答道:"叔叔阿姨出差,罗锐补课,没人陪我,我就来祸害你了。我要吃夜宵。"

"你还知道你是祸害我啊。"项语秋不置可否,转身进屋,"我的周末啊,又泡汤了。"

连心安然地躺在躺椅上看着漫天星斗,项语秋放在躺椅边的手机突然响了,连心瞥见唐诗的名字,好奇地拿起来,短信内容映入眼帘:"为了感谢你的救命之恩,周日晚上电影院不见不散!"

连心不自觉地撇了撇嘴,故意想试探项语秋,大声朝屋内喊道:"项语秋!有人约你看电影呢!"

项语秋正在厨房给连心煮面,闻言仰天长叹,想都不用想就知道连心说的是谁。这时面煮好了,他关掉火,朝院子喊:"吃饭了,讨债鬼,帮我回复她——不去!"

罗婷忌日,连心抱着一束风信子来到墓园,只见有一束玫瑰放在罗婷的墓碑前,显然项语秋已经来过了。连心把风信子放在玫瑰旁边,看着墓碑上罗婷的照片,和她相处的时光历历在目。

"罗婷姐,我又来看你了。你想不想我啊?我好想你。你知道吗?自从有了你的眼睛,我每天都过得很幸福。叔叔阿姨很疼我,罗锐对我也很好,还有那个项语秋,我调皮捣蛋,不知道给他添了多少乱,都把他吓怕了,但他依然对我很好。

"我今天又去老人院看远叔了，他老把我叫作'心心'，我还把孤儿院的孩子带过去了，远叔最喜欢孩子，我希望他能高兴点儿。罗婷姐，我想像你一样，尽力去帮助有需要的人。

"要是你还在就好了，我真的好想你……"连心对着墓碑，细数着这段时间自己的经历，以及对罗婷的无比思念。

说完，她伸手抚摩罗婷的照片，发着呆。突然收到项语秋的短信："今天加班，晚点儿回去。你去找罗锐陪你吃饭。"

连心收了手机，苦涩地笑笑，幽幽地说："你看，每年的今天，他都找各种各样的借口躲着我，其实我知道，他是怕看见我难过，也怕想起你难过。"

2

离开墓地，连心直奔项语秋的公司。

项语秋正跟同事一起开会讨论着方案，连心放下书包，一屁股坐在旁边，下巴抵在桌上，专注地看着项语秋。女同事们纷纷对连心表示好奇，而项语秋被连心的突然袭击吓了一跳，晃了晃神儿才想起对同事们解释："我妹妹，不用管她。"

"真的假的？没听说过你有妹妹啊。"

"不过看起来，确实不像你女朋友，太嫩了，你还是跟之前那个更般配！"

"哎！我想起来了，以前见你带一个小女孩儿出去吃过饭，不会就是她吧？天哪，都长这么大了！"

"你这么一说我好像也有点儿印象……"

项语秋听着这些八卦女同事们的叽叽喳喳，感到很无奈，他敲了敲桌子，提醒大家继续开会。

会议结束，项语秋拍醒一旁昏昏欲睡的连心，问她："不是叫你去找罗锐吗？"

"我还一直没来过你工作的地方呢，公司怎么全是女的啊！"连心顾左右而言他。

"谁说的，我们老板就是男的。"

"你开完会了？那我们走吧！我好饿啊！我要吃肉。"

"我还要加班，你自己回去吧。"

"真不走？"连心挑挑眉。

"不走。"项语秋坚定地说，然后开始低头整理会议资料。

连心眼睛滴溜溜地转了两转，突然"咣当"一下坐在了地上，号啕大哭起来，一边哭还一边假装抹眼泪："呜呜呜呜……项语秋你没人性啊！你答应我姐姐要好好照顾我，这才几年啊你就嫌我烦，天天加班把我扔在家里，给我饿得都不长个儿了！"

连心这一闹，刚走出会议室的同事们又凑热闹地围了上来，见连心哭得伤心，果然被骗，纷纷倒戈说："项语秋，你就陪人家回去呗，看小姑娘哭得多伤心啊。"

项语秋用手撑着额头，眯了眯眼睛，无奈地说："好了，别演了，你等我一会儿，我收拾一下马上就走，你想吃什么？"

连心见目的已经达成，一骨碌爬起来，淡定地拍拍手上的灰尘，也不回答。

项语秋在一旁幽幽地调侃道："罗家真不应该送你去学舞蹈，应该让你学表演，奥斯卡欠你一座小金人啊！"说罢一边叹气一边摇头，敲门进了程总办公室。

程总看见项语秋进来，慌忙拿资料遮住桌上的东西，若无其事地询问他的来意。听项语秋提起想请年假，程总惊讶了一下，随即神色黯淡下来，点点头说道："我能理解你，你不用顾及我的面子，想辞职的话，就……"

"程总，您说什么呢？我就是想请一个星期的假去趟西藏。"项语秋听得一头雾水。

连心捧着茶水路过，"西藏"两个字轻飘飘地落入耳朵，愣了一下，停住脚步。

项语秋继续说道："您也知道，我有个已故的未婚妻，她生前最想去的地方就是西藏，我想替她去一趟，完成她的心愿。"

项语秋并不知道，这几年市场不景气，竞争又大，公司一直不温不火，现如今，怕是真要撑不下去了。程总目送着他离开办公室，看着桌上的企业亏损资金情况表，愁容满面地想着，公司已经无力回天，既然瞒不住大家，与其让他们等着被遣散，不如趁早放他们走。

吃过晚饭，项语秋嘱咐连心道："我要出差一趟，你下周放假就在罗家待着吧。"

连心闻言，脑中回响着项语秋在办公室里对程总说的话，对项语秋的目的了然于心，于是不动声色地回答："嗯。"

"这么听话？"连心答应得如此顺从倒让项语秋有些意外。

"啊，我……我长大了嘛！"连心心里打着小算盘，有些不自然地回答。

项语秋半信半疑地说："我怎么觉得你憋着坏水呢？"

"你是被我捉弄怕了吧？变得这么啰唆。"连心怕再说下去自己就要暴露了，匆匆放下碗筷，"我吃饱了，出去了。"

连心先是跑到火车票代售点，买了一张和项语秋同一趟的火车票，又匆匆赶到了电影院。

唐诗在电影院门口来回走动，不时地左右张望着。

连心走过去问："还记得我吗？"

"你是……"唐诗觉得眼前的女孩儿有些眼熟，但一时又想不起来在哪里见过。

连心似乎早已预料到会是如此，不以为意地介绍道："我是连心。"

唐诗盯连心的脸看了半天，努力地把记忆中那个小女孩儿与眼前的人联系在一起，想了半天，疑惑地问："哦，我想起来了，你是项语秋家那个小孩儿！怎么又是你，项语秋呢？"

"走吧，电影快开场了，看电影还分男女啊，你不就想凑一对嘛，我陪你啊。"

"你？"唐诗怀疑地问。

连心不置可否地笑笑："这都多少年了，你怎么还用看电影这招儿，一点儿新意都没有。"

"我可不想再被泼一身水！"被一个小丫头嘲笑，唐诗恼羞成怒，只丢下一句话便扭头就走。

连心大获全胜，瞪着唐诗的背影："哼！做你的美梦吧，再敢打项语秋的主意，我就变成你的噩梦！"

唐诗气呼呼地冲进一家酒吧，跟一个端着酒杯的男人撞在一起，男人忙道歉道："对不起，对不起！我不是故意的……"

唐诗憋着被连心惹出来的一肚子气，正想发飙，抬头看到对面站着的人，脱口而出："怎么是你？"

陈奇从唐诗进门就看见她了，多年不见，即使带着精致妆容的脸上满是怒气，也能感觉到她似乎更漂亮了。他晃了晃酒杯，犹豫了一下，还是故意撞了上去，然后装出一副惊讶的样子，说："哎？唐诗？好久不见啊！听语秋说你从香港回来了。你这就太不够意思了，回来也不告诉老朋友。不过咱俩有缘分，在这儿都能碰见！漫漫长夜来泡吧，你也空虚寂寞啊？"

唐诗没好气地打断他道："你是在说你自己吧？"

陈奇问吧台要了杯酒，递给唐诗。

"别，我怕你下药。"

"我可是正人君子！"

"我跟你很熟吗？"

"处着处着不就熟了嘛！这么久不见，你就没想念我？"

没有寒暄，二人还是一如往日地斗嘴。

"我问你，项语秋怎么还带着那个丫头片子呢？"唐诗还带着怒气，想起那个不好对付的小丫头，有些头疼地扶了扶额。

陈奇一听到"项语秋"，立刻正经起来道："你这次回来是准备死磕项语秋？"

"和你有关系？"

"当然有很大的关系，我担心你头破血流，我会心疼的。"陈奇的眼睛深情地直视着唐诗，慢慢靠近她。

唐诗突然踢了陈奇一脚道："没空跟你疯。"说完，转身走出酒吧。

此时已是深夜，月亮高挂在树梢，与昏暗的路灯一起照亮这个城市。天气微微有些寒冷，路上几乎看不到车辆和行人。只听得见急促的高跟儿鞋声，还有两个影子一前一后地在街上移动着。

"你不是正人君子吗？我现在要回家，你还跟着？"唐诗回头怒斥一路跟在身后的陈奇。

"我是怕你遇到小人！"陈奇正义凛然道。

唐诗心想他才是最大的小人，正要反驳他，却见陈奇停住了脚步。随着他的目光望去，视线停在一对满头白发的老夫妻身上，老人手牵手走在人行道上，步履蹒跚，行人匆匆从旁边超过，只有老人不慌不忙地慢慢走着，仿佛眼中只有彼此，路灯下的影子拖得很长，像一辈子那么长，显得十分温暖。

什么样的爱情才能天荒地老？什么样的夫妻才能白头偕老？

陈奇突然有感而发，举起了相机。

唐诗也看得痴了，听到身后响起"咔嚓"的声音，好奇地转头问道："喂，你干吗呢？"

"你不觉得他们很幸福吗？走不动路了还要牵着彼此的手，有种说不上来的感动。"陈奇说着把相机递给唐诗。

镜头里只有两个依偎的背影，或许是今晚喝了酒的缘故，一向雷厉风行的唐诗变得格外柔软，竟也被这平凡的一幕感动了，不由得对陈奇多了些好感，说道："你这个人，油嘴滑舌，不过心肠倒挺柔软，我就勉为其难跟你做个朋友吧。"

陈奇一愣，眼中闪过一丝不易察觉的愉悦，但很快换上了平时的顽劣神色，拿过相机，故作潇洒地向前走，头也不回地喊："谁要你勉为其难。"

"哎！你！"唐诗气得跺脚，刚才说什么了？收回！

3

去西藏的绿皮火车轰隆隆地向前行驶，一路上巍峨壮观的雪峰冰川、奔腾咆哮的大江小河、湛蓝的天、雪白的云、辽阔的草场、成群奔跑的藏羚羊，还有朝圣者五体投地、匍匐前行的身影。连心趴在窗户上一动不动地往外看，生怕下一秒钟就会忘记这些如同人间天堂般的景致。

夜深了，车厢里大部分人都睡了，只有零零散散的人在聊天儿。连心翻来覆去地睡不着，偷偷溜到项语秋所在的铺位，探出头看了一眼，发现项语秋已经躺在下铺睡着了。连心放心地躺了回去。

海拔3600多米的雪域高原火车站，阳光明媚，群山环绕，蓝天白云下的世界格外清晰，远远地还能看见布达拉宫。项语秋有些轻微的胸闷，紧了紧背上的书包，深吸一口气，在心里说："罗婷，我来了。"

身后传来窸窸窣窣的声音，连心一边忙着拖行李箱，一边在人群中盯着项语秋生怕跟丢。项语秋没回头，脸上露出无奈的笑容道："别躲了，出来吧。"

连心尴尬地吐了吐舌头，亏得她一路还幻想自己是执行秘密任务的女间谍，躲项语秋躲得不亦乐乎。既然现在被发现了，那么……

连心摆出一副理所当然的表情，把行李箱拉杆塞在项语秋手中，头也不回地往前走，生怕走得慢了被项语秋赶上来嘲笑一番。连心边走边回想自己的那些伪装，心知丢人，脚下的步伐变得更快了。

他们到了客栈，而连心全程处于羞愤的情绪中，始终没有和项语秋讲话。两人到前台办了入住手续，连心抢在项语秋之前拿了钥匙上楼开门。她刚关上房门，就听到敲门声，看到门缝儿中露出的脸，连心"砰"的一声又把门关上，背靠着门屏住呼吸。

项语秋在门外面喊："我刚点了松茸高汤和烤香猪！某人要是还不出来，我可就全吃光咯。"

"咕噜噜……"肚子十分适时地响起来，连心捂住抗议的胃，内心纠结了一番，终是咬咬牙，打开了门。

项语秋一脸戏谑的表情看着她，笑道："走吧，下去吃饭。"说完自顾自地抬脚下了楼。

连心灰溜溜地跟在他身后，嘴里嘀咕着："先说好，我是怕你吃不完浪费食物才下来的啊……"

在火车上为了躲项语秋，连心都没怎么好好吃东西，可到头来自己在项语秋眼中就像个跳梁小丑一般，自作聪明。看着香喷喷的烤肉，连心决定来个"化羞愤为食欲"，埋头专心吃饭。

连心吃得肚子滚圆，心满意足地躺在椅子上喝茶消食，终于开口和项语秋说话："你什么时候发现我的？"

项语秋不回答，又替她续上一杯茶，憋着坏笑。

"快说！"

"还没把你那点儿小伎俩摸透，我可就白被你折磨这么多年了。"

远处夜幕下的雪山轮廓格外清晰，项语秋看着满天星光和清晰可见的银河，深深感慨道："婷婷一直想来西藏，却迟迟没有行动，你知道为什么吗？"

连心摇头。

"因为她希望我们可以在蜜月旅行的时候来。"项语秋解释道。

两人沉默许久，连心开口说："你想帮她实现心愿，怎么能不带我？我看到了，她也就看到了。"

项语秋眼底闪过一丝光，久久地注视着连心清澈明亮的眼睛，说："谢谢你帮她完成这个心愿，她会看到的。"

不远处闪起了火光，不时有喧闹的声音传来，连心两眼放光，拉着项语秋问他那边在干什么。客栈老板正端茶上楼，闻言热情地回答："那边有藏族老乡组织了篝火晚会，你们可以租一套藏服去参加啊。"

"篝火晚会？我们去吧！"连心眼睛亮亮的，不由分说拉着项语秋下楼。

"我不穿，我不去。"项语秋一向不爱凑热闹。

"走啦，走啦，多好玩啊！"

篝火越烧越旺，通红的火焰照亮了夜空，映红了大家的脸。连心拉着项语秋跑进人群，和藏族老乡还有其他游客手牵手围成圈跳舞。项语秋手足无措的样子引得连心哈哈大笑。

一位藏族姑娘在众目睽睽之下来到项语秋身边，又唱又跳半天，随后将手中的哈达挂在项语秋的脖子上，敬了一杯酒。项语秋求救似的看向连心，连心装作看不见，没心没肺地玩得正开心，丝毫不管此时的窘境，项语秋只得满脸通红地接过。

"喂，人家姑娘看上你了！"连心不怀好意地笑着调侃他。

项语秋的脸更红了，反驳道："这是一种礼仪，别瞎说。"

"项语秋，我又来蹭饭了！"陈奇哼着歌心情愉快地开门进屋，一边换鞋一边喊着，却没有人回应。他在屋里搜索了一圈，都没有找到项语秋，打开卧室门，发现项语秋的旅行包不见了，这才惊觉怕是项语秋背着他卷铺盖跑了！他赶紧掏出手机打起了电话。

"项语秋，你去哪儿了？"陈奇大声问道。

"西……藏。"由于电话信号的原因，项语秋的声音断断续续。

"西藏？你不上班了？不工作了？不照顾连心了？"

项语秋偏头瞥了一眼，陈奇口中那个需要照顾的连心正玩雪玩得不亦乐乎。他坦白告诉陈奇，连心正和自己在一起。

陈奇沉默半晌，突然反应过来，对着电话大吼："你们俩太过分了，出去旅行不带我！"

"你说什么？风太大我听不见！喂……喂？没信号了！"

"别给我装！我还没说完呢！不许挂！"话音还没落，手机屏幕便显示通话结束，陈奇气哼哼地在房子里转了一圈，"我相机呢？明明放这儿了。"

陈奇看见罗锐在院子门口探头，朝着他问道："臭小子，鬼鬼祟祟干吗呢？"

"项语秋在吗？"罗锐用探寻的口气问道。

"不在，去西藏了。"陈奇想起来就生气，愤愤不平地说。

罗锐这才坦然地从门后出来。

陈奇觉得好笑，调侃他道："干吗？你什么时候这么怕他了？"

"怕？开玩笑，我是怕我自己忍不住动手！连心呢？"

"她也不在。"陈奇漫不经心地回答着，专心寻找着他的宝贝相机。

"她能跑去哪儿……"罗锐愣了一会儿反应过来，带着不确信的语气问，"她……不会是跟项语秋去西藏了吧？"

陈奇忙捂嘴道："我可什么都没说啊。"

"你居然拿了陈奇哥的相机！你不怕他把你的房子掀了？"连心举着相机，"咔嚓咔嚓"地拍着草甸上的牛羊。

"怕什么？他能在我家蹭吃蹭喝，我还不能收点儿利息了？过来帮我搭帐篷！别跑来跑去的了，小心缺氧！"

连心答应着跑过去，看着项语秋钻进钻出，却没有搭手帮忙，而是对着他快速地按下快门。

这是他们在西藏的最后一天，这几日他们马不停蹄地赶路，一心想把景致看遍。洁白的哈达、高扬的经幡、林立的玛尼堆、佛塔下的经轮，还有那永远磕不完的头，他们每天都被从未有过的惊奇所震撼，忘记了高原反应带来的不适，忘记了缺氧的疲惫。

夕阳西下，红霞染在雪山和大地上，天空仿佛要将所有景物融入一片苍茫之中。连心和项语秋坐在帐篷前的草甸上，面朝日落的方向，享受着最后的宁静，一路奔波的辛苦也慢慢消散。

连心从草甸上蹦起来，拿着相机拍晚霞、拍日落，突然将镜头一转，低头拍下项语秋的脸，项语秋闭着眼睛，不知在冥想什么，抬手遮挡镜头。

过了一会儿，相机快门声消失，项语秋心下一沉，起身寻找连心的身影。只见连心在不远处的地方，半弯着腰，相机掉在地上，项语秋赶紧跑过去。

"连心！怎么了，哪儿不舒服？"

连心大口地喘着粗气，表情痛苦，张了张嘴，却是一句话也说不出。旁边的游客看到这一幕，觉得连心的症状很可能是因为高原反应，让项语秋快些把她送去医院。

很快，有经验丰富的驴友帮着找了自驾的车，在远处挥手示意项语秋过去，项语秋背起连心就跑，连心趴在项语秋的背上，难受得不停呢喃。

项语秋看着连心痛苦的模样心急如焚，温柔地安慰："别说话，很快就到了。"

连心睡着了，项语秋轻轻地关上病房门。

医生诊断是高原反应，还好送医及时，安排进氧舱吸氧，吃些药休息一下就好了。可让项语秋懊恼的是，他忘记了连心动过手术的眼睛，高原低氧环境有很大的概率引发视神经疾病，医生的提醒让他有些后怕。

心烦意乱间，罗家的电话打了过来，罗母在电话那头激动地喊："打通了，打通了！"

罗锐抢过电话，言辞激烈地要求项语秋立马把连心带回来。

高原上信号不好，没说几句就断线了，罗锐愤愤不平地还想打回去，罗母担忧连心会重蹈婷婷的覆辙，制止了正在气头上的罗锐。罗父既担心连心的身体又气恼自己，早知今日，当初就该坚决反对她和项语秋来往。

而还在医院走廊守着连心的项语秋，放下电话，陷入了深深的自责中。

4

没过几天，连心又活蹦乱跳了，项语秋收拾行李带连心离开西藏。到了上海后，项语秋送连心回罗家。

"你回去吧，我会跟他们解释清楚的。"连心拉了拉项语秋的衣袖。

他突然笑了。自从他被罗父泼了一身水之后，连心就特别害怕让他接近罗家，每次一到门口就撵他走，这么多年都没变。

连心被项语秋笑得心里发怵，忙解释说："罗叔叔心脏不好，我是怕你气着他。"

"我知道，赶紧进去吧，他们肯定担心死了。这次是我不对，还是我自己跟他们解释吧。"看连心依旧一脸担心的样子,项语秋温柔地笑着说,"没事,有我在。"脸上没有一点儿担忧。

连心仰头定定地望着他,心渐渐安定下来。像从前很多次那样,只要项语秋这样说,她就可以毫无保留地相信——有他在,她就不用怕。连心伸出手指按下门铃。

刚一进门,罗锐冲上来就给了项语秋一拳,还要扑上去时却被连心死死挡住。

"罗锐,你干什么?"连心急了。

"连心你闪开,我要打死这个浑蛋,他害死我姐还不够,现在又瞒着我们带你去那么远的地方,害你生病,我说什么也不会原谅他!"

罗父和罗母没想到罗锐会当众打人,拉住罗锐说:"锐锐,你冷静点儿,不管怎么样也不能动手打人。"

项语秋推开连心,轻声说:"你躲开,他打我也是应该的,是我没照顾好你。"

"放开我!你们都拦我干什么,才不过几年而已。"罗锐怒吼着,指了指项语秋,"他忘了,难道你们也忘了吗?我姐是怎么死的?你们能原谅他,我不能!"

罗父看着项语秋,一字一板地说:"你最好不要一次次地挑战我们的极限,这几年我们容忍你,并不代表已经原谅了你!"

连心看着逐渐失控的场面,如实交代说:"叔叔,你们都别说了!项语秋对我很好,一直很照顾我,这次去西藏是我偷偷跟着去的,跟他没关系!"

罗锐听连心这么说,气不打一处来:"你别维护他了,他就是死性不改,自以为是!觉得自己能照顾好身边的人,其实他什么也做不到!"

罗父对连心说:"你上楼去,我们之间的事情不是你三言两语就能化解的。"

"我不走!罗婷姐一样是我的家人,如果她还活着,会想看到自己最爱的人之间互相伤害吗?"如今剑拔弩张的局面是连心万万没想到的,说话都带着哭腔。

"连心!你不懂……"罗锐依旧双眼发红,浑身怒气。

"是你不懂!你们都不知道他为什么要去西藏!那是罗婷姐最想去的地方,他是……他是为了完成罗婷姐的心愿,他从未忘记过罗婷姐!"最后几句连心近乎哽咽。

项语秋终于开口，真诚地说："我知道，婷婷的死我有责任，我从来没想过逃避，也没奢望过被你们原谅。这次的事确实是我的错，对不起。"

连心气不过，拉起项语秋就要走。项语秋拉住她，摇头，示意她别这样。

罗锐暴跳如雷，对着连心吼起来："我说让你跟我们一起出国你不肯，原来是想跟他去西藏。我和爸妈担心了好几天，你就这么走了？你是不是从来没把他们当父母，没把这里当家？"

"锐锐！"罗母喝住罗锐。

"叔叔、阿姨，对不起，本来以为我可以照顾好自己，没想到让你们担心了。"连心咬了咬嘴唇，接着说下去，"但是这次你们真的错怪项语秋了。我长大了，分得清是非对错，以前我也讨厌过项语秋，可我现在觉得，罗婷姐是希望我们成为朋友，而不是仇人。"

"连心，你已经不是小孩子了，有的事情不是对错可以说清楚的。我们已经失去过一个女儿，不希望你再发生任何意外。"罗父用严厉的口吻说道。

"我知道，叔叔，这次是我太任性了。"

"好了，这件事就到此为止。锐锐也是担心你，他说的话你别往心里去。罗锐，去把我们带给连心的礼物拿出来。"罗母说着推了推罗锐，示意他去拿礼物。

罗锐也自知刚才对连心说的话有些重了，虽然不想这么轻易地放过项语秋，也只得悻悻地上楼。

连心见气氛有所缓和，赶紧给项语秋使眼色。

项语秋将带回来的西藏特产放在桌上，上前告辞。

等项语秋的身影消失在门外，连心打开带回的特产，一样一样地介绍道："呐，阿姨你看，这是冬虫夏草，这是松茸……这些都是项语秋专门买回来给你们的。"

罗母淡淡地瞥了一眼便别过头去，慈祥地对连心说："连心，以后去哪里都要先告诉我们，好让我们心里有个底，不然我和你叔叔都会很担心的，听到没有？"

"嗯，我知道啦！你们不用担心，我能照顾好自己。"连心拍拍胸脯道。

"你这个丫头，就会装大人！"罗母笑着用手点点连心的额头。

项语秋靠在躺椅上出神，陈奇气喘吁吁地跑进来。

"你可算是回来了，我问你，你是不是拿走我一个相机？"陈奇质问道。

没等项语秋回答，陈奇就已经看见了桌上放着的相机："哼，果然，本来拿你当借口骗了唐诗，对你还有点儿内疚，现在一点儿也没了！"

唐诗几天找不到项语秋，以为项语秋为了躲她，连家都不敢回了，没办法，只好借着探班的理由，来找陈奇打听。陈奇顺势让唐诗又是请客又是按摩，吊足她的胃口，暗自窃喜实实在在耍了她一顿。

项语秋回头问："你说什么？"这个陈奇，果然又趁机给他招惹麻烦。

陈奇这才看清项语秋脸上的青紫，惊讶地询问："你这是让谁打了？"

"别提了。"项语秋不耐烦地摆摆手，显然不想被勾起回忆。

"噢，我知道了，罗锐吧！你活该！谁让你拐带人家小女孩儿的！"陈奇幸灾乐祸地笑着。

项语秋从手边随意抓起一个木马模型就要砸过去。

"哎哎，别砸！看清楚了，那可是连心最喜欢的模型。"陈奇有恃无恐地说。

项语秋忍了忍，又把木马放回去，觉得有必要认真考虑一下两人的友情是否还要继续下去，无奈道："你就嘴贱吧，怪不得没有女朋友。"

陈奇不以为意地说："嘿，我那是不想找，追我的女孩儿都排着队呢！"

项语秋"呵呵"两声以示讽刺。

罗锐不停地敲着连心的房门喊着："连心，你开门嘛，我给你道歉！你别不理我啊！"自从那天罗锐气急了，对连心说出她根本没有把这里当成家等的狠话后，连心已经好几天没有理他了。

楼下的罗母侧着耳朵仔细听着楼上的动静，悄声对罗父说："你说，锐锐这孩子对连心是不是太过关心了点儿？"

罗父不耐烦道："你又想说什么？可别再说连心耽误锐锐之类的话了。"

"这不是耽误不耽误的事，两个孩子都大了，又没有血缘关系，这老黏在一块儿，难免会有不一样的感情。"

"你是说，锐锐喜欢连心？"罗父皱了皱眉。

"你看他那天打项语秋的架势，跟护犊子似的。从小到大，他为连心打过的架还少吗？这样下去可不行。"罗母越想越觉得不妥，"锐锐是要出国深造的，万一对连心感情深了，不愿意走，那可怎么办？"

"你说的也不是没有道理，出国的事情我会看着办的。"罗父一向不赞同罗母这样杞人忧天，平日里总说她这是妇人之见。但罗锐的确对连心有所不同，从他第一次为了连心顶撞自己开始，罗父虽不说，却都看在眼里。

<h1 style="text-align:center">5</h1>

"假期好短啊，感觉一眨眼就过去了。哎，下周家长会你家谁来啊？"连心跟同学一起走出校园，同学好奇地问。

连心眼底的失落稍纵即逝，但很快用轻松的语气说："我叔叔阿姨都忙，没人会来的。哈哈哈，我不用担心老师会告我的状了。"

"啊！好羡慕你，上次我爸开完家长会回来，好几天都没给过我好脸色。"

"羡慕吗？"连心苦笑。两人在校门口分别。一扭头发现罗锐等在校门口，连心装作他不存在，面无表情地绕过去走自己的路。

"连心，等等我！"罗锐追上来问道，"你又要去项语秋家？"

连心故意赌气说："我去哪儿跟你没关系！"

罗锐哭丧着脸说："我都道歉了，你就跟我回家吧。"

"我说了，别跟着我！要不然我真生气了！"

罗锐只好无奈地离开。

其实连心早就不生罗锐的气了，她知道罗锐是担心她，那些气话她根本没往心里去。只不过这些年罗锐处处针对项语秋，项语秋从不跟他计较，这次如果不给他点儿教训，以后他会变本加厉地找项语秋的不是。

连心一个人走到一条僻静的巷子时，突然书包被人从后面扯了一下，还没等反应过来，就被人推倒在地，低头一看，膝盖磨破了一大块，殷红的血很快渗了出来。

一个女生走来对着她凶道："连心是吗？你以为你是谁啊？认识罗锐了不起？按辈分我们是学姐，你最好放尊重点儿！"

连心疼得龇牙咧嘴，定睛一看，好像是之前拜托自己给罗锐送情书的两个女生，当时被自己拒绝了。她们一直对连心的态度耿耿于怀，所以今天找人将连心堵在了巷子里。

"连亲自给他递情书的勇气都没有，谈什么喜欢不喜欢。"连心有些不耐烦地对两人说道，类似的情况她已经遇见好几次了，压根儿没往心里去。

为首的女生盛气凌人地说："不帮忙就算了，还害小倩哭得眼睛肿了两天，不给你点儿教训实在说不过去吧。"

另一个女生说："我看你就是喜欢罗锐，所以才不愿意帮忙。"

"罗锐能看上你什么啊？长得又不好看，听说成绩也差得要命。"

连心默默听着，也不反驳，从地上捡起自己的书包，向两人抡过去，喊着："来啊，不是要教训我吗？谁怕谁啊？"说完，快速从地上爬起来，抱住逼近的两个女生，三人扭打在了一起，但很快，连心就占了上风。

看着连心似乎不要命的样子，两个女生露出了害怕的神情，匆忙跑开。

连心捋了捋自己被扯散的头发，扯了扯有些脏乱的校服，把书包甩在肩上潇洒离开。

项语秋双手抱在胸前，手里拿着一张写着"通知"二字的纸，蹙着眉头一脸严肃地看着连心，等她主动开口解释。只见连心衣衫不整地坐在对面的沙发上，头发凌乱，膝盖还破了皮，胡乱贴着块创可贴。两人就这样僵持着。

"我回来了！"陈奇背着一堆摄影器材，吹着口哨，推开门，一进门看见连心的样子，吓了一跳，"我去！小姑奶奶你怎么搞得这么狼狈？项语秋打你了？我帮你揍他！"说着拿起抱枕朝项语秋砸去。

"你别添乱了，一边儿待着去。"项语秋揉着眉心，挥了挥手继续对着连心说："这么大了，还跟人打架，小时候就这样，这么多年书都白念了，你这毛病什么时候才能改改？"

连心愤愤不平地嘟囔着："凶什么凶，是她们先动手的，再说了，我也没吃亏啊！"

"没吃亏就是好事了？你要是把她们打伤了，家长都找到罗家去，你怎么办？"

连心依旧是满脸的不在乎。

项语秋抖了抖手里的家长会通知单："你别以为我不知道你在想什么，你在学校的家长联系方式里写了罗叔叔的名字，却写了我的电话和住址，老师找不到，是吧？"

陈奇早在一边捧腹大笑道："我听明白了，行啊连心，小小年纪就学会捏软柿子了！"

项语秋瞪了陈奇一眼，陈奇收敛了点儿，仍然憋着笑。

"不用你去，你就当没看见。"连心撇嘴，一把抢过通知单。

"以为罗叔叔、罗阿姨忙，顾不上你，你就自由了？通知单都寄到我家来了，我当然得去。"项语秋这个"软柿子"也不是好捏的。

连心有些懊恼地说："我的情况挺好的！大不了我做好会议记录，回来给你看！"

"看你这样子，指不定在学校闹了多少事，我得去跟你们老师谈谈。"

"去去去，烦死了，你别后悔！"连心说完，扔下通知单，转身回房，"砰"地关上了门。

陈奇好奇地拿起通知单，边看边念着："尊敬的家长朋友，您好！为了加强您与老师之间的交流，提高家校合作程度，让您充分了解孩子在学校的学习和生活情况……好啰唆啊，你真要去参加家长会？"

见项语秋不说话，陈奇不解地问："这种事你干吗非要去啊？真把自己当家长了？"

"我不去你去？"

"我？跟我有什么关系啊？"

"你脸皮比我厚，比我会说话，肯定和老师处得来！"

"原来你也怕老师啊！你可别坑我了，我上学那会儿，开家长会都想尽办法瞒着呢！"

项语秋抢回陈奇手中的通知单，低头沉吟片刻，用试探的语气问道："那……咱俩一起去？"

"两个大男人一起去，多奇怪啊，你可真逗！"陈奇翻了个大白眼，抱着相机，坐到电脑前导照片。

项语秋瞪了陈奇一眼，走进屋子，从柜子里取出医药箱，敲了敲连心的房门说："别扒门了，出来，我给你擦药。"见里面没动静，继续喊："你放心，就算老师向我告状，回来我也不会揍你的。"

门突然被拉开，连心一把抢走项语秋怀里的医药箱，恶狠狠地说了句"你敢"，就重重地关上了门。连心的嗓音带着青春期少女特有的软糯，即使是放狠话，在项语秋听来依旧是没有任何威慑力。

家长会那天，项语秋还是硬着头皮来了。他提心吊胆地坐在讲台下面，认真地听着老师反映情况，生怕听到连心的名字出现在"黑名单"里。

连心艰难地钻过层层的人群，挤到最前面趴在教室窗户上往里看，一眼就看到了项语秋。项语秋的神色有些不自在地环视周围，年轻的面孔和帅气的打扮与教室里的其他学生家长格格不入。

班主任站在讲台上，说："刚刚发到各位家长手上的是这次月考的成绩单，可以对比上次的成绩，更全面地掌握孩子的学习情况。在进行家长会下一项内容之前，我们首先要恭喜班里的连心同学，入围了全市中学生舞蹈比赛……"

听到连心受了表扬，项语秋转头看了看窗外的连心，笑着挥了挥手。连心赶紧低头。

"连心，你爸好帅啊！还这么年轻！"有同学看到项语秋，顿时羡慕地对连心说道。

"他不是我爸。"为什么会觉得他是我爸啊？连心觉得这位同学的智商与他有着漂亮分数的试卷不符。

"不是你爸？难道是你哥？"

"不是。"连心觉得这位同学的好奇心有些重。

"不是你爸，也不是你哥，那为什么来给你开家长会啊？"好奇心很重的同学继续刨根问底。

"反正老师也不认识我爸妈，随便找个人充数不就行了！两百一天租的。"连心只得瞎编一个理由来满足同学的好奇心。

连心不理会同学疑惑的目光，将视线重新投向项语秋，只见他正接过从前座传来的一张表格，抽了一张传到后座，然后拿着笔看着身边的其他家长，有样学样地填了起来。

人群中有一个男生对连心使了个眼色。连心会意地点了点头，两人同时退出人群。

连心不时回头谨慎地看看身后，来到了校园偏僻的角落处，发现还有一个女生等在这里。

"东西带了吗？"女生迫不及待地问，"连心，我等那限量版的碟等得花都谢了。"

连心没理会，直接问道："钱带了吗？"

"你先让我看看东西。"

"没钱？那算了。"连心作势要走。

"哎！别急啊。"女生急忙拉住她，不情愿地从口袋里掏出了卷成一卷的纸币，递给连心，"我可就剩这些钱了，可以吗？"

男生也跟着递上两百元钱。连心接过两人的钱数了数，从包里拿出他们想要的东西。

"真的是周杰伦签名海报？"女生仔细检查着海报。

连心跳到单杠上义正词严地说道："必须啊！我可是良心店家，如假包换。"

"你下次能不能帮我弄一张周董演唱会的票？"女生期待地问。

"这个有点儿难度。"连心顿了顿，卖了个关子，"价格就……"

"如果真的可以去看周董的演唱会，我们的零花钱都贡献给你。"

连心满载而归地回到教室，家长会已经结束，家长们带着孩子陆陆续续离开，剩下一小撮家长围着老师，了解孩子的情况。

趁老师没注意，连心走到项语秋面前，故作不在意地问："开完了？走吧！"

项语秋研究着手中的活动介绍道："你入围了舞蹈比赛，怎么没跟我说过？"

"为了让罗阿姨开心才去参加的，有什么好说的。赶紧回家吧，我都饿了。"

项语秋收拾东西，准备离开，老师从人群中探出头来，让他稍等一下，有些事情要聊。项语秋转头看向身边的连心，只见她虚地耸了耸肩。他做了个"你好好待着，等我回来"的表情，跟着老师走出教室。

"连心是个聪明的孩子，所有科目里数学最好，几乎每次都是全班第一，说明她很有做生意的头脑。"老师在走廊的角落处低声说着。

项语秋脸上浮现出骄傲的神色，却被老师的后半句话哽住。

"可也不能……在学校里做生意吧，学校毕竟还是学习的地方。"老师话讲得客气，可态度不言而喻。

项语秋皱眉向老师询问："这种情况持续多久了？"

"我们是上周才发现的，但是涉及的学生比较多，而且交易的东西也五花八门。的确是影响到太多同学了，我才不得不单独跟您说明一下。"

"我明白了，老师，我回去一定会好好和她谈谈。"项语秋沉思着。

6

连心进了家门，看见陈奇，连招呼都不打，径直走进了自己的房间，"砰"的一声关上了门。

陈奇对着项语秋做口型道："惹她不高兴了？"

项语秋摇了摇头，走到连心门前道："连心，你出来，我们谈谈。"

半晌，连心才不情愿地从房间里出来，站在项语秋面前。

"你没有什么要解释的？"项语秋说着将一堆零食，还有歌碟、海报等摊在了桌上。

小丫头花样越来越多了。

"人赃俱获，我还有什么好解释的？"连心不置可否地耸耸肩。

"整天忙着做生意，成绩能好吗？现在想想，你小时候多出来的零花钱，不会也是这么来的吧？"项语秋显然不满意她这个态度。

连心嘴硬，说："住校生好多东西都买不着，我手上有，人家想要，正常的供求关系，他们还感谢我呢！"

"哟，还供求关系，这业务挺熟练呢！"项语秋冷哼一声道，"怪不得你数学好，敢情实践出真知啊！"

"其实我喜欢做这些事情，不用伸手问别人要钱，自力更生，有什么不好的？"

项语秋被连心的反问卡住，一时说不过她，扭头用眼神示意陈奇帮帮自己。

陈奇清了清嗓子，装作一本正经地教育道："嗯……连心啊，你现在还未成年呢，很多事情还不是你操心的……哈哈哈哈哈，对不起，老项，我实在编不下去了，哈哈哈哈哈哈……这么严肃的对话实在不是咱们两个能处理的啊！"

"要你何用！"项语秋狠狠地瞪了陈奇一眼，转头看向连心时却仍然板着脸。

连心也倔强地不肯低头。

"好了，不就是卖了点儿零食、海报，有什么大不了的，我小时候倒卖的东西比这过分多了！"陈奇笑够了又跑来当和事佬。

"让你说她，你又拿自己那点儿破事显摆。"

"我没做错，用不着你们教训。"

项语秋被连心满不在乎的态度激怒道："连心，今天我必须跟你说清楚，以后这种事不能再做！想做生意，大学毕业了有的是机会，耽误了学习，将来有你后悔的！"

连心也不甘示弱地反驳道："我卖点儿东西挣钱怎么就耽误学习了？"

"这还不仅是耽误学习的事，你卖零食，万一同学吃坏肚子了，你能说清楚吗？能负得起这个责任吗？"项语秋一脸严肃。

"你别小题大作了，根本没你说的那么严重！你要觉得今天家长会我给你丢脸了，那好，以后再也不用你去了！我用不着你来管我！"连心说完气冲冲地跑了出去。

项语秋也气冲冲地回工作室做木工活儿。过了许久，陈奇终于忍不住走过来问："你真的不去找找连心？"

项语秋气还没消，没好气地说："找什么？这么晚除了罗家，她还能去哪儿？"

陈奇还是担心连心，忍不住抱怨项语秋说："你说你也是，至于发这么大火吗？谁还不是从这个年龄过来的，你小时候就没干过蠢事？"

"那你干蠢事的时候，要是没个人提醒你，现在不成混社会的了？"

"那倒也是。"

项语秋停下手头的工作，无奈道："算了，我还是给罗家打个电话问问吧。"

陈奇拦住他，解释道："还是我去打吧，你问不是找骂嘛。"

此刻的连心正坐在罗家客厅的沙发上，有模有样地学着罗父的样子，一手端着茶杯一手捧着报纸，惹得罗母频频发笑。

罗锐见连心突然回来，十分欣喜，匆匆跑下楼，不由分说地拉起她，对罗母说要出去一趟。连心就这样一脸懵懂地被他牵着往外走。罗母担忧地问罗锐这么晚去哪儿，回应她的却是剧烈的关门声。罗母左思右想，还是不放心，便让罗父开车跟上去看看。

"要看你去，就算连心还小，罗锐都二十岁了，有什么不放心的。"罗父依旧淡定地看着报纸。

"可是，你忘了我们之前担心的……"

"好了！"罗父打断罗母的话，"我已经在安排出国的事了。"

罗母闻言才放下心来。

罗锐拉着连心一路来到上海体育馆，体育馆里正在开五月天的演唱会，歌迷们举着 LED 灯牌和应援的荧光棒排队进场，罗锐往连心手里塞了一根荧光棒，讨好地说："怎么样，这个礼物有诚意吧？别生我的气了。"

"好吧，看在演唱会的面子上，勉为其难原谅你了！"连心顺势给自己找了个台阶下。

连心、罗锐与歌迷们一起挥舞着荧光棒，全场欢呼合唱：

> 恋爱 ing happy ing
>
> 心情就像是坐上一台喷射机
>
> 恋爱 ing 改变 ing
>
> 改变了黄昏黎明
>
> 有你都心跳到不行
>
> 黄昏黎明整个到恋爱 ing

回去的路上，连心还意犹未尽地哼着调子。

"你下次还想看什么，我请你。"罗锐见连心心情不错，眉眼也跟着笑开了花。

"下次啊，我听你的音乐会。"

罗锐深情地看着连心，眼里是浓得化不开的温柔，他郑重地向她许诺："那我一定把最好的座位留给你！"

"好，我等你！"连心似乎并没有察觉到那一份柔情。

罗锐似乎想到了什么，犹疑地问："不过，你今天这么晚跑回来，项语秋难道……"

连心秒变脸打断道："别跟我提他！"

"好好好，不提，不提。"罗锐看连心对项语秋态度转变，心中窃喜，指着一旁转移连心的注意力，"看，那边有糖葫芦，想不想吃？"

"当然要吃。"连心满足地拿着糖葫芦，与罗锐漫步回家。

第二天，项语秋和陈奇正准备出门，听到一阵急促的敲门声，开门发现一男一女举着海报站在门口，像是学生家长的模样。

"你们是连心的家长吗？你们家连心伪造签名海报，骗了我女儿两百元钱，怎么说？"

"什么？"项语秋一时没有反应过来。

"你们家连心是不是经常在学校欺负人啊？我女儿只会自己躲在家里哭！要不是被我们发现她还不准备说，这口气我们咽不下去！"男人有些着急，"连心人呢？叫她出来！"

三两句之间项语秋已经大概明白了是怎么回事，果然自己担心的事还是发生了，面对情绪激动的家长，项语秋忙解释道："你们消消气，小孩子不懂事。"

"不懂事就能胡作非为了？这是道德品质败坏！能教育出这种女儿，你们家长也好不到哪儿去！"男人气急推了项语秋一把。

连心回来取书包，在门外看见这个场景，二话不说上去推开男人，对着他喊道："不许你欺负他！你们是谁啊？"

项语秋拉住连心道："你回房间去，没你的事！"

女人在一旁嚷嚷着："怎么没她的事？不许走，今天不给个说法不行，谁也不能包庇这个小骗子！"

"你说谁是小骗子呢？我招你惹你了？"连心不服。

"够了，连心！"项语秋呵斥连心道。

连心气不过，冲着项语秋大嚷道："项语秋，你平时不让我打架也就算了，没想到你自己也这么窝囊！别人欺负你都不还手，算什么男人！"

项语秋一激动，把海报扔在地上，扬起手给了连心一巴掌道："他们是你同学的父母，你把伪造签名的海报卖给人家，还好意思在这儿大吵大闹？"

连心的半边脸赫然出现发红的指印，她捂着发烫的脸颊，难以置信地看着项语秋。项语秋也愣住了，伸手想看看连心的脸伤得如何，不知所措地说道："连心，对不起，我……我太激动了，你没事吧？"

连心打开他的手，她此时已经什么话都听不进去了，沉浸在项语秋居然打她的震惊之中，呆愣半晌，夺门而出。

同学父母见项语秋不停地赔礼道歉，道歉的态度又这么诚恳，还主动赔偿了损失，便不好再说什么，发了两句牢骚便离开了。

连心从项家老屋出来，跑到罗婷墓前号啕大哭。

"罗婷姐姐，项语秋居然打我。我明明看他被人欺负，替他气不过，他不识好人心，还打我……"

连心越说越委屈，越说越伤心，前来扫墓的人的目光都被她的哭声吸引了过去，纷纷朝连心投去探寻的目光。

连心哭得有些累了，情绪发泄完，心情也渐渐平复了下来。

安静的墓园给人以宁静的力量，连心终于开始正视今天发生的一切，项语秋之前强烈反对自己在学校做生意，就是害怕有一天会发生这样的情况，自己却觉得他是担心过头又多管闲事。这么看来，自己果然又给他惹了麻烦啊，连心自嘲地扯了扯嘴角，露出一个比哭还难看的苦笑。

第四章 /

1

在墓地平复好情绪，连心心虚地回到项家老屋。一开门发现项语秋端坐在沙发上，自己的行李箱摆在旁边，项语秋见连心回来，用听不出喜怒的语气，淡淡地说："把这些东西都拿回罗家去，以后周末别来玩了，反正我管不了你，也没资格管你。"

连心本想像往常惹他生气后那样，认个错、卖个萌就好了，见到眼前的这个阵仗才真的慌了，项语秋这分明是要抛弃她，于是她慌忙解释道："那些海报我也是从别人那里买来的，我不知道那个签名是假的。"

"我早说过，你做小买卖不仅是耽误学习的事。没错，赚了点儿钱尝到了甜头，可出了事你负得起责任吗？帮你扛的还是我。"项语秋的语气冷冷的，从未有过的严厉，"我不让你做，你还跟我横。"

连心小声嘟囔说："我错了还不行嘛。"

"还记得你小时候常去赊账的那些小商店吗？他们开店卖货都是要营业执照的，营业执照就意味着责任。人做每一件事都是要负责的，就像我答应婷婷要照顾你，我也要为这句承诺负责。"

连心自知理亏，只得低头保持沉默。

项语秋叹了口气，接着说："可现在我管不了你，也没法儿跟婷婷交代。所以……"

"对不起，我以后再也不犯类似的错误了。"连心赶紧认错，打断了他接下来要说的话。

项语秋见连心认错态度良好，决心抓住这次机会让她好好长点儿记性，不能轻易原谅她，故意说道："说什么？听不见。"

"对不起！"连心只好重复了一遍。

"道歉不丢人，知道自己错在哪儿才最重要。"项语秋满意地点点头，又叮嘱道，"明天去学校跟那个女孩儿道歉。"

连心抹不开面子，撒娇道："不能不去吗？"

项语秋义正词严道："必须去！这是你要负的责任。"

连心只得委屈地答应。

项语秋看着连心红着眼睛啜泣，脸上的红肿还未消退，想起下午自己的失控，顿时心软了，心疼地问："脸还疼吗？"

连心哑着嗓子，声音还带着哭腔说："你下手那么重，能不疼吗？"

项语秋拿来消炎药水和棉签，小心翼翼地替她擦着，问道："要不……你打我一下？"

药水接触到红肿的皮肤，痛得连心直皱眉，她孩子气地躲闪着项语秋手里的棉签，可怜兮兮地问："你不赶我走了？"

项语秋捧住连心的脸防止她乱动，细心地擦着药，说："傻丫头，好好休息去，这件事解决了，还有另外一件事呢。"

连心突然有些后怕，摸了摸脸道："啊？还有事啊？"

项语秋神秘一笑，任凭连心怎么追问都缄口不言。

项语秋来到舞蹈教室时，连心正站在中间随着音乐翩翩起舞，学员们围成一圈坐在地上。跳舞时的连心，动作优雅、轻盈灵动，像一只翩翩起舞的蝴蝶，飞落人间沾了些许烟尘，增添了几分古灵精怪。连心的舞步随着乐曲声停戛然而止，一支舞罢，教室中响起热烈的掌声。

有人看到门口的项语秋，吼了一嗓子道："连心，你叔又来了！"

连心朝门口看了一眼，从教室跑出去，全班哄堂大笑。

"当我叔挺开心啊。"连心打趣道。

"我可没这么说过，是她们自己瞎猜。再说了，我看上去有比你大很多吗？"项语秋摸了摸自己的脸，疑惑道。

连心看着项语秋脸上神秘莫测的表情，有种不祥的感觉。她一边问着他的来意，一边下意识地退后两步，想躲回教室，结果被项语秋一把拉住。

"别跑，你不是想挣钱吗？正好今天周末，我陪你出去试试，看看工作是不是那么好找的。学校生活这么幸福，你都不知道珍惜。"

"切，那有什么难的。"连心不服气。

项语秋无奈地叹口气说："真是初生牛犊不怕虎。"

等连心换好衣服出来，程总突然打来电话，让项语秋赶紧回公司一趟，他以为公司出了什么急事，只好对连心说自己有事要去公司一趟，让她先回舞蹈教室。

"我也要去！"连心雀跃地说。

"你去干吗？去了净给我捣乱耽误我工作。"

"你不是让我找兼职吗？正好啊，我去你们公司试试。"

"也行，走吧，到时候碰一鼻子灰别来找我哭。"项语秋一副等着看好戏的模样。

到了公司，项语秋隐约觉得气氛有些不对劲，没多想就敲开了程总办公室的门。

"什么？遣散？"项语秋听闻程总要解散公司的消息十分意外。

程总一脸歉意地说："唉，现在市场也不景气！之前的好几单到现在都没拿到项目款，公司面临破产，本来你去西藏之前就想说的，可你在这里这么些年一直就没休过年假，我不忍心……算了，走到这一步，也没有必要拖累你们，早做准备也好。"连日以来的压力已经让他的两鬓迅速斑白。

项语秋最落魄的时候，是程总给了他开始的机会，这么多年也一直待他不薄，他全都记在心里，如今突然被告知要各散天涯，他有些不舍，但也明白不到万不得已，程总不会轻易放弃公司。尽管如此，他还是安慰道："有什么我能帮忙的吗？公司这么多人，我们一起努力，说不定还有希望。"

程总摆摆手，洒脱地说："你的好意我心领了，我也在思考公司一直做不成功的原因，干脆趁这次机会出去历练历练，我早晚还得东山再起！"

项语秋明白，走到今天这一步，程总比任何人都难过，现如今一切都无法挽回，他只能诚恳地祝程总早日成功。

程总从抽屉里拿出一张名片，递给项语秋说："这是我朋友的装修公司，你可以去试试，也不枉你在我这里干这么多年。"

“谢谢程总的美意，不过还是不了，我也想趁这个机会去做自己真正喜欢的事。”

项语秋简单收拾了一下东西，抱着箱子，跟连心走出大厦。

连心不解地问：“现成的工作，干吗不去？”

“我还是想从事自己喜欢的职业。”

连心噘嘴道：“死脑筋，做家具可养不起我。”

“是谁说要自力更生的？现在好了，咱俩一起找工作吧。”项语秋似乎对失业的窘境并不以为意。

“我们来比赛，看谁先找到工作。”连心自信满满地下战书。

项语秋被连心的活力感染，笑着说：“好，输了的人要洗一个月碗。”

“一言为定！”

连心在街上漫无目的地走着，路过一家餐馆，门口贴着招聘的字样，她踌躇半天终于狠下心，推开餐馆门进去。

“你好，请问你这里是在招聘员工吗？”连心小心翼翼地询问。

老板头也不抬地说：“小姑娘，简历呢？我看看。”

“我没有简历。”

“大学毕业了吗？”

“没……没有。”

“高中毕业了吗？”

“快……快了。”

连心快要接不下去了。

“小姑娘，你想应聘什么？”老板笑了。

“服务员、洗碗工，都可以。”

“我懂了，你是想做兼职挣学费吧？”

连心连连点头。

“那对不起了，你想想，只有周末能工作，我们还不如请长期工呢。再说了，我这儿也不是做慈善的，你们这些孩子就喜欢变着花样跟家里闹，学生嘛，还是应该好好上学的。”

“好吧，谢谢老板，打扰了。”

连心一脸失落地从餐厅出来，路边一个发小广告的男人猥琐地凑上来问道："小姑娘，找工作？"

连心疑惑地看了一眼广告男，迟疑了一下，点了点头。

广告男将一张小卡片塞在连心手里，连心低头看了一眼，"××酒店提供特殊服务"的醒目字眼儿跳入眼帘，连心像摸到烫手山芋似的，慌忙扔了，头也不回地跑掉。

连心坐在项家老屋附近的长椅上，翻着广告上的招聘页面，发现不是要求学历就是要求工作经验。想起之前项语秋说的工作并不是那么好找，她心烦意乱地把广告纸扔在一边，向后靠在椅背上叹气，就这样呆呆地坐了很久。

项语秋端着一杯咖啡过来，见连心一脸垂头丧气的样子，戏笑道："怎么样啊？还没找到？"

"那你呢？"连心瞥一眼项语秋，心想如果他也没找到工作的话，自己也不算丢人。却没料项语秋得意扬扬地说："我当然找到了，在一个家具工厂。"

"你要是来嘲笑我的，我今天已经听够了。"连心拿报纸盖住脸，一副"你别理我，我不想和你说话"的样子。

"就算你找到了，我也不会让你去的。"项语秋觉得连心盖着报纸的样子有点儿蠢，好脾气地笑笑，将报纸从她脸上拿下来。

"为什么？"连心不解。

"我这么做，只是想让你知道，要在合适的时间做合适的事。你在学校做小生意，挣了小钱，还挺得意，实际上这是舍本逐末的行为，以后真的进入职场了，你这点儿小聪明丝毫用处都没有，有你哭的时候。"项语秋认真地说。

连心这才理解了项语秋的用心，内心有所触动，但仍嘴硬："切，说得一套一套的，还真把自己当我叔了？你爸妈小时候也是这么教训你的吧？"

项语秋并没有回答，眼里藏着深深的失落，脸色突然难看起来。

"怎么了？"连心见他突然不说话了，有些慌张。

项语秋并不看她，目光落在远处，陷入沉思，用稍带苦涩的语气说道："那会儿要是也有人这么教训我就好了。"他顿了顿，继续说："我爸妈相差20岁，当初他们俩力排众议，好不容易结了婚，讽刺的是没多久就分开了。我还没出生，我爸就有了新家。记忆里我妈很少在家，偶尔在家也总是喝得醉醺醺的，她没日没夜地疯，泡酒吧，换男人，欠赌债，从小就没怎么管过我。我刚成年不久她就去了美国，还总是把我当作提款机，只有缺钱了才会找我。"

项语秋语气平淡地回忆着，听不出喜悲。

连心却从他眼中看出了深深的难过，忍不住伸手拍了拍他的肩膀，安慰道："没事！以后你做错了事，我教训你！"

项语秋被连心逗笑，把手放在连心的头上，揉了揉她的头发，无奈地说："我觉得你保证以后乖乖听话，比较能够安慰我。"

"那你的人生该变得多么索然无味啊。"连心打下项语秋的手，"不要摸头，长不高啦！"

"我觉得那样我能多活两年。"

2

这天，阳光正好，微风不燥，连心正在院子里晒被单。

唐诗来老屋找项语秋，一进门就看见一个小小的身影在被单后面晃动着。连心也拨开层层叠叠的被单，探出头来看到了她。

两人对视一眼，都默默吐槽了句："阴魂不散。"

连心带着明显的小情绪，扭过头去，不情不愿地朝屋里大喊："唐老鸭又来了！"

"谁是唐老鸭？小鬼。"听到这个外号，唐诗的嘴角有些抽搐。

项语秋刚好走出来，看见了等在门口的唐诗。唐诗懒得再和连心计较，拉过项语秋，埋怨他之前不声不响地去西藏，也不告诉自己一声，害她被陈奇耍。

连心在一旁翻了个白眼，低声嘟囔："去哪儿和你有什么关系。"

这时她又听见唐诗想让项语秋去华娱星空上班，心中警铃大作，急急地打断唐诗，骄傲地帮项语秋拒绝道："他已经找到工作了，家具设计，专业对口，用不着你操心啦。"

项语秋刚刚还在思考该怎么婉拒唐诗的心意，闻言宠溺地低头看了连心一眼，说道："看你手上都是洗衣粉泡沫，快去洗手。"

连心答应着进屋，走了两步又转过身来，冲唐诗的背影吐了吐舌头。孩子气的举动惹得项语秋直想笑。

趁着连心进屋去洗手，唐诗揪着项语秋追问："你跟连心到底是什么关系？"

项语秋的目光没有离开屋子，意味深长地吐出"家人"两个字。

"家人？可你们没有血缘关系，孤男寡女的，你就不怕……"唐诗欲言又止。

"怕什么？"项语秋觉得莫名其妙，接着说，"我向一个人承诺过，会一直照顾连心。"

罗婷的事，唐诗也从陈奇口中了解得七七八八，已经过去了那么久，可项语秋提及她时眼中依旧悲伤。唐诗知道，自己还远远没有走进项语秋的心。

连心回到许久没来的风信子孤儿院，远远地看到院子里围了一群小朋友，正嘻嘻哈哈热闹地玩耍着。走近细看，院子中央不知什么时候摆了一个巨大的木马，项语秋正抱着一名个头儿娇小的女孩子往上爬。

"项语秋？"连心诧异道。

项语秋笑着看她，指了指木马说："来了？你的生日礼物，喜欢吗？"

连心走上前轻轻地抚摩着做工精致的木马，爱不释手，一脸兴奋道："我的生日礼物？这就是你一直在家里做的那个吧？还蒙着布不让我看。"

好几个月之前项语秋就在工作间神神秘秘地捣鼓着什么，为了防止连心偷看，还特地给工作室挂上了门锁。原来就是在准备这个生日礼物。

"这里曾经也是你的家，以后每个在木马上玩的孩子，都会想起你了。"

"嗯！"连心抚摩着巨大的木马，转头看着项语秋，带着笑意的眼角隐隐有泪光闪动。

连心戴着寿星帽，注视着推着亲手做的蛋糕的项语秋缓缓朝自己走近，在客厅中央笑得一脸幸福。陈奇在一旁拿起相机，将连心眼中闪烁的星光定格。

"这是我爸妈送你的。"罗锐横挡在项语秋和连心中间，抢先递上一个包装精美的盒子，说着又递上一本乐谱，"这是陪伴我十年的钢琴乐谱，送给你。"

连心笑道："舍得吗？"

"你想要什么我都能给你！"罗锐注视着连心的眼睛，似乎想要望进她的心里。

"我会好好珍藏的，大钢琴家。"连心细心地收起来放在一旁。

罗锐瞥向项语秋道："蛋糕吃了就没了，乐谱可以一直陪着你，最珍贵的东西当然要送给最好的朋友。"

"物质和精神都要满足，你们的礼物对我来说一样珍贵！"连心眯着眼睛笑，灵巧狡黠得像只猫。

"还有呢。"项语秋走近连心，绾起她的头发，帮她戴上一条绿松石项链，"这是之前在西藏买的，代表平安和幸运，希望这两个词能陪伴你一生。"

连心抚摩着绿松石，手中传来冰冷的质感，嘴角止不住地上扬，幸福要满得溢出来。在众人的簇拥下，连心双手合十，轻轻闭眼默默许愿：祝我十八岁生日快乐，但愿人长久，千里共婵娟。愿我爱的和爱我的，都被这个世界温柔以待，永远平安、喜乐。她睁开眼睛，在众人期待的注视下一口气吹灭了蜡烛。

3

吃完蛋糕，连心将罗锐送到路口。

"爸妈明天就回来了，你记得跟他们一起来看我比赛！别忘了啊。"罗锐叮嘱着。

连心催促道："知道了，你宿舍不是有门禁嘛，快回去！"

"等一下。"罗锐从书包里拿出送给连心的音乐盒，水晶球里大雪纷飞，一个跳舞的女孩儿随着音乐旋转。

"十八岁生日快乐，我觉得这个很像你，喜欢吗？"罗锐一脸期待地看着连心。

连心看着音乐盒，却觉得里面的女孩儿更像是罗婷姐，因为自己根本就不喜欢跳舞。但她不能这样告诉罗锐，只得勉强笑了一下，回答道："音乐很好听，以后睡不着可以打开它。"

罗锐点点头，笑着说："你喜欢就好，那我走了。"

道别后，连心转身走了几步，回头一看，发现罗锐依旧站在原地注视着她。

"快回去吧。"连心皱了皱眉，催促道。

罗锐这才恋恋不舍地离开。

项语秋站在楼上，看着罗锐和连心两人送来送去，谁也不舍得先走，嘴角便不自觉地微微上扬，仿佛看到多年前，自己和罗婷刚谈恋爱的时候。那时候的连心还小小的，弱不禁风的样子。

当初连衣服都扣不好的小女孩儿已经出落得亭亭玉立，一直以来，他都习惯把连心当作小孩儿看待，几乎都没意识到，小丫头不知不觉竟已经成年了。

气势恢宏的音乐厅里，连心和项语秋坐在观众席上，认真听着罗锐的演奏。流畅的音符如涓涓细流般倾淌在整个音乐厅里，观众们都听得如痴如醉。苦练多年，罗锐终于登上了"世界青年钢琴比赛"的舞台，一身帅气的燕尾服，绅士味十足，演奏技巧纯熟，情感饱满，获奖也是意料之中的。

领完奖的罗锐匆匆从后台跑出来，连心正等在外面向他祝贺，罗锐牵起连心就跑，完全忽视她身旁的项语秋，连心不明就里，只得跟着他一起跑，一直跑到当初他们一起逃课去的学校琴房。连心喘着粗气，环视着琴房，他们的童年时光历历在目。

罗锐拉着连心并排坐在钢琴凳上，像小时候那样，为连心弹奏起《天使爱美丽》的主题曲。一曲终了，罗锐手指停在键盘上，酝酿着什么。

从小到大，他每次拿奖，第一个想分享喜悦的人都是连心。今天是他在国内的最后一场比赛了，等国内学校的毕业手续办好，他就要去美国了。罗锐有些伤感，舍不得这么多年努力的"战场"，更舍不得连心。

罗锐下定决心似的，转向连心，问："连心，你……希望我留下来吗？"

"我当然支持你出国了！那个音乐学院叫什么来着……柯蒂斯！不去多可惜啊。"连心觉得罗锐今天怪怪的，问的问题也莫名其妙。

"可是……"怪怪的罗锐欲言又止。

连心环顾四周，琴房里贴着《BJ 的单身日记》的海报，随口问道："哎？罗锐，话说你都上了四年大学，怎么还没有女朋友啊？"

罗锐一顿，支支吾吾地回答："其实我……这种事情还是要随缘，没碰上自己喜欢的嘛。"

"该不会是因为我吧？"连心歪着头疑惑道。

罗锐一惊，屏住呼吸看着连心，正准备说些什么。

连心突然大笑："你看我这么多年帮你挡过多少情书啊。"

罗锐心里忍不住一阵窃喜，道："为什么？"

"为什么？因为她们不给钱！"连心沉浸在自己的小骄傲里，完全没注意罗锐言语里饱含的深意。

罗锐闻言顿住。

连心还在继续回忆，说："世界上哪有那么便宜的事呢，我跟她们又不熟，还让我免费跑腿儿，况且连情书都不敢亲自送，还敢说喜欢你？"

罗锐深吸了一口气，缓缓地说："有些人不敢表白，或许是怕被拒绝。"

"可是不表白怎么知道那个人是不是也喜欢你呢？"

"你说得也有道理。"罗锐若有所思，话锋一转，一脸期待地对连心说："那你跟我去美国吧。老师不是说你偏科太严重，高考成绩可能不会太好吗？美国有很多艺术学院，我可以让爸妈想办法，送你去学舞蹈，这样我们可以一起打工、一起租房、一起生活，就不会孤单了。"罗锐已经在畅想未来的美好生活了，"你跟我去美国，以后我会是出色的钢琴家，而你肯定也能成为优秀的舞蹈家，就像我姐一样。"

连心想起那个生日礼物，问："你是希望我活成罗婷姐的样子，还是希望看到一个真实的我？"

"我当然更希望你做自己了！"罗锐斩钉截铁地说。

连心试探地问："真的？"

罗锐用力地点头。

"既然如此……"连心一脸坏笑，猛地跳到罗锐背上，"背我回家吧！"

罗锐被连心的活跃感染，背着连心一圈圈地转，连心惊叫："罗锐，你放我下来！我都被你转晕了……"

两人的笑声久久回荡在琴房里。

陈奇大晚上说想吃夜宵，项语秋只得开着他的车去外面买，路过一家饭店，他瞥见一个和唐诗很像的女人喝得醉醺醺的，纠缠在几个男人中间。项语秋摇摇头，径直开走，没走多远，觉得放心不下，又倒车回来想确认一下。

只见唐诗已经醉得不省人事，迷迷糊糊地对搀扶她的人说："赵总，今天就……就到这儿吧，我要……我要回家了。"

"好好好，我帮你叫车。"唐诗口中的赵总一边敷衍地答应着，一边打开自己的车门，准备把唐诗塞进去。

项语秋冲过去一把拽住唐诗的胳膊，将她带入怀里，拍拍她的脸，试图让她清醒。

赵总怒气冲冲地瞪着这个坏了自己"好事"的人，语气很不爽地问："你谁啊？"

项语秋忍着火，客气地说："对不起各位，我是唐诗的朋友，她刚才打电话让我来接她。"

赵总讪讪地说："哦……朋友啊。"

"不用麻烦你了，还是让我送她回家吧。"项语秋冷漠地说着，示意赵总一行人让道。

赵总心虚，顺势给自己找台阶下："没事，这……唐小姐酒量不太好，以后得好好练！"

项语秋搀着摇摇晃晃的唐诗离开，她还醉醺醺地朝赵总挥手说："赵总，合同的事就这么定了啊，说好的，不许反悔！"

项语秋把唐诗扶到自己车前，打开车门。

意识不清的唐诗却趴在车窗上不肯进去，嘟囔道："哎？这是赵总帮我……帮我叫的车？长得……真丑！我不坐！我要换车！"

项语秋没好气地把唐诗从车窗上掰开，唐诗失去了重心，一屁股坐在地上。

"你不走，我走了。"项语秋拉开车门坐了进去。

"你这司机怎么回事啊？服务态度这么差，我告诉你，我……我没醉，现在是不可以拒载的，你知道不知道？信不信我投诉你！"唐诗在车窗外嚷嚷着，好不容易爬起来，拉开车门钻了进去，"不让我坐，我偏坐！司机，出发！"

项语秋无奈地替她系好安全带，一踩油门离开。

陈奇正躺在沙发上敷面膜，手里举着项语秋做的茶具端详，嘴里絮絮叨叨地吐槽着："这个人可真闲啊，巴掌大的茶杯上刻这么多花哨，成天捣鼓这些玩意儿，又不卖，以为你是名师大家，放家里能增值啊？"

听见开门声，他慌忙地把茶杯放回原处，从沙发上爬起来，喊道："你终于回来了啊！我都饿死了。"

走到玄关却看见项语秋背着唐诗进来，陈奇惊得一把撕掉脸上的面膜，目瞪口呆地说："你……你怎么把她带回来了？还醉成这样！是你干的？"

"闭嘴！我要累死了。"项语秋毫不怜香惜玉地把唐诗扔麻袋似的扔在地毯上，端起茶杯"咕嘟咕嘟"一通猛灌，一连喝了好几杯，才接着说，"路上看到她险些被骗，这不想着你对她有意思，就多管闲事了呗，剩下的事就交给你了。"

陈奇看着一身酒气横躺在地上的唐诗，面露难色，有些嫌弃地说："事实上，就在刚刚，我对她没什么意思了。"

两人把唐诗拖进连心房间，项语秋拿毛巾擦了擦汗，转身对陈奇说道："我回房间休息了，接下来该你伺候她了。同志，接受考验的时刻到了！"

陈奇有些犯怵，拉住项语秋说："你别走啊！你说她平时就凶巴巴的，喝醉了酒会不会打人啊？"

"她打不打人我不知道，但要是把连心的床单吐脏了，那疯丫头铁定会打你的。"项语秋说完便进了自己卧室。

项语秋走后，陈奇看着唐诗的睡颜，从没想过有一天，她居然能和"温柔娴静"四个字搭边。

怕唐诗半夜醒来胃不舒服，陈奇就去厨房端了杯水放在床边，试图扶起她喝水，刚碰到唐诗肩膀，她突然"哇"的一声，不偏不倚吐在陈奇身上。

陈奇的脸瞬间皱成了苦瓜，冲着项语秋房间绝望地大喊："项语秋，快来救我啊！"

项语秋拉过被子蒙住耳朵，丝毫不理会陈奇的哀号。

4

第二天清晨，唐诗从陌生的房间醒来，先是吓了一跳，随即警惕地环顾四周，欣喜地发现自己在项家老屋，光着脚就从卧室里跑出来，却看见陈奇在客厅晃悠，先是愣了一下，随后怀疑地问道："陈奇？昨天晚上带我回来的那个人……是你？"

"是……是我啊。"陈奇犹豫了一瞬，还是觍着脸承认了，顺手指了指外面晾着的衣服和裤子，"看到没，那就是证据！你昨天晚上吐了我一身！"

"昨天晚上真的是你……不是项语秋？我好像依稀记得……"唐诗半信半疑，晃了晃脑袋，不确信地说，"我怎么感觉不像呢？"

"你昨晚坐我的车回来的，还把我当成司机闹了一路，喝成那样，能认识自己就不错了！"陈奇有板有眼地撒谎。

唐诗耳根泛起可疑的红色，恼羞成怒地瞪了陈奇一眼。陈奇见状，趁热打铁道："哎，看到没，没有我当你的护花使者，遇到小人了吧？"

"昨天……那是个意外！我平时酒量很好的！"唐诗气冲冲地朝陈奇挥了挥拳，警告他不许再提。

陈奇撇嘴表示不信，扔给唐诗一双拖鞋，便坐下来开始吃早餐。唐诗在老屋里四处打量，看到客厅里新摆放了不少新奇、有创意的家具。

唐诗好奇地抚摸着，问道："这些都是项语秋自己做的？"

"是啊，之前他不是在装修公司嘛，又不舍得荒废手艺，工作间摆不下了就放到客厅里。"陈奇嘴里塞满了荷包蛋，含含糊糊地回答。

"那他现在在哪儿工作呢？"

陈奇歪着头，努力回忆了一下，犹豫道："好像……是个什么家具厂。"

"他的家具做得这么好，待在工厂不是可惜了？"唐诗拿起茶杯，爱不释手地把玩着。

"你有想法？"陈奇试探道。

唐诗得意地说："我在做一个家具展的广告策划，跟主办方关系还不错，我去想办法申请一个展位，把他的作品拿去，说不定能遇到有缘人呢。"

"这个……还是要问下项语秋吧？他不喜欢别人动他的东西。"陈奇有些为难。

"不要！问了哪有惊喜嘛。这是好事，等我们拉来大客户，他还有什么不愿意的？"唐诗说着，就开始在老屋里搜寻起项语秋的作品。

陈奇虽然有些不安，但也觉得唐诗说得有道理，便帮着她一起搜寻起来。

唐诗办事果然靠谱儿，没几天，就把展位的事情落实了。趁着项语秋不在家，联合陈奇把项语秋的作品一股脑儿搬到了展厅。

平时在老屋蒙尘的件件家具，经过简单的抛光，木质的纹耀在灯光的照耀下显现出温和的柔光……种种细节无不体现出设计者的匠心。

陈奇站在灯火通明的展厅里，看着眼前的这些作品，不由得惊叹道："项语秋没能亲眼看到真是可惜了，他肯定想不到自己的作品有一天能被展出。"

这时，一位气质雍容华贵的中年女人走过来，被摆放木工作品的桌子吸引了视线，她摘下墨镜，饶有兴致地走上前细看。桌面刻着一幅画，画上是一个女孩儿和一个少年手牵手的背影。

女人看向唐诗，道："这个桌子……我没听过家具设计师里有这号人物。"

"哦……他是我的一个朋友。"唐诗赶紧解释。

女人盯着桌面看了好一会儿，转头对身后的助理耳语了几句，自顾自地走开。

助理在自己的本子上写下了一串电话号码，撕下来递给唐诗道："我叫Emma，我老板说，这张桌子她买下来了，稍晚一点儿我会安排人把桌子搬走。我们还会在中国逗留两天，请让你的朋友联系这个电话，就说我们老板对他很感兴趣。"

唐诗忙接过递来的纸条，欣喜地说："你们老板真有眼光！"

回到项家老屋，唐诗美滋滋地告诉了项语秋这个消息，项语秋猛地从沙发上跳了起来，喊道："什么？你们拿去卖了？陈奇，谁让你乱动我东西的！"

唐诗没料到项语秋反应会这么激烈，不敢出声。

陈奇只好解释道："唐诗说能帮你拉到大客户，我想你这屋里堆着这么多东西，万一找到了能赏识的人也是好事嘛！"

"是啊，你看你那些东西摆在工作间里也是吃灰，还不如拿出去让更多的人看到。"唐诗随声附和道。

项语秋不好对着唐诗发火，只能狠狠地瞪了陈奇一眼，然后颓然坐在沙发上，语气里带着掩饰不住的失落，说："你们卖掉的那张桌子上，有我为罗婷刻的画。"

原本理直气壮的两人均是一愣。陈奇一副做错事的样子，不知如何是好，他知道有关罗婷的事情对项语秋是多么重要。

唐诗却从口袋里拿出写了电话号码的纸条，放在桌上，抱着肩，洒脱地说："卖了正好，我不认识什么罗婷，不知道你们之间发生过什么故事，但我想她肯定也不愿意你沉溺在过去而拒绝迈步向前。这是买家留下的电话，你想把桌子买回来也好，换一份工作也好，自己看着办。"

项语秋毫不犹豫地拿起电话，拨通了纸条上的号码，想把那张桌子买回来。电话那头告知他桌子已经运往巴塞罗那了，项语秋失望地准备挂电话，对方却出人意料地提出请他去巴塞罗那工作的邀请。

项语秋愣了愣，随即婉言谢绝了。看到项语秋挂断了电话，唐诗这才松了口气。

陈奇在一旁摇头，遗憾地说："巴塞罗那！西班牙！多好的工作机会，你干吗不去？"

是啊，干吗不去？自己孤身一人，没有牵挂，为什么下意识地就拒绝了呢？项语秋想起自己站在罗婷墓前的承诺。

"因为罗婷？还是连心？"陈奇追问道。

听到"连心"，唐诗一脸复杂地望着项语秋，等着他的回答。

项语秋装作没有听见的样子，抬手看了看表，趴在陈奇耳边悄声说："连心说她今晚过来，你赶紧送唐诗回去，她们俩可是互相看不顺眼，到时候开火会烧着你的。"

陈奇想象了一下二人对峙的场面，二话不说起身拽着唐诗离开。

唐诗突然被陈奇拉走，觉得莫名其妙，挣扎着说："哎，我还有话没说呢，你别拉我啊，陈奇！"

"走啦，走啦，他心情不好，你让他静静。"陈奇搪塞着，推着唐诗离开了老屋。

5

周末，罗母嘱咐阿姨做了一大桌好菜，特地接连心回家过周末。

吃完晚饭，罗母支开罗锐，拉连心坐在沙发上，微笑着问她想不想出国。连心被这突如其来的问题惊得愣住，疑惑地看着罗母。

"你罗叔叔在巴塞罗那的艺术学院有个朋友，能让你过去学舞蹈。"罗母解释道。

去巴塞罗那？她一个人？连心心里有些忐忑。

"其实我们也不想让你一个人在国外生活，只是……只是觉得那个学校非常好，机会难得，本来打算送婷婷去的……"提起罗婷，罗母眼眶红了，声音有些哽咽。

连心紧皱的眉头突然舒展，脸上勉强扯出一个微笑，宽慰道："阿姨，我明白你们的意思了，如果这是你们希望的，那么……我去。"

罗母果然很高兴，接着说："连心，你是个懂事的好孩子，叔叔阿姨这么做也是为你好。还有件事，我们会跟罗锐一起移民去美国继续他的钢琴学习，不过我们会经常去看你的。"

连心心下一凉，顿时明白了，强忍住眼泪，笑着回答："我知道了，阿姨，**谢谢你们**。我约了同学还有事，先走了。"说罢拿起背包夺门而出，生怕再迟一秒钟眼泪就会掉下来。

罗母看着连心离开，对下来的罗父说："你看，我说什么来着？你还怕这孩子闹脾气。有时候，我倒宁愿她不要这么懂事。"

"你们女人说话总是自相矛盾，小的时候嫌她胡闹，现在又嫌她太懂事。"罗父一脸无奈。

罗母瞪了罗父一眼，望着连心的房间，叹了口气。其实，她早就隐约感觉到儿子对连心的情愫，也曾经问过他是不是喜欢连心，虽然罗锐否认，说没有这回事，但她和丈夫还是商量决定，要把这两个孩子分开，这也是为了他们好。无论如何，在法律上连心只能是罗锐的妹妹，如果继续这样下去，**越陷越深**，只会让他们更难受。

出了罗家，连心漫无目的地走在街上，看着万家灯火通明的景象，眼泪像断了线的珠子，大颗大颗滴下来，只感觉到温热的眼泪滑过脸颊的一丝温暖。

为什么？为什么又要抛下她？她的亲生父母把她一个人留在世界上，好不容易有了新家，她以为从此就有了港湾，可是现在罗家也不要她了，她努力让自己**懂事**，让自己成熟，即使是自己不喜欢的舞蹈，为了讨叔叔阿姨的喜欢，也努力去学了，可为什么他们不愿意带她一起走？

不知不觉地，连心来到了学校。她把自己泡在冰冷的游泳池里，想要放空一切，电话铃却突然响个不停，她起身看见来电显示上项语秋的名字，有点儿烦躁，看着轻轻波动的池水，又放下电话，憋气沉到水里……

不知道过了多久，连心被人拉着胳膊一把抓了出来，耳边传来熟悉的声音。

"连心，连心你醒醒！你没事吧？"项语秋急道。

连心冻得发抖，睁开眼睛，池水和泪水混在脸上，哆哆嗦嗦地说："憋气我从来没**赢**过你，可是现在你肯定比不过我了。"

"吓死我了，大晚上的，你来这儿不会就是为了练肺活量吧？"项语秋替连心披上浴巾。

"项语秋……我想回家。"连心看着项语秋，眼泪夺眶而出。她想回家，回到一个永远为她遮风挡雨的地方，一个不论什么时候回家都为她亮着灯的地方，一个永远不会抛弃她，永远可以依靠的地方。

连心换了干净睡衣从洗手间出来，端起客厅饭桌上的牛奶，走到自己卧室门口。只见项语秋正给她换着床单，还不忘提醒她给罗家打个电话，别让他们担心。连心撇撇嘴，点头答应后，小声嘀咕了句"啰唆"。

不料项语秋还是听见了，敲了一下连心的额头，说："行，嫌我啰唆就赶紧睡觉，我明天还要去家具厂，要早起。"

连心捂着头，痛心疾首地说道："老项，我发现你变了。以前我只要跑出来，你总会质问我是不是又闯祸了，现在都不管不问了。"

"问你有用吗？都多大了，还用离家出走这招儿。"

连心突然严肃地问道："如果有一天我真的离开这里，你会不会找我？"

"什么意思？"项语秋不解。

"哎呀，我和你说如果，如果我一个人走了，你会不会找我？"

项语秋装作沉思的样子，一本正经地说："会，我还会打断你的腿。"

"你！老项，算你狠，从小到大你就用最简单粗暴的方式对我，等你老了，"连心坏笑，"哼哼……我会一一收回来的！"

项语秋无奈地笑了，转身却发现连心苦涩地笑着说："我要出国了。他们要把我送到巴塞罗那去留学，我答应了。"

项语秋微微一愣，强颜欢笑道："这不是好事吗？出国的机会难得，他们这么安排是为你好。"

"可是我根本不想出国。你是不是也嫌我烦，恨不得我离开，走得越远越好？"连心本以为项语秋会挽留她，见他不冷不热的反应，感到有些不满。

"你从小惹得麻烦是挺多的，不过我已经习惯了，你一走没人和我对着干还真有点儿不适应。"项语秋心里有些涩涩的。

"那你和我一起出国吧！"

"我去不是添乱嘛，别耍小性子了。"

连心急道："你考虑一下嘛。"

"这里有罗婷，我哪儿都不去。好了，赶紧休息吧。"项语秋觉得自己需要冷静一下，说完便转身离开。

连心看着项语秋的背影无比失落。

6

转眼间六月倏地一下就来临了，因为早就做好了出国的打算，所以连心并没有像其他高三考生那样为了高考而紧张忙碌。高考之后，罗家已经为连心去巴塞罗那做好了一切准备。

陈奇和唐诗也已经得知连心将要出国，对此两人各怀心思。陈奇觉得项语秋要是没拒绝那份工作，就能和连心一起去巴塞罗那了，可惜天意弄人。而唐诗则暗自开心，这叫天助她也！

临行的前一天晚上，项语秋帮连心收拾东西。

"短袖、长袖、外套、裤子、感冒药、雨伞，还有……"项语秋紧张地自言自语，又把头转向连心，"照顾好自己，别喝凉的，容易肚子疼；吃饭一定要忌口，不然会过敏；还有，别随便交朋友，与人相处多留个心眼儿，你这么傻，当心被骗。"

"啰里啰唆，是我要出远门，你怎么比我还紧张。"连心咬着苹果嘲笑他。

趁着连心去厨房，项语秋坐起来，从钱包里抽出一张卡，偷偷塞进连心随身背的包里，然后靠在卧室门口，望着在厨房里手忙脚乱的连心深深地担忧。

第二天一大早，项语秋开车载连心去机场。

在机场遇见罗父和罗母，项语秋以为他们是来送别连心的，刚准备找个理由离开留一家人送别，却瞥见他们身后的行李。

罗母上前抱了抱连心，说："在那边好好学习，我们到了美国会经常跟你联系的……"

美国？项语秋有点儿傻眼。

他这才知道，罗家人也是当天的飞机，从此以后就移民美国了，而连心则是一个人飞往巴塞罗那求学。

连心之前躲在游泳池里，这几日又躲着不见罗锐……近日的种种串联在一起，项语秋了然，原来是这个原因。项语秋不觉有些心酸，这个傻丫头心里得有多难过，亏自己看着她长大，竟没有发现她隐藏的种种情绪。

连心远远地看着罗家一家三口走向安检口，趴在项语秋肩上，泪流满面。

项语秋心疼地拍拍她的背，低声安慰道："你还有我。"在他一遍一遍的安慰下，连心逐渐止住了眼泪。

"老项，我走了啊。"登机提示响起，连心的脸上还留着泪痕，恋恋不舍地走几步就回头看他。

项语秋摆摆手，催促她快点儿登机，直到目送着连心进入安检通道，项语秋才突然感觉心头空落落的。

送走连心，项语秋回到家，抚摩着客厅里自己跟连心的合影、连心卧室的涂鸦墙和海报、连心看过的动画 DVD，整个人像被抽去了灵魂似的，木讷颓废，眼前时不时浮现出连心离开时的样子，他苦笑着对自己说："现在，连你也要离开我了。"

陈奇进来看见项语秋这颓废的样子，感同身受地说："你不觉得连心走了，家里突然有点儿安静吗？"

项语秋沉默着，心口那块空缺呼呼地刮着风。

两人正伤感着，唐诗风风火火地冲进来，兴奋地喊："项语秋！我刚收到展厅消息，今天有个客人高价买了你的好几件家具，走走走，晚上请我们吃饭！"项语秋茫然地抬头看了她一眼，不予理会。

陈奇拖着唐诗往外走，边走边说道："这要是放在平时他得请咱们吃一个月的饭，不过今天怕是不行咯。"

"你们去吧，这顿欠着，改天我请。"项语秋萎靡地缩进了沙发里。

唐诗不甘心地还想说什么，没等开口，就被陈奇有眼力见儿地拉走了。

辗转反侧了半夜，项语秋临近天亮才好不容易睡着，迷迷糊糊中听见动静，发现连心的脸浮现在眼前。他以为是梦，伸手去摸，感受到少女肌肤细腻的触感，一下子惊醒了。

"你……你怎么在这儿？怎么又回来了？"看到连心真真实实地出现在自己面前，项语秋还是有些难以置信。

连心心虚地说："我想了想，我不想学舞蹈，更不想一个人到陌生的国家去，我害怕。当初答应叔叔阿姨是接受不了逐渐被抛弃，一时冲动……我饿了，能不能吃点儿东西再说……"

项语秋连忙起来去厨房做饭，眼前的情况让他猝不及防，因为连心的任性而头疼，却又有一点儿欣喜。

连心还靠在厨房门口喋喋不休着："叔叔阿姨已经走了，去不去西班牙都没关系吧？我不会做饭，要不你教我做饭，什么时候学会了我什么时候走。以后我一个人在西班牙，什么都有可能发生。天高皇帝远的，你就照顾不到我了，怎么履行对罗婷姐的承诺啊？万一我在那边吃不惯，自己又不会做，饿死怎么办？我的西班牙语也才学了三个月，还没你英语说得好呢！你不让我打架，听说那边有很多小偷儿，要是不反抗，我钱被抢光了流落街头怎么办？"

项语秋瞪了连心一眼，走的时候见她没心没肺的，也没考虑这么多，这会儿又担心这个、担心那个，于是道："你什么时候话这么多了？"

连心噘着嘴，不满项语秋打断自己的话，继续道："我还没说完呢，如果我在西班牙……"

项语秋叹了口气，把做好的早餐端出来，说："好了，你赢了。我跟你去。"

本来不抱能说服他的希望的连心听到这话，呆愣半晌，突然跳起来，欢呼雀跃道："耶！我不用一个人去啦！"

项语秋宠溺地望着她笑，小丫头不在自己身边，他才发现自己的生活没有了她，就失去了鲜活的色彩，像做菜没有放盐一般没滋没味。虽然只有短短一天，但他再也不想体会那份孤独落寞了。

连心雀跃地转了两圈，转头又开始发愁道："可是，你去了干什么啊？"

项语秋安慰她说："之前没告诉你，有个巴塞罗那的老板看上了我的作品，想请我过去工作，我当时拒绝了，不过现在挽回应该还来得及。"

"太好了！老项，有你的！"

"好了，不是说饿了？快过来吃饭。"

连心换了一身白色的裙子来到饭桌前，胸前戴着项语秋送的绿松石项链。

连心漫不经心地拿叉子戳戳溏心蛋，问："你是不是觉得我很自私？没经过你同意就回来，还逼你陪我去西班牙。"

项语秋摇头道："就算你不回来，恐怕我也忍不住要去找你，你一个人在那边我还真不放心。"

"我就是太害怕了，怕自己一个人什么都做不好，我第一次出这么远的门。"其实连心刚过安检就开始害怕，之前伪装出来的坚强土崩瓦解，对未知生活的恐惧席卷了她，她本能地想抓住些依靠，能想到的人只有项语秋。

连心回房间补觉，刚才吃饭的时候，她再三确认项语秋是不是真的会陪她去西班牙，项语秋知道她这是缺乏安全感，所以不厌其烦地一遍遍回答她，得到肯定回复的连心终于安下心来回了房间。

项语秋把抽屉里写给罗婷的信都取出来，放进一个精致的盒子里锁起来，反复摩挲着盒面，又看向墙上罗婷的画像。

"婷婷，我就要跟连心去西班牙了，小丫头总不让人省心，你一个人要好好的。"

等两人收拾好简单的行李到达机场，趁连心去洗手间的工夫，项语秋翻出了唐诗给的电话号码，耳边却传来冰冷的语音："对不起，您所拨打的电话已关机。"

机会果然不会站在原地等你，错过了，就没有了。

项语秋挂掉电话，叹了一口气，又打给陈奇嘱咐他照看好老屋。

陈奇突然得知项语秋也要去西班牙的消息，有些诧异。碰巧唐诗也在一旁，她把电话里的内容听得清清楚楚，抓起车钥匙就往机场赶。陈奇连忙追了上去。

两人赶到航站楼，唐诗一见到项语秋就逼问道："你真的要跟连心去西班牙？"

"等她适应了我就回来。"

"那万一你也适应了呢？发现你还是离不开她呢？是不是就不回来了？"

面对唐诗一连串的质问，项语秋沉默了。

"项语秋，你难道不觉得你对她照顾得有点儿过头了吗？"

"我们是家人。"项语秋对唐诗处处针对连心的行为有些纳闷儿。

"家人？就算是亲人也不能照顾一辈子啊！我不相信这么多年你看不出我对你的感情！"唐诗咄咄逼人道。

项语秋被逼急了，同样反问唐诗说："那陈奇呢？这么多年，你不是一样视而不见？我从没放下过罗婷，在我心里，她永远是我的未婚妻，除她以外，再也装不下任何女人。"

这是他们第一次开诚布公地谈论两人的感情问题，却没想到是在这样的情景下。

唐诗一时语塞，没底气地说道："就算……就算是这样，可连心已经成年了，应该对自己负责，你也要为自己考虑，而不是成天围着她转。"

"为什么？她就是我生活的重心。"项语秋已经不想再谈下去。

陈奇从超市买了一些东西，提着口袋过来，见两人周遭的气温已经降到了冰点，忙缓和气氛，半开玩笑似的说道："好了，好了，你就当他去西班牙旅游了不行吗？你还经常出差呢！考虑过我的感受吗？"

"你闭嘴！"唐诗怒喝道。

陈奇一脸"好男不跟女斗"的表情，耸了耸肩。

"陈奇哥，不要太想我哦。"连心从洗手间回来，抱了抱陈奇，然后看向唐诗："也谢谢你来送我。"

唐诗别过脸，不自在地说："自作多情，我是来阻止项语秋的。"

项语秋上前拍了拍陈奇的肩膀道："等我回来。"

两人往安检口去，连心蹦跳着转过来朝唐诗和陈奇挥挥手，笑得无比灿烂，项语秋背对着两人，潇洒地挥了挥手。

唐诗看着他们逐渐远去的背影，突然幽幽地说："我觉得他不会回来了。"

陈奇难得沉默，一把揽过眼眶泛红的唐诗，拍了拍她的肩膀。

第五章 /

1

飞机在安普拉特机场降落，连心和项语秋站在行李提取处，看着轰隆轰隆滚动的转盘有说有笑。机场出入厅悬挂着米罗的大型壁画，装点着艺术之都巴塞罗那，来自全世界各种肤色的旅客川流不息，上演着一次又一次的离别与重逢，异国的一切让两人既陌生又新鲜。

连心激动地拉着项语秋的胳膊摇晃，大喊道："老项，我们到了！"

项语秋推着行李车往出口走，一个穿着黑衣服的外国男人神色匆忙地从旁边快速超过，险些把在车前扶行李的连心撞倒。

"喂！"连心正想发作，男人转过来恶狠狠地瞪了连心一眼。

连心压了压不高兴的情绪，觉得自己初来乍到，还是收敛些好。

男人鬼鬼祟祟地跟上了一位气质优雅的亚洲女人，趁着一队旅行团汇入时的拥挤，把手伸进女人的包里。

项语秋不知什么时候冲了上去，一个箭步钳制住男人的手腕，手上用力，顺势将其放倒。连心上前夺过男人手里的钱包，递给项语秋，男人趁机挣脱，一溜烟儿跑没影儿了。

连心还想追上去，被项语秋拉住，教训道："又要逞强？先保护好自己。"

连心吐吐舌头，心里有些意外，没想到一贯谨慎的项语秋比她还"路见不平"。两人朝着钱包主人的背影追过去。

此时那位亚洲女人完全没意识到自己的钱包被偷，已经快要走出机场大厅，突然被人拍了一下肩膀，一扭头，映入眼帘的脸让她瞬间出神，她下意识地唤道："岑今？"

"中国人？"项语秋有些惊讶，一边递上钱包，一边说，"刚刚你遇到扒手了，机场人多，还是小心些。"

女人回过神儿，脸上滑过一丝不易察觉的苦笑，但瞬间又恢复了优雅的姿态。她收下钱包，向两人表示感谢，便朝停车场走去。

连心和项语秋正在机场门口举着地图找车，一辆路虎缓缓地开到两人面前停住。车窗滑下，原来是刚才那位女人，她表示愿意送他们一程。不等项语秋考虑，连心就兴冲冲地拉开车门钻了进去，他只好跟着把行李搬进后备厢。

连心把脸贴在车窗上，兴奋地看着窗外快速掠过的景色，缤纷的瓷砖缀满外墙，瞬间便能让人感受到高迪独特的浪漫主义艺术风格。

连心突然想起了什么，对着驾驶位喊了一声："阿姨。"

一个急刹车，路虎停了下来，连心差点儿撞到前面的座椅。项语秋忙戳了她一下，低声说："叫姐姐。"

"哦……姐姐……"连心反应过来，尴尬地改口道。

"下车！"女人的声音听不出情绪起伏。

"别啊，我错了还不行嘛。"连心紧抓着车门开关，唯恐被赶下车。

"你们到了！"女人转过头看着连心，无奈地扶额道。

连心讪讪地拉开车门钻了出去。

车子停在一栋小巧精致的别墅前，项语秋把行李从后备厢搬出来，回身敲了敲车窗，对女人说道："今天麻烦你了，谢谢。"

"别谢，我只是不喜欢欠别人人情。"女人不以为然地说着，递出一张名片，介绍道，"我叫蒋佩珊，都是中国人，在这里有什么事可以找我帮忙。"

项语秋接过来，还没来得及说话，蒋佩珊便一踩油门离开了。

"主动给名片？老项，以我的经验看，她这是想泡你！"连心眼疾手快地一把抢过名片塞进包里。

"你从哪儿学的这些乱七八糟的经验？进去之前我再啰唆你两句啊，在这里收敛一点儿，要是房东把你扔出来睡大街我可不管你！"项语秋翻了个白眼，并不理会她的这番"经验之谈"。

连心不耐烦地答应着，按下了门铃。

别墅里，一位略微发福的中国女人带着一口浓重的四川口音迎了出来，亲切地拉住连心的手道："你就是连心吧？终于等到你了，怎么这么晚才到？"说着她又转头朝屋里用西班牙语喊了一句："Leo，那个中国女孩儿到了。"

见到是中国房东，连心备感亲切，长长地舒了口气，心中暗暗感激罗父和罗母的细心安排。她走上前正准备打招呼，房东太太却一拍脑袋，又跑回了屋里，急匆匆地说："天啊，我的菜煳了，快进屋，饿了吧，我给你做了夜宵。"

房东 Leo 先生是个典型的西班牙男人，此时他正靠着门框，面带愠色地看着连心，对她迟到的行为感到不满。

连心鼓起勇气，用还不熟练的西班牙语磕磕巴巴地解释自己迟到的缘由，显得格外紧张。

房东太太再次走出来，瞥了丈夫一眼，揽过连心道："别理 Leo 这个老顽固，一天到晚板着个脸，严肃得要死，走，我们进去。"

还好房东太太平易近人，如果一家人都像 Leo 这样，她估计每天都得提心吊胆地活着。连心松了一口气，随着房东太太进门。

项语秋提着行李箱跟上，Leo 警惕地站直，把他从头到脚打量了一番，用西班牙语问："你是哪位？我和中介的合同上写明了只有一个房客，是个女孩儿。"

项语秋虽然听不懂西班牙语，但大致可以猜到房东的意思，他微笑着望向房东太太，解释了自己的身份。

"Hi，我是 Alex，我是一个中国迷，欢迎你来西班牙，欢迎来我家。"只听一串流利的中文传来，一位阳光帅气的混血男孩儿跑了出来，热情地从项语秋手里接过连心的行李，"来吧，我们进去。"

"收拾完东西就好好睡一觉，我走了。"项语秋又嘱咐了几句，跟连心挥手告别。

连心勉强挤出一个微笑走进房子，又回头往项语秋离开的方向望了一眼，心中隐隐担心，人生地不熟、语言又不通的项语秋要去哪里落脚。

Alex 带着心事重重的连心参观房间，边走边说道："一楼是公共空间，这边是餐厅，早饭七点、晚饭八点，我爸爸不喜欢等人，错过的话要自己解决。不过没关系，我会敲门叫你。"

"那边小一点儿的冰箱你可以用，平时我们也会买一些水果、牛奶放在里面，我爸规定房客必须负责洗碗。"Alex说着无奈地摊了摊手，随即露出一个灿烂的笑容，"不过没关系，有我呢，我不会让女孩子干活儿的。"

Leo从书房走出来，叽里咕噜说了一句什么，语速太快连心没听清。

"我爸爸说你晚上要十点之前回来，不然就要被锁在门外了。"Alex给连心翻译道，转而又在她耳边小声说，"不过没关系，回来晚了给我打电话，我可以偷偷给你开门。"

连续听到三个"没关系"，连心笑道："你好像经常跟Leo先生作对？"

"日常爱好。我妈妈经常用'循规蹈矩'来形容我爸爸，我觉得不像是夸奖。"Alex耸耸肩。

"我猜，你小时候肯定也特别调皮捣蛋！"连心狡黠地笑着说。

Alex也欣喜地笑了，感觉家里有了连心，以后的日子不会无聊了。

初次见面的两人一拍即合，很快熟悉起来。阳光热情的Alex让连心想起了罗锐，初来乍到的紧张和不安渐渐消失。

项语秋一边往小区外走，一边给陈奇发了条报平安的短信。

短信刚发出去，陈奇的电话就打了过来，电话里传来唐诗激动的声音："喂，项语秋！你们安顿好了吗？住的地方安全吗？等等！我怎么听到风声了，你在哪儿？"

项语秋默默把手机拿远了一点儿，听完唐诗机关枪似的一连串问题，笑着回答道："你问这么多，要我回答哪一个？我很好，刚把连心安顿好。国内是早上五点吧？你跟陈奇在一起？"

唐诗立刻解释说："你别误会，我知道你肯定会和他联系，早就来等着了。陈奇这家伙真是靠不住，睡得雷打不动，一点儿也不担心你，没心没肺！"

旁边的陈奇还带着睡意嘟囔着："这不是醒了嘛……"

"对不起，有点儿事耽搁了，我该早点儿联系你的。"项语秋边走边说。

电话那边唐诗还在喋喋不休，时不时跟陈奇拌两句嘴。虽然吵闹，但项语秋听着竟觉得很温暖。还没走远，只见Alex急急忙忙开门出来，朝他使劲儿招手。项语秋匆忙挂断电话跑了过去。

Alex焦急地说道："连心情况不太好，你快进去看看吧。"

项语秋心里"咯噔"一惊，大步跟着Alex跑进屋。只见连心坐在客厅的沙发上，缩成一团，眉头紧紧地蹙在一起，很难受的样子，房东太太端着水坐在旁边，轻拍连心的背，一脸担忧。Leo 先生站在远处冷冷地看着，不时跟房东太太交谈几句，语气中充满抱怨和不满。

连心支撑着坐起来，央求项语秋带她出去走走。项语秋犹豫了一下，用询问的眼神看着房东太太。面对连心哀求的目光，房东太太叹了口气，告诉项语秋对面有个小公园，可以带连心去，如果她还是不舒服，要立刻送去医院。项语秋表示他们出去一会儿就回来，让房东太太放心。

刚一出门，项语秋下了一级台阶，轻轻蹲下，连心立刻像小时候一样跳到项语秋背上，身手矫健，项语秋心下明白，却没有说什么，只是将连心背稳向对面的小公园走去。

小公园的草地上有三三两两的西班牙人在聊天儿。项语秋背着连心走到长椅边，轻轻放下："为什么装病？"

连心没有回答他的问题，自顾自地说："刚刚我在厨房滑了一跤，Alex 和他妈妈忙跑过来扶。以前每次摔倒，都是你第一个跑过来，我突然很怕以后遇到麻烦，你不在我身边。"

项语秋顿住，犹豫了一会儿，还是不知道该怎么安慰连心，索性不说话了。

见气氛有些微妙，连心装作没心没肺地嬉笑道："我逗你的，这么严肃干吗？我们走吧，去帮你找旅馆，你不会说西班牙语，我不放心。出门前我已经问过 Alex 了，街角就有一家。"

"先送你回去。说多少遍了，你刚到别人家里，得留个好印象。我会照顾自己的。"项语秋转身带着连心往寄宿家庭的方向走。

连心撇了撇嘴，知道拗不过，只好跟在后面，不甘心地问："那明天你陪我去语言学校报到吗？"

"明早八点，我在小区门口的车站等你。"

"拉钩！"连心立即伸出小拇指。

"怎么还像个小孩儿一样。"项语秋也伸出小拇指，随意地跟连心钩了钩。

得到承诺的连心心满意足，一蹦一跳地走进房子。过了一会儿，二楼的一个房间亮起灯光，连心从窗户探出头跟项语秋挥手。

和连心道过晚安，项语秋走回公园的长椅，项语秋居然暗暗有些高兴。他原本不知道这边有个小公园，正愁不知道去哪里将就一宿，现在这里还有椅子可躺，已经超过他的预期了。

项语秋把行李箱打开，拿出一件外套盖在身上，刚准备躺下，连心的电话又打了过来，电话那头的小丫头可怜巴巴地说自己想家，睡不着。项语秋简单安抚了几句，披着外套又走出了公园。

不一会儿，在床上辗转反侧的连心突然听见窗外传来悠扬的口琴声，连心欣喜地探出头，看见项语秋站在窗外吹着口琴，熟悉的琴声飘荡……

一曲终了，项语秋冲连心挥挥手，示意她进去睡觉。

连心点点头，关上灯，口琴声给了她莫名的安慰，连心安然地闭上了眼睛。

项语秋在窗外站了好一会儿，见灯不再亮起，这才回到公园，躺在长椅上闭眼睡去。

2

天色渐渐亮了，连心从房间里出来，闻到阵阵面包的香气，一股家的感觉迎面扑来。

Alex 已经在餐厅的饭桌前，看见连心出来，露出个灿烂的笑容算是打招呼，指着面包对连心说："过两个街区有一家非常出名的面包房，我妈妈年轻的时候在那里工作过。每次家里来新房客，妈妈都会用我们西班牙的味道叫醒他，别愣着了，快过来尝尝。"

连心笑着看房东太太从烤箱里小心翼翼地拿出刚出炉的面包，拿起一个，喷香的黄油味扑面而来。她心中默默感叹，这就是妈妈的味道吧，Alex 真幸福。

吃过早饭已经九点半了，连心想起昨晚和项语秋的约定，赶忙向房东太太道别，急匆匆地出了门。她背着书包走在街上，带有哥特风格的古老建筑与高楼大厦交相辉映，构成了巴塞罗那令人迷醉的天际线。

连心跑到车站，一眼就看见项语秋厚重的黑眼圈。料到连心要追问，项语秋忙岔开话题道："我等了十几分钟了，没见到有车来，也没看见别人来等车。已经快十点了，你十一点之前要注册的！"

连心四下张望，在车站上贴着的西班牙语告示上认出了"司机""罢工"等几个词。她努力把它们拼凑在一起，两人终于弄明白：因为司机罢工，公共交通已经停运了，而且还要持续到明天！

没想到刚来巴塞罗那，就出师不利。连心在旁边焦急地转圈圈，嘴里不停地嘟囔着："怎么办，怎么办……"

项语秋翻出地图研究了一下，没等连心反应，就一把拉起连心的手，往学校的方向跑去。

穿过行色匆匆的路人，穿过色彩斑斓的街道，泛黄的梧桐树叶，在两人头上纷纷扬扬地飘落，阳光下这一切都显得那么温暖。

一路飞奔，连心终于按时赶到了学校注册。项语秋这才放心下来，和办完手续的连心坐在路边啃着汉堡当午餐。

连心边吃边翻着租房中介的传单，一本正经地说道："这个星期要抓紧时间把你的住宿问题解决了。这个太远了，这个太贵，这个太小……这个好像不错，你看！"

项语秋茫然地望着一堆不懂的单词，勉强笑了笑。

连心继续规划着，自言自语道："得找个离学校和我住的地方都不远的。我找你也方便，白天老师给我上课，晚上我回来教你！"

项语秋不紧不慢地说："今天公交和地铁都罢工，找房子的事先不急。"

"怎么不急！不快点儿找到房子，你可能就要回去了。"连心"腾"地站起来，把剩下的汉堡一股脑儿塞进嘴里，包装纸揉成团攥在手里，"不吃了，不吃了，看房子去。"

连心拉着项语秋绕过几条弯曲脏乱的巷子，站在一家上锁的店面门口，透过玻璃门，里面是人去楼空后的混乱景象。

不远处有几个鬼鬼祟祟的西班牙青年，叼着烟凑在一起低语，不时朝两人站着的方向看过去。巷子的另一边来两个警察，小混混儿起身，把刚刚走上前准备问路的连心推倒在地上。

项语秋怒了，上前抓住其中一个人的衣领，用英语说："撞了人得道歉吧？"

小混混儿一顿挣扎，嘴里还骂骂咧咧，最终挣脱项语秋，骑着巷口的几辆破摩托车跑远了。

两名警察上前询问，连心用蹩脚的西班牙语解释，并翻出中介广告递给警察，告诉他们自己只是看见广告来找房子的。

警察接过传单看了看，摇摇头对连心说："你们来晚了，这一家早就关门了，这附近很乱，没有人愿意在这里租房子。"

两名警察一边说着一边往外走，走过项语秋身边时，警惕地上下打量了一番。突然，其中一名警察从项语秋口袋里迅速抽出一包白色的东西，另一名警察果断上前，反扭住项语秋的胳膊，把他按在墙上。

一系列动作发生得太突然，连心吓得呆住了。

项语秋看着警察手里那袋白色粉末，立刻明白被刚才的小混混儿陷害了，大声喊："连心，别怕，问你什么都说不知道，你不能出事，记住，你什么都不知道。"

警察抓着项语秋来到附近的警察局，连心跟上来询问，一名女警尽力用最简单的词语向连心解释："白色粉末、毒品、藏毒、拘留……"

连心惊呼："不可能，我们初来乍到，他不可能藏毒，他是被陷害的！"

"证据，被陷害需要证据。"

连心指着房间里的摄像头，边比画边说："监控、相机、摄像头，你知道吗？这个，就是这个，那个巷子里有吗？"

女警摇摇头，遗憾道："那里没有摄像头，而且现有证据是他口袋中搜出的毒品。"

连心哀求着说："那你能不能让我见见他，几分钟就好，拜托，拜托。"

在连心的苦苦哀求下，女警答应让连心探视项语秋。

"都怪我，不该去那种地方找房子。我去找 Leo，他是律师，他一定有办法的。"连心泣不成声。

"不行！在证明我无罪之前，不能让你的房东知道这件事。就因为他是律师，才不会让一个嫌疑犯的妹妹住在他家里！"项语秋坚决阻止连心的想法。

连心几乎崩溃了，哭着冲项语秋喊："都什么时候了，你还考虑这些，只要能让你出来，我睡大街都无所谓。"

"连心，你冷静点儿，事情肯定会查清楚的，但你一定不能出事。"项语秋劝道。

"我不该让你陪我来西班牙的，我只是习惯了有你陪，我没想那么多，我……"连心满心自责。

项语秋赶忙说："连心，现在你要冷静下来，按时回家，和平常一样。"项语秋用沉稳的语气，缓缓地对连心交代着："我知道这很难，但你一定要做到。这只是个误会，我没有藏毒，没碰过那包东西，我相信警察不会胡乱定罪。我已经告诉他们是有人栽赃，他们会去查的。你不要自己去找那帮人，也不要跟陈奇他们说，他们会担心的。我说的你都记住了吗？"

"这也不能做，那也不能做，你让我怎么办？"连心急得不知如何是好。

项语秋被警察带走，临走还反复叮嘱连心："我会申请法律援助，你快把眼泪擦干，乖乖回家，不要再让我担心。"声音留在狭长空旷的走廊里，连心失声痛哭，深深的无助感席卷了她。

突然，连心想起当初在机场遇到的那个中国女人，她说有困难可以去找她。连心在包里一阵翻，终于找到了那张写着"蒋佩珊"的名片。

虽然不知道她会不会帮自己，但事到如今也只能试一试了。连心照着名片上面的地址找去，最终停在了一家建筑公司前。

因为没有预约，前台不肯放她进去，可在举目无亲的西班牙，连心能想到可以帮自己的人只有她了，她不敢轻易放弃，只好怀抱着一点点希望，在大厦大厅里坐了整整一下午。

直到暮色四合，天色渐暗，蒋佩珊终于出现在连心的视线中。

还好，连心的那声"阿姨"让蒋佩珊印象深刻，一眼就认出了她，见她独自前来，疑惑地问："怎么是你？你怎么会在这儿？"

连心还没开口，先忍不住哭了起来，断断续续才将项语秋的情况说明白。

蒋佩珊听着，神色逐渐凝重。

"姐姐，你能不能帮帮我？如果请律师，多少钱我都可以，只要项语秋平平安安地放出来就好。"

"就像我刚才说的，你们没有明确的证据，而警察手上又有物证，情况很麻烦。但是西班牙的警察不会随便给人定罪，既然项语秋已经说了是有人栽赃，他们就一定会去查。你就先回去等着，他会平安回来的。"蒋佩珊异常冷静，转而又问了句，"你那个朋友，项……项语秋，他让你来找我的？"

连心努力地不让自己哭出声来，摇摇头："是我，是我拿走了你的名片。除了你，我们在这里一个人都不认识。他是为了我才来西班牙的，都是因为我才害得他……"

"为了你？你们是什么关系？他是你的哥哥？还是男朋友？"蒋佩珊不解。

"他不是我男友，他是我的家人。"连心泪如雨下，哽咽道。

蒋佩珊送连心回寄宿家庭，路上给律师朋友打电话咨询了相关情况。

一进门，只见 Leo 在客厅端坐着，一脸严肃。

"对不起，我回来晚了。"连心连忙道歉，突然注意到自己的行李箱被放在门口，顿时愣住了，"这是？"

"以后你都不用遵守门禁了。"Leo 拿着一个信封向连心走来，"今天下午我接到警察局的电话，核实你的护照信息，听说你的朋友因为涉嫌藏毒被抓了，有没有这回事？"

连心点点头，刚想开口解释，Leo 继续说："谢谢你的诚实，既然这样，我们不能让你继续住在这儿了。我是做律师的，而你的朋友涉嫌藏毒。"

Alex 一脸紧张，试着帮连心开脱道："爸爸，是她的朋友涉嫌藏毒，又不是她，你是律师，不能因为这种事情赶她走吧？再说她朋友也只是涉嫌，警察还没有下结论呢！"

"闭嘴！你怎么知道明天不会有警察来把她一起带走？她没事，警察为什么要来问我？我可不希望明天律师事务所的头条新闻，是我家门口停了一辆警车！"Leo 呵斥道。

"爸爸！现在也太晚了，就算要让她走，明天好不好，明天早上我送她走，好吗？"Alex 不忍心看连心被赶走，还想争取。

"在我发火前，滚回你房间。"Leo 把手里的信封递给连心，"这是你已经付了的房租，全额退给你，赶紧走！"

连心知道已经完全没有回旋的余地，便不再多作争辩，提起行李箱走了出去。Alex 趁着父亲不注意，偷偷溜出家门。

连心正独自在路上走着，行李箱突然被一双手接过去，她惊讶地转头，Alex 的笑脸出现在她面前。

"让女孩子拿这么重的东西太失礼了，我带你去找住的地方。"Alex 说着拉起行李箱往前走，一边走一边歉疚地对连心说，"我爸爸说的话你别往心里去，他就是个老顽固。"

Alex 帮连心在旅馆安顿好，满怀歉意地说："对不起，我妈妈去参加朋友的聚会，我一个人对付不了我爸爸。我相信你的朋友一定是被冤枉的，不要想那么多了，好好休息一下吧，我再想想办法！"

连心想到还在警察局的项语秋，牵强地扯了扯嘴角，说："我没事，你快回去吧，被你爸爸发现你偷偷跑出来就糟了。"

Alex 走后，连心坐在床边，终于忍不住失声痛哭。

与此同时，警察对项语秋开始了问讯程序。

"说西班牙语你听不懂，现在说英语怎么也听不懂了？难道还要给你找个说中文的来？我警告你最好不要拖延时间，我们比你有时间。"

"我听得懂英语。我说了，我不知道那包东西是什么，它不是我的，是那帮人放到我兜里的。"

"有意思，巴塞罗那这么多人，为什么偏偏放进你的兜里？"

"要我怎么说你们才懂，我只是碰巧过去问路，被他们盯上了，你们抓错人了！"

另一名警察进来，拿出一份文件递给问讯的警察，两人用西班牙语交谈着。

"他请了律师。"

"律师也得有证据啊。"

"与其在我身上浪费时间，不如赶紧去抓那些毒贩，至于我，你们可以到事发地点附近找找目击者，或者附近的店家，我当时去找房子问了很多人，他们应该还记得。"项语秋不厌其烦地用英语解释着。

但是警察并不听他的，还气愤地答道："还不需要你教我怎么当警察！"

这时，项语秋的手机响了起来，警察挂断，过了一会儿，铃声再次响起，再挂断，再响起，反复几次，警察不耐烦地接了起来。项语秋趁机奋力挣脱束缚，想要去抢手机，却被警察牢牢控制住。

"这是证物，不属于你个人，如果你再反抗，我们可以定你袭警的罪名。"

听到警察严厉的警告，项语秋绝望地盯着手机。

而此时正听着电话的唐诗瞪大了眼睛，一脸的难以置信，惊恐地望向陈奇。

陈奇难得保持了镇静，他接过电话，向警察询问了详细的情况后，用肯定的语气回复道："我相信我的朋友，我们会尽快联系律师，希望能早日消除这个误会。"

唐诗也恢复了冷静，开始打电话联系自己的律师朋友。无论怎么说项语秋也不可能贩毒，现在只要能找到证据，一切就好办了。

3

连心想了一个晚上，决定去求当律师的 Leo 帮忙。一大早她就来到原来的寄宿家庭，向 Leo 说明了来意。

Leo 一如往常，冷漠严肃地说道："我不知道你能不能听懂。没错，我的确是律师，可我擅长的是经济类官司，你朋友的这件事，不是我不帮你，而是爱莫能助。你听得懂吗？我……不擅长……这种官司。"

"你可以帮我找别的律师吗？多少钱都可以。"连心掏出装着房租的信封。

Leo摇头道："真的很抱歉，这不是钱的问题。如果你要找别的律师，应该去事务所，而不是来我家。"

"连心，你来帮帮我。"房东太太从厨房探出头。

连心沮丧地走进厨房，房东太太正在包馄饨，对着连心道："喜欢吃抄手吗？听Alex说，你也是四川人？"

"好像是，我被送到孤儿院的时候还小，记不太清了。"

"哎，有天大的事情把肚子填饱再说，今天就和我们一起吃晚饭。"

"不用了，谢谢您。我还要出去办点儿事情。"连心一心想着怎么救项语秋出来，有些心不在焉地回答着。

房东太太不以为意，神神秘秘地对连心说："我保证吃完这顿饭，Leo就会答应你。"

连心瞪大眼睛看看房东太太，又看看在客厅看书的Leo，将信将疑。

抄手下锅，香气弥漫了整个房子。房东太太叮嘱连心看着锅，俏皮地朝她眨眨眼，叫她不要担心。说着走进客厅，不一会儿传来房东太太的嬉笑声和Leo的叹气声。

房东太太笑眯眯地回到厨房，对连心说："吃我的抄手是有条件的，放心吧，他已经给朋友打了招呼，明天会去警察局了解情况。你不能继续住在这里我很抱歉，希望我做的这点儿事可以帮到你。"

连心喜极而泣道："我知道这件事给你们添了不少麻烦，Leo肯帮忙我已经感激不尽了，我也已经在找住的地方了。谢谢您，谢谢。"

"我看你那个朋友人不错，患难见真情，初来乍到的，吃点儿苦、吃点儿亏不算什么，挺过这段时间就会好起来的。"房东太太怜爱地摸了摸连心的头，往她碗里多盛了几个抄手。

热辣的红油拌着鲜美的抄手，几日食不下咽的连心终于安心吃了顿饭。

第二天，Alex果然带着一位西装革履的律师走进警察局，安抚连心道："连心，别着急，他是我爸爸很好的朋友，业务能力很强，你朋友一定会没事的。"

连心点头，守在外面焦急地等待消息。不一会儿，律师随着几个警察从里间出来，对连心耸耸肩道："我们来晚了一步。"

"来晚了一步……是什么意思？"连心一惊。

前一天的那位女警看向连心，微笑着安抚她道："放心，你朋友没事了，昨晚已经有律师来了，经过调查取证，你朋友的确是被陷害的，我们也正在追击贩毒团伙。现在律师正在帮他办手续，马上就出来了。"

"昨晚？"连心有些困惑，她和项语秋在这里人生地不熟，实在想不出是谁在帮他们。

Alex 高兴地说道："看来有人比你还着急。不过已经没事了，这下你可以放心了。"

项语秋跟着几个警察走出来，眼下挂着浓重的黑眼圈，胡子也几天没刮，整个人显得更疲倦。清点好护照和个人物品后，项语秋见连心的眼中噙着泪水，不禁有些心疼，走向连心，故作轻松地说："你怎么了？才过了两天就不认识我了？傻丫头，我没事了。"

"对不起，都怪我任性非要你陪我来，什么忙也帮不上。"连心死死地盯着项语秋，几乎呆住，终于忍不住大哭道。

项语秋向 Alex 和律师感激地笑笑，伸手摸了摸连心的头道："这些都不是你的错，况且你已经很了不起了，能让那个偏房东出手帮忙很不容易的。"

"你真这么想？从小到大我都只会给你惹麻烦，是不是很没用？"连心勉强止住眼泪。

"你一直都很有主见，祸是闯了不少，但比其他女孩儿都勇敢。"项语秋肯定道。

连心这才破涕为笑。

一位华人律师走到项语秋面前表示事情已经解决了，如果还有其他需要，也可以帮忙处理。项语秋道谢，并希望此事到此为止。正当律师准备告辞，项语秋叫住并询问他是受谁所托，律师笑着看向项语秋身后。

"项语秋！"随着熟悉的声音传来，项语秋和连心循声回头，俱是一惊，只见唐诗踩着高跟儿鞋，拉着行李箱，微笑着一步一步走近。

刚经历了警察局风波的连心和项语秋，怎么都没想到，到巴塞罗那后第一次在餐厅吃饭，会是在这么没有胃口的时候，更没想到还会有唐诗在场。

只有唐诗兴致盎然，滔滔不绝地介绍着："这家餐厅我以前来过，环境和口味都是一流的，特别是这个西班牙海鲜饭。我知道你们俩肯定不舍得吃大餐，这顿算是给项语秋压惊，我请客！连心，洋葱汤要趁热喝！酒店那边我订了两个房间，项语秋你把行李搬过来吧，连心你想来的话可以跟我挤一挤。"还是她一贯雷厉风行的行事风格。

"不用了！"连心机械地喝了一口汤。

"也行，反正我订的酒店离你那儿不远，有事你随时来找我。我在巴塞罗那还有些朋友，你有什么需要就直接跟我说。"唐诗顺势不再劝她，转头对项语秋说："你签证是 30 天的吧？我会暂时留在这儿，等连心上课以后，和你一起回国。"

"唐诗，我还没决定什么时候回去。"项语秋慢悠悠地说。

唐诗一愣，但很快调整好情绪道："不急，还有时间，够你做决定了。下次有什么事一定第一时间告诉我。"

"谢谢你的好意，但我不喜欢麻烦别人。"连心起身，"我还有事，先走了。"

项语秋拦住连心道："你都没怎么吃，来，多吃点儿虾，这几天人都瘦了，脸色也不好。唐诗，这次的事情很感谢你，我们以后不会给你添麻烦了。"

"你很不愿意欠我人情？"唐诗的脸色有些不好看了。

连心赌气地端起酒杯一口干掉："是的，语秋哥不愿意麻烦任何人。为了感谢你，这顿饭我们请。"

"项语秋是大人，他知道怎么照顾自己。倒是你，把自己管好了，让项语秋能安心回国。"唐诗的口气不容置疑。

一杯酒下肚，连心满脸通红。唐诗和项语秋把她送到寄宿家庭附近，她磨磨蹭蹭地不肯进去。

项语秋以为连心只是舍不得他，温柔地劝道："我先走了，因为警察局的事房东对我意见很大，你还是自己进去比较好。"

连心不情愿地走到门口，回头看去，项语秋和唐诗仍在原地站着。知道混不过去，连心只好硬着头皮按下门铃。房门打开，连心飞快地冲进去，反手把门关上，紧张地背靠着门。

开门的是 Alex，他也保持跟连心一样的姿势，警惕地背贴着门站着，紧张兮兮地问："有什么人在追你吗？"

连心松了一口气道："Alex，谢谢你，还好你在……他们还不知道我不住这儿了。"话中是掩饰不住的失落。

项语秋没有拒绝唐诗的一番好意，暂时住在了酒店，也算安顿了下来。

倒是连心，一连几天，都有些魂不守舍。或者匆匆送点儿东西过来，放下就走；或者吃饭吃到一半，找个理由就跑掉；就连逛最喜欢的商店，都心神不宁。

这天，三人正吃着饭，中介打电话来催着连心过去看房子，连心随意找了个理由，撇下项语秋和唐诗就跑。这是一栋很破的公寓，每踩一脚，楼梯都"嘎吱嘎吱"响。中介领着连心跨过走廊里堆积的杂物，敲开一扇老旧的门。一个衣着邋遢、醉醺醺的西班牙男人打开门，手里拿着一个酒瓶，看见连心，猥琐地笑着，一把拉住她往屋里拽。

连心尖叫着试图挣脱，眼看着就要被拉进去了，中介也吓得直哆嗦。

这时，一个拳头从身后挥上来，项语秋出现在连心眼前，男人骂骂咧咧地放开连心的胳膊，准备动手，项语秋眼疾手快地拉过连心就跑。

等跑出公寓到了安全的地方，两人都气喘吁吁，项语秋回头确认了男人没有追过来，他不敢设想如果没有察觉到连心的不对劲，不放心地跟过来，如果……他生气地说："你知不知道刚才多危险！不是说了不要乱跑吗？"

连心倔强地说："你怎么知道我自己不能解决？"

项语秋没想到连心会这样回答，愣了一下，反问道："你没什么要解释的吗？为什么撒谎？"

连心低头不说话。

"你这几天都住在哪儿？"项语秋继续追问。

"那个小旅馆。"连心见已经瞒不过去，只得承认。

项语秋沉默半晌，重重地叹气，自责道："对不起，我还是拖累你了。"

连心闻言情绪激动地说："我就是怕你这么想才不告诉你！什么叫拖累，项语秋，这些年我拖累了你多少？如果不是为了照顾我，你不需要那么辛苦去打工，还要每天公司和学校两头跑。也许你可以更专注地创作，现在已经是有名的家具设计师了！"

"连心，我有责任照顾你。"项语秋抓住她的肩，不想让她心中有负担。

"可我没有理由一直被你照顾！就因为你比我大吗？我已经不是小孩子了。我可不可以是你的朋友，像陈奇和唐诗一样，可以帮你分担压力，替你解决问题，和你同甘共苦而不需要说对不起！"连心甩开项语秋，声嘶力竭地说。

连心边哭边走，项语秋知道她需要一点儿时间平复情绪，一直保持着适当的距离紧紧地跟着，两个长长的影子映在地上。

连心的脚步渐渐慢下来了，项语秋递上一瓶水。

"哭累了？陪我走走吧。"项语秋往公园走。

连心犹豫了一下，还是跟上他，嘟囔道："如果还是想说对不起、拖累我了，趁早别说。"

"我是想说谢谢，谢谢你说出了我一直不想面对的事。没错，你早就长大了，可我还把你当成小孩儿。是我需要你，也许陪着你能让我觉得生活有意义。"

"你是想把对罗婷姐的亏欠，都弥补在我身上？"

"当然不是。我知道你不是她……"项语秋垂眸。

"可我这双眼睛是她的，这么多年我们谁也没有忘记过这个事实，其实你们都这样认为吧，我是在替罗婷姐活着。"

"我承认，有时候我看着你会想到罗婷，可我知道你不是她，你也应该知道！连心，你就是你，你的生命是你自己的，你应该去做你想做的事，为你自己而活。"项语秋坚定地说。

"这些话，你应该对自己说，你也该有你自己的生活。如果在西班牙觉得不适应，我不希望你为了我委屈自己，不论是在这儿发展，还是回国，我都支持你！"连心觉得项语秋的话让自己心口暖暖的。

项语秋欣慰地摸了摸连心的头，老实说，未来难测他也不是没有想过、怕过，但一想到眼前这个坚强得让人心疼的女孩儿，就忍不住为她遮风挡雨、披荆斩棘。

4

项语秋和连心在回酒店的路上接到 Alex 的电话，Alex 兴奋地告诉他们已经找到了一处新房子。虽说是在郊区，但附近就有车站，出门还算方便，最关键的是房租很便宜。

连心感动得连连道谢，两人联系房主取了钥匙，决定明天去看看。

第二天，项语秋和连心一早出门，就撞见唐诗正好从电梯里出来。连心住的地方有了着落，心情极佳，连带对唐诗都热情了不少，主动邀请唐诗一起去看房子。

巴塞罗那的郊区有些许荒凉，一室一厅的公寓里一片狼藉，堆满了旧报纸，家具也蒙着一层厚厚的灰尘，显得又旧又破，上一个住户搬家留下的各种生活垃圾堆得到处都是，几乎看不出房子原本的样子。

唐诗一边帮项语秋把已经不知道是第几包的垃圾抬出去，一边吐槽这根本不是让她来参观的，分明是在变相做苦力。

趁着连心去买生活用品，唐诗盯着项语秋问道："你考虑得怎么样？我要订这几天的票。"

"这么急？"项语秋擦着桌子的手顿了顿。

"你现在又没找到工作，再拖你就得黑在西班牙了。"

项语秋还在犹豫，只能含糊地答道："让我想想，先收拾房间吧。"

唐诗这几天将项语秋和连心之间微妙的感情看得清清楚楚，心里有丝丝的担忧。凭着女人的直觉，她觉得项语秋是真的不想回去，他的心思都在连心身上，对她的照顾不仅是出于责任，那种感觉……总觉得项语秋是把连心当成罗婷了！

打扫完卫生，三人一起粉刷墙壁。唐诗身上不小心沾到油漆，怎么擦也擦不掉，回头看见连心偷笑，干脆气急败坏地拿手往油漆桶里沾了一把，抹到连心脸上，连心立马成了小花猫。

"哇！居然搞偷袭！"连心说着，同样不甘示弱地在唐诗脸上抹了一道。

窗外渐渐暗下来，项语秋看着两个打闹的女人，无奈道："我说二位，你们再玩今天就别想睡觉了。"

连心和唐诗交换了一下眼神，难得默契地一左一右向项语秋渐渐逼近。

"你们……你们要干吗？"项语秋只好连连后退，等到发现自己被逼到墙角时，想躲也来不及了，被两人抹了一脸。

随着门前最后一盏灯也发出温暖的光亮，公寓彻底焕然一新。

"好了，以后这就是咱们在西班牙的家了。"连心满意地扫视了一圈，高兴地鼓起掌来，说着就要出去买些夜宵庆祝。

项语秋叫住连心，拎起垃圾袋，朝门口走去，说道："这么晚了，还是我去吧，顺便把垃圾扔了。"

屋里只剩唐诗和连心两人面面相觑，气氛突然变得尴尬。

"你想喝点儿什么？家里也只有矿泉水了。"连心试着打破这种局面。

"你的家已安顿好了，也该放项语秋回国了吧？"唐诗忽略了她的问题，一击击中要害。

"他来西班牙就是为了要有个新的开始，为什么要回国？"连心愤愤，对唐诗好不容易建立起来的好感顿时烟消云散，"我很感谢你帮他，但他的事情谁也不能替他做主。"

唐诗一向对连心缺乏耐心，听了她的话更是火冒三丈，忍不住开口指责她太自私，完全不为项语秋考虑，见连心不信，又把项语秋一直睡公园的事情告诉了她。

连心来不及思考刚刚飘进耳朵的字眼儿，脱口而出道："睡公园？不可能，他明明……"

话到嘴边又停住了，以项语秋的个性，这完全是有可能的。

可连心嘴上依旧倔强地说："等安稳下来，我自己会去打工挣钱的，再说，这是我们两个人之间的事，不用你来操心。"

"你明知道他到这儿来是为了你，照顾你这么多年也是因为对罗婷的歉疚，你还真觉得自己是他的家人吗？"唐诗咄咄逼人地说。

听了唐诗的话，连心有些无言以对。

"我只是希望你尽早地开始自己的生活，也能放过项语秋。"

"我只知道我的生活从十岁就有他，下一个十年他也不会缺席。"连心倔强地说。

"幼稚！"唐诗走进卧室，重重地关上门。

项语秋拎着夜宵和啤酒回来，对两人刚刚的不欢而散毫不知情。连心也只是对他说唐诗太累先休息了，便接过夜宵，和项语秋吃了起来。

突然，唐诗落在桌上的手机响了一下，跳出了一条短信："您所订购的机票已出票。姓名：唐诗、项语秋……"连心装作不经意的样子瞥了眼屏幕，随即强装镇定，走到窗边。

"都没有好好看过巴塞罗那的夜景。"连心自言自语道。

"是啊，可惜这是郊区，夜宵也只能买到泡面。"项语秋接上连心的自言自语。

"但我有了家的感觉。"连心望着远方的点点亮光，回头朝项语秋露出微笑。

连心今夜一心求醉，唐诗刚刚的指责在她的脑海中挥之不去。

"你说的这些我当然知道啊，你永远不会懂的，我们是家人，你不会懂，不懂。"连心喝得有些微醺，嘴里嘟囔着，转而带着醉意的笑声又在房间里回荡，"项语秋，有你的地方才叫家啊……"

项语秋抱着睡着的连心走进卧室，将她轻轻地放在唐诗旁边，月光照进来，两人都睡得很沉。项语秋给两人盖好被子走出来，倒在客厅的沙发上久久不能入睡。

初升的阳光洒进房间，照在连心的脸庞上，她翻了个身，发现唐诗果然不在。连心摸着还有些微微疼痛的头，起身走到门口，深吸口气，对着门后镜子里的自己勉强笑了笑，鼓起勇气拉开门。

客厅里空无一人，房间被细心整理过，反而显得特别空荡。冰箱的纸条上写着"记得吃早餐，不许吃方便面"，餐桌上摆着一碗冒着热气的清粥，旁边的日历用彩笔大大地圈出今天，写着"有课"。

连心在桌前坐下，拿起勺子舀了一口粥送进嘴里，泪水不由得落了下来。喝醉酒并不能逃避掉项语秋已经离开，巴塞罗那只剩她一个人的现实。

语言学校第一天开课，同学们都在嬉笑吵闹，互相自我介绍。连心塞上耳机隔绝喧闹，当翻开课本的第一页时，看到空白地方竟然有项语秋的笔迹："傻丫头，加油！"

连心愣住，心上有种钝钝的痛感，却是微微一笑，摸出手机给项语秋发了一条短信："一路平安！"

而此时的项语秋正在机场与唐诗告别，拒绝了她一同回国的建议，并解释道："唐诗，谢谢你，我不想回国，也许换个环境，我才能像你们希望的那样，真正开始新的生活。"

"连心在你身边，你觉得能告别得了过去吗？"唐诗觉得这个理由并不能说服她。

"她不一样，正因为我们彼此需要、彼此支撑，才能把对方从过去的伤痛里解救出来。"项语秋的语气充满坚定。

唐诗还想说些什么，却是张张嘴，什么也说不出口，连声"再见"也没说，拖着行李箱头也不回地进入安检口。她怕再迟一秒钟，就会被项语秋看到自己脸上的失落。

连心形单影只地走在街上，眼前浮现的都是和项语秋相处的片段，甚至耳边还能听到项语秋的声音。连心忍不住回头左看右看，可路上来来往往都是陌生的面孔。

带着失落，连心打开家门，一股熟悉的气息扑面而来，饭桌上摆着一盘蛋炒饭、一杯橙汁，洗手间里传出窸窸窣窣的声音，连心慌忙跑过去推开洗手间，喊道："项语秋？不会吧！"

"下课了？"正在洗衣服的项语秋一脸笑容，顺带撩起一些水弹向连心。

连心愣了几秒钟，眼角微微泛红，她按捺着内心的激动，装作毫不在意地扫了项语秋一圈。

"为什么没走？没赶上飞机？表现这么好，是不是觉得留我一个人在这儿挺不好意思的？"

"我从来没打算要走啊。"

"你的行李箱不见了，还给我留了纸条……"连心突然想起了什么，冲进卧室，看见项语秋的行李箱好好地在房间的角落里放着，她有些懊恼地从房里走出来。

项语秋走过来摸摸连心的脑袋，戏谑道："来，让我看看，眼睛怎么好像肿了呢？是不是有些人以为我走了，哭了一整天？"

连心别扭地转过头，忍不住掉下了眼泪。

吃过晚饭，连心在房间里背单词，时不时抬眼看一下在客厅铺沙发床的项语秋，向他确认道："你买了沙发床，就一定不会走了吧？"

"能搞定工作签证的话，当然就不走了。你安心读书，顺利把语言过了，后面还要准备申学呢！"

说到工作，连心突然想到了什么，提醒道："你之前不是说有个老板看上你了吗？那你也快去那家公司看看！过了这么久，都不知道人家还要不要你了。"

项语秋敷衍地说："明天去。"铺好床扭头发现连心倚着卧室门看着他，一脸傻笑。

项语秋忍俊不禁道："不去背书在这里傻笑什么？"

连心也不恼，笑着说："因为你没有抛下我，我开心。"

两人相视而笑，仿佛又回到了在项家老屋的日子。

第二天，项语秋把连心送到语言学校门口，连心继续叮嘱项语秋道："等会儿到公司好好发挥，别紧张，人家可是只看作品就相中你的！"

"小孩子不要操心这么多，好好念你的书。"

"不要把我当小孩儿，我是在很严肃地教你。老项，端正你的学习态度。"

项语秋笑笑道："知道了，知道了。平时总嫌我啰唆，你比我更啰唆。赶紧进去，放学我来接你。"

报到时认识的同班同学正好过来，连心对项语秋挥挥手，随着他们一起往教室方向走去。

有个女生花痴地回头看着项语秋，好奇地打探道："连心，那是谁呀？蛮帅的。"

连心想了想，笑道："我家人。"

5

看着连心走进学校的身影越来越小，项语秋这才转身离去。他来到一家华人开的画廊面试，负责人看了看项语秋的简历，发现他的专业就是家具设计，随即又用英语提了几个问题，项语秋也对答如流。

负责人满意地点点头，认为他只做经纪助理实在是可惜了。项语秋悬着的心放了下来，如实告知负责人自己没有工作签证的情况。负责人一脸惊讶，遗憾地表示为助理办签证对于画廊来说并不划算，还坦诚地提醒项语秋，按照他目前的情况，不会有正经公司考虑聘用他。听到这个消息，项语秋愣住了，一时间难以接受。

离开了画廊，项语秋又接连面试了几次。不得不说，巴塞罗那不愧为艺术之都，艺术产业十分发达，涵盖了绘画、设计、建筑等多个方面。这对于学艺术的人来说，有很大的学习和发展空间。而且相对于国内，这里家具设计的市场更为广阔，也就意味着他可以有更多的工作机会。可惜结果却不尽人意，无论开始多么顺利，只要一听说他没有工作签证，面试官都纷纷表示拒绝。

项语秋在公园的长椅上翻着笔记本，上面好多家公司的地址和面试时间旁都被打上了叉。他翻到随意夹在笔记里的一张宣传单，陷入沉思：如果当初不那么仓促地离开，做好基本的准备再出发，就不会有这么多麻烦了。

巴塞罗那不仅对艺术有极强的包容性，对美食也是。这里聚集着世界各地特色的餐厅。项语秋照着随手接到的宣传单，找到一家小巷里的泰国餐厅，东南亚特色的装修，门口供奉的佛像和店内传来的泰国音乐，吸引了不少路人朝里张望。

项语秋走进餐厅，向老板说明来意。泰国老板满口答应让他来上班，并承诺一定会帮他搞定工作签证，只不过相应的工资会少一些。项语秋心想，眼下工作签证才是最重要的，工资多少无所谓，便欣喜地答应了。泰国老板又以水灯节快到了，店里人手不够为由，让项语秋先干活儿。

项语秋立刻换上店里厨师的衣服，戴上口罩进到厨房。几个东南亚厨师打量了一下项语秋，其中一人指了指角落案板上堆满的拔了毛的鸡，示意项语秋去剁鸡块。厨房的空间很小，又密不透风，闷得像个蒸笼，不一会儿浑身就被汗湿透。

从泰国餐厅下班，项语秋又直奔打工的酒吧，身上的腥臭味还来不及洗净，只好试着用香水掩盖。项语秋换上衬衫，活动了一下自己有些酸痛的右手手腕和肩膀，挤出标准的笑容。直到深夜，项语秋才拖着疲惫的身体从酒吧出来，小跑着往家赶。路上除了几个醉鬼，行人寥寥。

项语秋进门时，惊醒了睡在沙发上的连心。

"吵到你了？不好意思，今天没能去接你，以后不用等我，你白天还要上课，不能睡太晚。"项语秋看着眼前的状况有些不好意思。

"我不困，是太无聊才睡着的……我给你做了三明治。对了，今天去的那家公司怎么样？见到之前联系你的人了吗？"连心追着项语秋问。

项语秋看连心一脸期待的眼神，不想让她失望，只好撒谎说过几天会有下一轮的面试。

项语秋吃三明治的时候注意到连心戴着一顶鸭舌帽。这本来是他的帽子，戴破了一直没顾上扔掉，此时破的地方被缝了一只十分夸张的小熊，一顶本来很普通的鸭舌帽上，顿时多了些俏皮。

"这不是我的帽子吗，哪儿来的熊？"项语秋疑惑地问。

"我找到打工的地方了，就在学校附近的一家花店。今天做了三个小时，老板给了薪水，还送我几枝花和这个小熊。"

项语秋拨拨餐桌上不太新鲜的花，严肃地说："明天去谢谢老板，告诉他你不做了。"

"为什么？我可是好不容易找到的这份工作。"连心不解。

"因为你要读书。你现在最重要的事情就是顺利入学，赚钱不是你要考虑的。"

"我不会耽误学习的，我就是帮着看看店、骑车送送花，这份工作要和很多客人沟通，还能练习口语呢。那家店已经开了十几年，做的是周围人的生意，很安全。"

"我说不能去就不能去。耽误了学习，语言过不了怎么和罗叔叔交代？"

"我是个成年人，难道做什么事情都需要给别人交代吗？我只是不想你跟我来国外还要那么辛苦。"

项语秋打断连心道："只要有我在，就不需要你去打工赚钱。"

"你总不可能保护我一辈子吧。"连心有点儿生气。她说完径直走回房间，靠在紧闭的门背上，冲外大喊："我不希望你一直把我当小孩儿。"

项语秋站在花店窗外，看着连心打理花束忙碌的身影。

一个小女孩儿走进去，连心选了一枝玫瑰，认真地包装好，打了一个别致的蝴蝶结递过去，看着小女孩儿高兴地离开，连心脸上也满是认真和满足。

项语秋走进去，迎上连心热情洋溢的笑脸，说道："你很喜欢这份工作？"

"喜欢。而且这也是最好的选择，环境好，薪水也不错。"连心一边说着，一边给鲜花浇水。

项语秋四下打量花店的环境，发现没有其他人，于是问连心道："怎么就你一个人？"

"老板去进货了，另外一个店员去送花了。"

"老板是男的女的？"项语秋关心道。

连心故意逗他，夸张地说："男的啊，而且特别帅！"

谁知项语秋已经看到墙上挂着好几张一位花白胡子老头儿的照片，看出他才是真正的老板，稍稍放心下来，选择了妥协，但还是叮嘱道："我同意你留在这里，但要注意安全，送花的时候走人多的街，还有，要记得功课第一……"

"知道啦，知道啦，你快走吧，我上班时间不能闲聊，被老板看见就不好了。"连心强忍住笑意，推他出门。

项语秋这才放心地离开，往工作的餐厅赶去。

语言学校第一场舞会，学生们高兴得炸了锅，三三两两地讨论着，只有连心趴在桌子上因为找不到舞伴而闷闷不乐。

一名男同学摆了两个跳舞的动作，样子十分陶醉地向连心示好道："你觉得我如何？"

"我对舞伴可是有要求的。"连心傲娇地撇开脸。

"舞伴算什么事啊，连心你这么可爱，班上很多男生都很关注你，知道你想找舞伴，他们一定会争先恐后。"旁边的女同学安慰连心道。

"对，可以找我叔叔。"连心眼前一亮，脑中闪出项语秋的身影。

大家起哄道："这是你的第一次舞会吧？小公主的第一次舞会，舞伴居然是叔叔，实在太煞风景了。"

连心拿起包离开，临走还不忘反驳两句道："大叔怎么了？大叔比你们这些连胡子都没长全的小屁孩儿绅士多了。"

项语秋正在刮胡子，听到"舞会"二字，一脸震惊，泡沫糊了一嘴，勉强说道："舞会？我去合适吗？你同学把我当你叔叔，哪有叔叔去参加舞会的，不然你还是叫 Alex 吧……"

"你还真把自己当我叔叔啦？"连心看着他满嘴泡沫的样子，忍不住地笑，"哎，不过你最近确实沧桑了许多，我看你比较像圣诞老爷爷！"

项语秋摸摸胡子自言自语道："老吗？还行吧。"

"老项，你这是错觉。"连心笑嘻嘻地开着项语秋的玩笑，突然想起自己还不知道他的面试结果，趁机问道，"你面试的结果怎么样？"

"我都已经上了两天的班了！"项语秋一窘。

连心瞪着眼睛看着项语秋，提高音量道："什么？这么大的事，你怎么不跟我说？太不够意思了！一定要好好庆祝一下，这次的舞会你是去定了！赶紧出来跟我练习。"

连心说着激动地拍了项语秋一下，碰到了他酸痛的肩膀，项语秋忍不住皱了皱眉。连心却没有发现，还沉浸在兴奋的情绪中。

两人面对面站在沙发和茶几之间，项语秋有点儿紧张，连心则大方地拉起项语秋的右手，放在自己的左腰上。

"老项，麻烦你严肃一点儿，跟着我的步子走。"

连心迈出左脚，项语秋来不及反应，被连心一脚踩中。

"你先退右脚，看来这几天得好好训练一下你的协调性。"连心一边教项语秋，一边自言自语地说着。

接着连心一个旋转，项语秋下意识地搂住连心的腰，又发觉姿势有些尴尬，猛地松开搂着连心的手，害得连心差点儿跌倒。

"再来！"手机里飘出优美的旋律，两人的步调渐渐默契。

连心骑着自行车在街头送花，风吹着她飘扬的长发，充满青春的气息。看见前面闪过项语秋的身影，连心还没来得及叫住，他就匆匆拐进了一条小巷。连心好奇地推车跟了进去，只见项语秋换上了沾满油污的厨师服，又把干净衣服装进袋子塞进墙缝儿，打开一家餐厅的后门走了进去。

凉风吹过，连心抬手抹去脸上的泪水。

"我回来了。"连心无精打采地说完，迅速钻进卧室，生怕项语秋看见自己哭过的眼睛。

不一会儿连心从卧室冲出来，手里拿着一件小礼服，对项语秋问道："这是什么？"

"我可不想陪一个穿着童装的人去参加舞会。"项语秋微笑地望着连心。

"我都已经有那么多衣服了，为什么还要给我买？你……"连心想起小巷里看到的一幕，欲言又止。

项语秋没发现连心的不对劲，继续说："你长大了，要懂得什么场合穿什么衣服，不该节省的地方没必要节省。快去试试吧，我看看我的眼光怎么样！"

礼服并不华丽，但十分适合连心，款式设计大方简约、剪裁流畅，衬得她整个人焕然一新。连心绾起头发，露出纤长脖颈上的绿松石项链，项语秋看着她愣住，没想到自己看着长大的小女孩儿，如今竟也有了几分小女人的妩媚。

"这条裙子我好喜欢，谢谢你！"连心忍不住流下了眼泪，扑进了项语秋的怀里。

项语秋面对突如其来的拥抱有些不知所措，摸着连心的头，露出了微笑道："不用感动得哭吧，这不像你啊，小霸王。"

连心不管，就是抱着项语秋不松手，把眼泪都往他胸口上蹭。

当连心和项语秋走进灯火辉煌的大厅时，优美的乐曲流淌在舞池。男孩儿女孩儿们三三两两地喝酒聊天儿。舞会才刚开始，并没有几个人在跳舞，所以两人出现时，大多数人的目光都被吸引了过去。大家围着连心，纷纷赞叹她的美丽动人。

一个女生凑上来，笑嘻嘻地看着项语秋，用胳膊肘捅了捅连心，低声道："我说平时叫你出来玩怎么不答应，原来是喜欢大叔型的呀！很帅哦！"

连心嗔笑着解释道："别瞎说，他是我的家人！"

项语秋有点儿不自在，满脸害羞，几个年轻女孩儿挤在一起嘻嘻哈哈的更来劲了，议论声此起彼伏。

一支曲子结束，连心背着手看向项语秋。

项语秋终于起身，如绅士般弯腰，伸出修长的手邀请道："可以请你跳支舞吗？"

连心深深地望着项语秋的眼睛，优雅地伸出手放在他的手心："当然，我的荣幸。"

人生的第一次舞会，第一支舞，有项语秋在身边，她觉得自己就像一个公主，脚步开始轻盈地、有节奏地和着音乐的拍子在光滑的地板上移动，脸上飞过一抹微红。两人配合默契，宛如璧人，引得大家纷纷注目。

有男生跑过来邀请连心，还没等她拒绝，就被一旁的项语秋推了出去。

项语秋对来邀舞的女孩子摇摇手，含笑看着舞池里神采飞扬的连心，心中有七分欣慰，三分失落。但他并没有去探究这三分失落是为何。

舞会散场，连心意犹未尽，在回家的路上翩翩起舞，拉着项语秋："好久没像今天这么开心了，谢谢你陪我参加舞会。"

连心回家时路过圣家族大教堂，双手合十默默祈祷，项语秋静静地看着连心的背影。夜色中的教堂显得更加恢宏神圣。

6

陈奇在电话那头大惊小怪地叫唤："哇塞！可以啊！连心刚才给我发了舞会的照片！项语秋，没想到啊，你捯饬一下还挺像模像样的！"陈奇对着照片连连大赞，"看你们俩过得挺好的，我就放心了。你跟连心说啊，平时还是别打扮了，西班牙男人热情似火，都喜欢搭讪，万一被惦记上怎么办？"

"放心吧，有我在，她吃不了亏。"项语秋笑了笑。

"也是，打扮得再漂亮，你这个扑克脸往旁边一站，谁还敢打她主意。"陈奇笑嘻嘻地戏谑道。

工作室的助理布丁走过来对陈奇说："老大，人都到了，开始吧！"

陈奇站起来，随手把电脑合上。从起初的小打小闹，到开起了自己的摄影工作室，一路走来，离不开唐诗的大力帮忙和鼓励，虽然两人一见面就互掐，但在偌大的城市里，似乎都习惯了彼此陪伴依靠的日子。

陈奇正在收拾器材，看见唐诗拎着早点进来，受宠若惊，赶紧小跑着迎上去："你怎么来了？"

"我们公司的活儿，我来看看。昨天不是拍通宵嘛，效果怎么样？"唐诗放下早点，环视工作室，"怎么就你自己？"

"原来是来验收的啊。我让他们都回去休息了，一天一夜没合眼了。"陈奇饿虎扑食似的吞下一个生煎。

唐诗看见陈奇的笔记本，打了个招呼，就熟练地输入密码，屏幕瞬间亮了，连心和项语秋的舞会合影全屏显示出来，唐诗紧紧地盯着照片上的项语秋，脸色渐渐冷下来。

陈奇洗完手走过来，发现唐诗脸色不对，又瞥见电脑上的合影，"啪"地一下把笔记本合上了。

唐诗起身就走，嘴里断断续续地念叨："说实话，我还是挺想他的……"

"我马上去删了，以后绝对不让你看见任何项语秋的东西！"陈奇忙不迭地跟上去。

唐诗站住，定了定神儿，语气幽幽地问："陈奇，你累不累？"

见陈奇一脸不解，她接着说道："你喜欢我很累吧？因为我不喜欢你。我喜欢项语秋就喜欢得特别累，因为他不喜欢我。所以有时候我就想，你也一定特别累。"

陈奇摸着头否认。

"怎么会不累呢？追着一个永远看不见自己的人，永远不会把自己放在心上的人，多委屈、多痛苦、多不甘心。想哭、想闹、想让他低下头看看你，可是想什么都没用，只能憋在心里。"唐诗像是在对陈奇说，又像是在对自己说。

陈奇一时间手足无措，上前拍了拍唐诗的肩膀，安慰道："你想哭就哭吧！"

唐诗提高嗓门儿大喊："哭有什么用！项语秋根本不知道我为他哭！"

"喜欢一个人，为什么一定要让他也喜欢你？项语秋还没有放下罗婷，无论你现在多么喜欢他，又有什么用呢？"

"可是我觉得，他最终会放下罗婷，但他一定不会来找我的！"唐诗绝望地喊着。

"没有项语秋，会有别人等你。"陈奇坚定地看着唐诗。

唐诗抬起头，转而平静地说道："陈奇，你不要再骗自己了，我们两个不可能的。"

听到她如此直截了当地拒绝，陈奇来不及反应。

"很难受是不是？我也很难受，我理解你，也理解项语秋。我会放下项语秋，你也放下我吧。你是好人，我不希望你以后跟我一样痛苦，更不希望这种痛苦是我造成的。"

"你放下项语秋是你的事，我放不放下你是我的事。我们互不干涉，好不好？"陈奇认真地说。

唐诗没有回答，只是默默地离开，留下陈奇怔怔地望着她的背影。

舞会过后，项语秋的麻烦接连不断。

泰国老板通知他被解雇了，当初答应他的工作签证也打了水漂，项语秋这才意识到自己被耍了，他就是老板请来的一个临时工，还是个廉价的劳动力。

他怒不可遏地冲出办公室，片刻便拎着菜刀再次回来。老板见状，惊恐地退到了办公桌边。怒气无处释放的项语秋举着刀一言不发地步步逼近，随着泰国老板的一声尖叫，将菜刀深深地嵌进了办公桌里。

项语秋窝着一肚子火从餐馆出来，到学校接连心，只见连心正被一群同学围在校门口，一边收着钱，一边发着中国结。

看到这个场面，项语秋怒火中烧，一把揪过连心，说道："都这么多年了，怎么你这个毛病还是改不了？摆摊儿还摆到国外了？"

"我是在凭自己的一技之长赚钱，有什么错？"连心还是一如既往地不服气。

"说过多少次了，你来西班牙是读书的！去花店打工也就算了，现在又做起这种不入流的小买卖！"

"什么叫不入流？在泰国餐厅打工就是入流吗？"连心说着，泪流满面，"我能养活我自己，我不需要你为我做这么多……"

她不要什么漂亮的裙子，也不要什么奢侈的生活，只要有项语秋陪在身边就够了！她不想项语秋这么辛苦，甚至为了她拿自己设计师的手去做苦力。

项语秋没想到原来她早就知道了，往身后藏了藏因为长期挥刀而有些红肿的右手，左手抱着她轻拍，沉默了一会儿，喃喃地说："是我不好，都过去了，都过去了，一切会好的……"

两个人相互依偎，落日的余晖将两人的身影拉得很长很长。

项语秋晚上在酒吧的工作还继续着。

一天他正擦拭着酒杯，一个华人女子走向吧台，一名调酒师凑过去打招呼。项语秋好奇地抬头，看到微醺的女子正是蒋佩珊，不禁愣了愣。

蒋佩珊也看见了项语秋，拿出一张钞票递给凑过来的调酒师，示意让项语秋来倒酒。

项语秋无奈，只能过去，一边加着冰块儿一边说："听连心说，她那天去麻烦你了，抱歉，给你添麻烦了。"

"我也没帮上什么忙，什么都别说，来陪我喝一杯！"蒋佩珊挥手说道。

"我们不能在工作时间喝酒，为了感谢你，今天的酒，我请吧。"

"行啊，我是无所谓，就怕你这个月都得喝西北风了。"蒋佩珊冲他眨了眨眼，然后端起酒杯一饮而尽，"再来。"

时间已经过了午夜十二点，项语秋换了衣服出来，发现蒋佩珊依旧趴在吧台晃着酒杯出神。

察觉到项语秋注视的目光，已经喝了不少的蒋佩珊说道："下班了你就走吧，不用陪我。"

"我再等一会儿吧，说过今天你的酒我请，得等你喝完。"项语秋坚持道。

旁边有人不怀好意地笑着，觉得这个项语秋真有一套，毕竟她可是城中最有钱的女人之一。

"这招儿对我没用，我不会心疼你的时间，也不会可怜你的钱包。"蒋佩珊将杯中的酒一饮而尽。

项语秋也不恼，只是云淡风轻地说："我只是觉得你应该心疼一下自己。"

蒋佩珊愣了愣，突然抓起自己的皮包，抬脚走人。起步太猛，蒋佩珊踩着高跟儿鞋晃了一下，项语秋忙上前扶住她。

"你喝醉了，等我一下，我送你。"

蒋佩珊神色微动，没有答应也没有拒绝。

按照蒋佩珊的指挥，项语秋一路把车子开到郊区，停在一间酒店模样的建筑前。

"把车停好，然后跟服务生说我的名字，会有人带你来找我，他们都知道我在哪儿。"蒋佩珊打开门走向建筑门口，项语秋正一头雾水，她回头又加了一句，"还有，今晚的酒钱我早就付过了，你还是欠我的。"

项语秋犹豫地看着蒋佩珊的背影，哭笑不得。

服务生领着项语秋进去，这才发现这是一家赌场，蒋佩珊正坐在一张百家乐的台子前，荷官翻牌，把筹码推到蒋佩珊面前，蒋佩珊赢了却并没有什么高兴的神色，毫不在乎地把筹码再次推回去。

荷官继续发牌，再翻，筹码很快被其他人赢走，围观的人纷纷摇头叹息。可蒋佩珊却眉眼弯了弯，稍微露出点儿笑意，从剩下的筹码里扔了一枚给荷官。

不愧是有钱人，花钱买高兴。项语秋在一旁不禁感叹。

蒋佩珊随手递过来几枚筹码，项语秋没接，转而问她："为什么喜欢来这儿？"

"因为简单、有趣。"蒋佩珊停住，环视着四周，自言自语似的说，"你知道吗，一旦上了赌桌，所有的事情就都注定了。你看那些人……"

蒋佩珊示意项语秋看隔壁一桌，只见一个中年男人正对着桌上的牌又搓又揉，嘴里还在念着什么。

"赌场里到处是这种人，总以为能改变什么。其实在发牌的那一刻，一切都注定了，你能做的只是等，等着面对，等着接受。"

荷官再翻牌，有人拍手叫好，有人苦恼摇头。

"怎么样？好玩吧，不需要努力，不需要争取，只要等着看命运给你什么。走吧，再喝两杯。"蒋佩珊自嘲地笑了笑，端起酒杯递向项语秋。

"对不起，我真的要回去了。"项语秋没有接，掏出蒋佩珊的车钥匙放在桌上。

"地铁和公交都没了，你怎么回去？打车？舍得吗？"蒋佩珊打量项语秋，"你是担心连心在等你？没事，十几岁的小姑娘，有的是时间和耐心去等她想依赖的人。"

蒋佩珊眼前浮现出自己年轻的样子，她坐在床上数钱，都是面额很小的零钱，她把数好的零钱整整齐齐地叠成一沓，卷起来，用皮筋绑好放进饼干盒。男友在旁边不停地催促她快点儿，蒋佩珊不紧不慢地数好钱，把盒子交给男友，嘱咐他早点儿回来。可是男友却不搭话，不耐烦地抢过饼干盒，扬长而去。

蒋佩珊从回忆之中缓过神儿来，幽幽地说："可惜很多人根本不值得依赖。"

项语秋见她喝得有点儿神志不清，只好留下来陪她。

蒋佩珊一直喝到了酒吧打烊，项语秋扶着烂醉如泥的她坐在不远处的长椅上，自己去车库取车。

项语秋开车出来，远处有几个醉汉站在路灯下，对着蒋佩珊不怀好意地吹着口哨，其中一个金发碧眼的年轻白人醉醺醺地朝蒋佩珊的方向晃过来。

项语秋本能地冲下车，一把打掉醉汉搭在蒋佩珊肩上的手，醉汉对这个突然冒出来的"不速之客"恼火不已，挥起拳头打到项语秋身上，项语秋也毫不犹豫地一拳打了回去，男人应声倒地，吃痛地捂住脸，保安们听到骚动冲上来，把醉酒的男人带走。

项语秋好不容易把蒋佩珊塞进副驾驶，想要送她回家，便问她住在哪里。

"我家在中国，在山清水秀的……算啦，早回不去啦，我在那个家里就是一张银行卡，连张床都没有……"

"不是中国，我是问你西班牙的家在哪里？"项语秋又问了一遍。

"在酒庄。我刚来西班牙的时候，有人说，像我这样的美人，应该住在侯爵酒庄！"蒋佩珊的声音越来越小，逐渐睡了过去。

/ 第六章

1

指针一分一秒地转动，连心在客厅里昏昏欲睡，迷迷糊糊中听见钥匙转动的声音，立刻清醒过来，激动地跑过去，抢先一步打开门。正要开口询问项语秋为什么这么晚才回来，就看见他拖着一个人走了进来。

"这不是蒋佩珊吗？你怎么和她在一起？"眼前的场景让连心有些吃惊。

项语秋解释道："喝醉了，我不知道她家在哪儿，只能先带回来。"

连心上手帮忙，两人扶着蒋佩珊进了卧室。安顿好之后，连心一扭头便看见项语秋在狼吞虎咽地吃着那份她烧煳的排骨，她上前去抢："别吃了，别吃了，都烧黑了。"

"虽然卖相不怎么样，味道居然还不错。"项语秋说着将盘子举到连心够不着的高度，又拿起一块排骨塞进嘴里，吃得津津有味的样子。

"那是，我这么聪明，有什么事做不好的？"连心得意地说，趁项语秋不注意，拽下他的手臂，也拿起一块排骨放进嘴里，却立刻吐了出来，"呸呸呸，这什么味道！项语秋，你是不是味觉失灵了？"

"你有心愿意尝试是好事，我不能打击你的自信心呀，你不是让我包容年轻人吗？"项语秋强忍着笑意说，又起身倒了杯红酒，"这几天早点儿睡觉，别等我了。"

听到这话，连心的第一反应就是项语秋要谈恋爱了，再想到卧室里躺着的蒋佩珊，突然咋咋呼呼地嚷嚷起来。

项语秋一口酒差点儿喷出来，用手指轻轻点了点连心的脑袋，说道："你这小脑袋都想些什么？"

连心见他没有承认，笑嘻嘻地溜回房间。

没睡几个小时，天色就已经大亮，连心在卧室突然听到外面传来碗摔碎的声音，忙跳起来走进厨房。

项语秋在收拾地上的碎片，看到连心进来，将还在颤抖的右手藏在了身后。

"你一晚上都没睡，让我来吧！"连心说着就要将项语秋往外推。

项语秋面露难色，似乎对昨晚的排骨还心有余悸。但听到连心信誓旦旦地保证，项语秋想了想，还是解下围裙递给她，自己抱着肩膀在一旁笑眯眯地看着。

连心毛手毛脚地磕开鸡蛋，技术不佳，半个蛋壳都掉进了碗里，拿筷子挑了半天也没弄出来，只好用手捞出了蛋壳。项语秋看在眼里，嫌弃地皱了皱眉头。

一旁的油锅热了，连心又慌慌张张地将吐司浸入还没搅好的蛋液。好不容易将吐司放进锅里，就听见卧室里传出一阵响动，吓得她差点儿把油锅打翻。项语秋实在看不下去，赶紧伸手扶住锅，关上火。

两人推开卧室的门，只见蒋佩珊手中攥着一只拖鞋，狼狈地趴在地上。见有人进来，她迅速站起，脸上恢复镇定，解释道："没什么，一只蟑螂而已。"

听到"蟑螂"，连心触电般地跳起来，恨不得双脚离地，并下意识地往项语秋身后躲，表情万分紧张。

蒋佩珊环顾房间四周，考虑着措辞："嗯，你们住的地方倒是挺……淳朴的。"

"你现在的造型也挺淳朴的。"项语秋平静地说。

蒋佩珊低头看了看，这才尴尬地意识到自己穿着一套幼稚的粉色小熊睡衣，彻底失去了先前光鲜亮丽的形象。她匆忙去洗手间洗漱完毕，带着一脸宿醉后的憔悴在桌前坐下，拿起一片吐司煎蛋，企图恢复自己城市丽人的姿态。

想起刚刚卧室发生的事，蒋佩珊告诉项语秋，唐人街有家店铺的蟑螂药效果非常好，如果有需要，可以把地址给他们。

连心一听惊喜地大叫："哇塞，大姐，你连卖蟑螂药的都认识？"

项语秋把一片面包塞过去，试图堵住连心聒噪的嘴。

蒋佩珊没有搭理连心，目光突然停在墙角的一幅画上，用肯定的语气说："这位画家的画挺难卖出去的。"

连心抢着否认，生怕项语秋听了心里难受。而他却似乎毫不在意，继续监督连心把刚刚趁他不注意挑出来的青椒吃了，云淡风轻地说："这位画家昨晚从酒吧里解救了一位醉酒失意的女性，你说得没错，他的画确实不好卖。"

蒋佩珊看了一眼项语秋道："我随口一说而已，不要太放在心上。为了感激你昨天没有让我睡大街，有份工作比酒吧服务生更适合你。"她从包里拿出一份杂志，翻到其中一页递给项语秋。

连心抢过去，看到上面的各种招聘信息：建筑师、绘图员、景观设计师、办公室助理……突然她眼前一亮，异常兴奋地指着其中一个绘图员的工作，对项语秋说："这个不错，适合你！"说完，她装出一副老成的样子端起牛奶杯，以奶代酒，感谢蒋佩珊的帮助。"咕噜咕噜"喝完后还豪放地将杯子放在桌上，用左手抹去了沾在嘴边的奶泡。

"小姑娘情商可比你高啊！"蒋佩珊说道。

听到夸奖，得意的连心还不忘推销项语秋，忙不迭地说："是吧？我们家老项虽然木讷一点儿，不太懂人情世故，但他有才华，所以你一定要帮他……"

项语秋在桌子底下踩了连心一脚。

"你踩我干吗？我还没说完呢！"连心偏头瞪了项语秋一眼。

蒋佩珊本来就宿醉难受，被连心这么一吵，头更晕了，起身说道："你们俩慢慢商量，我走了，希望下次能换个场合见到你们。"说罢拿起车钥匙离开。

连心还拿着杂志在项语秋耳边念叨换工作的事，此时的项语秋却陷入沉思。

入夜，项语秋照常去酒吧上班，问起老板之前承诺帮自己解决工作签证的事，却收到辞退通知。他感到莫名其妙，便跟老板理论，没说几句，立马遭到老板的讽刺："我说你怎么没完没了啊？你不想打黑工，排着队想黑在这儿的人多得是呢，不想干滚蛋。"

　　这时，项语秋终于明白自己再一次上当受骗，工作签证泡汤。他想起白天蒋佩珊的工作推荐，决定到那家招聘绘图员的建筑事务所去碰碰运气。

　　项语秋的面试很顺利，几番下来，便确定好了入职时间。他冷静又骄傲地和连心在电话里分享喜悦，听筒里传来她欢呼的声音。

　　项语秋一手拎着蛋糕盒，一手举着从花店买的风信子，打开家门，却发现屋子里空荡荡的。他掏出手机正准备给连心打电话，天台上隐约传来连心哼歌的声音。

　　项语秋踩着楼道里的梯子往天台上爬，嘴里还念叨着："连心，都跟你说了天台危险，怎么还往上跑，你……"话说到一半，被眼前的一幕惊呆了。

　　整个天台被布置得像个简易的小花园，四周摆放着鲜花和气球，中间用废弃在天台上的木柜拼接了一个桌子，铺着花格子桌布，上面摆着餐盒和酒。连心正站在台阶上，将一只气球绑在天台的栏杆上。

　　见项语秋上来了，连心指指椅子示意他先坐一会儿，自己马上就好。

　　"这些都是你准备的？"项语秋环视四周，有些讶异。

　　"怎么样？是不是很棒？"连心绑好气球，从椅子上跳下来，一一给项语秋介绍，"这束花是我工作表现突出得到的奖励，气球里是我呼出的满满幸福味道的二氧化碳，这些是我亲自……从路口的小饭馆打包回来的菜。"

　　项语秋摇了摇手中单薄的一束风信子，将蛋糕放在桌上，笑道："看来，我这束好像派不上用场了。"

　　连心眼睛一亮，扑向餐桌，捧着蛋糕盒兴奋地问道："是 Escribà 家的红唇慕斯！你怎么知道我爱吃？"项语秋看连心一副馋猫的样子不禁觉得好笑，他怎么会不知道，每次路过那家甜品店，她都驻足观望，根本迈不动脚。

　　Escribà 是巴塞罗那当地家喻户晓的老字号甜品店，红唇慕斯是店里的招牌之一，当然价格也不会太便宜。想到这里，连心又心疼地说："买这个花了很多钱吧？"

　　"正好酒吧发工资，双喜临门，庆祝一下是应该的。"项语秋说着打开蛋糕盒将叉、勺递给连心。

　　细腻的奶油入口即化、甜而不腻，里面的香橙夹心又口感清新。连心吃得一脸满足，还趁项语秋不注意偷喝了几口红酒。突然，她想到了什么，弯腰从桌子下面拿出一个包装成礼物的盒子，递给项语秋，满脸期待地看着他。

　　项语秋拆开一看，里面躺着一支精致的绘图笔。原来，之前在电话里得知他面试通过，连心立刻就跑去给他买了礼物。

"当了绘图员，怎么能没有一支好用的笔呢？喜欢吗？"连心开心地问。

感受到她的体贴和关心，项语秋心中感动，点点头说了声"谢谢"，小心地将笔拿出来把玩。

"和我用不着这么客套，这个是奖励。"连心指着笔说道，接着她又从桌子下面取出了几本书，一本本介绍给项语秋看，"呐，这些就是任务了。我今天刚买的，这是《商务西班牙语 900 句》，你要好好完成连心老师交给你的任务；这是《建筑工程常用词典》，双语的；这是《西班牙语商务词汇速查手册》，建筑方向的；还有其他建筑方面的杂志，希望对你的工作有帮助！"

听连心滔滔不绝地介绍着，项语秋问："你是不是把所有打工的钱都花了？"

"不要这么严肃嘛，我这叫投资！你的工作顺利了，赚了更多的钱，不就能顺便提高提高我的生活水平了？"连心笑眯眯地把一堆字典扔进项语秋怀里。

"连老板果然精明，算盘都打到我头上来了。"

连心得意地吃了一口蛋糕："哪里，哪里，还是您教育得好啊！"

突然楼下传来"咚咚咚"大力敲门的声音，房东的大嗓门儿传了上来。

听到房东的声音，连心倒吸一口冷气，惊恐地瞪大眼睛，扭头看向项语秋。

项语秋同样一惊，猛地想起今天就是交房租的日子！两人火速从天台上冲下去，到达客厅的时候，房东已经拿钥匙开了门，眼看就要进来，项语秋一个箭步冲上去把门抵住。

房东大力推门，半个身子想挤进来，连心也冲过去，跟项语秋一起靠在门上抵着，用西班牙语哀求房东再宽限几天。

"没钱交房租还敢关门，明天收拾东西都给我滚出去！"房东气急败坏地嚷嚷着。

"明天，明天肯定给！"连心急忙说。两人合力终于把门关上了。

"迟交一天，涨租一倍！"门外传来房东愤愤的声音。

等了一会儿外面没动静了，连心和项语秋头对头瘫在沙发上。

"不讲理，太不讲理了！一个完美的夜晚就这么被破坏了，早知道今天不买那么多书了。现在怎么办？一天时间，本来就凑不够，还涨租！我还是找找有没有倒卖器官的市场，去卖个肾吧……"连心绝望地哀号着，瘫在沙发上絮絮叨叨，"噢……心、肝、脾、肺、肾全掏出去卖了算了。"

没想到，听了连心这话，项语秋反而一脸认真地说："我去卖血吧。"

连心一下子跳起来喊道："你敢！我就是随口一说，你可千万别动这歪脑筋啊！"

"我怎么可能把所有的钱都花了，打工的钱还都存着呢。"项语秋仍然躺着，露出奸计得逞的笑容。

连心反应过来自己被骗，气哼哼地踹了项语秋一脚，调皮地吐了吐舌头。

2

工作日的早上，公司里一片忙碌的景象。一个秘书模样的女人敲门进到总裁 Paisley 的办公室，向她汇报说项语秋已经通过了设计部门绘图员的面试，询问接下来该如何安排。

Paisley 想了想，头也不抬继续手中的工作，说道："不用，先安排他到办公室当助理，试用期三个月。不用来见我，直接报到。"女秘书点点头离开。

项语秋如期前来报到，对"总裁办公室助理"的职位安排有些意外。宽敞明亮的写字楼里，不停有人从身边匆匆经过，忙着各自的事情，项语秋想跟同事们打招呼，却没有人往他身上多看一眼。

做了个深呼吸，项语秋走向自己的工位，刚坐下没多久，女秘书快速走过来，把两沓文件放在他的桌上。

"我是总裁秘书 Emma，"不等项语秋自我介绍，她又紧接着说，"这些，十点之前送到威尔第工地 David 手里。这些，下午两点之前整理好，开会要用。等会儿先去把会议室收拾出来，今天没有保洁。"

项语秋忙乱地找到了纸和笔，还没来得及写，只好问道："不好意思，能再说一遍吗？"

"你这是在浪费我的时间，我不会再重复一次！如果你不能记住我说的每一件事，我很怀疑你的能力是否可以胜任这份工作。"Emma 盛气凌人地教训了项语秋几句，转身离开。

旁边工位的同事凑过来，好心地把刚刚 Emma 交代的工作重复了一遍。项语秋一边道谢一边赶紧记录。只见 Emma 很快又转了回来，交给项语秋几张建筑设计图纸，让他会议结束后把这些重要资料交给总裁 Paisley。

见他正做着笔记，Emma 想了想又问道："你现在有空吗？"

项语秋扫了一圈手头的东西，犹豫着回答："有……吗？"

"OK，迟疑表示有。楼下右转五百米咖啡馆，买两杯美式，一杯 Paisley 的，不加糖；一杯我的，两袋糖。区分开，放我桌上。" Emma 转身踩着高跟儿鞋离开。

项语秋拿起地图找威尔第工地，抬头看了眼表，嘀咕着："十分钟买咖啡，十分钟打扫会议室，三十分钟送到……这么远！"项语秋从椅子上跳起来，大步跑出去。

忙完 Emma 交代的所有事情，项语秋长舒一口气，坐回座位，随手拿起那几张很重要的设计图纸看了看，微微沉思几秒钟，用连心送的笔在空白画纸上全神贯注地画起来。

项语秋正在考虑设计图中几个不合理的地方怎么修改，唐诗的电话突然打过来，项语秋犹豫片刻还是接了起来，电话那头"上海""阿姨""生病"的字眼儿不断冒出来，项语秋的神情变得凝重起来。

办公室里传来咖啡杯摔碎的声音，一个员工哭丧着脸从里面出来，Emma 踩着高跟儿鞋的脚步声在办公区回荡，简明扼要地传达了 Paisley 的不满，大家也都因此焦头烂额、手忙脚乱起来。

Emma 看见项语秋还在那儿愣着，催促道："你怎么还在这儿坐着，Paisley 都回来好久了，快把图纸送进去。工作时间打私人电话，下次再被发现的话，就不只是简单的警告而已了。"

项语秋忙挂掉电话，慌乱之中把自己画的草图和设计部的图纸混在了一起。

进到办公室，项语秋这才发现，原来大家口中的 Paisley，就是他之前在机场偶遇的中国女人——蒋佩珊。这着实让他吃了一惊，尤其是当他的视线落到蒋佩珊面前的桌子上时，更加惊讶了。

蒋佩珊伸手接过项语秋手上的图纸，提醒道："你不知道一直盯着别人看是很失礼的吗？"

"抱歉，不要误会，我是在看你的桌子，这桌子……"

"很特别，我知道。"蒋佩珊没有抬头。

项语秋不禁笑道："上一次见面，你还在嘲笑我的画卖不出去。没想到你早已买了我做的家具放在办公室里。"

愣了半晌，蒋佩珊立刻恢复了工作中的凌厉，说道："人生还真是充满了讽刺。你当时拒绝了我的邀请，现在不还是出现在了我的办公室？"

蒋佩珊低头继续翻看设计图，翻了几张，突然停下，确信地说："这不是设计部的。"

项语秋看了一眼，慌忙道歉，伸手想把图纸拿回来。

蒋佩珊仔细对比项语秋的图纸和原设计稿，暗自惊讶于项语秋做出的标记竟一针见血，掩饰住对项语秋的欣赏，问道："怎么？对岗位安排不满意？不愿意做助理吗？"

"我只是刚好看到设计图的问题，就在空白图纸上标记出来。"

"建筑设计和家具设计可不一样，这些图纸拿回去给设计师，随随便便就能被人挑出毛病，他还能定稿？把你的图纸也一起拿去。"

项语秋收好图纸，站在办公桌前，迟疑地开口："我想问一下，什么时候可以给我开工作证明？"

"你还在试用期。"蒋佩珊皱眉。

"那……我能不能请假回国一趟，我的签证要到期了。"

蒋佩珊想了想，把 Emma 叫进来，说道："你把我原定的出行计划提前一周，周一由项语秋跟我去中国。"

项语秋感激道谢。

"你不要以为我们之前认识，就可以随心所欲。不用谢我，你要谢就谢 Emma 下周休假。回头让她把资料交接给你，走之前好好看一下，出了什么差错，你就不用跟我回来了。"蒋佩珊摆摆手示意项语秋可以出去了，转身让 Emma 留一下。

项语秋走出办公室，蒋佩珊冷冷地说道："别以为我不知道你宠物生病是借口，你最近晚上约会有点儿多，换男朋友太勤我就建议你换工作了，再有下次，工作和男朋友你就只能二选一了。还有，把地上打扫干净。"

Emma 低头答应着，一句话都不敢说。

深夜，办公室只有项语秋的工作台灯还亮着。指针已悄悄走过零点，他终于处理完手头的工作，面色疲惫地从大楼里走出来。

连心在家里睡得正香，隐隐约约听见客厅里传来一些细碎的声响。

连心以为是项语秋回来了，揉着眼睛下床，一边抱怨着又回来这么晚，一边摸索着打开客厅的灯，一时间刺眼的光令她不自觉地眯起眼睛。等渐渐适应后，她才惊觉眼前的男人并不是项语秋，吓得后背起了一层冷汗。

男人显然也是被突如其来的光亮吓了一跳，愣在原地。

连心的视线缓缓下移，看到男人手里攥着项语秋送给自己的绿松石项链，来不及思考就抄起手边的扫把朝他冲了上去，一心想要把自己的项链抢回来。

小偷儿反应过来，见是个女孩儿，便放松了警惕，用力推开她，失去平衡的连心一头撞到柜子上，弄出不小的声响。

怕惊动了邻居，小偷儿不敢久留，心虚地往门外跑，连心扶着额头挣扎着爬起来继续追。项语秋刚走到楼下，迎面被一个人撞了个正着，后面传来连心的声音："小偷儿，别跑！"

项语秋敏捷地一个转身，把小偷儿按倒在地上。

连心赶上来，从小偷儿手里把项链抠出来，恶狠狠地说："让你偷我东西，现在就送你去警察局！"

项语秋钳制住小偷儿后，一眼看到连心头上的伤，心疼地碰了碰。

小偷儿趁机从地上爬起来跑掉，连心不依不饶还想追，被项语秋拦住："别追了，不是告诉你有什么事情先保护自己吗？"

"都偷到家里来了，下次再让我碰到，我一定打得他满地找牙。"连心还是不解气。

项语秋半开玩笑地说："我们家没什么东西值得偷，这家里最贵的就是你了。"

连心还沉浸在不甘心的情绪中，并没有意识到项语秋的这句话有多暖心。她紧紧攥着绿松石项链，自言自语道："这可比我值钱多了，就今天这一次，我洗澡的时候取了下来，差点儿丢了。"

"丢了我再送你一条不就好了？"项语秋怔怔地看着项链。

连心将项链重新戴好，认真地说："那可不一样，这是你送我的第一个礼物。"

项语秋心疼地给连心包扎伤口，想到刚才的事，怎么也不放心将她一个人留在家里了，提出带她一起出差的打算。懂事的连心虽然舍不得他走，但也明白他是去工作，带上自己会给他添麻烦的，便拒绝了。

项语秋拗不过她，只好让她保证凡事先考虑自己的安全，不能冲动。见连心用力点头答应，他才放心准备回国。连心忙前忙后帮忙收拾行李，跟来巴塞罗那之前判若两人，一时间，项语秋竟也帮不上忙。

收拾好衣服，连心又努力把医药箱塞进去，不放心地嘀咕着："万一有个头疼脑热的，谁陪你去医院啊，还是带着保险些。"

项语秋无奈，但为了让连心放心，只能顺着她的意思来。最后，连心抱着好几个礼物盒子，摆在项语秋面前。

"这个是送给陈奇哥的，这个是给院长的。"连心挨个指给项语秋说，到最后一个小盒子时，停了一下，"这个，是给唐老鸭的，不知道她喜欢什么，就随便买了。"

"有你的心意在，送什么她都喜欢。"项语秋欣慰地笑着，一一接过细心地收好。

"回去帮我告诉陈奇哥他们，我想念他们每一个人。"连心认真地说。

项语秋走的那天，连心沿着蒙杰伊克城堡长长的阶梯走上去，头顶上响起轰隆隆的声音，一架飞机从天空飞过，她抬头盯着飞机尾部逐渐消失的白烟出神。

直到白烟散尽，蔚蓝的天空再也没有飞机飞过的痕迹，连心这才回过神儿来，见一位戴着口罩和帽子全副武装的男生，坐在台阶上正看着自己。她本没有在意，扭头准备回去，走了两步觉得不对劲，回头又看了两眼。

察觉到连心发现了自己，男生忙把头转到一边。

连心却上前猛拍男生的肩膀，惊喜地喊出声："罗锐！真的是你！"

眼见已经被认出来，罗锐只好把口罩取下来，转过身，一脸不甘心的样子。

连心给了罗锐一个大大的拥抱，又好奇地四处张望，寻找着罗父和罗母。

"爸的身体不太好，最近去疗养了。"罗锐将连心拉开一点儿距离，仔仔细细地上下打量一番，看着有些消瘦的连心，心疼地问道，"你为什么不让我们给你生活费？我们都不希望你自己过得这么辛苦。"

"我没觉得辛苦啊！你们给了我一个家，还给我很多，我的愿望就是到十八岁时能养活自己，现在这种自食其力的感觉真的很好。"连心不以为然地笑着，说完拉起罗锐道，"走吧，我带你到处逛逛。"

两人漫步在广场上，许多情侣相拥在许愿池边，连心还在滔滔不绝地给罗锐讲着学校的趣事，可他却听得心不在焉。连心察觉到罗锐的不对劲，问道："想什么呢？"

罗锐停住脚步，终于鼓起勇气，认真地看着连心的眼睛，小心翼翼地询问："连心，你……你有喜欢的人吗？"

连心对他的问话感到有些意外，她摇了摇头。

罗锐有些失落，继续试探道："那你希望你以后的男朋友是什么样的，这个问题总该考虑过吧？"

"成熟、稳重，不用太浪漫，但是能让我依靠……"连心掰着指头一一数着，"你今天怎么怪怪的，问这些干吗？"

"没什么，随口问问。"罗锐笑了笑。他没再追问下去，因为现在还不是最好的时机，况且，他内心深处是害怕的，害怕一旦表明心意，会得到一个自己并不想要的答案。

两人并肩闲逛着，罗锐忍不住将手慢慢朝连心靠过去，就在快要碰到指尖的时候，不远处两个拉着手风琴的流浪舞者吸引了连心的目光，她丢下罗锐跑过去和他们一同跳舞。罗锐无奈地笑笑，也跟上去，接过其中一位的手风琴为连心伴奏，两人的表演引来阵阵喝彩。

一曲结束，两人离开喧闹的人群往前走去。

"我还是第一次看你跳舞跳得这么开心。"罗锐笑着说。

连心在他面前翻个跟头又接一个 360 度大转，显然心情不错。她继续往前走着，头也不回地说："其实从叔叔和阿姨让我学舞蹈开始，我就没有真正喜欢过，不过时间一长都习惯了，心情不好的时候，跳跳舞就会开心起来。"

"你现在可以选择你喜欢的，不用为难自己。"罗锐心疼道。

"你说得没错，我来西班牙的那一刻就已经想好了。未来，我要做自己喜欢的事情。"连心坚定地说。

罗锐望着她神采飞扬的模样，在她脑袋上轻轻地敲了一下，温柔又宠溺。

3

经过二十几个小时的飞行，飞机降落在上海浦东机场。

项语秋一下飞机，就接到唐诗打来的电话，虽说多年来他和母亲一直感情淡薄，可毕竟是母子，听到她生病的消息，说不担心是假的。

项语秋气喘吁吁地赶回老屋，顾漾正虚弱地躺在床上，唐诗在一旁照看着。项语秋放下行李，担心地询问母亲到底得了什么病。

没想到，顾漾和唐诗同时喊出了"发烧""肺炎"两个答案，两人面面相觑，顾漾瞪了一眼唐诗，解释说是肺炎引起的发烧。唐诗尴尬地站到一边。

项语秋环顾四周，桌上摆着威士忌，垃圾桶里扣着菜盘子，顿时明白了一切。

看到项语秋恼怒地瞪着自己，顾漾索性不再装了，掀开被子从床上起来，气冲冲地质问道："我不装病你能回来吗？"

"我只是回来出差。"项语秋冷冷地回答。

顾漾眼中掠过一丝失望，但语气依旧强硬地说："我不会让你再跑去西班牙的，我看你是疯了！跟着一个小丫头漂洋过海，真不让人省心！"

项语秋强忍着愤怒，盯着她说："你有什么资格教训我，你从来都没有对我用过心，而连心却一直像家人一样陪在我身边！"

"你想要家人？好！"顾漾走到唐诗身边，"唐诗挺不错的，人有礼貌，对你也一心一意。"

唐诗脸红了，想要打断顾漾的话。

"没什么不好意思的，阿姨替你做主。"顾漾斩钉截铁地说。

"你做主？这话说出来你就不觉得可笑吗？"项语秋"哼"了一声。

见气氛越发剑拔弩张，唐诗正想劝说两人。项语秋被眼前的一切搅得心烦意乱，对她也没什么好脸色。

"你什么都不知道！以后我们家的事，你少管！"冲着唐诗发完脾气后，项语秋正准备离开，却被身后一只手拽住。他本以为是唐诗，正要甩开，回头却发现是母亲。有那么一刻，他甚至在母亲脸上看到了一丝哀求。

"语秋，"顾漾拿出一张卡，"你别走，这是上次我从你那儿拿的钱，都还给你，别走了。以前是我不好，但是现在我不能就这么看着你走错路也不管，我希望你能留下来。"

项语秋甩开她的手道："你还是老样子，什么都喜欢拿钱来衡量。你凭什么要求我留下来？"说完，他甩门离开，快步逃离老屋。

他虽然嘴上恨着、讨厌着自己的母亲，然而内心深处，那些儿时美好的记忆依然深埋着。那时他还很小，顾漾总是抱着他在种满山茶花的院子里晒太阳，阳光很温暖，母亲很温柔，现在想起来也依然觉得，也许那就是幸福的样子。可是父母的离婚打破了这份幸福，一直疼爱他的母亲弃他而去。在项语秋心里，这样一个不负责任的人，是不配插手他的人生的。

老屋里，唐诗还不知所措地站在一边，顾漾跌坐在床上，神色哀伤地说："他和他爸一个样，只要看见他，我就会想起他爸，想起那些不愉快的过去，可是他不明白。"

"阿姨，您别难过了，项语秋心里肯定是关心您的。不过我没见过他发这么大的火，您说他会不会再也不理我了？"唐诗有些担心地问。

顾漾抬头看了她一眼，淡定中又带着一丝执拗："不会，男人都需要时间培养感情。只要你肯努力，一定能拿下他！"

唐诗心烦意乱地从老屋出来，不知不觉走进了一间酒吧，她满脑子回响着项语秋的那句话："你什么都不知道！以后我们家的事，你少管！"

不知是巧合还是天意，唐诗到来没多久，陈奇搂着一个美女也走了进来，一眼看见正坐在吧台上借酒浇愁的唐诗，于是故意往她那边凑了凑。

唐诗漫不经心地瞥了陈奇一眼，挪远了些。

陈奇又凑过去，这回彻底激怒了唐诗。她把酒杯重重地砸在桌上，吼道："你有完没完？离我远点儿！我又不是西湖龙井，还能帮你泡妞！"

"这是谁啊？这么凶。"陈奇搂着的美女噘起嘴，满脸不悦。

见唐诗一点儿要吃醋的迹象都没有，陈奇自觉没趣，把怀中的美女推了老远，冷淡地嘱咐第二天会帮她拍写真。

唐诗看着杯中的酒，幽幽地说："陈奇，你那些招数对我没用。"

"我知道。"

"知道你还玩？"

"千金难买我乐意。我不管你，你也管不着我。"陈奇继续发挥他的厚脸皮精神。

唐诗继续喝酒，轻声道："项语秋回来了。"

"我知道，他给我打电话了，心情似乎不太好。"陈奇嘀咕道，"怪不得你前几天那么高兴，他回来又能怎么样，不还得走？"

唐诗一时无法反驳，不愿意跟他争辩，起身离开。

"你都喝成这样了，我送你回家。"陈奇忙不迭地跟上。

"回什么家？我没有家！我就想不通了，我哪里不好，他为什么不喜欢我，就因为连心是孤儿，她就能理所当然地享受所有人对她的关心，就能霸占项语秋吗？如果是这样，为什么同样是孤儿的我却得不到项语秋？"唐诗突然歇斯底里地嘶吼。

陈奇惊呆了，半晌才反应过来，讷讷地说："我一直以为，你应该出生在一个很好的家庭。"

一直以来压抑的情绪借着酒精的力量挥发出来，唐诗有些激动地说："我家庭好？我连自己的父母在哪儿都不知道。我被人收养之后，努力让自己变得足够优秀，我只是想证明我可以靠自己过上好生活！你明白吗，陈奇？"

陈奇苦涩地看了唐诗半晌，才回答："我明白，我都明白。"

"你才不明白。"唐诗的声音越来越小，终于疲惫地睡了过去。

陈奇把唐诗送回家，安顿好她后在床边坐下，看着唐诗熟睡的容颜，心中怅然。唐诗的身世是他完全没有料到的，也正因如此，他对唐诗的喜欢又增添了几分心疼，他多想保护这个外表强悍、内心柔软的女孩儿，可是，她眼里只装得下项语秋，并不需要他。

窗外夜色沉沉，乌云遮月，一如陈奇那被视若无物的真心。

雨过天晴，街道上行人匆匆，彼此间寂静无声，孤儿院里却一如往常般喧闹。小朋友们从一栋楼里蜂拥而出，身后还伴着陈奇轻快的催促声："开饭啦！你们几个还不赶快跟上！"

一个小朋友举着几幅画跑过来递给陈奇，陈奇指着其中一幅认真地问："这个是院长？"

见小朋友点了点头，陈奇便拿起笔，在画上加了一本书。小朋友看到自己被完善的作品，笑得一脸灿烂。

陈奇又拿起另一幅画，上面是两个手拉手的短发小人儿。他能看出其中一个小人儿代表的是自己，但另一个却没看明白，小朋友窃笑："另外一个是陈老师的女朋友！"

"我的女朋友啊，那应该是个长头发的美女才对！"陈奇在另一个小人儿的头发上添了两笔，看上去和唐诗有了几分相似。

陈奇不知道的是，此时唐诗就在孤儿院，正静静地站在楼道里。

自从昨天项语秋冲她大发雷霆之后，唐诗一直忧心忡忡，宿醉依然没有好转，昨晚的事还隐约能记起一些，例如在陈奇面前的失态以及不顾一切地发泄。

她酒醒后想做的第一件事，就是来孤儿院看看。在这里，她第一次遇见项语秋；在这里，时间好像是静止的，一切还是原来的样子。

连心住过的宿舍里空无一人，墙上还保留着连心的涂鸦，有些褪色。阳光洒进来，光影在眼前渐渐汇聚成项语秋在这里和连心玩闹时的模样，唐诗看着这一切，仿佛回忆过去，就能忘记眼前的伤心。

从孤儿院离开后，唐诗稍稍收了心，回到公司继续工作。蒋佩珊这次带项语秋回国出差，主要任务是和华娱星空传媒达成一项关于古镇维护和修缮的合作，而唐诗正好负责这个项目。今天，是两家公司会谈的日子。

唐诗做好了充分的准备，在会议室微笑着起身迎接，没想到却看见项语秋跟在蒋佩珊身后进来。唐诗心里一时又喜又忧，欣喜于跟项语秋有了更多的交集，又担心他还在为自己骗他的事生气。蒋佩珊见唐诗一直盯着项语秋看，问两人是否认识。

见两人都没有否认，蒋佩珊心下了然道："那正好，希望这次我们能够合作愉快！"

项语秋没有搭话，绅士地为蒋佩珊拉开了椅子，转而一副公事公办的态度，面无表情地将资料递给唐诗。唐诗接过资料在会议桌另一面坐下，有些心虚地看着项语秋。

"刚才向大家阐述的，就是我们关于古镇维护和修缮的整体方案，在之前讨论的基础上，加入了我们设计师的一些创意。如果还有什么疑问或者意见的话，尽管提出来。"蒋佩珊有条不紊地介绍着。

唐诗还在因为项语秋的冷淡而走神儿，会议室突然安静下来，所有人都看向了她。唐诗这才回过神儿来，急忙说："哦！那个……我们已经和客户沟通过，古迹研究专家对你们保留原有古建筑的措施赞不绝口，接下来我们就按照这个方案去执行。两位辛苦了！"

"只要能让客户满意，我们辛苦一点儿也是值得的。不过，这次方案能这么快得到认可，都是因为有项先生的参与，具体细节就由他来和你们对接。"蒋佩珊最后安排道。

她这么安排当然也是有原因的。她早已注意到唐诗看项语秋的眼神太过热烈，眼里的喜欢是藏不住的，而且这两人之间自始至终气氛都十分微妙。

会议结束后，项语秋与蒋佩珊走出公司，唐诗追了出来。蒋佩珊善解人意地让项语秋处理完自己的事再联系她，随后独自离开。

蒋佩珊走后，唐诗想跟项语秋解释些什么，却犹犹豫豫不知怎么开口，毕竟她自己心里清楚，答应顾漾演那场戏，是存了想要项语秋回国的私心。然而项语秋却主动开口，为昨天的事道歉。唐诗一听慌忙摆手，说错在她自己，不应该帮着顾阿姨骗他。

见项语秋沉默，她又拿出一瓶包装好的古龙香水，递给项语秋道："本来想约个时间一起吃饭，再把这个送给你，没想到却是在谈判桌上见面。这个就当是赔礼吧，你别生我的气。"

"我没生气，这个我不能收。"项语秋推开礼物，客气又疏离。

"你不收就是生气了。打开看看，喜欢吗？"唐诗拿着礼物的手并未收回。

无奈之下，项语秋只能把香水取出来，闻了闻，立刻怔住。他脸色突然变得有些难看，皱眉问："顾漾告诉你，我喜欢山茶花？"

唐诗心虚地点头。

"这是我以前送给她的香水，因为小时候她告诉过我，山茶花代表一家人。没想到她早就忘记自己说的话了，反而以为是我喜欢山茶花。"项语秋讽刺地笑着，语气中充满了冷漠，"我早就说过，我们家的事外人没办法懂，不过，还是要谢谢你的礼物。"说完便转身离开了。

唐诗呆呆地站在原地，望着项语秋的背影，她本以为他会喜欢这份赔礼，没想到却弄巧成拙，心里抑制不住的心酸。原来不论自己付出多少，在项语秋心里，她终究是个外人。

离开华娱星空传媒后，项语秋前往蒋佩珊住的酒店给她送资料。整个下午两人都在商讨设计方案的细节，直到蒋佩珊提议要出去走走。

"唐小姐对你用情至深，全都写在脸上，一眼就能看出来。"蒋佩珊淡淡地说着，和项语秋漫步在梧桐树的林荫道上。

"我现在没心思谈感情。"项语秋摇摇头。

"有时候，感情是你拼命工作的动力。事情都处理完了？"蒋佩珊问道。

项语秋真诚地看向她："我得跟你说声谢谢，为了我把行程提前。"

"也不全是因为你，我本来也有提前行程的意思。就在很多年前的今天，我离开上海去国外，一直打拼到现在。"蒋佩珊触景生情，有些感慨。

"衣锦还乡，荣归故里，应该高兴。"项语秋安慰道。

"上海这个地方，时间长了会让人迷失，想起太多不愉快的事。我以为我今天会因物是人非而伤感。"蒋佩珊耸耸肩，"可能是年纪大了，想掉几滴眼泪都没成功。"

项语秋微笑道："说明当初的离开未必不是好事。"

"不，如果早知道会失去最重要的人，我一定不会离开。"蒋佩珊话中有话，语气里满是悲伤。

项语秋沉默着，不再多问，低头陪蒋佩珊静静地看梧桐叶落。

4

遥远的西班牙，圣诞节前夕，街上节日的气氛越来越浓重，街边的橱窗都摆着装饰精美的圣诞树，每个人脸上都洋溢着笑容。

连心拉着 Alex 来参加语言学校的晚会，Alex 不住地抱怨晚会一点儿都不好玩。

"西班牙的晚会不都是轻歌曼舞的调调吗？"连心抱着曲奇饼干不停地吃着。

然而 Alex 却说，他才不喜欢什么轻歌曼舞，他最大的愿望就是去中国听一次相声。连心没想到 Alex 居然是这种风格，不禁被他逗笑，还许诺总有一天会帮他实现愿望。

见 Alex 正惊喜不已，她坏笑着说："不过……你要先帮我一个忙。你有什么挣钱的法子？兼职或做生意都可以！"

"你缺钱？我可以借给你……哦，还是算了吧，被我爸发现不得了，你也知道，他很凶的。"Alex 做了个鬼脸。

连心当然知道，Alex 的老爸古板又难搞，家教也很严，想到这里，她不免有些失落。

但紧接着 Alex 又说他倒还真有个好办法，还示意连心靠近。连心连忙把耳朵凑过去，听得两眼放光。

"怎么样？敢吗？"Alex 得意地看着连心。

"那有什么不敢的，我小时候在学校就经常倒卖小商品，这个我在行。"

连心不甘示弱。

两人正津津有味地商量着，突然人群里一阵骚动，罗锐突然出现在台上，一身燕尾服，帅气落座在钢琴边。

"罗锐？"连心愣住了，好奇他怎么在这儿。

指尖滑动间，一首优美的钢琴曲《天使爱美丽》的旋律飘出，全场寂静。

连心想起罗婷抱着她弹琴的场景，又想起罗锐带她逃课去琴房被老师追着满校园跑的窘态。往事浮现，她恍然失神，眼中有泪光闪烁。

一曲终了，全场不约而同地响起了掌声。

罗锐站起来，走到舞台中央，激动地说："从小到大，我听过无数次掌声，收到过很多鲜花，只有一个女孩儿，她从来没有给我鼓过掌，她说，要等我成为一个真正的钢琴家。本来这些话，我想等我真正成为钢琴家的那天再说，但是现在，我发现我等不及了，也不想再等下去了。"

罗锐顿了顿，台下一片寂静。他看向前排的连心说道："连心，这是我送给你的圣诞礼物。我喜欢你！你愿不愿意做我女朋友？"

台下的学生们不断起哄，欢呼声、口哨声不断。连心收起笑容，面对这场盛大的告白，脑子里却一片空白，她不知所措地看着慢慢走近的罗锐。

罗锐走到连心面前，满心期待地又重复了一遍："连心，你愿意做我女朋友吗？"

连心好不容易找回自己的声音，结结巴巴地说："我……我……对不起，罗锐，我不知道。"

她不知道该如何面对眼前的情景，更不知道该如何回应他。在她心里，罗锐一直都是哥哥一般的存在，眼前的情况让她措手不及。慌乱之下，连心落荒而逃。

然而罗锐却执着地追出去，在校园小路上拦住了连心。

"当你第一次出现在我面前的时候，我就喜欢上你了！连心，友情和爱情并不矛盾。你只是一时没办法接受这个转变，但不代表你不喜欢我。也许你心里……如果你觉得突然，我可以给你时间。"罗锐着急地解释着。

"你别逼我，我要回去了。"连心挣脱他，转身跑远。

罗锐的声音从她身后传来："连心，我明天就要赶回美国参加演出，等我下次再来的时候，希望你能给一个我想要的答案。"

连心不知道自己是怎么走回家的，只是心乱如麻，一副魂不守舍的样子。

打开灯的一瞬间，她看到项语秋正站在客厅中央摆弄一棵圣诞树，惊喜不已，心中似乎一下子有了依靠，暂时忘记了刚才发生的一切，飞奔到项语秋身边。

"老项！你什么时候回来的？怎么不开灯？"

"在试这个啊。"项语秋点亮彩灯。

"我记得你不喜欢过节的，怎么开窍了？"连心围着圣诞树转了一圈，问道。

项语秋看着连心欣喜的脸庞，也忘记了在上海和顾漾发生的不愉快，解释道："入乡随俗嘛，听说圣诞节前后会有圣诞市场，很热闹，学校和公司都会放假，你想想那两天去哪儿玩。"

连心高兴得蹦起来，兴冲冲地找来旅游地图，结果项语秋一句话把她拉回了现实："我出差这几天，你都一个人在家？"

"罗锐来过。"连心想起刚刚罗锐的告白，面色变得凝重，她意味深长地问，"项语秋，爱情到底是什么样的？"

项语秋注意到连心脸上的异样，疑惑道："怎么突然问这个？你们吵架了？"

"我没有谈过恋爱，也不知道爱一个人是什么感觉，这种问题，只能问你了。"连心解释道。

项语秋想了想，说："爱情就好像一盒颜料，能调出什么颜色还得看自己。我的经验不一定适合你，而且，也不值得借鉴。"他似乎刻意在回避连心的问题，说完后立刻起身逃进厨房做饭，又忍不住默默感叹，看来小丫头真的长大了，开始为爱情烦忧了。

连心坐在沙发上发呆，因为项语秋回家而产生的欣喜瞬间消散，她再次陷入对罗锐的复杂心绪中。

第二天上班，项语秋遵照蒋佩珊的要求将图纸还给设计师，同时转告设计师，Paisley觉得定稿还有点儿问题，希望他可以根据这份图纸再完善一下。

设计师拿起图纸，看到几处改动的确是一针见血，正想点头，却得知是眼前这个新来的助理所为，转而轻蔑地瞥了他一眼，不服气地说："我去问问Paisley，是不是什么人都可以改我的作品？"

项语秋也不生气，实事求是地说："她只是希望您能参考一下，而且我觉得这个地方确实有问题。"

被一个助理教育，设计师的面子挂不住了，他起身撞开项语秋，朝门外喊道："Linda，我要的咖啡怎么还没送上来？"

项语秋讪讪地回到座位上，Emma 举着两个文档优雅地站在他面前。没等她开口，项语秋抢先一步问："威尔第街，David？"

"Bingo！"见项语秋有些上道了，Emma 很满意。

项语秋一边收拾资料，一边好奇地问 Emma 为什么不选择效率更高的邮件传送。

Emma 解释道："项，你要知道，David 从不带电脑去工地，并且，他回邮件的速度还赶不上三趾树懒。这个文档，是'妙居'一期的设计图，另外那个，是非洲供货公司的木材运输计划表，你需要让 David 反馈需求量和估价回来，你还有一个小时，不能再耽误了！"

项语秋被她三趾树懒的比喻逗笑，无奈地耸耸肩，拿着文件夹冲出办公室。

连心走在跳蚤市场上，看着两边各式的摊位和热闹的人群觉得十分新奇，激动不已，Alex 扛着一个巨大的背包得意扬扬地跟在后面。

"卖了这些挣了钱，我请你大吃一顿！"连心充满斗志。

"你好不容易挣了钱，不好好攒着，请我干什么？"Alex 摇摇头，从包里取出了一个袋子，"我妈专门给你包的包子，等会儿饿了可以吃。"

连心心中一暖，笑着说："感觉我们不是在摆摊儿，而是在郊游。"

跳蚤市场熙熙攘攘，加之连心的热情推销，不断有人在她的摊前停留。好不容易有了个喘息的机会，连心坐下来开始吃包子，一抬眼，发现离自己不远处蹲着个打扮有些邋遢的华人女孩儿，一动不动地盯着自己手中的包子。连心心一软，递了一个过去。

女孩儿接过，感激地看着连心，小声说了句"谢谢"，埋头吃了起来。

Alex 远远地看见有城市警察巡逻过来，倒吸一口凉气，拉起连心拔腿就跑。连心舍不得摊位上的货物，挣脱 Alex 跑回去，用布将货打成包袱试图背走。

不远处的警察发现了异样，迅速穿过人群走了过来。等不及连心将所有包整理好，Alex 强拉着她跑出跳蚤市场，一路上还散落了好几个包。

连心看到其他人依旧面不改色地站在摊位上，十分不解地问："他们为什么这么淡定？"

"我们没有许可证，不能摆摊儿！" Alex 边跑边回答着。

由于跑得太快，连心在拐角处和一个人撞了个满怀，手里的女式包、票据和对方手中的文档散落一地，连心慌忙蹲在地上去捡。

"不好意思，我帮你捡。"

熟悉的声音传入耳朵，连心触电般站起来，下意识地躲到 Alex 身后，头抵在他背上，小声地和他耳语："完了，Alex，他还不知道我来摆摊儿的事，快，随便说点儿什么。"

Alex 一抬头，发现是项语秋，迅速弯腰打算把地上的票据藏起来，尴尬地说："项语秋，好久不见！我妈让我去跳蚤市场把这些旧包卖了，正好连心没课，我就叫她一起来了。"

这样拙劣的借口，项语秋自然一眼就看了出来，他起身看向连心，问道："这不会就是你说的销售工作吧？奢侈品商场？很安全，工资也特别高？"

连心知道已经瞒不过去，支支吾吾地开口："是……是啊，送货上门嘛。"

"躲什么躲，你以为自己还小呢，随便往人背后一躲我就看不见了？"项语秋把连心从 Alex 背后拉过来。

Alex 见势不妙，赶快捡起包走人，在捡地上的票据时错拿了一张项语秋掉落的文件。

"连心，改天再约，我先走了！" Alex 留下一个"你多保重"的眼神，匆匆跑远。

连心跺脚，大声地喊："没义气！"

就剩下连心和项语秋两人，连心心虚地低着头，企图转移话题："老项，这个时间你不是在上班吗？你跟踪我？"

"要是我没出来、没发现，你是不是要继续干这种事？"项语秋质问道。

"怎么了嘛，我不就做点儿小生意嘛。"连心辩解道。

项语秋捡起一个包，伸到连心面前道："小生意？你这是无照经营！"

"可我挣钱了！"连心从口袋里掏出一沓钱，骄傲地摊开手给项语秋看。

"卖中国结的事才过去多久啊？又出来卖包，摆摊儿上瘾了？你这就是典型的屡教不改！在花店打工我没意见，可你要继续用这种不正经的手段挣钱，绝对不行！"项语秋态度强硬。

"反正在你眼里我做什么都不正经！我只是想减轻你的负担，有错吗？"连心赌气离开。

项语秋无奈地叹口气，追了上去。

圣诞节前夕的大街上，装饰着巨大的圣诞树和圣诞老人，天色渐渐暗下来，夜晚的巴塞罗那流光溢彩，热闹非凡。

连心拖着包袱在街上闲逛，项语秋一如从前，静静地跟在身后。

等到连心稍稍平静，项语秋走上前，问道："还生气呢？"

"以前卖假的签名海报，是我不对，可这回是 Alex 找来的正品！再说了，我都成年了，已经有能力为自己做的事负责了！"

"那如果今天被警察抓到了呢？你打算怎么负责？"

"我……"连心哑口无言。

"我不是怪你，我是怕你出事。况且，你从来都不是我的负担。"项语秋叹了口气，说着从口袋里拿出连心偷偷写的圣诞愿望清单，摊在连心眼前，"写了这么多啊？这张纸上所有的愿望都满足你。"

连心瞪大眼睛，期待地问道："真的？"

项语秋认真地点点头，又问道："那不生气了？"

"勉强原谅你。不过，还是不要全部了吧。"连心拿过清单将里面花费较高的项目一一画掉，"哎，真希望圣诞节能持续久一点儿，结束后课就多了，有的忙了。"

"那多好，忙起来你就没时间偷摸摆摊儿了。"项语秋笑着。

5

办公区气氛凝重，蒋佩珊严肃地站在办公室门口朝外喊："Emma，我不是让你亲手交给 David 吗？好好的图纸怎么会丢了？"

"不是我……我……我让项语秋去送的。"Emma 慌忙摆手，指着项语秋说。

"Emma，如果下次再让我知道，你把自己的工作交给别人做，那就要请你离开公司了。"蒋佩珊眉头皱得更紧了。

"临走前我检查过，也是亲手交给 David 的，不可能……"项语秋说着突然想起了什么。

上次在跳蚤市场撞见了连心，东西掉了一地，草图应该就是在那个时候丢的。他立刻给 Alex 打电话，请他在捡回去的那堆票据里找找有没有一张设计图纸。

"真不幸，我刚回家就撞见我爸，全被他拿去扔了，已经这么久了，不可能找到了。"Alex 遗憾地回答。

"好吧，谢谢你。"项语秋失落地挂掉电话，看向蒋佩珊，惭愧地说："对不起，设计稿是在我手上丢的，我愿意承担责任。"

"你承担得起吗？那些全都是一手设计稿，没有电子版备份！"蒋佩珊看向 Emma，"让设计部重新出一份设计稿，而且要比之前的水平更高，不然无法解释延期的问题。"

"另一个项目的期限马上就要到了，临近圣诞节，设计部好几个同事昨天就开始休假，根本抽不出人手……"Emma 有些为难。

蒋佩珊用手一下一下地点着桌子，难得遇到连她也觉得棘手的情况。

"能让我试试吗？公司的很多设计稿都是我送出去的，看得多了，也有了些想法。"项语秋自告奋勇，"你现在也没有别的选择，只能相信我一次。"

蒋佩珊沉吟片刻，和 Emma 交换了一个眼神，对项语秋说："我不管你是自己画还是请外援。总之，新的设计稿必须比原来的更好，否则即便我们之前认识，我也不会念旧情，只能请你离开公司。"

"可是……这样会不会耽误项目的进度？"Emma 还在担心。

"不怕，公司不缺制造麻烦的人，但需要能解决问题的人，不是吗？"蒋佩珊看向项语秋。

"OK，我尽全力。"项语秋承诺道。

当晚，他就开始加班重画设计图。同事们纷纷离去，办公室空空荡荡的，只听见项语秋不停地用铅笔在纸上写写画画的声音，桌上堆满了揉皱的纸团。

看到蒋佩珊从办公室出来，项语秋忙站起来让她先回去，并保证自己会抓紧时间赶工。

"没关系，我相信你。"蒋佩珊笑了。

项语秋一时没明白，疑惑地看着她。

"我的意思是，设计稿的丢失未必是坏事，至少它暴露了公司内部管理的疏忽。以后每一份送出去的文件最好都有扫描版保存在公司档案库里，这样以后查阅也更方便。"作为决策者，蒋佩珊有自己的思考。

"这倒是给了我一个机会，终于能做设计师的事了。"项语秋耸耸肩。

"你这样让我很怀疑，你是故意丢掉的。"蒋佩珊突然用怀疑的眼神看着项语秋。

项语秋愣住，急急忙忙地想要解释。

蒋佩珊被他脸上慌张的神色逗笑，说："开个玩笑。有个问题我一直没想通，你为什么骗连心说你是绘图员？"

"你知道了？她心高，知道我只是一个助理，会不开心的。"提起连心，项语秋的眼神都变得温柔了。

蒋佩珊愣了愣，拎起搭在椅背上的外套走向门口，丢下一句："那你可得努力让谎言变成现实。"

窗外天色微亮，其他员工也已经陆续来上班，一夜未眠的项语秋看着手中的图纸，终于露出满意的微笑。他在桌上趴了一会儿，半睡半醒间手机突然响了，迷迷糊糊地接起来，电话那头传来陈奇的大嗓门儿："圣诞节快乐！"

项语秋瞬间惊醒，把手机拿远一些看了看屏幕，然后拿到耳边小声说："你神经病啊！一大早我正睡觉呢！"

"这都什么时候了，你居然还在睡觉？"

"我加班来着，一夜没睡！"

"你就是个小破助理，哪有那么多事。"陈奇毫不客气地打击他。

"我警告你啊，咱俩是好兄弟我才不瞒你，这话不许跟任何人说，尤其是连心。"项语秋语气严肃起来。

"好，对外统一口径，我们家项语秋啊，现在是巴塞罗那著名建筑集团的一颗新星。"

项语秋不理陈奇的贫嘴，转而关心他和唐诗最近可好，却听电话那头传来陈奇深深的叹息。

"有时候真想跟你换换，照顾连心可有趣多了！"

"有趣？你来试试看！这丫头现在到了叛逆期，三天两头搞事情！昨天差点儿又闯祸！"

"啊？这样啊，那还是算了吧。不过连心从小就很有主意，你别管太多。万一她以后找了男朋友，你不是更要操心？"陈奇打趣道。

项语秋联想起之前连心问过他爱情是什么，若有所思。正好看见蒋佩珊一行人进来，项语秋挂了电话，抱起通宵赶制的图纸，跑过去交给了

Emma。看着她和蒋佩珊进了办公室，项语秋内心忐忑，守在门口等待结果。

片刻，Emma 终于从办公室出来，她白了项语秋一眼，不满地说："也不知道是真画得好还是假画得好，反正有 Paisley 罩着你。若丢图纸的人是我，早被开除了！这个圣诞节也别想好好过了。"

项语秋听得一头雾水，Emma 见状又解释了一遍："听不懂？我的意思是，算你走运，有惊无险。"说完转身离开了，项语秋见 Emma 的背影渐远，明白自己的图纸得到了蒋佩珊的认可，内心激动。

但蒋佩珊并没有因为项语秋通宵加班，就给他特殊照顾。忙碌了一整天后，项语秋终于有空休息一会儿，他抬手看一眼时间，想起和连心的约定，抓起衣服急匆匆地离开办公室。

此时，连心正在流浪者大街一端的哥伦布雕像前焦急等待，一身红色的裙子衬得她的肌肤更加白皙。见项语秋姗姗来迟，她嗔怪道："这么晚才来，我还以为你忘了！我的天，你这大黑眼圈，是不是又一夜没睡。"发现项语秋有了黑眼圈，她有些心疼。

"不熬夜怎么把时间腾出来过节啊。"项语秋一路跑来，上气不接下气。

"那你确定这两天的时间都是我的，不会再被叫回去加班？"

"确定，这可是我们在西班牙的第一个圣诞节。"项语秋说完便领连心向集市走去。

波盖利亚市场是巴塞罗那最古老、最地道的食品市场，这里既是当地美食家们的天堂，也挤满了挎着相机的观光客，各种当地出产的蔬菜、水果，新鲜而饱满，带着艳丽夺目的色彩，泛着看上去就令人很愉悦的光泽。市场周围的墙壁上有很多涂鸦，其中不乏几位涂鸦大师的早期作品，很多涂鸦爱好者就是从这里走向世界。

项语秋带着连心穿梭在市场里，各种圣诞主题的陈设琳琅满目，载歌载舞的圣诞老人和自娱自乐的流浪艺人置身其中，引起路人的驻足停留，整个市场充满浓浓的节日气氛。

连心一路吃个不停，还说自己也会涂鸦。当初她刚住进项家老屋的第一个晚上，就在自己房间进行了一整夜的艺术创作。项语秋想起他家满满一墙都是连心留下的"抽象"风格的涂鸦，颇为壮观，无奈地笑着说他当然记得。

这时，项语秋注意到街边橱窗里有一栋微缩的院落，驻足观赏起来。只见院落的上空飘着白雪，院子装饰着圣诞主题的彩灯，透过窗户，可以看到一家人围坐在一起，嘴巴微张，应该是在合唱圣诞歌曲。他不由得想起上海的老屋，只可惜老屋里很多年都没有过这么热闹的圣诞了。

"想家了？"见项语秋神色微动，连心轻轻地问，然后用手肘戳了戳项语秋，"你还有我嘛。"

看着身旁的连心，项语秋收起失落的情绪，也笑了。

没逛多久，连心又被乐队演奏的歌声吸引过去，挤在人群中看了很长时间，回头想跟项语秋说话，却只看到一张张陌生的面孔。连心慌乱地在人群中寻找项语秋。

突然，一个圣诞老人出现在连心面前，对着她扭了扭腰，一边递过一个红彤彤的苹果，一边对她说："圣诞快乐！"

虽然圣诞老人戴着头套，但连心知道，他就是项语秋。

连心举着苹果扑到圣诞老人怀里，眼里闪起了点点泪光，心中既惊喜又感动。

回家的路上，连心掏出愿望清单，满脸幸福地把完成了的项目一一打钩。项语秋拎着满满一袋子菜走在她身侧，琢磨着圣诞晚餐。两人你一言我一语地商量着，明天去完成清单里的最后一项，也是连心最期待的一项——瑞士滑雪。

不知不觉两人回到了公寓，项语秋看见一个人孤零零地坐在楼下，走近了才发现那是蒋佩珊，项语秋有些惊讶。

"怎么，不欢迎？"蒋佩珊抬头问道。

连心上前抱住蒋佩珊的胳膊，拉起她笑道："佩珊姐，欢迎！来评估一下我们家的圣诞大餐！"

三人一同进屋，项语秋在厨房忙活着晚餐，而蒋佩珊在客厅和连心闲聊。突然，蒋佩珊的目光被公寓中一个小巧的木质摆件吸引，连心循着视线望去，一脸骄傲地告诉她，项语秋在国内时就喜欢做家具设计，家里都是他亲手做的摆件和家具。

连心言语间不停地夸赞项语秋，又从客厅的矮柜里抽出一沓设计稿递过去给她看。蒋佩珊不说话，一页页认真翻看着手中的稿纸，渐渐被项语秋的才华折服，心中默默赞赏。

饭菜不一会儿就上桌了，项语秋特地做了上海本帮菜，还开了一瓶自己平时舍不得喝的好酒。蒋佩珊接过项语秋倒的酒，一口干了。

连心突然不知趣地问起，她怎么没和家人在一起过节。项语秋忙戳了她一下，夹起一块肉放在她碗里，示意她多吃菜，少说话。意识到自己说错话了，连心赶紧埋头吃饭。

"我没有家人，我唯一的家人已经不在了。"蒋佩珊礼貌地笑笑，回答着连心的问题，语气平淡，听不出悲喜。几杯酒灌下去，她有些醉意，话也多了起来，终于对连心和项语秋说起过去的事。

蒋佩珊二十岁来到巴塞罗那，已经快二十年了，刚来的时候，租了一间小公寓，冬天冷、夏天热，为了赚钱，做过销售，摆过地摊儿，也没什么朋友，每月被房东逼着交房租。她不敢出去花钱，只能躲在房间里没日没夜地看书，饿起来恨不得把书吃下去。发烧了自己敷毛巾、自己泡面、自己吃药……那时的她没有心思体会自己是否孤独，只是一步步执着地朝自己的梦想迈近。所以当她遇上连心和项语秋，总觉得他们身上有着她当年的影子，忍不住想伸手帮一把，想着如果那时候有人帮帮她，她就不会吃那么多苦了。

这似乎是一种补偿心理，她的现在是很多人都想要的未来，但如今的她却比以往任何时候都孤独。

"干了这杯，今天我们就是你的家人！"听完故事，连心不禁动容，举杯碰了碰蒋佩珊的杯子。

蒋佩珊又干尽一杯，苦酒入肠，她摇摇头，平静地说："不是一起喝过酒，就能成为家人的。其实每个来国外漂泊的人，尤其是女人，都会经历这些，熬到最后发现青春都耗尽了，什么都没有。你记住，能用钱买来的都不值钱。不管你以后多成功，都要珍惜在你最困难的时候陪在你身边的人。别离开他，也别让他离开你。"

连心听着这些眼睛湿润，忽然间就理解了面前这个妆容精致的女人内心的悲伤及孤独。

醉意渐浓的蒋佩珊神思渐渐飘远，炽热的眼神直盯着项语秋，说他很像一个人。不愿深究的项语秋只得埋头吃饭，以躲避蒋佩珊的目光。连心心中隐隐感到不安，拉着项语秋问道："老项，你会离开我吗？你见过她说的那个和你很像的人吗？"

项语秋摇了摇头，嘱咐连心早点儿休息，出门送蒋佩珊回家。看着两人出门，连心心里有些不舒服，但酒精作祟，她还是很快就睡着了。

清晨，连心被窗帘缝隙中的刺眼阳光照醒，拿起闹钟看了一眼，光着脚冲出卧室，大喊道："十点了！项语秋，你怎么不叫我？"

"谁让你昨天喝那么多！"项语秋在厨房煎着蛋答道。

连心颓废地往沙发上一躺，抱着抱枕，想到不能去瑞士滑雪，心中有些委屈。端出早餐的项语秋看到这一幕，安慰连心以后还有机会，明年圣诞节再一起去。他还竖起小拇指，打算像以前一样和她伸手拉钩。

可连心却握紧拳头，和他对碰了一下拳头，嫌弃道："小孩儿才拉钩呢！"

6

陈奇和唐诗一直维持着"友情以上，恋人未满"的状态。陈奇孜孜不倦地追求着，唐诗孜孜不倦地拒绝着，久而久之仿佛成了习惯。

每日送午饭也是习惯之一。唐诗一忙起来就忘了吃饭，所以落下了胃病。陈奇发现此事后，每天中午都跑来公司找她一起吃饭。几次三番下来，不光唐诗，连前台都烦了。

这天，陈奇又来公司想找唐诗过圣诞节，前台小姐索性告诉他，唐诗出差去了无锡。陈奇迅速打电话让布丁将几周后的旅行跟拍提前，就为了去追唐诗。

无锡的太湖"湖不深而辽阔，山不高而清秀"，有一种气势磅礴之美。湖面辽阔，无边无垠，湖中岛屿错落有致。虽已入冬，但枯黄的芦苇在斜阳的晕染下，呈现出浓重的暖色调，仍然让人眼前一亮。

陈奇就在此处给小情侣进行最后一组跟拍，但他却一直心不在焉，一旁的助理暗自为他捏了把汗。好在成片效果不错，小情侣很满意，约定好拿片时间，便去过二人世界了。

好不容易结束了工作，陈奇无心欣赏太湖风光，随便找了个借口将助理支开，立刻前去一家车行。

因为是圣诞节，街边商店甚至连车行都装点得特别有节日气氛。店员热情地迎上陈奇，热情地向他介绍各种款式的车。陈奇只顾四处张望，问今天是不是有华娱星空的人在。

店员一愣，以为他是来找人，便说他们正在楼上开会。陈奇打着哈哈，让店员先去忙，他自己随便转转。店员微笑着点了点头，走开了。

陈奇一边转悠，一边往楼上瞅。

唐诗正在会议室内看着大屏幕上介绍 Jeep 指南者的页面，透过玻璃隐约觉得有个熟悉的人影在楼下晃过，定睛一看又好像没有。她揉揉眼睛，以为是自己眼花了，也没多想，继续和店长讨论合作方案。

经过详细沟通，店长十分满意，站起来跟唐诗握手道："那方案就这么定了，细节上辛苦唐小姐来安排。"

"没问题。下周我们安排专员和制作方沟通。"唐诗礼貌地微笑道。

刚一下楼，身后的车行店员叫住唐诗，把午饭递给她。完成任务的唐诗松了口气，拎着盒饭瘫倒在椅子上，以为正巧赶上了他们的员工餐，却得知是外面有人专门送给她的。唐诗想起刚刚那个眼熟的身影，心中一下子明白了。

果然，到了下午，陈奇拎着两杯咖啡"巧合"地出现在唐诗的眼前。

"真是哪儿都有你！"唐诗早就猜到是他，一点儿也不惊讶。

陈奇假装惊喜道："这就是缘分！"

唐诗翻了个白眼，接过陈奇递来的咖啡，正准备喝，又想起了什么，摸了摸鼻子，假装不经意地问起自己前几天喝醉的事，想知道她有没有无意中说了什么不该说的。陈奇看着唐诗躲闪的眼神，不禁想逗逗她，便说有。唐诗果然上当，立刻紧张地问他，自己到底说了什么。

陈奇托着腮，一副努力回忆的样子，慢吞吞地说："我想想啊，你说我帅，说我有才，说打着灯笼都找不着我这么好的人。"

唐诗知道他又在胡诌，低头喝着咖啡不搭话。陈奇突然摆出一副认真的样子，向她提议既然来了无锡，就不要浪费美景，要为她拍套写真，也给他留个念想。唐诗想也不想就以不喜欢出现在镜头前为由拒绝了。

"还没见过美女不喜欢镜头的呢，你真是我生命里盛放的一朵奇葩。"陈奇摆弄着手里的镜头。

两人回到上海已是傍晚，道路两旁的圣诞气氛愈加浓厚，大街小巷吵吵嚷嚷，一派欢乐。陈奇拉着唐诗来到淮海中路的环贸广场，两人沉浸在节日的欢愉中。陈奇叽叽喳喳地说个不停，而唐诗一开口，没两句就把话题又扯到项语秋身上，问起了他的近况。

"工作有着落，生活有保障，圣诞节刚出游回来，惬意着呢。"陈奇漫不经心地回答。

"真不该跟顾阿姨合伙骗他，我也不知道他们母子隔阂那么深，害得我现在都不敢跟他联系了。"唐诗懊恼着。

陈奇惊道："你说谁？项语秋他妈？你们把项语秋怎么了？"

唐诗一五一十地把自己和顾漾联合把项语秋骗回国的事告诉了陈奇。

"等会儿，你什么时候跟顾漾的关系这么好了？还合伙骗他？"陈奇努力消化着这巨大的信息量，"你真是病急乱投医，还不如讨好讨好我。"

唐诗看到路边蛋糕店试吃的蛋糕，拿起一块凑近陈奇："来，陈大头，把眼睛闭上，嘴巴张开，我讨好一下你啊。"

陈奇心中大喜，乖乖照做，一块芥末蛋糕被塞进嘴里，辣得他五官扭曲，流着眼泪直呼"唐诗你够狠"。唐诗刚想嘲笑他两句，胃部却传来阵阵剧痛，捂着肚子缓缓蹲下去，陈奇看唐诗突然脸色惨白，一把抱起她跑向医院。

唐诗坐在病床上，看着面前的清粥和小菜愁眉不展，把碗往外推了推，以示不满。

陈奇好脾气地把粥碗又推回唐诗眼前，哄道："清粥养胃，你怎么跟小朋友一样。要不你点吧，觉得哪种粥有味道，我给你做。"

"什么时候转型成居家好男人了？"

"那是，我这变色龙体质，遇土变灰，遇树变绿，遇到你就自动升级为好男人咯。"陈奇满脸的骄傲。

"我看你耍宝就不饿了，粥你自己留着喝吧，我下午还有事。"唐诗起身找鞋，"我最近会去巴塞罗那，拍片的事我交代给小刘了，你找她就行。"

"又去？"陈奇心中复杂。

"这次是工作。我们公司跟 Paisley 建筑集团有合作，需要过去跟进一下项目。"唐诗坦然地说。

"你干吗跟我说这么详细，我又听不懂。反正项语秋在 Paisley 建筑集团就对了。"陈奇带着酸溜溜的语气说道。

"我也是有自尊心的，对项语秋穷追不舍又不是我生活的全部。"

"这话说出来你自己信吗？"陈奇盯着唐诗的眼睛，用手指着摆好的粥和小菜，一副不达目的不罢休的架势。

唐诗心想这陈奇是越来越难缠了，端起碗一口气喝下整碗粥，又把旁边的小菜囫囵塞进嘴里，披着外套匆匆往外走，边走边说："这回满意了吧，我可以走了吗？我还有好多事呢！"

陈奇满意地点点头，继续在她身后叮嘱道："医生说，饮食不规律、不吃早饭、一天吃一顿……反正你的那些不良习惯，都有可能加重胃炎。我已经在你手机上定了三个闹钟，早、中、晚记得准时吃饭。不许取消！"

"神经病。"唐诗回头白了陈奇一眼，扬长而去。

然而唐诗嘴上虽然骂着，那几个闹钟倒也没有取消，以至于在开会的时候，她的手机不幸地响起。大家纷纷看向唐诗，唐诗赶紧按掉，抬头迎上老板凌厉的目光，尴尬地低下头。

这个时候的唐诗还没意识到，陈奇在自己心底到底是怎样的一个存在，她只是单纯地觉得，她深爱着项语秋，而她身后这个黏人精，很烦，很想甩掉。就是抱着这样的态度，她没有想到最终对陈奇造成了无可挽回的伤害。

夕阳西下，晚风吹拂，光芒穿透云层，形成大片大片的红霞。

唐诗往湖边走了几步，呆呆地看着眼前大自然给予的馈赠，她想起了项语秋，想知道他还会不会回来。

陈奇喝着一罐啤酒，准备为自己将要做的事壮胆。他默默在唐诗身后注视着她，又举起相机拍下了她的背影。放下相机的一刻，陈奇深深地吸了口气，叫了声她的名字，声音有些沙哑。见唐诗转身，陈奇低头吻了上去。

唐诗猛地推开陈奇，表情由惊讶转为羞愤，朝着他大喊："你有病啊！"

陈奇一动不动地站在原地，眼睛如一潭幽深的池水，蓄满了哀伤，他静静地看着唐诗，向她道歉。

唐诗沉默片刻，低头开口道："陈奇，别说了，以后别再偷偷给我送饭了。你以为我不知道？无锡、上海，还有我这段时间去的其他地方，你都出现过。我受够了，你能不能不要像跟踪狂一样跟着我，这一点儿都不浪漫，我也不会感动，只会觉得害怕！"

"害怕？"陈奇完全没有想到是这个结果。

"你自己想一想，你那些所谓关心我的举动，不就是变相的跟踪和监视吗？我有我的自由，也不想要这种扭曲的关心！"唐诗狠心地说道。

陈奇一愣，难以置信地问："原来我所做的一切在你眼里都是这样的！唐诗，我已经退一万步了，你一定要把话说得这么绝吗？"

唐诗继续冷冷地说："不是我说话绝，是你做得太过。不甩开包袱，怎么大步向前？"

"我是包袱？哼，你以为我就非得在你这棵树上吊死了吗？"陈奇赌气说。

"如果你能吊到别的树上，我倒是很开心。"

"唐诗，你不过是仗着我喜欢你而已。"陈奇撂下这句话后愤怒地离开。

唐诗看着陈奇的背影怔了几秒钟，落下了几滴眼泪。她在心里默默抱歉：对不起，陈奇，我说那些话只是为了让你死心，就当我是个十恶不赦的坏人吧。

深夜，陈奇在酒吧里一杯接一杯地猛灌，喝得烂醉如泥，旁边两个女孩儿的聊天儿声不时传入耳中。

"那男的真走了啊？"

"走了。"

"你也太绝了吧，这么痴情的人不多了，人家可追了你整整六年，就算是块石头也感动了吧。"

"谁让他蠢呢！以为死缠烂打会有用吗？天天到我公司送饭，跟探监似的，哪个女孩儿会喜欢啊，又无聊又老套，白痴才会喜欢他呢！"

"你这话说得也太……"

陈奇觉得每一句都像是在说自己，又想起唐诗在湖边绝情的姿态，借酒劲儿拎着酒瓶冲上来，拽住一个女孩儿的胳膊，朝她喊道："你说谁蠢，说谁白痴呢？"

"你干什么？有病啊？"女孩儿皱眉推开陈奇。

另一个女孩儿上来劝说："算了，他喝多了，我们走吧。"

陈奇却又重新拽住女孩儿，不依不饶道："死缠烂打怎么了？送饭又怎么了？关心一个人难道还有错吗？我告诉你，感情不是用来让你这么践踏的……"

女孩儿被吼得不知所措，下意识只想挣脱陈奇，慌乱中拿起桌上的酒瓶，朝着他的脑袋砸了下去，鲜血顺着额头流了下来。

劝架的女孩儿吓坏了，这才借着昏暗的灯光看清了他的脸，惊讶地发现他就是那个自己很崇拜的摄影师陈奇，连忙打了120送他去了医院。

"凶手，凶手呢？"陈奇在医院一醒来就开始嚷嚷。

守在病床旁的女孩儿满脸歉疚地说："对不起啊，我替她道歉，这事确实是她太冲动了。"

"冲动？这叫冲动吗？从法律的角度来说这叫故意伤人！"陈奇气愤不已。

"歉也道了，医药费也付了，你一大名鼎鼎的摄影师，总不会因为这点儿事跟我计较吧？"女孩儿见陈奇还是没有消气，嘟囔着。

正当陈奇疑惑她为何会认识自己，女孩儿就自我介绍道："你好，我叫苏晓，我看过你的作品，以为是个忧郁的艺术家，没想到……虽然和想象中不太一样，不过，有反差才更有趣。"

看到苏晓说这话时的认真模样，陈奇愣住了。苏晓纠结了一会儿，还是没忍住好奇，问起他昨晚的事，从他激动的样子来看，苏晓觉得他八成是失恋了。

陈奇不愿意在粉丝面前承认，是因为失恋才做出酒后失态这么丢脸的事，扶着额头假装不舒服，呻吟道："哎哟……头疼，你说什么？我听不清。"

"得了吧，还演上了，你这头根本没事，躺在这儿是因为酒精中毒！"苏晓笑着推了陈奇一把。先前尴尬的气氛顿时消散，两人说说笑笑起来。

而此时，刚刚得知陈奇住院的唐诗心急地赶来，却在病房门口看到这一切，她心里莫名有些失落，在原地驻足了半晌，还是转身离开了。

第七章

1

在西班牙的时光波澜不惊地流逝着，转眼又到了夏天，项语秋的工作逐渐走上了正轨，连心也顺利从语言学校毕业，申请了大学。连心之前就告诉过项语秋，她想报考金融、贸易、电子商务这方面的专业。直到看见连心的入学申请书，项语秋这才确定她对艺术，尤其是舞蹈，真的一点儿兴趣都没有。

离开学还有一段时间，连心在家闲得无聊，把注意力对准了厨房。

"少许油，少许……"连心倒了小半瓶油，又立刻加入番茄，"加适量盐……适量？适量糖。"说着，小半瓶盐和小半瓶糖都下了锅。

一份番茄炒蛋终于出锅了，连心满怀信心地夹起一块尝了尝，入口的瞬间，脸色一变，立刻吐出来，把剩下的一股脑儿倒进了垃圾桶。

连心烦躁地把家常菜谱扔在一旁，又拿起一本西式菜谱，比照着"杏鲍菇拌苹果"的做法，切菜，切苹果，加几滴醋、几滴柠檬汁，再撒一撮意大利综合香料，拌匀。

拌好之后，连心尝了一口，感叹道："嗯！这个味道不错，西餐果然比中餐容易多了。"

连心颇为满意地摆好自己的作品，趴在餐桌上等项语秋，脑袋一点一点，像小鸡啄米似的，不知不觉睡着了，一个不小心头向桌面撞去，惊醒。项语秋正好下班回来，看到这一幕，他赶紧上前帮连心揉了揉额头。

他心疼地说："本来就傻，这一撞更傻了。困了怎么不去睡？"

"一直在等你吃饭啊，谁知道你回来这么晚。"连心揉着额头迷迷糊糊地说。

项语秋夹起桌上的菜，尝了尝，说道："不错嘛，有进步！你突然换个风格我还真有点儿不适应，不会做什么坏事了吧？"

"我告诉你，我也是能出得厅堂、下得厨房的，不要总把我当孩子看。"连心不满地踹了他一脚。

"当孩子有什么不好，你只要别给我闯祸就行了。下次别等我，我在公司吃过了。"项语秋去厨房转了一圈，发现了连心失败的番茄炒蛋，不动声色地笑了笑。

连心见他最近老是回来很晚，出于关心又带点儿试探地问起此事。只见项语秋拿出几张建筑设计的稿纸，一脸疲惫地说晚归是因为加班。

"和蒋佩珊？"连心想起圣诞节蒋佩珊炽热的眼神，脱口而出。

"是啊，她除了喝酒就喜欢加班。"项语秋随口说着，坐回到餐桌前，准备再尝尝连心的手艺。

"一起加班、一起吃饭、一起喝酒，你现在在家的时间越来越少了。"连心端起桌上的饭菜进了厨房，"我累了，先睡了。"

项语秋拿着筷子的手停在半空，对她突如其来的小脾气摸不着头脑。

这段时间令连心头疼的事接二连三地到来。从年初开始，同一条街新开了三间花店，竞争一下子激烈起来。虽说店里的花材比别家新鲜，又开了多年，积攒了很多老顾客，但传统的经营比不过别家的特色经营，本来就冷清的生意越发难做了，花店老板在柜台一边算账一边叹气，还跟连心抱怨，一天都没几个客人，再这么下去，只能关门了。

连心也跟着老板愁眉不展，一时又想不出好的办法，只好低头浇花。

回到家后，连心在电脑上搜索："如何让一个花店起死回生？"她一页一页地翻看，越看越困，撑不住倒在床上。

这时 Alex 打来电话向连心吐槽，他妈妈最近迷恋上了网购，买了好多辣椒酱，吃得他苦不堪言。

"网购？"连心突然灵光闪过，丢下电话，兴冲冲地重新打开电脑兴致勃勃地查找起资料，把电话那头 Alex 的哭诉忘到了脑后。

连着几天在网上做足了功课，连心对网购的运作流程已经掌握得八九不离十了。于是她兴冲冲地向花店老板提议可以做一个官网，类似于快餐外卖，客人在网上选花、订花，由花店负责制作卡片，送货上门。这样能为客人省下很多时间，跟其他店比起来，也有了自己的特色。

老板思索了一会儿，夸赞连心的这个想法非常好，可是他身边没有人会做网站。

连心干劲儿十足，拍拍胸脯说："没关系，包在我身上，我找擅长编码的同学帮忙。至于网页设计，我再想办法。"

"没想到你最近心事重重，送花、洒水都不利索，原来是在琢磨这个呢！"老板微笑地看着连心。

连心吐了吐舌头，突然有人从背后拍了她一下，转身一看，原来是 Alex 不知何时来到了花店。她惊喜道："你怎么来了？"

"来给你送四川辣椒酱啊。"Alex 举起手里的袋子微笑着。

连心笑着接过，拧开盖子闻了闻，鲜香刺鼻，大赞正宗。她放下辣椒酱，带着 Alex 在花店四处参观，Alex 听连心说起网页设计，灵机一动，想起自己有个朋友是做游戏开发的，最近推荐了一款页面设计很棒的游戏，便问连心有没有兴趣观赏一下。连心却不明白这游戏对自己有什么用，一脸疑惑地看着他。

Alex 耐心地分析道："你看啊，喜欢送花的年轻人多吧？年轻人喜欢新鲜刺激的东西，我见过很多公司的官网都采用游戏界面的风格，精美大气，一下子就能吸引人们的眼球！"

连心听他这么一说，觉得颇有道理，兴奋地拉着 Alex 立刻就去了网吧。两人在网吧面对面坐着，戴着耳机，奋力厮杀。

"哎？你不是来观摩网页设计的吗，怎么自己玩上了？"

"还说我，你玩那么 High，我看得眼花缭乱，哪有工夫学习？"

一旁手机的屏幕亮了又暗，暗了又亮，连心无心接听，完全沉浸在游戏的世界里。

Alex 游戏失败，一抬头就看见项语秋阴沉着脸站在连心身后，赶忙站起来，暗暗催促连心别玩了。

"干吗啊？嫉妒有人收我为徒啊！"连心死死地盯着屏幕，没注意到Alex 正使劲儿地朝她使着眼色。

敲键盘的手突然顿住，连心透过屏幕看到身后的项语秋，猛地站起来，结结巴巴地想要辩解。项语秋拉着脸让她赶紧出来，自己转身径直走出网吧。连心看了眼 Alex，像个犯了错的孩子，灰溜溜地跟在项语秋后面走了出去。

项语秋突然停下了脚步，连心没刹住一头撞了上去，痛得叫出了声。

连心委屈地说："老项，你别不说话啊。"

"说什么？你要做兼职，不让我干涉，好，那现在呢？跑来打游戏？"项语秋很生气。

连心觉得莫名其妙，玩游戏又不是什么滔天大罪。她索性破罐子破摔地告诉项语秋，当初来西班牙就决定要做自己喜欢的事情，她不是罗婷姐，不是他们所期待的淑女。

项语秋被连心的心里话触动，气愤道："你这是在浪费自己的时间！"

"时间是我的！用不着你管！"连心说完，扭头跑远。

项语秋一路跟着她回到家，自己也冷静下来，想好好跟她谈谈，没想到连心一头扎进卧室，重重地关上了门，压根儿不想搭理他。

项语秋怔怔地站在卧室门口。今晚有公司的酒会，他本想着请假，可一方面觉得自己来公司后第一个活动就请假不太好；另一方面，酒会是由 Paisley 举办的，不去好像不太给面子，思来想去还是决定带连心一起去。可经刚才这么一闹，他觉得也该借这个机会让连心自己反思一下，于是打算独自赴会。

连心在房间翻着书，却一个字也看不进去，想到刚刚趴在门缝儿上看到项语秋换上异常隆重的正装，心里莫名有些担忧。听见关门的声音，她立马扔了书，偷偷跟了出去。

来参加酒会的都是公司同事和客户，男士西装革履，女士争奇斗艳。蒋佩珊一身高定优雅地站在众人中间，不时跟前来打招呼的人寒暄几句。

项语秋站在大厅的一角静静地发着呆，突然"生日快乐"的音乐声响起，一个蛋糕塔被推出来，项语秋拉住 Emma 问今天是谁的生日。

"Paisley 啊，这是她的私人酒庄，她每年过生日都在这儿举办酒会，公司上下都会到场。我没告诉你吗？"Emma 假装惊讶地说。

"我真不知道……我连生日礼物都没准备。"项语秋对自己的迟钝感到很抱歉。

"不用，她不喜欢礼物，不过……你看到那边穿蓝色西装的人没有？他纠缠 Paisley 很久了，Paisley 对他完全没意思，却不好得罪。如果你能抢在他前面去请 Paisley 跳支舞，应该就是最好的生日礼物了。"Emma 坏笑着。

顺着 Emma 目光的方向看去，果然有一位衣冠楚楚的中年男人，正向蒋佩珊的方向走去。项语秋犹豫了一下，抬腿走过去，挡在了中年男人的前面，向她伸出手道："Paisley，可以请你跳支舞吗？"

蒋佩珊半天没有伸手，神色有些复杂地说："我不喜欢跳舞。"

"可是 Emma 说……没什么，对不起，是我冒昧了。"项语秋有点儿窘迫地收回手。

蒋佩珊却及时搭了上去，笑道："不过今天心情好。"

在众人复杂的目光中，项语秋和 Paisley 翩翩起舞。

旁边有人小声问 Emma 项语秋的身份。

"什么男朋友，小助理而已，好不容易得到了上位机会罢了。"Emma 语气中满是不屑。

连心好不容易躲过门卫溜进来，恰好听到这一句，又看到舞池中央两人默契的舞步，瞪大眼睛拦在 Emma 面前，朝她大喊道："你凭什么这么说项语秋？"

Emma 上下打量一身休闲装的连心，说道："哪儿来的小姑娘？他每天在我眼皮子底下干的事，我难道会说谎？他不这么殷勤能走进这扇门？"

连心气急了，来不及思考就推了 Emma 一把，Emma 倒退两步，跟身后端酒的侍者撞在一起，两人同时倒向身后的蛋糕塔，人群一片惊呼。音乐戛然而止，Emma 衣服和头发上都是蛋糕，一脸震怒。

项语秋循声望过来看见连心含着眼泪瞪了自己一眼，转身就跑，赶忙追出去。

"连心，别跑了，我送你回家。"项语秋拉住她。

连心转身甩开项语秋，满脸泪痕："你别拉我，项语秋，你这个骗子！你骗我说在设计部做了绘图员，其实你只是个助理！我可以接受，可是你知道别人在背后怎么议论你跟蒋佩珊吗？你们……你以前那么骄傲，现在为了钱、为了地位屈膝低头，去跟女老板……"连心气得语无伦次。

项语秋听着连心上气不接下气的叙述，大概明白了，平静地问："在你眼里，我现在就是这样的人吗？"

"我打工你要管，我摆摊儿你要管，我打游戏你还要管，就连我交朋友你都要管，可你的事我都不知道，这不公平！"连心越说越委屈。

项语秋深吸一口气，劝道："好了，我不想再跟你吵架了，这两天你情绪一直不好，回去冷静冷静我们再谈。"

"不用你管，我自己能回去。"连心推开项语秋跌跌撞撞地跑开，项语秋只好默默地跟在后面。

2

红星国际货运因为涉嫌非法运输，连累 Paisley 建筑集团的货一并扣留，刚果那边的负责人杰森之前极力要用红星货运，现在出事了，不敢承担责任，已经失联了。蒋佩珊面色沉重地坐在会议室，听着身边的人叽叽喳喳地讨论，突然将手中的资料狠狠地摔在会议桌上。

"'妙居'一期项目今年必须完成，全公司不能指着杰森一个人活，找不到他，我们重新派人去。这一次，不仅木材要重新挑选，货运也要绝对安全！大家有没有合适的人选，或者自己想去的？"

刹那，全场鸦雀无声，去非洲可不是什么好差事，蒋佩珊面无表情地看向在座每一个低着头的人，正想发作，突然耳边响起一个坚定的声音。

"我去。"站起来的人正是项语秋。

"你不能去。"散会后，蒋佩珊单独留下项语秋，"我很欣赏你的设计，'妙居'二期正在筹备，我打算让你跟着设计部一起做这个项目。"

项语秋沉稳地说："是你说的，机会不是别人给的，而是自己争取的，我如果不做出些成绩来，凭什么让别人信服？省得别人说我靠关系上位。这次是个很好的机会，等我出差回来，'妙居'一期顺利施工，再安排我跟二期就合情合理了。"

蒋佩珊劝不动，又觉得项语秋说得很有道理，只得答应。

想起昨晚酒会上的事，项语秋刚开口准备替连心道歉。蒋佩珊却不在意地摆摆手，打断他说："你应该向 Emma 道歉，她昨天可是气坏了。不过，连心看起来不是那么冲动的人，肯定是 Emma 说了什么惹恼了她。"

项语秋情绪低落地说："嗯，可能是我管得太多了，反而让她更加逆反。"

"青春期的女孩儿都这样，她自己会想明白的。"

"我发现我越来越不了解她了。"项语秋若有所思。

项语秋临走前嘱托蒋佩珊多去照看一下连心,而连心还对他出差的事毫不知情,独自在公寓里折腾化妆。

她拆开一支崭新的眉笔,站在镜子前生疏地画着,嘴里练习着待会儿跟项语秋道歉的话:"老项,我们能谈谈吗?我昨天是有点儿激动,我也不知道怎么了,对不起。"

说完拍了拍脸颊,自言自语道:"不行,脸太臭了。"

门铃响起,连心以为是项语秋回来了,紧张地走到玄关处。打开门的一瞬间,蒋佩珊被连心一张鬼画符似的脸吓了一跳,惊讶地问:"你这是要去参加马戏团表演?"

连心尴尬地拿手在脸上胡乱抹了一把,解释道:"项语秋老觉得我是个小孩儿,我以为化了妆看起来会成熟一些。你找我有事?"

"项语秋去非洲了,我来关心家属。"

看着蒋佩珊若无其事地进门,连心震惊的同时又有些难以理解,忍不住开口问道:"你为什么让他去非洲?"

"他自己要求的。"

"他在躲我。"听蒋佩珊这么一说,连心闷闷不乐地跌进沙发里。

蒋佩珊拿起桌上被连心忽略的纸条,上面写着:我去非洲出差一周,冰箱里有做好的饭菜,你照顾好自己。

"他虽然生气,但还是关心你。"蒋佩珊把纸条递给连心,见她怔怔地看着上面项语秋的字,又把她拉到镜子前,说道,"我教你化妆吧。但你要明白,女人的成熟是骨子里修炼出来的,跟化不化妆没关系。"

"堂堂总裁,来关心一个小员工的家属。"连心试探着问,"你该不会喜欢项语秋吧?"

蒋佩珊手一抖,眉笔断了一截,蒋佩珊调整了一下姿势,没有说话。

夜色如水,路上三三两两的人走过,窃窃私语。连心趴在顶楼的天台上一边喝啤酒一边翻看着这几天跟项语秋来往的短信:

6月25日

连心：你到了吗？注意安全。

项语秋：嗯。

6 月 26 日

连心：还生气呢？

项语秋：没。

6 月 27 日

连心：工作忙吗？

项语秋：还好。

6 月 28 日

连心：你在干什么？

项语秋：在工地。

…………

"明天 Alex 也要走了，你什么时候回来啊？"发完刚刚这条短信，连心放下手机，长吐了一口气，靠墙倒立，嘴里数着，"100，99，98，97……"

发给项语秋的消息已经一整天没有回复了，连心心不在焉地浇着花，心中隐隐有些不安。老板心疼地在后边喊："连心！你要把我的花浇死了。"

花店对面 LED 大屏幕上突然跳出一条新闻："今日凌晨，刚果赤道省内发生暴乱，死伤众多。当地警方采取暴力镇压，现仍有多人下落不明……"

连心手中的洒水壶突然摔在地上，溅了老板一裤脚，老板怒喊："连心，你这是第几次把事情搞砸了？你这一天在想什么？"

连心顾不上老板的喊叫，一路冲到 Paisley 集团，冲进办公室，忽略了一旁的唐诗，拉住蒋佩珊，急切地询问项语秋是不是去了赤道省。

蒋佩珊端着咖啡杯的手有点儿颤抖，皱着眉点头。

连心一下子跌坐到椅子上，慌神儿了片刻，激动地大喊："那是暴乱，更何况现在他失联了！要不是你们，他也不会遇到这种事。我告诉你们，项语秋要是真出事了，你们谁也别想过好日子！"

唐诗这才缓过神儿来，一把抓住连心，焦急地问她项语秋怎么了。可此刻的连心已经哭得说不出话来。

蒋佩珊声音颤抖地告诉唐诗，项语秋去刚果出差，现在因为暴乱失去了联系。听到这话，连心哭得更难过了，一边的唐诗也怔在原地，久久没有回过神儿。

蒋佩珊努力让自己保持镇定，走出办公室对众人说："不管用什么办法，给我联系到项语秋！"

唐诗难受得说不出话来，手撑着桌子努力不让自己倒下去，指责连心道："你有什么资格怪人家公司？归根结底项语秋就不该跟你跑这么远，要不是你，他就不会出事！"

连心想到项语秋离开前自己还在惹他生气，她还没来得及给他道歉……眼前的事已经乱成一团，现在唐诗又跑来指责她，连心更加心烦意乱。

她索性把心中压抑了很久的话一吐为快："除了怪我拖累项语秋，你还会说什么？现在说这些有用吗？唐诗，我忍你很久了，我是自私，可我从来都遵从自己的内心，想要什么就会去争取什么，你凭什么对我指手画脚的？"

"因为……"唐诗顿住了，一时之间竟无法反驳。

"因为你爱项语秋，我知道！你爱他你去找他啊！我是依赖他，可我没控制他的感情，你打着爱的名义来为难我，你不觉得可笑吗？"这些话憋在连心心里很久了，说完觉得轻松了不少，留下唐诗一个人发呆。

连心回到公寓，不停地给项语秋发短信：

"你在哪儿，安全吗？有没有受伤？"

"项语秋，我以后不跟你吵架了，再也不吵了，我乖乖听话，你说什么就是什么。"

"回个消息吧，求你了……"

电视声音开到最大，依旧掩盖不住连心的慌张。这时陈奇打来电话，连心犹豫很久，还是接了起来。

"连心，你那边怎么那么吵，项语秋电话打不通，他人呢？"

"他……上班呢，他最近挺忙的，可能没看手机吧。"连心把电视的声音调小，强装镇定。

"你们俩最近怎么样，有没有想我啊？"

"想啊，真的很想……项语秋现在在一家建筑集团，待遇很好，我也在准备申学材料。"连心紧紧绷着情绪，不让自己哭出来，拼命咬住手指。

"那就好。其实他不接电话也好，哎，小连心，我想让你帮个忙……唐诗有胃炎，又不按时吃饭，她那记性，出门肯定也没带药，你抽时间去看看她。"

"我知道了。"挂掉电话，连心已经泪流满面。

回想起下午对唐诗说的话，连心觉得自己的确有些过分了，犹豫了一会儿，还是翻出唐诗的手机号拨了过去。等了好一会儿才有人接起电话，她听着那头嘈杂的声音，皱了皱眉头，只听见一个外国男人的声音说道："大美女和我们在 Roof，你过来找她吧。"

连心匆匆披上外套赶了过去。一进酒吧，震耳欲聋的音乐声让连心不自觉皱紧了眉头，她深吸一口气，艰难地拨开人群，一眼看到正被两个男人夹在中间灌酒的唐诗。

不知道哪里来的勇气，连心冲过去用力把两个男人推开，其中一个人坏笑着去拉她，还没碰到，就被她一脚踹在肚子上。

两人被连心的气势镇住，扔下唐诗骂骂咧咧地走了。

连心盯着醉倒在吧台上不省人事的唐诗，自言自语道："书上不都说，宁愿去选一个爱你的人，也不要选你爱的人。为什么你和陈奇哥哥两个人偏偏相反呢？"

连心把唐诗带回家，安顿好她，关上卧室门轻轻走出去，她坐在沙发上毫无睡意，只是一直盯着手机屏幕，反复刷新着短信记录，期待着下一秒钟能弹出来项语秋的一条回复。

窗外，天蒙蒙亮，连心依然石化般地坐在沙发上，直到蒋佩珊打来电话，她这才动了动，接起来听了一阵，急匆匆地顶着黑眼圈冲出家门。

到了 Paisley 集团，连心听蒋佩珊激动地说此次暴乱没有中国公民遇难，终于松了一口气，至少，这能证明他还活着。即便如此，蒋佩珊还是陷入自责与歉疚中，她觉得她不应该让项语秋一个新手去那么危险的地方出差。

连心却并没有怨怪她，反而真诚地说："没有什么不应该，他是去工作的，而且他决定的事情，别人也阻止不了。谁都无法预料会出这种事，昨天是我太冲动了，不分青红皂白就来公司闹，该道歉的应该是我。"

"你有些不一样了。"蒋佩珊有些意外地看着连心，"成长总是在不知不觉中发生，有时候这个过程会很漫长，有时候却只需要一个瞬间。"

连心挤出了一丝笑容，眼泪却顺着眼角滑落，带着哭腔说："我只想项语秋回来，只要他回来，我保证会很乖，不跟他吵架，不惹他生气。"

"他一定会回来的。"蒋佩珊说着抿了一口咖啡，突然想起之前连心跟唐诗剑拔弩张的一幕，问道，"你跟唐诗不和睦？"

连心百无聊赖地搅动着面前的咖啡，不紧不慢地说："我十岁就认识她了，她一直不喜欢我。不过没关系，我也不喜欢她。"

蒋佩珊不置可否地笑了笑："她很爱项语秋。不过，项语秋似乎对她并不感兴趣。"

连心赞同地点点头，解释道："他对谁都没兴趣。如果你也有个难以忘怀的初恋，就会理解他了。你以前也有过深爱的人，对吗？"

蒋佩珊神色微动，没有说话，把头扭向一边。

连心本就不抱希望会得到回答，自顾自地说下去："我看过很多爱情小说，可还是不懂爱情。我有个青梅竹马的好朋友，前段时间他跟我告白了，大家都觉得我应该接受他，他很优秀，也很了解我。可他对我来说，就跟项语秋一样，都是亲人。我不可能爱上他。"

蒋佩珊意味深长地说："这世上很多夫妻都是青梅竹马，爱情的来源可以是亲情，也可以是友情。"

"我很难想象。如果变成那样会很奇怪啊！"想起罗锐，连心不禁有些头疼。

蒋佩珊试图让连心明白自己的真实心意，让她想想还会因为什么，而不愿意尝试着去接受罗锐。连心只是懵懂地摇头。

蒋佩珊一针见血地指出——因为已经有一个人住进她的心里了。

连心连忙否认。蒋佩珊让她再好好想想，是不是一开始就讨厌唐诗，而唐诗又是什么时候开始针对她的。

"从她开始喜欢项语秋？不是，那时候我还很小，不懂事……"连心越说声音越小，蒋佩珊提出的问题她从来没想过。

蒋佩珊静静地看着连心，问道："你又怎么解释，现在依然讨厌唐诗呢？连心，感情是一点一滴积累起来的。"

"我是不喜欢她，可也没有很讨厌，如果项语秋喜欢，我可以试着接受……"连心小声嘟囔着。

"试着？为什么要试？为什么不能直接接受？你如果拿项语秋当哥哥，

他谈恋爱你应该很高兴。你明明可以离开他，可以独立，却还是装出一副很需要他的样子，不是吗？连心，依赖和爱情不一样，如果有一天你发现自己爱他，就勇敢一些；如果不爱，那就趁早放他离开，有的是喜欢他的人。"蒋佩珊见连心被自己的这一番话所触动，又接着说道，"当然，我也是喜欢他的人，我会争取自己喜欢的所有人和事。"

而连心的注意力却已经不在和蒋佩珊的谈话上了，她的脑海一片空白，心里也很乱。这么久以来，她从未思考过自己对项语秋的感情到底是什么，一直以来她都把项语秋当作相依为命的家人，却从未想过她对项语秋的这种依赖是不是早已变质。蒋佩珊说的没错，她很怕项语秋谈恋爱，怕他再爱上别的女人，怕他的心思不在自己身上。

蒋佩珊因公司有事匆匆离去，只留下连心一个人懵懵懂懂地思索着。

3

项语秋已经失去联系一周了，连心做什么事都没办法专心，每天要么在街上闲逛转移注意力，要么在蒋佩珊的公司待着等消息。

这天，连心漫无目的地游走在街头，路过一间艺术品店，被一幅画吸引。画上是一位祈祷的女孩儿。一位导游带着一批游客也停在这幅画前，讲解道："这并不是名画，它仅仅是二十世纪某位不知名的画家，路过高迪大教堂时画下的。画上是一个正在祈祷的女孩儿，她可能在祈祷爱人归来，可能在祈祷家人平安，也可能在祈祷事业顺利。人们相信，只要内心足够虔诚，总是有无限可能……"

连心看着那幅画，心中默默祈祷：希望项语秋能够平安回来。

可日子一天天过去，还是没有一丁点儿关于项语秋的下落。

连心满脸憔悴地坐在项语秋的座位上，看着办公桌上两人的合影出神，仿佛这样，能离项语秋近一些。一堆文件下，压着一幅素描，连心好奇地取出来，用手抚摸着面目模糊的人像。

"罗婷姐，你说他现在会在哪儿呢？你一定要保佑他，如果他能平安回来，我一定不会惹他生气了。"连心喃喃自语，深深地叹了一口气。

蒋佩珊从办公室出来，交给 Emma 一份文件，看见满面愁容的连心，没吭声，转身走回办公室。不一会儿，办公室传来蒋佩珊兴奋又激动的声音："连心！查到出境记录了！"

世界杯的主题曲传遍了大街小巷，西班牙和荷兰决赛在战，整条街挤满了浩浩荡荡的人群，街头的各大屏幕上都在播放着这场盛会，不时传来激动的叫喊或遗憾的叹息。各家各户门口插着自己支持的球队国旗，不时有穿着西班牙国家队球服或荷兰国家队球服的人走过。

连心跟老板一起从花店出来，大批脸上画着油彩的球迷从一边涌过来，直接将连心和老板冲散。就在这时，连心的手机响了，看着手机来电显示"项语秋"，连心难以置信地揉了揉眼睛，颤抖着按下接听键，电话那端一句"我回来了"，短短四个字就让连心湿了眼眶，冲进人群。

项语秋和连心在人群中寻找彼此，时不时被人推到一边，再挤进去。终于，四目相对，原本吵闹拥挤的人群仿佛突然安静下来，世界只剩下他们两人，遥遥对视。

连心待在原地一动不动，拼命忍住眼泪，眼中只有项语秋慢慢走近的身影，他紧紧地拥抱住连心。整条街上的人都屏住呼吸，将目光锁定在 LED 屏幕上，在西班牙进球的那一刻，爆发出震耳欲聋的欢呼，似乎是在庆祝项语秋和连心的久别重逢。

两人在街头漫步，连心围着项语秋不停地转，惹得项语秋频频躲闪。

"你确定没有受伤？你还没有回答我，这几天去哪儿了？暴乱的时候你在哪儿？为什么不回我信息，回来也不告诉我？"连心抛出一连串的问题。

"知道那么多干吗？我现在好好地在这儿不就行了，笑一笑好不好？"

"你知不知道，我有多害怕你就这么消失了，怕再也没有机会跟你道歉，我以后都不会跟你吵架了，也不嫌你管得多了，我……"连心依旧一副担心的表情。

没等她说完，项语秋将她揽过抱住，说道："你不需要道歉，傻丫头，我从来没怪过你。"

项语秋拉着连心走进一间酒吧，里面热闹非凡，双方球迷聚在一起观看比赛。

"还好，没错过决赛。"项语秋试图转移连心的注意力，让她开心点儿。

果然，连心擦干泪水，来了兴致，信心满满地说："西班牙肯定踢不过荷兰！”

“西班牙必胜！”项语秋赶忙大喊一声，替连心挡住了酒吧里众多西班牙球迷敌视的眼神。

两人被周围热情的气氛感染，紧紧握住彼此的手，盯着屏幕，屏住呼吸。西班牙不负众望夺冠，酒吧内响起雷鸣般的欢呼声，随后，整条街掌声雷动，喝彩声震天动地，球迷们在街道上敲锣打鼓欢庆着。

连心噘着嘴有些不高兴，项语秋想着法儿安慰她。

“我平安归来和荷兰夺冠，你更想要哪个？”

“当然是你平安！”

“你看，好像整个西班牙都在为我接风洗尘，你还不高兴？”

“我高兴！今晚亲自下厨给你做好吃的！”

“别，我好不容易九死一生，再被你毒死可就完了。”

两人互相开着玩笑，忘记了之前的种种不愉快，沉浸在相逢的喜悦之中。

第二天一早，项语秋在众人惊讶的目光中进入蒋佩珊办公室。蒋佩珊抑制住内心的激动，站起来想迎一下，又故作镇定地坐了下去。

“你怎么一点儿都不惊讶？”项语秋微笑道。

蒋佩珊松了口气道：“我知道你肯定会没事的。不过还是抱歉，我不该答应让你去非洲的。”

“我不去，还会有其他人去，就会有其他人遭遇危险。”项语秋递上完美的工作汇报，“货运那边，我对比选了几家业内口碑不错的。木材也做了研究，刚果沙比利原木市场的前景可观，价格走势也比较平稳，最重要的是原木质量在进出口贸易中口碑很好。”

蒋佩珊从桌上抽出一张纸，递给项语秋道：“死里逃生，慰问加福利，这个应该足够了。从现在起你正式进入设计部，恭喜！”

项语秋左手接过“人事变动通知”，不动声色地将右手藏在身后，轻轻活动了几下。

离开公司，项语秋带着连心奔赴郊区度假庆祝，第一时间向她分享了升职的好消息。

“我进设计部了，这回是真的。”项语秋开着向蒋佩珊借来的车，载着连心，沿着海岸飞驰。

“太好了！我就知道你肯定能行！”连心激动地扑上去给了他一个拥抱。

项语秋手一抖，车往左边转了一下，连心以为是自己影响了他开车，赶紧安稳地坐回座位上。长长的公路绵延向天际，连心从车窗伸出半个身子，感受着清新的空气，任风吹乱了发丝。

傍晚，车子停在一座几乎被树木掩盖的小房子前，窗户透出昏黄的灯光，连心下车，莫名地打了个哆嗦，拉了拉项语秋的衣角说："老项，你不觉得这儿特别适合拍恐怖片吗？乡村、旅馆、森林，月黑风高，天时、地利、人和，就差一只野鬼。"

项语秋笑她自己吓自己，故意说晚上如果她吓得睡不着，他是不会管她的。连心逞强地说自己胆子大，才不会害怕，说着就踏进了旅馆的门。

旅馆主人是个年逾六十、满脸皱纹的老爷爷，名叫 Ben。Ben 带两人参观完要住的房间后，还告诉他们晚餐是自己老伴儿的拿手菜。听说有拿手菜，连心雀跃着跑进去。跟在她身后的项语秋礼貌地道谢。

餐厅的壁炉样式十分特别，上面摆着一张老照片，照片上一个二十出头的金发女孩儿在甜甜地笑着。桌上摆着西班牙传统的菜式，海鲜饭味道非常好，连心吃了一大盘，止不住称赞。

连心坐在椅子上，高兴地晃着自己的两条腿，本就纤瘦的身形在巨大的椅子里显得格外娇小。

"对了，Ben，您太太呢？我们还没感谢她的手艺呢！"

Ben 看向摆了一副空碗筷的位置，低沉着声音说道："她不就在那儿嘛！"

反应了半晌，连心僵硬地转过头看项语秋，后背发凉。

夜深了，窗外的树影投射到连心房间的床上和地板上，风吹着树叶不停地摇晃着，连心有些害怕，翻来覆去睡不着，索性爬起来。

"你不睡觉干吗？"项语秋打开门被吓了一跳，只见连心披散着头发，手电筒微弱的光照得她的脸一片惨白。

"我睡不着，来找你看电影。"连心说着挤开项语秋钻进房间。

连心翻出一盘恐怖电影，美其名曰配合这里的氛围。房间漆黑一片，两人因为害怕，慢慢靠近，紧挨到一起。看到惊恐的地方，连心突然大喊一声，害怕地捂住眼睛，把爆米花掀翻在地，项语秋赶紧捂住连心的嘴。

"你小声点儿，别把 Ben 吵醒了！"

"说真的，你不觉得那个老爷爷怪怪的吗？他今天说他太太的时候，明明没人，还说她就坐在那儿，多吓人啊！"连心压低了声音说。

项语秋一本正经地回答："你管那么多干吗？他太太不在有很多别的原因啊！"

"逗你啦，你以为我真的害怕啊？"连心扮了个鬼脸。

就在这时，窗外刮起大风，树枝和一些乱七八糟的飞石撞击在玻璃上，连心慌忙尖叫着把被子从身后拉起来包裹住自己，像只受惊的兔子，惹得项语秋哈哈大笑。

第二天清晨，项语秋见外面天气不错就出去散步，坐在草坪上，手中拿着连心送的笔，对着空白的纸低头思索着，突然露出了微笑，抬手画了起来。连心悄悄从背后把 Ben 养的兔子放在项语秋的脖颈上，吓得项语秋侧身一躲。连心笑弯了腰。

两人正玩闹着，看到 Ben 从房子里出来，朝后山走去，连心好奇心被勾了出来，也跟着往后山走，项语秋不放心，只好无奈跟上。Ben 停在一座墓碑前，摆上一束鲜花，对着墓碑上的照片小声说着什么。

连心凑近，Ben 听到声音转头，两人来不及躲开，只好硬着头皮走过去。

"对不起，Ben，我们不是故意跟踪您的。我就是有点儿好奇。"连心吐了吐舌头，讪讪地说。

"她也是个好奇的女孩儿。"Ben 指着墓碑上的照片，连心这才发现，墓碑上的照片和壁炉上摆着的照片里的女孩儿是同一个人。Ben 跪在地上摩挲着碑上的照片回忆着，"她比我小二十岁，我四十岁那年娶了二十岁的她，我们度过了一段甜蜜的时光，可惜好景不长，没过几年她就因病去世了，我就在这里一直守着，相信也许她会变成一只兔子、一棵树，甚至是一阵风，在某个时候回来看看。"

"您一个人守着这么大的房子，不会觉得冷清吗？"连心听着这个伤感的故事，鼻头微酸。

"怎么会，她一直都陪着我。"Ben 深情凝望着照片上的女孩儿。

连心拍拍 Ben 的肩膀表示安慰，看着墓碑上女人的名字冠着夫姓，喃喃着："以你之姓，冠我之名，也是一种浪漫啊。"

回旅馆的路上，连心想起之前与蒋佩珊的谈话，若有所思地问："项语秋，你会爱上一个比你小二十岁或者十岁的人吗？"

项语秋沉思片刻，说道："我没想过这个问题，我们走吧，让他一个人安静一会儿。"

连心看着项语秋的侧脸，心里有点儿失落。

转眼太阳西斜，项语秋点起烧烤架，又找来一些木杆，把肉片穿在上面，边烤边撒调料。不远处摆着一台 DV，项语秋经常用它来记录生活，不知不觉已经成为习惯。Ben 好奇地走过来，拿起烤好的一串尝了尝，连连点头赞叹。

"这是中国的 BBQ，她很喜欢吃。"项语秋望着连心的方向，笑着向他解释。

正在和兔子嬉闹的连心闻到肉香，跑过来看着烤架上的肉串，兴奋地搓搓手，拿起一串连着咬下几块肉，腮帮子撑得鼓起来。

在这荒郊小旅馆，项语秋突然觉得很幸福，看着连心和 Ben 两人欢声笑语一脸满足的样子，项语秋转身拿起那台 DV，将这一刻记录了下来。

第二天清晨，连心和项语秋向 Ben 挥手告别，连心透过后视镜看到 Ben 拄着拐杖站在房子前，寒风萧瑟，身形单薄。

"Ben 有他的太太陪伴着，倒也不孤单。能以这样的方式和爱的人厮守在一起，也是一种幸福吧。是吗，老项？"

项语秋没有搭话，只是看着前方，脑海中闪过罗婷的笑脸。

4

休假的日子总是过得很快，回到公司的项语秋重新投入到紧张繁忙的工作中。

这天，他正站在投影仪前，向众人介绍自己的设计理念，侃侃而谈，充满自信，蒋佩珊不时点头。一名设计师打断项语秋说："这种想法太天马行空了，漏洞也很多，其一，集团打着什么旗号去进行这种公益活动，我们利益何在？其二，这种建筑在城市中已经失去了使用价值，与其浪费人力、物力去改造，不如推毁重建。"

"推毁重建是工程师而不是设计师的行为，对于城市来说，建筑记忆才是最重要的。"项语秋坚持自己的观点。

"既然大家都不满意彼此的设计，我希望下周开会时，你们能拿出更加完美的方案。散会。"蒋佩珊用不容置疑的口气化解了争执。

项语秋坐在顶层的花园一角，专心画着上海老屋的素描。加粗线条的时候，右手一阵疼痛，画笔从手中掉落。项语秋试着拾起画笔，右手却微微颤抖，根本拿不稳。见蒋佩珊端着咖啡上来，项语秋赶紧放下图纸，换左手拿笔。

蒋佩珊望着项语秋慌乱的侧影，微微失神，又有点儿疑惑，她不止一次看见他画这个地方，于是问项语秋这是哪里。

"我以前的家，一个对我来说很重要的地方。我答应过一个人，会好好守护它。"

"你这算不算是工作时间开小差？"蒋佩珊打趣道。

"我才开了两分钟就被你抓到了，真不走运。"项语秋摇摇头。

"上次连心毁了我的生日会，我总不能跟一个小女孩儿较真儿吧，只能你来赔了。你明天陪我去参加一个酒会。"

项语秋无奈地答应："好吧，反正她从小到大没少让我给人赔罪。对了，我有事请教你，你说连心最近是怎么了？化妆、打扮，情绪转变还特别快，总感觉跟以前不太一样了。"

"可能恋爱了吧。"蒋佩珊意味深长地笑了笑。

听她这么一说，项语秋陷入了沉思。

蒋佩珊所说的酒会很快来临，项语秋也如约而至。酒会上觥筹交错，项语秋挡在蒋佩珊身前，替她拒绝掉不怀好意来灌酒的人，却没有注意到他身后炽热的目光。

酒会散场，项语秋和蒋佩珊坐在车后座，蒋佩珊拿出一瓶红酒，递给他说："这款酒叫天意，私人定制，全世界仅此一瓶。送你的。"

"这我不能要，太贵重了。"项语秋有些惶恐。

"这是为你量身打造的，瓶身花纹、字体，都是你平时喜欢的设计风格，没有人比你更适合它。"蒋佩珊微醺，"你比以前更自信了。你其实一直都很有品位，只是太内敛了。"

"那我总得知道你为什么送我这么贵重的礼物吧？无功不受禄，作为陪你参加酒会的感谢也未免太贵重。"

"你知道这酒为什么叫天意吗？两个人遇见是天意，能不能在一起靠心意。"蒋佩珊把酒递给项语秋，深情地看着他的眼睛，"现在，你明白我的心意吗？"

项语秋愣住，他对蒋佩珊有欣赏、有感激，但从未想过男女之情，也从未想过她会喜欢自己，思虑片刻，项语秋还是接过酒说："我爱的，是再也等不来的人。所以，这瓶酒的心意我收下了，就当是对我升职的贺礼好了。放心吧，老板，我会努力工作的。"

蒋佩珊愣了愣，随后坦然地笑了，似乎是早就料到项语秋的反应。

项语秋搭蒋佩珊的车回到家，两人在楼下道别。项语秋脱下西装外套给蒋佩珊披上，蒋佩珊笑得很温柔，项语秋很绅士地把手挡在车门上方，目送着蒋佩珊离开。这一切被连心看在眼里，她心里很不是滋味。

见他回来，连心赶紧缩回了窗内，关上灯，躺在漆黑的房间里，紧咬着嘴唇。项语秋蹑手蹑脚走进卧室，打开床头灯，在柜子里翻了一阵，然后像往常一样帮连心掖被角。连心突然睁开眼睛看见项语秋，惊得从床的另一边翻下去，摔在地上。

项语秋赶紧过去把连心扶起来，奇怪地看着她："你怎么这么不小心？"

"女孩子的卧室不能随便进的，你不知道吗？"连心揉揉屁股，疼得龇牙咧嘴。

"以前也没什么讲究啊，我进来拿个睡衣而已。"项语秋纳闷儿地说。

连心看着项语秋手上的衣服，说道："那……以后你把东西都拿好我再睡。"

"行，你说什么就是什么，我帮你把被子捡起来。"

"不用了，我自己捡！你快出去！"连心急急地推项语秋出去。

项语秋莫名其妙地被推搡出卧室，纳闷儿道："这丫头今天吃错什么药了？"

"完了，我心跳怎么这么快，怎么办？"连心关上门后，捂着心口，趴在床上扑腾了几下，怎么也睡不着。

清晨，一阵歌声从洗手间传出，项语秋走到洗手间门口，正好看到连心对着镜子化妆，嘴里哼着愉快的旋律。连心冷不丁从镜子里看见项语秋在门口，面露惊恐，"砰"的一声关上门。待到收拾好出来，连心没注意踩到门口的水渍，脚底一滑向前扑去，被项语秋及时接住倒在他怀里。连心看着近在眼前的项语秋，突然心跳加速，耳根一抹绯红，慌忙后退两步拉开两人的距离。

"连心，你是不是有事瞒着我？"

"没……没有。"

"你是不是……"项语秋还想试探。

"跟你说了不是！"连心拎起书包开门出去，留下项语秋一个人愣在原地莫名其妙。

连心出门是去参加考试的，走出考场已经是中午了，她收到项语秋发来的短信：下周公司年会带你去玩。

连心想起昨晚在窗边看到的情景，正想拒绝，突然有些不甘心，自己凭什么就这么认输。连心便斗志满满地去给自己准备年会礼服。

年会的当天早上，项语秋坐在餐桌前，等着连心出来吃饭。叫了她半天没回应，项语秋起身正准备进去，卧室门打开，连心一袭白裙盛装出现，还抹了口红，画了个漂亮的妆容。

项语秋被连心惊艳到，满脸诧异。

"好看吗？"连心提起裙摆在项语秋面前转了一圈。

"还……还行！我不是送过你一件礼服吗？"

"那件啊，太可爱了，没女人味。"连心无比满意地转着舞步到客厅中央。

项语秋无奈问道："你今天有约会？"

"没有啊，买来准备参加你们公司的年会啊。这可是我半个月的工资，还答应早起帮老板排队买一个礼拜的三明治，才给我预支的呢。"连心颇为骄傲地说。

项语秋咳了一声，边盛饭边告诉连心，今年的年会是在滑雪场举办，语气里是掩不住的笑意。

连心刚喝了一口水，呛得连连咳嗽："滑雪场？年会不都是酒会、舞会之类的嘛，怎么到了你们公司就不走寻常路了？"连心气急败坏地甩门进屋。

项语秋正盛着饭，突然，右手腕传来一阵疼痛，一碗饭摔在地上，四分五裂。连心听见动静跑出来，项语秋不动声色地将剧痛无比的手腕藏在身后，悄悄抹去额头的冷汗，庆幸忙着清理碎片的她没有注意到自己的异样。

虽然没能穿礼服参加舞会，但连心还是给自己化了一个精致的妆容，不情不愿地跟项语秋来到滑雪场，租来的滑雪服套在连心身上并不合身，显得她更加娇小，连心努力把帽子往上戴，尽力露出脸来。

项语秋不解风情地大手一挥把帽子按下去，嘱咐道："穿好了就别乱动，小心冻着耳朵。"

正说着，蒋佩珊远远地向他们招手，臃肿的滑雪服并没有掩盖住她曼妙的身材曲线。

"他们都下去了，连心，怎么不跟他们一块儿去玩？"蒋佩珊被裹成粽子的连心逗笑了。

"我……"连心不知道怎么回答才能显得不那么没面子。

蒋佩珊明白了，微笑着对连心说："哦，我知道了，没事，你拿双板，我教你。Emma，你问问他们那边换衣服的，还有谁要一块儿学吗？这边一个人下去是挺危险。"

"不用你教，谁说我不会？你们先下去，我一会儿跟上。"连心逞强着。

项语秋看着连心长大，知道她根本不会滑雪，正想开口让她一起学，连心却说自己之前在语言学校跟同学学过。连心在想什么，蒋佩珊一眼看破，但她没明说，一方面怕真的伤了连心的自尊，一方面也是想看她能逞强到什么时候。

项语秋本想陪着连心，捺不住蒋佩珊一再邀请，只能跟着她下去学。只见蒋佩珊带着项语秋滑下去，项语秋在雪道一半的地方跌倒，两人有说有笑地互相搀扶着站起来。

连心见状不服气了，支开 Emma，穿上滑雪板，看向项语秋和蒋佩珊滑下去的方向。

"新手怎么了？不就是滑雪嘛，能有多难。"连心看着略陡的雪坡，一咬牙一闭眼，还没站稳就飞了出去。

连心尖叫着，凭借惯性飞速从项语秋和蒋佩珊身边掠过。蒋佩珊正要鼓掌，却见连心在他们不远处翻了个大跟头，半天没动弹。周围的人纷纷围上去查看，项语秋甩开滑板，推开围观的人，到连心身边蹲下。

"你伤到哪儿了？让我看看。刚才有多危险你知道吗？不会就是不会，说自己不会很难吗？"项语秋皱着眉头扶起连心，担忧都写在了脸上。

被说中心事，连心面子挂不住了，甩开项语秋起身要走，结果脚踝处传来阵阵锥心的剧痛，连心支撑不住再次向前扑倒，被项语秋稳稳抱住。连心疼得半晌说不出话，豆大的汗珠从额角滑过，倒吸一口凉气说："疼疼疼，别动，老项，我好像扭着脚了。"

看连心直冒冷汗的样子，项语秋立刻背起连心，准备送她去医院，蒋佩珊默契地转身去停车场开车。

医院骨科，项语秋从诊室出来，看见蒋佩珊靠在走廊墙边盯着自己。

"连心怎么样？"蒋佩珊伸手要拿项语秋手上的单子，"我看看。"

"没事，还好不严重，医生让打了石膏。"项语秋下意识将右手藏在身后。

两人正说着，只见连心拖着打石膏的腿，一蹦一蹦地从诊室出来，往医院外走去。

"你不在病房好好待着，去哪儿？"项语秋过去拉住连心。

连心看了眼跟在项语秋身后的蒋佩珊，甩开他继续往前蹦，气冲冲地说要回家。蒋佩珊不在意地笑了笑，示意项语秋送她回去。见两人一前一后地走远，蒋佩珊转身走进了骨科诊室。

5

虽然行动不便，但正在气头上的连心还是一路蹦到了医院外的小花园。项语秋又好气又好笑地追上连心，拦腰将她抱起。

"项语秋！你干什么？放我下来。"连心挣扎着，引得行人纷纷侧目。

项语秋没注意到连心泛起红晕的脸，将她放在花园长椅上，自己也坐在旁边。连心不满地看着自己打了石膏的腿，不住地嘟囔着丑。

项语秋无奈地笑了，没想到连心在这种时候还想着保持形象。他想了想，在连心面前蹲下，摸出兜里的一支油性笔，在石膏上开始画画。

连心望着项语秋认真的样子，忍不住抬头看向星月，心中不停地打鼓，纠结着到底要不要开口。可是再不说他就要被蒋佩珊抢走了，月黑风高，这是个好机会，说还是不说呢？

犹豫半天，连心终于鼓起勇气，认真地看着项语秋，问道："如果一个跟你相处时间很长，你觉得不可能喜欢你的人，突然跟你告白，你会怎么想？"

项语秋突然想起蒋佩珊在车上的告白，抬头看向连心："怎么突然问这个？有人追你啊？"

突然对上项语秋的眼睛，连心只觉得自己的脸越来越烫，慌忙将目光移开，不自然地否认说没有。她仰头靠在椅背上，懊恼自己为什么没有说重点。

而项语秋完全没有察觉到少女心中的翻江倒海，还继续说着自己和罗婷也是在这个年纪谈恋爱，让连心不要害羞，有什么心事都可以跟他说。说着说着他突然刹住，一副恍然大悟的样子，问道："连心，你是不是谈恋爱了？"

连心有些无语，不懂他是怎么推断出这个结论的，越发觉得以他的逻辑能力，如果自己不向他坦白心思，恐怕他永远也不会知道，可是……连心还在犹豫着，项语秋的话打断了她的胡思乱想。

"还要瞒着我吗？以前不让你谈恋爱，是考虑到你需要更多的时间和精力去学习，现在不一样了，你现在可以谈恋爱了。"石膏上的画已经成型，项语秋满意地抬头，对上连心亮晶晶的眼睛。

这个笨蛋！连心索性闭上眼，一口气把内心的想法说了出来："项语秋，我喜欢你！"

项语秋手中握着的笔掉在了地上，猛地站起来后退两步："你说什么呢？"

连心看着项语秋一副受到惊吓的样子，自己也心慌起来，结结巴巴地解释道："我……我……"

看她慌乱的样子，项语秋才意识到自己的反应有些过激了，松了口气，说道："以后不许开这种玩笑，想练习告白啊？你选错对象了。我第一次告白的时候也练过，不过是对着陈奇练的。"

连心心里涩涩的，直视着项语秋的眼睛，认真地说："我没练习，我也没开玩笑，我是认真的。我喜欢你，项语秋。不是妹妹对哥哥的那种喜欢，是……"

项语秋怔住了，连心突如其来的告白让他下意识想逃避。他别开视线道："别说了，你今天摔伤了腿，怎么脑子也不太清楚了。我去看看Paisley还在不在，让她送你回家。"

"我没有摔坏脑子，整天就知道蒋佩珊，你是不是也喜欢她？我知道，我不如她优秀，没她成熟有魅力。你要拒绝我直说好了！"连心颓废地说。

"连心！我从来都没想过你……你会……这跟你优不优秀没关系，我一直拿你当家人，照顾你是我的责任，你还小，不懂什么是爱情。"项语秋脑子一片混乱。

"我不小了！我快二十岁了，我不是小孩子！"连心嚷嚷着。

"你冷静一下，你以为你对我的感觉是爱情，其实那只是一种依赖，不一样的。我们不可能。"项语秋斩钉截铁地说。

"哪怕你把我当罗婷姐的替代品，也不可能吗？"

"别胡闹了，我看着你从小长大，比你多经历了十几年的悲欢离合，比你更懂感情。连心，把眼光放长远些，再过几年你就会明白，未来有更好的人在等你。"

不等连心反驳，项语秋匆匆逃离。连心看着他的背影，低头看见他画在自己石膏上的一大束风信子，心酸、委屈涌上心头，眼泪大颗大颗落下。她一扭头，只见蒋佩珊站在路边，意味深长地看着她。

项语秋快步走到僻静无人的街角停下，右手握紧想砸墙，顿了顿，又无力地放下，转身靠在墙上。突然，一个黑影闪过，一拳狠狠地打在项语秋脸上，项语秋擦掉嘴角的血迹抬头，发现眼前的人是罗锐。

原来，刚才的一切都被罗锐看在眼里，他亲眼看见自己喜欢的女孩儿跟别人告白，她满怀期待，却被狠心拒绝，更何况这个人还是项语秋！

罗锐还想动手打他，这次被项语秋稳稳制住。突然，项语秋的手腕传来一阵剧痛，让他不由得松开了手。

罗锐甩开项语秋的手，咬牙切齿地说："你这个衣冠禽兽，我要替我姐教训你！你答应她要顾顾连心，结果呢？照顾得让她爱上了你，你可真行！"

项语秋痛苦地解释着："我没有！我没想过会这样！你也听见了，她还小，只是因为习惯我、依赖我，而产生了喜欢的幻觉。"

"你怎么知道不是真的？她拒绝了我，就是因为你！"罗锐声嘶力竭地喊道。

项语秋的手腕再次传来锥心的痛感，他护着手腕皱眉，倒吸了一口凉气。

罗锐几乎失去了理智："别装了，你这个伪君子，跟着连心跑来西班牙不就是心怀不轨吗？"

"换作你，能放心让她一个人来吗？"

"相比较这个，我更不放心你在她身边。"

"你以为我愿意发展到今天这一步吗？一直以来我都把她当作家人一样关心，从没想过其他的，事情变成现在这样我比你更不好受。"

"你有什么资格关心她？"罗锐说着又给了项语秋的肚子一拳。

"这一拳我等很久了，你要是想替罗婷解恨我不会还手，如果你喜欢连心，我没有办法帮你。"

罗锐冷笑道："很简单，你离开巴塞罗那。她是不是真的喜欢你，能不能接受我，只要你离开，一切就都清楚了。"

"我不会离开的，我在这里有工作。用这样的手段来证明，你觉得光明磊落吗？"

"你到底是舍不得工作，还是舍不得连心？"罗锐又朝项语秋的脸挥了一拳，项语秋默默承受着并不还手。

项语秋走后，蒋佩珊见连心一直失魂落魄地坐在那里，只得好心把她带回自己家。连心披着毯子缩在沙发里，一言不发。

"还是年轻啊，没想到你这么沉不住气。"蒋佩珊环抱双臂看着连心。

"这不正合你意？你早知道他会是这个反应，还让我……"

蒋佩珊打断她道："哎？我可没让你去跟他表白。"

"我被拒绝了，你不应该高兴吗？"

"与其揣摩我的心思，你不如想想以后怎么面对他。"蒋佩珊冷静地劝道。

连心低头沉默。话都说出去了，她还能怎么办？难道要装作什么都没发生过吗？

"你想好了，如果现在放弃，那就得装一辈子，并且接受有一天他变成别人的男朋友。如果要坚持，就要做好你进一步，他退一万步的准备。"蒋佩珊坐在连心对面，捧起咖啡杯说道，看着她懵懵懂懂的模样，又无奈地摇了摇头。

连心累了一天，腿上还有伤，撑到现在已经是极限，她疲惫地靠在沙发上，昏昏欲睡，却还是忍不住问："佩珊姐，你说，爱而不得是人生的常态吗？"

蒋佩珊顿住，半晌才回答："人生没有常态。"她扭过头，发现连心已经睡着。

这时客厅的门铃声响起，怕吵醒连心，蒋佩珊大步走过去开了门。门外的项语秋一脸焦急，蒋佩珊立刻明白，她做了个"嘘"的手势，指了指在沙发上睡着的连心。

原来，项语秋闷声被罗锐揍了一顿后，两人才意识到，此时最无助的是告白被拒的连心，然而两人跑回去却发现连心已经不在原地。四处寻找过后，项语秋想到了蒋佩珊。

项语秋站在沙发旁，心疼地看着连心蜷缩成一团的模样。蒋佩珊却轻声问他的手是否还好。项语秋垂下眼睑，果然，什么都瞒不住她。

"在非洲，到底发生了什么？"蒋佩珊问道。

在她炽热的目光的注视下，项语秋的思绪拉回那场暴乱，耳边似乎又响起了此起彼伏的枪击声。

那天正好发生暴乱，他跟着逃窜的人群慌张地跑着，路过一片工地，发现一个小女孩儿神情慌乱地哭着，她的脚被木板卡住怎么也抽不出来。他冲过去抬起木板，救下小女孩儿后刚想离开，却发现连心送给他的笔掉了出来，忙伸手去捡，没想到旁边起重机的缆绳突然断了，木材直直砸了下来。

"当时处理得应该不是很好，医生说我的右手本来就长期劳损，现在又受了伤，以后不能长时间使用。"项语秋淡淡地说道。

"这算工伤了，我会想办法帮你治好。"蒋佩珊有些自责。

项语秋摇了摇头说："一时半会儿好不了，需要长期治疗，具体需要多久不好说。还有就是，你……能替我保密吗？我不想让她担心。"他边说边看向连心。

"以后打算怎么办？窗户纸捅破了，可不是那么容易粘上的。"蒋佩珊说。

"我有我的方法。"项语秋抱起连心离开。

罗锐在公寓楼下等着，看见项语秋抱着熟睡的连心下车，"腾"地冲上去，抢过连心。他已经下定了决心，绝对不能让连心和项语秋单独相处了。

客厅里漆黑一片。罗锐躺在沙发上，项语秋铺了毯子躺在地上。两人各怀心事，翻来覆去睡不着。

"心里乱，要不起来打一架。"罗锐最终还是坐了起来。

项语秋背对着罗锐一动不动，只传来他的声音："还来？我不是沙包，还手的话你不一定打得过。无聊，睡觉！"

罗锐抓起一个抱枕砸在项语秋头上，项语秋这才回头拿起抱枕又砸回来。闹了好一会儿，两人终于沉沉地睡过去。

窗外天色微亮，连心揉着眼睛从卧室出来，看见罗锐躺在客厅，吓了一跳。

"罗锐？你什么时候来的？"

"昨天晚上。"罗锐神色复杂地回答道。

连心见项语秋起身要去做饭，想起昨夜她说的那些话，一脸尴尬地说自己不饿，让他接着睡。项语秋却提出这两天会让罗锐陪着她。连心刚转身往房间走去，听见此话顿时停下了脚步。

项语秋接着解释道："最近公司挺忙的，我每天回来会比较晚。你行动不方便，让罗锐留下来陪你。"

罗锐意外地看向项语秋，装作若无其事的样子答应着："啊，好啊，反正考完试了，也没什么事，我陪连心出去玩。"

"我腿不方便，还是在家待着吧。"连心没有回头，径直走回屋里。

项语秋走后，罗锐说服连心跟自己一起出门。他不知道从哪儿租了一把轮椅，推着连心来到一家即将被改造的福利院，两人在院里散步，只见几个孩子在草坪上嬉戏，就像以前风信子孤儿院的小伙伴们一样。罗锐希望连心看到熟悉的场景，心情能好一些。

连心从罗锐口中得知，这里已经被列入了政府改造项目，小孩子们大部分都被领养走了，剩下的由政府出资，送去学校。

"罗锐，你要我答复的那个问题……对不起，你为了我来到西班牙，可是我却不能为你做任何事。"连心满脸歉意地看向罗锐。

虽早已知道答案，罗锐还是掩不住失落地蹲在连心面前，忍不住问出口："为什么是项语秋？他可是害死我姐的凶手。"

连心心烦意乱地推开罗锐，喃喃地说："我不知道，罗锐，这世上没有无缘无故的恨，偏偏就有无缘无故的爱。"

"你对项语秋那根本不叫爱！"

连心摇摇头，倔强地说道："你们每个人都说那不是爱，你们不是我，怎么知道我的感受？罗锐，是你告诉我的，我只是没办法接受友情突然转变成爱情，那项语秋呢，他会不会也只是没办法接受亲情突然转变成爱情？"

"同样都是转变，你为什么不能正视我对你的感情？为什么不能试着接受我？"罗锐语气里透出悲伤。

"对不起……我想一个人静一静。"连心低着头说。

罗锐意识到自己太过强硬了，连心被项语秋拒绝，心里肯定不好受，自己却还在她的伤口上撒盐。

这时，罗锐突然想到什么，转身往福利院楼里跑去。

连心一个人在草坪上发呆，不时看看石膏上的风信子，心里想着，如果她小时候没那么贪玩，就不会离家出走，不会跟项语秋纠缠不清，以至于到最后，叔叔阿姨都不愿意带她去美国。

一阵歌声传来，连心向后看去，一个米老鼠人偶和几个小孩儿唱着歌在连心身边围成圈。罗锐扮成米老鼠的样子，摇头晃脑，在连心面前跳舞，连心终于被逗笑，露出了开心的笑容。米老鼠蹲下来揉了揉连心的头。

连心抱住米老鼠，感动地说："谢谢你，罗锐。"

就在不远处，项语秋和蒋佩珊因为工作原因也来到福利院，两人正在讨论福利院的改造问题。这时，心情稍微好转的连心一抬头看见两人的背影，刚刚展露的笑容再次收起。

6

项语秋从福利院回到公司后，几天几夜没合眼，他想趁自己的手还能坚持，尽早把公司的项目完成。他坐在桌前不停地画着图，时不时揉捏一下酸痛的手腕。想给自己倒杯咖啡，右手尝试着端起咖啡壶，却吃痛地放下，换成了左手。

喝了几口咖啡，项语秋重新拿起笔，却因为手抖，怎么也画不出干净流畅的线条。项语秋有些烦躁地将笔扔下，深吸几口气，对着图纸沉思半晌。

最后一次讨论会，"废弃工厂与福利院改造"施工图经过不断地修改、讨论、完善，终于敲定，辛苦了一个多月的同事们纷纷站起来鼓掌庆祝终于不用再加班了。项语秋也长舒了一口气，暗暗做出了决定，敲开蒋佩珊办公室的门。

"你说什么？辞职？"蒋佩珊大吃一惊。

"这个项目的前期设计我已经做完了，后期有 David，你可以放心。如果在施工的过程中发现任何问题，他还是可以随时跟我邮件交流。"项语秋顿了顿，下定决心似的，"我要回国。"

"这就是你说的办法？你这是在逃避！"蒋佩珊恨铁不成钢地说。

"我没有逃避。连心的问题不是我留下就可以解决的。况且我的手现在这样，做完这个项目已经是极限了，我需要回国做手术。不能作图的设计师留在公司还有什么用？"嘴上如此说，心里却想，或许手伤正好给了自己逃避的理由。

"那你放心她一个人？"

"当初就是因为不放心，才造成今天的局面。就算没有手伤，我也必须要走，不是逃避，而是因为我对她没有别的心思，以前没有，以后也不会有。况且，我也不能让她越陷越深。"项语秋捏了捏自己疼痛的手腕，"我不想成为她的累赘。"

"除了连心，这里就没有其他值得你留恋的吗？"蒋佩珊不死心地问。

项语秋垂眸，良久才说："有时候，留在一座城市是因为一个人，如果没有了留下的理由，我还是想回到自己熟悉的地方。"

蒋佩珊欲言又止，她很清楚，项语秋说得没错，他没有留下的理由。

"我先回家了，和她相处的时间已经不多了。"项语秋转身离开。

蒋佩珊久久注视着他的背影，脸上看不出一丝情绪。

项语秋连日来一直在公司加班没有回家，连心只能找罗锐带她去医院复查。恢复情况良好，她腿上的石膏终于可以拆掉了，听完医生的嘱咐，连心活动着双腿，终于有些开心。

一回到家，就看见项语秋端着做好的菜从厨房出来。连心反应了几秒钟，突然冲上去抱住项语秋，眼泪不由自主地落下。

"我真怕我们会一直冷战下去。"一个"怕"字道尽了连日来的委屈。

项语秋心中一酸，拍了拍连心的背，说道："傻丫头，我们是家人。"

连心不回应他，径直走到桌边坐下，大口吃饭，眼泪掉在碗里混着米饭咽下去。

"石膏什么时候拆的？"项语秋注意到连心腿上的石膏已经拆了，可话一出，两人都有些尴尬。

"罗锐陪我去复查，医生说没事了，就拆啦。"连心故意用轻快的语气解释道。

"以后出门小心点儿，别再跟滑雪场那次一样，瞎逞强。"

"知道了。"连心试探着问，"圣诞节快到了，咱们还去瑞士吗？"

项语秋还没来得及回答，手机响了起来，他躲到连心听不到的地方接起，逐渐皱眉。

"我知道了，我很快就会回去，见面再说吧。"项语秋挂掉了电话，转头见正在吃饭的连心没有什么异样，松了口气。

临走前，项语秋决定跟连心享受最后的时光。

阳光正好，奎尔公园的马赛克拼贴在阳光中熠熠生辉，这里似乎是高迪的游戏空间，他任由想象在此飞驰，再用建筑师的专业将它实现，缔造出一个梦幻国度。项语秋带着连心往阶梯上走，公园的中心有个大厅，讨生活的流浪音乐家聚集在公园中心大厅演奏着。

两人在奎尔公园的世界第一长椅坐下，连心靠在椅背上闭着眼，沐浴着日光，慵懒得像只猫，感叹着现在经历的一切宛如做梦一般，希望这个梦永远不会醒来。

"傻丫头，梦都是会醒的。就像这座公园，创造出的童话世界再美好，也只是人们为了逃避现实世界的空间，人们只会流连，却不会忘返。"

"我看过你的设计图，你的设计元素里也有石头和铁艺，你应该很欣赏高迪。但你的风格质朴清雅，和他并不一样，没有他那么华丽。"连心语气里带着难以掩饰的欣赏。

"我跟他当然不一样，建筑是有灵魂的，就跟家具一样，会印上制造者的痕迹，或者浸染使用者的感情。我没有他那样的胆量，无法跟他相提并论。"

连心摇摇头，说道："我听陈奇哥讲过很多你小时候的事，我觉得你跟高迪很像，在设计上从来不会在意外界的眼光。在感情上……我希望你也不会在意。"

项语秋神情复杂，声线低沉，带着苦涩："连心，你要知道，爱情的城堡需要两个人打造，如果双方不合适，那它就是没有灵魂的，不堪一击。不被祝福的感情，就是没有根基的空中楼阁。罗婷的事如果当时我不那么固执，早点儿离开她……"

"那她会变得更不幸。"连心斩钉截铁地打断他。

"你还不懂，我们不要谈论这个问题了。"项语秋想起另一个人，"连心，想不想去看看 Ben？"

连心点点头。两人离开奎尔公园，驱车前往郊外小旅馆。

Ben 不在旅馆，但因为项语秋常来看望，Ben 给过他一把备用钥匙。两人在旅馆窗边坐下，聊着聊着，又谈起 Ben 和他的爱人。

"Ben 真的很痴情，守在他妻子身边一辈子。可是我希望最重要的人都陪在身边，哪怕只是短暂的幸福。张爱玲说过，飞蛾扑火时，一定是极幸福的。"连心话里有话。

项语秋却苦涩地笑笑，说起了一个关于灯泡的故事：灯泡灭了，我仔细检查了一下，钨丝没有断，我重新按下开关，灯泡闪了两下又灭了，我问，你怎么了，不开心吗？灯泡回答，等会儿，有只飞蛾在窗外看我好久了。我说，那不挺好，有人看得上你。灯泡说，我不是火，别让她看错了，误了人家一辈子。

连心早已听得泪眼迷蒙，她知道这是项语秋的拒绝。

这时，外面突然刮起大风，树叶飘飘洒洒随风飞舞，连心看向窗外呢喃："落叶了。"

项语秋下意识回了一句："嗯，落叶归根。"

连心心中一惊，慌乱的情绪就快掩饰不住，她"嗖"地站了起来："外面好美啊，我……我出去看看。"

树叶纷纷扬扬落在连心身上，项语秋眼眶微红。背对着窗户站在落叶里的连心，早已哭得满脸泪水。灯泡，你错了，你才是飞蛾要找的人，你有火的光亮与温暖，真正的火会毁了她的。连心在心中哭着呐喊，可是她说不出口，她不想让项语秋为难。

当晚，两人在这个充满美好回忆的小旅馆住下，连心在项语秋的口琴声中睡去。

直到刺眼的阳光照进来，连心才从睡梦中惊醒，心中隐隐觉得有些不安。她穿好衣服来到项语秋的房间，空无一人，她不知道在凌晨天还没亮的时候，项语秋便悄悄离开了。

连心疯了似的冲出旅馆，只见罗锐在屋外定定地站着，仿佛已经等了很久，落在连心身上的目光满是心疼。连心跑过去紧紧抓住罗锐的肩膀，焦急地问项语秋去哪儿了。罗锐抿了抿嘴没有回答。

"你早就知道。"连心沉默半晌，手颓然地落下，眼底满是掩不住的失落。

连心失魂落魄地问道："你说，如果我没有爱上他，或者没有说出口，他会不会一直陪着我？"

罗锐轻轻地将连心揽入怀里，温柔地拍着她的背，安慰道："他回国是因为蒋佩珊推荐他去了一家很有名的设计工作室，根本不是想逃避你，而是在你和前途之间，选择了前途。"

连心愣住，她不愿意相信罗锐的话，这么多年，她了解项语秋的为人。可她又想逼着自己相信，因为只有这样，才能稍稍平复她心中汹涌的悲伤。

不知从哪儿飘来一阵 *Almost Lover* 的旋律：

Well I'd never wanna see you unhappy

I thought you'd want the same for me

Goodbye my almost lover

Goodbye my hopeless dream

我永远不愿看见你不快乐的样子，我原以为你也一样。再见了，我无缘的爱人；再见了，我无望的梦想。歌词句句戳进连心心里，如针扎般疼痛。她长长地吐了口气，自言自语道："他的选择是对的。"

瑞士滑雪，两个人的约定，终究成空。

巴塞罗那的车站里，广播开始提醒前往瑞士的旅客进站，连心呆坐在车站的长椅上，捧着一个长方形的盒子，里面躺着那个项语秋以为已经扔掉的石膏，石膏上还残留着项语秋画的风信子。旁边新画了两个人，一个是二十四岁时的项语秋，一个是十岁时的连心。连心的脑中不断地回响着罗锐的话，项语秋不要她了，他选择了前途，他不要她了。

看着周围人来人往，聚了又散，连心关上盒子，走出了车站。

回到家后，又是一夜无眠。连心躺在床上，望着天花板，摸摸脖子上的绿松石项链，又侧身看向床头柜上那张自己与项语秋的合影。片刻，她伸出手把相框放倒，平躺着闭上了眼睛。

第二天一早，匆匆洗漱好的连心拿着外套和早餐下楼，准备去学校。只见蒋佩珊的车停在路口，连心犹豫了一下，还是上了车。

"你好像没什么感觉？"蒋佩珊从观后镜里看了连心一眼。

连心目光深邃地看向窗外，问道："你希望我有什么感觉，伤心欲绝、天天买醉？你说得对，无论我怎么努力装扮外在，内心也还不够成熟。可就算这颗不成熟的心，也明白什么是爱，什么是依赖。"

"原本今天来，是怕你哭着闹着要回国找项语秋，现在看来完全没必要。"蒋佩珊笑笑。

连心瘫在座位上，叹了口气说："过去项语秋一直围着我转，从来没发现我也是围着他转的，现在他走了，突然感觉生活失去了重心。不过他说得对，他不可能陪我一辈子。"

"你还年轻，很多事情都会有转机。在巴塞罗那这样的浪漫之都，多出去走走，多交些朋友，一切都会好起来的。"

"你想他吗？"连心没头没脑地问了句。

蒋佩珊眼中流淌着深深的哀伤，但她转眼就恢复了日常干练洒脱的模样，直视着前方，淡淡地说道："我跟他终点不同。你比我好，你还有最美好的年华，我连年华都没有了。"

"我想做个网站，跟设计有关的。"连心撇撇嘴。

"为了项语秋？"

"也不全是。"连心沉默半晌，"名字叫'心上人'，海底月是天上月，眼前人是心上人，怎么样？"

蒋佩珊回味着连心的话，说："我有种预感，这个网站会火。"

项语秋拉着行李箱走出浦东机场，呼吸间满是熟悉的上海气息。唐诗抢在陈奇前面给了项语秋一个大大的拥抱，陈奇上前将两人一起拥抱，笑容中都各自带着苦涩。

当晚，老屋里，许久未见的哥们儿坐在一起喝酒。项语秋拎着酒瓶在陈奇身旁坐下，喝了口酒，犹豫半晌，挤出一句"对不起"。陈奇迷糊着看了项语秋一眼。项语秋微微失神地说："不管怎么样，唐诗是因为我才……要是她对我彻底死心，也许你就不会这么难受了。本来以为我不在，你俩可以逐渐发展，我……"

"我也想怪你！打你一顿出出气多好！"陈奇假装握拳，顿了顿，又无力落下，半开玩笑半认真地说，"我竟然输给了一个从没想过跟我争的好兄弟。我是彻底心碎了，也死心了，就当过去那几年都是大梦一场吧！"

两人沉默了许久，陈奇醉醺醺地甩了一沓照片在茶几上，项语秋拿起，看见全是同一个女孩儿，猜到她就是陈奇之前在酒吧遇见的那个女孩儿。

"这是苏晓，这姑娘特崇拜我，人又温柔又懂事，不像某些人，拿我当包袱，仗着我喜欢她，她……"陈奇哽咽着说不下去，随后盯着苏晓的照片发呆，突兀地冒出了一句，"我打算结婚了。"

"你考虑清楚了，别一时冲动，结婚这事可没得后悔。"项语秋一惊。

陈奇醉得不省人事，靠在项语秋肩上喃喃道："爱一个人太累了。男人嘛，总得要成家立业，爱情只是调味品，没有，也不会怎么样。"

眼前的陈奇就像小朋友手里攥着一把糖，糖纸都露在外面了，却还在拼命地摇头说没有。项语秋举起酒瓶，轻轻碰了一下陈奇的酒瓶，忧心忡忡地一饮而尽。

半醉半醒间，项语秋说想出去散散心，陈奇便提议了一个好地方。两个各怀心事的男人大醉一场，仿佛这样就能把各自的烦恼与忧愁都忘掉，可酒会醒，生活还是会继续。

彼时，连心正情绪低落地一个人走在巴塞罗那的街头，晃到一个跳蚤集市，突然想起自己以前为项语秋当掉玉佩的事，不由自主地走了进去。

跳蚤集市里各种商品琳琅满目，连心被一顶贝雷帽吸引了视线，没想到摊主一个狮子大开口。连心遗憾地准备放下，身旁的一个华人女孩儿装作不经意地告诉她，往前走会更便宜，摊主怕失去眼前的这单生意，只得以很便宜的价格卖给了连心。

"刚刚幸亏你，我才能这么便宜拿下这顶画家帽。"连心感激地对女孩儿说。

"谢就不用了，就当我是还了一个包子的人情好了！"女孩儿穿着简单的格子衫和牛仔裤，马尾随便地扎在脑后，笑得一脸灿烂。

连心刚才就觉得女孩儿眼熟，听到她提起包子，瞬间恍然大悟——当初她和 Alex 摆摊儿时，曾把自己的包子分给过一个流浪的女孩儿。

女孩儿整理了一下自己身上的格子衬衫，大方地伸出手说："正式认识一下，叶木桃，叫我桃子就行。我们计算机系的天天跟电脑程序打交道，个人形象总是顾不上。"

"没事，你这样挺像行为艺术家的。"连心笑容灿烂地握上叶木桃的手，"连心，电子商务系。太好了，我经营的网店遇到一些技术问题，正愁该找谁帮忙呢，我们回家说吧。"

叶木桃拍拍胸口，爽快地答应了。两人有说有笑地穿行在集市的人群中。

人与人之间的缘分总是来得快去得也快，一些人从生活里离开，还会有一些人进来。分别，能让人成长；重逢，也来日可期。

第八章 /

1

风信子孤儿院的几个孩子在活动室坐成一圈，被围在中间的连心怀里抱着一个乖巧的小女孩儿，拿着一本卡通封面的童话书，用轻柔的声音缓缓地讲着故事："从此以后，铛铛和独角兽就成了好朋友，他们每天在一起玩耍，有时候独角兽还会让铛铛骑在它的背上，带他到森林深处，去看小猴子打架，看松鼠跳舞……"

一晃就是六年，终于回来了，孤儿院的孩子换了一批又一批，院子中间的木马也有些旧了。但无论何时，这里的一草一木都是如此亲切，无论走多远，这里始终都是连心深深思念的地方。

"连心姐姐，连心姐姐，跟我来。"一个戴着厚厚眼镜的小男孩儿跑过来要拉她走。

正听得入神的孩子们扯着连心的衣角摇晃，不高兴地抗议："我们的故事还没讲完呢！连心姐姐再讲一个嘛……"

连心摸了摸其中一个小女孩儿的头，温柔地说："乖，姐姐这次带了很多新书过来，里面的插图可漂亮了，你们自己先看着，我一会儿再来给你们讲，好不好？"

孩子们乖巧地点点头，拿起书四散开来。

"这是用你寄过来的笔画的。"只见一幅水彩笔涂画的画像被递到了连心面前，由于画纸太薄，水彩的颜色有些渗透，画上的人脸也有些模糊，可小男孩儿仍旧宝贝似的拿着它，一脸认真地说，"我还能画得更好！我以后每年都画一张连心姐姐！"

听到男孩儿的话，连心心中泛起一阵感动，笑着帮他把眼镜扶正道："这幅画可以送给我吗？我下次给你带专业的画纸来，再买个画架。不过要大家一起分享，不能当小气鬼哦！"

男孩儿用力点头，伸出小拇指跟连心拉钩。

连心转头，发现窗外虽然艳阳高照，却下起了雨，一个失明的小女孩儿独自坐在窗边的角落里，静静地听着窗外的雨声，像极了小时候的连心。她坐到小女孩儿对面，轻声说："今天的雨是会发光的。"

女孩儿的眼皮动了动，表情有些微妙的变化，但还是没有说话。

连心看了眼小姑娘，继续道："我小时候也像你一样，每次下雨我就在想，今天的雨长什么样呢？是灰蒙蒙会吃人的雨，还是干净透明、有点儿可爱的雨……听声音能知道雨下得大不大，但它们的形态都是不一样的……一到下雨天大家就很烦我，因为我会抓着人问，让他们给我讲，但是后来我找到了一个分辨不同的雨的办法。"

连心故意停住，见小女孩儿按捺不住好奇，便握住她的手，缓缓地伸出窗外，让雨滴落在两人的手上。

连心微微闭上眼说："今天的雨有点儿暖洋洋的，因为是阵雨，太阳还在天上。这种雨落到草坪，会在叶子上变成圆圆的水珠，阳光一照亮晶晶的，像玻璃珠子似的……"女孩儿沉浸在连心勾勒出的画面里，满脸陶醉。

连心往院子外面走着，迎面撞上抱着大包小包冲进来的陈奇。陈奇嘴上一个劲儿道歉，眼睛却一直盯着手里的东西，半晌才抬起头，正对上连心笑靥如花的脸。

多年未见，两人均是激动不已。虽然这些年互相都有联系，但毕竟隔着万水千山，虚拟的视频画面怎么也比不上近在眼前的真实。没有多余的客套，陈奇拉着连心去家里做客，一起吃饭顺便好好聊聊近况。

走进陈奇和苏晓的家，连心向四周环顾。只见整个房子被打理得很整洁，装饰设计也简约大方，客厅的墙壁上挂着婚纱照和外出旅游的照片，但最多的还是陈奇的摄影作品，桌上的花瓶里插着几枝百合，散发出淡淡的清香，处处弥漫着温馨的气息，看得出主人的细心打理。

听到开门声，系着围裙的苏晓忙从厨房迎出来，连心上前打了个招呼，两人挽着手坐到沙发上寒暄。虽然是第一次正式见面，但早已视频过的两人对彼此并不陌生。

陈奇悄悄走到餐桌边，掀起一个盖菜的盘子想要偷块肉吃，结果盘子从手上滑到桌边，"咣啷咣啷"晃了几下，险些摔下来。苏晓忙起身赶走捣乱的陈奇，自己又走进了厨房继续做菜。

连心安静地坐在沙发上，她依旧是一头黑色的长发，但眉眼间早已褪去了青春时的稚嫩，五官显得更加清秀，一身米色风衣给她增添了几分成熟，时不时将额间几缕碎发拢到耳边的动作又使她多了些女人味。

陈奇此刻才细细观察起连心，一时有点儿不太习惯，当年那个闹腾的小女孩儿屡次离家出走的场景，仿佛就发生在昨天。

"唉，一看到你，我就觉得自己老了。"陈奇在侧面的沙发坐下，感叹着。

"知足吧，在你彻底老去之前还有人愿意要你。"连心打趣陈奇。

陈奇吹牛道："你刚回来，不了解行情，我现在也是名人了，那些小模特天天追着我'欧巴、欧巴'地喊。"

"得了吧你，我看苏晓姐挺好的，你就老老实实赚钱养家吧！"连心看了看还在厨房里忙碌的苏晓，回过头对陈奇笑道。

"能让你连小姐觉得好的人这地球上也就那么一小撮，很荣幸，本人也是其中之一。"陈奇一脸骄傲。

连心闻言，起身作势要打陈奇，陈奇跳起来躲开，两人你一言我一语斗着嘴，闹成一团，一点儿也没有多年未见的疏离感，客厅里飘荡的嬉闹笑声，让陈奇有点儿恍惚，仿佛回到了以前在项家老屋的时光。

这时苏晓端着最后几道菜出来，一边布置餐桌，一边招呼他们准备开饭。连心赶紧拉着陈奇过去帮忙，三人边吃边聊起来。

"陈奇说你喜欢吃这些菜，我照着食谱做的，不知道合不合口味。"苏晓说着夹起一块肉放到连心碗里。

连心大口吃着，想到在西班牙这么多年，虽说她的厨艺有所长进，可一忙起来根本顾不上吃饭，更没有时间下厨，往往啃两块面包就打发了，她是真心想念家里的味道啊。

见连心狼吞虎咽的样子，苏晓又笑道："我常听陈奇说起你的光荣事迹，你要喜欢吃，以后常来，这里也是你的家。"

连心点点头说："谢谢苏晓姐。以后陈奇要是敢对你不好，你告诉我，我帮你出气！"

见苏晓对自己做了个鬼脸，陈奇举着筷子假装抗争道："哎，你们这是唱哪一出，怎么突然就统一战线了呢，连心你别忘了咱俩才是一伙的！"话音未落，苏晓和连心就忍不住笑了出来。

酒足饭饱后，连心帮着苏晓收拾厨房，不自觉活动了一下僵硬的脖子。在西班牙创业的时候，连心经常通宵做策划案，长期伏案工作导致落下了颈椎时常酸痛的毛病。苏晓见状忙拉她坐下帮着轻按肩膀，耐心地劝她平时对着电脑时间长了要起来走动走动，不然会驼背，对脊椎也不好，女孩子还是要多注意些。

"给她拍照就不能拍背面，看着就不精神！"陈奇坐在电脑前筛选工作照片，随口接了一句。

"是是是，谁不知道你陈大摄影师只拍一个人的背面。"话音刚落，连心感到苏晓手上的动作突然停住，她自觉失言，心虚地看向陈奇，慌忙找了个理由起身告辞。苏晓心中虽然有些疑惑，却没有追问什么，只是嘱咐陈奇送送连心。

一出小区，连心忙向陈奇道歉："对不起，我不是故意的。苏晓姐……她不知道你以前的事吗？"

"没事，她不是多心的人。再说，都是过去的事，知道了反而不好受，还不如不知道。"走到人行横道，陈奇停下脚步问道，"这次回国打算待多久？"

"西班牙那边的业务基本上已经上了轨道，这次回来主要是拓展国内业务，网站还在初建阶段，暂时应该不会走。"

"连总，以后还请多多指教。"陈奇作势跟连心握手。

见绿灯亮起，连心一把打掉陈奇的手，疾步跑向对面，对着他大喊："你输了！"

陈奇一愣，看着对面笑得像个小孩儿的连心，仿佛时光倒流回到六年前。他恍惚了一下，赶紧跟过去，可没几步便累得气喘吁吁，还努力辩解："我……我以前每次都赢的，这次不算数，你都没喊开始！"

"好汉不提当年勇，有空多运动啦，大叔！"连心拍了拍陈奇的肩膀，转身上了车。

陈奇看着连心的车消失在道路的尽头，从前目送连心去上学的场景还历历在目，陈奇感叹着连心是真的长大了。

连心驾车行驶在上海街头，任晚风吹拂过她的长发，看着车窗外熟悉的街景，心中亦是思绪万千。

当年项语秋悄无声息地离开了她，连心消沉了好一段时间才逐渐接受了这个事实。她不断地充实自己，让自己忙碌起来，根本没有时间去伤心难过。大学学业完成后，连心在蒋佩珊和叶木桃的支持、帮助下，一手创立了"心上人"家居购物网站。随着网站一步步做大、做强，国内市场成了不可忽略的一部分。但连心一直怕自己触景生情，迟迟不肯扩展国内业务，在蒋佩珊的劝说下才终于下定决心回国发展。她害怕与项语秋重逢，但内心深处又在隐隐期待着重逢。

连心回到家中，只见公寓门厅、客厅的灯都亮着，她一脸纳闷儿地走进去，以为是自己忘了关灯，却听见房门紧闭的卧室里传出窸窸窣窣的声音，她心里"咯噔"一下，身上的汗毛都紧张地竖了起来，这大晚上的，难不成……

想到这儿，她悄悄溜进厨房拿起一把水果刀，靠着墙小心翼翼地走到卧室门边，举着水果刀，大叫一声踢开门。一声尖叫持续几秒钟后顿住，继而传来熟悉的声音："你干吗啊？吓死我了！"

"你出差回来怎么不提前告诉我？我还以为进小偷儿了。"连心被吓得够呛，手里还举着水果刀。

"我想给你一个惊喜嘛！结果只有'惊'了。"叶木桃依旧惊魂未定。

"那你在我房间干什么？"

叶木桃翻了个大大的白眼，故作潇洒地从连心身旁经过去了客厅，边走边说："大姐，你知道你房间有多乱吗？我实在看不下去了，只好勉为其难帮你收拾啊！不用谢我哈。"

连心这才发现自己的房间已经被收拾得井井有条，长舒了一口气，回头朝叶木桃的背影笑了笑。

换上睡衣，连心来到客厅，整个人瘫倒在沙发上长舒了一口气。

"你去西藏的行程定了吗？"叶木桃边削苹果边问，"那个藏区的设计师松口了？"

连心点点头，暗暗庆幸，死磕了一个月，对方总算答应面谈了。

"那你小心点儿，你这体质，很容易有高原反应吧？"叶木桃叮嘱着。

当初自己高原反应严重，被项语秋背着赶去医院的场景在连心脑中浮现。

她使劲儿地晃了晃脑袋，迅速从回忆中抽离，转头问道："你那边拍卖酒会的事怎么样了？"

"我嘴皮子都快说破了。"叶木桃可怜巴巴地望着连心，一脸的无可奈何。

连心回国后的发展并不顺利，这次行业内一年一度的拍卖酒会是心上人打开国内市场的最好机会，各网站争抢的客户和投资人，还有业内最火的设计师都会出席，可惜心上人的注册资金达不到酒会的标准，无论她和叶木桃怎么软磨硬泡，都无济于事。

"能参加当然最好，不行……我再想想办法吧。"连心皱着眉头陷入了沉思。

落地窗外天色渐渐亮了起来，连心端着咖啡坐回电脑前，继续看着策划案，又是一个不眠之夜。

上海到拉萨的火车即将出发，站台上不断传来催促旅客上车的广播。连心拉着行李箱，匆匆走进车厢，突然一抹熟悉的身影在反光的玻璃上一闪而过，连心想踏出去看个究竟，却被列车员拉住提醒："车门即将关闭，请您回座位上坐好。"

睡眠不足，都老眼昏花了？连心摇摇头，心中自嘲，然后回到座位上戴好眼罩沉沉睡去。

两天两夜的旅程有窗外飞驰而过的美景相伴，倒也不觉得无聊。

火车终于抵达拉萨。连心沿着十六岁时走过的足迹，再一次穿越大峡谷，站在空旷的洛绒牛场，遥望远方层叠的洁白雪山和连绵的高山草甸。远处传来一阵悠扬的口琴声，连心闭上眼，在这无边的天际下，完全放空自己。

她不知道的是，火车站前那个擦肩而过的身影，并不是自己眼花，这一路上，她无数次和项语秋擦肩而过。而她在这里所有刻骨铭心的回忆，都与他有关。

2

这几年，一个原创设计家具品牌"匠心"渐渐成为市场新宠，它提倡现代社会生活的人文关怀，用中国传统手工艺打造出的每一件家具，都兼具品质和审美。

而今年匠心新品发布会如期在工作室外的露天花园举行，接受媒体采访的首席设计师正是项语秋。会场内闪光灯频频闪烁，照得刺眼，他极力克制住各种不自在，在媒体面前展现出温文儒雅的形象。

这时有记者问起这次系列作品的主题"山河入梦"，是否来自项语秋的个人创意。

"是我提出来的，但其他设计师也给了我很多灵感，大家现在看到的作品都是我们一起努力的成果。山河是自然，入梦是人文，我们要做有生命、有自然味道的家具。"谈及创作理念，项语秋神采飞扬。

"另外，除了匠心的设计师们，我还要感谢我的合伙人。"项语秋停了停，微笑着看向站在不远处的唐诗，"是她陪我一起见证了匠心的发展壮大，匠心从默默无闻的小作坊到被行业认可的品牌，她功不可没。"

记者们立刻将闪光灯转向唐诗，只见她一袭长裙，含笑走到项语秋身边站定。

有记者趁机问道："项先生，外界传言唐小姐是你的女朋友，请问传言是否属实？"唐诗也满脸期待地看向项语秋。

只听他毫不犹豫地回答："我们只是很好的朋友。"唐诗垂下头，眼底闪过一丝失落。

采访结束后，项语秋敞着衬衫领，将西装外套随意地搭在肩上，走进工作室，缓缓地吐了口气。跟进来递财务报表的唐诗怔了一下，这么多年了，面前这个一脸疲惫却透着些不羁的男人依然会让她心跳加速。

项语秋看着几个重要数据感叹道："市场运营还是你在行。"

唐诗得意地说："要是你这性子稍微改改，多参加些行业酒会，多跟其他设计师打交道，我们工作室的业绩和地位还能上升不少。"

想到之前被拉着参加一个设计师的婚礼，差点儿被闹酒的风俗折腾死，项语秋还是心有余悸，说道："你知道的，我不喜欢假意逢迎，以后像今天这种发布会也能免则免吧。"

"你是假意逢迎不喜欢，真心欣赏也要看心情。"唐诗调侃道，"又有客户看上你的天使翼了。"

又是天使翼！当年他凭着"天使翼"一举夺下金巢奖，事业一路上升。拿奖的时候他就说过，这个是孤品，不产不销。都这么多年了，还是不断有人想起这个作品。但无论多高的价格，都不可能改变他的决定。

"反正就是不卖。"项语秋有些赌气地说。

"你是越出名越任性。"唐诗深知项语秋的脾气，不再多言，只是向他提起了爱尚公司的事。

去年爱尚向匠心定制的那批家具销量直冲榜首，今年他们打算再定制一批新款，还想邀请项语秋作为签约设计师，直接入驻爱尚新开的网上商城。考虑到现在是新媒体的天下，唐诗建议他跟爱尚合作，认为这肯定能让匠心的知名度和销售量都更上一层楼。

项语秋一听觉得不妥，眉头皱了起来，他最怕的就是失去创作的自由。在他看来，这就是在签卖身契。

唐诗哭笑不得，让他别说得这么难听。现在什么都需要商业包装，签独家代理，由爱尚负责宣传营销，而项语秋就有更多的精力去寻找灵感，突破创新。这是件两全其美的好事。可项语秋却不这么认为，所谓包装都是因为欲望太多，比起花里胡哨的宣传，他更喜欢传统的方式。

唐诗对此感到很无奈，极力劝说道："圣僧，概念时代你的思路别太古板好吗？之前他们推出的'家居宝贝'概念，给每个家居品牌配上国内专业模特，放在网站首页流动展示，反响很好。"

项语秋眼前立刻浮现出画着浓妆、穿着暴露的模特站在家具面前搔首弄姿的场景，一阵反感。唐诗捕捉到他脸上的厌恶，心下明了这种极端的营销方式是他最不能接受的，但她仍然没有放弃，认为这并不能掩盖爱尚的发展前景。

"作为国内知名度最高的家居网站，他们的态度非常诚恳，百分之百尊重设计师原创。"唐诗还在补充解释着。

项语秋似乎也听了进去，思虑片刻后终于有些松口。

"让我再考虑考虑吧。尊重不是说出来的，至少我现在还没看出他们的品位。"突然他想起了什么，看向唐诗，"待会儿一起吃饭吗？"

唐诗以为他要跟自己约会，因爱尚的事显得有些沮丧的表情，立刻变为掩饰不住的高兴，满口答应："好啊！去哪里吃？你想吃什么？"

"我无所谓，陈奇说他定位子，要庆祝发布会的事情，最近太忙，也好长时间没见他了。"

唐诗一瞬间又变得失落，勉强笑道："还有陈奇啊……那你们好好叙旧吧，我就不去了。记得把拍卖酒会的邀请函带给他。"

项语秋知道这两人之间有着说不清的纠葛，也不勉强，独自开车去找陈奇。

走进摄影工作室，见陈奇正忙着修片，项语秋把邀请函扔给他，问道："酒会，去不去？"

"不去。"陈奇拿着邀请函，白了一眼项语秋，装出一副高高在上的姿态，"你是不是看中我跟华娱星空的关系，想用它的平台做网络推广？"

项语秋耸肩道："你还真高估我了，是唐诗的主意，她毕竟已经辞职很多年了，不好意思再去麻烦他们。你帮不帮自己看着办吧！"

"想帮忙，她自己怎么不来找我？"陈奇对着电脑嘀咕着。

"从你结婚以后，你俩就开始冷战，不如趁这个机会主动一点儿，缓和一下关系。"

"我主动得还不够多吗？现在心如死水，没力气主动。"

项语秋也不再多说，两人各怀心事地沉默着。

到了晚上，借庆祝发布会，项语秋亲自下厨做了一顿饭，兄弟俩已经很久没有在项家老屋聚过餐了。许是高兴，许是郁闷，陈奇多喝了点儿酒，不方便开车，便让苏晓来接他。

回家的路上，陈奇一直都在低头玩手机。想到一直单身的项语秋，苏晓好奇地问道："项语秋打算什么时候结婚？都拖成超龄男青年了，搞艺术的也不能没个家吧。"

"结婚？跟谁结？艺术家就喜欢灵魂流浪无拘束。"

"他那个合伙人唐小姐啊，叫什么来着？他俩在一起这么多年了，也该定下来了吧。"

陈奇愣了一下，迅速恢复常态，继续低头玩手机道："这年头不结婚的人多了去了，结了婚的未必幸福，不结婚的未必痛苦。"

苏晓敏感地看向陈奇，问道："你这话什么意思？"

"没什么意思，事实就是这样。爱情始于吸引，婚姻死于控制。"陈奇没有察觉到苏晓的异样，自顾自地说着。

突然一个急刹车，陈奇一头撞在车前窗。

"那你是觉得你现在不幸福吗？"苏晓扭头，一脸严肃地看着陈奇。

陈奇意识到自己说错了话，"哎哟哟"地嚷嚷着按住太阳穴说头痛，试图转移她的注意力。

"回答我的问题。"苏晓不为所动地说。

"我喝醉了说胡话呢,别当真。"陈奇还在企图蒙混过关。

苏晓重新发动汽车,冷冷地说:"好,那等你清醒了,我们好好谈谈这个问题。"

陈奇盯着手机上的小游戏,已经显示"Game Over",他却没心情再继续开始。

心上人在上海的办公地点是由复式厂房改建而成的,由于刚刚入驻,还没来得及规整,显得一片凌乱。连心踩着平衡车穿过开放办公区堆积的纸箱和泡沫,在自己的办公室坐下,对着桌面上堆积的文件和物品,深呼吸了一口气。

叶木桃踮着脚尖在满地的杂物中间腾转挪移,跟着连心走进办公室。

两人正因为西藏那位不接触网络、不懂线上销售的老设计师愁眉不展,一名员工探进头来告诉连心,洪总约她下午见面。连心点点头一脸镇定,心里却早已乐开了花。等员工一出去,她就和叶木桃激动地抱在一起欢呼。这可是个约了很久都不肯露面的"大鱼"啊!

连心匆忙整理好资料,按时来到洪总公司的会议室,等了一个多小时,也不见洪总身影。助理几次进来,充满不屑地下逐客令,请她改天再来。连心却耐心地翻阅着带来的文件,淡定地指出见面时间是由对方定的,自己不介意继续等。助理只好悻悻地离开。

又过了快一个小时,洪总才姗姗来迟:"我们又见面了,连心,抱歉,让你等了这么久。"

连心微笑着,礼貌地说:"没关系,为了见您,我整个下午的时间都空出来了。不过……这个'又'从何说起?"

"两年前,西班牙华人新年晚会……"洪总稍作提醒。

"您是那个……"连心一拍脑袋,恍然大悟。

"当时我连说话的机会都没有给你,你不会记仇吧?"洪总开玩笑地说。

连心满脸真诚地回答:"创业本来就是要经历默默无闻和不受注意的阶段,我还要感谢您给我上了一课。"

"那我就开门见山了,作为新兴的家居购物平台,心上人在西班牙已经打开了市场，业内口碑也很不错，无论从经营理念还是发展前景来说，都值得投资。我对你们很感兴趣，但是，从现有的资料上看，你们在中国才刚刚起步，我们担心市场规划不成熟。"

"这是事实，您有疑虑是正常的，而另一个事实是我会投入加倍的努力来应对中国市场。现在国内的网络购物系统已经很发达，但是入驻的家居品牌并不多，在国际上有影响力的就更少了，当然还有物流运输方面的很多问题，我认为这对我们来说恰恰是优势所在。"连心对于自己的公司自信满满。

洪总笑了笑道："你用两年的时间证明我当初看走眼了，今天约你来就是因为相信你，想给彼此一个机会。如果你们网站能签几个国内媒体广泛关注、报道的知名设计师，有了这个保障，我可以考虑投资。"

"其实我们也早有这个想法，今天上午我们就已经在筛选设计师了，一旦选定对象立刻就去谈。谢谢您，希望这次我们不要再错过合作的机会。"看出洪总也有合作意向，她顿时更有了干劲儿。

"那就等你的好消息了。"洪总起身送走了连心。

办公室经过几日的收拾，整洁了不少。连心只顾埋头工作，连叶木桃走进来都没有察觉。

"这陆先生怎么这么老土啊？又是玫瑰又是古文的，不是说现在的大叔都很潮嘛。"叶木桃将连心桌上花瓶中的旧玫瑰替换成新的，嘴里自言自语。

连心抬头扫了一眼卡片，上面写着：尊敬的连心女士，自展销会一别已有三日，万分想念，仅此送上鲜花以表吾心……没等看完，她就翻了个白眼对叶木桃说："你替我收了花，下次是不是也要替我赴约啊！"

叶木桃立刻摆出一副唯恐避之不及的表情，求饶道："你饶了我吧，我喜欢鲜嫩可口的帅哥。其实拍卖酒会的事，你可以考虑去找这位鲜花使者帮忙，听说他在业内资源很强大。"

"他对我有好感是他的事，我要是利用这点去求他办事就变成情感交易了。算了，再想办法吧。"连心果断地拒绝了叶木桃的提议。

这时，她突然得到内部消息，酒会负责人今天会去参加一个国际创意家具展览。连心便急忙打车想赶去当面争取，途中却遇到堵车，她只好在街上急匆匆地小跑起来，可惜一身正装和高跟儿鞋限制了行动。情急之下，她看到骑着电瓶车的送餐小哥驶过，突然有了办法。

不一会儿，只见连心也骑着电瓶车灵活穿行在车流中，她紧紧攥着车杆，全身每个细胞都处于高度紧张之中，最终顺利赶到了展览会场。

对着玻璃门简单地整理了一下仪容，连心沉下呼吸，走向正在和朋友观展的负责人，主动介绍道："林先生，你好，我是心上人网站的创办人连心，我们之前通过邮件有过交流。我想再跟你商量一下酒会出席资格的问题。"

"邮件里不是讲得很清楚了吗？"林先生皱眉，和朋友继续往前走。

连心紧紧跟上，大方自信地侃侃而谈道："邮件里说的前提是通常情况下，但我想说心上人并不是你们所界定的那种粗制滥造、只为盈利的网站，而是以精品、原创和诚信为立足点，这就是为什么我觉得你们制定的标准并不公平……"

不知是被缠得不耐烦了，还是被连心的执着打动，林先生终于答应道："这样吧，你回去提交一份你们公司未来的发展计划和主要作品集，我试着向上面申请一下。不过我只负责申请，不敢保证一定会通过！"

听到这话的连心激动不已，毕竟有机会就有希望，几番道谢后兴冲冲地通知叶木桃赶紧准备资料。她沉浸在喜悦中，一边打着电话，一边快步地穿过会场往出口走去，却不知自己又错过了此刻就在身旁的项语秋。

3

展览会场的另一头，项语秋正在研究一个屏风的做工。唐诗像个孩子似的兴奋地跑过来，举着一个复古万花筒的装置让项语秋快看。两人专注地讨论着，都没注意到擦肩而过的连心。

参观完所有参展的家具，项语秋和唐诗走出展览厅。而早已守在门口的爱尚员工立刻迎上前，假装偶遇。项语秋立刻明白这才是唐诗坚持拉他来看展览的原因。

那名员工没察觉出项语秋的不对劲，谄媚地笑着说："一直就想约您谈谈合作的事，择日不如撞日，不如今天……"

"我没时间！"项语秋脸色铁青地打断话头，一点儿面子都不给。

唐诗见状尴尬地将员工拉到一边，低声说了几句。只见员工连连点头，灰溜溜地离开了。

项语秋两手抱臂，看着唐诗走回来，告诉她下不为例，便要回公司继续作图。唐诗急忙拉住他，撒娇着说自己饿了想去吃饭。项语秋有些为难，却拗不过她的一脸哀求，还是答应了。

原来，今天是唐诗的生日。她带着项语秋来到一家怀旧风格的西餐厅，从外面能看到整个屋顶都挂满了黄色的小彩灯。两人相对坐着，服务员憋着笑将儿童套餐、生日帽和樱桃小丸子的玩偶放在唐诗面前。

唐诗拿着樱桃小丸子的玩偶玩弄着，又拿起生日帽戴上，一派天真地笑着。

印象中的唐诗，总是一副风风火火、干练霸气的女强人姿态，这样的她，项语秋还是第一次见到。他有点儿尴尬，试着找话题道："牛扒煎得很到位。"

唐诗兴致勃勃地介绍，这家店在她很小的时候就有了，之前跟着家里人从香港出差过来，吃过一次。

"说起来，好像很少听到你说起家人。"项语秋好奇道。

"没什么好说的，都差不多嘛……"唐诗忙打起哈哈，"我还没说完呢，那时候我也是点了一份儿童套餐，当时我就在心里做了个决定。"

"什么决定？"

唐诗眼神明亮地看着项语秋，认真地说："长大以后要带着我喜欢的人来这里过生日，无论几岁都要点儿童套餐。"

"你也太早熟了吧。生日快乐！"项语秋笑着举杯。

这块木头疙瘩又抓错重点了，唐诗哭笑不得，只得端起酒杯一饮而尽。

喝醉了的唐诗被项语秋架着走出餐厅，她醉眼蒙眬地看着项语秋近在咫尺的侧脸，这个她等候多年的男人，此刻和自己离得这么近。

"项语秋……"

"嗯？"

"你都知道的吧？"

"知道什么？"

"知道我有多喜欢你……"

项语秋不说话了，唐诗站住不肯走，趁着醉意直视着项语秋说："如果你不知道，那我再告诉你一次！我很喜欢你，喜欢到我都快感觉不到自己的存在了！"

唐诗的声音很大，引来了路人驻足围观。项语秋拉了拉唐诗，劝她回去再说。

唐诗甩开他的手大喊："回去我就没勇气了！以前你说要照顾连心，我可以理解也接受了……现在她已经和你没关系了，你可以开始新的生活了！你还要犹豫到什么时候？"

"唐诗，你喝醉了。"项语秋不想正面回答她的问题。

"你有没有想过我……"唐诗说着突然蹲下，靠在路边低声啜泣。

项语秋想揽过唐诗，举到空中的手顿了顿又轻轻放下。

苏晓从杂志社下班出来，看见陈奇等在门口，淡淡瞥了他一眼就走过去了，态度冷淡。自从陈奇那晚醉酒说了结婚未必幸福的话之后，两人就一直处于冷战状态。准确地说，是苏晓不肯理睬陈奇。

陈奇拿着相机对着苏晓一通乱拍，笑嘻嘻地说："笑一个吧，这样拍出来太丑了，黑眼圈、眼袋、双下巴……"

"说什么呢！"苏晓将外套扔给陈奇。

"来，摆几个 Pose，好好拍。难得我有灵感，你不是一直想洗张黑白海报吗？灵感可是稍纵即逝的啊！"陈奇"咔嚓咔嚓"地拍，但都习惯性地避开了正对的背影。

苏晓径直拉开车门上了车，又降下车窗，对陈奇说："上车，我有话跟你说。"

陈奇忙不迭地跟了上去。车内空气有点儿凝固，两人都看着前方沉默。

苏晓先开口说道："体检报告出来了。"

"嗯，没事吧？"陈奇平静地开着车。

"医生说我现在的情况备孕没问题，再拖就不一定了。"苏晓暗示道，借医生的话试探陈奇的反应。她一直都很想要孩子，可是陈奇却总是回避这个话题。见陈奇不说话，她的心一下就凉了半截。

突然，陈奇的手机闹钟响了起来。苏晓被吓了一跳，正纳闷儿这个时间定的什么闹钟，只见他摁掉后意味深长地说了句"该吃晚饭了"。这是他之前为唐诗定的饭点闹钟，设置了以后就再也没取消过。苏晓却对此毫不知情。

第二天一早，叶木桃走进连心的办公室，见她趴在桌上睡着了，默默心疼她又熬了一个通宵。而陆先生的玫瑰花又准时送来，叶木桃拿起花束上的卡片，再看看疲惫的连心，犹豫了一会儿，咬咬牙拨通了卡片上的电话号码，以连心的名义约陆先生见面。

来到咖啡厅，只见陆先生正坐在窗前，一脸期盼地不断朝门口张望。叶木桃深呼吸了一口气，走了过去。

"您好，我是连总的助理，是我给您打的电话。不好意思，骗了您，她不知道我约了您。"

"这是什么意思？约会还能代理啊？"感觉自己被耍，陆先生有点儿不高兴。

"非常抱歉，请原谅我撒了谎。连心她实在不喜欢这种场合，我就自作主张替她来了……"

此时项语秋也约了朋友在这间咖啡厅见面，两人正经过叶木桃身边，听到"连心"两个字，项语秋突然定住。

叶木桃却没有注意到身边的异样，继续恳求道："这次的拍卖酒会对心上人真的很重要，对我们打开国内市场有关键性作用，连心为这事已经熬了好多天，几乎就要不吃不喝了，我很担心她，希望陆先生可以帮帮忙……"

"拍卖酒会的事让连小姐自己来跟我谈，你说的不算数。"陆先生推辞着。

项语秋愣愣地站着，完全没有反应，直到朋友推了推他问怎么了，他才回过神儿说自己突然有事，改天再约。接着就急匆匆走出了咖啡厅。

陈奇正在工作室的沙发上闭目养神，一睁眼，发现项语秋的脸在上方直直地盯着他。

"怎……怎么了？"陈奇被吓得一个激灵翻坐起来。

"连心……回来了？"

陈奇微微顿了一下道："啊……是啊，你怎么知道？"

"我听到有人在讨论她的网站。"

"她回国三个多月了，我去孤儿院送东西刚好遇到，就一起去我家吃了顿饭。"

"那你怎么没告诉我？"项语秋有点儿沉不住气。

"我有想过，但是你们之前闹成那样，我也拿不准该不该说……"陈奇为难地解释道，突然想起唐诗，陈奇的语气变得坚定起来，"再说了，你现在已经有唐诗了，你还想怎么样？"

项语秋解释道："我跟唐诗只是好朋友，你是不是故意的？"

"我故意的，怎么了？连心见我可只字没提你。再说唐诗等了你这么多年，现在你们又是事业上的合作伙伴。我告诉了你，给你们一搅和，出了事情怎么办？"陈奇义正词严地说。

项语秋眉头紧锁，无言以对。陈奇见状继续劝道："你也是时候面对唐诗了，如果心里已经有了答案就应该告诉她。"

这时，陈奇接到苏晓的电话，从沙发上站起来往外走，回头见项语秋还呆在原地，心中有些不忍。兄弟，六年前你伤了连心，我不希望你再伤了唐诗。陈奇如此想着，走出了工作室。

半晌，项语秋拨通唐诗的电话道："你约爱尚的人聊一下合作条件，就今天。"

唐诗还在电话那头惊讶他为什么突然就想通了，项语秋已经挂断了电话。

连心回国的消息搅得项语秋心绪不宁，他推开连心以前住的房间。一切还是原来的样子，桌上的贴画和照片都保留着，只是墙上的海报已有些褪色发旧。

项语秋来到床边坐下，没有开灯，只是望着窗外透进来的月光发呆。

叶木桃垂头丧气地回到办公室，发现连心已经知道了自己的把戏，正一脸严肃地坐在沙发上等着她回来算账。叶木桃不敢直视连心，哭丧着脸频频认错。

"连心，我错了，是我考虑不周，你扣我工资吧！"

"你的方式或许错了，但是出发点没错，下不为例。"

"那你原谅我啦？"叶木桃惊讶地抬起头，脸色由阴转晴。

"以后那个陆先生要是再缠着我，你得负责摆平！"连心半开玩笑半认真地提出条件。

叶木桃不甘心地问："明天就是酒会了，礼服我都给你熨好了，那现在怎么办？"

"算了，去不了也没什么，总有一天要凭我们自己的实力让主办方递上邀请函。"连心说得轻描淡写。

叶木桃冒着星星眼看着连心，一脸期待地说："那我们今晚去大吃一顿吧，反正去不了酒会也不用减肥了！"

叶木桃和连心关上灯，说说笑笑地往外走，迎面碰上同城快递员。拆开快递一看，竟是一张酒会邀请函，两人激动地抱在一起。

"到底是林先生还是陆先生给的？"连心挣脱叶木桃的怀抱，有些疑惑地问道。

"不管了，走！庆祝去！今天晚饭没上限。"

两人手挽着手路过酒吧街，震耳欲聋的喧闹声不绝于耳。连心有些受不了，刚想拉叶木桃离开，突然传来一阵熟悉的西班牙民谣。连心驻足循着歌声望去，只见一家相对冷清的小酒吧里有个女生静静吟唱，脚边一匹蓝色的木马格外显眼。她瞬间就想起了项语秋送给自己的那匹木马，如今还静静地守在孤儿院里，便拽着叶木桃走进了这间酒吧。

叶木桃随着音乐哼唱，意犹未尽，鸡尾酒的空杯在面前摆了一排，感叹道："还是西班牙的酒好喝！"

坐在她身旁的连心，却一直紧紧盯着木马若有所思，这时一个服务员走过来收空杯，连心连忙指着它问："你好，请问那个卖吗？"

"不好意思，那个是我们老板的私人物品。"

连心遗憾地笑了笑。

今夜，叶木桃彻底喝 High 了，猛地跳上台，扶着话筒才勉强站稳，自顾自地说了起来："今天是一个很重要的日子。我终于做了一件对的事，让一个人很开心。六年前，我在西班牙遇到这个人，当时我穷得连吃饭的钱都没有了，经常被误认为是乞丐……那时候她其实也没什么钱，但她还是请我吃饭，带着我一起创业，我们在西班牙度过了一段艰难却珍贵的时光……虽然我从来没有说过……"叶木桃有些哽咽，"但是在我心里，她就是我的亲人……我……我要唱歌，一首《一个像夏天一个像秋天》送给她。谢谢你，连心！"

> 你了解我所有得意的东西
> 才常泼我冷水怕我忘形
> 你知道我所有丢脸的事情
> 却为我的美好形象保密
> 如果不是你

我不会相信

朋友比情人还死心塌地

…………

　　叶木桃的声音悠悠地回荡在酒吧里。连心眼眶微红，落地窗外，月色朦胧，照得满地温柔。两个女孩儿梦想的轮廓渐渐变得清晰。

4

　　连心带着叶木桃一同来到拍卖会场，她身穿精致的一字肩礼服，优雅又不失青春活力，坐在一众来宾中尤为显眼。

　　几轮拍卖过后，拍卖师请出最后一件拍品，是项语秋"ONE"系列中的一盏落地灯。众人开始竞价，从十万一路升到了十六万。

　　拍卖师见暂时无人跟拍，开口喊道："十六万！十六万一次，十六万两次，十六万……"

　　"二十万！"角落里突然传来沉稳坚定的声音打断了拍卖师，众人的目光纷纷向竞拍者投去。

　　叶木桃小声问连心："这名字听着好熟啊……连心，这个项语秋，和罗锐经常提到的那个，是同一个人吗？"

　　"二十一万！"叶木桃的话音刚落，连心轻轻举牌。

　　叶木桃一脸难以置信地推了推连心，惊讶地说："你想什么呢？只是个灯啊！"

　　此时其他竞拍者已经停止叫价，场上只剩连心和报二十万的中年男人较劲。

　　"二十三万！"

　　"二十三万一次，二十三万两次……"

　　连心皱眉，犹豫片刻，继续道："二十四万！"

　　"二十五万！"男人不甘示弱。

　　连心看着男人势在必得的表情，觉得有点儿面熟，一时想不起来在哪里见过。

"二十五万一次，二十五万两次……"

连心不打算继续叫价，叶木桃反而被激起了斗志，在一旁摩拳擦掌，怂恿道："怎么又不叫了？都到这份儿上了，气势不能输啊！"

"三十万买个面子？算了。"

"二十五万三……"拍卖师准备落锤。

突然，之前一直沉默的九号牌高举，举牌的竞拍者一边打着电话，一边站起来说道："三十万！"

全场哗然。拍卖师落锤。连心不由自主地向后看去，九号竞拍者向连心投来一个善意的微笑。

拍卖结束后，众人陆续移到旁边小厅参加酒会。这时九号竞拍者走近连心，递上落地灯的成交确认书，对她说："有人让我拍下落地灯送您，还请务必收下。"

连心觉得莫名其妙，但拗不过对方只得收下，准备酒会结束后再细问。

小厅内，连心在人群中游离自如，谈笑间自有风度。一些年轻人按捺不住，纷纷上前跟连心搭讪。叶木桃则小心翼翼地跑去跟潜在客户套近乎，但看起来似乎并不顺利。连心正准备过去帮忙，两个熟悉的身影却突然闯入视线，只见项语秋一身剪裁得体的西装，显得他愈加玉树临风，唐诗小鸟依人般靠在他身旁。连心收回脚步，久久凝视着这一幕，在她眼里两人宛若佳偶。

项语秋仿佛感受到注视的目光，朝连心的方向看过来，两人目光相触时皆是一愣。

连心像被他的目光烫到一般，迅速躲开，背过身与别人寒暄。她努力压抑着自己狂跳的心脏，这么多年过去了，项语秋还是那么从容帅气。

连心摇摇头，在心里不断地告诉自己已经放下他了，更何况他身边已经有了唐诗。但她不知道，在自己转身后，项语秋的目光一直没有离开过。

虽然只是隔着人群遥遥的一眼，项语秋还是将连心六年来的改变尽收眼底，心中默默感慨着，漂亮了，成熟了。

项语秋心中有种说不清、道不明的情愫，他还未来得及细究，就被唐诗拉去应酬了。

陈奇的工作室处于上海的繁华地段，面积不大却堆满了各种拍摄用品，墙上还挂满了大大小小的作品，虽有些凌乱，但充满了艺术氛围。连心回国后还是第一次来，她进门环视四周，不由得感叹道："不错嘛，有模有样的。"

"那是，老板的品位决定一切。"陈奇忙招呼道。

连心指着华娱星空的宣传册问："你跟他们也有合作吗？"

"独立摄影师要挣钱养家没那么容易，就把工作室签到他们公司名下，时不时帮忙拍摄一些广告。"

"差点儿忘了，我们陈老师现在是有家室的人了。"连心拍了拍陈奇的肩，"担子很重啊！"

"唉，不能拈花惹草的日子好寂寞。"陈奇自嘲道。

"得了吧，你就会耍耍嘴上功夫。其实在西班牙听你说要结婚的时候，我还不敢相信。毕竟……"连心瞥了一眼陈奇，"你那么喜欢唐诗，我还以为你会追到天荒地老呢。"

"缘分这种事谁说得准呢，你最爱的不一定是最合适的，对吧？"陈奇看似轻松地耸耸肩。

连心隐约觉得陈奇意有所指，忙转移话题道："说正经事，我想请你帮心上人拍一部概念片。"

"我擅长的是拍平面，视频还没试过。"陈奇犹豫了一会儿，"不过我跟后期团队关系很好，可以借他们来用，我试试吧。"

"那就这么说定啦，我回去把概念设计发给你，你可以当作一次新的突破咯，但我的预算……"连心俏皮地比画一下，眨眨眼，"你懂的。"

"谈钱多伤感情，交给我去杀价！"陈奇一拍胸脯，胸有成竹。

连心眉开眼笑地说："就知道你最好了！"说着挽起陈奇的胳膊，拉他出去吃饭。

匠心工作室还是一如既往的忙碌，但这天却来了一位特别的客人。前台小姑娘得知他没有预约，起身拦住了他。

"你这小姑娘怎么不知道变通呢！你告诉他我是程总，他肯定记得的！"一位身穿灰色西装、略微有些发福的中年男人被拦在前台，着急地说。

这位程总正是项语秋曾经工作过的装修公司老板。可前台并不知道他们的这层关系，依然坚持规定，不让他进去。就在两人争执不下时，唐诗听见动静走了过来，前台连忙对她耳语几句说明情况。

唐诗抬眼打量着来人，礼貌地回复道："不好意思，您有什么事可以跟我说，项先生创作的时候不允许别人打扰。"

"我跟他的关系不一般，你把他叫出来，我自己跟他说。"说着，他又想往里走。

这时，项语秋正好出来和下属交代工作，听到争论，抬头发现是程总站在门口。曾经一起打拼的日子还历历在目，今日重见老朋友，项语秋惊喜不已。

程总见到他也眼前一亮，直言道："叫我老程！别叫程总了，你现在发展得比我好。我就实话实说了，这次来是有点儿事想拜托你。"

"去我办公室谈吧。"项语秋转身嘱咐前台给客人泡茶，接着带程总走进工作室聊了起来。

送走程总，唐诗进门看见项语秋正在图纸上修修改改，心疼地说："歇会儿吧，你不休息手也得休息啊。"

"你先过来，看看这个设计怎么样。"

"不用看，只要是项大设计师做的都是最好的。"唐诗毫不掩饰对项语秋的崇拜，"程总找你什么事？来讨人情债？"

项语秋站起来活动了一下肩膀，笑了笑，说起自己以前的事。程总对他有知遇之恩，这次只是借个名而已，举手之劳权当回报。

唐诗打趣道："没看出来媒体口中的冷面项设计师还有热心的一面呢，周三你有空吧？我约了爱尚的人谈合同。"

项语秋心虚地说："我是想听听他们的条件，又没说谈了就肯定会签。"

"你别翻脸不认账啊，人家满足了我们所有的要求，条件优越，签约有福利，还等什么？"

"再等等吧，非要跟电商网站合作的话，我想找一个跟我的设计理念比较吻合的。"项语秋坚持着自己的原则。

"那可就难找了……不过，你上次问爱尚多要的一张酒会邀请函是给谁的？"

项语秋正不知该如何向唐诗解释，上次之所以让唐诗先约爱尚谈条件，主要是为了多要一张邀请函给连心。好在手机适时响起，项语秋忙接起电话："喂……现在不忙，你说……在哪里……好，我马上过去！"

"谁啊？"唐诗有些不安。

项语秋没有回答，拿了外套急急忙忙出门赴约。

"出轨？不可能！"项语秋和苏晓在咖啡厅对坐着，项语秋一脸震惊。

"你是他最好的朋友，不会不知道的，是不是那个香港的模特？我刚刚才知道，上次陈奇受伤，就是送她回家，被她前男友打的，如果没问题，怎么会……"苏晓紧紧攥着手里的杯子，咬着嘴唇。

之前陈奇有一次伤得鼻青脸肿地回家，苏晓问他怎么回事，他支支吾吾地回答是不小心摔的，苏晓虽然不太相信，但对他的心疼还是大过了心中的疑虑。直到刚才在工作室无意间听布丁说漏了嘴，才得知模特事件的来龙去脉。为了证实布丁的话，她就打了这通电话给项语秋。

项语秋急忙解释道："苏晓，我没骗你，陈奇真的没有跟我说过，而且他跟模特那些事，都是他瞎说的！他那个人什么样你还不知道吗？你别胡思乱想了。"

"我不是那种没事找事的人，我有证据。"苏晓正准备继续说，抬眼瞥见唐诗正走进来，一身简洁大方的连衣裙，内收的腰身设计正好凸显她曼妙的身材。

苏晓脱口而出："唐小姐？"

项语秋顺着苏晓的目光回头。

唐诗见跟踪项语秋被发现，慌忙掩饰道："我……我进来买咖啡。好久不见啊，苏晓。"打完招呼，她买了杯咖啡，挥挥手转身离开，连衣裙背后镂空系着的蝴蝶结就这样进入苏晓的视线。

望着唐诗的背影，苏晓心中一震，刚刚在陈奇工作室的暗房里发现的满墙背影照，渐渐与眼前的背影重合。

原来是她。苏晓终于明白，一颗心像掉进北极深深的冰渊，疼得她无法呼吸。觉得自己的眼泪就要忍不住掉下来的时候，苏晓忙对项语秋推脱说有急事，就仓皇离开了。

当晚，苏晓把陈奇约到了金茂大厦88层的观光厅。落地窗外，高耸入天的写字楼灯火阑珊，立交桥上车辆川流不息。形形色色的人在这座繁华的城市上演着无数的悲欢离合。

陈奇踏上云中漫步的步道，不解地问："干吗要来这儿啊？你不是恐高吗？以前求你都不愿意来这种地方啊！"

"有些日子你真不记得了？"苏晓微笑着，看不出悲喜。

陈奇心虚地问："不会是……什么纪念日吧？"

"求婚两周年纪念日，两年前你就是在这里跟我求婚的。"

"我当然记得！这种事怎么能忘呢？刚刚逗你玩呢，被我骗到了吧！哈哈哈！"陈奇立刻装出恍然大悟的模样。

"帮我拍张照吧。"苏晓背对着陈奇，看不到表情。

"这个姿势不好，你转过来！"陈奇举着相机迟迟不按快门。

苏晓头也不回地说："我就想拍背影。"

"真不好看，到时拍砸了又得怪我了。"

身后没了声音，苏晓回眸，陈奇立刻举起相机，笑着说："对嘛，看着脸多好！来，笑一个！"

苏晓眼里滑过深深的悲伤，淡淡地说："今天不是我们的纪念日。"

陈奇拨弄相机的手停住了，不敢抬头。

"你有真正爱过我吗？哪怕是一天？你心里一直都有她，当初为什么还要和我结婚？"苏晓眼圈发红，声音里是极力克制的暗哑。

陈奇愣住，缓缓开口道："你都知道了？"陈奇顿了顿，"我以为我已经放下了，我喜欢你的笑容、你的善良、你对我的好。我没有想过要骗你，只是可能太过用力地爱过一个人，力气都用完了，我……"陈奇将隐瞒许久的想法说了出来，看到苏晓的眼泪，他不忍再说下去。

"你没有骗我，你只是隐瞒了最重要的事实。我不需要这种残缺的爱，也不需要你施舍自己的感情。我们离婚吧！"苏晓笑着流泪，深吸了一口气，每一个字出口，心头都如有针扎一般。

泪眼模糊了眼前人，陈奇艰难地点了点头，苦涩地开口道："好，我送你回去。"

一路上陈奇把车开得很慢，两人都没有说话。回到家已是深夜，陈奇简单地收拾了几件日常用品和衣物，拖着行李箱往门口走。

苏晓欲言又止，最终还是开口道："这么晚了，要不天亮再走。"

"不用了，我早点儿走，你也能早点儿解脱，去找真正的幸福。对不起……"

苏晓大叫："我不想听对不起！"

陈奇背对着苏晓，平静地说："谢谢你，苏晓，一直以来照顾我、陪伴我，你很好，是我配不上你的爱。做丈夫的责任我舍弃了，但做人的规矩我得遵守，我不能再耽误你了，房子留给你，存折和卡都在抽屉里。"

关门声响起，苏晓蹲在地上失声痛哭。她曾经以为自己是幸运的，因为遇到了爱情，所以在这偌大的城市里，她不曾觉得害怕、迷茫，可惜现实却给了她迎头痛击，她的梦碎了。

5

办公室外的员工们忙碌地走动着，连心坐在桌前，拿起设计师名单一页页翻看，翻到项语秋的介绍，盯了许久，然后狠下心把一整页都撕掉，扔进垃圾桶。这时，蒋佩珊发来视频邀请，两人的谈话一如往常的风格，干脆利落，没有一点儿多余的寒暄。

"万事开头难，慢慢来，别单从设计师身上下手，打造网站自己的品牌才是最重要的。"

"我明白，现在正着手做网站的概念片呢。"

"跟项语秋见了吗？作为一个设计师，他很优秀，而且对你来说也不难搞，不考虑一下？"

"我不想再跟他有任何牵扯。"

"真正释怀的人，会顺其自然地根据现实情况考虑合作，而不是毫无理由地抗拒和排斥。好了，先工作吧。照顾好自己，有事给我打电话。"

在西班牙这么多年来，多亏蒋佩珊一直亦师亦友地陪在她身边，时时教导，处处鼓励，她才能有今天的成绩。在她心里，早已把蒋佩珊当作家人，就像罗锐，就像陈奇，就像叶木桃，就像……

想到陈奇，连心的心中"咯噔"一下。概念设计方案已经发过去好几天了，但陈奇却不知道去哪儿了，电话无法接通，家里一直没人，也不在工作室。离产品上线还有不到半个月，再不开拍恐怕真的要来不及了。

连心起身站到窗前，看着窗外高楼林立，眉头紧皱，蒋佩珊的话在耳边回荡。连心犹豫着走回垃圾桶前，弯腰把刚才揉成团扔掉的介绍捡起展开，按照上面的电话打过去。

"对不起，您拨打的电话无人接听，Sorry……"连心失落地挂了电话，心绪被搅得一团乱，她索性收拾东西准备下班。

走出公司，连心心情复杂地站在十字路口微微出神。天空毫无预兆地下起了雨，路人们纷纷跑了起来。她刚准备过马路，突然看到项语秋站在马路对面静静地看着自己，迈出去的腿立刻收了回来。

两人就这样淋着雨站在原地对视着，一动不动，仿佛没有彼此陪伴的那六年不曾存在过。

直到耳边雨声小了些，项语秋穿过马路，牵过连心上了车。项语秋顾不上自己也被淋得湿透，递给连心一条毛巾，让她赶紧擦一擦。

"忙着开会没能及时接到你的电话，看到未接来电后就急着赶来了，我没想到你会主动找我。"他解释道。

连心坐在后座，擦着被淋湿的头发，有点儿恍惚地说："我不是找你，我找陈奇。他不见了，不在家也不在工作室，你知不知道他在哪儿？"

项语秋听闻有点儿失落，从车内后视镜中望去，正巧跟连心的目光对上，连心忙扭头看向窗外。

"他要是真不想让人找到，怎么可能去那些地方。"项语秋开车驶出了市区。

车子一路驶进了枫泾古镇，在小溪边停下，两人下车，远远地看见陈奇瘫坐在溪边的长椅上，周围堆满了空酒瓶。项语秋和连心对视一眼，迅速跑过去。

"陈奇，快醒醒，不能在这儿睡！"项语秋在陈奇脸上拍了几下。

"陈奇哥，醒醒，我是连心。"连心一脸关切地说。

陈奇醉得不成样子，迷迷糊糊睁开眼睛，看见连心和项语秋在一起，突然露出一副恍然大悟的样子，笑眯眯地说："你们和好了？"

项语秋把陈奇扛起来，嫌弃地说："一身酒气，不知道喝了几天几夜了，赶紧送他回家。"

听到回家，陈奇挣扎着甩开两人，爬回酒瓶堆里，笑嘻嘻地挑出几瓶还没开的酒递过来，醉醺醺地说："不，不回家。来，正好你们来了，陪我喝！"

项语秋有些无奈，却也清楚不能把他丢在这里，只得接过酒坐下。连心转身要走，被陈奇拉住，只得接过酒瓶在另一边坐下来。陈奇看了看左边的连心，又看了看右边的项语秋，撇了撇嘴站起来，借着酒醉踢项语秋，皱着眉头说："去，你坐到那边去！"

项语秋往边儿上挪了挪。

"坐到她那边去。"陈奇又凑过来踢了一脚。

"你来劲了是吧？"

"你凶我！我都这么惨了你还凶我……"陈奇作势要栽倒，项语秋一把扶住他，无奈地坐到连心旁边。陈奇这才心满意足，嘿嘿笑着，不断把项语秋往连心那边挤，连心往外挪一点儿，项语秋又被挤过去一点儿。直到看见他和连心挨到一起，陈奇才罢休。

气氛有点儿尴尬，连心沉不住气，站了起来，开口道："要不我先走吧。"

"别走。"项语秋低沉地说，见连心一愣，解释道，"你走了，我一个人招架不住。"

"别走嘛，连心。"陈奇拉着连心的手，"连心，你一定不能步我的后尘，犯我犯过的错！来，借着夕阳和晚风，你再告白一次，你再……"

项语秋赶紧捂住陈奇的嘴，紧张地说："你不好好在家待着，又出来抽什么疯！"

"我又说错话了？我怎么老说错话！"陈奇嘴里还委屈地嚷嚷。

连心脸色难看，沉默着打开酒瓶喝了起来。项语秋也松开了陈奇。

原本闹腾的陈奇突然不说话了，指着远处说："嘘，别说话，你们看。"

连心和项语秋循声望去，瑰丽的晚霞卷携着太阳渐渐西沉，染红了天际。三人面朝小溪，紧紧挨在一起看着落日，谁也不再说话。

在酒精的作用下，陈奇很快就睡着了，项语秋和连心费了好大的力气才把他扛进车里。

回去的路上，项语秋开着车，顺手点开电台，《你的名字我的姓氏》熟悉的旋律传了出来：

和你走过无尽旅程

就是天昏发白亦爱得年轻

不相信当天荒不再地老不合时

竟跟你多相拥一次便爱多一次

…………

连心坐在副驾驶静静地听着，这首歌是项语秋在做家具时最喜欢听的，听得多了她也能跟着哼唱两句，被项语秋听到就会笑话她唱歌跑调。

曾经在项家老屋的日子随着歌词逐渐清晰，其实她根本从未忘记过。

经过几天的商讨，心上人的宣传概念片终于敲定了主题，并在 M50 艺术区开始拍摄。只见一个木匠正专注地打磨着一件家具，认真的表情仿佛是在对待一件传世珍宝。

概念片拍摄间隙，陈奇过来坐在连心旁边，说道："你既然要拍设计师，不如直接去拍项语秋，就在他那个小工坊里拍，更真实、宣传效果更好！"

"我怕他出场费太高，请不起。"连心找借口推脱，"再说，他的创作理念未必和我的网站相符。"

陈奇举起拍摄脚本，指着说："匠人·匠心·匠情/设计·原创·环保，你该不会不知道，项语秋的工作室叫匠心吧？你不会是故意把他工作室的名字揉进网站概念里吧？"

连心装傻，搪塞道："哦？是吗？我设计这个概念的时候，项语秋的工作室还没成立呢。"

"那你的设计灵感从哪儿来的？"陈奇根本不信她的话。

连心想了想，认真地告诉陈奇："每一件家具，每一个建筑的背后，都有它自己的故事，都被设计师赋予了灵魂。顾客或者观光者未必会知道，但就是因为有故事的存在，设计出来的作品才是独一无二的。这就是我的设计灵感啊。"

拍摄进行得很顺利，连心这时感到有点儿不舒服，和陈奇交代了几句便准备回家休息。

而项语秋和唐诗此时刚在附近谈完事，他先行走出咖啡厅，远远就看见了连心，犹豫一番还是迈步走了过去。

正巧一阵凉风吹过，项语秋听见连心打了个响亮的喷嚏，急忙问道："感冒了？"

"没什么大不了的，多谢关心。"连心带着疏离的客气。

"其实……我一直都有关注你的网站，如果有什么需要随时告诉我。"

"目前没有，谢谢了。"连心又忍不住咳嗽了两声。

"我送你回去吧。"项语秋自然地想拉过连心，她却面无表情地往旁边挪了几步，自己打开门上了车，项语秋只得尴尬地收回手，跟着她上车。

这一幕正好被出来找项语秋的唐诗看见，她心中不禁忐忑起来。

项语秋将连心送到楼下，连心径直上楼，项语秋冲着连心的背影喊："上去记得吃药！"

连心站在窗前，看项语秋开车离开，直到驶出了小区，才拉上窗帘，在沙发上盘腿坐下，把电视声音放到最大，盯着屏幕发呆。

这时罗锐打来电话，连心把电视声音调小，接起电话。

一个女声用不太标准的中文向连心打招呼："Hello，Lynn！好久不见，吃饭了吗？"

连心一下子忘记了和项语秋的不快，笑道："Julia，好久不见。"

罗锐的钢琴之路蒸蒸日上，出色的实力加上帅气的外表，让他收获了不少粉丝。所以追求者也不在少数，Julia 就是其中之一。罗锐最终被她的热情大方和执着打动，接受了她的告白，并介绍她给连心认识。没想到 Julia 活泼开朗的性格与连心一拍即合，两人反而成了很好的朋友。

"她天天背中文常用语，现在已经说得比我还溜了。"罗锐在电话那边喊。

Julia 激动地抢过电话，兴高采烈地说："Lynn，这地方简直是度假天堂！Come here and join us！"

"国内公司刚刚起步，最近实在走不开，你们好好玩，回国咱们再聚！"

"怎么样？公司还顺利吗？你还好吗？说实话。"罗锐关心地问了一连串的问题。

"实话就是……不太好，但是明天就会好起来了！"

罗锐以为连心在自我安慰，有些担心地问："需要我回去陪你吗？"

连心慌忙拒绝："不用！我的对面楼就挂着你的巨幅广告牌，你就算人不在这里，我还是被迫天天看到你，烦死了。你好好陪 Julia 玩。"

罗锐大笑道："太好了，以后你要是不开心了就回头看看我，那笑容多正能量啊！我跟你说，今天音乐会结束又有好多粉丝给我递情书，拦都拦不住。"

"好事啊，说明你人气高。"

罗锐听见外面有爆竹声，起身走到阳台，回忆道："我记得以前有个女孩儿特别喜欢帮我挡情书……你老实说，那会儿是不是对我有意思？"

"有意思个鬼！顶多就是一种私心，好不容易有你这个朋友，当然不想跟别人一起分享了。"连心躺在沙发上迷迷糊糊快要睡着，声音越来越小。

夜幕中有大朵烟花绽放，罗锐站在阳台上，苦涩地笑着，心想要是她现在也自私点儿多好……

"连心，我这边在放烟花，很美，你听。"罗锐将手机伸远，连心的手机放在耳朵上，人却已经睡着。电话那头的罗锐听着连心浅浅的呼吸声，轻声说了句晚安。

虽然上次在拍摄场地，项语秋主动送感冒的连心回家，但连心依旧对他不冷不热的，项语秋想表示关心，又不好直接去找她。只好"曲线救国"，时不时跑来陈奇这里，打探连心的情况，陈奇心中明白，也不戳穿。

一日，项语秋拿着陈奇的相机查看心上人还没剪辑的素材，看到"匠人·匠心·匠情"的主题词，一下子愣住了，问道："这就是连心让你帮她做的？"

陈奇在吊床上躺着，优哉悠哉地说："淡定啊，别自作多情，连心说了，这名字跟你没关系。她说每一件家具，每一个建筑的背后，都有它的故事，都被设计师赋予了灵魂……你不觉得连心的想法跟你很像吗？不愧是你从小带大的，跟你肚子里的蛔虫一样。"

项语秋看着相机发呆。

"怎么？是不是觉得小丫头很厉害？"陈奇闭上眼。

项语秋没有回答，反问了一句："唐诗一直张罗着想跟电商合作，你觉得……如果我提出跟心上人签约，连心有没有可能接受？"

陈奇猛地睁眼坐起来，感叹道："我的大设计师啊，终于开窍了！据我所知，心上人还没签下有分量的设计师，你这时候提出签约等于是雪中送炭啊！"

"但是她现在把我当陌生人，见面连一句多余的话都不愿意说。"项语秋想起连心回国后的冷漠，不禁头疼。

陈奇推了项语秋一把，戏谑着说："怎么，失落啦？也就她能让你这张冷脸起些波澜。"

项语秋瞪了陈奇一眼。

"她要真当你是陌生人，那正好，双方条件相当、理念相近，签约一拍即合！但……你不妨趁这个机会试探一下，她要是签你，那就说明她真能做到抛开感情、只谈工作；她要是不签，呵呵，那就说明她还是把你当成项语秋，而不是一个设计师。不过好像哪种情况都不太好。"陈奇难得靠谱儿地分析道。

想起连心自小就缺乏安全感，项语秋认为她肯定不喜欢这么试探。不知是有意还是无意，陈奇提起了连心在西班牙告白的事，问他是不是对此还心有余悸。

　　"那倒不是……"项语秋迟疑着。

　　"那不就得了，你也干脆点儿，就当什么事都没发生过，以设计师的身份去跟她谈合作咯。"陈奇鼓励道。

　　项语秋陷入沉思，他不可能当什么事都没发生过。六年来，午夜梦回，他不时还会想起连心的告白，想起那日浮云淡薄，想起她的勇敢和坚定。时至今日，他也分不清，自己对连心的这份感情，到底是思念，还是爱。

你的名字我的姓氏

姚 瑶·著

● 下 册

------你为什么会有这样的灵感？
------来源于你。

北京联合出版公司
Beijing United Publishing Co.,Ltd.

第九章

1

　　心上人的概念片已经进入后期剪辑制作阶段，可设计师签约的事始终没有敲定，这让连心一直很头疼。

　　周一例会结束后，连心留下助理了解情况，运营部和市场部的反馈都不是很理想，有些设计师没有明确表示拒绝，但也很难争取。问及原因，助理吞吞吐吐半天，才解释应该是他们觉得心上人给出的条件没有爱尚的好。

　　连心忧心忡忡，正想着接下来的对策，只见助理犹豫片刻又开口道："可能听起来有点儿异想天开，不过运营部那边想试试项语秋。"

　　听到这个熟悉的名字，连心又想起了蒋佩珊的话来，难道真的是冥冥之中注定他们要再见面吗？她从一堆文件里抽出项语秋的资料，凝视着他的照片许久，终于做了决定。既然最终还是走到了非他不可的境地，那么试试又何妨，不仅要试，还得她亲自去才行。换了别人，项语秋会以为她是不敢面对他。

　　"项语秋那边由我去谈，你让他们再争取一下其他设计师。"一旦下了决心，连心的心里一块石头落地，利索地安排接下来的工作。

　　对于老板突然决定要亲自出马，助理有些惊讶，也不好再多问，只是提醒她这周末的第五届金巢奖晚会，项语秋将作为评委出席。

　　连心不想和他有工作以外的接触，便嘱咐助理到时候直接让叶木桃代表公司去参加。她又接着交代了一些细节问题，等助理离开后，拿起手机翻到了项语秋的电话。

　　接到连心的电话时，项语秋不得不承认自己是惊讶的，并且隐隐约约还有些期待。他很早就来到约定的地点，挑了咖啡厅一面落地窗前的座位，连心进门时，他一眼就望见了。项语秋出神地看着连心朝自己走过来，眼前的女孩儿带着成熟女人的优雅和大方，秀美的脸上是波澜不惊的表情，而项语秋还停留在她过去的样子里，停留在她还是一个小女孩儿时、一脸欣喜地朝自己跑来的场景里。

项语秋回过神儿来，见她已经走到自己对面坐下，戏谑道："上次找我是因为陈奇，这回确定约的是我吧？"

连心却一副公事公办的态度，拿出合同直入主题，邀请他入驻心上人。项语秋没有正面回应，只是提起了陈奇帮她拍的那部概念片的主题——"每一件家具背后都有一个故事，它们隐含着设计师的灵魂"。

项语秋想知道连心为什么会有这样的灵感，但其实他心里已经隐约有了答案。

"来源于你。"连心毫不犹豫地回答。

项语秋微微一笑，果然不出自己所料。

"还记得我们去过的奎尔公园吗？高迪用他独特的建筑艺术，让那座公园甚至整个巴塞罗那，都写上了他的名字。你说，家具其实跟建筑一样，要么是设计者倾注心血，要么是时间久了，被打上使用者的印记。不管是前者还是后者，都注定了每一件手工家具都是不可复制的。"连心语气平淡，十分坦然地承认心上人的概念是受了他的启发。

项语秋闻言，久久注视着连心。他说过的话，她都记得，可为什么……

"对这个解释还满意吗？"连心打断了他的思绪。

项语秋点点头说："合同我拿回去仔细看一下，过几天答复你，太快签的话，万一被你坑了怎么办呢？"

"放心好了，跟我合作，信誉绝对有保证。有什么条件尽管提出来，我会认真考虑。"

看着连心认真的神色，项语秋觉得熟悉又陌生。曾经最亲密的人却变得这样疏离，他感到有些失落，自己还是习惯性地像以前那样关心她，她却俨然一副拒人千里之外的样子，不给他机会。

项语秋顺着连心的话头说："当然有条件。"

见他神神秘秘的，连心以为他会提出什么惊天动地的条件，然而片刻后，她只是被带到了咖啡厅附近的街心公园。温暖的阳光穿过层层叠叠的树叶，落在两人身上变成轻轻摇曳的光晕。

"你的条件就是让我陪你来这儿？"连心不解地问。

"我没别的意思，就是想跟你说说话。"

"除了工作，你我还有别的话可说吗？"连心的态度一直冷冷的。

项语秋痛苦地说：“连心，我们一定要这样吗？连朋友也不能做了吗？”

"这话好像应该是我问你吧？当初不告而别的是你，这么多年你给我打过一个电话吗？我在国外过得好不好，你关心过吗？"连心的语气淡淡的，听不出悲喜。

"对不起……这些年……你还好吗？"一句看似平常的问候，项语秋却酝酿了整整六年，这些年他一直关注着连心在西班牙的情况，可是他连简简单单地打个电话问句"你好吗"都做不到，每每想起连心对他的感情，想起自己无法对此做出任何回应，他就失去了联系她的勇气。因为他害怕，自己的简单问候可能会撕开连心的陈年旧伤。

"对不起什么？如你所见，我现在站在这里，是一家网站的 CEO，你知道这些就够了。"

"当年的事是我处理得不好。"项语秋低头。

"挺好的，让我一夜成长。"连心云淡风轻地看向远处。

这时，一个卖气球的老人走过，五颜六色的气球在阳光下闪着光，显得格外绚丽。她突然想起什么，追上老人买了一个红气球回来。见项语秋一脸困惑，她自嘲地笑了笑，原来他都已经忘记了。

"对了，Ben……半年前过世了，跟他的妻子葬在了一起。"连心神色悲伤地转移话题。

听到这个消息，项语秋有些意外，想起在小旅馆的那段美好时光，不禁惋惜道："Ben 那么好的人，幸福的时间却太短。"

连心笑了笑道："什么样才是幸福？只要真心爱过，多短暂都值得。有的人纠缠一辈子，想起对方的时候只有怨念，或者因为世俗观念而分开，这些都称不上幸福。项语秋，这么多年了，你还是不懂。"

这是两人重逢后，连心第一次对他吐露内心的想法，生活把曾经懵懵懂懂的女孩儿磨炼得豁达而成熟。

项语秋不禁感慨："你真的变了很多。"也不再需要我了。后面半句项语秋没有说出口。

然而连心却立刻领会了，她想了想，嘴角上扬，露出淡淡的微笑。

"或许是吧，以前我会缠着你给我买气球，现在我会自己买。"说完她将手中的气球递给项语秋，头也不回地离开了。

回上海后，连心忙得焦头烂额，好不容易有个空闲的周末，她赶紧买了各种营养品、玩具和童话绘本来到风信子孤儿院。看见年过花甲的院长眼中含泪站在门口，连心不禁也红了眼眶，上前紧紧拥住了他。

院长有些哽咽道："上次你来的时候我不在……接到你的电话我还是不敢相信，我们的小连心终于回来了。"

"以前还在这儿的时候，总想去外面的世界，离开了这么多年，却又经常怀念这里的生活。"连心扶着院长慢慢往里走。

院长上下打量着连心，想起她被罗家收养时只有十岁，转眼已经出落成大姑娘了，不禁感到欣慰。

连心在一间教室前停下了脚步，只见房间被设计成了画室，设备齐全，桌椅板凳都经过了精心设计，熟悉的风格令她心生疑惑。

院长似乎看出了她的心思，介绍道："这是新腾出来的画室，里面大部分家具都是语秋捐赠的，还有很多这样的房间。"

"项语秋？"

"是啊，他和他女朋友经常来，给孩子们送东西，教他们画画。我记得以前你们关系也很好，现在还有联系吗？"

听到"女朋友"这个词，连心感到有些刺耳。虽然口口声声说自己释怀了，放下了，不想再跟他有任何工作以外的瓜葛，但她还是难免觉得不舒服，甚至有点儿难过。见院长还在等自己的回答，连心淡淡地回答："嗯……算有吧。"

"有时候想想，人与人之间的关系真是有意思，亲生骨肉可以被抛弃，没有血缘关系的却会走到一起。兜兜转转，谁也不知道陪自己走到最后的人是谁……"院长一阵感慨。

待院长离开后，连心默默地走进画室，轻轻地抚摩着一件件家具。想起她在孤儿院生活的那些日子，虽然很多事情都记不清了，但一闭上眼睛，重回黑暗，她又变成那个刺猬似的小盲女。在这里遇见罗婷，遇见项语秋，这两个人改变了她的人生。睁开眼睛，窗外阳光温暖地洒在身上，她心中却是五味杂陈。

从画室出来，连心一整天都泡在孤儿院里，陪小朋友们做游戏，教他们画画，一起吃饭。在孤儿院的时光总是那么单纯美好，可以暂时忘记一切烦恼忧愁，她沉浸在难得的欢愉中，直到夜深才恋恋不舍地离开。

回到家，连心刚出电梯就看见叶木桃身穿礼服蹲在门口，华美的礼服和她此刻的形象实在是格格不入，连心不由得大笑起来。

叶木桃满脸委屈道："怎么才回来啊，我忘带钥匙了，手机也没电了！你还笑！"

连心拼命忍住笑意，掏出钥匙开门走了进去，想到今天的晚会，随即问道："晚会怎么样？好玩吗？"

"无聊死了，今年的设计都不怎么样。不过我看见那个项语秋了。"叶木桃摆出花痴状，"真是三百六十度无死角的帅哥啊……"

"嗯，他……有可能会成为我们的合作设计师。"连心瘫到沙发上。

叶木桃兴奋地说："太好了！终于有个能看的了！我还偷偷录了他的视频呢，发你手机上！"

连心没忍住好奇点开了视频，当看到唐诗始终跟在项语秋身旁，帮着送上迎下的样子，心下一酸，不自觉皱了皱眉。

叶木桃观察到她的神情不太对，小心翼翼地说出早就埋在心里的猜测，这个项语秋应该就是罗锐说的，在西班牙扔下她不管的那个人。只见连心苦涩地点了点头。

"哼，原来真的是他！敢欺负我们连心，脸再好看也没用！"叶木桃赌气抢过连心手机扔到地上，手机在地板上弹了几下灭了光亮。

"喂，那是我的手机！"连心心疼地捡起来，翻来覆去地拨弄，屏幕却怎么都不亮了。

叶木桃却耸了耸肩，一副无所谓的样子："好啦，明天拿去修就好了。"趁连心还在检查手机，叶木桃去洗手间卸妆洗脸，敷着面膜出来的时候，连心已经进厨房做夜宵去了。

"你们当年到底发生了什么呀？他甩了你？"叶木桃躺进沙发里，"说真的，跟他合作你不怕旧情复燃啊？"

"压根儿就没有旧情，又哪里来的复燃。我早就放下了。"微波炉"叮"的一声，连心端着夜宵出来，往房间走去。

"那为什么还不考虑罗锐？他好惨啊！"叶木桃跟上去追问。

"他有什么惨的？他不是有 Julia 嘛。"连心头也不回地说。

叶木桃小声嘀咕："你要是答应他，还有 Julia 什么事……"

这时连心早已关上房门，根本没有听到叶木桃的话。她躺在床上，心绪混乱，索性爬起来打开抽屉，取出一幅随笔画。她犹豫着把画挂在墙上，看着画中人，眼眶渐渐湿润。

项语秋周末跟连心见过面后一直心事重重，从金巢奖晚会回来就一直待在工作室画设计图，通宵过后熬出了两个重重的黑眼圈，他刚伸了个懒腰，就看见唐诗端着咖啡和午餐走了进来。

见项语秋疲惫的样子，她犹豫了一下还是问出了心中的疑惑："听陈奇说，连心回来了，你……你见到她了吗？"

"嗯,她早就回来了,只是一直没联系我们。"项语秋避而不谈。

唐诗偷偷观察着项语秋的神情,试探着说:"我有点儿担心,毕竟她以前给你带来那么多的麻烦,你的手还留下了后遗症,现在她又回来了……"

项语秋脸上没有任何波动,仍旧低头吃饭。

"你听说过心上人吗?"唐诗接着问道。

项语秋停下筷子,抬起头看向她问:"你想说什么?"

唐诗有些焦虑地说:"没什么,工作室不是要往线上发展吗?我怕你被私人感情影响,一时冲动做出不成熟的决定。"

"放心,我会公事公办的。"项语秋看看手表,起身往门口走,"我出去走一圈,清醒清醒。我电脑桌面有个叫家具照片的文件夹,你帮我发给老程,问问他想要哪种。"

唐诗应了一声,又看着一口没动的咖啡和午餐叹了口气,按项语秋的嘱咐打开他的电脑,找到文件夹,正准备压缩发邮件,目光扫到桌面上一个命名为合同书的文档,犹豫一下还是打开了。

那是一份心上人网站的设计师签约合同。

唐诗一下愣住了。就在刚才,项语秋还说会公事公办,可是他却瞒着自己,早就跟连心联系过了。一想到如果项语秋签了这份合同,跟心上人网站合作,那势必跟连心会有更多交集,这正是她不愿意看见的事情。

就在唐诗担心之际,她接到了心上人公司的电话,说他们老板临时有急事要处理,商量能不能推迟到下午三点和项语秋见面。

唐诗抬头朝门口看了一眼,还好项语秋已经出门了,这是个好机会。她思考片刻,回复道:"噢,我正准备给你们打电话呢,项先生今天刚好有点儿事,要不我们把时间定到明天下午三点……好,地址是?"她边听边拿笔记了下来。

说是出来清醒,实际上项语秋早早就来到和连心约定的茶馆,一边翻杂志,一边品茶,等了一下午,连心始终没有出现,打她电话也一直无法接通。天色渐暗,项语秋看了看表,失落地离开。

第二天,当连心"如约"来到茶馆的时候,见到的却是唐诗。

"好久不见,连心。项语秋有事来不了,所以让我来。"唐诗看着微微发愣的连心,自己先开了口。

连心转念一想,不用直接面对项语秋,也未尝不是一件好事,心下释然道:"你来更好。"

"忘了介绍,我现在是项语秋工作室的合伙人。"唐诗礼貌地微笑。

"嗯，恭喜，你在华娱星空的时候工作能力就很强，人脉又广，这些年肯定帮了项语秋很多。"

"当然，我们一直很有默契。"唐诗一脸自信。

连心听出她话里的炫耀，却只是淡然一笑道："这些我们改日再叙，切入正题吧，不知道签约的事你们考虑得怎么样了？"

"相比初出茅庐的心上人，爱尚的发展平台显然更好。所以，我们选择跟他们合作。"

"已经签了？"连心有些意外，毕竟这和项语秋之前说的截然不同。

"对。"唐诗斩钉截铁地回答。

"没有商量的余地吗？条件我们可以再谈的。"连心直视唐诗，心中有些难受，表面却不动声色。

唐诗虽然有些心虚，但还是毫不示弱地说："我想没有这个必要。"

"既然如此，那我就不打扰了。"连心起身，"账我结过了，你慢慢喝。"

唐诗犹豫了一下，似乎意有所指地说："不是你们不好，只是不适合我们。"

确实不适合，连心心想。对于两家公司合作的事，她本来就只是抱着试一试的心态。而项语秋今天让唐诗来，已经清楚表明了自己的态度，他不想看见她，或者说，他不想再当面拒绝她一次。连心自嘲地笑了笑，如今这样的结果，虽然可能会影响网站后续的发展，但从心底来说，她是轻松的。

2

从茶馆出来，连心仿佛一下子被人抽空了全身的力气，打车回到公司，拉起百叶窗，筋疲力尽地瘫在办公室的椅子上。

"你还好吧？"叶木桃看到连心的样子，知道签约的事没有成功，走进来关切地问。

连心勉强笑了笑，作为回应。

"一开始你会去跟项语秋谈，就是为了证明你已经放下他了，也没想着一定会成功的，不是吗？"

"话是这么说，但我以为他……"连心想起刚刚发生的事，还是觉得不服气。

"在商言商，他选择爱尚完全可以理解。只不过让唐诗出面拒绝，借刀杀人，这招儿太狠了！下次让我见到他……"叶木桃说着恨恨地握了握拳。

连心知道，是唐诗一直陪在项语秋身边，一步步壮大了匠心工作室。不得不承认，无论外表还是能力，唐诗都很适合项语秋，更何况陪伴是最长情的告白，项语秋就算是块石头也该动情了吧。想到这里，连心不禁苦笑。

见她一副生无可恋的样子，叶木桃看不下去了，摆摆手说："哎哟，好啦。项语秋不签就算了，你找罗锐来代言，他肯定二话不说就答应了！现在明星代言带动粉丝经济啊！有了他就直接有了销售量！"

连心没接话，这种提高销售量的办法，她还得再考虑考虑。

项语秋被连心放了鸽子，心中难受，但又不敢去找连心讨说法，满心委屈只能找陈奇倾诉。陈奇一早就在忙着拍片，见项语秋赌气的样子，心中偷笑，将相机交给布丁。

"你这是在不高兴吗？主动跟你谈合作的是她，总不至于这么不知轻重吧。是不是有什么事给耽搁了？"

项语秋自嘲道："你不是让我试探吗？现在有答案了。我不知道她这些年经历了什么，但能肯定的是，她已经不再是从前那个依赖我的小女孩儿了。"

"连心不会无缘无故放你鸽子的，肯定是误会，要不你去连心公司看看？"陈奇安慰项语秋。

"她肯定不会欢迎我的。"

"知道你要面子，借口我都给你找好了。"陈奇举起手中的碟片，"片子剪好了，帮我送过去吧。"

"不送，自己发邮件。"

"啧，你跟木头待久了脑袋也变成木头了是吧！我在给你制造机会呢，这是样片，你让她看看有没有问题。"陈奇恨铁不成钢地说着，把碟片塞到项语秋手里，冲他做了个加油的手势。

项语秋一路都在纠结到底要不要见连心，最终还是带着样片来到了心上人。他沿着走廊朝她办公室走去，只见各个部门的人齐齐注视着他，还不时听到女职员们的窃窃私语。

"好帅啊，腿好长。"

"鼻子好挺，你看他的睫毛！"

"重点是有才好吗！才华是最性感的！"

项语秋一路接受着众人灼热的目光洗礼，心里十分无奈，好不容易走到连心办公室门口，就看见叶木桃从里面出来，佯装生气怒视众员工，又轻咳两声，花痴的女职员们纷纷回到了各自的工作岗位上。

随后叶木桃告诉项语秋说连心出去了，不知道什么时候回来。项语秋一听连心不在，松了口气却又有点儿失望。

"这是概念片的初剪，连心回来你让她联系我一下，我想再谈谈合作的事。"他说着把光碟交给了叶木桃。

叶木桃接过样片小声嘟囔："还有什么好谈的，你不是都抛弃她了……"

"你说什么？"项语秋没听清楚。

叶木桃为了给连心打抱不平，突然提高嗓门儿："我说，你都已经和爱尚签约了，现在又来谈合作，大牌也不是这么耍人的！"

"谁说我签了爱尚？"项语秋一脸莫名其妙。

"还能有谁，你的好伙伴——唐诗。"叶木桃没好气地回答。

项语秋愣了一下，立即明了其中的误会，脸上浮现出气愤的神情，转身离开。

"你为什么说我跟爱尚签约了？"项语秋回到工作室，一进门便找唐诗兴师问罪。

"合同已经在我手上了，只差你签字。不是你说的吗？只要不涉及天使翼，其他一切决定我都可以做。"唐诗虽然有点儿心虚，但话依然说得滴水不漏。

"但你起码要让我知道你做了什么。"项语秋无话可说，语气软了下来。

"现在不就知道了吗？你说要挑合适的网站合作，爱尚的优势明显比心上人要大得多，你拖到现在都不做决定，无非就是想帮连心，我不能让你感情用事。"

项语秋嘴硬道："我只说会考虑，还没答应她。"

"有区别吗？你心里早就答应了。项语秋，你一意孤行不是一两次了，帮连心收拾的烂摊子还少吗？心上人是什么水准，爱尚是什么水准，我能眼睁睁看着你为了帮连心，赔上匠心的前途吗？"唐诗据理力争。

"没你说的那么严重，心上人跟我的设计理念高度吻合，发展前景也没你说的那么差。"项语秋反驳道。

唐诗气得突然胃里一阵痉挛，疼得站不住脚，捂着肚子蹲了下去。项语秋见她满头大汗，连忙带她去了医院。

一番检查下来，项语秋才得知唐诗一直患有慢性胃炎。唐诗躺在病床上输液，听着医生再三叮嘱平时要注意调养，一日三餐按时吃。她支支吾吾地解释自己也不是故意的，只是忙起来顾不上。

医生根本不理会她的说辞，扭头看着站在一旁的项语秋，责备道："你是她男朋友吧？平时多关心着点儿！尽量让患者保持心情愉悦，焦虑紧张的情绪会加重病情的！现在的年轻人啊……"没等项语秋解释，医生已经摇着头走开了。

唐诗看着项语秋吃瘪的样子窃喜，见他瞪过来，连忙摊摊手表示不关自己的事。项语秋拿她没辙，无奈地笑笑，倒了杯热水递给她说："你这几天就在家休息吧，暂时不要出门了。"

"不行，我不放心。我不是蛮不讲理的人，如果签约心上人对你有帮助，我为什么要阻止？问题就在于，连心的网站除了概念旗号，其他的硬件根本不适合你。"唐诗一脸的不高兴。

"那什么样的适合我？"项语秋反问。

"你这是明知故问……签爱尚，那是强强联手；签心上人，那是扶贫济弱！"唐诗还是坚持自己的想法，语气强硬。

"我觉得你对连心有偏见，爱尚你做过深度调研，心上人呢？有没有试着真正去了解过？先入为主、主观臆断可不是你唐诗的风格。"

知道自己理亏，唐诗先前的气势顿时弱了不少，轻轻嘀咕："我……我只是不希望她再耽误你。"

项语秋起身，踱着步思考片刻，有了主意。他认真地和唐诗商量着："那这样，我分别安排你跟心上人以及爱尚进行谈判。"

唐诗没想到他会妥协，反而愣住。

项语秋紧接着又说："我相信你能做出客观、公正的评判。别胡思乱想了，赶紧休息吧。"

他这么一说，唐诗没辙了，只能答应。她不能辜负项语秋的信任，而且得像他说的那样，抛开私心，只论事实。

当夜，连心一个人在厨房心不在焉地切菜，听叶木桃说，项语秋好像对签约爱尚的事毫不知情。她一方面想核实，另一方面也想再争取一番，可当她下午赶到匠心时，远远看见项语秋抱着唐诗上车，眼眶竟不自觉地湿了。

他不是她一个人的项语秋，她也不再是他唯一的连心了。窗外万家灯火通明，连心心烦意乱地想着，一不小心切伤了手，顿时鲜血直流，疼得她直吸气。突然想起以前受伤都有项语秋替自己包扎，她心中更加失落不已。

而此时的项语秋正在连心家门口徘徊，突然背后有个声音说道："哼，真是冤家路窄。你在我家门口干什么？"他一转身，看见叶木桃嚼着口香糖从电梯出来，没好气地看着自己。

"你家？这不是连心家吗？"项语秋莫名其妙，一时语塞。

"我们住在一起，有意见？"叶木桃一脸厌恶。

项语秋还准备说什么，隐隐约约听见外面有人说话的连心突然开了门。

叶木桃一手把着门，责备连心道："地址你给他的？你这是引狼入室知道吗？"

"连心，我想跟你谈谈签约的事。"项语秋往前走了一步。

叶木桃怕连心心软，干脆不给她开口的机会，直接阻止道："工作的事公司谈！大半夜跑到女生公寓来，你是不是对连心图谋不轨？"

项语秋也不搭理叶木桃，只是看着连心。

"你当我是空气啊，我和你说话呢，我也是这里的主人。"叶木桃不满地嚷嚷着。

"桃子，你先回房间。"连心异常平静，见她还想开口，赶紧使了个眼神，"好了，我们俩的事你不懂。"

叶木桃看了看两人，不甘心地离开。

项语秋看到连心刚包扎好的手指，心疼地问了问，见连心不回答，他便走进厨房，自顾自地忙起来。他的身影和动作在连心看来是如此的熟悉，她不由得又湿了眼眶，忙仰起头，努力不让眼泪流下来，然后进厨房阻拦项语秋道："你把东西放下，回你自己家，行吗？我吃过了！"

"有攒我的工夫，你不如回去准备谈判。"项语秋转身，严肃地看着连心，"虽然我答应过跟你签约，但唐诗也是匠心的一分子，甚至可以说没有她就没有匠心，于情于理，我都要尊重她的意见。"

"所以你要我去谈判，说服她？你凭什么认为我一定会去？"连心故作不屑。

项语秋深知连心的脾气，胸有成竹地说："如果你不去，唐诗会觉得你临阵退缩。我想你一定不愿意给她留下这样的印象。"

连心冷哼一声，扭头回到卧室，"砰"的一声把门关上，大喊："给你十分钟时间离开，我不想再见到你！"

过了好一会儿，项语秋做好饭菜摆了满满一桌，去敲连心卧室的门，没人回应。他试着推开门，见连心满脸疲倦地抱着电脑在床上睡了。

项语秋走过去，轻轻摇晃连心，想要叫醒她起来吃了饭再睡。

连心呢喃着翻了个身，无意识地说着："哎呀，今天没课，我再睡会儿……"

项语秋愣了一下，极力控制自己的情绪没有说话。连心也意识到不对劲，骤然清醒过来，从床上跃起，一把将项语秋推出房门，然后背靠在门上抚着起伏的胸口，心神不定。

项语秋站在门外，丝毫没有生气，却是满脸笑意。

3

陈奇躺在工作室的沙发上翻来覆去，只要一闭上眼睛，他就能想到那晚在金茂大厦，苏晓看着他时那悲伤的眼神。终于，他忍不住给苏晓打电话，接通的那一瞬间，两人都短暂地沉默了。

还是苏晓率先开口，淡淡地说："我要结婚了。"

陈奇愣住，反应了片刻，心中有无数疑问，却都堵在嗓子眼儿里。这时电话那头传来一个男人的声音，催苏晓该出门了，得在徐家汇商场逛好久呢。

苏晓回答说知道了，回过头来问陈奇："还有事吗？"

陈奇不知道自己还能说什么，问她为什么这么快又要结婚？他有什么资格呢？思考片刻，他道了声恭喜，又问道："他……对你好吗？"

"他喜欢我，这点就够了。"苏晓说完便匆匆挂了电话。

也许是出于愧疚，陈奇想确定她这回找了个好男人，想起刚才电话里听到的，他决定亲自去一趟商场。

陈奇远远地看见苏晓和一个中年男人有说有笑，默契十足，一颗悬着的心终于放了下来，打心底替苏晓高兴。只见那个男人带着苏晓走到珠宝柜台，挑了一枚戒指给她戴上，苏晓的脸上浮现出从未有过的甜蜜笑容。

打消心中的疑虑之后，陈奇转身离开，他自以为走得悄无声息，却不知道苏晓一早就发现了他。

苏晓用余光看着陈奇的背影，心中满是苦涩。她低头转动着手上的戒指，神色暗淡地向身旁的男人说："谢谢你帮我这个忙。"

男人也回头看到了陈奇，叹了口气自己先离开了，留下苏晓一个人对这段泡沫般的婚姻做最后的告别。

入夜，陈奇回到工作室，窝在沙发上心不在焉地玩着手机，想着自己离婚的事要怎么继续瞒下去。突然项语秋径直推门进来，惊得他跳起来手忙脚乱地开始收拾被褥。

"别收了，我都看见了。老实说，你是不是……又跟苏晓吵架了？"项语秋单刀直入。

陈奇松了口气道："你知道的，我前几天……跟一模特出去吃夜宵，被她撞见了……"

"你说你都已经是有妇之夫了，就不能收敛点儿吗？"项语秋翻了个白眼，自己倒了杯茶坐到一边。

"夫妻俩吵架的原因多了去了，没理由也要找理由吵！吵吵更健康，你又没结过婚，没法儿跟你解释！"陈奇搪塞着，"你看起来心情不错啊？该不会去连心家讨到好了吧？"

"昨天在连心家被连心赶出来，今天去你家被苏晓赶出来，她让我来工作室找你。"连吃了两顿闭门羹的项语秋愤愤不平。

陈奇生怕他再追问苏晓的事，赶紧转移话题："你跟连心能和好我当然高兴，不过你得想清楚了，你现在对连心到底是什么态度？"

"单纯合作。"

陈奇不置可否地笑了笑，说道："你见过哪个甲方跑到乙方家里为她烧菜做饭的？话我就说到这个份儿上了，你自己好好想想吧。"

"我……现在说的是你和苏晓，怎么又扯到我和连心了。"项语秋尴尬地说。

"没什么好说的，睡觉！"陈奇把被子一裹，像鸵鸟一样把自己包了起来。

好不容易争取到谈判的机会，连心做足了充分的准备，和唐诗两人在会议室里唇枪舌剑起来。两人你一言我一语，针锋相对，气氛激烈。一时间谈判桌上电光火石。

"从目前爱尚给我的宣传和销售方案来看，你们没有优势。"唐诗喝了口水分析道。

连心说："未来购物网站正在向专业化定位发展，这也是我们网站的运营重点，划分不同的消费群……匠心过去一直靠口碑和名气进行线下销售，爱尚是全家居平台，网站规模大，业务范围广，这点我们的确比不上。但爱尚缺乏精准定位，营销手段也偏向通俗化，匠心也不过是爱尚众多家居品牌中的一个，顾客未必会选中你。但是心上人专注原创设计，入驻的每个牌子都会根据品牌概念来做宣传，可以全方位进行定制包装。"

面对唐诗刁钻的提问，连心一一沉着冷静地做了回答。项语秋全程默不作声，欣赏地看着连心。工作中的她丝毫没有小女孩儿的羞涩和胆怯，气势丝毫不输唐诗，甚至还多一成初生牛犊不怕虎的胆识。

送走匠心的人，连心倒在座位上稍松了口气。叶木桃风风火火地推门进来，响亮的嗓门儿透着激动："连心！恭喜你再次晋升为我的女神名单 TOP One！刚刚真是太帅了，把那个唐诗说得都无法反驳，噼里啪啦……"叶木桃一边说一边比画着手刃的动作。

连心疲倦地做了个手势让她消停会儿，别在眼前晃来晃去，叶木桃立刻安静了下来。

"送他们出去了吗？"连心轻声问。

叶木桃乖巧地回答道："都送到停车场了，放心，基本的礼貌我还是有的。不过主上，有句话小的不知道该不该说。"

"别说。"连心闭目养神。

叶木桃不理她，继续嘱咐着，签约成功的话以后会经常和项语秋打交道，她生怕连心再陷进去让自己受伤。只见连心还是闭着眼不说话，眉头却皱了起来。

"你生气啦？"叶木桃小心翼翼地问着。

"没有，我知道你是为我好。"半晌连心才睁开眼睛，骑上平衡车准备出门。

叶木桃赶忙举着一张音乐会门票追上去，用脚死死把住平衡车。连心往左她往左，连心往右她也往右。

"警告你，闪开啊，撞着了我可不负责！"连心假装威胁道。

"来吧，受人之托必忠人之事！"叶木桃伸开双臂，摆出一副英勇就义的样子。

"罗锐到底给了你多少好处？你怎么那么听他的话啊？你的工资到底是谁发的？别闹了，公司还有一大堆事要处理，解决了旧的问题又有新的。要去你去，我没空。"连心被逼急了，端起了老板的架子。

叶木桃可不吃这一套，扬了扬手中的票，罗锐的音乐会在外可是一票难求，别的任何活动她都能代替连心去，唯独这个不行！

"逼我是吧？"连心盯着叶木桃看了半晌，脸上浮现出坏笑，一把从叶木桃手里抢过票，高高举起，冲办公区的女孩儿们摇了摇，大声问谁想要钢琴王子罗锐全国巡演杭州站的门票。只见众人纷纷举起了手，满脸激动。

"别做梦了！都回去好好工作，瞎凑什么热闹！"叶木桃眼疾手快夺下票塞到连心手里，坦白从宽，"我……那个……其实，是罗锐的生日快到了，我不知道送什么礼物好。"

"所以你就把我卖了？"连心恍然大悟。

"这怎么能是卖呢！我……"叶木桃还想解释。

"给你五秒钟时间从我面前消失。"

"别啊。"

"三秒钟。"

面对连心的不留情面，叶木桃的脸都快皱成了苦瓜。这时，一名员工敲门进来打断了两人的斗嘴，告诉连心一直在谈独家签约的"零设计"刚刚回复，希望心上人的 CEO 能亲自去一趟杭州，面谈合作细节。

空气突然凝结三秒钟，连心怔在了原地。

叶木桃蹲下大笑道："看到没有，天意如此！连主子，好好陪罗锐过生日！小的先行告退！"说着，她站起来做出一副古装丫鬟的样子呈上门票，连心只好愤愤接过。

从心上人出来后，项语秋拎个篮子陪唐诗逛起了家居店。唐诗一进门就被各种花色撩人、造型可爱的用品迷住了，兴奋得像个小孩子，看到喜欢的就往篮子里放。项语秋则笑着跟在她身后，不太明白她怎么突然会来买这些玩偶。

"不得不承认，工业化也有它的美好之处啊！"唐诗感叹着，拿起儿童区一只软绵绵的小兔子轻轻抚摩。其实她一直都很喜欢毛茸茸又可爱的小东西，只是工作室事务繁忙，很难有时间来释放她的少女心。

直到今天，项语秋才发现平日干练的女强人，也有着如此柔软的一面。想起刚才与心上人的谈判，唐诗也的确如她所保证的那样公正、客观，项语秋真诚地说了声谢谢。

"谢我干吗？你说得对，我的确先入为主了。况且连心的表现也让我刮目相看，同意签约是综合考量的结果，我答应了你公事公办，就一定会做到。"

他心疼地看了看唐诗，犹豫着说："其实我一直觉得，在匠心这几年耽误了你……你的能力远不止于此，应该多出去走走看看，遇见更多更好的人。"

"最好的人就在我眼前。"唐诗停下脚步，转身直视着眼前的项语秋，仿佛看出了他的为难，突然又笑着转移话题，"走吧，老板你负责埋单！"

唐诗看似欢快地走向收银台，她实在没有勇气再一次面对被拒绝的窘境，只好选择逃避。仿佛只要不去听他的回答，自己就还一直有希望。

项语秋暗自松了口气，跟着唐诗往收银台走去，假装刚才什么都没发生过。

根据连心去杭州前的交代，叶木桃带着合同来到匠心，走最后的流程。项语秋正在办公室作图，见来人是叶木桃不禁有些疑惑。

"想见的人没来，失望了？"叶木桃放下合同，"看看，有没有问题。"

项语秋直接翻开合同的最后一页，找到落款处签字盖章，然后将一张车票递给叶木桃，请她转交给连心。

叶木桃瞥到桌上的另一张车票，讽刺道："想邀请连心去旅游啊？你晚了一步。她已经被罗锐约去杭州了。"

"哦，这样啊，那算了。"项语秋收回了车票，略显失望。

这时，叶木桃被立柜上的一幅油画吸引，上面用不同亮度的红褐、灰白、藏青等色彩，勾勒出一座独栋的院落，是那么恬静，又透出几分沧桑。它色彩斑斓，却令人感到清新，宛如一幅淡雅的水彩画。

叶木桃举起画左看右看，转头问道："这是什么地方，你家？"

"放下，别乱动。"

"凶什么凶嘛，不就是个破房子。"

"被你称作破房子的这个地方，以前也是连心的家。"项语秋满脸严肃。

叶木桃把画放下，义正词严地说："那是以前，她现在跟你没关系了。我警告你哦，合作归合作，不许你再对她做什么过分的事！否则……"

她正思索着怎么用一个有威慑力的词让项语秋注意分寸，却见他不带任何负面情绪地答应了。叶木桃对他的好脾气感到吃惊，不管自己说什么他都不会生气，就跟他摆弄的这些木头一样。

"你排斥我，恰恰证明你对连心好。我能看出来，你是她非常信任的朋友。这么多年，谢谢你对我们连心的照顾。"项语秋语气诚恳。

叶木桃没料想会得到这样的回答，看着他认真感谢的模样，蓦然愣住，然后一言不发地离开了。

4

送走叶木桃，项语秋正准备继续作图，却接到陈奇急匆匆打来的电话，让他赶紧过去一趟。项语秋慌忙赶到陈奇工作室，一开门，只见屋里满地狼藉，到处都是碎纸片、玻璃碴儿和被撕碎的照片，办公家具也被砸得乱七八糟。而陈奇正坐在地上，一脸担心地检查着他手里的相机。

项语秋震惊地问道："入室抢劫？你没受伤吧？"

"钱一分没少，东西该砸的都砸了，你见过这样的入室抢劫吗？"陈奇没好气地说着。

"难道是寻仇？"项语秋灵光一闪，"你是不是拍到什么大人物的隐私了？"

"你以为我是狗仔啊？！"陈奇扔给项语秋一沓照片。

项语秋一张张翻下去，都是同一个女人的大尺度写真，他感觉三观受到了冲击，难以置信地问道："不是吧，陈奇，你的职业操守都被狗吃了？这种活儿也接？"

"你第一天认识我吗？这是之前常找我拍写真的一个香港模特，出轨内地一个男模，这些照片就是那小男模拍的，被她老公发现了，把屎盆子扣到我头上来了。五分钟前她才打的招呼，我都来不及应对！这事关乎我工作室的声誉呢，我陈奇以后还怎么在摄影圈混！要不是她老公还在香港，一时半会儿联系不上，我能眼睁睁看着这黑锅砸下来就接吗？"陈奇连珠炮似的发泄着，开始还哭丧着脸，后来越说越生气。

项语秋看着眼前的烂摊子，无奈扶额，现在也只能先帮陈奇收拾工作室了。

两人清理掉玻璃碴儿和碎纸片，把家具一件件摆放好。陈奇一边心疼不已地收拾着被砸烂的摄影器材，一边痛斥这些人的丧心病狂。在整理地上的照片时，项语秋无意中发现了一份离婚协议书，刚拿起来还没打开，就被陈奇一把抢走了。

项语秋看着他远远地跑向窗边，也懒得追过去，找了把椅子坐下，盯着他问这是什么时候的事。陈奇见瞒不住，索性从抽屉里拿出离婚证甩在桌上，坦白自己早已恢复单身。项语秋这才恍然大悟，怪不得他这段时间不愿意回家，还搬到工作室来住。

"咱俩兄弟这么多年，还瞒着我？"

"又不是什么好事，难道还到处宣扬啊？离了就是离了，她都要结婚了，你还计较这个干什么。"

刚离婚就结婚，这是玩闪婚玩上瘾了？项语秋愕然，在他印象中苏晓不应该是这么冲动的人。

陈奇则轻描淡写地把那天跟踪苏晓的事说了出来，他一开始也不相信，还去调查过，得知对方是个投行经理，感觉挺靠谱儿。此后他才终于放下，这年头谁离开了谁都能活下去。

项语秋安静地听完，依然觉得不可思议，疑惑道："她那么喜欢你，现在这么快又嫁给别人了？你就一点儿也不感觉奇怪吗？"

"是啊，她那么喜欢我。这辈子从来没有一个人像她那样爱我、崇拜我。要是我先遇见她，先爱上她，多好。"陈奇苦笑着，又看向那张离婚证，"我真的以为我放下了，其实是在自欺欺人……给不了苏晓同样的爱，就不能自私地把她留在身边，她值得更好的。房子留给她，算是一点儿补偿吧。"

看着兄弟落寞的样子，项语秋有些心疼。这几年，自己看得出来，因为唐诗的缘故，陈奇对这段婚姻多少还是有些不上心的。

项语秋叹了口气，拍拍陈奇的肩膀让他收拾东西跟自己走，见他一脸疑惑地站着，解释道："去我家啊！你还打算在这儿住？小心过会儿又来砸一次！"

"算了，我可不想跟你同居，我工作室挺大、挺宽敞的。"陈奇嫌弃道。

"以前你在我家蹭吃蹭喝的时候也没见你这么矜持啊！"

"我是为你好，我刚离婚精神状态不稳定，就不去祸害你了。"陈奇虽是开玩笑，脸上却没有笑容。

项语秋看了陈奇一眼，还是放心不下，硬是拉着他住回了老屋。

时隔多年，两兄弟就这样又住在了同一个屋檐下。

想着陈奇最近事业、婚姻皆不顺，项语秋大方地许诺给他添置一套新的办公家具。没想到陈奇在老屋溜达完一圈后，狮子大开口，开始在客厅里挑挑拣拣。项语秋手里握着水杯，咬牙切齿地看着陈奇没心没肺的样子。

"这个落地灯给我来两个，这个小沙发不错，也来一个，哎，我一直念叨你院子里那把躺椅，趁这个机会也给我做一个。"陈奇边转悠边说着，走到了项语秋的工作台边，只见桌上摆着一沓家具图纸，封面的"心上人"三个字赫然在目。

原来这小子早就想好要签心上人了！陈奇以为自己抓到了项语秋的把柄，拿起图纸在他眼前晃着，一脸贼笑。

"你以为我对连心的情况真的一点儿都不关心吗？我很早就关注她在西班牙的网站了。"项语秋语气坦然，说着扔了把备用钥匙给陈奇，"我要进山，你这两天没事去我工作室帮把手吧，我怕唐诗一个人忙不过来。"

陈奇嚷嚷着要他发工资。项语秋一副"我还不了解你吗"的表情，指着刚才他想要的家具说道："你不是都挑半天了嘛，抵了！"

陈奇倒吸一口冷气，嘴里念叨着："可怕，你这个人太可怕了！"他都快不认识眼前这个好兄弟了，从不动声色地默默关注连心，再到刚才拿家具做诱饵给自己下套，都一再体现出项语秋这家伙的老谋深算，以前怎么没觉得他如此有心计啊！陈奇在心里哀号。

这时门铃突然响起，陈奇以为嫩模老公派人找到这里来了，顿时有些紧张，谁知门外传来唐诗的声音。

见项语秋准备开门，陈奇慌张道："你等会儿！我还没想好怎么面对她！"

"你有什么好想的？"项语秋觉得莫名其妙。

"这些年我在她面前一直装得高冷深沉，要是她知道我离婚了，这人设不就崩了吗？"陈奇躲进房间关好门。

项语秋无奈地摇摇头，等陈奇藏好，才走去开门。唐诗奇怪他这么久才开门，项语秋不好解释，转身倒了杯水缓解尴尬。

唐诗进来告诉项语秋，公司那件落地灯的成交确认书都签好了，但是一直没人去拍卖会那边的仓库领，也联系不到竞拍成功的那位先生。打电话想问问项语秋，没打通，她只好找上门来。

项语秋只是听着，并没有正面回答。想到很快就要进行新系列的家具制作，但因为山里潮，木料不能久放，木厂催他尽快找个时间去挑选，便告诉唐诗他打算这两天进山。

唐诗却有些不同意，觉得最近天气不太好，山路危险，想等自己忙过这段时间陪他一起去，但最终拗不过项语秋，只好不情不愿地接受了他的决定。

项语秋端着水杯，见唐诗还不走，忍不住问："还有别的事吗？"

"想你了，今天晚上想陪你……"唐诗故意停住，害得刚喝了一口水的项语秋一下子被呛住，使劲儿咳嗽。

陈奇趴在卧室门上听得目瞪口呆，手捏紧了门把手，恨恨地说："陪你……好你个项语秋！人面兽心！"

"陪你看星星。"唐诗坏笑着把后半句说完。

项语秋松了口气，不自然地朝卧室瞅了一眼。自从跟连心谈判后，他觉得唐诗整个人都不太对劲，又摸不清原因，屡次想问，但一直没找到合适的机会。

"有酒吗？"唐诗冷不丁冒出一句。

项语秋回过神儿，摇摇头表示没有，心想她怎么跟陈奇一个德行。

"其实，我来就是想跟你谈谈。"唐诗深吸了口气，准备进入正题。

项语秋想到陈奇还在房间里躲着，怕她说出什么不该说的，尴尬地告诉唐诗今天可能不太方便，屋子里还有个活物，你再不走他可要憋死了！

"活物？"唐诗不太明白他的用词。

项语秋支支吾吾地说："就那个……流浪猫啊、狗啊什么的。"

"别转移话题。"唐诗被项语秋拙劣的借口逗乐，继而又严肃起来，"以前连心不在，我可以一直默默地陪在你身边，因为我相信总有一天可以撼动你这根木头，可现在她回来了，我就想知道你是不是……是不是也已经喜欢上她了？"

"连心永远都是我的家人，你也永远是我的好朋友。别再想这些事情了。"项语秋话里有话，暗示唐诗不要再对自己抱有希望。

"可是，你不知道，我有多害怕失去……"唐诗猛喝一大口水，话没说完，卧室方向传来重物撞击的声音。

项语秋见她有些疑惑地看着自己，连忙说是流浪狗的动静，想要敷衍过去。可唐诗担心进贼，还是走到卧室前，猛地拉开门，只见陈奇捂着头龇牙咧嘴，一个重心不稳扑了出来，吓得她向后一跳，回过神儿后一脸质问地望向项语秋。

见陈奇轻咳两声，假装从容地起身整理衣服，项语秋无奈地摇摇头，一副恨铁不成钢的姿态。

唐诗和陈奇两人四目相对，都有点儿尴尬，唐诗借口去洗手间，躲开了陈奇的视线。

趁着她不在的工夫，陈奇一把夺过项语秋手中的水杯喝尽，说道："项语秋！你到底想清楚没有！唐诗和连心，只能选一个！"

"松手，那是我的杯子！"项语秋想抢回来，但陈奇就是不肯松手，两人就这样僵持着，暗暗较劲。

"受过情伤的男人很可怕的，我知道你不喜欢唐诗，离她远点儿！要不我咬死你！"陈奇一边说一边做出凶狠的表情。

"你瞪我干吗？那是我花了三天做好的杯子，你放开它！"项语秋急了。

这时唐诗从洗手间出来，只见杯子终于扛不住两人的拉扯，打翻在地，"咕噜咕噜"滚了一段。

项语秋心疼地捡起杯子，瞪了一眼说道："陈奇你死定了，刚才选的家具没了。"

"没了就没了，你不乐意送，我买还不行吗？谁还没几个钱了。"

唐诗在一旁无奈地看着两人，忍不住插嘴："我说，你们俩过家家呢？两个大男人怎么这么幼稚？"

陈奇冷淡地说："男人之间的斗争，你不懂。今晚我还是回工作室去吧，就不打扰你们的二人世界了。"

"你没家啊？到处流浪？"唐诗追了一句。

"你结过婚？组建过家庭吗？你懂夫妻间的相处之道吗？知道距离产生美吗？"陈奇被戳住痛处，本能地进行反击。

唐诗见他反应这么强烈，跟以往嘻嘻哈哈的样子完全不同，一时不知道该如何反驳。项语秋试图缓解尴尬，提议让陈奇送她回家。唐诗却不领情，果断回绝后起身出门。

项语秋使眼色催促陈奇赶快跟上，陈奇看似不情不愿地拎起外套出门，其实心里巴不得能有机会送她回家。他装模作样地超过唐诗走在前面，得意地说："后面那位，想让我送呢，就麻烦走快点儿，我明天一早开工，还赶着回去休息呢！"

见身后半天没动静，他回头一看，只见唐诗正拉开一辆出租车的门，扬长而去。

气得陈奇吹胡子瞪眼，冲着车尾大喊："你还真绝啊！"

杭州音乐会结束，兴奋的粉丝们在出口处堵住罗锐的去路，哑着嗓子高声呼喊"生日快乐"，甚至有几个女孩子哭肿了眼睛，脸上的妆也花了。

工作人员一路护着罗锐上了车，早已等在车内的连心露出了灿烂的笑容，将怀中的一束黄色鸢尾递给他，开心地说道："生日快乐！"

"我还以为你忘了呢！"罗锐一手接过花，一手将连心揽入怀中，给了她一个大大的拥抱。

连心从罗锐的怀抱中挣脱，扬起下巴示意罗锐看看还在车外呼喊的粉丝，摊手表示他现在过生日，全国都在为他应援，自己想装作不知道都不行。

罗锐听了这话也不知该不该高兴，他闻了闻花，看着连心说："这么久没见，你就一点儿也不想我吗？"

连心有些尴尬，提醒他别乱说话，免得被 Julia 误会，却从罗锐口中得知两人已分手。这突如其来的消息令她感到意外，连忙追问原因。

"你有过那种感觉吗？当你吃过柠檬，再吃蛋糕，蛋糕就没有那么甜了。对于一些人来说，柠檬太酸，但却念念不忘。蛋糕虽然甜，却还是吃不惯。"罗锐看着连心的眼睛，意有所指地说。

连心垂下眼避开他的视线，暗示道："可是，柠檬吃多了，会酸倒牙。"

"那我也乐意。"罗锐坏笑，一脸神秘地凑近她，"我给你准备了礼物，跟我来。"说完，便带着连心来到了一家酒吧。只见里面人头攒动，动感的摇滚舞曲伴随着嘈杂的尖叫声和口哨声，震耳欲聋。

罗锐戴着口罩，抓着连心的手穿过人群来到舞台前方，大声问连心："还记得那年你告诉我，你不喜欢跳舞吗？"

连心大喊着回答："当然记得！你说你要成为钢琴家。"

"我很想念那个时候！"罗锐继续喊道。

"啊？你说什么？"音乐太嘈杂，连心又问了一遍。

罗锐俯身在连心耳边轻轻说："我说……我很想你！"

说完留下发愣的连心，跳上舞台，摇滚旋律戛然而止，《你的名字我的姓氏》的前奏突然回荡在空气中。连心的眼眶忍不住湿润，眼前罗锐的脸居然开始有些模糊，慢慢变成了项语秋。

好像是很久以前，从 Ben 家回来的那个午后，她在厨房里哼着歌拌着沙拉，暖洋洋的光线照在身上，项语秋偷偷走到她身后，将耳机挂到她耳朵上，这首歌瞬间充斥了整个世界，从此烂熟于心。

舞台上深情演唱的罗锐并不知道，台下的她此时脑海里全都是关于项语秋的回忆，更加不知道这首歌是连心和项语秋两个人的暗号。

不管怎样，有连心在，罗锐算是度过了一个难忘的生日趴。

第二天一早，他依依不舍地送连心到机场，眼看着就要登机，踌躇片刻终于拉住她认真地说："昨晚那首歌，就是我想说的话。"

"没错啊，从法律上来说，我是你妹妹，就是姓罗。"连心假装不知道罗锐的心思，继续打着哈哈，拉着行李箱往安检口去，"在上海等你！"

连心背对着罗锐挥挥手，心中却默默歉疚："对不起，罗锐。"

5

回到家后，连心把行李箱里的衣服拿出来一一挂回衣柜，转身看了一眼正躺在床上玩手机的叶木桃。也就一天一夜不见，她却看起来心事重重的样子，安静得有些不正常，一点儿都不像平时的叶木桃。

连心走过去，伸手摸她的额头，又摸摸自己的额头，想看看她是不是生病了。叶木桃终于放下手机，怔怔地望着连心道："项语秋……到底是个怎样的人呢？以前你和罗锐总是对他避之不谈，唯一告诉我的就是他伤害过你。"

"怎么突然问起他了？"连心有些不解。

"我就是突然觉得，他也许并不是那么坏。"叶木桃的眼神有些迷茫又带点儿肯定。

连心笑道："就让你送个合同，怎么着？他给你灌迷药了？"

"就是一种感觉。我觉得他其实是喜欢你的。不，是用情至深。"

"怎么可能，他那个时候比躲瘟疫跑得还快。"连心装作若无其事地走开继续挂衣服。

叶木桃从床上一骨碌坐起来，认真地说："如果不是喜欢，最起码他一直很关心你，你看你现在对他这么冷淡，可他还是很关心你。还有，他跟我说起你的时候，不是说'连心'，而是'我们连心'。"

连心手一抖，衣服掉在了地上。

"他跟我说，这些年，谢谢你对我们连心的照顾。"叶木桃模仿着项语秋的语气，向连心重复着当时的情景。

连心感觉心中有一道闸门缓缓打开，原本好好掩藏的感情喷薄而出，她拼命抑制着，弯下腰去捡衣服的时候悄悄抹去了眼角的泪水。

周六的早晨，连心穿过熟悉的院落，来到项家老屋门前。徘徊了许久，抬起手想敲门，又放下，如此反复几次，最终还是没有勇气敲上去。突然，门被打开，连心看到开门的是陈奇，暗自松了口气。

"我都在窗户边看你半天了，跳舞呢？"陈奇学着连心的样子，抬手想敲门又放下，抬起又放下，顺势扭了起来。

连心"扑哧"一声笑了，随着陈奇进屋，装作不经意地环顾屋内。

"别看了，他不在。你们俩还真是有默契，一个比一个要面子，谁也不肯给谁台阶下。"

"我……我是有工作上的事找他。既然他不在，那我走了。"连心依然嘴硬，转身就要离开。

"他进山去搜集木料了。"

"进山？最近下暴雨，经常有山体滑坡，他为什么非要这个时候去？"连心感到意外。

"傻呗！"陈奇拉连心进屋，从工作台上拿出一些图纸递给连心，"这是他早画好的设计图，就叫'心上人'系列。这不，刚签约就找木料做家具去了。"

连心看着设计图上繁密的花纹、精巧的设计，不是短时间就能完成的，她强装镇定地说："他现在是心上人的签约设计师，这些本来就是他应该做的。"

"是啊，不过项语秋这个人工作起来可是不要命的，我记得有一年他也是进山去搜集木料，结果摔伤了腿，回来在床上躺了一个月。"陈奇看热闹不嫌事大，继续添油加醋，"更何况，这两天看天气预报又有暴雨，山里肯定不安全……我看啊，他现在……"

连心一下子紧张起来，慌忙掏出手机打给项语秋，只听见电话那头不断重复着"您拨打的电话不在服务区……"

"我现在去他工作室，项语秋走之前嘱咐我过去帮忙来着，你呢，去哪儿，我送你……"

没等陈奇把话说完，连心匆匆跑了出去。

陈奇阴谋得逞，还不忘追出去大喊："他每次进山都会在木厂住一晚！你别自己开车，当心走错路！"

"唉……看来这个台阶还是得我给你们，别太感谢我啊。"陈奇倚在门口看着连心匆忙离开的背影，沾沾自喜。

大巴车盘旋在山路上，项语秋坐在靠窗的位置，看着沿路风景倒退，耳机里循环播放着那首熟悉的老歌："曾听说过寻觅爱情，就像天与地别离和重聚过程……"

突然一个急刹车，大巴车停在了半山腰，他站起来看了看路况，原来是山体滑坡堵住了前面的路。司机安抚着议论纷纷的游客，决定返程，项语秋却打算步行进山。

"前面山路不好走，天气预报一会儿有暴雨，还是改天再来吧！"司机好心提醒。

"没事，我经常去山里的木厂，这段路我熟。"

谢过司机师傅的好意，项语秋沿着山路一直往里走，远方不时响起轰轰的雷声。

此时，连心正开车从另一边沿着蜿蜒的山路而上，她不停拨打着项语秋的电话，却始终不在服务区。过往山民拦住她，说前面路堵住了，过不去的。

连心只好停下车，爬到较高的地方眺望，发现木厂就在不远处，正想开车从旁边的小路绕进去，突然一棵大树不堪狂风骤雨轰然倒下，把小路也堵死了。

眼看天色越来越暗，乌云渐渐堆积，连心从车里拿出背包，开始徒步前行。雨越下越大，很快就淋湿了她的全身，连手机也没了信号。她又冷又饿，终于走不动了，靠着一棵大树坐了下来，将头枕在膝盖上，浑浑噩噩地昏睡过去。朦胧之中感觉自己好像回到了西班牙，回到圣诞节那天，项语秋装扮成圣诞老人逗她笑。

连心觉得眼皮沉重，怎么都睁不开，她清醒地知道自己正陷入绝境，却又从心底希望这一切都是一场梦，梦醒了，她还是在西班牙跟项语秋安心度日的那个连心。

这时，一声声呼唤传入耳中，打散了她混乱的回忆。

"连心……连心……"

听见似乎是项语秋的声音，她稍微清醒了些，努力睁开眼四处张望着。

"连心！你在哪里？听得到吗？"声音越来越清晰，的确是项语秋！

"我在这里……"她虚弱地回应着，站起身挣扎着往声音的方向走去。

项语秋穿着雨衣，远远看见像是连心的车，走近查看发现车内无人，慌忙四处搜寻着大声呼喊。只见连心瘦小的身影从雨中晃晃悠悠地出现在他的视线中。他连忙跑过来，将连心紧紧抱在怀里。

温暖熟悉的怀抱让连心觉得安心，她的脑袋昏昏沉沉的，项语秋的声音在耳边越来越远。"我知道你一定会来的……"她迷迷糊糊地说完，便失去意识昏了过去。

阳光透过窗户照进屋内，连心慢慢睁开眼，环顾四周陌生的环境。她走到门口，看见项语秋和一个皮肤黝黑、身材健壮的陌生人背对着自己，正在院子里挑选今年的木料。

连心走到院中央，好奇地看着眼前堆积的木头，粗壮的、奇形怪状的、空心的……忍不住伸手在木材上敲敲打打，在项语秋身后说道："原来你做家具的用料都是这么来的。"

项语秋略有些惊讶地转身，见连心并无大碍，正气定神闲地打量着院子四周，终于放下了心。

"睡得还好吧？感觉怎么样？"陌生人善意地问道。

连心被他一脸憨厚朴实的微笑感染，笑着回答："睡得很好。"

"这是木工石头，昨天是他找到咱俩的，不然连我也迷路了。"项语秋向连心介绍道。

连心感激地向他道谢，又为自己昨天鲁莽进山的行为感到懊恼，害大家冒着那么大的雨四处找她。

"人没事最重要。"项语秋安慰连心，"对了，你怎么会来这儿？"

"我来……视察工作啊，现在你是我们网站的人了，我总要了解一下自己的设计师。"连心躲避着项语秋关心的目光，立刻摆出公事公办的架势。

项语秋不置可否地笑笑，看着远处的风景说道："这座山给了我很多木料，这些木工给了我很多灵感。"

"山里的空气真好，感觉瞬间恢复元气了。"连心深吸一口气，伸了个懒腰。

"别大意，回去后要好好休养。"项语秋煞风景地提醒她。

"不用你操心。"连心冲项语秋扮了个鬼脸。

石头在一旁笑着说："这女人啊，真是跟这山里的天气一样，一会儿一变脸。昨天昏迷的时候还拉着你的手不肯松开，今天就……"

"拉着……手？"连心努力地回忆着。

项语秋扭头瞪了一眼，石头识趣地闭嘴悄悄离开。

后山的日落很美，太阳慢慢地被小山吞噬，天空渐渐被映成深紫色，点点星光浮现。两人并肩而坐，连心看着浩瀚无垠的星空，露出了久违的笑容。

自从连心回国，他们还是第一次相处得这么和谐，项语秋甚至想跟她一起待在这里不回去了。这段时间，他发现自己总是不由自主地想逗连心开心，想看见她笑……他隐约觉得这种感情跟以前在巴塞罗那的时候不太一样了。可眼下正是良辰美景，他来不及细想，只是偏头默默注视着连心的侧颜。

周末，匠心工作室的员工都放假休息了，只有唐诗一大早赶来加班。没想到却有客人突然来访，非要现在看家具。唐诗只得带他参观展厅，一边走一边介绍陈设的家具成品。

客人漫不经心地听着，拿出手机要拍照，被唐诗抬手挡住。看着再无他人的工作室，唐诗心中有点儿不安。

突然客人的视线落在项语秋锁在橱柜里的天使翼上，他嬉皮笑脸地说："哟，这不是拿了金巢奖的那款天使翼吗？听说是孤品，不产不销？打开让我看看呗。"

唐诗礼貌拒绝道："不好意思，我没有钥匙。"

客人诡笑道："谁不知道你跟项语秋的关系，怎么可能没钥匙，我看你是故意不给我看吧？"

"您今天要是来买家具的，我欢迎，要是来找碴儿的，还是请您离开吧。"唐诗对这位行为怪异的客人忍无可忍，说话也不再客气。

客人一脸痞气地问："买家具？行啊。我就看中这款天使翼了，你卖不卖？"

"不卖，您请走吧。"唐诗义正词严，摆出送客的姿势。

"哼，我倒要看看这破椅子有什么玄机！"客人说着随手举起一把椅子就要砸上去，唐诗顾不上多想，慌忙上前去拦，却一把被推开，身体失去平衡撞在身后的桌子上，疼得直吸气。

陈奇正好来工作室搬项语秋许诺给他的家具，一进门就看见这一幕，阴沉着脸扶起唐诗，冲上去就给了客人一拳，威胁道："你再动一下，信不信我废了你！"

见唐诗来了帮手，客人露怯："不就是把破椅子吗？神经病啊你们！"

陈奇仔细打量客人，恍然大悟道："我认得你，在金巢设计大赛上输给项语秋的那个。怎么，设计水平没长进，反而堕落成流氓了？"

见自己的身份暴露，客人看了看唐诗，又看了看陈奇，骂骂咧咧地离开。

"刚才……谢谢你啊。"唐诗说着，活动活动胳膊，一块瘀青渐渐显现。

陈奇在一旁看着唐诗，黑着脸问道："你刚刚干吗这么拼命？人不比那些木头重要？"

"天使翼是项语秋最在乎的东西。"

听到这里，陈奇沉默了。

"今天这事你别告诉他。不是什么大事，没必要让他知道。况且，这也是我的工作室。"

一声惊雷，暴雨骤下，陈奇和唐诗同时看向窗外，沉默无言。

　　项语秋风尘仆仆地从山里回来，刚进老屋，一个苹果从天而降，他下意识地伸手接住，抬头望去，只见陈奇举着相机坐在屋顶上采风。

　　"怎么样，这趟有收获吗？"陈奇又朝进门的项语秋扔了个橙子。

　　"还不错，厂里有很多天然打磨的木头，可以直接拿来用。"项语秋顺着梯子爬上屋顶，在陈奇身边坐下，只见几盘水果和瓜子摆在一旁。

　　"我没问木头，我说连心，有进展吗？"

　　"你还好意思提！老实交代，怎么撺掇她进山的？"项语秋佯装生气。

　　"我就是如实描述了山里的天气状况……稍微夸张地编造些小故事，她担心你有危险，就跑去找你咯。"陈奇眼神有些躲闪，把实际情况加工了一下说道。

　　项语秋哭笑不得，责怪他差点儿害连心出事。陈奇听他说起这两天山里发生的事，也自责不已。

　　所幸连心没事，自己和她的关系也没那么僵了，也算是因祸得福吧，项语秋心想。他又问起陈奇跟唐诗两人进展得如何。

　　"我还以为你只顾连心，早把唐诗忘一边了呢，她可是为了你……"陈奇刚想显摆自己英雄救美的壮举，想起唐诗的叮嘱，硬生生地止住话头，"为爱不顾一切。"

　　"好好说话，发生什么事了？"项语秋着急地问。

　　"你以为我不想说啊，我真想好好骂你一顿，但是我答应了某人不能说！我跟连心道歉去。"陈奇呛完项语秋，故作潇洒地扭头离开。

　　"这是房顶，你要走哪儿去！"项语秋好笑地看着陈奇的背影喊。

　　耍帅失败，陈奇灰溜溜地折返，从项语秋身后走过，顺着梯子小心翼翼地爬了下去。

　　项语秋独自坐在房顶，拿起陈奇果盘里剩下的苹果咬了一口，双手枕到脑后躺了下去。

　　雨过天晴，空气中都是清新的芳草香气，虽然刚才陈奇的话让他对唐诗有些担心，但这些交给陈奇去解决就好。这次进山，感觉和连心又回到了从前，项语秋意识到，自己可能真的再也没办法逃避内心深处对她的感情了。

/ 第十章

1

杭州音乐会后不久，罗锐也来了上海，说是因为工作原因，但其实是想见连心。

刚到上海的第二天清晨，他就开车等在连心家楼下，准备送她去公司。见她迟迟都没出来，无聊中拿着手机浏览起心上人的官网。只见网站首页赫然滚动着巨大的标题：原创家具设计大师项语秋正式入驻心上人。他大吃一惊。

项语秋？他居然签约了连心的网站？罗锐很意外。女人这种生物，总是更容易被感情支配。他早就该料到，连心回国一定会跟项语秋有交集，哪怕当初项语秋伤她那么深。

直到连心出现，罗锐才收回思绪，赶紧退出网页，换上灿烂的笑容下车，替她拉开车门，递上精心准备的早餐。

"这段时间我都在上海，可以每天接送你上下班！"

连心接过早餐，忙制止道："千万别，我自己有车，又没残废。你刚回来，还是专心忙你的演唱会吧。"

"听说项语秋签约你们网站了？"罗锐压低了声音，像闲聊一样随口问了句。

"嗯，前几天的事。"连心不敢多言，生怕罗锐又去找项语秋的麻烦。

没想到罗锐却大方表示道："挺好的。项语秋在设计圈影响力很大，签到他，如虎添翼。"

连心愣了愣。看出她的困惑，罗锐温和地说："只要是对你有帮助的事，我都支持。"

连心轻咳两声，不再说话，低头看手机新闻。突然，一张醒目的照片映入眼帘，娱乐版块上赫然出现罗锐生日当天，和她在一起的照片。连心非常惊讶，急忙让罗锐停车，把手机递了过去，罗锐看完却不以为意，笑笑道："人生第一条花边新闻，贡献给你了，嗯……还算满意。"

"罗锐你别闹！你现在是公众人物，身份不一样。"连心急了。

罗锐重新发动车子，淡然道："有什么不一样？我不还是你的罗锐吗？"

连心心中还是不踏实，脑海里闪过各种可能性，就这样想了一路。

两人一起走进公司，郎才女貌的背影化成一道靓丽的风景线，众人凑到一起纷纷议论着。连心见状，拉起罗锐的胳膊，快步走向办公室，低声说："这下完了，越来越说不清了。你赶紧想办法把新闻撤了。"

"你还真当我是万能的啊？说撤就撤？"罗锐坏笑着看向连心，"其实我觉得也挺好的，一来绯闻对象是你，二来正好给你的网站增加知名度。"

连心拗不过他，逃也似的躲进了办公室，罗锐也赶紧跟了进去。这时，毫不知情的叶木桃走到了办公室前，她套着件宽松的休闲 T 恤，嘴里叼着块面包，看着报表头也不抬地直接推门进去，口齿不清地对连心念着数据。突然感觉有人盯着自己，她抬起头，恰好和罗锐四目相对。叶木桃顿时愣住，不等对方开口"啪"的一声关门出去，立刻将剩下的面包扔进垃圾桶，又对着玻璃屏风擦了擦嘴上的面包屑，整理了下头发，故作淑女地再次推门走进来。

她轻轻把报告放在连心面前，眼睛却含笑看着罗锐，掐着嗓子细声细气地说："什么时候回来的，怎么也不告诉我？"

"当然不能告诉你啦，不然怎么突击检查？"

一向伶牙俐齿的叶木桃也不反驳，只站着傻笑。连心奇怪她今天是吃错什么药了，刚想开口问，却听到罗锐清了清嗓子，严肃地说："连总，我申请做你们网站的代言人。"

连心愣了一下："你一个钢琴家做什么家居网站的代言啊？"

"提高出镜率呗！"罗锐耸耸肩。

"之前听你助理说了，最近有不少广告商想找你代言。他们随便挑一个出来，代言费肯定都比我出的高啊！"

"拜托，我是个有原则的人好不好，不是什么代言都接的。你看，巧克力，我不爱吃。洗发水，我用了，效果很一般。奶粉，我还没孩子呢。还有什么内衣啊、浴缸啊、肥皂啊乱七八糟的，不用我多说了吧？"罗锐振振有词。

"照你这个逻辑，我们是做家居的，也不适合你啊！"

"怎么不适合？我不喜欢巧克力、奶粉、糖果，但是我喜欢你啊！"罗锐的话说得理直气壮。

连心有些恼了，提醒他道："罗锐！咱俩的照片刚被贴到网上，你要是再给我们做代言人，花边新闻不就坐实了……"

"想那么多干吗？想做就去做咯，我们是好朋友，帮朋友做宣传不是很正常吗？不用在乎别人怎么看，除非你自己心里有这样的想法。"

连心深知罗锐对她的付出，而自己却无法回应这份感情，只能感动又歉疚地看着罗锐。

罗锐撇撇嘴，又一本正经地说："你们拟份合同吧，我这就去找陈奇拍些样片，至于广告设计，就按照你们的主题概念来，我全权服从。"

罗锐的认真，加上叶木桃在一旁的怂恿，连心只得答应让罗锐做代言人。也许叶木桃说得没错，既然自己心里没鬼，就不能毫无理由地把罗锐往外推。

罗锐让叶木桃拟合同，他则自作主张决定先去陈奇那里拍海报，一方面陈奇之前拍过概念片，对公司理念算得上了解；另一方面，他看过陈奇的摄影作品，功力还是不容小觑的。

走进陈奇的工作室，罗锐摘下墨镜，悄悄凑近正趴在桌上发呆的陈奇，大喊了一声。陈奇没有防备，被吓得跳起来："罗锐！你这臭小子，什么时候回来的？还知道来找我！"

罗锐四下打量了一圈工作室，说道："不错嘛，陈奇哥，考虑一下当我的御用摄影师呗。"

陈奇翻了个白眼，说自己只为美女服务。

"你怎么一点儿都没变，结婚了嫂子也不管管你。"

陈奇听完感到一阵尴尬，忙转移话题道："你来找我不是单纯叙旧的吧？有什么事快说。"

"还是你了解我。我要代言心上人，来找你拍海报。"

陈奇和连心一样纳闷儿，钢琴家和明星抢什么饭碗。见他用怪异的眼神望着自己，罗锐坐下来解释道："钢琴家也得生活啊，坐得坐椅子上，睡得睡床上吧？再说也没那么复杂，给连心帮个忙而已。"

陈奇爽快地答应回头找连心商量拍摄方案。

"那个……项语秋呢？"罗锐在旋转椅子上转了一圈，欲言又止。

"这还用问，不在老屋就是在工作室呗！"

罗锐装作漫不经心地说："那你回头帮我告诉他，就说我请他来参加我跟心上人的签约仪式。"

陈奇摇摇头，感叹公众人物真是麻烦。

果然如陈奇所说，项语秋一大早就去了工作室，推门看见唐诗正踩在梯子上，试图拿下高处的花盆，他赶紧伸出手帮忙。

"没事，够到了。"唐诗从梯子上下来，想把梯子抬回原处。

项语秋拉住唐诗的手臂，准备自己去搬梯子，却不小心碰到唐诗的伤口，疼得她不禁"啊"了一声。项语秋疑惑地拉起唐诗的衣袖，看到一片醒目的瘀青。在他的再三追问下，唐诗才吞吞吐吐地说出他进山那天，有人故意找碴儿要买天使翼的事情。

项语秋沉默了良久，才开口说："对不起。"

"别跟我说对不起，我不喜欢你和我这么客气。"唐诗有些别扭。

项语秋从口袋里掏出一把钥匙，交给唐诗道："这个是备用钥匙，你拿着，虽然不能卖，但以后有人想看，你就打开让他看。"

"其实你不用这样，我知道天使翼对你很重要。"唐诗看了看钥匙，没有接过来。

"拿着吧。"项语秋愧疚道。

"真不用，项语秋，我没想帮你保护它，毕竟我想要的，是属于自己的天使翼。"唐诗顿了顿，佯装轻松地说，"走啦，陪我出去吃饭。你要是不跟我出去，肯定又在工作室坐一天。"

"对我来说，工作是种享受。"

"医生可说了，你的手腕劳损随时有复发的可能，听话，该休息就休息！"

项语秋拗不过，只得被唐诗拽走。

心上人公司里，连加班的员工都陆陆续续地走了，整个办公区空空荡荡。只剩连心一个人埋头改着方案，只见叶木桃兴奋地冲进来嚷嚷着要吃火锅。

"整天只想着吃，回去工作。"连心头也不抬。

叶木桃把手表凑到连心眼前，笑道："我的工作狂，早就下班啦！"

"你怎么不早说？我要出去一趟，下次补给你。"连心扫了一眼手表，立刻站起来收拾东西，急匆匆地想往外赶。

叶木桃在连心身上嗅来嗅去，一脸好奇地问："不对劲啊，最近动不动就不回家，难道你有秘密情人了？我分明闻到了奸情的气息！"

"算约会吗……"连心嘴角微微上扬，心里自言自语。

其实根本没什么约会，也没有秘密情人，连心只是想回项家老屋看看。她站在门口百感交集，心里一个劲儿地打鼓，好不容易鼓起勇气准备敲门，突然看见远处项语秋和唐诗有说有笑地提着菜回来，忙躲到一边。屋里亮起明亮的灯光，看着暖洋洋的，厨房里能看见项语秋和唐诗忙活的身影，一片温馨。连心的心又渐渐冷了下来，她顿悟，曾经这盏灯光下的温暖，现在已经不属于她了。

时过境迁，物是人非，莫过于此。

连心匆匆离开，一夜无眠，她本来还骗自己说项语秋跟唐诗只是工作上的合作伙伴，直到亲眼看到他们买菜做饭的日常生活。

连心想，既然如此，也没什么好怀念跟留恋的了，项语秋签约心上人，帮了她那么多忙，得尽快还清才好。

第二天一早，连心一到公司就急急地找来叶木桃吩咐道："你安排一下，尽快给项语秋做个设计师专场。"

"现在？"叶木桃感到意外。

"对，先做这个。我不想让人觉得，我们签下项语秋占了多大便宜。这个月匠心产品的销量只能增不能减。"连心一脸认真。

"你怎么了，昨天还眉开眼笑的，今天突然这么严肃。"

"事情有变，别问那么多。还有，以后匠心的工作你负责出面对接。"连心抬头盯着叶木桃。

"行吧，我的大老板，我不问了，您这是要跟项语秋死杠到底了。"

"附属福利，罗锐代言的后续事宜，也交给你了。"

"这还差不多。"叶木桃满意地抱着资料出去忙了。

2

心上人跟罗锐的签约仪式紧锣密鼓地筹备着，邀请函也陆续发到了各位嘉宾的手中，这其中也包括匠心工作室。

项语秋接过唐诗递来的邀请函，看到上面罗锐的名字，眉头不自觉地一皱。唐诗心中窃喜，表面上却故作平静地说："意料之外情理之中，他俩关系本来就不一般。钢琴家配 CEO，想想就挺搭的。"

项语秋低下头凝视着邀请函，陷入沉默。

趁着周末，唐诗亲自去商场精心挑选了一件参加签约仪式的礼物，刚提着包装袋出来，就迎面碰上苏晓。本来没有过多的交集，唐诗点点头算是打过招呼就准备离开，却被苏晓叫住。看着递过来的戒指，唐诗一脸惊讶地听苏晓说道："帮我把它还给陈奇吧，他说过，这是送给心爱之人的，既然我们已经离婚了，也就没有留着的必要了。"

唐诗听到苏晓的话，更加惊讶，难以置信地问："你们离婚了？"

苏晓直视唐诗，没好气地说："别装了。"

"我真的不知道，什么时候的事？我一直以为你们感情挺好的。"唐诗隐隐感觉苏晓对自己有些敌意，却不明白为什么。

"陈奇在外面有小三，他跟那些模特扯不清关系……"

唐诗急忙打断苏晓，解释道："陈奇他不是那种人！我想你可能有些误会……"

"你说得对，我是误会了，看来还是你了解他。"苏晓冷笑，抬头看着唐诗，"但是有一点我没误会，他爱的人不是我。"

唐诗终于明白了苏晓所指，义正词严地说："我跟陈奇从来没有过不正当关系。"

"这我知道，你爱的人是项语秋，但这跟我有什么关系呢？对我来说，陈奇爱的是你，我就已经全盘皆输了。反正我们不可能了，你帮我把戒指还给他。"苏晓努力控制情绪，假装轻松地举起右手，"我已经有新的了。"

苏晓说完迅速转身，眼泪不争气地流了下来。

唐诗也顾不上管公司如何了，直奔陈奇工作室，没想到项语秋也在。见陈奇正准备开溜，唐诗赶紧拦住他开门见山地问道："你离婚了，为什么瞒着我？"

陈奇一惊，看向项语秋。项语秋耸耸肩，表示无辜。

"你这个问题问得奇怪了，我离婚为什么要告诉你？离婚这种事满世界宣扬才奇怪吧？"陈奇索性承认。

"我……就是觉得有点儿意外。"

"意外？我结婚你意外，离婚你也意外，你是不是觉得我一直等着你就最合适？"陈奇带着不满的情绪，语气咄咄逼人。

"我不是这个意思。"唐诗因为陈奇的连连呛声尴尬不已，将戒指塞给陈奇，"这是苏晓让我给你的，我先走了。"

陈奇将戒指揣回口袋，若无其事地坐回沙发吃葡萄。

"唐诗也是关心你，你发什么火啊，莫名其妙……"项语秋埋怨道。

"我现在是大龄离异男青年，毛病多得很，没事少惹我！"陈奇又拿起一颗葡萄，默默地吃了下去。

到了签约仪式那天，陈奇和项语秋还因为唐诗的事互相生着气。清晨，陈奇和项语秋坐在桌旁吃早餐，谁也不说话。

陈奇试图打破尴尬："今天这粥火候不太够吧？"

"是啊，下次你煮。"项语秋还带着怨气。

陈奇被噎了一下，灵机一动，立刻还了回去："话说你真的要去罗锐的签约仪式？我好心提醒你，打扮打扮再去！胡子刮一刮，太显年纪会给连心丢脸的。总之，输人不输阵！"

"谁输人了？！"项语秋愤愤地回了一句，走进洗手间。

镜子里的他，确实有些颓唐，熬夜赶设计冒出的几根白发露在外面，一脸的胡楂儿。他小心地拔去白头发，拿起剃须刀认真地刮着胡子，又回卧室换了一身西装，整个人立刻精神焕发。

陈奇早就穿戴整齐，站在卧室门口调侃道："我就说嘛，老黄瓜刷刷绿漆还是不错的。"

项语秋斜着眼睛瞪过去，陈奇装作没看到，优哉地率先出了门。

签约仪式会场布置得简约又不失大气，为了配合罗锐钢琴家的身份，又增添了许多音乐元素。舞台屏幕上滚动显示着：心上人与罗锐先生形象代言签约仪式——暨 2016 家居产业环保宣言发布会。

主持人简单地介绍过后，连心和罗锐缓缓入场，媒体的镜头齐刷刷地对准二人。连心下意识用手去挡，罗锐自然地牵起连心的手，底下的人一片哗然。媒体怎会错过这个自带话题热度的细节，快门声和赞叹声不断。

"好一对才子佳人。"旁边有人小声称赞。项语秋顺着声音望过去，正好对上连心的目光，项语秋冲连心微微一笑，目光再没离开。

发布会刚结束，叶木桃就冒冒失失地冲向连心，脚下一个不稳，失去重心直朝连心扑来，罗锐眼疾手快挡在前面，叶木桃直接扎进罗锐怀里。叶木桃抬头对上罗锐的脸，突然心跳加速，如小鹿乱撞，耳边泛起绯红。

罗锐扶起叶木桃："你不能有个女孩子的样儿吗？总是这么冒冒失失的。"

叶木桃回过神儿，心虚地抵住罗锐的胸膛推开他。

此时项语秋和唐诗来到舞台，项语秋把唐诗挽住自己的手轻轻推下去，看向连心问："孤儿院二十周年院庆，院长应该也邀请你了吧？一起去吧。"

一旁的唐诗脸色难看极了。

教堂前的草坪被精心布置，树上挂满了小彩灯，长长的宴会桌上摆满了蛋糕、糖果和酒水，小孩子们拖着长长的气球满场追着跑。

陈奇看见连心、项语秋、唐诗和罗锐四个人别扭地走进来，故作打趣道："还以为你们不来了呢！都迟到了，每人罚三杯，谁也不许耍赖！"

陈奇一句话打破了萦绕在四人间怪异的氛围。只见他们默默分开，走向人群。连心和项语秋走到院长那边聊起来。罗锐则与唐诗互相打听着对方的恋情进展。

"你跟项语秋在一起了？"

"你跟连心呢？"唐诗反问。

两人苦涩地相视而笑，心知肚明。

"管好自己的人，希望我们俩都能得偿所愿。"唐诗意味深长地看向远处，身旁的罗锐默契地耸耸肩。

这时一阵音乐声响起，只见项语秋牵起孤儿院一个小女孩儿来到草地中央翩翩起舞，其他孩子们围坐成一圈鼓着掌。女孩儿像美丽的蝴蝶般飞舞着，在灯光的映照下呈现出一幅美好的画面。同样看着项语秋的连心想起自己小时候和他度过的无数个日日夜夜，想起和他翩翩起舞时的样子，不禁嘴角上扬。

音乐声中，唐诗在人群里寻找陈奇，上次因为他离婚的事，两人吵了一架，不欢而散，从那以后，陈奇就一直躲着自己。她本想趁今天和陈奇好好谈谈，却发现他不见了。

此时的陈奇正坐在教堂后面发呆，他听到背后传来熟悉的脚步声，不禁偷笑。

"苏晓的事，我后来想了想，是我不对，不该揭你伤疤。离婚是你们两人的私事，不是我该管的。"唐诗在陈奇身边坐下，诚恳地对他说。

"知道就好。"陈奇故意板着脸。

"我诚心来道歉，你不能好好说话吗？那你以前……"

"以前怎么了？"陈奇装傻。

"算了，没事。"唐诗被陈奇这副态度气到，起身就走。

走了几步她差点儿崴到脚，忙弯腰揉着脚踝。陈奇紧张地跟过来，却看到她白皙的脖子上滑出一块红绳穿着的玉佩，在夜色下闪闪发光，格外显眼。

"这玉佩……我好像在哪儿见过。"陈奇疑惑地盯着玉佩。

唐诗一愣，随即双手抓住陈奇的肩膀，激动地问："你说什么？你见过？在哪儿？"

陈奇挠了挠头说："我……一时想不起来了，反正挺眼熟的。"

"你再好好想想，你记性那么好，肯定能想起来的！"

"我今天被灌太多酒了，想不起来了！"陈奇不解唐诗为什么这么激动，抬手揉了揉太阳穴。

唐诗松开手，微微生气："陈奇，你根本就没见过，别骗我了。"

陈奇的确存了一逗唐诗的心，但他也确实是想不起来这玉佩到底在哪儿见过，只觉得眼熟。

就在这时，水边传来争吵和打闹的声音。不知为什么，罗锐和项语秋互相掐着滚在一起，罗锐的脚卡在了项语秋的身上，项语秋的手则勒住了罗锐的脖子。

正在远处跟孩子们玩闹的连心看到这一幕，慌忙喊着"别打了"冲过来，只见罗锐揪着项语秋的衣领，恨恨地说："我警告你，事业上的合作是为了连心的网站好，但感情上我绝不会容忍你再次伤害她，你最好离她远一点儿！"

"在西班牙的时候我就说过，我走了，让你好好照顾她，是你自己没本事让连心喜欢上你，别总把责任推到别人身上！"项语秋不甘示弱。

"少把自己说的那么伟大，你已经有了唐诗，就别再纠缠连心！"

"你先松开，我们起来好好谈！你这样子像个公众人物吗？"项语秋使劲儿扒开他。

罗锐猛然一脚将项语秋踢下水池，陈奇等人赶来，忙把项语秋从水中捞上来。

唐诗冲着两人责备道："你俩不嫌丢人？大庭广众之下就打起来。你，设计师；你，钢琴家，哪个能有丑闻？大家都是老朋友了，什么事不能好好说？"

连心想上前把项语秋扶起来，看他有没有事，还没近身就被唐诗一把搡开。

"管好你自己跟罗锐，罗锐不爱惜他的手可以，项语秋呢？他右手的旧伤你忘了吗？拜托你别再伤害他了！"唐诗冲连心吼道。

"你说什么旧伤？"连心一脸疑惑，想要追问。唐诗却因为项语秋的警告，愤愤地看了一眼便不再说话。

围上来的人越来越多，罗锐慌忙遮住脸。连心看着浑身湿漉漉、还在滴水的项语秋，没来得及再问，便被罗锐拉走了。

第二天一早，连心带着满腹疑问堵在陈奇工作室门口，质问道："项语秋手上有旧伤？"

"啊，对了……罗锐让我再给他拍一组海报，我得出发了，先不跟你说了。"陈奇随便找了个借口想要逃跑。

连心不肯罢休地追问："唐诗昨天说项语秋的手伤是我害的，什么意思？你不说清楚别想走，到底怎么回事？"

陈奇深知连心的脾气，只要她想做的事情，谁也阻止不了。他只好到一旁坐下劝道："好好好，怕了你了。他右手手腕本来就长期劳损，六年前那次去非洲又受伤了，怕你担心才一直没说。"

看着一脸错愕的连心，陈奇叹了口气，又说："当年他其实默默为你做了很多事，可你却只看到了他的不告而别。"

"我知道他为我付出了很多……既然这样，他为什么还要逃避我对他的感情呢？"

陈奇语重心长地说："你喜欢他，他就一定得回应你吗？他留下来，却不回应你，对你的伤害不是更深吗？当时的项语秋跟现在的你差不多大，试想一下，如果现在你身边有个十岁的孩子，你一直照顾他，陪着他长大，很多年后突然有一天他说他喜欢你，你会怎么做？"

"我……我不知道。"连心语塞。

"没有亲身经历过就没有资格评论，你应该站在他的角度替他想想。"

"那你觉得我们现在……"连心有些迟疑地问。

"哎哟，心好累哦，知心大哥这种活儿真不适合我，再说我一个大龄离异男青年有什么资格开导你呢！"陈奇拍拍连心的肩膀，"你心里怎么想的只有你自己最清楚。Follow your heart。"陈奇文绉绉地说。

连心从陈奇的工作室出来，心情烦躁，止不住地胡思乱想，她不想一个人待着，借口补偿之前欠叶木桃的火锅，便一个电话把她喊了出来，陪自己消磨时间。

叶木桃拿起一片生菜在连心眼前晃了晃："怎么了？想什么哲学问题呢？"

"突然觉得自己很可笑。"连心拿着筷子却不动。

叶木桃把筷子用力拍在桌上，满脸警惕地问："不会是项语秋又对你做了什么吧？"

"没有，自从回国以后，我就一直尽全力疏远他，尽量跟他保持距离，对什么都装作不在乎的样子，以为这样就能赢他。"连心顿了顿，有些失落，"可现在才发现，根本就没有什么比赛，从来没有输赢……"

连心头抵在桌沿儿，声音闷闷地说："桃子啊，你说我该怎么办呢？"

叶木桃给连心夹起一块肉，大大咧咧地说："顺其自然啰，有肉就吃，有活儿就干，梦里出现的人，醒来就要去见他。"

"从哪儿学来的这些酸话？"连心用筷子敲了敲叶木桃的头，坐直身子，开始认真吃起了东西，心里想着叶木桃所说的"顺其自然"论，脸上似笑非笑。

叶木桃见连心的情绪稍有缓和，得意扬扬地跷起兰花指唱起来："别看本桃年方十八，却早已看透这人间世事……"

3

陈奇和叶木桃的话一直萦绕在连心的耳边，她决定找项语秋好好谈谈。好不容易鼓起勇气来到匠心，却没有见到他。这是连心回国后第一次走进项语秋工作的地方，到处都是让人眼前一亮的作品，充满着项语秋的味道。她贪婪地呼吸着，仿佛想要留住一切。最终，她只是驻足在天使翼前，静静看了许久。

而此时的项语秋正缩在被子里喷嚏连天，他在教堂落水后就感冒了，还开始发烧。唐诗放心不下，跑来老屋照顾他。

"以后跟心上人对接的工作我来负责，你没事少跟连心接触。"唐诗端上鸡汤。

项语秋愣了愣，拒绝了她的建议。唐诗又恨铁不成钢地说："我是担心你！你看她把你折腾成什么样了？你不心疼自己的身体，我心疼！"

"我知道你是一片好心，可我跟连心的事你不懂。"项语秋喝下鸡汤，缩回了被子里。

"这么多年我在你眼里始终是个外人。你跟顾阿姨的事我不懂，跟连心的事我也不懂，你倒是讲给我听让我懂啊？"唐诗还想继续发泄，但看见项语秋一副虚弱的样子，只能忍住，甩门而去。

歇了两日退烧后，项语秋回到了匠心，刚进办公室坐下，就看见李昂屁颠儿屁颠儿地跑过来。

几年前李昂被之前的公司辞退，他念及当初自己落魄时李昂伸出的援手，就将李昂安排了工作室。遗憾的是，多年来李昂始终不明白工作室的核心理念，也从不钻研设计，靠着点儿小聪明，成天只顾着赚钱，不时弄出点儿违规的小动作。唐诗看不惯，提醒了项语秋好几次，但他看在二人是老同学的分儿上，没有辞退李昂。

眼下李昂又是一脸讨好地问道："昨天又来一个看上天使翼的，您真不考虑卖掉啊？"

"谁看上也没用，以后再来告诉他不卖就好了。"项语秋语气坚决。

李昂点点头，却无意中提到昨天的买家好像姓连，是个蛮漂亮的女人，她站在天使翼前看了很久，还问起过项语秋。

项语秋顿时愣住了，随即交代了几句就匆匆离开。李昂见他这么火急火燎的样子，觉得有些反常，暗自动起了小心思。

赶到连心公司，项语秋正好看见她的车驶出了车库，便跟了上去。

只见连心阴沉着脸敲开罗锐的门，把一沓八卦杂志拍在罗锐胸前，上边是二人的合照，有罗锐在连心公司的，有俩人一起吃饭的，还有最新的签约仪式的照片。

罗锐穿着宽松的家居服，头发蓬蓬松松，明显一副刚睡醒的模样，打了个大大的哈欠，问道："一大早就跑过来，想我了？"

连心把窗帘拉开，阳光一下子照了进来，罗锐伸手挡了挡。

"什么意思？新一轮轰炸又开始了？这些人是唯恐天下不乱吗？"

罗锐不以为然，安慰道："好啦，你同意我代言的时候就应该想到的，现在说这些有什么用？名利本来就是相互的，没有这些报道，心上人的访问流量会突然暴增？"

"我……我只是觉得没有拒绝你的理由，当时也没想这么多。"连心对于眼前的结果懊悔不已。

"娱记嘛，认真你就输了。"罗锐拿起来看了两眼，"你看看，这照片拍得还挺好，尽显我阳光帅气。"

连心还在想着照片的事，突然一声惊呼，只见罗锐直接将她抱起放在飘窗上，把脸慢慢靠近，轻声说道："工作上没有拒绝我的理由，那感情上呢？反正你跟项语秋也不可能了，连心，我不信你对我真的没感觉，为什么不肯给我一个机会呢？"

"罗锐，你……"连心被罗锐紧紧箍在臂弯里，脸颊通红，躲闪着他炽热的视线。罗锐突然吻上去，堵住了连心的嘴。项语秋透过窗户看见这一幕，一阵胸闷，拐到门边。

连心的大脑轰然变得空白，她用力推开罗锐，一言不发地跑出了别墅。

罗锐清醒过来意识到自己的冲动，看连心跑远，把头在墙上有一下没一下地轻轻磕着，懊恼地说："罗锐啊罗锐，这么多年你都忍了，怎么这会儿……"

连心刚跑出大门，一扭头发现项语秋靠在墙上，目光深邃地望着她，周遭凝聚着寒气。没等连心开口询问他为何会出现在这里，项语秋用极大的手劲儿抓起连心塞进副驾驶室。

汽车在路上疾驰，车速极快，连心用力抓着上方扶手，紧张得一动也不敢动。心里默默地想今天大概是中邪了，先疯了一个罗锐，又疯了一个项语秋。突然车子一个摆尾，稳稳停在了桥上一处空旷地带，项语秋下车，站在桥边吹风。

连心在车里看着项语秋，犹豫半晌，下车走到他身边，问："你……你刚才……"

海风使项语秋渐渐冷静下来，回想自己刚刚的举动，懊恼地看向连心："对不起，我也不知道刚才怎么了，没吓到你吧？"

连心盯着项语秋的眼睛看了几秒钟，移开视线，默默不语。

项语秋突然开口："拍卖会上的那个落地灯，为什么不去领？"

连心反应过来，疑惑地问道："花三十万买自己的东西送给我，你有病啊？"

"我做慈善，不行吗？"

连心犹豫了一下，接着问："当初为什么不告诉我手伤的事？"

"怕你担心。"

"谢谢你。"连心心中万千感触，只汇成这三个字。

"跟我客气什么。"项语秋转过身揉了揉连心的头发，"就算没有我，我们连心现在也能独当一面了。"

连心因为这久违的亲昵愣住，恍惚想起叶木桃跟她说的话，试探地问："你有什么要对我说的吗？"

"这样站着就很好。"项语秋微微一笑。

桥下传来鸣琴一般淙淙的水声，桥上赏景角度正好。项语秋偏头注视着正眺望远方的连心。像极了那句诗——你站在桥上看风景，看风景的人在看你。

又过了几日，连心正在工厂和工人看木料，唐诗前来，带着质问的口气说："连心，我要跟你谈谈。"

连心停下，看了她一眼，淡淡地说："没什么好谈的，手伤的事，他选择不告诉我，自然有他的理由。"

"连心，我不知道你要做什么，但我希望你能离项语秋远一点儿，自从你回国后，你的一举一动都在影响他的工作和生活。在我看来，这种影响显然是负面的。"

"是吗？我都不知道，原来我在他心里这么重要。"连心冷笑一声，扭头离开。

"你站住，听我把话说完。"

唐诗正要追上去，不经意间往楼上瞥了一眼，一块木板没被工人接住，朝着没戴安全帽的连心直直掉下来，几乎是下意识的，她冲过去一把拉开连心。

连心看了眼掉落身旁的木板，庆幸有惊无险，感激地看着唐诗。唐诗有些尴尬，还想说什么，但接到陈奇的电话，说有了玉佩的消息，她立刻扔下连心赶到陈奇工作室。

唐诗径直推门走进去，只见陈奇手上拿着一张老照片，上面是小时候的连心，笑靥如花，脖子上露出一根红绳。

陈奇难掩激动的心情，挥着手里的照片，声调高了几度道："我想起来了，你身上那枚玉佩，我在连心那儿见过！"

"你确定在连心身上看见过一样的玉佩吗？这根本看不到里面戴的东西好吗？"唐诗怀疑地打量着手中的照片。

陈奇斩钉截铁地说："她小的时候，有一次项语秋生病住院，她就把玉佩卖掉给项语秋买补品，最后还是我帮她把玉佩赎回来的，我怎么可能记错？"

唐诗这回彻底蒙了，难以置信地看着照片。

"这个玉佩……哎，你跟连心……该不会是什么亲戚吧？"陈奇好奇地打探道。

唐诗强压住情绪，否认道："这个玉佩比较罕见，所以我好奇谁会跟我买了一样的，没想到是连心，看来我们俩还挺有缘分，这件事你先不要告诉别人。"

"为什么？人家怕撞衫、撞脸，你这还怕撞玉啊？"

"对，我就是怕撞玉，尤其讨厌跟连心撞。"唐诗说完便仓皇离开了。

唐诗将车开得飞快，眼神直视前方，脑子里一片混乱。

连心看完木料走出工厂，发现罗锐的车等在门外，也不理会，绕过去径直往前走。

罗锐开车不紧不慢地跟着连心，连心停下，车也停下；连心走，车也开动。还时不时地按一下喇叭，引得路人纷纷好奇张望。

"你不上车，我就一直跟着你。"罗锐打开车窗朝连心喊。

眼看围观的目光越聚越多，连心拗不过，气冲冲拉开车门坐上副驾驶。

罗锐一边开车，一边小心翼翼地试探连心："还生气呢？"

连心扭过头，一脸认真地说："我不会跟你同时出现在公众场合了。"

"你跟我又不是真的，你紧张什么？难不成你是怕有人看到那些报道不开心？"

"我……没什么，就在前面放我下车吧，我走过去就行。"

"就这么害怕被别人看见？"罗锐苦涩地说。

"如果是事实，我不会怕别人的目光。罗锐，我在法律上是你的妹妹，你真的不要再任性了，否则我没有脸见叔叔阿姨。"

罗锐一个急刹车，对着连心喊道："是你别再任性了，那个男人看着你长大的，他害死了我姐姐，现在又要把你推向万丈深渊！我从来没想过当什么哥哥，你要真的为我爸妈好，就不要再和那个杀人凶手纠缠不清！"

"够了！"连心的内心被罗锐的一席话刺痛，一激动扇了罗锐一耳光。

连心反应过来后，为自己的举动愣住了，匆匆道完歉，解开安全带跑下车。罗锐双手握紧方向盘，手指关节都攥得发白，紧盯着连心跑远的背影。

4

　　项语秋性格比较低调内敛，不愿像很多公众人物那样暴露在大众视线之下，采访、节目之类的工作他平时能推就推。可这回，唐诗却破天荒地态度强硬起来，给他安排了《风象》杂志的采访，还再三嘱咐这次必须去，理由是它的新媒体专栏这两年做得特别好，对工作室的宣传十分有利。

　　"是啊，定位是高端，可他们这位主编也是出了名的刁钻，喜欢靠一些有噱头的事情博眼球。你确定只有采访稿上这些问题？"项语秋反抗无效，只好拿起采访稿，满脸沮丧地和唐诗再三确认。

　　"我特意打电话问过，应该不会错。你别磨蹭了，说什么也得去，快走。"

　　项语秋无奈地答应着，和唐诗一起过去，但心里隐约有些不安。

　　等红灯间隙，唐诗在项语秋旁边欲言又止，终于开口试探道："有件事我想问你。连心的眼睛……是先天失明吗？"

　　"不是，听院长说，连心的家人是在海上遇难的，她的眼睛也是在那时候受的伤。"项语秋满脸疑惑地抬起头。

　　唐诗怔住，继续追问："海难？具体的时间和地点你知道吗？"

　　"这个就不清楚了，那时候她还小。你怎么突然关心起她的事了？"

　　"没……没事，就是好奇而已。"唐诗若有所思，手不自觉地握上胸前的玉佩。

　　接受采访的咖啡馆已被提前清场，项语秋礼貌地与主编握手坐下。主编不断提问，问题始终围绕采访稿，项语秋从容回答着，也稍稍放松了警惕。

　　唐诗在摄像师身后站着，满眼爱慕地看着眼前这个男人。

　　连心途经咖啡馆，瞥见项语秋的车停在路边，不由自主地走近。主编助理看到连心，偷偷向工作人员使个眼色。没有工作人员的阻拦，连心径直走进咖啡馆。

　　主编还在提问："您最近跟心上人签约，成为他们首位驻站的设计师，为什么不选择先前风头更劲的爱尚呢？"

　　"比起爱尚，心上人的网站定位跟我的设计理念更相符，虽然家具也需要买卖销售，但是对我来说，品位上的一致比市场更为重要。"

　　"您觉得这是种巧合吗？"

"你指的是？"项语秋没理解。

主编解释道："是这样的，这次访谈之前我们进行了读者调查，抽取了一些读者问题，其中有很多人说您跟心上人的连总有特殊关系。不知道您怎么解释，是哪种特殊呢？朋友还是？"

问题的突然转变让项语秋猝不及防，他看向唐诗，唐诗只能摊手表示毫不知情。躲在一角的连心听到这个问题也是一愣。众人都在等着项语秋回答。就在此时，助理用眼神示意主编，指了指人群后面的连心。主编了然。

项语秋正准备开口，主编话锋一转："项先生跟连总的关系，我们不如让女主角亲自来回答。"

随着主编的目光，人群渐渐让开一条路，连心被暴露在摄像师的镜头中。

"连心？你怎么在这儿？"唐诗看见连心冲了过去。项语秋也惊讶地站起来。

连心看了看项语秋，又看向唐诗，一时不知所措，在众人的目光下落荒而逃。

一路逃回家，天色已晚，叶木桃听连心说起今天的事："什么，跑了？"叶木桃坐在地毯上剪指甲，指甲剪清脆地响了一声。

连心老老实实地点头。

"你在想什么？众目睽睽之下跑了！这不是很输阵吗？这等于是在告诉他们你心虚。"叶木桃一副恨铁不成钢的样子。

"我也不知道，镜头突然对着我，脑子里一片空白，下意识就跑了。"

"完了，这下你跟他的关系就更说不清了，那个主编摆明了就是想挖点儿料，你还不如大大方方进去解释。"

"你别说了，我现在有点儿乱。"叶木桃说的这些连心何尝不懂，可当时情况紧急，自己下意识地就选择了逃避，连心对自己的头发一通乱抓，把脸埋在膝盖里。

这时，项语秋打来电话，连心挂掉，又打来，又挂掉，重复几次，连心索性关机。

"怎么不接啊？说不定他有什么解决方案呢！"

"不能接啊，我要怎么解释今天的失态？"连心整个人侧瘫在沙发上。

"实话实说啊。"

"说什么？说我心里有鬼，还不能放下他，所以一见到光就逃跑了？"

"你今天真的有点儿丢脸。"叶木桃摸摸连心的头。

正在两个人商量对策的时候，突然有人敲门，叶木桃跑过去，门刚开一条缝儿，一个戴着墨镜、口罩，全副武装的人就挤了进来，把叶木桃吓得直往后退。

来人摘下墨镜和口罩，露出熟悉的脸。

"罗锐！你干吗打扮成这个样子？"叶木桃惊魂未定。

连心想起之前在车上两人的冲突有些尴尬，轻声说了句"对不起"。

罗锐故作轻松道："下次别打脸，我就靠脸吃饭呢！"

"打脸？你们又发生什么了？"

罗锐没理会叶木桃的大惊小怪，走到连心面前，一本正经地说："不知道什么人截了段《风象》采访的现场花絮放在网上，说连心脚踏两只船，同时跟我和项语秋……"

"这么快就有绯闻了？"叶木桃一惊一乍，感觉脑子已经不够用了，"会不会是爱尚干的？想诋毁你的名誉，借此来打压咱们？"

"前几天后台收到很多投诉，说从我们网站买的家具甲醛味道很重，这事还没解决。这次可不能让我的个人问题再影响了网站形象。"连心皱着眉头思索着。

"我有办法。"罗锐神神秘秘地对着两个人说道，"明晚不是要办庆功宴吗？不如请一些媒体记者来……"

听完罗锐的提议，连心犹豫地问："我不同意，这对你有什么好处？这样做也会影响你的形象的！"

"当然有好处了，这样可以帮我拦住烂桃花啊，还有，别忘了我还给你代言呢，你的网站兴衰我也有责任的，你要以大局为重。"

罗锐的话好像也有些道理，但连心始终有着自己的顾虑，一时难以决定。她只好去工作室找陈奇求助。

"为什么来问我？"陈奇难得正经地看着连心。

"习惯了呗。小时候考试卷要签字，犯了错要喊家长，第一个想到的都是你。"连心嬉皮笑脸，故作轻松。

"可你别忘了，最后帮你解决这些问题的都是项语秋。"

连心低下头，小声说："我就是想听听你的看法，如果你觉得这样做是对的……"

陈奇反问道："既然你已经同意罗锐的做法，干吗还来问我？连心，问问你自己，是不是真的放下项语秋了？先不要管别人的看法。"

连心思考着，没有回答。

陈奇继续说："撒一个谎，需要更多个谎来圆，尤其是在感情里。你骗自己说已经放下了，就需要做很多事来说服自己去相信，何必呢？"

连心反问道："那你说对唐诗没感觉了，是不是真的？"

"当然不是。"陈奇大方承认。

"好啊，没想到你也是装的。那你为什么最近对她这么冷淡？"连心不解。

"欲擒故纵，诱敌深入，得之！"陈奇做了个势在必得的手势，突然灵机一动，

"连心，不如我们结盟吧！"

"你要我帮你追唐诗？"

"对，我也会帮你追项语秋。"

连心有些犹豫，低头不语。

陈奇故意激她道："怎么，还不确定你的心意？"

连心沉吟半响，坚定地抬头，眼里闪着光道："我确定！我还喜欢项语秋，我要把他追回来！"

心上人的庆功宴如期举行，叶木桃在台上主持，连心挽着罗锐款款而来，众人纷纷看过去。

陈奇不知道什么时候凑到项语秋身边，故意大声说："什么意思？这么多记者在，搞这么暧昧，他们俩是想宣布恋爱关系？"

只见连心身着一袭小礼服，站在话筒前，从容优雅地说："感谢在座各位来参加我们的庆功酒会，心上人网站从西班牙创办至今，已有四年，我们转战国内市场第一步的成功，离不开两个人的支持。"

连心望了望台下的罗锐和项语秋，他们两人也正注视着连心。镜头对准连心、罗锐和项语秋三人，台下传来窃窃私语声。

"我相信很多人都在揣测我们之间的关系，我不希望我的私人生活影响到网站未来的发展，今天在这里我要说明的是……我跟罗锐……"连心看向台下满脸期待的罗锐，不慌不忙，镇定自若，"和项语秋都是非常好的朋友……"

听到连心的话，项语秋凝目蹙眉的表情瞬间放松。罗锐则因为没有听到自己想要的答案而满脸的难以置信，只能握紧拳头，狠狠地瞪着项语秋。

连心继续说道："我是个孤儿，项语秋和罗锐都是我儿时的好友，我们彼此也都很珍惜这段友谊，所以在我回国后，他们都不遗余力地帮忙。感谢我的朋友们，陪我走过最艰难的一段路，谢谢你们，同时也希望媒体朋友不要再传播这样的不实消息，影响他们的生活。"

台下响起热烈的掌声，连心深鞠躬，昨日罗锐的声音在耳边回响："明晚不是要办庆功宴吗？不如请一些媒体记者来，当场宣布我是你男朋友，而你跟项语秋只是单纯的朋友关系……这样一来，彻底堵上媒体的嘴，也断绝了你对项语秋的念头。"

连心没有这么做，她也不能这么做。

晚会结束后，连心站在街角深呼吸，罗锐追上来问："昨天不是说好了吗？为什么突然改口？"

"我不想欺骗你，也不想欺骗自己，我们这么做没有任何意义。如果利用你去改变现状，我会很鄙视我自己。"连心真诚地说。

"我心甘情愿。"

"回去吧，罗锐，你有你的舞台，我有我的世界，你应该在舞台上发光发亮，而不是因为我把生活搅得一团糟。"

"好，我们今天先不谈这个，我送你回去。"见连心如此坚持，罗锐只得妥协。

"不了，我想一个人待会儿。"连心说完一个人漫无目的地在大街上闲逛。

连心不知不觉走到项家老屋附近的面馆，犹豫片刻走了进去。刚一进门，一个醉汉跟跟跄跄地撞向服务员，服务员手里的面汤瞬间洒在连心的礼服上。连心边擦着，边想起忘了带钱包出来。

"老板，一份小笼包、一份桂花糯米藕、两碗酒酿圆子。"耳边响起熟悉的声音。

连心找了个位置坐下，说道："为什么每次我出丑的时候你都在场，老天派你来取笑我的吗？"

"也许是派我来拯救你的。"项语秋在对面坐下，将食物推到连心面前。

连心也不和他客气，拿起筷子吃了起来。

项语秋微笑看着连心狼吞虎咽的样子，问："刚才在庆功宴上，你原本要说的不是那些吧？为什么临时改变主意？"

"人要违背自己的本心很难，还不如听从内心的声音。"连心正专心吃着小笼包，头也不抬地回答。

"那个声音说什么？"

"它说……老板，再来一份小笼包！"连心俏皮地坏笑。

5

连心撑得肚子滚圆地回到家时，叶木桃已经在沙发上睡着了，连心不忍叫醒她，便从卧室抱出一床被子盖在她身上。叶木桃翻了个身，嘴里嘟囔了一声"罗锐"。

连心愣住，但很快就明白过来。自从罗锐回国，叶木桃见到他时行为举止都变得反常，这份感情，其实她早已有所察觉。

第二天一大早，连心被一阵急促的手机铃声惊醒，挂了电话便匆匆赶到公司。原来从几天前开始，心上人就一直收到产品质检不合格的投诉，昨晚更是集中爆发了好几例甲醛中毒，还好急救到位，没有产生更坏的影响。

连心知道这件事必须尽快查清，所以极力克制心里的慌张，镇定下来安排员工去查中毒原因和物流情况，却得知被投诉的家具里也有项语秋的作品。

连心顿时愣住了，满脑子都只有一个念头：不可能，项语秋的作品绝对不可能有问题！

而此时，匠心这边也是一片慌乱，唐诗举着手机进来，把心上人的状况告诉了项语秋，建议他马上解约。可项语秋说什么也不肯，还提醒唐诗，自己工作室的家具也被投诉了，这其中一定有什么问题，现在帮连心查清楚真相才是最重要的。说着他拿过手机，仔细浏览网上的黑帖，试着从中找到一些线索。

就这样看了一上午，项语秋的眼睛已经有些酸痛，突然他发现了其中一个帐号出现了很多次，连忙让唐诗过来。

唐诗凑近看了一眼，若有所思地说："这么一说好像是，大家都是跟在他的帖后面发言。连心公司不是有个计算机大神吗？应该能查到这个帐号的持有者。"

项语秋眼神一亮，拍了拍唐诗的肩膀，起身出门去找连心。

连心安排完公司的事后，立刻赶到医院，亲自来看望甲醛中毒的患者。没想到一堆记者正在此守株待兔，见她一来就蜂拥而上，将她团团围住，咄咄逼人地开始提问。医生和护士在走廊阻拦，却无济于事。

"心上人打着环保的旗号，却出现甲醛中毒事件，对此你怎么解释呢？"

"钢琴王子罗锐被指责代言'毒网站'，他事先知道你们的产品不合格吗？"

"听说项语秋的家具也被指出甲醛超标，这是从来没有过的事，是被你们影响了吗？"

连心在记者的重重围堵下艰难往外走，不断回应着各种质疑："我保证，我们网站的家具品牌，都没有甲醛超标的可能，这件事我会调查清楚，给大家一个满意的答复。"

路过其中一间病房时，门突然打开，一双大手将她拉了进去。连心定睛一看，原来是项语秋和罗锐。

罗锐一脸担心地说："听桃子说你来医院看中毒的买家，我就知道要出事。你胆子可真够大的，还没查清楚就敢来医院。"

"不管怎么样，他们是从心上人购买了产品，现在出了事，我怎么可能不来。"连心解释道。

"你这份情他们未必领，心里指不定怎么骂你无良呢，你也不想想，出这么大事，记者能坐得住吗？"

"好了，我知道错了！都是我，连累了你们。"连心低下头。

等罗锐责怪完连心，项语秋才开口："网上有个帐号一直在发黑帖，我已经让叶木桃去查了。"

记者们还聚集在门外，吵吵嚷嚷地不肯离开。同时，匠心工作室门外也同样被记者重重围堵。

项语秋接到唐诗的求救电话，忙让陈奇过去。

陈奇匆匆赶来的时候，唐诗还惊魂未定，她向陈奇解释道："甲醛中毒那件事，受害者上门讨说法，我一个人没敢开门。"

见唐诗安然无事，陈奇松了口气。他难得思路清晰起来，分析道："我听连心说过，他们网站没有自营产品，所有订单都是合作的工作室自己发货，一定是物流环节出了问题。你们用的是哪家物流？"

"极速。"唐诗不解，"但每个品牌发货用的物流都不一样，总不可能所有物流都出问题了吧？"

"那肯定也不止你们一家用了极速。"陈奇看着唐诗。

从医院脱身的项语秋和连心回到了心上人。正好叶木桃也发现出问题的那些家具全用的是极速物流，都是 23 日那天发的货，她还查到了发黑帖的帐号来自幸福小区三单元 201 室，是个姓方的记者。

三人立刻行动起来。连心和叶木桃伪装成送餐员，成功溜进快递公司，却看到唐诗和陈奇正在跟工作人员交谈，而唐诗和陈奇也发现了躲在角落的连心和叶木桃，四人均是一惊。

唐诗偷偷走过来，小声问："你们怎么在这儿？赶紧走。我们骗他们说买家没收到货，正在查那天的物流信息。"

陈奇面对工作人员，手背在身后示意连心她们赶紧走。

连心了然地点点头，又提醒道："23 日当天发的货我们这里没有显示物流信息，但他们公司内部肯定有记录。我们只要找到当天的快递员，说不定可以顺藤摸瓜，弄清楚发生了什么事。"

"你早说啊！我直接黑了他们电脑查一下不就行了！"叶木桃猛地跺脚放大声音喊道。

连心和唐诗同时捂住叶木桃的嘴，但已经来不及了，大厅里的人都朝这边看过来。

程总正和极速公司的副总从电梯出来，一眼认出连心，戏谑道："哟，这不是心上人的 CEO 吗？怎么跑到你们极速送餐来了？"

极速的副总脸色一变，让保安把四人推了出来。

叶木桃又气又懊恼，忍不住用手拍自己的脑袋。

连心无奈道："你不记得了吗？之前拍卖会上跟我竞拍的那个！"

"对，就是他，一个大男人这么小心眼儿！再说了，我们最后也没有得到那件拍品啊。"

唐诗听着两人的对话，冷冷地说："连心，你已经不是小孩子了，能不能长点儿心，怎么到处得罪人！"

四人互相埋怨了一路。没有证据，项语秋在幸福小区的进展也不顺利，吃了闭门羹，只得垂头丧气地回到工作室。

"现在找不到证据，中毒的买家那边你们也没法儿交代。"陈奇在项语秋面前走来走去。

唐诗不满："你能坐下吗？晃得我头都晕了。"

"甲醛超标……甲醛超标……"项语秋突然想到什么，"会不会是化学物品泄漏？"

"化学物品泄漏？"陈奇惊讶。

"对，之前有过快递公司被查出违规运输化学物品，所以我猜，这次家具中毒会不会也是极速运输违禁品，泄漏到我们的家具上。"

"这么一说就都能解释通了，但问题是，我们怎么能拿到证据？"唐诗的反问让燃起的希望瞬间又熄灭了。

已近深夜，项语秋催陈奇送唐诗回去，陈奇故作扭捏，欲擒故纵。唐诗扭头看陈奇一脸不情愿，转身准备自己走。

项语秋无奈地看着这对欢喜冤家，对唐诗耳语道："今天是陈奇的生日。"

"你到底送不送？"唐诗停下，看着陈奇。

"陈奇，这么晚了不安全，你送她一下会死啊？"项语秋在一旁助攻。

陈奇装出一副无可奈何的样子，说道："好吧，我送。"

唐诗走在陈奇前面，陈奇转身对项语秋比了个胜利的手势。两人走后，项语秋深深凝视着橱柜中的天使翼，眉头紧蹙。

车子一路开得飞快，陈奇不明所以，紧紧抓住上方的扶手，说道："我年纪大了心脏不好，快停下换我开。"

"少废话。"

车子停在沙滩旁，陈奇跟着唐诗走在沙滩上，不解地问："不回家休息，带我来这儿干吗？"

"你转过去，闭上眼睛。"

"哇，你不是要给我什么惊喜吧，我有点儿紧张，我还没有做好准备……"

唐诗不理陈奇的胡言乱语，开始在沙滩上写字。

等到陈奇转身睁眼，沙滩上写着"生日快乐"四个大字，海水涨上来，四个字转瞬即逝。

"美好的瞬间总是消失得这么快……"看着一个字不剩的沙滩，唐诗一阵惋惜。

"我都记住了，不会忘的。没想到，你还记得我的生日。"陈奇感动不已。

"其实大家都没忘。"

陈奇手机响了两声，打开一看，是项语秋和连心发来生日快乐的短信。

项语秋："不用谢，兄弟，生日快乐。"

连心："陈奇哥，生日快乐！祝你早日得到幸福。"

"怎么着？用不用去医院看下眼科啊？"唐诗戏谑地看着眼眶湿润的陈奇。

"人年纪大了就容易泪点低。"陈奇向后躺在沙滩上，仰望着夜空。

"算了吧，孩子都没生，装什么老年人。"唐诗在陈奇身边坐下。

"你还记得被收养前的事情吗？"陈奇突然问。

"当然了。小时候生活的地方有满天繁星，就和今天的夜空一样。有妹妹……"

"你还有妹妹？真难想象你当姐姐会是什么样，一定很凶。"

唐诗白了一眼陈奇："哦……邻居家的小妹妹……她入睡前喜欢数星星，还要数出声。久而久之，听不见她的声音，我都睡不着了。现在，数星星的人没了，连天上的星星也少了很多。"

陈奇想了想，站起来，到远处找了个树枝，在沙滩上画了好多星星。唐诗看着陈奇认真画星星的样子不禁笑了，也站起来一起画。海浪扑上来要淹没星星，陈奇和唐诗惊慌地叫起来，把星星画向离海水更远的地方。

夜色深沉，星光斑驳。

其实爱情这种东西很奇怪，有些人两情相悦，但更多的是一厢情愿。于唐诗和陈奇而言，他们之间爱情的天平似乎在慢慢发生变化。

第十一章 /

1

"毒家具"事件虽有了眉目，可苦于找不到确切的证据。受害者家属的怒气和舆论的压力一时也没有办法平息，这是心上人创办以来第一次遇上这么大的危机，愁眉不展的连心只得打电话给蒋佩珊求救。

蒋佩珊看着设计图，无意中瞥了眼手表，问道："你那边晚上了吧，还不睡？"

"睡不着。"

"这个时间你也只能来打扰我了，心情不好啊？我猜猜，跟项语秋有关？"

"猜错了。"

"不是他？那是工作不顺利？"

"嗯，遇上点儿麻烦。"

"别慌，办法总比困难多，万事都有解决的办法。"

"我知道，就是觉得一个人待着心慌，所以才来骚扰你啊。"连心嬉笑着，转而严肃起来，"你曾经劝过我别轻易放弃项语秋，为什么？你真的觉得我们合适吗？"

"还是跟项语秋有关嘛。这个世界上有那么多人，两个人能遇见是多微小的概率，在这极小的概率里要爱上对方更是难上加难，我只是不希望你因为一时赌气错过了……而且失败一次就给这段感情判死刑，可不符合你一贯的作风。"电话那头的蒋佩珊笑了笑，语重心长地说。

挂断电话，蒋佩珊的一番经验之谈让连心起伏的心情逐渐恢复平静。连心将杯中的红酒一干而尽，明天还有场恶仗要打。

第二天一早，连心就来到匠心，打算和项语秋继续商量如何应对"毒家具"事件。一进门看到程总和项语秋在工作室寒暄着，她跟程总迎面碰上，两人都有些惊讶。一番沟通后，程总才知道原来心上人的 CEO，就是当年跟在项语秋身边的那个小女孩儿，而之前在拍卖会上与连心竞拍的就是程总的下属。

"我这个人就是有点儿好胜心，喜欢较劲。"程总一通解释，然后仔细打量着连心，"真没想到，当年的小姑娘已经长这么大了。"

"那天在极速物流你故意针对我，坏了我大事呢。"连心尴尬地笑着说。

"实在不好意思，您大人有大量。"程总忙打断她，想了想，又露出疑惑的神情，"不过……那天在极速，你们的打扮是怎么回事？"

"极速发货的一批家具被甲醛污染，导致买家中毒，都是连心网站的订单，其中也有我工作室的作品。那天他们几个溜进去是想查查原因。"项语秋解释道。

程总恍然大悟："原来是这样！最近我在帮极速做装修，说不定能查到什么有用的东西，让我试试吧，也算是将功补过。"

连心和项语秋听完相视一笑，果然天无绝人之路啊。

公司物流方面的事务平时都由李昂负责，项语秋去找他要一些有用的相关资料，走到办公桌前却发现他不在。电脑桌面的对话框突然弹出一条信息：年轻海归女 CEO 情归钢琴王子，新锐设计师全程被利用。

项语秋警惕地打开对话框，李昂的聊天儿记录一览无余：

"只需要抹黑连心，我们公司是无辜牵连者，撇清关系。"

"你们动作要快点儿，不然后边一分钱都拿不到。"

"我再找点儿能抹黑的信息，你们多找水军做文章。"

"等我消息。"

看到李昂从洗手间回来，项语秋微笑着环抱双臂，假装赞赏道："挺有才嘛，谁让你这么干的？"

李昂信以为真，反而不好意思地挠头说："我自己想出来的办法。如果说心上人那个连总只是借你过桥，那大众读者对我们工作室就会产生同情，为了早点儿恢复公司的名誉，你看我，愁得晚上都睡不好觉，头发也掉了不少！"

"以后不需要你想了。"项语秋突然严肃起来。

李昂没有细听，还得意扬扬地自顾自道："我的几个媒体朋友都打点好了，文章一发，再一炒！我们肯定是被同情的一方，锅全让他们背去吧！"

"我的意思是，你不用再来上班了。"项语秋冷漠地挥了挥手，"匠心不需要你这种将心用在歪门邪道上的'人才'，你三番五次挑战我的底线，口口声声为公司好，却一直在做跟匠心理念相悖的事。这次我们既然跟心上人签了约，出了事就该一起面对，是谁的责任谁负责，而不是第一时间把脏水泼到对方身上。"

"项语秋，我忍你很久了，故作清高，目中无人。你不能开除我！我上个月的业务量是公司第一，你没有任何理由开除我！"李昂恼羞成怒，但还试图垂死挣扎。

"有关的补偿我会让财务跟你结，但明天我不想在公司再见到你。"项语秋转身离开，留下李昂在身后骂骂咧咧。

网上关于"毒家具"煽风点火的黑帖越来越多，网友们偏执而狂热的情绪彻底引爆了这次事件，各种平台上一片口诛笔伐。连心实在看不下去，决定去找方记者讨说法，意料之中地被拦在了门口。

方记者见连心孤身一人，更加有恃无恐："我是记者，报道事实、说出真相是我的职责！"

连心气愤地说："那你说的是事实，是真相吗？蓄意诬蔑造成他人损失，情节严重就是犯罪！"

方记者态度强硬地说："少在这儿吓唬人了，说我诬蔑，证据呢？"

手机及时响起，连心听了听叶木桃发过来的录音文件，嘴角上扬，笑道："你不是想要证据吗？"

只听两个男人说话的声音从手机里传了出来——

"怎么回事？不是说让你分开运输吗？怎么跟那批家具弄到一块儿去了！"

"那边急要，我就一块儿装车了，谁知道这次包装没做好，那些东西竟然泄漏了！"

"算了，以后一定要小心，这些本来就是违禁品，万一被发现公司就完了！"

"我知道，这次还好有心上人替我们背了黑锅。"

方记者愣住了，知道自己无法再狡辩，无力地松开了抵住门的手，恳求连心不要报警。原来他也有不得已的苦衷。他的女儿患有严重的心脏病，需要一大笔钱做手术，"毒家具"事件发生后，爱尚的人找到他，想借机抹黑、压垮心上人，当时女儿的手术迫在眉睫，他只得昧着良心同意了。

连心不禁心软，答应只要他肯出面澄清真相，自己就不报警，还会承担他女儿的手术费用。方记者连连点头，感激涕零地答应了。

现在有录音证据在手，最难搞定的方记者也愿意配合，大家总算松了口气，着手准备起了记者会的工作。

记者会上，方记者承认了自己发黑帖的事情。连心面色冷峻地接受着媒体的采访，回答得滴水不漏。极速快递被抓住了证据，无法抵赖，只得道歉、赔偿。心上人"毒家具"的风波终于平息了。

项语秋细细打量着走下台的连心。叶木桃凑过来，悄声道："我在西班牙跟了她那么多年，比这更难的问题她都搞定过。"

见项语秋疑惑地转头，似乎没明白自己的用意，叶木桃直接说道："喂，大叔，通过这些天对你的观察呢，我觉得……你是喜欢连心的吧？"

"胡说什么？"项语秋立刻打断叶木桃的话。

叶木桃也不生气，一副早已了然的表情，自顾自地说："你开始后悔当初离开连心的生活，很多事情你明明知道没有你，她一样可以做得很好，但你还是不愿意承认，想装作她还需要你的样子。"

自己的心思被这个小丫头一语道破，项语秋一时竟无言以对。

"大叔，别不承认啦，你就是爱上连心了。你这个年纪的男人就喜欢玩深沉，但你们家连心可未必一直都等你。"叶木桃拍拍项语秋的肩膀，说到"你们家"三个字，还故意加重语气，直到看见连心过来，才迅速溜走。

项语秋看着连心，突然没头没尾地说："叶木桃说得没错，没有我，你一样可以做得很好。"

"没有你，我不会做得这么好。"连心意味深长地看了项语秋一眼。

"毒家具"的事情非但没有给心上人带来不好的影响，反而提高了它的知名度。国内市场的开拓越来越顺利，多个入驻品牌的合作款发布，还组建起了自己的物流公司。同时公司扩大了规模，搬进了宽敞明亮的写字楼，一切都呈现出新的景象。

只有项语秋的心情不是那么明朗，眼下匠心与心上人的合作已经步入正轨，他一时找不到合适的理由接触连心了。想起连心每次见到自己，都是一副公事公办、不冷不热的态度，他心里就不是滋味，做什么都提不起兴趣，就连对着设计图纸也会不自觉地发呆走神儿。但他并不知道，这是陈奇早已跟连心商量好的，要她按兵不动，以不变应万变。

陈奇拍完一天的外景后回到老屋，一进门就直奔冰箱，却发现里面几乎没什么现成的东西可吃。胃正发出不满的抗议声，陈奇只得拿出几个鸡蛋，笨手笨脚地忙活着。

迎接项语秋回家的是满屋子的油烟，项语秋冲进厨房看到可怜巴巴地望着他的陈奇，无奈地打开抽油烟机，夺过陈奇手里的炒勺将他赶出厨房。

不一会儿，几盘家常小菜就上桌了，陈奇迫不及待地抄起筷子，狼吞虎咽起来。

口腹之欲满足了，陈奇还不忘八卦，故意提起连心趁机试探项语秋的反应。

见项语秋一副沮丧的表情，陈奇故意说："你一说做了几个她爱吃的菜，她肯定屁颠儿屁颠儿就跟来了！"

"她已不是以前那个小贪吃鬼了，美食诱惑对她已经不管用了。"项语秋自顾自地喝酒。

陈奇继续煽风点火道："小萝莉长大喽。"

项语秋没有接话，而是朝陈奇伸出手，手心朝上一摊，说道："我家的钥匙还我，放在你那儿是备用的，不是让你闯空门的。"

陈奇噎住，气急败坏地嚷嚷道："我不！你就不能关爱一下孤寡青年吗？"

项语秋没再理他，起身一个人钻进了工作室，不一会儿，里面传出了规律的摩擦声。陈奇蹑手蹑脚地走过去，只见昏黄的灯光下，他心不在焉地打磨着一块木材，掩饰心中莫名的不快。项语秋的这些反应都被陈奇看在眼里，他不禁偷笑。

过了几日，陈奇计划着该出招儿了，便去匠心工作室找唐诗，得知她和项语秋刚去了工厂，忙不迭地跟了过去。见唐诗正站在工厂门口的一堆手工家具中核对清单，便悄悄进来，站在她身后。唐诗冷不丁一回头，被吓了一跳。

陈奇笑嘻嘻地看着她，提议周末一起去打真人 CS，说是可以提高领导才能、团队精神和应变能力，顺便还能联络一下感情。却发现唐诗听了不屑地撇撇嘴，一副毫无兴趣的样子。他没有丝毫担心，还得意地向唐诗挥挥手，向厂房走去，头也不回地说："你会去的，因为项语秋已经答应要去了。"

陈奇一进去远远地就看见了项语秋，可喊了好几声都被车床的响声盖住了。见项语秋一直没反应，陈奇只好跑到他面前，兴冲冲地说："我刚才帮你约了连心，周末一起去打真人 CS。"

"什么叫帮我约？"项语秋将陈奇拉到了安静一点儿的角落。

陈奇一副过来人的样子，恨铁不成钢地说："想要多了解连心，那就要多制造和她接触的机会啊！"

"你什么时候变得这么爱管闲事了？约不约连心我自己决定，不用你操心。"项语秋嘴硬地说。

"那行，反正我、唐诗和连心已经约好了。到时候游戏一开打，唐诗肯定不会手软的。"陈奇故意装作满不在乎的样子往外走。

项语秋果然中计，瞪着陈奇的背影，匆忙喊他等等，却不知背对他的陈奇露出了计谋得逞的奸笑。

2

挑了个阳光晴好的周末，四人开车前往真人 CS 体验馆。一路上，唐诗敏感地察觉到项语秋的目光一直有意无意地落在连心身上，而连心也在偷偷打量着项语秋。

看着目光交错的两人，唐诗有些不爽，默默地挪开了视线，却刚好对上正盯着自己的陈奇。

见他一脸花痴的模样，唐诗调侃道："就你这样，上了战场也直接当俘虏了吧？"

"那要看敌军是谁了！"陈奇嬉皮笑脸地答道。

体验馆离市区不远，四人说说笑笑，很快就到了目的地。商量好用猜拳的方式分组后，陈奇趁机凑到唐诗身边，不停比画着剪刀的手势，接着用右手在裤子上抹了抹，一副胸有成竹的样子。但当看到眼前的分组结果时，他难以置信地瞪大了眼睛，默默腹诽着：不是冤家不聚头。

穿上迷彩服的连心和唐诗比平时多了些英姿飒爽的味道，两人戴着同色的头盔，手持彩弹枪，坐在碉堡的墙根下，不自然地环顾着四周，偶尔对视一眼也都迅速移开，气氛有些尴尬。

连心透过射击孔望了望外面，认真观察了一会儿，分析道："咱们布置好，守着碉堡，不让他们抢了先，也不是完全没胜算。"说着她将彩弹枪上膛，让唐诗守在楼下，打算自己跑到碉堡顶端截击。

可唐诗并没有理睬，一直自顾自地抱怨着，一会儿说两个男的一组就是明摆着欺负人，一会儿又说早知道就不应该来，抬起头，看见连心正盯着自己。

连心坦言道："我知道你一直不喜欢我，但是也不用这么明显吧。"

"我不是……"见连心这么直接，唐诗反而不好意思了。

"没关系，我也不喜欢你。但是拦不住有人喜欢。既然来了，至少表面上要装一装吧？"

接二连三地被这个小丫头教训，唐诗咬了咬嘴唇，没有说话，默默将枪架好。连心也将彩弹枪架在了射击口上，通过瞄准镜观察着附近的动静。

另一边，陈奇检查着手中的装备，满脸失望，本来以为会跟唐诗分到一组，关键时刻还能英雄救美，结果却摊上了项语秋。项语秋听到他的嘟囔，嫌弃道："谁让你从一开始就目的不纯！"

"你的目的就单纯了？"陈奇用手肘捅了项语秋一下，坏笑着问。

项语秋不理会他，伸出头观察着不远处的碉堡。碉堡顶端飘着红色的旗子，一顶红色的头盔在旁边一闪即逝，项语秋看到，嘴角微微上扬，说道："我们左右夹击，注意掩护。她们下面就一个人，你负责拖住，我上去拔旗。"

"为什么是你拔旗？"陈奇满脸的不服气。

"下面的这个肯定是唐诗，要是你想拔旗，我就跟你换。"项语秋作势要走，被陈奇伸出胳膊拦住。

"我明白了！交给我吧！"陈奇戴好帽子，猫着腰朝碉堡靠近。经过灌木丛时，一个红色彩弹在他脚边爆开，吓得他从灌木丛中直起身，暴露了位置。

碉堡里的两人接连对他发起攻击。陈奇赶紧俯下身，在灌木丛的掩护下胡乱逃窜，身后接连爆开好几个红色彩弹，胳膊也染上了一块红色，疼得龇牙咧嘴。趁着陈奇吸引了两人的注意，项语秋将身体压低，快速前行，碉堡处传来一阵又一阵的枪声。

唐诗举着枪对外瞄准，找着敌人的踪迹，突然身后响起子弹上膛的声音，回头发现陈奇正举枪对着自己。她来不及多想，转身要抄起自己的彩弹枪，没想到这种关键时刻，枪竟然卡在了射击孔里，怎么都拔不出来。陈奇看着唐诗焦急的样子咧嘴笑了。

这时项语秋也跟上来，二话不说上了楼梯。顶层的连心见他爬上来，急忙挡在旗子前，毫不客气地瞄准项语秋，朝他身上开了一枪。项语秋腹部爆开彩弹，微微吃痛。

唐诗举起双手假装投降，趁陈奇大意上前抢他的枪，两人扭在一起。陈奇甩开唐诗时，混乱间开了一枪，恰巧打中了唐诗的头盔。

看着唐诗掩面蹲下，陈奇忙扔下枪，关切地上前问道："怎么样？没事吧？"

"你自己说，能没事吗？"唐诗放下掩面的手，迅速捡起他的枪，直接挥了过去。

陈奇躲闪着，举起双手求饶。但唐诗还没有消气，把陈奇的枪扔下，抽出自己的，使劲儿按下扳机，却发现没有弹药了。

陈奇迅速捡起自己的彩弹枪，一副小人得志的表情，押着唐诗走上楼梯，得意扬扬地说："连心，快把红旗交出来，我们两兄弟给你个痛快！"

项语秋突然抬手向陈奇开了一枪，陈奇顿时捂住肩膀，胳膊麻得抬不起来，只能愤怒地嚷嚷："项语秋！你这个叛徒！"

"谁让你放水了？我还打不过你们两个？"连心不服气地说。

"那我可就不客气了。"项语秋微微一笑，端起枪，朝连心不断逼近。

连心将红旗拿在手里，退到了碉堡的边缘，脚下一崴，重心失衡向后倒去。项语秋见状大步迈过去，一把将她拉入怀里。缓了半晌，连心才从惊吓中回过神儿来，快速地推开了项语秋。唐诗下意识地冲上来抱住了连心，喃喃道："吓死我了，你没事就好，没事就好……"

三人对唐诗反常的举动不明所以，互相交换了一下疑惑的眼神。

唐诗意识到自己的失态，尴尬地放开了连心，支支吾吾地说："哦……那个……我刚才是吓坏了，这破游戏再也不玩了！"

正说着，一颗红色彩弹打在项语秋的头盔上，只见连心挥着手中的旗子，朝着唐诗笑道："就算是破游戏，我们也赢了啊！"

项语秋摘下头盔，看着连心灿烂的笑容，不自觉跟着笑起来。

虽然连心说自己没事，但项语秋坚持要送她回家，连心也没再推辞。她正要坐到后座，项语秋却拉开副驾驶的车门，不满地说："坐前面，我又不是司机。"话里带着一丝委屈的语气。连心偷笑，觉得老项变可爱了。

车在连心的小区门口停下，项语秋关心地问道："脚真的没事？买的药回家记得擦！"

连心开门下车，心中暗自得意，表面上却还装着客气、疏离的样子，礼貌地说："今天谢谢你，回去早点儿休息吧！"

项语秋叹了口气缓缓将车开走，从后视镜看到连心折回来一直目送着自己，转而露出微笑。

第二天，陈奇还没起床，就接到连心在机场打来的电话。得知她要去美国待几天的消息，他一下子从床上爬起来，惊讶地问道："这是什么战术啊？怎么不事先跟我通个气儿？项语秋知道吗？"

"这个还真不是什么战术。罗锐昨晚找我，说要给罗叔叔过生日，正好这两天有时间，我去看看他和阿姨，给他们一个惊喜。这是临时决定的，我也没打算告诉他。"连心平静地解释道。

陈奇放下心来，重新躺回床上，嘱咐道："去看看也好，项语秋那边就交给我吧。"说完便挂断电话跑去了老屋。

他一进门就看见项语秋一边吹着口哨，一边对着镜子刮胡子，看起来心情不错的样子。

陈奇心中偷笑，调侃道："什么情况啊？收拾得这么利落，老黄瓜刷绿漆，你这是要和连心约会？"

项语秋毫不避讳地点头。

陈奇坐在沙发上，给自己倒了一大杯水，一饮而尽后才说道："不用去了！连心不在，跟罗锐去美国给罗老爷子过生日去了。"

项语秋听了，不自觉地皱了皱眉头。

陈奇故意吞吞吐吐，假装回忆道："好像还有一些私事吧，她没细说。"

得知这么大的事连心没告诉自己，项语秋泄气地坐在沙发上。陈奇看出了项语秋的失落，一拍大腿，添油加醋道："你想想看，都这么多年了，连心怎么偏偏今年去给罗锐他爸过生日？"

"我不知道。"项语秋没好气地回答。

陈奇继续在一旁煽风点火："你怎么不开窍呢？罗锐可是说过非连心不娶的，万一两人一起见了家长，顺便喜上加喜把婚事定了……你就傻眼咯！"

"你在胡说八道些什么呢？连心怎么会在这种事情上冲动。"项语秋忽略了最后一句话，揪住"喜上加喜"四个字。

"你想，罗锐为连心做了这么多，她心里多少也是有些感动的吧？就算真的只是单纯祝寿，老人家上了年纪，一煽情，两个年轻人想想也对，就订了婚，也不是不可能吧。"陈奇为了刺激项语秋，继续编着故事，说得连自己都差点儿相信了，"连心打电话给我好像让我祝她一切顺利。"

没等陈奇说完，项语秋就起身冲了出去，转眼不见了人影。

项语秋开车来到机场的出发大厅，一边四处张望，一边拿着手机拨打连心的电话。连心的手机已经关机，他心下焦急，只好寄希望于叶木桃。

电话那头的叶木桃得知连心和罗锐一起去了美国的消息，心中也是一惊。告诉他连心只说要临时出差，让自己好好安排一下发布会的事，没再说其他的。

项语秋举着手机站在路边，仰望着头顶飞过的飞机，懊恼不已。

灰心丧气地回到家，见听到动静的陈奇跑过来想要开口，项语秋打断他，自己一个人走进了工作间。

3

连心和罗锐乘坐的航班终于抵达了美国。两人打了辆出租车回家，长途飞行累得连心一路都倒在车里昏睡。

别墅的院门大开，罗父和罗母伸长了脖子往外看。一辆汽车停在门口，罗锐开门下车。老两口儿忙上前，罗锐把身子往旁边微微一让，连心的脑袋从车里探了出来，笑着给了两人一个大大的拥抱。

多年分隔两地，罗父、罗母见到连心都激动不已，罗母握着连心的手不肯松开，欣喜地打量着连心的变化。一家人在欢声笑语中走进房子。重逢的欣喜过后，罗母便开始准备晚饭。

连心在一旁摆弄着罗父养的花花草草，手机响起，见是项语秋打来的，连心按捺住心中的喜悦，接起了电话。可项语秋一直没有出声，两人谁也没有再开口，静静听着彼此的呼吸，直到罗锐来叫自己，电话那头才慌忙挂断，连心听着"嘟嘟"的忙音，神情复杂地放下手机。

罗母在厨房喊连心来帮忙，连心理了理情绪，答应着往厨房走去，撒娇着说想吃肉丸子和杏仁糕。

一桌丰盛的晚餐很快就做好了。"干杯！生日快乐！"四个杯子碰到了一起，一家人的脸上满是笑容，餐桌上摆了一大桌子的菜，中间是一个已经吹灭蜡烛的生日蛋糕。

"叔叔刚才许愿没？"

"当然了，希望我们一家人常常团聚。"罗父今天看见连心回来格外高兴，"上次一起吃饭，你们两个还在上学，一转眼就都长成大人了。"

罗锐给爸妈夹了菜，又给连心夹，面带甜蜜的微笑，宠溺地看着连心一口口吃着。罗母将一切都看在眼中，与罗父交换了一个眼神。

"阿姨的手艺还是那么好！这个味道我想念了很久。"连心嘴里塞得满满的。

"那你就留下来我天天做给你吃。"话一说出来，罗母自觉话说得有些着急，怕连心尴尬，忙打圆场，"好不容易见到连心，瞧我，越来越啰唆了！"

连心借口去看厨房的汤有没有煲好，匆忙逃离饭桌，罗锐紧跟了出去。

两人走到阳台，靠在栏杆上仰望着夜空，闪烁的繁星让连心的心情也变得明朗起来。这次回来看到叔叔气色很好，她也放心了不少。

"连心，回来吧，就像小时候一样，我们一家人在一起。"罗锐定定地看着连心。

"罗锐，我现在有很多事情没有做完，再说……"连心面露难色。

"你不用说，我都知道。我等着你，直到你想回家。"罗锐话有所指。

连心不说话了，其实这么多年来，她一直把罗锐当成哥哥，从来没有过更多的想法。因为 Julia 的事情，她已经很自责了，现在更不能给罗锐无谓的希望。但她又不知如何回答，怕伤害到罗锐。

见连心一直沉默，罗锐心里已有了答案。他苦涩地开口问道："是因为项语秋吗？"

"你不会想听到答案的。"连心垂下头小声地说。

"既然今天要说清楚，不如就让我彻底死了心。你还放不下他，是吗？"

半晌，连心点了点头，坦诚说道："我从还不懂爱情是什么的时候，就已经爱上他了。对不起！"

"我明白了。"罗锐叹了口气，苦涩地笑了笑。

夜幕四合，连心倒时差睡不着觉，想要出门走走。路过罗母房间发现灯还亮着，便敲门进去，乖巧地坐到罗母身边，只见她正就着台灯柔和的光亮翻着旧物。

"这是你第一次跟我们去看锐锐演出。"罗母伸手指着一张照片，又拿出一些发黄的笔记本，"还有这些，你小学时候的笔记本。"

翻开笔记本，上面是歪歪扭扭的字迹，连心轻轻抚摩着，心中满是感慨。

罗母也感叹着："你刚来我们家的时候只有十岁，古灵精怪的，脾气又倔。后来是我们做得不够好，担心你和锐锐走得太近，把你们分开，让你一个人在国外受苦。现在想想，真是对不住你。"

"快别这么说，你们对我都很好。"连心抱住罗母，"我心里一直都感谢你们让我有了家。"

罗母拉着连心的手，看着她，慈爱地说："好在你和锐锐都平安长大了，现在都有了自己的事业。如果真的还有发展的可能，我这个当妈的也不会阻止。"

"阿姨，我和罗锐是最亲的兄妹。"

"我明白了。"罗母拉着连心的手没有放开，"其实今天你接电话的时候，我听见你喊项语秋的名字了。也不知道那小子有什么魅力，接连让我的两个女儿都陷了进去。"

"阿姨……"连心有些意外。

"你们年轻人的事情，我们是管不了了，阿姨只是担心你会受伤。"

连心心中一暖，再次张开双臂抱住了罗母，说道："放心吧，我心里有分寸的。"

"不管发生什么，你永远都是我们的女儿，知道吗？"

多年来藏在心中的情感流露了出来，连心情不自禁地喊了声："妈妈。"

罗母抱住连心，热泪盈眶。

项家老房子安静得像是没有人一样，项语秋面色憔悴、胡子拉碴，在院子的角落里专心致志地雕刻着一盏台灯底座的花纹，不时发出轻微的木头摩擦声。陈奇见项语秋一整天都这个样子，放心不下，拉来唐诗想要劝解项语秋。

唐诗透过客厅的窗户，看着项语秋在工作间忙碌的身影，担心地问："他这样有多久了？"

"连心和罗锐一起去美国了，他追到机场没见到人，回来之后就这样了。我本来以为他很快就好了，没想到越来越不对劲，这不，就找你来商量了。"

唐诗听到陈奇的话，不自觉地皱起眉头："连心为什么去美国？"

"罗锐的爸爸过生日，她专门去祝寿的。"

唐诗自言自语道："也不知道连心现在在美国怎么样了，说起来她算是罗家的女儿吧。"

"你从什么时候开始这么关心她了？我以为你会对她一顿埋怨呢。"见唐诗如此反常，陈奇有些惊讶。

"难道我在你心里一直都是刻薄的女人？"唐诗不满地反问道。

陈奇为难地说："刻薄谈不上，但对连心，绝对算不上友善吧？"

唐诗懒得理他，留下一个白眼走向了工作间。

陈奇满脸期待地看着熟悉的背影，快步跟上，暗暗感叹："你什么时候能对我温柔点儿啊？"

唐诗走到项语秋身边，将凳子上的木屑扫开后坐下，装作语气轻松的样子聊着工作室的情况。而项语秋只是随意附和几句，专心雕着手中的木料。

唐诗仍然坚持不懈地找话题，项语秋打断她的话，把刻刀扔在桌子上，抬头望向唐诗和陈奇，一脸严肃地说："你们不需要特意给我找活儿干，我只想一个人静一静，让我把手上这个做完，好吗？"

唐诗只好点点头，转身走出工作室，临走前叮嘱陈奇："你盯着他，让他注意休息。"

"哎，你就这么走了？"

"我在这儿也帮不上忙，还不如回去把工作室的事情处理好。"唐诗神色黯然，再次望了一眼项语秋的身影，转身离开。

陈奇满心的后悔不敢说出来，他本来只是刺激一下项语秋，让他对连心主动一些，却把项语秋逼得魔怔了。现在想解释，项语秋又不给机会。

太阳逐渐从院子的围墙落下，台灯底座终于成型，简洁的造型下，隐约可见一朵莲花的轮廓。项语秋把玩着手中的作品，疲惫的脸上终于露出了一丝微笑，走出工作室。

陈奇抱着几瓶酒守在门口，见项语秋出来，忙倒了一杯递上去道："作为好哥们儿的职责，就是当你不痛快的时候想办法让你痛快，而最好的办法，就是这个！这是上次我去俄罗斯带回来的酒，够烈，适合现在的你。"

"不用担心我，过几天就好了。"项语秋接过酒，一口喝掉。

陈奇更加心虚了，委婉地说："上次见你这样，已经是好多年前了。其实吧……那个，连心也不一定是去订婚的，没准儿我们猜错了呢。你先别急着演这些失恋的戏，等连心回来了，好好聊一聊再说，要不然白白浪费感情了不是吗？"说完小心翼翼地看着项语秋。

项语秋又喝了一杯，说道："可能吧，不过这都不重要了。如果她真的喜欢罗锐，那就祝她幸福。"他苦笑着，觉得自己和连心之间差了一点点时机。不，不怪时机，怪自己数不清的犹豫和逃避。

短短几日，转眼就到了离开的时候。连心不舍地看向罗父和罗母，罗母拉着她的手，说道："放心去做你想做的事情吧！记得我们永远都支持你。"

连心听懂了罗母话里的深意，眼中微泛泪光。

"这几天，你哭的次数，比过去几年加起来都多吧。"汽车开出，罗锐递上纸巾。

连心不说话，透过车后玻璃看着久久站在路口的罗父和罗母，直到再也看不见了才回头，眼泪又滴落下来。

手机响起，连心接起陈奇的电话。

电话那头的陈奇焦急地问："连心，你到底什么时候回来？"

"正在去机场的路上，这才几天不见啊，向我求援吗？"

"该求援的不是我……项语秋知道你跟罗锐去美国了。"陈奇傻愣愣地看着眼前的空酒瓶，心虚地解释，"怪我多嘴，编了点儿你跟罗锐的事情，想激激他。总之现在误会很深，你赶紧回来想想办法！他几乎不吃不喝好几天了，整天对着一块破木头。"

连心第一反应是觉得心疼，但转念一想，自己惦记他这么多年，也该让他多难受一阵长长记性。可陈奇又说起项语秋现在整天一副要死不活的样子，怕他物极必反，彻底放弃。听完陈奇的话，连心也有点儿慌了，忙嘱咐陈奇照顾好项语秋，自己明天就到上海。

4

项语秋对陈奇和连心的联盟毫不知情，依旧消沉着。恰好蒋佩珊回国出差，顺道约他出来叙叙旧。项语秋勉强打起精神出门，到两人约好的酒吧碰面。

蒋佩珊打量着项语秋皱巴巴的衬衫和满脸的胡楂儿，吃了一惊，问道："你还好吗？有什么不顺心的事？"

项语秋没有回答，只是默默地喝尽杯中的酒。

蒋佩珊想起自己联系连心，打她电话一直关机，便向他问起连心的近况。

"她去美国了。"项语秋的声音有些沙哑。

蒋佩珊没注意到项语秋悲伤的语气，问："哦，那她什么时候回来？"

"可能不会回来了。"项语秋酸溜溜地说，"她跟罗锐一起去的。"

蒋佩珊看着项语秋，"扑哧"笑了出来："项语秋，你也有今天！你听听自己的语气，你吃醋了？"

想到罗锐和连心正是最好的年龄，而自己已经奔四，项语秋自嘲道："就算吃醋也轮不到我吧。"

"她在西班牙的那几年，我比你了解得多。"蒋佩珊收起笑容，"连心是对感情有坚持的女孩儿。本来我以为这次回国，能看到你们俩出双入对呢，没想到进展这么慢。"

"我一直想保护好她，不让她经历太多的困难，凡事想给她一个最好的结果，可……"

蒋佩珊打断他，说道："但你忽略了，很多过程是她不愿意错过的。女人过得好不好只有自己知道，她说过要追上你们相差的时间，所以逼着自己成长。"

"她现在的确成长了，也对我更冷淡了。"项语秋失落地说。

蒋佩珊摇摇头，说她可能只是怕再受伤，才装作不在乎的样子。

见项语秋沉默了，蒋佩珊又凑近了一些，语重心长地说："她这么多年的等待，值得你给出一个正面的表态。"

项语秋送蒋佩珊到酒店楼下，外套挂在肩膀上，一改之前的颓废，反而有了几分坚定的味道。

"谢谢你陪我聊了这么多。你说的没错，连心早就不再是那个黏人的小女孩儿，是我还一直停留在原地。"项语秋真诚地道谢，不论是工作还是感情方面，蒋佩珊都给了他莫大的帮助。

蒋佩珊不以为意地摆摆手："我只是做了一个朋友应该做的。无论是你还是连心，我都希望你们能够获得幸福。"

送别蒋佩珊，项语秋接到陈奇的电话，问他要不要一起去接机，连心的航班马上就要抵达上海了。

"去！"项语秋丢下一个字就匆匆挂了电话，飞速地回到家。他迅速洗脸、刮胡子、换衣服……一改连日来颓废的形象。

陈奇来老屋接项语秋，看他神采奕奕的仿佛变了个人，终于放下了心，不用担心他会去寻短见了。到了航站楼，陈奇找了个借口留在车里，让项语秋自己去等连心。

项语秋伸长了脖子张望着，却看到连心和罗锐有说有笑地走出登机口，罗锐还帮她整理了一下衣服，两人显得十分亲密，甚至连心的笑容都带着几分甜蜜的味道。

项语秋心里不是滋味，但想起蒋佩珊的话，还是勇敢地走了上去。连心看到项语秋走过来的身影，有些惊讶，随即露出了微笑。

罗锐满脸嫌弃，拉起连心就要走，连心的另一只手却被项语秋拉住。三人就这么僵持着，气氛尴尬。

罗锐转头观察连心的反应，连心稍稍抬头，让他先回去。罗锐瞟了项语秋一眼，凑近连心的耳边，告诉她回去注意休息，有空会去看她。声音不大不小，正好能够让项语秋听见，就像他刚刚不动声色地帮连心整理衣服一样。项语秋听到，黑着脸拎过连心的箱子往外走。

看着两人的背影，罗锐心中不舍。连心，让他开口承认对你的感情，是我唯一还能为你做的。

连心看见陈奇在车后座，满是惊讶。

项语秋习惯性地想帮连心系安全带，连心抢先动手系好。见语秋一脸失落地坐回去，连心憋着笑，余光却不断地瞟向他。

车开在路上，车内一片沉默。陈奇坐在后座的正中间，左看看、右看看，极力想要活跃气氛，但不知该说些什么。

连心忍住咳嗽，故意冷淡地开口："你不是说有话问我吗？"

"突然就跑到美国去了，也不提前说一声。"项语秋埋怨着。

"罗叔叔的生日，临时决定跟罗锐一起回去的。管得挺宽啊，你现在是什么身份管我啊？朋友、长辈，还是……"连心的脸上抹过一丝不易察觉的微笑。

项语秋犹豫片刻，说道："作为你的家人。"

又是家人，连心不高兴地沉下脸来，赌气说自己的家人在美国，回家没必要向外人汇报。

"外人"这个疏离、冷漠的词刺痛了项语秋，他冷笑着重复了一遍："外人？"

车里的空气都冷得要凝固了，连心依然嘴硬道："不然呢？"

"连订婚都玩得这么高级，真是小看你了！"项语秋压抑着火气说。

连心转头，一脸震惊地看着陈奇。陈奇坐立不安，不断使眼色，连心却没明白。

"那项总满意这个结果吗？"连心赌气地甩出一句。

"只要你和罗锐觉得幸福就好，外人的感受并不重要。"项语秋故意把"外人"两个字加重了语气。

"不……"陈奇看着赌气的两人，却插不上嘴，只能干着急。

连心怒火中烧，赌气道："借你吉言了，我们现在好得不得了！到时候还要麻烦项大师定做一套家具。"

项语秋不再搭话，紧紧攥着方向盘，脚下不由自主地用了力，车速越来越快。

"停车！"连心不满地喊道，并探过身子抢方向盘。

"你松手，不要命了？"项语秋说着推开连心。

一阵急刹车的声音后，连心从车上下来，径直往前走。项语秋看着连心的背影，也下了车，重重关上车门，朝着相反的方向走远。陈奇跟着下车，看着两人，不知道去追哪个好，慌乱得不知所措。

连心回到公寓，叶木桃正在沙发上敷着面膜，见她回来非常意外，随口问道："你怎么回来了？"

"这也是我家，还不许我回来了？"连心满身火药味，倒在沙发上。

"不是……我以为你会在美国多待几天呢！"叶木桃凑到连心身边试探地问，"你跟罗锐……没什么情况吧？"

连心抓狂地跳起来喊道："怎么所有人都在问我这个问题？我跟他还能有什么情况？不要再拿这个问题烦我了！"说完冲进自己房间，"砰"地关上了门。

见到连心的反应，叶木桃有了一丝丝放心，轻声嘟囔："没情况就好，没情况就好。"

见项语秋和连心两人闹得不欢而散，陈奇只能自己将车开回老屋，坐在院子里懊恼着自己好心办坏事。他一直待到天黑，才等到项语秋回来，陈奇立刻冲上去解释："那个……有个事，我必须得说明一下。连心跟罗锐……"

项语秋黑着脸，还没有消气，冷言冷语地说："别和我提什么连心跟罗锐！你没听见吗？我在她眼里是别人，她的事和我没关系。"

"他们俩去美国真的就只是祝寿！"陈奇严肃地说。

项语秋眼睛亮了一下又暗淡下去，抬头看着陈奇："我现在不想动脑子，也不想听，你不用安慰我。"

陈奇硬着头皮继续说："祝寿是真的，订婚是我瞎掰的！"

项语秋捶了陈奇一拳，大怒道："你有病啊！这种事情能随便开玩笑吗？"

"还不是因为你一直都不温不火的！我在旁边看着都快急死了，就想刺激你一下。"

"现在刺激到了，你开心了？我和她的问题你根本不懂，我需要时间。"

"你最大的问题就是逃避！逃避过去，又逃避现在！你不是早就看清自己了吗？就是没有勇气向她表明自己的心意！"

项语秋被陈奇的话戳中要害，激动的情绪平复了下来。

"罗锐就比你勇敢，三番五次表白失败还穷追不舍。订婚是我瞎掰的，可我的担心也不是没有道理啊。照罗锐这样追，以后谁知道呢？你不要再犹豫了！喜欢的话就赶紧行动，不然真成别人的了！"

项语秋起身上楼，在窗口静静地坐了一晚上，心里似乎有了主意。

天渐渐亮了，阳光照进院子里，暖暖的，人的心情也不禁愉快起来。项语秋在厨房忙活了一早上，拎着还带着热气的三明治和姜汤出了门。他走到连心公寓楼下不远处，看到罗锐和连心有说有笑地一起出来，他的笑容顿时僵在脸上。

罗锐也看到了项语秋，不动声色地伸手轻轻揽住连心，巧妙地挡住连心的视线。

项语秋看着两人亲密的身影，原本愉悦的心情变得酸溜溜的，不禁觉得自己可能真的是吃醋了。

连心几日没来公司，一回来就有一摊子事等着她处理，来她办公室汇报工作的员工也络绎不绝。负责宣传工作的员工向她说起发布会的情况，提到经过协商，发布会上罗锐也会到场，他们甚至连标题都想好了，就叫"钢琴王子不远万里为心上人站台"，这样一定会引起轰动。

"那你有没有想过，我最开始为什么没邀请他？"连心轻声责怪，见员工摇摇头，敲了下她的脑袋，"就是担心媒体把重点全都放在罗锐跟我的八卦上，谁还会认真关注发布的产品啊！你倒好……"

"但这样才能吸引更多的眼球啊。不然我们的产品再好，也无法得到足够的关注。"

叶木桃开口道："她说得有道理。与其害怕产品被八卦抢了风头，不如好好借这个机会宣传一把。"

连心沉思片刻，对叶木桃说："离发布会还有些时间，那交给你了！"

叶木桃点点头，接着说起明天连心、项语秋和罗锐的群访。想起前日与项语秋的不愉快，连心皱皱眉，但也只能答应。出门前，叶木桃又神神秘秘地补了一句："对了，有个客户约了你下午见面。"

连心心里"咯噔"一下，自己不过几天不在，到底有多少不知道的事情。

连心如约来到叶木桃告诉她的咖啡厅，发现蒋佩珊坐在咖啡厅靠窗的桌前，才反应过来那个神秘客户就是蒋佩珊。她欣喜地走过去，在蒋佩珊对面坐下，得意地说："怎么样，没让你失望吧？"

"我从来没怀疑过你的能力。"蒋佩珊微笑着，用充满欣赏的眼神看着连心。片刻后，她幽幽地说："今天找你，还有件事……我见过项语秋了。"

"哦？你们也好多年没见了，聊得怎么样？"提起项语秋，连心的心情还是有些复杂。

"大部分时间聊的都是你，他对你一直有感情，只是不知道他的顾虑为什么那么多。"

"感情分很多种，就像我对罗锐，只是兄妹感情，我可以分得很清楚。可是项语秋就分不清，也看不透。"连心毫不掩饰地说道。

蒋佩珊看着连心的样子，意味深长地说："你真的长大了。但我还是要提醒你一句，时间可以解决很多问题，也会耽误很多感情。你想让他了解，就要自己主动一点儿，再等下去你都老了。"

"这么多年都等了，不差这几天。我要还跟以前一样沉不住气，他又跑了怎么办？"

见连心有自己的坚持，蒋佩珊也没再多劝，又和她聊了聊彼此的近况，因为倒时差就先回酒店休息了。

连心坐在窗边看着街边人来人往，想着回国以来，公司逐渐在国内站稳了脚跟，和项语秋的感情也有了眉目，恍然觉得在做梦一般。

5

工厂里一派忙碌的景象，穿着不同颜色工作服的工人，在偌大的空间里各自忙碌着，有的在木料上比画着量尺寸，有的敲敲打打地将家具零件组装在一起。项语秋穿着工装服，熟练地穿梭其间。

唐诗进来找项语秋，因为工厂的噪声有些大，喊了好几声他才听见。项语秋走过来，目光落在唐诗身边的一个陌生人身上。

"这是专门给你请的造型师，等下你们两个好好聊聊。"唐诗介绍道。

项语秋对造型师僵硬地笑笑，将唐诗拉到一边："又不是第一次采访，为什么要请造型师？"

"那不一样！我刚跟网站那边确认过了。明天是群访，罗锐也要参加，咱们首先气势上不能输，我可不想发布会变成他一个人的见面会。"唐诗紧张地观察着项语秋的表情，唯恐被拒绝。

项语秋想了想，说道："我这儿还有些事要交代，你让造型师到办公室等我吧。"

唐诗松了口气，又犹豫了一下，还是觉得有些话该跟连心说，于是决定去找她。

刚到心上人公司门口，唐诗就碰见匆匆赶去罗锐演奏会的连心。她一看见连心就摆出严肃的姿态说道："我想告诉你，不要脚踩两只船，同时伤害两个对你好的男人。"

"有什么话你就直说，不用拐弯抹角的。"原本连心看见唐诗在门口等自己，还有些讶异，听完这番话，似乎知道了一些原因。

"感情这种事，拖久了，三个人都会受伤。他们俩，你总得做出选择吧？你已经折磨了项语秋这么多年，要和罗锐在一起，就离项语秋远一点儿。没有谁的真心是活该被辜负的。"

连心本来就反感唐诗，现在心里愈加不高兴，但忍着没发作，客气地答道："你没资格说我，'没有谁的真心是活该被辜负的'，这句话也同样送给你。不好意思，我赶时间。"连心说完，招手叫了一辆出租车离开。

唐诗被她这么一呛，自觉没趣，也离开了。

演奏会结束，罗锐送连心回家，见连心一路上闷闷不乐，把衣服脱下来披在连心身上，问道："怎么一直没精打采的？感冒了？"

连心摇了摇头，解释道："今天见到了不太想见的人，听了不想听的话，让我觉得自己是个坏人。"

"碰到不想听的，就不要当回事啊！"罗锐停下脚步，双手扶住连心的肩膀，"你要记住，你可是连心！想做什么就勇敢去做，没有任何人能够动摇你的决心！"

连心听懂了罗锐话里的含义，露出了微笑。

罗锐亲昵地揉了揉连心的头发，看着连心闪亮的眼眸，突然一把将连心紧紧地抱住，在她耳边轻声说："我只为你傻到这里了。"

连心由着罗锐抱了一会儿，心中满是感动。

看着罗锐的车走远，连心转身准备回家，却发现项语秋站在公寓门边冷冷地盯着自己。她强装镇定，快速从他身边走过，没有理会。项语秋一把拉住连心的胳膊，不顾她的挣扎，强行把她塞进副驾驶，锁上车门，一路沉默着开到了江边。

连心环顾四周，发现这是她以前逃课常来的地方，项语秋每次都是在这里找到她的。怎么哪里都有关于他的回忆，连心不禁苦笑，任由江风吹乱她的长发。

"连心，我们为什么会变成这样？"项语秋痛苦地望着远方。

"你问我为什么？因为你是个胆小鬼，永远选择逃避，永远都是一副深沉的样子，我不想猜你的心思了，这种游戏一点儿都不好玩。"

项语秋扳过连心的身子，想要解释："当初我离开是害怕，我害怕耽误你。"

连心挣脱开项语秋，质问道："然后呢？你现在还是害怕？我喜欢你，这是很丑恶的事情吗？"

"我看着你长大，我需要先过了我心理上的那一关。"

"你看着我长大，这是扎在你心里的刺吗？那我宁愿我没有接受罗婷姐的馈赠，看不见你！我有了视力却失去了爱一个人的资格！"连心忍不住喊道。

项语秋听到罗婷的名字，怔住了。

"我逼着自己成长，来缩短我们相差的那十四年，如果你还觉得难以接受，那我只能说，我这七年的等待错了。我曾踏踏实实地喜欢过你，想要稳稳当当地同你走下去。可轮到你喜欢我的时候你却露了怯，这种无力感就好比拼尽全力的一拳结结实实地打在了棉花上，空荡荡的，落不到底。项语秋，我可以爱你，也可以放弃你。"连心说完便转头离开，项语秋静静地吹着风，没有追过去。

连心疲惫地推开家门，看到叶木桃四仰八叉地睡在沙发上，手机里放着罗锐演奏的钢琴曲。她不想打扰她，径直走进卧室，倒头趴在床上小声地哭。

第二天，连心顶着一双哭肿的眼睛去参加记者会，化妆师费了好一番心思才替她遮盖住红通通的眼圈。

看着镜子中的自己，连心深呼吸一口气，说道："儿女情长先放到一边，眼前要把公司的事处理好。"平复好情绪，连心换上自信的微笑，款款步入会场，吸引了全场的目光。

采访过程中，项语秋、连心、罗锐面对记者坐成一排。唐诗、陈奇和叶木桃站在摄影机后面，各怀心事地观察着三人的表现。

罗锐和连心对着镜头大方得体，游刃有余。连一向不善于在镜头前表现自己的项语秋，面对记者的问题都侃侃道来："这次是专为心上人推出的定制系列，共有六个款式，和以往的作品相比更加轻便。一方面是考虑到通过网络购买家具的消费者偏年轻化，希望更加符合他们的品位；另一方面，也希望能够通过心上人，让更多的人了解木制的手工家具，接受这样的·种生活方式。"

几个问题过后，记者把话题转移到项语秋的私生活上，问道："请问您目前还是单身吗？"

项语秋扭了扭身子，为难片刻，答道："工作就是我的情人。"

"还真是一个有情怀的回答。说到感情方面的问题，"记者转向连心和罗锐，"我特别想问问二位，虽然之前已澄清过恋人关系，但最近又圈了不少 CP 粉，是有什么新动向吗？"

"这个问题我已经回答过很多次了，我和罗锐是多年的朋友，仅此而已。"

罗锐抢过话筒答道："我知道大家一直很关注我的感情问题，在这里我想说，我代言心上人也是为了我自己的心上人。"

这个有误导性的回答引来底下的一片哗然。项语秋抿紧了嘴唇，隐忍着不满望向罗锐。连心勉强挤出一丝微笑。

人群散场，项语秋黑着脸走到罗锐面前，强忍着怒气说："出来，有事跟你说。"罗锐毫无畏惧地起身，和助理交代几句便跟了出去。

一出会场，项语秋就转身给了罗锐一拳。罗锐也不甘示弱地回击。两人脸上都挂了彩，却谁也不肯松手。

罗锐抹了抹嘴角上的血，冷笑道："项语秋，你就只会来这一套吗？"

项语秋摁住罗锐，质问他："你为什么误导记者？你问没问过连心的感受？你是不是想让她绯闻缠身？"

"我就是要误导媒体，过两天我还要求婚，宣布她就是我的心上人。"罗锐挡住项语秋挥下的拳头，还故意向他挑衅。

项语秋听了更加气急，再次挥拳打向罗锐。罗锐也踢了项语秋一脚，不甘示弱地追问："你以为自己是谁？是她的长辈？哥哥？还是她姐夫？我能给她最起码的承诺，你什么都不敢给。"

罗锐的助理放心不下，跑来化妆室找连心，气喘吁吁地说："不……不好了，刚才罗锐被项语秋拉走了，我感觉要出事。"

连心顾不上卸了一半的妆，"腾"地站起来往外跑。

看见两人扭打在一起的狼狈样子，跑过来的连心异常平静。她拉开罗锐，对项语秋说："罗锐说得对，我的事情以后你不要再管了。我被绯闻缠身也好，接受罗锐也罢，都和你没有关系。项语秋，你何必这么痛苦呢？"

项语秋被这些话刺痛，却什么都说不出。他觉得自己心里很乱，尤其是听到罗锐说到求婚，便几乎完全失去了理智。

"是不是只要我答应罗锐，这一切就都可以结束？好，我会给你一个满意的结果，给这十几年画一个句号。再见！"连心头也不回地跑出会场。

夜晚的上海下起了雨，伴着闪电和雷声，连心跑进了淅淅沥沥的雨中，脸上的妆花了，满脸分不清是雨水还是泪水。项语秋慌张地紧跟着追了出来，一把将连心拉住，从身后抱了怀里。

连心痛苦地挣扎着："你放开我！你凭什么拉着我？放开！"

"连心，我爱你！"项语秋紧紧抱住怀中人，终于把藏在心里的话说了出来。

仿佛世界静止了下来，连心哑然，停止了挣扎，无力地靠在项语秋怀中，喃喃着："到底怎么做，才能让我们解脱！"

"我爱你，失去你我会疯的。"项语秋转过连心的肩膀，捧起那张哭得让人心疼的脸。

"答应我，再也不要把我推开了，好吗？"连心紧紧盯着项语秋，两张脸逐渐靠近。连心闭上眼睛，项语秋轻轻吻上了连心的嘴唇。两人就这么紧紧地在雨中拥抱着。

罗锐站在远处看着自己的激将法终于奏效，苦涩地笑了笑，落寞地朝远处走去，任凭雨水浇打。叶木桃打着伞默默跟在罗锐身后，却不敢上去替他撑伞。

唐诗和陈奇见采访结束后三人都不见了，在会场里四处寻找。唐诗想到外面找找，推开会场的门，一眼竟看到了自己最害怕见到的景象，顿时无力地滑坐在地上，全身湿透，头发一绺一绺地垂在肩膀上，还滴着水，眼睛里写满了空洞。

项语秋根本连机会都没有给过她，她却执迷不悟，这次她是彻底绝望了。

陈奇想扶起唐诗，手却被狠狠地甩开了。雨下个不停，陈奇担心唐诗的身体，强硬地把她拉起来带回家。唐诗失魂落魄地流着眼泪，也没再反抗。

唐诗坐在沙发上打了个寒战，陈奇从后面环抱住了唐诗。唐诗想要转过头去，却被陈奇制止住："不要转过来，就让我这么抱着你，我怕你看着我，有些话就没有勇气说出口了。"

陈奇一本正经地说："你说自己傻，那我比你还要傻。你不是一直想知道我为什么离婚吗，因为我发现我心里的人还是你。现在你说自己没有机会了，那我还有吗？你能给我一个机会吗？"

如果是以前，她一定会毫不犹豫地拒绝。但是现在，面对突如其来的表白，唐诗不知如何回答。

"我知道你现在心里肯定不好受，但老实讲，我却觉得自己有了希望，所以才在这种时候让你知道我的想法。我不想再错过你了，你也不要急着拒绝我，好吗？"

唐诗满脸泪水，就这样被陈奇默默地抱着。

第二天，唐诗被手机的闹钟惊醒，眼前是熟悉的一切，却怎么都想不起来自己昨夜是如何回来的。唐诗看了一眼趴在床边睡着的陈奇，悄悄起身，强打起精神出门。

清晨的马路上，车和行人都还不多，唐诗慢慢地跑着，紧抿着嘴唇，尽量放空自己不去想任何事情。突然旁边拐弯处冲出来一个身影，跟着一起跑了起来。唐诗转头一看，皱紧了眉头。

"我跟你说，我不是一般的缺乏锻炼，可惜一直没人陪。现在好了，我每天跟着你，跑一跑，活到老！"陈奇一边跑着，一边说话，上气不接下气。

唐诗心里默笑，脚下开始提速，将陈奇远远甩下。

陈奇有些岔气，又着腰艰难追着，眼睁睁地看着唐诗越跑越远，不禁哀号："这得猴年马月才能追上啊。"

第十二章 /

1

静谧的夜色温柔如水，仿佛融化了一切，窗外的树叶在风中摇曳，沙沙作响。

连心洗完澡出来，头发还是湿漉漉的，穿着项语秋宽大的衣服，显得愈加纤瘦。看着茶几上贴心地放着一杯冒着热气的姜茶，连心笑了笑，坐到沙发上捧着杯子喝了起来。

项语秋拿着吹风机走过来，站在后面帮她吹头发。连心享受地闭上了眼睛。

"答应我，我们不要再分开了。"

项语秋靠近连心，宠溺地说："傻丫头，我还能去哪儿啊？这辈子都赖着你了，除非……"

"没有除非。"连心回身坚定地抓住项语秋的胳膊，看着他弯下腰，在自己额头轻轻一吻。

茶几上点起了浪漫的烛光，连心抱膝坐在地上。想起一个人在西班牙的日子，每当夜深人静，她便幻想着这样温馨的场景。而现在眼前的一切像是在做梦一般。正当她对着烛光发呆时，项语秋已经点完最后一支蜡烛，坐到了她身边。

连心转头看着项语秋，眼中有晶亮的光。项语秋迟疑了一下，伸手将连心的头发别在耳后，捧住她的脸缓缓靠近。他深情的目光让连心禁不住"扑哧"一声笑了出来。

连心见项语秋满脸尴尬，强忍着笑意，深吸了一口气，重新望向项语秋。

嘴唇触碰在一起，两张脸再次靠近，连心正打算闭上的眼睛又突然睁大，惊恐地指着项语秋身后。顺着连心手指的方向，项语秋转头，发现茶几上的纸巾被蜡油点燃，赶紧上去扑灭，慌乱之间，几根蜡烛被一起熄灭，屋里的烛光顿时暗了一半。

连心看在眼里，早已笑得停不下来，伏在项语秋的怀里道："我就喜欢你这个样子，总是拿我没办法，什么话都憋在心里，总是让人猜。但每次给我的都是惊喜，像圣诞老人一样。"

项语秋有些窘迫，微微皱眉道："圣诞老人？把我说得太老了吧？"

"很介意？"连心自然地靠在项语秋的肩膀上，见他诚实地点头，又在他怀里蹭了蹭，带着坏笑道，"现在介意已经晚了。放心吧，大叔，我不嫌弃你。"

清晨的第一缕阳光透过窗帘照在项语秋的脸上，他迷糊中低头看着在自己怀里熟睡的连心，露出微笑，轻手轻脚地爬起来给她做早餐。

连心闻到饭香醒来，惬意地伸了个懒腰，匆匆洗漱了一下，就迫不及待地坐在桌前。她享用着项语秋做的酥饼和鲜榨豆浆，对他的厨艺赞不绝口。

项语秋坐在对面替她把豆浆倒满，貌似不经意地说："你要是搬回来住，每天都有美味的早餐。"

连心紧张了一下，问道："这样的话，发展会不会有点儿太快了？"

"你又不是没在这儿住过。"

连心指着项语秋，一脸坏笑道："你知不知道你现在就像诱拐小红帽的大灰狼。"

项语秋抢过连心的盘子，两人在客厅里追逐了起来，连心一头撞进了项语秋怀里，被他深情地抱住，耳边传来他的声音："答应我，认真考虑一下，这里本来就是你的家。"

连心害羞地推开他，嚷嚷着要迟到了，拎起包就冲出了家门。

一到公司，连心就听到员工们的各种议论。

"刚出的娱乐新闻，罗锐在台湾宣布演奏会要延期了。说自己过敏，还戴着口罩。"

"但有看到他脸的人说啊，其实是让人打了。说昨晚接受完采访之后，跟人起了争执。"

"昨晚的采访，除了老大就是项语秋，谁会跟罗锐起争执啊？"

叶木桃走过来打断他们，脸色难看地说："公司还有那么多事情，你们还有闲心八卦？"

而连心却不以为意，将这些声音都抛在脑后，端坐在办公桌前，一边用笔在文件上做着备注，一边用颈窝夹着手机打起了电话。

许久都没有人接，连心有点儿着急，连拨了好几次，电话里终于传来了罗锐懒洋洋的声音："追得这么紧，你该不会是改变主意了吧？"

两人都停了几秒钟没有说话，然后默契地笑起来。

"你到底怎么样了？没事吧？"

"我被人打得都快毁容了，台都上不了。你说有事没事？"

连心再也忍不住，哈哈大笑起来。

"你这个没心没肺的丫头！怎么……你现在是以项语秋女朋友的身份来替他道歉的吗？话说……姓项的没继续犯浑吧？我可告诉你，必须好好考验考验他，不能……"罗锐假装生气。

连心突然一阵脸红，慌忙打断他道："哎呀！你胡说八道什么……他挺好的！我们……挺开心的！"

"那就好！以后他要是欺负你了，你就回来，反正我永远是你的家人。"

连心撒娇地说："他要是敢欺负我，你还可以帮我打他不是吗？"

"算了吧，打坏了他没事，我这脸和手哪个都是宝贝！"

说完，两个人又同时笑了起来。

罗锐突然停住笑声，语气郑重地冒出一句："连心！我会祝你们幸福的！"不等她回答，罗锐就挂断了电话。

听着那头传来"嘟嘟嘟"的声音，连心知道他其实并没有听起来那么洒脱，心里充满了歉疚。

只见叶木桃捧着手机，小跑着进来，冲着连心兴高采烈地说："你快看，采访以后，网站流量直线飙升啊。项语秋那尊大佛，你早就该搬出来了。"

连心听到项语秋的名字，不自觉地嘴角上扬，脸上也有了不一样的光彩。

叶木桃调侃道："知道你恋爱了，用不用这么明显地写在脸上啊！真肉麻。"说完夸张地抖了抖鸡皮疙瘩。

"我当然开心，终于成功了！"连心说着对叶木桃做了个飞吻。

"好了，在我面前兴奋一下得了，公司里记得要保持形象！你好不容易谈个恋爱，公司的事情我就多做点儿吧。"叶木桃故作嫌弃地躲开。

"好，那公司就先交给你了，我今天早退一次。"没等叶木桃反悔，连心就溜出了公司。

回国以后，连心还没来得及去看看罗婷，她精心挑选了一束山茶花来到墓园，希望罗婷不会怪她。

一走进墓园，世界都静了，唯独剩下鸟叫声和自己的脚步声。连心一只手捧着山茶花，另一只手伸着向前摸索，闭上眼睛，模仿小时候眼盲的感觉走着，回忆起和罗婷的点点滴滴。走到记忆中的位置，她睁开眼睛，发现项语秋正坐在罗婷的墓前，于是赶紧躲到了一旁，只听见他的声音传来。

"对不起，没有经常过来看你。但你一直都在守护着我们，对不对？"项语秋用手指温柔地扫去墓碑上的尘土，眼眶发红，"好久没来陪你聊天儿了，过去这么多年，我一直没有活成你喜欢的样子，也始终走不出来。直到最近，我才意识到，好像生活有了新的可能。"

项语秋取下自己手上的戒指，放在墓碑上，用手指画了一下罗婷的名字，仿佛在做最后的告别，然后站起身，拍了拍身上的尘土，潇洒地走向远处。

连心目送项语秋走远，松了一口气，走到罗婷的墓碑前，将花放下，久久伫立。

转眼就要到圣诞节了，橱窗里早早摆上了缤纷的圣诞树，街头巷尾飘扬着圣诞歌的旋律，节日的气氛日益浓厚起来。唐诗来到孤儿院，帮院长做圣诞节的准备，给孩子们包装礼物的时候，唐诗试探地问道："院长，连心回来时常来见您吗？"

院长慈祥地说："当然，她回国后经常来。怎么？连心那丫头又惹什么祸啦？"

唐诗笑道："没有，我只是想知道，孤儿院档案里有没有关于连心身世的记录？"

"你问这个干什么？"院长有些警惕。

"我……可能有了连心家人的线索。不过还需要进一步调查，所以我有些问题想问您。"

听闻有连心家人的消息，院长也非常激动。听唐诗问起她在连心身上见过的那块玉佩，院长解释那是连心来孤儿院的时候就戴着的，应该是她父母留下的。

谈起连心小时候，院长叹惋地说："还有那孩子的眼睛，海难的时候受了伤，送去医院却没治好。"

年龄、海难……很接近了！唐诗抑制住激动的情绪，继续追问是不是1993年菲律宾那场海难。

院长摇摇头，说自己不太清楚，当年是民政局的人送连心来孤儿院的，她的具体信息得去民政局查档案。

"好……谢谢院长。这件事您先别告诉连心。万一到时候空欢喜一场，她会更难过的。"

离开孤儿院，唐诗心中对连心的身世已经猜得八九不离十。

圣诞节的傍晚，工作室的人都下班去过节了，只有唐诗办公室的灯还亮着。

她揉了揉太阳穴，忍不住拿起手机，翻出了连心的照片呆呆地看着。细看之下，照片上连心的脸和自己确实隐约有些相似。

唐诗发呆片刻，摇了摇头，拎包离开。经过项语秋的办公室，她注意到里面正发出幽蓝色的光，心生疑惑，推门进去查看，却发现项语秋桌上的电脑显示屏开着，而工作室的另一头掠过一道黑影。

"谁？"唐诗追过去查看，却什么也没有发现，"工作压力太大产生了错觉？"

唐诗一边疑惑地想着，一边走出了工作室。见陈奇吊儿郎当地迎上来，开口对她就是一番赞美。她嫌弃地上下打量着，很不习惯近来陈奇反常的举动。

陈奇走到唐诗面前，故作委屈道："冲动是魔鬼啊，没头没脑就表了白，骑虎难下！只能没脸没皮地追下去了！"

"你说谁是虎？现在后悔还来得及！"唐诗恶狠狠地拍了陈奇一下。

陈奇意识到自己说错话了，赶紧哄道："不不不！这怎么是后悔呀！我都被你绕晕了！走吧，过圣诞节去！"

唐诗翻了个白眼，不情不愿地被陈奇拉走。

街头的圣诞树上挂着一闪一闪的彩灯，有大胡子的圣诞老人分发糖果和姜糖饼干。唐诗也不自觉被欢乐的氛围感染，露出笑容。

两人走进壁球馆，里面装饰着圣诞的饰品，大概是人少的原因，节日气氛淡淡的。几局过后，陈奇累得气喘吁吁，看向唐诗的眼神里充满惊讶。他不知道，唐诗从读书的时候起，就一直在练习了。

见唐诗一脸得意的样子，陈奇嘴硬道："我是故意让着你的好吗？"

唐诗听完白了陈奇一眼，走到一边拿毛巾擦了擦汗。陈奇跟过来，突然一本正经地问道："现在有没有觉得身心舒爽？什么烦恼都忘了！"

唐诗愣住，觉得好像是这样。

"不用太感动，能好好陪我过个圣诞就……"陈奇一脸得意。

"我赢了，我要去吃火锅，你请客。然后去游乐场，过山车、跳楼机、大摆锤，你都得陪我玩，再来顿海鲜大餐，你请客。"唐诗说着拿起外套往外走。

"等下，我这……陪吃陪玩陪打球，三……呸呸呸！"陈奇半晌才反应过来，屁颠儿屁颠儿地跟上去，结果却跟着她来到了一家酒吧。

唐诗一杯接一杯地喝着，陈奇背靠在吧台边，默默数着："第六杯……第七杯……"

"没想到真的是她……我找了这么多年……"唐诗突然没头没尾地冒出一句。

陈奇一愣，想要追问，但唐诗却自顾自地把头靠在陈奇肩上，一边摇晃酒杯，一边呢喃着："陈奇，你说我还能跟她争项语秋吗？"

"你追他的决心不是很坚定吗？不会是……突然发现自己爱上我了吧！"陈奇看着唐诗的侧脸，收起玩笑的表情，叹了口气，"你也只有喝醉了，才会对我敞开心扉吧。"

闭着眼的唐诗没有回答，不知是睡着了，还是没听见。

睡梦中的唐诗突然觉得肠胃一阵不适，猛地惊醒，凭直觉冲向厕所，一阵呕吐后，终于好受了些。她脸色苍白，扶着马桶盖，抬起头环顾四周，这才发现自己不知什么时候已经回到了家里。

胃部又是一阵抽搐，唐诗摸索着拿起药瓶，打开却发现里面是空的。揪心的痛苦再次袭来，她虚弱地靠着墙壁滑坐到地上。

开门声响起，只见陈奇扔下手中的袋子朝自己跑来，唐诗被扶到床上，接过陈奇递来的肠胃药服下。看着他钻进厨房，忙前忙后地为自己煮粥，唐诗有些恍惚，一种幸福感涌上心头。

圣诞节这天，项语秋一大早就等在连心的公寓楼下，透过车窗远远看着她一步步向自己走来。恋爱中的连心，多了几分小女人的妩媚，她坐上副驾驶，满是期待地向项语秋询问今天的安排。

"先保密，这是你回国后的第一个圣诞节，肯定让你满意。"项语秋帮连心系好安全带。

汽车一路飞驰，当连心看到滑雪场的招牌时，撇了撇嘴，低头为难地看了看自己为约会精心准备的裙子和高跟儿鞋。可惜项语秋不解风情，下车指了指后备厢，让她先去换衣服，还说不用担心，这次会好好教她。只见连心露出一丝神秘的笑容，拿着衣服往更衣间走去。

项语秋先换好装备，手持滑雪杖，踏着滑雪板，在场地中间停住，四周张望着寻找连心。突然一个身影从远处的坡上滑下来，一个转身停在了项语秋的身边。

项语秋看着身旁动作熟练流畅的连心，惊叹道："你什么时候学会的？"

"你离开西班牙以后我每年都去自己练啊！"

"你是准备练好了直接让我下岗吗？"项语秋心疼地摸摸连心的头。

"我是努力学会更多的事情，早点儿在你这儿竞争上岗。"连心戳戳项语秋的胸口。

项语秋看着连心冻红的脸颊和耳朵，伸出手把她的耳朵包住。就像把海螺附在耳边一样，连心可以听见呼呼的海浪声。项语秋看着连心的眼睛，动情地吻了上去，连心耍坏逃开，继续往山下滑去，坡道上留下一串滑雪板踩过的长长印记。

两人在滑雪场玩到天色渐晚，连心又建议看场电影。项语秋欣然答应。圣诞节的电影院，到处都是情侣的身影，或亲吻，或拥抱，充满甜蜜。连心排在买饮料的队伍中，项语秋走过来站在她身边，两人眼神接触，又迅速地躲避着对方的目光。前面的情侣付好了钱，轮到了连心和项语秋。

售货员热情地向两人推荐着情侣套餐。两人听到"情侣套餐"均是一愣，一时没反应过来。连心的身体朝项语秋靠了靠，项语秋的身体僵硬了一下，环顾四周，有些小心翼翼地伸手搂住了连心的肩膀，连心迅速搂住项语秋的腰。两人相视而笑，提着情侣套餐走进了放映厅。

爱情电影的结局很甜蜜，回家路上的星光很美好，*Cover Your Tracks* 的旋律环绕在整个老屋，放满蜡烛的房间也十分温馨浪漫。连心从卧室走出来，身穿项语秋在西班牙送她的那件洋装，脖子上戴着那颗几乎不曾摘下的绿松石，头发高高盘起，别着那只从小珍藏的发卡，在柔和灯光的映衬下宛若公主。

一身西装笔挺的项语秋站在客厅中央，绅士地牵起连心的手，目不转睛地说："你今天好美。"

连心莞尔一笑道："你离开西班牙以后，我再也没有过过圣诞节。"

"以后每个圣诞节我都陪着你，老了陪你跳舞。"项语秋轻轻吻上连心的额头。

院子里，闪着霓虹灯的圣诞树装点着童话般的世界，项语秋和连心在动人的音乐里翩翩起舞。

2

第二天，冬日的暖阳明晃晃地洒进整个屋子里，照在连心脸上。她睁开眼睛，伸了一个大大的懒腰，起床走出卧室。

只见餐桌上是煎好的心形煎蛋、土司和一杯热气腾腾的咖啡，旁边摆着项语秋写的留言条："我去工厂看一批木材，记得吃早饭。乖！"

连心笑着坐下来，边喝咖啡边沉浸在美好的清晨里。突然，桌上的座机响了，连心走过去接了起来。

"唐诗吗？项语秋呢？"

听着电话那头传来陌生的女声，连心困惑地问："我不是唐诗，项语秋出去了，您是？"

"我是他妈妈。你哪位？大清早怎么在我家里。"电话那头语气不善。

连心瞬间紧张起来，结结巴巴地回答道："阿……阿姨您好！我是连心，项语秋去木材厂了。等他回来我让他给您回电话。"

"连心？你和我儿子在一起了？"电话那端传来难以置信的口吻。

"我们，我们……"连心话未说完，对方就已经挂了电话。

连心有些不安，然而院中很快传来了脚步声，好像是项语秋回来了。

只见项语秋加快步伐走进院子，将门在身后关上，侧耳倾听外面的动静。一阵脚步声停在门外，徘徊几下，缓缓远去。项语秋紧紧皱眉，他看完木材回来，这一路上就觉得不对劲，总感觉有人跟着自己，果然……

他整理好心情，对听见声音迎出来的连心说道："今天周末，我赶回来带你出去吃饭。睡得好吗？"

"这是我这段时间睡得最踏实的一次。"连心搂住项语秋的脖子。

项语秋赶紧趁热打铁地说："所以还是要搬回家来住。"

"我怎么觉得你憋着坏事呢？"

"你猜？"项语秋坏笑着慢慢靠近连心，只见她害羞地躲开了，心里一阵幸福涌了上来。

两人嬉闹了一阵后，有说有笑地准备出门吃饭。连心突然想起早晨的那个电话，赶紧告诉项语秋他妈妈来电话了，问他要不要回个电话。却见他脸色一沉，说道："不用回。"

连心担心顾漾是有什么急事，仍坚持劝他回个电话。项语秋不耐烦地打断她道："我说不用就不用。"

她看着项语秋有点儿烦躁，便不再出声。

"对不起，我不想谈她。"项语秋意识到自己语气太粗暴，赶紧道歉。

"你和她都僵了这么多年，不能一直这样吧？我知道你心里是关心她的，不如先迈出一步。"连心试探着。

项语秋叹了口气道："连心，这件事我自己来处理好吗？我会好好考虑你的建议。"

连心听完点点头，挽起项语秋的胳膊，两人亲密地走出老屋。

一出大门，邻居们纷纷向他们俩投来好奇的目光。项语秋一边敷衍地打着招呼，一边尴尬地想要放开连心的手。连心却紧紧握着不放，还大方地和邻居们聊道："叔叔、阿姨，好久不见了啊，我们有事先走了。"

两人没走出几步，就听见大家在背后小声议论起来。

"这不是胡闹吗？两人差着辈分呢！这叫什么事啊？"

"小点儿声！你看他俩都不避讳，现在的年轻人真的太开放了。"

连心见项语秋脸色越来越难看，不安感又涌了上来。

"你害怕吗？"她怕项语秋再一次选择逃避。

项语秋加快了脚步，叹了口气道："我是担心你受伤害。"

"我根本不会在乎别人的眼光，爱一个人又不是见不得光的事情。"连心无所谓地说。

项语秋握紧连心的手，似乎在给她，也是给自己对抗世俗的勇气和力量。连心用同样的力道回握他的手，两人相视而笑。他们都没有注意到，一个男人正鬼鬼祟祟地躲藏在不远处的墙角，紧盯着他们上了车，才转身往巷子深处走去。

夜晚，汽车电影院的大屏幕上播着《本杰明·巴顿奇事》，连心抱着爆米花坐在车上，项语秋手里托着纸巾盒，给连心递纸巾擦眼泪。

"我遇见了一个人，我坠入了爱河。"

"爱一个人的最高境界，就是一直守望着她。直到她的生命结束，由自己承担起所有相思的悲伤与痛苦，直到自己消失在这个世界上。"

看到电影里满头白发的黛茜，和怀里回到婴儿状态的本杰明对望时，连心泣不成声："他们能在一起的时间太短了。"

"你有没有想过，有一天我会老去，而你还很年轻。"项语秋也被电影触动，隐隐有些担心。

"所以我在追赶你的时间啊，这样我们就能一起变老了。"连心擦去眼泪，语带天真。

"那如果我先走了呢？总有一天我会先离开你。"项语秋有些感伤。

连心一把捂住项语秋的嘴，看着他的眼睛，认真说道："以后别再说这样的话了。我们都把年龄忘了，只要每天能守在一起就行。"

此时窗外飘起雪花，它们飞舞着，像一群精灵。连心欣喜地打开车门，飞奔出去。

"听说下雪的时候一定要和喜欢的人在一起。"她把项语秋也拉了出来。

"为什么？"项语秋看着连心像小孩子一样开心，也不禁被感染了，笑着问她。

"因为会不小心就一起白了头啊！"连心拉着项语秋，兴奋地在雪中转圈。

3

清晨的空气总是格外清新，鸟鸣声清脆悦耳。早起的老人们三三两两地在街心公园里打着太极。唐诗一身运动装扮，戴着耳机跑在小道上。陈奇在她身后气喘吁吁地跟着，断断续续地说："你早上跑，晚上跑，能不能换个节目啊！累死我了。"

见唐诗不理会自己，还不动声色地加快了脚步，陈奇索性停了下来。他扶着树，等唐诗跑完一圈迎面过来时，一把拉住她的胳膊，掏出绳子，不等她反抗就把一端系在了唐诗的手腕上。人们投来看热闹的目光。

"陈奇，你发什么神经？"唐诗气急败坏地骂道。

陈奇把绳子的另一头系在自己身上，像煞有介事地说："这样我就能跟上你的节奏了。"

"你有病啊，我也没让你陪我跑步啊！"唐诗一边骂一边用另一只手解着绳子。

这时陈奇接到了项语秋的电话，得知他和连心出车祸了，一下子紧张起来，抬腿就跑。害得唐诗来不及解开绳子，动作滑稽地跟在他的身后边跑边喊："你先把我松开啊！"

两人赶到事故地点，只见撞在树上的车头已经变形。项语秋额头流血，衣服也被染上了斑斑血迹，被连心扶着，正和交警做记录。

陈奇冲上前来，关切地询问："没事吧？到底怎么回事？你开车开睡着了啊，怎么撞树上了？"

"没事。回来的时候莫名其妙地就刹车失灵。幸亏这里车少，不然就麻烦了。"项语秋平静地解释着，又看向唐诗，想麻烦她送连心回家。连心却不肯离开，坚持要陪他去医院。

"听话，你先回去，我等这里处理完就去包扎。有陈奇在，放心吧。"项语秋暗戳陈奇胳膊。

陈奇立刻领会，也对连心劝道："就是，你看你穿得这么少，万一冻感冒了怎么办？"他又对唐诗使了个眼色，让她们先走。

连心不放心地看着项语秋，叮嘱他一定要去医院，得到他和陈奇的再三保证，才一步三回头地和唐诗离开。

陈奇回头看着项语秋，问他支开连心是不是有什么秘密。项语秋还未开口，交警走了过来，一脸严肃地说："我们仔细检查了，你的车被人做了手脚。"

"啊？是谁这么缺德？"陈奇一惊。

"如果你们要查，就得报案了。"交警摊开笔录，让项语秋在上面签字。

"到底怎么回事？报案吧？你和谁结下这么大仇，而且看样子他对你的行踪很熟悉，难道是身边的人？"陈奇有些着急。

项语秋心里已经猜得到大概，但是目前证据不足，他只能嘱咐陈奇："是狐狸总有露出尾巴的时候。对连心就说是刹车坏了吧，她知道了实情只会更担心。这个人躲在暗处，今天是在我的车上做了手脚，万一哪天连累到连心怎么办？"

陈奇只好答应，让项语秋多加小心。

连心满身疲惫地回到家，瘫倒在沙发上，呆呆地回想着刚才惊险的一幕，仍然心有余悸。

看完电影后已是清晨，两人开车回家，车里放着属于两人的经典曲目《你的名字我的姓氏》。她跟着旋律哼唱，项语秋宠溺地看着她笑。等到车前方路口变成红灯时，项语秋却刹不住车，径直冲了过去，左右两侧的车纷纷急刹。耳边响起一片喇叭声，吓得她惊慌失措，项语秋打着方向试图靠边，车却失控地撞到路边一棵树上。就在安全气囊弹出的瞬间，项语秋紧紧地护住她，自己却被撞碎的玻璃划伤了额头……

连心收回思绪，耳边又不停回荡着项语秋的话："总有一天我会先离开你。"

呸呸呸，连心摇摇头，似乎要把脑海里那些不祥的想法都晃出去。既然不知道明天和意外哪个先来，就更要珍惜当下。下定了决心，连心转身走到卧室，拿出行李箱，开始收拾衣服，目光落在装玉佩的盒子上。连心打开盒子，轻轻抚摸着玉佩上的字，然后小心地包好后放进箱子里。

卧室门突然被推开，叶木桃睡眼惺忪正刷着牙进来，看到满床的衣服和地上的行李箱，吃了一惊，以为她大清早收拾行李要和项语秋私奔。

连心停了停，认真地说："桃子，我要搬回老屋了。"

"不会真的生米煮成熟饭了吧？我的天，你可不能这么快。"叶木桃不满地嚷嚷着。

连心轻敲了一下叶木桃的脑袋，说道："你在想什么呢？老屋本来就是我的家，我在那里住了那么多年，现在我和项语秋好不容易走到一起，是时候回去了，总不能永远和你挤在一起吧？再说了，这套公寓本来就是你的。"

"可我就喜欢你跟我挤在一起，你走了我一个人多无聊啊。"叶木桃不舍地拉着连心的衣角。

"桃子，谢谢你陪我度过了人生最艰难的时候，耽误了你这么多年，我现在就想多点儿时间陪在项语秋的身边。网站现在做得很好，你也该多考虑自己的事情。心上人是我们俩一手创办的，那你也要去找自己的心上人啊。"连心露出一个意味深长的坏笑。

叶木桃眼前浮现出罗锐的笑脸，不禁有些害羞，又怕连心看出来，赶紧上前给了连心一个大大的拥抱。

回到熟悉的老屋，连心把行李搬到自己曾经住过的那间卧室，看着小时候搜集的那些海报和墙上的涂鸦，有种说不出的舒心和感动。

连心把自己的衣服一件件挂起来，听见客厅传来关门声，以为是项语秋回来了，高兴地跑了出去。刚要开口，却看见一个穿着优雅的女人站在客厅，脚边放着小巧的行李箱。

连心愣了几秒钟，问道："您……您是阿姨？"

"难怪我儿子对你这么痴迷，你确实年轻，而且很有灵气。"顾漾充满敌意地上下打量连心。

连心赶紧给顾漾倒水。

顾漾没接，依旧冷冰冰地审视着连心："你是怎么让我儿子围着你团团转的？现在你是打算登堂入室，当这里的女主人？"

连心尴尬地回答："如果你不希望我在这里我就先离开，语秋一会儿就回来。"

"我找的是你不是他。你确实应该离开这里，因为我们项家不想被人在背后戳脊梁骨。"顾漾一副高高在上的姿态，教训着连心，语气颇为不满。

"我和语秋在一起是我们共同的决定，不会在乎别人说什么。"连心平静地说。

顾漾提高了嗓门儿，不悦地说道："但我在乎。我儿子这十几年都围着你转，赚钱养你，供你留学，你就这么心安理得地接受吗？当初你把他骗到西班牙，现在又追回来继续缠着他。你接下来还有什么招数？"

"我从来没有骗过他，从小到大，我什么样他比任何人都清楚。是，他为我付出了很多，正因为如此，我才更不会离开他。"

"你果然是个厉害的角色，伶牙俐齿，话不饶人。但嘴巴厉害没用。不好意思，这房子是我的，麻烦你离开。"顾漾不想和眼前这个小姑娘纠缠下去，决定先把她赶出去，减少两人的相处，再慢慢做项语秋的工作。

顾漾正在心里默默盘算着，一个声音从她身后传来："应该离开的人是你！"

只见项语秋大步走进来，伸手将连心揽到身后护住，并对她说："这里是你家，你哪儿都不许去。"

顾漾闻言气得一拍桌子喊道："项语秋！其他事情我都可以不管，唯独你和这个女人不能在一起。"

项语秋冷笑道："行，我在这儿和你一次说明白，省得以后你还来找事。我和连心是不会分开的，这里永远都是她的家。你走吧，我们俩不希望被人打扰。"

空气中弥漫着剑拔弩张的气氛。连心拽了拽项语秋，示意他少说几句。顾漾瞪着项语秋，气得发抖，伸手给了他一耳光，嘴里嘟囔着，拿起包气愤地离开。

见项语秋烦躁地关上门，一言不发地站在窗户边。连心走过去从后边搂住他，眼泪不受控制地簌簌掉下，哽咽道："我一想到昨天的事情就后怕，我必须天天看着你才踏实。你今天干吗光顾着保护我？你要是有点儿什么事情我怎么办？"

项语秋转身握住连心的手，温柔地替她拭去眼泪，轻声安慰着，两人就这样静静地看向窗外。

连心没有想到，蒋佩珊再次来上海出差，第一件事就是来找自己。她匆匆赶往公司附近的小公园，远远地就望见蒋佩珊优雅端庄地坐在长凳上，出众的气质惹来路人不时的关注。她不禁莞尔，悄悄走近，从蒋佩珊身后递上一杯咖啡。

蒋佩珊对于连心的调皮感到既惊讶又好笑，接过咖啡说了声谢谢。

"这么多年你还记得我的口味。"蒋佩珊打开杯子喝了一口，会心一笑。

连心坐在蒋佩珊身边，感叹地说："对我来讲，和你在西班牙的日子就好像在昨天。"

"你们终于在一起了？"蒋佩珊指了指手机，原来她早已看到那篇"心上人CEO移情设计师，钢琴王子情断上海滩"的八卦文章。

"对不起，我没来得及告诉你。"

"这是好事，你比我幸运。"

连心脸上却没有喜色，淡淡地说："可我和他在一起，伤害了很多人，罗锐、唐诗，还有顾阿姨，他们都不开心。我不知道以后怎么面对他们了。"

"这个世界，有人被爱就有人被伤害。就像当初项语秋拒绝我一样。"蒋佩珊自嘲地说。

"他很尊重你，你是他很重要的朋友。"连心慌忙为项语秋解释。

蒋佩珊看到她惊慌的模样，笑道："你别紧张，我能和你坦然地讲出这些，就说明我对他的感情早就过去了。我放弃项语秋，是因为我知道他爱的是你。现在替你们开心，是因为你像我年轻时的样子。"

连心听了她这番话，很是感动。

"爱情只留给勇敢的人，不管以后发生什么事，你要记住，你们俩的感情，只需要给自己交代。"

看着蒋佩珊潇洒离去的背影，连心脑海中回响着蒋佩珊临走前留给她的这句话，心中更加坚定。

当连心从沉思中回过神儿来，却突然间不知道自己在哪里了，左顾右盼，映入眼中的都是陌生的环境，这才发现自己迷路了。她急着想绕出公园，她一边走着，一边茫然地四处张望，却始终找不到回去的方向。

突然一辆车在她身边停下，车窗打开，唐诗的头探了出来，连心失神的眼睛一亮。

"我……我好像迷路了。"

"迷路？先上车吧。去哪儿？"

连心没有回答，打开副驾驶的门坐了进去，靠着窗户，脸色极差，慢慢地竟然闭着眼睛睡着了。唐诗有些无奈，却没有叫醒她，一直把车开到工作室门外，见连心还睡着，便细细端详起她的脸，试图将她与小时候那个数星星的小女孩儿的脸重合。

不知过了多久，连心猛然睁开眼睛，伸了一个懒腰，才发现自己还在唐诗的车上，有些不好意思地向她解释，说可能是因为太困了才会睡这么久。

唐诗随意地拨弄着手机，问道："能在大街上迷路，可不光是困吧？"

可连心却根本不知道自己迷路过，她对几个小时之前的事什么都想不起来了。

唐诗把车熄了火，说道："我服了，看来谈恋爱把你的脑子都谈傻了。好了，你要不就继续睡觉补脑子，要不就和我上去，看看你们要的那批家具的图纸。"

连心下车，跟在唐诗后面走着，真诚地向她道谢。唐诗却口是心非地说，自己这么做，只是因为连心现在是自己老板的女人。相处了这么久，连心早已熟知唐诗的脾性，也不再接话。

4

唐诗和连心一走进办公区，就听见项语秋的办公室里传出激烈的争吵声，几个员工正趴在门口听着，低声议论。唐诗见状，呵斥走了八卦的员工，和连心一起站在门口犹豫着要不要进去。

顾漾的声音传了出来："项语秋！你现在眼里还有我这个妈吗？"

"来之前最好先打个招呼，这里是我公司，有什么事情等我忙完再说。"项语秋语气冷淡。

"怎么，你害怕了？你也知道这件事情并不光彩？"

"我没什么可害怕的，但你如果执意把事情闹大，伤害连心，我和你的情分就到今天为止。"项语秋的语气中多了几分凌厉。

"你！你想过别人会怎么说吗？！是你一手把她养大的，你有没有想过，就算你们再相爱，能承受得起外面闲言碎语的压力吗？"

"这些不用你操心！我的选择我自己能负责。"

"我知道你们都在想什么，觉得爱情大过一切，只要有爱，就都不是问题。但是在现实面前，爱情是最容易崩溃的东西！"

"这个世界上，关于爱情，最没有立场对我说教的人就是你！"

"好！我承认我在爱情方面是失败的，我没有立场说你。那你看看我的失败，总该明白了吧！你们不会幸福的！"顾漾气急地冲出来，正对上连心和唐诗，空气瞬间凝固。

顾漾走近唐诗，说道："你来得正好，我说过希望你和我儿子在一起。怎么，被一个小丫头打败了？"

"阿姨，我和项语秋就是好朋友。今天你们聊的是家事，有什么误会好好解释，我先去工作了。"

顾漾见唐诗要走，急忙拉住她道："你不能走，这件事情和你有关系。"

连心看了一眼项语秋，十分诚恳地对顾漾说："阿姨，我想和您单独聊一下。我很爱语秋，不想因为我而影响你们的感情。"

项语秋内心一阵感动，他上前靠近连心，握紧她的手。

顾漾却盛气凌人地告诉连心，他们母子的感情不是她一个外人能影响的，想进项家的门，要先学会做人的道理。连心丝毫没有退缩，向项语秋借了他的展厅钥匙，带着顾漾参观起项语秋的作品。

"人们都说，通过一个设计师的作品，可以看到他的内心。我和语秋分开了很多年，我远在西班牙，他在上海，没有对方的半点儿音信。"连心一边看着展厅的家具，一边对顾漾聊起了自己这些年的感触，"我回国以后，就是通过它们，渐渐了解他内心的变化，明白他对温情的渴望。我猜，这是一个您从来没见过的儿子吧？"

"带我来这里，想打感情牌？"顾漾嗤笑。

连心摇了摇头，又带着顾漾走到一排作品前。

"我只想让你更加了解你的儿子，这也是我想为他做的。你看看这些作品，是不是为他自豪？"

顾漾眼眶有些湿热，忍不住抚摸着项语秋设计的每一件家具：桌、椅、台灯……

"这孩子的劲儿，真的很像他爸爸……"

"我像谁，都与你无关吧？"身后传来的声音打断了顾漾的话。连心和顾漾同时转头，项语秋快步走上前，挡在连心和顾漾中间。他深知母亲固执，是很难被连心说服的，于是不放心地跟了进来。

顾漾摆弄着自己的指甲，状似不经意地说："既然你们两个谁也离不开谁，那就搬出去住吧，我准备卖掉老屋。"

项语秋和连心的脚步顿住，俱是一惊。

顾漾不紧不慢地说道："那房子本来就是我的名字。再说，又破又旧的，住着有什么好？"

"别再说了！像你这种没有良心的人，是理解不了它对我有多重要的！总之，没有我的同意，谁都不许动它！"项语秋说完，拉着连心头也不回地离开了公司。

连心被项语秋拽得小跑起来：终于忍不住甩开了项语秋的手，问道："你怎么回事？我从来没见过你这样。"

项语秋被这么一甩，稍微冷静下来："无论她和你说了什么，都不用放在心上，一切有我。"

"哦？"连心笑了，调戏道，"那如果有一天她叫我好好和你在一起呢？我也不要放在心上吗？"

"我才不信她能跟你说这个。"项语秋看着连心，脸色逐渐缓和了一些。

"老项，其实我很羡慕你有妈妈，她坐十几个小时的飞机来是为什么？为什么不同意我们在一起？因为她关心你，怕你受伤害，所以说你不懂，你不知道一个没有妈妈的人看到母子相聚有什么感觉……"

项语秋沉默着，伸手紧紧抱住连心。

两人回到老屋，正好遇见过来找项语秋的顾漾，三人尴尬地站着。突然一个男人举着一个大桶直直地走向三人，浓重的油漆味扑鼻而来。说时迟那时快，眼看着一桶油漆泼了出来，连心猛然推开顾漾挡在前边，浑身被泼满了油漆。等到三人反应过来，对方早已消失在了巷口。

连心嘴唇发白，显然被吓得不轻。项语秋紧张地扶着她问有没有事。连心摇摇头安慰他说只是有点儿吓到了，然后自己去浴室清洗身上的油漆。

等她洗完澡换了身衣服，捧着杯热茶来到客厅，已经从刚才的惊吓中恢复得差不多了，只是头发上还有一些擦不掉的油漆印。

项语秋心疼地抚摩着她的头发，连心却不以为意道："没关系，明天去理发店剪短一点儿好了，我早就想剪了。"

顾漾看着项语秋，担忧地问："真的不要报警吗？"

"现在太晚了，外面也不安全，我去收拾房间，今晚你就睡在这儿吧。"项语秋避而不答，起身进了房间。

项语秋走后，剩下顾漾和连心两人，气氛有点儿尴尬，顾漾小声问连心："刚才你不怕吗？"

"我不怕，我十岁之前什么都看不见，经历过黑暗里的恐惧，就什么都不怕了。"

"你喜欢我儿子什么？"

"喜欢什么呢？可能是喜欢他真实的样子，喜欢他愿意做自己，有自己的坚持。"

"小姑娘，你知道爱情过后就是残酷的现实吗？我自己的婚姻就是最好的证明，我不能让我儿子重蹈覆辙。"

"但是我相信你的爱情也是美好的，分开不代表没有过真情。也许我们能有不一样的结果呢？我相信您不会破坏他想要的幸福。"

"你别以为救我一次，我就能买你的好。"顾漾还是嘴硬着。

"今天就算您不是语秋的妈妈，我一样会这么做。阿姨您早点儿休息，我先回去了。"连心起身要走。

"别走了，外面不安全，让语秋睡客厅就行了。"顾漾的态度有所缓和。

项语秋在房间听着两人的对话，不禁微微一笑。

家里的问题有了进展，接下来该专心应对工作室这边的事了。第二天去新品发布会的路上，项语秋轻描淡写地跟陈奇讲了头一晚泼油漆的事情。陈奇一听急了，怪他怎么现在才说，又问有没有报警。

"昨天出事的时候太晚了，又没看清是谁，跟你说了也没用。"项语秋三言两语就打发了陈奇。

唐诗在一旁又补充解释着，她知道项语秋是不想影响今天的发布会，所以打算发布会结束以后再处理这件事。

"今晚大家都多留点儿心，我心里总觉得不踏实。"唐诗一脸担忧地提醒大家。

众人来到发布会后台，开始做最后的准备。罗锐在化妆间和连心对完发布会上的流程，推门准备出去，碰上正要进来的项语秋。两人对视一眼，罗锐大方地对项语秋说："交给你了。"这是两个男人之间不可言说的默契。

项语秋点点头，走到连心面前，微笑地拿出上次因为车祸摔坏的玉佩，他已经找人修补好了，完全看不出破损的痕迹。连心欣喜地接过，仔细端详着，有它回到身边，刚才还有些紧张的心情变得踏实了些。

这时唐诗进来通知项语秋去候场，推开门的一瞬间她的目光被连心手上的玉佩吸引，她太熟悉那枚玉佩的样式了，和自己从小戴的一模一样。唐诗不动声色地将自己颈上的玉佩摘了下来放进包里，镇定自若地通知项语秋去后台。

项语秋离开化妆间后，唐诗忍不住继续打量着连心手里的玉佩，状似不经意地试探着问："你的玉佩很漂亮，看你这么宝贝它，一定是很重要的东西吧？"

连心把玉佩紧握在手里，嘴角露出一丝微笑，轻声地说："这是我爸妈留给我唯一的东西。"

唐诗也友善地笑笑，鼓励她加油。两人之间的气氛难得这样融洽，陈奇却脖子上挂着相机，咋咋呼呼地闯了进来。

"连心，桃子一定要我全程跟拍你……"突然他看到连心手中的玉佩，顿住了，挠挠头觉得有些熟悉，似乎在哪里见过却一时想不起来。

唐诗的神经一下子紧绷了起来，没等他再开口，就赶忙拎着他的领带往门外拖，顺着他的话岔开话题道："拍照是吧？来，先给我拍两张！"

"不是……等一下……"陈奇挣扎着还想要说些什么，却已经被唐诗拖出了化妆间。

唐诗将他拉到相对僻静的角落才放开了手，却不再说话，只是咬着牙一言不发，手不自觉地按在包上，一脸心事重重的样子。陈奇疑惑地盯着她看了片刻，又想起刚刚看到的玉佩，终于明白过来。

"连心不会就是你妹妹吧？"他压低声音问道。唐诗表情复杂地点了点头，他还是难以置信，"你确定？"

"我也是前不久才发现的，已经去民政局核实过连心被送进孤儿院的原因，加上玉佩上刻的字，应该是了。"唐诗像是说给陈奇听，又像是在说服自己相信这是真的。

信息量实在太大，陈奇有点儿反应不过来，他心疼地看着唐诗，想知道她接下来打算怎么办。

"我还没想好，所以你就装作不知道好了！"唐诗心烦意乱地摇摇头，只想一个人静静，让陈奇赶紧去跟拍连心。

陈奇本想再关心几句，经她这么一提醒，这才想起来还有正事要做，慌忙跑走了。

唐诗站在原地有些怅然，接了个电话听了一会儿，突然脸色大变，又看了两眼手机，匆匆赶往会场。

5

发布会有条不紊地进行着，项语秋和连心坐在台上回答着主持人的提问。

"那我替许多记者朋友问一下，这次的新品联名发布是否也是二位的恋情在艺术上的纪念呢？"

连心避重就轻，笑笑道："只能说我们两家公司设计理念的高度一致促成了这次合作。"

"不知道你们有没有听出什么玄机呢？"主持人看向台下，又转过身询问两人，"那在合作的过程中，哪一位比较固执？"

连心和项语秋同时举手，互指对方，引得台上台下响起一阵笑声。这时，项语秋看见唐诗在场边不断指着手里的手机，神情焦急，却不明白她的意思，只是皱了皱眉。

提问结束，主持人宣布联名款新品发布，大屏幕上出现了匠心的六款新品。

"我们这次与心上人合作推出的系列共有六款，主要针对的是……"项语秋介绍时，注意到台下有个记者一直站着高举右手，于是停下来，"请问有什么问题吗？"

记者大声喊道："项先生可能还不知道，一个小时前，爱尚家居刚刚发布了六款新品，和现在大屏幕上的非常相似。我想听听您对此如何回应？"

记者的话无疑像一颗深水炸弹，引发了会场里的骚动。记者席和观众席开始有了交头接耳的声音，大家纷纷掏出手机。

项语秋和连心交换了一个困惑的眼神，把目光投向了场边的唐诗。唐诗再次指指自己的手机示意项语秋，项语秋连忙拿起手机翻看着爱尚公司的主页，面色变得冷峻。只见网页上六款新品与项语秋工作室的几乎一模一样。

"我很感谢这位记者对我们的关注，也很感谢每一位与我们有共鸣的买家，但与此同时，针对匠心工作室的恶意竞争也从来没有停止过。有些商家甚至不惜违背行业的准则来博得更多关注。在这里我想强调，匠心工作室只提供独一无二的手工家具。至于这些新品，是不是我们匠心的作品，稍后会给大家一个答复。"项语秋说完，拉着还在发蒙的连心转身走向后台。

记者们反应过来，蜂拥而至，冲到后台堵住项语秋，把连心挤到了人群外。

"项先生，请您等等！"

"项先生，刚刚准备介绍的六个款式……"

"项先生，您的意思是爱尚抄袭了您的作品吗？"

质疑声此起彼伏。此时人群中突然传出一个清晰的声音："项先生昨晚被人泼了油漆，似乎是有人寻仇。请问这与您多年前坐过牢有没有关系？另外，听说您用十五年的时间将连心女士培养成自己的女友，是真的吗？"

项语秋身子僵住了，转过头来，对上了人群中李昂阴险得意的眼神。记者们听到"坐过牢""十五年"和"培养成女友"这些爆炸性的字眼儿，一时没反应过来，不解地看向项语秋。

项语秋眼里含着怒火，目不转睛地瞪着李昂，咬着牙挤出一句："无可奉告。"然后推开人群，拉住连心的手，在陈奇和工作人员的保护下走出了会场。

目前这种情况，继续待在这里只会让事情越闹越大。项语秋虽然问心无愧，但为了大局考虑他还是听从唐诗的意见，先带着连心离开，留下唐诗和陈奇稳定住局面。

车子缓缓开出，坐在后排的连心回头望去，只见陈奇和唐诗已经被记者们层层包围，连心有些慌乱地抓住身旁的项语秋，问道："到底是怎么回事？爱尚怎么会发布和匠心相似的款式？"

"应该是李昂把图纸泄露出去了。"项语秋死死地盯着车窗外混在记者中间的李昂。

"李昂？"连心思考片刻，"刚刚提问的也是他？"

项语秋点点头，把之前的猜测告诉了连心，这次李昂一定是有备而来的，他刚刚的一番话成功误导了在场的记者。眼下只能避开记者先回家，等陈奇和唐诗处理完发布会的事，回来一起商量对策。

两人一直等到深夜，陈奇和唐诗才满脸疲惫地回来。陈奇一进门就故作轻松地插科打诨，说自己差点儿被记者踩死，不过也总算体验了一把当名人的感觉。原本有些凝重的气氛因此稍微缓和了下来。

唐诗还在思考着今天这场风波的种种疑点，相似的设计，记者明显带有针对意味的问题，还有突然出现的李昂……

"李昂？"唐诗突然想起了圣诞节那天在项语秋办公室一闪而过的身影，顿时明白了，这次的设计图应该就是那时候被他偷走的。

唐诗懊恼不已，心想李昂在项语秋身边这么多年，对项语秋的过去了如指掌，自己怎么就没多加防范呢！

听了唐诗的这番分析，项语秋更加证实了自己的怀疑，安慰唐诗这并不是她的错。李昂的种种行为明摆着是冲他来的，只怪他没有处理好。紧接着，他交代唐诗以最快的速度通过网站表态，接受无条件退款，对于愿意等的买家，公司会尽快交出新设计。另外还要让法务对爱尚发出律师函，同时搜集他们窃取商业机密的证据。

见项语秋有条不紊地梳理着解决方案，唐诗也恢复了战斗力，拿着手机匆匆出去打电话安排。

"媒体那边怎么办？本来只是发布会的问题。今天被他一搅和，明天关于你坐牢，还有你们俩的报道就要铺天盖地了！"陈奇担忧地问道。

"我们两个在一起又不是什么见不得人的事，不怕他们写。倒是坐牢……"连心看了一眼项语秋，担心地皱了皱眉。

只见项语秋坚定地说："好的坏的，都是我的过去，我自己承担结果。"

陈奇和唐诗从项家老屋出来，唐诗瘫坐在副驾驶上，表情有点儿心不在焉。陈奇开着车，问她连心的事打算怎么办。

"不知道，等这段风波过去了再说。"唐诗有些烦恼地揉了几下太阳穴。

"但连心……唉，算了。没想到李昂那家伙这么狠，坐牢的事都往外曝，铁了心要把项语秋整死啊！"陈奇愤怒地拍了拍方向盘。

唐诗皱了皱眉，忧心忡忡地说："你好好开车，刚才我没敢说，这么大的负面消息，不知道项语秋和匠心能不能承受得住。"

车内顿时一阵沉默。

陈奇和唐诗走后，连心犹豫许久，还是站起身对项语秋说道："自从我回来，就一直给你添麻烦。这次又是我连累你。你今天太累了，我先回桃子那边。"

"别走。是我的过去给你带来了今天的麻烦。"项语秋紧紧抱住连心。

连心认真看着项语秋，一字一顿地纠正道："是我们的过去。既然过去是我们的，未来还是我们俩一起走下去。我只是害怕失去你。"

"你怎么会失去我，我一直都在。"项语秋笑着摸摸连心的头，将她搂在怀里，接着叮嘱这两天别去看那些乌七八糟的报道。

他想好好保护怀中的女孩儿，不让她受一点儿委屈和伤害，却有心无力，他觉得这样的自己很无能。

连心似乎感应到了他内心的想法，认真地告诉他，如果自己在乎别人怎么说，就不会和他在一起了。感受到项语秋将自己搂得更紧，连心的心里暖暖的，又突然想起今天在发布会上看见了顾漾，连忙让他去给她打个电话，别让她担心。见项语秋答应着拿起手机走向阳台，她不禁露出欣慰的笑容。

已经回到酒店的顾漾，也正拿着手机犹豫着，看到来电显示是项语秋的名字，她深吸一口气，故作镇定地接了起来。知道儿子没事，她悬着的一颗心总算放下，也不再多说，叮嘱他和连心早点儿休息后，便挂掉电话，将手中的红酒一饮而尽。

清晨的阳光照进老屋的院子，连心醒来看了看表，发现已经是上班时间了。虽然昨天项语秋一再嘱咐她最近不要去公司，可她担心叶木桃一个人抵挡不住铺天盖地的新闻报道，简单收拾了一下，就匆匆出门了。

而此时的项语秋还睡得迷迷糊糊，接到唐诗的电话，只听到那头一片嘈杂，唐诗的声音断断续续地传来："全是记者，你今天在家里等我消息，别到工作室来！让连心也别去公司。"唐诗隔着电话对工作室外面的员工喊："把门都锁好，没有我的允许谁都不能进来！"

项语秋推开连心的房门，愣了一下，对着电话说道："她……她好像已经去公司了。"

心上人大楼前，连心用外套将脸挡住，在保安的护送下，穿过层层的记者，躲过噼里啪啦的快门声，好不容易挤进电梯。她心有余悸地拍了拍胸口，长嘘了一口气。

公司走廊的电视里正在播报昨晚访谈的相关消息：有知情人士透露，知名设计师项语秋当年坐牢，是因为超速驾驶导致女友死亡。巧合的是，该女子的弟弟，正是当下有"钢琴王子"之称的罗锐。而之前与罗锐传出绯闻的网购平台心上人CEO连心，又是正在疯传的"罪犯萝莉门"女主角。如此错综复杂的三角关系，连娱乐记者们都感叹"贵圈真乱"……

见连心走进门，员工都从工位上偷偷探出头来张望，但又马上缩了回去。

连心没想到消息会传得这么快，扫过电视，面色不由得凝重起来。

"还有呢！"叶木桃的脸色铁青，拉着连心进了办公室，转过电脑屏幕，微博热搜上赫然出现"圈养身边十五年，女总裁与设计师的隐秘爱情""天才设计师是钢琴王子的杀姐仇人"……

连心看着触目惊心的标题不禁打了个哆嗦。

叶木桃愤愤不平道："你看看，把项语秋说得像杀人放火的变态！我们的公关稿一发出去就被这些标题淹没了。怎么办？再这样下去不行啊！"

"这就是它的目的，转移所有人的视线。去找几家关系好的媒体商量一下。"连心冷静地分析着。

叶木桃点点头，匆忙出去安排危机公关工作。

匠心工作室这边也是一样的水深火热，陈奇也来帮着联系认识的媒体朋友，而项语秋一直坐在电脑前，眉头紧蹙，浏览着网页。"牢狱门"和"萝莉门"的专题页面赫然醒目，撰稿人就是在发布会上提问的那个记者。文章虽然夸大其词了些，但很多关键的细节都没错。

"最怕的就是这种虚虚实实，太容易蒙人了！"陈奇在一旁烦躁地走来走去。

项语秋表情凝重地拨通了唐诗的电话道："帮我把李昂找出来。他的电话、住址、近期的消费记录……可能去的地方都查一遍……对，冤有头债有主，我要当面问问这个家伙到底想干什么。"

"不是说发布会之后就要报警的吗？"陈奇在一旁提醒道。

"毕竟是同学一场，我不能这样落井下石。现在，我只想尽快找到。另外，爱尚那边需要他出面做证才能澄清。"

陈奇撇撇嘴说："他都这么对你了，还有什么好心软的。不过兄弟就服你这心胸，宁可天下人负你，你不负天下人。"

心上人的办公室里，连心盘腿坐在地上，询问爱尚那边有没有答复。

叶木桃目不转睛地盯着屏幕，叹气道："当然是什么都不承认了，也不肯将商品下架，还指责我们恶意诽谤。真是气死我了！要不，我黑进爱尚的系统，把他们跟李昂的邮件往来或者通话记录调出来？"

"不行！通过这种办法拿到的证据没有法律效力，还反倒让人有了把柄。"连心十分冷静。

"可是……总不能什么都不做吧？"叶木桃在网上征战了一天，无计可施。

"项语秋已经让唐诗去查李昂了，必须把他找出来，只有他最清楚和爱尚之间的交易。你去联系一下唐诗，要到李昂的所有资料，帮着调查一下李昂的行踪。"

连心正对叶木桃说着接下来的安排，罗锐突然打来电话关心她的近况。得知他已经看见网上铺天盖地的负面报道，连心怕他担心，故作轻松地说自己没事，让他不要理会那些无聊的八卦新闻。

"所有的人都在问我姐的事，这还叫无聊八卦？"罗锐在电话那头有些焦急。

连心苦恼地扶了扶额头道："对不起，牵连到了你和罗婷姐。"

"我还好，只是我姐突然被拿出来报道，有些心疼她……"

连心重重地叹了口气，电话两头都不说话了。她从来不信"人言可畏"四个字，可如果这些流言蜚语伤害到了自己爱的人呢？她有信心让自己对项语秋的爱不受影响，却没有信心让自己在乎的人不受干扰。

为什么相爱的两个人在一起，会这么难呢？挂了电话，连心的眼睛里泛起淡淡的哀愁。

第十三章 /

1

所谓好事不出门，坏事传千里。一夜之间心上人的网站流量暴涨，服务器崩溃了好几次，留言板充斥着各种恶俗的谩骂：

"坚决抵制杀人犯的产品！"

"连心和她的什么破烂网站都去死！不要蹭我家罗锐的热度！"

"这两个乱伦的人让我看了就恶心。"

"项语秋就是个罪犯！还包装成什么原创设计师……"

"把小女孩儿养在身边这么多年，这也叫美好的爱情？呵呵。"

…………

连心和叶木桃为了应对因近期事件而引起的各种问题，已经忙得焦头烂额。公司的员工们却还在讨论着网站上的留言，见两位老板疲惫地从办公室走出来，有人清了清嗓子，交头接耳的员工慌忙停止议论，躲避着连心的目光。

连心勉强控制住自己的情绪，扫视了一周，发现没几个人在认真工作。她越想越生气，忍不住把手中的文件夹重重地拍在桌子上，大声道："关心我隐私比关心公司业务更多的人，可以选择离开；愿意跟我打一场漂亮仗的，就留下来。水军都要淹没公司了，如果你们对心上人还有感情，就一起努力让它渡过难关。"

听了连心的话，大家都觉得自己落井下石的行为有点儿不堪，羞愧地低下头回到各自工位上，重新忙碌了起来。

也许是刚才说得太过激动，连心突然感觉一阵晕眩，下意识地用手扶着桌子，才不至于摔到地上。一直跟在身旁的叶木桃赶紧过来扶住她，小声地称赞道："你刚才真是酷毙了！"

连心回过神儿来和叶木桃一起走出了公司，准备下班回家。叶木桃嚷嚷着要跟去蹭饭，跟着上了连心的车。她打开手机，浏览着近期的新闻，"萝莉门"事件还在持续发酵，网络上不断更新着各种相关报道，话题热度甚至超过了明星八卦。

突然一个关于匠心工作室的直播提示弹了出来，叶木桃慌忙让连心将车停在路边，和她一起看。只见屏幕中出现了顾漾在工作室门口被记者拦住的画面——

记者难听的话不绝于耳，顾漾原本不愿搭理，见记者还在不断纠缠，她终于发火了，怒气冲冲地拎起包砸向记者，吼了一句："我自己的儿子还轮不到你们跑来闲言碎语，都给我滚！"记者们一时不知如何是好，而唐诗和几名同事忙从工作室冲了出来，将顾漾拉进工作室。

叶木桃看到直播视频中顾漾的表现，不禁惊叹道："天啊，项语秋的妈妈也太厉害了吧！"

看到顾漾这么维护项语秋，连心也露出了温暖的笑容。

叶木桃看向连心，感慨道："哎，你们俩这对苦命的鸳鸯，人家一辈子的坎坷都被你们经历了。"

连心不以为意地笑笑，她知道，正是因为如此，自己和项语秋才会更加珍惜这段感情。

铺天盖地的报道让罗锐心中郁闷，陈年旧事被重新提起，结痂的伤口再次裂开，而此时此刻他唯一想到可以倾诉的人却是项语秋，这个能痛他之痛，感他所感的男人。

今晚的夜空没有星星，显得格外低沉，他郁闷地敲开项家老屋的门，正对上项语秋惊讶的眼神。罗锐有些不自在地摸摸鼻子，问道："你有酒吗？"

项语秋看了他几秒钟，没有回答，转身往屋内走去。

两人坐在院子里，罗锐一口气喝下半瓶啤酒，涨得脸颊通红。

"项语秋，你让我失去姐姐，因为你，我姐又被卷进这场闹剧里，承受那些污言秽语，她一定会伤心的。我现在连打你的力气都没有了。"罗锐说着，眼眶开始有些泛红。

"罗锐，这么多年真的很对不起。我会很快处理好这件事情，不会再把婷婷牵扯进来。"

"那连心呢？我说过连心跟着你不能受到任何伤害，你觉得自己做到了吗？只要你在她身边，这些事情就会一直发生。你不能这么自私，如果你真的爱她，就让我带她离开。"

项语秋坚定地拒绝道:"我已经错过一次,不会再把她丢下。"

"行,那我也告诉你,我会一直等,你最好祈祷有一天能让我彻底对她死心。"说罢,罗锐将啤酒喝尽。

连心和叶木桃在这时走了进来,吃惊地看着平日里水火不容的两个人正喝得微醺,她们摸不着头脑。连心紧张地走过去查看有没有人受伤,以为两人又动手了。

罗锐醉意愈发明显,他提高了嗓门儿说:"别以为我不知道你在想什么,在你眼里,我就那么幼稚?别担心,我是来安慰项大师的,是吧,大师?"说着又举起酒杯和项语秋碰杯。

地上已经堆积了许多空酒瓶,连心忙着收拾残局。只见罗锐把衣服搭在肩头向身后挥了挥手,跌跌撞撞地往外走,连心赶紧让叶木桃去送罗锐回家。

叶木桃答应着,追上踉踉跄跄的罗锐,吃力地扶着他走出了院子。她正准备打开车门推罗锐进去,却见他突然直起身子,清醒得像从未喝过酒一样。

叶木桃吓了一跳:"你……你没醉啊?"

"我是傻子,傻子是喝不醉的。我想一个人散会儿步。"罗锐回头看看亮着灯的项家老屋,苦笑着一个人走远。

看着他落寞的身影在路灯下渐渐拉长,叶木桃心中也是一阵苦涩,她自己又何尝不是傻子呢?她和罗锐都一样的傻。

叶木桃和罗锐走后,连心拿起剩下的啤酒猛喝了好几口。小时候她每次见项语秋喝酒都想抢,以为不让喝的都是好东西。后来长大了才发现,酒这东西,开心的人喝了更开心,伤心的人喝了更伤心。

"老项,你不用这么小心翼翼地保护我,我早就长大了。你为我付出了那么多,现在都要搭上前途了,也让我为你做一些事吧。"连心看着借酒消愁的项语秋,心疼地说道。

项语秋却摇摇头,一脸认真地说:"我不希望你长大,你长大了我就没用了。"

"说什么傻话。"连心被他的表情逗笑。她酒量不佳,刚刚那几口喝下肚就醉了。一阵困意袭来,她靠着项语秋的肩膀闭上了眼睛。

"连心,等这件事情处理完了,我们结婚吧。"项语秋低声说,半晌不见连心回答,怕她觉得自己太随意,又慌忙解释,"这样求婚是不是有些突兀……其实我……"正说着,身旁一阵均匀的呼吸声传来,他低头一看,发现连心已经睡着了。

项语秋动情地看着连心,在她耳边喃喃道:"睡吧,我守着你。"

第二天项语秋醒来的时候,发现连心已经去了公司。他伸了个懒腰走到客厅,只见陈奇已经坐在了沙发上，还带了早餐过来。

项语秋也走过去将整个身体陷进沙发里，疲惫地揉着太阳穴，昨夜李昂的匿名电话还在耳边回荡："不管你多么有才华，现在已经被我搞得身败名裂了，不是吗？你放心，我暂时不会伤害你，这出戏我还没看够呢。"

"这丫头太倔，肯定是去想办法了，我担心会出事。感觉李昂一直都在跟踪我，早晚还会再出现搞出什么乱子的。"虽然有唐诗在工作室照看着，而且警察已经在查昨天的匿名电话号码了，项语秋还是觉得不安心。

"先找到李昂再说，现在的情况你也改变不了，眼下最重要的是照顾好身体。"陈奇指了指几乎没动的早餐，示意他先把饭吃了。

项语秋拿起一根油条，食不知味地吃着，没吃几口就接到叶木桃的电话，语气焦急地让他赶紧来心上人。项语秋闻言，哪还有心思吃早餐，抓起一件外套匆匆出门。

心上人这边的麻烦大部分都是罗锐的黑粉带来的，他们在公司门口挂满了写着脏话的横幅和各种合成的海报。除了罪犯、乱伦、炒作的声讨，还直指项语秋、连心和罗锐三人的感情关系不正常。

项语秋看着这些横幅和海报，头痛欲裂，已经听不见人群的谩骂声了。叶木桃的声音也仿佛从很遥远的地方传来，有种虚幻的不真实感。

"你终于来了！罗锐的黑粉又来闹事了，连心她……"叶木桃一边说着，一边拉着项语秋来到洗手间。

只见连心狼狈地蹲在地上，一边抽泣一边发抖，头发和身上全湿透了，白色的衣服沾满了墨水、颜料、蛋清……

项语秋感到一阵揪心，他心疼地将连心紧紧抱在怀里，轻轻地拍着她的后背安抚道："别怕，有我在。"在他不断的安慰声中，连心稍稍地平静了下来。

安抚好连心，项语秋匆匆赶回自己的工作室。心上人受到这么大的影响，匠心那边的情况肯定也不乐观。只见展厅门口杂乱无章地堆放着许多家具，有的被刮花，有的被从中折断，有的用刀子和喷漆写着"杀人犯""项语秋去死""乱伦"等污言秽语，项语秋心疼地抚摩着破损的家具，这些都是他和无数匠人的心血，现在却变成了人们情绪的发泄品。

工作室有些冷清，唐诗正指挥着寥寥几个同事把破损的家具搬走。见项语秋默默无言地蹲在那里擦拭着家具，她走过去将一张纸条塞进他手里，压低声音说："桃子那边查到了一个地址，李昂上次打电话的号码收过快递，就是寄到了这个便利店。"

看着手中的地址，项语秋振作起来，找到李昂这个害群之马才是当务之急，他对唐诗点了点头，快步离去。

叶木桃担心黑粉会伤害到罗锐，见连心没事了就急忙赶到罗锐家，按了一阵门铃，却始终没有人应。她顾不上多想，紧张地退后，助跑两步，朝门上撞去。门却在这时突然打开了，叶木桃没刹住，凭着惯性一头冲了进去，差点儿撞上了罗锐。

罗锐刚洗完澡，头发还湿漉漉的。见叶木桃闯进来，他紧张地扯了扯围在身上的浴巾，一脸尴尬，奇怪她为什么招呼也不打就突然过来了。

叶木桃瞥到罗锐腹部结实的线条，顿时满脸通红，结结巴巴地说："那……那个，我来关心一下你。"

罗锐还不知道自己的黑粉去了心上人闹事，不以为意地说自己挺好的，还沾沾自喜地将自己教训黑粉的视频和留言给叶木桃看。

"你小心点儿！黑粉可是世界上最不能得罪的物种！连心就被泼了一身……"话说到一半，叶木桃才意识到自己失言，赶紧闭嘴止住了话头。

罗锐一惊，知道连心一定出了什么事，起身要去找她，却被叶木桃拉住。

"她现在有项语秋照顾呢，你就别管了，既然已经放手了，就干脆点儿。这种风口浪尖的时候，再被人拍到你们在一起，更说不清了。"

叶木桃的话不无道理，自己去了只会给连心增添烦恼，想到这儿，罗锐沮丧地慢慢坐下。

老式的居民小区在黑暗中显得有些破败，路灯坏了好几个，勉强能看清凹凸不平的路面。项语秋站在街角，望着对面的便利店，荧光灯牌在夜色中格外刺眼。他将外套的领子拉高了一些，迈步走向了便利店，一推门，店内就响起了一阵铃声。

"老板，取快递。叫李昂。"项语秋走到柜台前。

店员坐在收银台后面，正在玩手机，他瞥了一眼登记簿道："李昂？没有这个人啊。"

"手机尾号 3355。"

"3355……"店员抬头张望，然后用手一指，"喏，被他领走了。"

项语秋激动地转头，货架边上头戴鸭舌帽的罗锐正惊讶地看着自己。两人对视一眼，还没反应过来，又一阵铃声响起，只见李昂缩着脖子进来，对店员说道："老板，尾号 3355 的快递……"

看看眼前的项语秋和罗锐，李昂愣了片刻，随即反应过来，转头跑出便利店，熟门熟路地拐进了旁边漆黑的小巷，项语秋和罗锐紧随其后追了出去。

小巷光线昏暗，几乎看不清路，罗锐眼看着就要抓到李昂了，却不小心踩到坑里，脚下一崴，摔倒在了地上。项语秋停下来去扶他，被李昂逮住时机逃跑了。

项语秋将罗锐扶到便利店外的椅子边坐下，见罗锐的脚踝已经肿了起来，进店里买了一罐冰镇啤酒，一边帮他冰敷，一边懊恼着刚才不该打草惊蛇。

罗锐冷静下来，开始分析，经过桃子调查，他的黑粉里应该有艺术圈的人，还有那些八卦通稿炒得那么热，肯定有人在背后买水军。为了防止他们再乱来，得尽快找出闹事的组织者。

项语秋觉得那些黑粉之所以情绪那么激动，很有可能是受了李昂的煽动。他思考了片刻，突然计上心头，问罗锐肯不肯帮忙。罗锐虽然不愿意与项语秋扯上关系，但为了连心还是痛快地答应了。

2

按照项语秋的计划，两人来到了匠心工作室。项语秋走进工作间，全神贯注地伏在工作台上雕刻着一块木料。罗锐打开手机上的直播软件，找好角度，神情轻松地对着自拍镜头侃侃而谈。

"哈喽，各位粉丝，猜我现在在哪里？"罗锐把镜头转向工作台，"这个身影是不是觉得很熟悉？来跟大家打声招呼吧。"

项语秋抬起头，微笑着对镜头挥了挥手，又继续雕刻着手里的木料。

罗锐瞥了眼直播画面，只见一大片的弹幕评论掠过：

"怎么是他？"

"你们不是情敌吗？不是还有仇吗？"

"天啊，我看到了什么？"

……

罗锐又将镜头转向自己，微笑着说："我知道最近网上有些八卦传得沸沸扬扬，但根本不是你们想的那样。我俩认识多年，还是非常好的兄弟！即使在这么困难的时候，我的好兄弟还依然想着回报社会呢！周日下午，匠心工作室会在养老院开展一个公益项目，我也会到场支持。希望大家都能像我们的大设计师一样，为公益事业献上自己的爱心！今天难得有机会，带大家参观一下大师的私人作坊。"

罗锐一边说着一边把项语秋的工作间拍了一圈，最后将镜头对准了项语秋。

"让我试试！"罗锐抢过他手里的工具，试图学着他的样子雕刻木料，没把握好力度，一小片木屑弹到了项语秋的鼻子上。看着他滑稽的样子，项语秋"扑哧"

笑了出来。

这两个最近话题不断的男人，在直播中的互动全程气氛融洽，没有一点儿破绽，外界关于他们不和的传言不攻自破。

直播了一会儿，罗锐觉得差不多能达到目的了，便收起手机。想了想，又怀疑地看向项语秋，问道："这招儿能管用吗？"

项语秋没有接话，胸有成竹地笑了笑。他知道李昂一直关注着自己的一举一动，所以这场直播他一定会看，自己正是要利用这一点，彻底地激怒他。

因为罗锐的直播，广大粉丝的怒火渐渐平息了下来。唐诗也如释重负，终于有精力重拾晨跑的习惯。

这天清晨，她精神抖擞，一身运动装，满头大汗地跑到常去的公园附近，不自觉地放缓了脚步，四下张望着，仿佛在期待着什么。瞥见陈奇像往常一样，从不远处的路口拐了过来，唐诗暗自高兴，却装作不在意的样子，像要甩掉他似的，加速向前跑去。

陈奇气喘吁吁地在她后面嚷嚷："哎！你怎么又提速了，我这才刚适应这个强度！你等等我……"

两人一前一后追赶着又跑了半个小时，终于在一家便利店门口停了下来。陈奇强撑着酸胀乏力的双腿，买了两瓶运动饮料，递了一瓶给气定神闲地靠路边护栏擦汗的唐诗，自己则迫不及待地拧开瓶盖"咕噜噜"灌了几大口，才感觉重新活了过来。

"你还真别说，自从开始跟着你跑步，每天都神清气爽，白天工作有干劲儿多了！"

"别以为我不知道，每天跑完步回家睡回笼觉的人是谁啊？"唐诗翻了个白眼。

陈奇被当场戳穿，有些不好意思，尴尬地解释："消耗的体力总要靠睡眠补充回来嘛。不过心情变好了倒是真的，想明白了很多事情。"

唐诗上下打量着陈奇，戏谑道："我还真没看出来，陈大摄影师还有想不明白的？"

"我知道你有很多压力需要排解，我也试图去了解你的感受。有个问题一直在我心里，现在忍不住了。"陈奇突然认真了起来，一脸严肃，深情地看着唐诗的眼睛。

面对突如其来的告白气氛，唐诗有点儿不知所措，拿起饮料假装喝着，躲避陈奇的目光，想着他接下来会说什么。

谁知陈奇却郑重其事地问了一句："我是不是可以上位了？"

唐诗听完一口水差点儿喷在陈奇脸上，嗔怪地推了他一下道："吓我一跳。想得美！把我当什么人了！想上位？再等等吧！"

"总得有个期限吧？你就忍心让我这么漫无目的地等下去？"陈奇一副委屈巴巴的样子。

唐诗却不为所动，让他别在自己这里受委屈了，抓紧时间另谋新欢。

陈奇撇撇嘴说道："我就喜欢在你这儿受气，我可以等，连心的事还要再等吗？"听陈奇这么一问，唐诗停下了手中的动作，愣了愣神儿，小声嘟囔着说还没想好。

"既然没想好，就要好好想想了。心里有这么大一个秘密，还低头不见抬头见的。别说你了，我都快憋不住了。"说着陈奇扼住脖子做出痛苦的样子。

唐诗生怕陈奇会管不住自己的嘴，赶紧警告他不准告诉连心。

见她一脸紧张的样子，陈奇也不再逗她了，认真地说："你没想好，我当然不会说漏嘴。不过这样对连心挺不公平的。不管能不能接受，她都有权知道真相。"

唐诗心烦意乱道："回头再说吧，我去公司了。"说完头也不回地离开了。

陈奇望着唐诗的背影，无奈地叹了口气。

夕阳西斜，落日的余晖洒在老屋的院子里，让一切都笼上了一层温柔的光辉。

项语秋一个人在家里画着设计图，听到门铃响，以为是连心又没带钥匙，便起身去开门，却见到顾漾站在门口，惊讶地问："你怎么来了？"

"不是你约我来的吗？"见项语秋一副蒙在鼓里的样子，顾漾也十分奇怪。

正在两人纳闷儿时，连心提着两个装得满满的超市购物袋出现在他们身后，兴奋地说："我我我，是我约的！"说着把购物袋递给项语秋，自然地拉起顾漾的手臂往屋里走去。

顾漾对连心如此亲昵的举动感到有些不自在，高傲地将脸别到一边，别扭地跟着她进了屋。

项语秋在厨房忙碌着，连心帮着挑虾线、择菜……两人配合得十分默契。这些都被坐在沙发上的顾漾看在眼里。

很快，一桌丰盛的晚餐就摆好了，连心对项语秋使了使眼色，让他坐在顾漾旁边的空位上。项语秋乖乖坐下，也不说话，自顾自地吃起来。连心见状，忙招呼道："阿姨，您尝尝！这些都是语秋的拿手菜！"

顾漾微微露出了笑容，端着架子尝了一口。

"还算不错，但肉还是有点儿老了！"她心里满意，但嘴上还是在挑剔。见项语秋只顾着帮连心夹肉，不理会自己，她继续找别的地方挑刺儿道："你们每天就在这儿吃饭？这椅子硬邦邦的，真是不舒服。"

连心听了赶紧起身要去拿坐垫。项语秋见她极力讨好顾漾，有点儿心疼，又不好发作，只好说她转来转去看得自己头晕，让她别忙活了，赶紧坐下来好好吃饭。

连心坐下后觉得气氛实在尴尬，随口找了个话题："这房子一直叫老屋，到底有多少年月了？项语秋从来都没跟我提过，给我讲讲吧？"她望望项语秋，又看看顾漾，眼里满是期待。

"我那时候还小，很多事都记不清了。"项语秋瞟向顾漾，留心看了一眼椅子，发现餐椅的宽度确实不适合她。

回忆起美好的往事，顾漾脸上不禁浮现出微笑，打开了话匣子。

"当年这个房子可是语秋他爸爸的心血。他总是说，家就应该是一个能让人进门就睡着的地方。"顾漾失笑地摇摇头，仿佛在嘲笑项爸爸的妄想，"这间房子就是他设计的。不过等过段时间，我想重新翻修一下。"

项语秋脸色微变，刚刚好不容易建立起来的温馨氛围顿时烟消云散，他质问道："这里是我的家，你有没有考虑过我的感受？"

"我就是在考虑你的感受！"顾漾看了连心一眼，"你不如跟我一起去美国避避风头，还要这破房子干吗？"

"我哪儿都不去！"项语秋吼道，"无论如何，这个房子不许动！你不喜欢的话可以不来！反正这儿也不欢迎你！"

连心夹在剑拔弩张的两人中间，想要劝解却找不到机会插嘴。

顾漾盛怒，把筷子往桌上一拍，拎起身旁的包，甩手离去。项语秋继续夹菜吃饭，完全没有去追的意思。连心焦急地看着项语秋，又瞧了眼夺门而出的顾漾，自己追了出去，在院子里一把扯住顾漾的手臂，却被她甩开。

"别自来熟！搞得好像我们多亲近似的。别以为我不知道你打的什么算盘，在我面前表现得很懂事，好像很在乎他、体谅他，你觉得这样我就会接受你吗？"顾漾正在气头上，说的话也咄咄逼人。

连心却丝毫不受影响，坦然道："我不是刻意讨您喜欢，我只是希望您跟项语秋不要再针锋相对了。"

"你才多大的人！我们母子俩怎么相处，不用你来指教吧？"顾漾不自然地望向一边。

"我想让语秋过得开心，这跟您的出发点其实是一样的。"连心真诚地看着顾漾，"我是个孤儿，虽然年纪小，却比常人更加明白亲情有多么珍贵。您跟语秋至少还在彼此身边，还有机会去了解和体谅对方。而我……可能永远都没有机会了。"

顾漾有些错愕地望向连心，仍嘴硬道："别以为打苦情牌就有用。"说完坐上出租车扬长而去。

没能留住顾漾，连心有些失落地推门回到老屋，发现项语秋正在工作台前卖力地锯一块木板，每一个动作似乎都在发泄着情绪。她忍不住走上前，把手轻放在项语秋肩头。

项语秋扭过头来，见连心表情苦涩，伸手刮了一下她的鼻梁，笑了笑道："怎么样？她没给你好脸色吧？我都叫你不用追了。"

"是我爱管闲事，反而害你和阿姨心情更不好了。"连心懊恼地说。

"我妈一气之下，一辈子任性妄为，活在自己的世界里。你不用太往心里去。"项语秋边宽慰连心，边做着手里的活儿。很快，一个木质餐椅椅面的形状就出现了。

"你又设计了一款新的家具？"连心好奇地问。

项语秋没答话，继续打磨着椅面，时不时停下来，拿着顾漾刚才坐的餐椅框架比对尺寸。

连心走过去抱住他，有些心疼地问："其实，你也还在意她的，对吧？"

项语秋还是没有回答，拉着连心来到了书房。他在书桌前坐下，从抽屉里翻出一堆旧物，有年代久远的书籍，还有他小时候的作业本和奖状。他抽出最下面的一沓旧照片，递给了连心。

连心一张张地拿起来端详着，那些旧照片里有年轻时候的顾漾，每一张照片里的她都洋溢着幸福的笑容，她忍不住好奇地问："有个问题我一直没问过，为什么很少听你提起叔叔的事？"

项语秋沉默了片刻道："不是我不想提，而是我能记得的也没多少。"

"那为什么连他的照片都没有？"

"他们分开以后，我妈一气之下，就把我爸的照片都烧掉了，可能怕见到了伤心吧。所以她不喜欢这个房子，里面有太多跟我爸有关的东西。"

"你妈妈应该还是爱着他吧。"因为太爱了，所以才走了极端。

"谁知道呢？也许有些人明明相爱，但就是有无法调和的矛盾吧。这么多年了，她一个人在美国漂着，身边都没个人陪，也不见得过得多开心。"项语秋不知不觉中语气里带着心疼。

与此同时，坐在出租车上的顾漾打开钱包，取出一直夹在里面的合影，那时的她抱着年幼的项语秋在老屋的院子里，笑容是那么的灿烂。可如今他们母子每次见面都不欢而散……想起连心刚刚的话，顾漾犹豫着拿起手机又轻轻放下，她决定先不打电话了，让彼此先冷静几天吧，有些话等下次见面再亲口告诉他。

3

终于到了周日，匠心工作室如约来到养老院开展公益项目。这里位于风景优美的上海郊区，周围草木葱茏，绿意盎然，连空气都显得格外清新。

项语秋和连心正站在活动展台前，和老人们有说有笑。罗锐、唐诗和陈奇等人早有准备，四处分散开来，注意着项语秋这边的动静，等着李昂现身。

连心瞥见顾漾站在不远处的树荫下，不禁有些惊讶，不知道她怎么会突然过来，赶紧推了推项语秋道："阿姨来了，可能是有什么事找你，你快过去。"

项语秋这才注意到母亲的身影，他犹豫了一下，还是走了过去。

见儿子别扭地转过头，不肯与自己对视，顾漾竟也没有像往常一样生气，反而轻声地向他道歉。她最近想了很多，以前是自己没有尽到做母亲的责任，她想好好弥补，所以在看到了关于公益项目的新闻后，便决定来这里和他当面聊聊。

项语秋对她突如其来的忏悔有些不适应，带着怀疑的语气问道："我还能相信你吗？"

"那你想让我怎么做？"顾漾毫不犹豫地问道。

看着母亲诚恳的眼神，项语秋一时不知道该怎么回答。此时一个挥着木棍的身影从他身后冲了过来。情急之下，顾漾几乎是下意识地把项语秋推开，自己的肩膀却重重挨了一棍，吃痛地倒在地上。

"妈！"项语秋扶起顾漾，怒不可遏地抬头一看，发现此人正是李昂！

可项语秋之前没预料到顾漾会出现在这里，也万万没想到自己的计划会把她牵扯进来。他愤怒地瞪着李昂吼道："你到底想怎样？！"

顾漾生怕李昂会干出更过分的事，一把拽住了想冲上去的项语秋。

"你们两个，这是上演母子情深呢？"李昂讽刺着，一副小人得志的样子，有恃无恐地挑衅道，"怎么，看到我害怕了？没能彻底整垮你真是遗憾！放心，这场游戏还没有结束！"

看着眼前这个有些失去理智的男人，项语秋苦口相劝："你别再执迷不悟了。"

"够了！我最看不惯你这副自命清高的样子，十几年前你还是个杀人犯的时候就是这样，凭什么你做什么都是对的，而我做什么都是错的！"李昂发狂地叫嚣着，眼睛里泛起了血丝。

"我承认，以前有些话说得太重，你也是为了工作室好。李昂，我们毕竟是老朋友，所以我给你留够了情面，你为什么一定要闹成这样？"

"朋友？可笑！你一直都瞧不起我！"李昂喊得声嘶力竭。

树荫下原本就比较隐蔽，加上连心以为那边只有顾漾母子俩谈心，所以放松了警惕。可随着项语秋和李昂的争执声越来越大，她终于注意到了异样，不顾一切地冲了过去。

项语秋大喊着让她不要过来，但已经迟了。只见李昂眼疾手快地拉过连心，掏出一把弹簧刀，架在了她脖子上。项语秋呼吸一滞，心提到了嗓子眼儿。

此时，远处的罗锐、唐诗和陈奇等人才发现这边的动静，迅速跑了过来，将李昂围住，却害怕连心有个三长两短，都不敢轻举妄动。

李昂已经失去了理智，恶狠狠地用连心的性命相要挟。唐诗看着那把刀离连心的脖子越来越近，只觉得头晕目眩，努力抑住内心的紧张，劝他把刀放下，什么事都可以好好商量。

李昂对着唐诗冷笑："你不用假惺惺的，这不正是你想看到的吗？我帮你解决情敌，你还得感谢我！"

"你住手！放开她！"唐诗大声呵斥，身体不由自主地发抖，生怕连心受到伤害。

李昂诡异地笑道："怎么？舍不得自己的亲妹妹了？"

除了陈奇，所有人都惊呆了，连心也不敢置信地看着唐诗。

亲妹妹？这个重磅消息让众人一时之间难以消化。

"没想到吧！这下有意思了，我掌握着你们所有人的秘密。但是你，"李昂露出邪恶的笑容，挥舞着手中的刀，指向项语秋，"你却从来没把我放在眼里！"

趁着李昂跟项语秋讲话分神的时候，连心狠狠地用手肘撞上李昂的腹部。项语秋趁机冲过去一把抓住他的手腕，可他还在不停地挥舞着匕首反抗，争斗间项语秋的胳膊被刀划出了一道血痕。

顾漾看到儿子受伤，不顾肩膀的剧痛冲上去护在他面前，重重扇了李昂一巴掌。

众人见李昂被打得有些发蒙，蜂拥而上，将他按倒在地，交给了及时赶来的警察。临走的时候，李昂还在不断地叫嚣着要让项语秋失去一切。

连心满脸心疼地查看项语秋的伤势，从养老院的护士那儿要来纱布和药水进行了简单的包扎。所幸没有划得很深，众人总算松了口气，随着警察一起去派出所协助调查。

项语秋最后一个录完笔供出来，想着警察刚刚说李昂明显有精神失常的征兆，那么李昂刚才在养老院说的话也不知有几分可信。他拉过陈奇小声地问道："唐诗怎么会是连心的姐姐？"

陈奇这才将唐诗发现连心的玉佩，然后到民政局去查资料等一系列事情娓娓道来。见项语秋还在努力消化着这些信息，陈奇又赶紧嘱咐他多开导开导连心，事出突然，估计她一时间接受不了。项语秋若有所思地点点头。

尘埃落定，连心和项语秋走在回家的路上。她终于有精力去思考唐诗居然是自己亲生姐姐的事实，心情复杂。这么多年来，自己的亲人原来就在身边，从刚刚自己遇到危险时唐诗紧张的表现来看，她一定是早就知道了，可为什么一直瞒着自己？

连心越想越乱，停了下来。一只温暖的大手突然牵住了她。连心抬头，正对上项语秋的笑脸。他紧握住她的手，温柔地说道："别急，给自己一点儿时间。"

相握的手掌仿佛能传递安心的力量，连心轻轻地"嗯"了一声，跟上项语秋的脚步。

那天从养老院回来，顾漾被吓得血压升高，总是心悸。连心放心不下，把公司全权交给叶木桃，留在家里悉心照料她。经过几天的相处，顾漾对连心的态度比之前稍有缓和，逐渐放下对她的成见，重新认识了这个女孩儿。

这天项语秋一早就去工作室了，只剩她们俩在家。顾漾兴致勃勃地准备下厨做道莴笋炒肉，却听见连心脱口而出说项语秋不爱吃莴笋，愣了愣，走出了厨房。

连心心惊胆战地跟着她在沙发上坐下，没想到顾漾却叹了口气，语重心长地说："我确实不够了解我儿子，但我知道他们父子很像。所以不是我反对你们俩的这段感情，而是这段感情对你来讲很有风险。"

连心有些困惑地看着顾漾，她一直以为阿姨不同意他俩在一起是因为对自己不满意。

"这么说吧，我跟他的爸爸，当初就像现在的你们一样，不顾所有人反对走到一起，承受了太多的闲言碎语。"顾漾继续解释着。

"阿姨，每个人都有自己的生活，为什么要在意别人的眼光呢？"

顾漾摇摇头说："你想的太简单了。我想你很清楚这段时间语秋承受了多大压力，因为一段过去的感情，差点儿搭上自己的前途。这只是刚开始，以后还会有很多这样的事情，你觉得他能扛多久？现在还靠激情撑着，时间久了，他会累的。那你怎么办？"

"这些我都想过，我和他分开的这几年，就是在做所有的准备，至于没有发生的事情，何必让它成为烦恼呢？"

顾漾对眼前这个女孩儿的天真既不屑又羡慕，不禁笑了笑，讲起了自己年轻时的故事。

"我跟他爸爸结婚的时候，每个周末我都拉着他出去旅游，跟朋友聚会，时间一长他就没耐心陪我了。我喜欢打扮得漂漂亮亮的，他却不修边幅，专心于他的设计。我想环游世界，他却安土重迁。我们之间的矛盾越来越多，后来……相爱当然重要，但是并不能解决一切问题。"说着顾漾缓缓地看向连心，"现实如果真有你想的那么美好，爱情如果真的能解决所有问题，我们也不会离婚了。"

见顾漾终于打开心扉，连心觉得自己一直以来的努力总算没有白费。她一直坚定地认为自己和项语秋的爱情不同于顾漾的经历，趁着今天这个机会，她鼓起勇气将自己的想法坦白说出："您跟叔叔之所以分开，可能因为你们都太固执，你坚持你的追求，他坚持他的生活方式。我和语秋不同，他的生活我一直都在参与，已经适应了彼此的生活节奏，也为了对方在努力改变。"

"我知道，你们一起经历了很多，从你在孤儿院的时候就跟我儿子认识了。但是，你觉得他心里真能接受，一个自己看着长大的女孩儿，变成自己的妻子吗？"顾漾语气平缓。

连心坚定地说："阿姨，适不适合、应不应该，都要自己试过才知道。您也不希望语秋按照别人的经历去生活吧？我和语秋会一直相互理解、相互扶持，无论发生什么都不松开对方的手。"

顾漾望着连心，若有所思，最后轻轻地摇头笑了笑道："好吧，既然我没办法阻止你，那你最好能用时间证明你是对的。"

一段时间相处下来，顾漾明白，眼前的小姑娘和自己不一样，比当年的自己多了几分勇气与坚定，终于默认了两人的感情。

傍晚项语秋回来，见连心亲密地挽着顾漾，嚷嚷着要去散步，而顾漾欣然答应。他一头雾水，不明白自己不在的时候到底发生了什么，只好满心疑惑地跟了出去。

连心挽着顾漾的手臂在街上闲逛着，项语秋手插在裤兜里走在旁边，三人之间看上去十分和睦。突然，连心在一间卖装饰画的小店停下，走到了一幅油画前。项语秋和顾漾也随着她的目光，凑上前端详起来。

画上是一家人在春游野餐，画中人物神采奕奕，父亲领着儿子和一条漂亮的金毛在草地上玩闹，母亲在一旁微笑着铺餐布，整幅画看上去是那么简单、恬静而美好。

顾漾也被画面展现出来的单纯的幸福所感染，感慨地说："看着他们，心情也会变得很好。"

"整体构图还可以，但笔触粗糙了些，作者应该是个刚毕业的美院学生。"项语秋一针见血地点评道。

连心瞪了他一眼，不满地说："能不能多带点儿欣赏的眼光啊，真是的！"

"不用理他，就会扫兴。"顾漾也瞥了一眼项语秋，拉过连心，跟她一唱一和。两人相视而笑，丝毫不理会项语秋的抗议。

"既然连心喜欢，干脆把这画买下来好了，反正跟老屋的风格也搭。挂在客厅里，就当作我送连心的见面礼吧。"

突然听到顾漾这么一说，连心和项语秋开心极了，惊讶地问："房子不卖了？"

顾漾撇嘴道："之前是你总惹我生气，我赌气说说而已，卖什么也不能把你们的家给卖了呀！"

听到"你们的家"四个字，连心不禁笑逐颜开。顾漾紧接着提出了交换条件，让他们腾出一个房间，以便自己随时回来住。

见项语秋还是有些迟疑，连心立刻拍着胸脯抢着打包票说道："没问题！"

所有的结都解开了，三人在老屋度过了一段美好的时光，可惜转眼间就到了分别的日子。顾漾有事必须得回美国一趟，只好依依不舍地在机场和他们告别。

送走顾漾，项语秋和连心往停车场走去。一想到自己得到了顾漾的认可，连心满心欢喜地一路哼着歌。项语秋见她心情不错，趁机试探着问："连心，你到底打算什么时候去找唐诗？"

连心加快了步伐，故意打着哆嗦装作很冷的样子，催促项语秋赶紧上车，想要回避他的问题。

"连心！你总这么逃避有用吗？要是实在难受，就跟我说，为什么要一个人憋着呢！"项语秋心疼地看着她，"她可能是你唯一的亲人了，这么长时间一直瞒着你，说不定……"

"其实我真的很开心，在这个世界上还有个姐姐。"连心把头埋在项语秋的肩窝，不说话了。

项语秋默默地叹了口气，将她抱进怀里。不用连心说他也知道，多年不和的人突然变成了自己的亲人，换作谁也一时之间接受不了。连心和唐诗都需要时间缓冲。

4

因为上次匠心在养老院做活动时发生了李昂的那场闹剧，吓到了老人们。唐诗对此很过意不去，便趁着周末休息，提着大包小包的营养品来养老院慰问大家。

和院长寒暄了几句后，她穿过院内的草坪准备四处走走，一位慈眉善目的老人突然冲上前来，拉住了唐诗的手，激动地说："你回来了？你总算回来了！等你老半天了！担心死我了！"

唐诗看着老人的脸，刹那有点儿晃神儿，还没来得及说话，就被他拉着往楼里走。只听他念叨着："你呀！以后放学不能再这么贪玩了知道吗？我菜都做好了，就等你了！这么晚回来，知不知道家里多担心啊！"

"老人家，您认错人了……我不是……"唐诗哭笑不得地看着和自己聊得火热的老人。

经过一楼护士站的时候，老人摆出"嘘"的姿势，轻声说道："妈妈刚哄妹妹睡着了，咱们说话小声点儿。"

唐诗听得一头雾水，只好配合老人蹑手蹑脚地经过。只见两名护士互相使了个眼色，拦住了他们。其中一位护士上前搀扶老人，非常自然地回应道："是啊，是啊！对不起，我回来晚了！"说完便哄着老人回了房间。

另一位护士连忙跟唐诗解释："不好意思啊，唐小姐，老人家刚才自己跑出去了，这是位得了阿尔茨海默症的老人，我们都叫他远叔，已经在这儿住了好多年了，逢人就当作自己的女儿。"

唐诗有点儿心疼，问起他的家人，却听护士说从入院到现在都没有人来看过他。远叔好像没有家人，他什么都忘了，就记着有两个女儿这一件事，天天盼着女儿回家。

看着老人的背影，唐诗有些怅然，同样失去亲人的遭遇让她对远叔有一种莫名的亲近感。

又是一个阳光晴好的周末，公园里老人们正在打太极。唐诗和陈奇并排跑着，步速、节奏都已经非常默契了。

"你不准备找连心谈谈吗？我都替你们着急！"陈奇忍不住问道。

"你说什么？我听不见！"唐诗哼着耳机里的歌，装作听不见，手却放进兜里，默默调低了音量。

陈奇自顾自地说："连心跟项语秋他妈妈最近关系不错。之前还一起去看画展，而且他妈妈也不打算卖老屋了，我看，连心总算是搞定这个难缠的婆婆了！"

唐诗取下耳机，停下脚步问道："你今天怎么了？一直在我耳边说连心的事。"

"好啦，在我面前还装什么，我知道你关心她，就是不好意思亲自去问而已。你老说要找合适的机会，那什么时候才合适啊！"

唐诗不理会陈奇的啰里啰唆，低头在路边摆摊儿的老太太那儿买了一堆玉米、红薯、豆子等，细细请教怎么做。

陈奇在旁边打趣道："想什么呢？八百年没做过一次饭的人，算了吧，小心把房子点着了。"

唐诗瞪了陈奇一眼，付了钱，把袋子塞到陈奇手里，继续跑起来。

回到家冲了个澡，唐诗开始照着手机里"百度"出来的家常菜谱熬粥，洗米淘豆，再小心翼翼地把食材一一加进锅里，虽然手法有些生疏，但态度却十分认真。

时间一分一秒地过去，一锅香气四溢的杂粮粥终于熬好了。唐诗贴心地盛进保温饭盒，又去了养老院。

远叔今天的精神状态比往日好了很多，但更多时候，他依然沉浸在自己的世界里。唐诗舀了一勺粥送到他嘴边，说道："远叔，这是我今天试着做的，带过来给您尝尝。喜欢的话，我以后多做点儿别的带过来。"

远叔仿佛感受到了唐诗的关心，边吃边点头，含糊不清地回应着。两人的互动让整个房间充满了温馨，连进来巡视的护士也感受到了。

"唐小姐，来看远叔啊？有你陪着，他都精神多了。"护士一边做着例行检查一边寒暄着。

唐诗笑着回答："我很小的时候就没了父母，远叔的女儿也不在身边，我们这算是互相陪伴了。"说完突然愣住了，只见远叔慈爱地拍了拍她的手。

护士见状解释道："别看远叔不怎么说话，他心里不知道多高兴，就是不能表达而已。"

唐诗听后有些想哭，拼命忍住，蹲下为远叔系鞋带，一抬头，正对上远叔慈祥的微笑，竟有种莫名的安心。她犹豫了一下，喃喃道："远叔，您长得跟我记忆中的爸爸，真的很像。您知道吗？我找到了妹妹了。十五年前我们就认识，但直到最近我才知道，那个经常跟我作对的丫头，居然就是我亲妹妹。我找了她那么久，可现在她就在我面前，我却没有勇气相认了。"不知不觉，就把最近一直困扰自己的心事都说了出来。

远叔看着唐诗，用手指着远处，突然开口说："女儿……没了，我……想她们。"

唐诗原本彷徨的内心渐渐有了方向，豁然开朗道："我明白了！你是在告诉我，要珍惜眼前的幸福是吗？何必想那么多呢，她是我妹妹，我唯一的亲人，我不能再失去她了！"

远叔指着桌上摆放着的一本《海的女儿》，用力拍着被子，咿咿呀呀地说："女儿喜欢……女儿喜欢听故事……讲……讲故事……"

"我也是，小时候缠着爸爸讲了一遍又一遍，怎么也听不腻。"唐诗拿过书，翻开第一页念了起来，"在海的远处，水是那么蓝，像最美丽的矢车菊花瓣，同时又是那么清，像最明亮的玻璃。然而它是很深很深，深得任何锚链都达不到底……"

午后的阳光暖洋洋地照进病房，远叔静静听着唐诗讲故事，进入了梦乡。

老屋的清晨总是那么美好，细碎的光线透过窗帘的缝隙洒进来，窗台下的山茶花开了，散发出淡淡的幽香。连心打着哈欠从屋里出来，睡眼惺忪地洗漱完，坐到餐桌边。只见桌上已经摆好了精致的早餐，全麦三明治涂着薄薄一层牛油果酱，上面还铺了个煎蛋，一旁的炖盅里是银耳枸杞炖牛奶。

连心食欲大振，抓起三明治就吃了起来。感觉到坐在对面的项语秋一直深情凝视着她，连心被盯得有些不自在，问他怎么了。只见他凑过来神秘地说："我们还有个未完成的愿望。"

连心一时没反应过来，歪着脑袋不解地看着项语秋。

"我们在西班牙的第一年，圣诞节的时候……你自己写的，忘了吗？"项语秋轻轻敲了一下她的头提醒道。

"我想起来了！瑞士！"连心恍然大悟，装出委屈的样子，"都怪你，害我难过了好久。现在想弥补，晚了！"

"不晚，我答应过你的一定会实现，前段时间发生了太多事，不如现在去，正好放松一下。"

"你走的那年，我都到车站了，但还是没勇气去。"连心想起往事微微有些难过。

听着连心讲起她独自在西班牙的日子，项语秋对她感到愧疚又心疼，郑重地说："对不起，我不会再丢下你一个人了。我想过了，以后只专心做设计，工作室交给唐诗全权处理，这种时不时被媒体曝光的生活不适合我。"

连心仰起头，看着他说道："不管你做什么决定，我都支持！"

项语秋笑着揉了揉连心的脸，让她在家收拾行李，自己则去工作室找唐诗。

"把匠心交给我全权负责？"唐诗看着坐在办公桌前的项语秋，对他出其不意的决定感到不解，"为什么？我们才刚渡过难关，正是需要你的时候。"

"最近发生的事情，让我感悟很深。我创办匠心不是为了让它站在舆论的中央，我想做一个匠人，而不是商人，比起我，你更适合公司的经营。"项语秋真诚地说。

唐诗觉得他这么多年好不容易才被业内认可，现在退下来太可惜了，还想劝他。可项语秋知道她的心思，进一步阐述了自己的想法。他把公司全权交给唐诗，并非彻底撒手不管，而是选择在幕后支持。他准备成立一个手工公社，聚集那些理念相符的匠人，打造纯手工定制的家具和工艺品。这样在设计方面就能完全听从自己内心的想法，不需要妥协，也不需要担心销量。

唐诗知道自己说服不了他，只得妥协，又状似不经意地问他有没有把这件事告诉连心。只见项语秋毫不犹豫地点点头，还说连心也支持他的决定，等到交接后，他还打算带连心去趟瑞士，算是弥补之前的遗憾。

唐诗短暂沉默了一会儿，吞吞吐吐地说："其实……我一直都想去找连心，只是怕她不愿意接受这个事实。"

项语秋赶忙顺水推舟地说："怎么会，她跟我说，知道有你这个姐姐，她很开心。这次去瑞士可能会待一段时间，如果走之前你们能解开心结就更好了。"

唐诗点点头，若有所思。她把项语秋的话放进心里了，只是她还没想好如何面对连心，如何面对角色的转换。

烦闷的唐诗不由自主地来到养老院找远叔，虽然远叔什么也不记得了，但她每次待在远叔身边都有一种莫名的心安。上天让她遇见远叔也是一种缘分，她想尽量多陪陪这个孤独的老人，给他的生命添一丝温暖。

走进病房，只见远叔坐在窗边晒着太阳，昏昏欲睡。她轻轻走过去，捡起掉落在远叔脚边的书，接着上次的故事轻声读了起来：

"而当笙歌散尽，她独自回到那华美的清冷的住所，银色的月光像洁白的绸缎从窗口一直铺到床前，她就会想起在海底的时候看到过的透过水面的蓝色月光，和像那蓝色月光一样宁静的幸福岁月。现在这一切都改变了——因为爱，改变了她的命运……"

唐诗翻页，突然一张照片从书里掉了出来，唐诗拾起一看，莫名眼熟。只见照片上年轻的远叔带着妻子和两个女儿站在码头灿烂地笑着。

远叔看到照片一下子清醒了，突然紧紧抓住唐诗的手，絮絮叨叨道："诗诗！今天天气真好，爸爸带你去坐船吧。"

唐诗彻底惊呆，记忆的闸门被打开，无数次在梦里惊醒的场景浮现在眼前：一只男人的大手紧紧牵着她，但看不清脸，她蹦蹦跳跳走在前面，妈妈怀里抱着号啕大哭的女婴走在身后，同样也看不清脸。

"诗诗，别跳上跳下的，到船上要注意安全！很快就能看见大海了！"远叔说话有些吃力，但还在继续碎碎念着，将唐诗的思绪拉了回来。

唐诗激动得手忙脚乱，颤抖着从钱包里抽出一张泛黄的相片，那是她刚被领养时和养父母的合影。和远叔的照片一对比，果然，自己和远叔照片上大一点儿的女孩儿一模一样。

她看着远叔慈祥的脸，半晌缓过神儿来，难以置信地问道："是……是你吗？爸？"

陈奇接到唐诗打来的电话，听她语气激动，以为出了什么事，急急忙忙向养老院赶来。当他进来的时候，看见唐诗整个人呈现一种不知所措的状态，赶紧上前伸手在她面前晃了晃，急道："出什么事了？你别吓我啊！"

唐诗默默把两张照片递给陈奇，泪流满面，哽咽道："一张，是我小时候；另一张……是远叔夹在书里的。我爸爸他一直在这儿……怪不得我怎么都找不到他，是因为他根本不记得我了。"

陈奇看着照片比对了半晌，不可思议地说："你是说，远叔是你的爸爸？不对，是你们的爸爸？"

"一开始，我只是觉得他好熟悉，不由自主地想要亲近，可是……可是没想到，他真的就是我爸！"唐诗指着远叔的照片，激动地哭着，"你看，这是我啊！这是连心！陈奇，我是不是在做梦？妹妹回来了，爸爸也回来了！我不是一个人了。"

陈奇抱住了唐诗，任由唐诗趴在肩上号啕大哭，语气温柔地安抚着她的情绪："虽然花的时间长了些，但你们马上要一家团聚了，多好。"

唐诗一边哭一边点头。与亲人相认，这种只存在于她小时候幻想中的事，居然真的实现了，唐诗整个人都被欣喜和激动包裹着，甚至还有一点儿即将接近幸福的患得患失。

5

很快，项语秋和连心去瑞士的签证就办好了。到了出发那天，项语秋推着两个行李箱走在人来人往的机场大厅里，准备去托运。连心挽着他的手臂，脸上洋溢着喜悦的笑容，叽叽喳喳地说着。

"瑞士有好多童话小镇，看图片就很浪漫。我们一定要去好不好？"

"你想去哪儿我们就去哪儿。"项语秋轻轻地刮了一下连心的鼻子。

连心俏皮地笑了笑，正要准备登机，却接到了陈奇的电话。她拿着手机听了一会儿，脸上的表情从兴奋到迷惑再到震惊，之后深吸了一口气，努力保持平静，看着项语秋说："我们不去瑞士了。"说完拉他转身，匆匆走出航站楼。

项语秋看她表情严肃，知道一定是出了什么大事，没有多问原因，陪她打了辆出租车赶往养老院。

一路上连心紧张不已，紧绷着神经，不断地深呼吸，她以前从未觉得到养老院的路是这么的长。等真的到了养老院门口，她却犹豫地站在那里不敢进去。只见唐诗这时从院里走出来，微微向她点了点头，两人没说话，一前一后走进了大门。

陈奇拽住准备跟进去的项语秋，望着姐妹二人的背影深沉地说道："唐诗找到她们的父亲了，就在这所养老院里。这种时候，我们还是不要在场了。走吧，找个僻静的地方听我慢慢给你解释。"说完拉着震惊不已的项语秋离开了。

唐诗领着连心来到远叔的房间，连心却迟疑着不敢开门，手在门把手上停留了很久。幸福来得太过突然，让她不胜惶恐，怕这只是一场梦。

唐诗默默握住连心的手，最终推开了门。只见远叔戴着老花镜，正靠在椅子上打瞌睡，手中握着的报纸差点儿掉到地上。

唐诗赶紧上前收起报纸，并帮远叔披好毛毯。醒来的远叔，迷迷糊糊地看见她，问道："诗诗，你回来啦？这么晚，又淘气了吧！妈妈刚刚把妹妹哄睡着了，不能大声说话哦！"他的记忆还停在海难事故之前。

"我知道了，嘘！我们悄悄的。"唐诗小声地安慰，又把毛毯往上盖了盖，背对着连心解释："爸他得了阿尔茨海默症，神志时好时坏。见人就以为是自己女儿，他大概是想我们想疯了……"

见她没有回应，唐诗回头，却发现连心早已泪流满面。

"我出国前常来这儿做义工，远叔一直喊着的心心，原来就是我！"连心哽咽，"我的亲人一直都在身边，可我却不知道。"

看到连心哭了，远叔立刻露出紧张、关切的神情，不断重复着："心心不哭，心心不哭。"

连心看着他，忍不住脱口而出喊了一声："爸！"

经历多年离散的一家人终于相认了，血浓于水的亲情让他们紧紧相连。三个人的手握在一起，一种奇妙的感觉涌上连心心头，她知道自己从此多了一份依靠。

激动的心情渐渐平复下来，连心和唐诗对视一眼，分别拿出自己的玉佩，蹲在远叔身边。

唐诗指着自己玉佩上的"诗"字和连心玉佩上的"心"字，对连心说道："我原来叫林诗，你叫林舒心。"

远叔原本呆滞的神情起了变化，混浊的眼中也有了光彩，好像听懂了什么似的，呢喃着："诗诗和心心，姐姐和妹妹……都是很乖很乖的小孩儿……"

连心手指滑过玉佩上的"心"字，默念着："林舒心……"

历经了这么多坎坷，亲人团聚的画面引来了养老院护士们的围观，大家也忍不住跟着一起流泪。

等远叔睡下，连心和唐诗悄悄关好门出来，沿着养老院的回廊走着，一时相对无言。

"连心，其实我……"唐诗先开口。

"姐。"连心打断她。

听见连心叫自己姐，唐诗一时没回过神儿来。

"以前我是个孤儿，总觉得老天待我不公平，为什么自己这么不幸。现在有姐姐、有父亲，这已经是很奢侈的幸福了，我不要再失去你们了！"

"连心……这话我早就想说了。"唐诗感动地看向连心。

夜色如水，繁星满天。两人来到院子里，沐浴在星空下，有一句没一句地聊着，虽然并不像其他姐妹那么亲密，却也很是温馨。

项语秋和陈奇远远看见这一幕，安心走开。

第二日清晨，项语秋喝着手中的热茶，翻阅着桌上厚厚的一本《记忆的尽头》，他想多了解一点儿关于远叔病情的知识，好帮连心照顾他。然而越翻到后面，他的表情越发焦虑，远叔的病是世界难题，而且目前没有临床效果明显的药品出现。

连心不知什么时候进来，轻轻从身后抱住了他的脖子，将头搭在他的肩膀上，对这次又没去成瑞士感到抱歉。项语秋立刻转过头，关心地看着她，问道："你还好吗？"

连心精神饱满，微笑着说："我现在幸福得不得了，没想到远叔就是爸爸，要是一早知道，我就一直陪在他身边，才不去什么西班牙。"

"现在知道也不晚，往后的时间还长。"

"可爸的记性一天不如一天，现在偶尔还能认出我们，我怕……"想到父亲的身体情况，连心忧心忡忡。

"有你们陪在他身边就够了。每一天对他来说，都是崭新的，也是快乐的。"项语秋拍拍连心的头，安慰着，没有听见她的回答，但却感受到她的拥抱更紧了些。

与家人相认后，唐诗心情大好，做什么都劲头十足。例行晨跑时，陈奇觉得有些纳闷儿了，原本自己已经能跟上她的节奏，今天却格外吃力。看着她步伐轻快地跑远，陈奇只能跟在后面一路小跑，都快累断气了，才见她停下来拿毛巾擦了擦汗。

陈奇追上来，调侃道："心里没负担就是不一样啊，又提速不少！"

"那是，还来吗？"想起远叔和连心，唐诗不自觉上扬了嘴角。

"不行，不行，跑不动了。"陈奇惊恐地摆摆手拒绝。

突然，唐诗用很郑重的语气说了一句："谢谢你，陈奇，一直陪在我身边。"说完便转身继续向前跑去。

陈奇愣住，半天才反应过来，每天陪着唐诗跑步已经成了他的日常，但唐诗却一直没有明确地对自己表过态。今天见她突然这么煽情，自己还真有点儿不适应。想到自己成功上位的可能性又大了一些，陈奇有些飘飘然地哼起"I'm Singing in the Rain"的调子，快步追了上去。

自从知道了远叔就是自己的父亲，姐妹俩连着几天都往养老院跑，仿佛要将与远叔分开的时光补回来。

这一日，连心推着远叔在铺满金黄色落叶的小道上散步，一片树叶飘落下来，正好落在了远叔脚边。连心蹲下来关切地问："爸，你冷不冷？"

远叔却只是茫然地摇头。见他对自己的关心毫无反应，连心有些苦涩，继续推着他往前走着，正巧碰到了来接他回去吃药的护士。

护士将一本残旧的笔记本递给连心，说是远叔的日记。原来，他知道自己有一天会将往事全部忘记，所以早在病情恶化前，趁着自己神志还清醒，将能想起来的尽量记了下来。

连心心情复杂地接过笔记本，待护士推着远叔走后，带着笔记本回到老屋，坐在院子的长椅上，小心翼翼地打开日记，翻开父亲的回忆。

她大致扫了一眼，发现前面的页数明显记录的内容比较多，到后面字数越来越少，笔记也越来越凌乱，到最后变得空白……连心深深地吸了口气。

"不敢看别就看，不要勉强自己。"项语秋在旁边陪着，轻抚连心的头。

"不，我想知道过去的事，我想知道爸……在没有我们的时候，都是怎么过的……"

连心鼓起勇气翻开其中一页，写的日期是 1993 年 10 月 7 日，接着是父亲刚劲有力的笔迹。

"大女儿诗诗，天性好动，活泼可爱，每天缠着我给她讲《海的女儿》，这是她最喜欢的故事。每次听完故事，她都问我，爸爸，人鱼公主真的住在海里吗？我们什么时候才能见到人鱼公主啊！小女儿心心还不太会听话，但每次讲故事她都睁大眼睛，咿咿呀呀的，挥舞着小手，好像听得懂似的。那天刚好是周末，午睡的时候我给诗诗讲《海的女儿》，她听得很入神，问我，爸爸，我们什么时候才能看到海啊？充满期待的眼睛里冒着星星，我就说，明天，我们一家就要去坐船，就能看到海了……"

连心边看边念着，手不由自主地开始发抖，项语秋连忙紧紧握住。

"第二天，我就带着老婆和两个女儿一起来到码头，诗诗高兴极了，拉着我一个劲儿地往前跑，爸爸，爸爸，美人鱼在哪儿呀？我想和她玩。老婆抱着心心站在甲板上，我还替她们拍了张照片。老婆有一点儿晕船，我心疼地说下一个码头我们就上岸，可是天转眼就阴沉了下来……"

连心猛地合上日记，眼泪直流，不忍再看下去。

项语秋把连心抱进怀里，心疼地说："我们把远叔接回来吧，这样你也能多陪陪他。"

"这……可是我不想给你添那么多麻烦。"连心犹豫着。

"你和远叔都是我的家人，怎么能说麻烦呢！以后我们还要一起承担更多的责任，分享更多的幸福。"

看着项语秋坚定又充满爱意的眼神，连心感动地扑进他的怀里。

当天，连心就给远叔办了离院手续，把他接回项家老屋。陈奇忍不住打开手机的摄像模式记录下这一刻。镜头中，每个人的脸上都洋溢着喜悦。

"远叔，笑一笑！"陈奇蹲下想给远叔来个特写。可远叔对手机和陌生的环境感到紧张害怕，不停地闪躲着镜头，陈奇只好作罢。

连心环顾四周，一阵感动涌上心头。只见老屋里经过了简单的改装：上下台阶的地方都用木板加了坡，还有专门输液和放药品的架子，腾空的角落里还专门放了可以喝茶和拼拼图的桌椅。

连心拍拍爸爸的背，温柔地安慰道："爸！别怕！我们到家了。"

看见远叔还是不习惯新环境，一脸闷闷不乐的样子，项语秋让连心收拾好东西，下午带远叔一起出去散心。

傍晚的阳光洒在湖面上，波光荡漾，群鸟在水面上空盘旋。有游客拿着面包屑喂鸟，湖边聚集了钓鱼的人，鱼饵浮动，年轻的母亲推着婴儿车散步。

项语秋从后备厢拿了鱼竿过来，站在湖边投掷渔线，然后手握鱼竿坐下静静等着。

连心把另外一根鱼竿放进爸爸手里，哄道："爸，看得那么入神，自己也钓一条嘛，我教您。"

远叔把手里的鱼竿丢掉，却入神地盯着别人钓起的大鱼，一边喊着"大鱼"，一边像小孩子一般激动地拍手。

"听到没，我爸要钓大鱼！"连心把轮椅锁好，走到项语秋身边笑着说。见项语秋也笑着点头，连心背靠在他肩上，抚摩着手心的绿松石，不禁感慨："这是你送我的生日礼物，你离开西班牙以后，我有好几次想丢了它，最后都没忍心。"

"幸好你没丢，不然我还得跋山涉水去找回来。"

"对啊，你说绿松石代表平安和幸运，要是丢了，我哪会这么好运，找到了爸爸和姐姐。"连心的目光一直舍不得离开坐在轮椅上发呆的远叔。

"所以要珍惜有家人陪伴的时光。以前不理解我妈，现在想想，她不是不爱我，只是表达爱的方式不同罢了。"项语秋注视着平静的湖面，心里却泛起了波澜。

"爱你的人没有以你想要的方式爱你，并不是他不爱你。"连心说完《飘》里的名句，扭头看项语秋，"那你还总是对顾阿姨不冷不热的？"

"这是我们的相处模式，多少年了，一下改不过来。"项语秋笑着说。

湖边响起了一阵孩子们的欢呼，两人循声望去，原来是群鸟"哗啦啦"地齐齐飞起，仿佛升起一团洁白的云。见远叔也开心地跟着一起拍掌，连心和项语秋幸福地相视一笑。

/ 第十四章

1

最近连心一直忙着照顾远叔，把公司里的大部分事务都交给了叶木桃打理，但毕竟之前经历了各种风波，她担心叶木桃一个人应对压力会很大，便抽空去公司看看。一走进公司，连心就看见叶木桃正有条不紊地给员工安排工作，指挥起来像模像样的，她不禁感到欣慰。

叶木桃刚交代完工作，转身看到连心，欣喜地揽过她往里走。听着她夸奖自己颇有领导风范，叶木桃开心道："那可不，你刚跟远叔和唐诗相认，忙着一家团聚，公司就我一个人镇着，我只能尽量不给你跌份了啊。"

即使叶木桃不说，连心也知道，自己不常在公司，叶木桃的压力肯定不只是"不给你跌份"这么简单。尽管如此，她还是想尽量帮叶木桃减轻些压力。

"公司一切还好吧？"连心问。

叶木桃犹豫片刻还是说出了实情。虽然李昂被抓后各种谣言不攻自破，但因为项语秋的隐退，还是影响了心上人网站的业绩回升。有些设计师已经按捺不住，找上门来好几次了。她一时还没有很好的解决办法，只能暂时拖住他们。

连心听后沉思着走到办公室前，刚要推门就被叶木桃扯住了。

"还有那个投资顾问，就每天都穿正装、一丝不苟那个。"叶木桃偷偷指了指办公室，"你不在的时候都来了好几次了，我觉得情况不太好，你最好心里有个底。"

连心拍拍桃子的肩膀，一脸严肃地走进了办公室。

一个小时过去了，叶木桃时不时地趴在门口听，里面却什么动静也没有。她正急得像热锅上的蚂蚁，偏偏网站运行又出现了问题，被手下员工拉去处理。

等叶木桃匆匆赶回来，办公室已经空无一人。听助理说连心往天台的方向去了，叶木桃拔腿就往楼上跑，果然看到连心皱着眉，趴在天台的栏杆边呆呆地望着楼下。叶木桃急得大喊了一声："连心！"猛冲过去紧紧抱住她，急急地说，"那么多流言蜚语都扛过来了！在西班牙创业那么艰难你也斗志满满！这只不过是短暂的下坡路！你怎么就想不开了？"

"我上来吹吹风不行吗？"连心先是一阵莫名其妙，突然恍然大悟，打了一下叶木桃的头，"噢……你以为我要……你电视剧看多了吧！"

"刚刚投资顾问的脸黑得跟包公一样，不知道的还以为公司要破产了。"叶木桃撇撇嘴。

"破产不至于，但网站业绩急速下滑，二轮融资估计很困难。"说完，连心示意叶木桃往对面楼上看。

只见一个女孩儿在吹泡泡，男孩儿的头发和衣服都沾满了泡泡，两人笑着追逐。泡泡在阳光下闪动着变幻的光，飞到半空中飘了很远才消失。

叶木桃羡慕地看着那对小伙伴嬉笑玩闹的样子，满是憧憬地说："什么时候我也能有一起吹泡泡的人啊？"

"我看你现在满脸都洋溢着思春的泡泡。"连心故意试探，"说实话，你现在有没有喜欢的人？"

叶木桃慌张地掩饰道："我……我……一直都有啊！哎呀……现在是讨论这个的时候吗？刚说到哪儿了？哦，对了，公司二轮融资，你打算怎么办？"

知道她是拿公司的事来转移话题，连心可不上当，意有所指地说："公司的事很重要，你的感情也很重要。梦里出现的人，醒来时就该去见他，这可是你教我的。"说完认真地看着叶木桃，希望她能正视自己的感情，早下决心。叶木桃被她盯得有些不自然，嘀咕着想逃开，一回头差点儿撞到柱子上。连心看她这副慌张的样子，不由得笑出声。

匠心工作室的顶楼开辟成了空中花园，绿植葱葱茏茏，其间点缀着几朵零星的小花，显得生机而富有活力。

项语秋正带着七八个匠人在花园里交流讨论，大家或坐或站，形式随意，思维的碰撞激发出灵感的火花。几块黑板上很快画满了粗略的设计草图。痴迷于设计的项语秋一点儿也不觉得累，反而愈加精神焕发。

中途休息，他下楼去泡咖啡，看见唐诗一副萎靡不振的样子，关心地问："怎么看起来脸色不太好，没事吧？"

唐诗刚刚打电话跟那些不讲理的客户交涉完，气得连手机都摔坏了，又看到项语秋在楼上侃天侃地，悠闲得很，心中更加愤愤不平。经他这么一问，她立刻连珠炮似的抱怨了一通。

项语秋连忙主动认错，承诺赔一个新的手机给她，唐诗这才稍微消了气。两人正说着，陈奇着急忙慌地跑了进来，完全无视一旁的项语秋，径直对着唐诗问道："怎么打你电话也不接啊？没事吧？走，吃饭去！"

"手机坏了，没胃口，我回家了。"唐诗说着推开陈奇往门口走，又见他追上来一脸讨好地说要跟自己回家，忍不住仰天重重地叹了口气。

唐诗快步走出匠心工作室，试图甩掉陈奇，却突然停了下来，出神地望向马路对面。跟在后面的陈奇追上来，顺着她的视线望过去，只见一位中年男人正耐心地教自己的女儿骑自行车。唐诗舍不得移开目光，自言自语："要是没有那场海难，我爸应该也是这样陪着我们长大。"

陈奇看着她落寞的眼神，心疼不已，嘴上却插科打诨道："现在你们可以陪着远叔度过晚年，不也挺好的？以后你就有两个家了，再跟我组建一个家庭的话……"

"想得美啊你！"唐诗瞪了眼陈奇，抬脚朝他踢去，吓得他连忙躲开。

两人打打闹闹地向附近的商场走去，经过一家玩具店，唐诗一眼看到橱窗里摆着一只硕大的泰迪熊，格外引人注目。她走过去隔着玻璃看着，满脸的喜悦。

陈奇想起之前在唐诗家里还见过一只毛绒兔子，好奇地问："你好像很喜欢玩偶？"

"那只戴睡帽的啊？小时候过生日，爸爸送过我一只，之后我去哪里都会抱着它，直到那次出海……我把它弄丢了。"唐诗微笑着，目光一直没有离开泰迪熊，"后来我找了很多地方，才买到一模一样的兔子，每天抱着它，就像爸爸还在身边。时间长了，一看到玩偶就有种莫名的依赖感。"

"这容易，以后喜欢哪只我给你买，要多少有多少。不过……如果有一天你愿意依赖人了，我一直都在。"陈奇动情地说。

唐诗有些感动，但还是把头偏向一边，逞强道："谁要依赖你。"

"现在饿了没？"陈奇还不忘提醒她。

唐诗看着陈奇无奈地笑起来。

两人回到老屋，和大家开开心心地一起吃了顿晚饭。项语秋和陈奇仿佛早有预谋，两人饭后随意寻了个理由先溜了。

姐妹俩把远叔哄睡着后，轻轻地关上卧室门，一时间都沉默了。两人还处在从针锋相对变成至亲姐妹的适应期，突然单独相处，反而不知道该说什么。

"听我朋友说国外研究出了治疗阿尔茨海默症的新药，但目前还在实验期……"唐诗先开口，打破了尴尬的氛围，"明天我把资料传给你，你也了解一下……"

话音未落，老屋突然断电了，整个房子陷入一片黑暗，唐诗下意识地抱住了连心。连心一愣，随后有些尴尬地推了推她。唐诗这才意识到自己的失态，缓缓松开手。

黑暗中看不见对方的表情，连心仿佛多了些勇气，幽幽地开口："其实我有好多话想跟你说，但每次又不知要怎么开口。"

唐诗低声笑道："太煽情的话就不要讲了。"

"姐，以前，我不懂事，经常跟你作对，暗地里还叫你唐老鸭，你不会生我气吧？"

"当然不会了！我哪有那么小气？唐老鸭还蛮可爱的，下次你可以考虑送我一只。不过你这丫头小时候也真够淘气的，我经常被你搞得很抓狂。你记不记得在电影院……"

"哎呀！说了我那会儿还小嘛。"连心有些不好意思。

唐诗走到窗边把窗帘拉开，淡淡的月光洒入，老屋里笼罩着柔和的光亮。姐妹俩你一言，我一语地聊着往事，气氛逐渐变得融洽起来，尴尬也不复存在了。

而此刻的项语秋和陈奇，正坐在老屋的电闸下，从角落里探出头，看两人冰释前嫌聊得正开心，相视而笑，为计谋成功，默契地击掌。

又过了几日，远叔逐渐适应了新环境，连心终于可以放心去上班，一进公司就被几个签约的设计师围堵在办公室里。看着他们吵吵闹闹、情绪激动的样子，连心头疼不已。

其中一个设计师递上准备好的文件，抢先说道："连总，这是我们所有签约设计师联名起草的申请，心上人必须和匠心解约。现在匠心的口碑大不如前，连累网站业绩也不停下滑，这种时候还不跟他们解约，难道要等到负面影响波及我们吗？"

"对，不仅要解约，还必须发表声明撇清关系，不能因为匠心的口碑问题，连带我们的作品也滞销了。希望连总能够好好考虑我们的请求。"其他设计师也在一旁帮腔。

连心接过文件查看，坦然地看着对方说："我明白，各位愿意把作品签给心上人代为销售是对我们网站的信任，产品销量出现问题我们一定会负责。但……这么轻易跟匠心解约，你们就能放心吗？今天我能因为一点儿事跟匠心划清界限，明天也能因为你们出了错而放弃你们。"

连心语气淡淡的，听不出威胁，但还是起到了震慑作用。只见设计师们你看我，我看你，都不说话了。

"心上人的业绩不是匠心能一力承担的，希望你们想想清楚，是抛弃合作伙伴，还是专心做好自己的设计。至于业绩下滑给大家带来的影响……"连心进一步劝说着，又诚恳地弯腰鞠了一躬，"我向你们道歉，再给我一段时间，情况一定会好转。"

叶木桃看着连心如此表态，有些心疼，赶紧趁热打铁道："好了，连总已经做出保证了，也请各位多多谅解，给我们一点儿时间去处理。"说完，向旁边的一个男员工使眼色，催促设计师们离开。

员工们围观了办公室发生的一幕，都不敢说话，但已然对这个娇小的 CEO 心生敬佩。

送走了设计师，心烦意乱的连心又来到天台靠在栏杆边上吹风。叶木桃跟过来递给她一杯咖啡，想着刚才的事情，担忧地说："他们这次闹完不知道又能消停多久，不然先把项语秋的专页暂时撤下来，好歹做做样子？"

连心立刻否定了她的这个提议，公司这次的危机，并不全是匠心的责任。如果因为眼前的一点点麻烦就要急着撇清关系解约，这种落井下石的行为她实在做不到。

"我必须站在项语秋这边，不能再给看不起他的人机会。"连心坚定地表明自己的态度。

叶木桃一听有些着急，又劝道："我知道，可你看看网站的销量，不能再下滑了！况且这个时候就应该是男人出来担当，你别这么要强好不好？"

"他十几年一直在帮我承担责任，我不能再对不起他。桃子，这个问题不用再讨论了。"连心看向远方，当下，最重要的是及时止损，这个"损"不是指自己，而是指项语秋，无论如何不能再让他因为自己受伤了。

2

蒋佩珊回到西班牙并没有待很久，而是迅速安排好公司的事，又只身回到了上海。但这次她并没有第一时间告诉连心，而是花了些时间先去找了一位故人。只不过，这位故人早已离世多年了。

只见她一身黑色大衣，站在一处墓碑前，碑上照片里的男子清瘦、文质彬彬的样子，照片下刻着"爱夫岑今之墓"的字样。紧挨在旁边的墓碑上，还未贴照片，但已刻上了"蒋佩珊永伴"五个字。

"岑今,你还是那么年轻,但我已经老了。我回来了,而且再也不走了,你放心,你最想做的事情我都帮你完成了。虽然你欠我一个婚礼,但我永远是你的妻子。"蒋佩珊痴痴地看着照片上的男子,又默默地站了好一会儿才整理好沉重的心情,打电话约连心和项语秋去一家西餐厅吃饭。

三人一见面,连心便关心地问起蒋佩珊的近况,因为好几个月都没有联系上她,还以为她回了西班牙不再来上海了。

蒋佩珊笑道:"我怎么舍得你们啊?我去找了个人,今天刚回来。对了,你们的公司恢复得怎么样?"

"我这边还好,倒是他那边……好多大单客户都临时毁约了。"连心担忧地瞅了瞅项语秋。

项语秋却一脸平静地说:"等舆论平息后会慢慢恢复的。我们唯一能做的就是继续保证产品质量,做好自己的品牌。"

听两人这样一说,蒋佩珊便放心了许多,她相信凭他们俩的实力,公司一定能挺过这次难关。

"没关系,慢慢来。我可刚给你们介绍了一笔订单呢。"蒋佩珊鼓励道。

"我知道,项语秋告诉我了,是你送给一个老朋友的乔迁贺礼,对吧?就知道佩珊姐最好。"连心立刻嘴甜地夸道。

蒋佩珊笑着轻轻拧了一把她的脸,又回忆起三人当初能结缘也是因为家具。不禁感叹,如果不是唐诗和陈奇擅作主张卖掉那张桌子,他们也不会机缘巧合认识彼此。

聊起在西班牙守望相助的岁月,大家都有着说不完的话,笑声不断地在餐厅里回荡。

设计师风波过后,连心不敢松懈,接连好几天都忙着和叶木桃商量对策。难得有个不用加班的周末,她想起好久都没见唐诗和陈奇,于是打电话约了他们晚上过来吃饭,又让项语秋买了各种食材回家。

在厨房忙活了一下午,连心才得空坐到桌旁给远叔剥核桃吃。她时不时地和他说说话,见他呆呆看着厨房里做饭的项语秋,便问道:"爸,想吃什么菜?我让他做。"

远叔摇了摇头说:"我不吃……我要……我要等女儿回来。"

"爸,我不是在这儿嘛。"连心有些困惑。

远叔紧接着又摇摇头,字句清晰地说道:"两个女儿,两个女婿。"

连心的眼泪瞬间流了下来,哽咽着问道:"爸,你其实都知道的,对吧?"

正说着，项语秋端着一锅海鲜粥走了出来，第一碗盛给远叔，让他尝尝味道怎么样。见远叔的手有些发抖，颤巍巍地拿不稳汤勺，连心马上接过碗喂他。远叔乖乖地配合，一口一口地吃着，但还是让粥沾满了嘴角。项语秋在一旁拿起纸巾，动作流畅地帮他擦干净。这俨然就是三口之家。

粥还没喂完，门铃响了，项语秋起身开门，只见陈奇和唐诗站在门口，手里拎着大包小包，带来一堆食物和日用品。陈奇对他神秘一笑，暗示还有人来，他连忙探头望出去，发现顾漾藏在一边微笑地看着他。一问之下，他才知道原来是连心特意打电话请顾漾过来的，说接了远叔来老屋住，必须跟她打声招呼，征求她的同意。

对于连心这番贴心的举动，项语秋十分感动，又想起自己亲手做的礼物还没送给母亲，现在正是个好机会。于是他趁着三人换拖鞋，走进工作间拿出一个包装精美的盒子，有些不好意思地递给顾漾。

顾漾欣喜地拆开一看，眼里顿时泛起泪花。盒子里躺着一个精致的白瓷杯，杯身上印着一朵山茶花，这是她最喜欢的花，因为它代表着一家人。这份礼物让她知道，儿子已经彻底原谅了自己。

见项语秋往杯里倒上茶递来，顾漾更是感动，赶紧接过细细品了一口，话里有话道："今天这茶比以往的都好喝。"

"你也太夸张了，下次过来提前说一声，我去接你。"项语秋笑道。

"连心很懂事，她跟我不一样，即使你们相差十几岁，也会幸福的，你好好珍惜她。"顾漾犹豫了一下，"我……过几天就准备回美国了。"

母亲的一席话听得项语秋十分感动，又不舍得她这么快就走，但他仍旧口是心非地说："巴不得你赶紧走呢。"

"别高兴太早，我会经常回来的！"顾漾笑着端起茶杯抿了一口，没有戳穿他。

帮陈奇和唐诗放好东西后，连心从厨房出来，站到项语秋身边，两人相视一笑。项语秋明白，因为连心的努力，自己跟顾漾终于能像一对正常母子那样生活、聊天儿，互相关心，但互不干涉。

大家吃过饭后，远叔坐在院子里的小桌子前拿着拼图自娱自乐，像煞有介事地摆来摆去。

陈奇凑到远叔身边，像哄小孩子一样，指着拼图上一个空缺，轻声提示："远叔，你看，是不是应该放这儿啊？"只见远叔颤颤巍巍地将拼图放上去，陈奇立刻拍着手夸他真棒，远叔也像是听懂了似的呵呵地笑起来。

连心和唐诗站在厨房门口，看着陈奇继续帮远叔摆弄拼图，不由得笑了。

"姐，你看陈奇哥跟爸相处得这么好，以后肯定是个好女婿。"

连心趁机向唐诗推销陈奇，一口一个"姐夫"叫得十分顺口。唐诗笑着推了连心一把，说自己还没认定呢，怎么就成她姐夫了。

陈奇却对姐妹俩的聊天儿内容毫不知情，举起相机朝屋里喊着，让大家出来一起拍张全家福。

大家纷纷坐到远叔身边，笑容满面地看向镜头，陈奇按下相机的快门，迅速跑到了项语秋旁边站好。项语秋作势推开他，故意问道："我们拍全家福呢，你进来干吗？"

"别说话！笑！"陈奇指着相机，露出一个灿烂的笑容。

相片将欢乐永远定格在那一刻，每个人都笑靥如花，那是发自内心的、来源于生活中平平淡淡的幸福的微笑。

周末在家庭聚会中很快过去。到了周一上班，项语秋却头疼了，刚画了一半的四折屏风设计图，扭头去忙别的事，回来又找不见了。项语秋便来到唐诗的办公室，问她有没有在哪儿见到过。只见她正专心致志地对着电脑，头也不抬回答说没有。项语秋好奇地凑过去想看看她在干什么。

突然，唐诗抬起头，用奇怪的眼神盯着他，说道："今天早上有人通过心上人买了一批我们的家具，心上人那边存货不足，要我们把剩下的补上。"

"是吗？那是好事啊！"项语秋有点儿心虚，假装惊讶。

"不会是你买的吧？"唐诗狐疑地盯着他。

项语秋被盯得有些发毛，慌忙掩饰道："怎么可能，我干吗买自己的东西啊？"

唐诗毫不留情地拆穿道："又不是第一次了，之前也不知道是谁花三十万买了自己的落地灯，真以为我什么都不知道吗？"

"反正那些也是送到养老院去的，谁买都一样。存货堆积销不掉，对网站来说也是个麻烦。"项语秋见自己的计划被识破，打着哈哈往外走，显然忘了自己来找唐诗的目的。

从公司出来，项语秋接上连心去赴蒋佩珊的约。前几天蒋佩珊打来电话，说她朋友十分满意他的家具，为表示感谢今天请他和连心过去做客。

两人开车来到一片新建的别墅区，远远地就看见蒋佩珊在招手。两人跟着蒋佩珊进了一栋别墅，看见满屋子的家具都是上次那批订单的货时，项语秋终于明白过来，哪里有什么朋友，这根本就是蒋佩珊给自己买的。

"有了新家干吗瞒着我，早知道那些家具都是你自己用，我就直接送了。"项语秋想到自己在西班牙的时候全靠她帮忙，还一直没能回报，这次还让她自掏腰包下了这么大一笔单，心里十分过意不去。

"就怕你送，公私还是要分明的。"蒋佩珊不以为然。

"佩珊姐，你这房子简直是 Dream house！就像 Jane Austen 小说里的女主人公每年去度假的地方！"连心和蒋佩珊碰了个杯，满眼憧憬地环顾着偌大的别墅，陷入无限遐想中，"夏天可以到湖里游泳、划船，天气冷了就裹着毛毯靠在窗台边，茶几上泡好一杯红茶，再捧上一本小说，然后……"

"然后你就睡着了。"项语秋夹起一块肉放到连心碗里，接了连心的话说。

见蒋佩珊在一旁大笑，连心没好气地推了项语秋一下，眼角和眉梢都是甜蜜。

"看到你们这么幸福，我就放心了。"蒋佩珊温柔地看着他们。

连心害羞地吐吐舌头，问起她今后的打算。

蒋佩珊感慨万千地说："出国一待就是那么多年，也该回来了。"正说着门铃声响起，她走去开门，发现是快递到了。

连心耳尖地听到快递员叫她"岑小姐"，疑惑地看着抱着一个箱子回来的蒋佩珊，问道："佩珊姐，为什么他叫你岑小姐啊？"

"那是我未婚夫的姓氏。"蒋佩珊沉默半响，缓缓开口，"不光这个房子，我还买了一块墓地，就在他的旁边。"见两人惊讶地看过来，她终于讲起了自己的故事。

"这还是我去西班牙之前的事，都快二十年咯，他是个建筑设计师。"蒋佩珊看了一眼项语秋，"跟你很像，倔强、执着，工作起来废寝忘食。我们决定结婚的时候，他一边忙着准备，一边还要监督工程，好几天没合眼，我还赌气抱怨他不陪我。没想到就在婚礼前几天，工地出事了，我没能当成新娘……"

连心和项语秋都沉浸在这个悲伤的故事中，沉默了。

蒋佩珊收拾好心情，笑着说道："陈年旧事，都过去了。这次决定要回来，也是因为你们两个。看到你们这一路走来，最终能够在一起。突然觉得，自己这几十年的逃避很可笑。在外边漂泊这么多年，现在也应该回来陪着他了。"

三人倚在阳台边儿上，喝着红酒聊天儿，余辉漫天。

随着 VR 技术日益成熟，各类相关游戏层出不穷。身为一个资深游戏迷，叶木桃当然不肯落伍，买了一个寄到公司，迫不及待地在办公室戴着 VR 眼镜试了起来。

连心坐在一边的沙发上，看见她在中间的空地上转着圈，往左走了几步又往右走，时而又伸出手在半空中挥来挥去，动作十分诡异，不由得捂住嘴偷笑。只见她突然朝沙发这边扑过来，眼看就要被茶几绊倒，吓得连心大叫"桃子小心"，却为时已晚。

叶木桃还是撞到了茶几，跌坐在地上。她愤愤地摘下眼镜扔到一边，揉着小腿，埋怨道："都怪这破玩意儿！哎呀，疼死我了，不会骨折吧？"

连心上前查看她的伤势，确认无碍才放下心来，又顺手拿过眼镜自己戴上，只见眼前突然展现出一片森林，鸟语花香，旁边还有河流、童话小屋，一只小兔子在眼前蹦蹦跳跳地跑过。画面太过逼真，让连心不自觉地追了过去。

这次换作叶木桃在旁边笑得停不下来，断断续续道："我觉得……VR技术目前急需改善的一点就是……就是如何让用户在使用的时候看起来不那么蠢……"

连心恼羞成怒地摘下眼镜，伸手去挠叶木桃的痒痒。

叶木桃忙躲避着求饶道："我错了！不过用这个打游戏太爽了，感觉真的身临其境！"

"身临其境"这四个字，让连心陷入沉思，不一会儿突然有了灵感，这种让人身临其境的技术，如果用在心上人的网站购物上，会是什么效果呢？

自从连心和项语秋在一起后，罗锐就刻意地躲着连心，连远叔的事也全然不知，叶木桃能借连心接触到罗锐的机会也越来越少。这天上班时叶木桃无意中刷到罗锐即将前往维也纳的消息，一整天都心神不宁。好不容易等到下班，她不知不觉来到了罗家别墅外，看见一楼亮着灯，心里直打鼓，徘徊着不敢上前。

身后突然传来罗锐的声音："桃子？找我有事？"

"也没什么事，你过两天不是又要出国嘛，我就想来看看，反正这两天不忙，我……"叶木桃被惊得一愣，随口编了个理由。

罗锐一把搂住叶木桃的肩膀，一副了然于心的样子，豪气地说道："不就是想让我带你出去放松嘛！走走走，哥带你喝酒去！"

叶木桃挣扎着甩开罗锐搭在自己肩上的胳膊，下意识地说出了连心找到父亲这件事。

罗锐微怔，转而平静地说："挺好的，连心一直都想要家人，现在真正的家人找到了，我们都为她高兴。要是我爸妈知道了，肯定也很开心。"虽然这样说，但他眼底仍有一丝失落。

"你没事吧？"叶木桃懊悔自己的鲁莽，关心地安慰道。

"能不能陪我去喝点儿，我现在也只能和你说说话了。"罗锐说完，大大咧咧地揽着叶木桃的肩往前走，却没注意到她的耳朵都红了。

3

近日来因为公司的事情，连心忙得晕头转向，昨晚更是熬了个通宵。她好不容易补个午觉，睡得正香，门外却传来一阵急切的敲门声。她挣扎着爬起来，揉着眼睛去开门，见唐诗提着东西站在门外。

"姐，你怎么来了？"连心打着哈欠问道。

唐诗看见连心顶着一副"国宝"牌墨镜，下意识地说："哎哟，黑眼圈这么严重，今晚怎么办哦。"见她一脸疑惑地望着自己，又慌忙掩饰道："今晚……今晚陈奇要请我们吃饭，庆祝他拿了摄影比赛金奖啊！赶紧换衣服跟我出门。"

"摄影比赛？还金奖！什么时候的事？怎么没人告诉我啊？"连心被推进屋换衣服，嘴上还嘀咕着消息来得这么突然。

一下午，唐诗拉着连心做美容、吹发型、买衣服，两人焕然一新地手挽手从商场走出来。

陈奇百无聊赖地倚在车边四处张望，突然，唐诗曼妙的身姿出现在他的视野里。他不禁眼前一亮，有些看呆了。

"喂，回魂了！"唐诗在陈奇眼前挥了挥手，有些好笑地看着他。

"陈奇哥，今天我买东西你都得报销。"连心也跟着打趣道，"我花时间陪的可是你的女人。"

见唐诗并没有反驳连心的话，而是言笑晏晏地看着自己，陈奇幸福得都摸不着北了，连连点头道："好好好，那请问二位小姐还要去哪里吗？小的在这儿恭候着，绝无怨言！"

"今儿个就暂且饶了你，走吧。"唐诗把一堆购物袋塞给陈奇，和连心开门上车。

陈奇一直沿着江边的方向开着。连心一天没见项语秋的人影，坐在车上一个劲儿给他打电话，却始终无人接听，问起唐诗，她也说不知道。反倒是陈奇莫名其妙地说了句："这会儿应该到了。"立刻被唐诗狠狠地瞪了一眼。

连心见他们俩挤眉弄眼，说话又互相矛盾，一头雾水地问道："干吗呢？我怎么觉得今天你俩怪怪的？"

唐诗和陈奇却都闭紧嘴巴不肯作声了，好在这时终于到了目的地。

车子停在江边的一处码头，周围黑漆漆的，看不见一个人影。连心正纳闷儿着，被唐诗拉下车往不远处停靠在岸边的一艘游船走去。突然船上灯火通明，照亮了甲板，强光中连心看到罗锐正坐在一架钢琴边，而项语秋站在他身旁吹着口琴，《卡农》欢快的旋律飘荡在空中。

看着船上这两人居然能和谐共奏，连心有些惊讶。

"不是陈奇哥的庆功宴吗？怎么……"

连心话没问完，便被陈奇和唐诗领着走上船，只见一张张熟悉的面孔陆续出现在她的眼前，顾漾、蒋佩珊、叶木桃、远叔、院长……

众人微笑地看着她，不约而同地拍手打节奏，唱起了《生日歌》。连心恍然记起今天是自己的生日，眼眶不自觉地湿润了。

一曲结束，项语秋放下口琴，拿起手中的话筒，看着连心深情地说："生日快乐，连心。以后你的每一个生日我都陪着你。"

连心噙泪笑着冲上去与他紧紧拥抱。

大家都含笑地望着他俩，甲板上开始了欢乐的派对。一旁的罗锐却失落地拿起一瓶红酒，悄悄退出人群下了船。一直默默看着他的叶木桃也跟了过去。

月亮初上，朦胧的光影洒在江面上，漾出淡淡的鳞波。罗锐就这样坐在江边默默望着，对走过来坐在自己身边的叶木桃视而不见，径自喝着酒像是要把自己灌醉。

叶木桃见他一言不发的样子有些心疼，安慰道："难过你就发泄出来吧，会好受一些。"

"你哪只眼睛看见我难过了？我开心得不得了，连心高兴我就高兴。"罗锐强装开心地举起红酒瓶又要喝，被叶木桃一把夺过"咕咚咚"地喝了起来。

看到罗锐有些迷醉地朝自己傻笑，她有些心慌意乱地问："你笑什么？你干吗不拦着我喝酒？"

"我干吗要拦你？今宵有酒今宵醉，这些酒都是我们的。来，好哥们儿接着喝。"

听罗锐这样说，叶木桃满心苦涩，这一段经年累月的暗恋，终究只是她自己的独角戏。索性醉了也好，醉了就能暂时忘掉这些烦恼。

生日聚会结束，项语秋和连心回到老屋已是夜深人静，项语秋牵着闭上眼睛的连心，走进院子，一步步迈上露天花园。

"好了，可以睁开眼睛了。"项语秋温柔地轻声说道。

连心缓缓地睁开眼，只见那把著名的天使翼就摆在眼前，不禁感动又惊喜。

"这不是你的天使翼吗？第一次在工作室见到它的时候，我还偷偷难过了很久，因为我觉得，无论如何，你的另一半翅膀都不会是我。没想到……"

"一直都是你，以后也只有你。这是只属于我们两个人的天使翼，合起来才是一对完整的翅膀，我一直都想找机会送给你。"项语秋牵着她的手往天使翼走去。

连心眼中泪光闪烁，踮起脚在项语秋脸上轻轻落下一个吻。她舒服地坐在椅子上感叹道："老项，我都能想象到以后我们变成老头儿、老太太的模样了。"

"不要愁老之将至，你老了也一定很可爱，而且，假如你老了十岁，我当然也同样老了十岁，上帝也老了十岁，一切都是一样……"项语秋缓缓念着朱生豪写给妻子的情书。

连心依偎在项语秋肩上听着他低沉磁性的嗓音，幸福地闭上眼，渐渐睡着了，嘴角还挂着一丝微笑。

月光温柔地洒在这对爱人身上，时光仿佛停驻在这美好的一刻。

顾漾为了给连心过生日特地改签机票推迟了一天，项语秋和连心将她送到机场，三人在安检口依依不舍地分别。顾漾紧紧地抱了抱连心，嘱咐她帮自己看好项语秋。

"放心吧，阿姨，我会帮你好好管着他的！"连心拍拍胸脯保证道。

项语秋虽然也舍不得她走，可却羞于表达，装作不满地说："先看好你自己吧，以后少喝点儿酒。"

顾漾感动地抱住他，说："知道了，儿子，再见。"怕自己会忍不住掉眼泪，她没等项语秋说话就转身推着行李箱走进安检口，偷偷抹去眼角的泪花。沉思片刻，她掏出手机拨出一通电话，没响几声就被接通了。

顾漾见电话接通有点儿讶异，深吸了一口气，缓缓地说："这么多年了，你的电话号码还没换。"

一个有点儿苍老的声音回应道："念旧啊，不想换。"

顾漾眼泛泪光，哽咽道："你知道吗？我们的儿子，已经成熟懂事了，像你！"自己和孩子他爸的故事已经画上句点，但心里还是希望孩子的爱情美满幸福。

自从上次受到 VR 眼镜的启发后，连心开始着手研究 VR 产业与线上销售交互的可能性，经过一段时间的努力终于初见成效。

连心戴着 VR 眼镜在会议室与几个部门主管进行网站测试。只见工程师移动着鼠标，投影在银幕上的画面呈现出了一个基础的房屋场景，只要在 360°的空房间里，摆放各种家具模型，就能看到虚拟的装修效果。

叶木桃戴着另一副眼镜，边看边兴奋地说："要是这个版块能上线，心上人说不定能一扫阴霾，带动新一轮的话题。"

连心摇摇头，觉得现有的效果还不够好。她思考了一下，对众人安排道："技术方面，家具调整位置时反应有一点儿滞后。宣传方面，把现在主打的家具系列摆放到场景里，配合色调和光线，做个可以互动的效果样板给我。另外，订制足够的 VR 眼镜，推广期有重点地派发给消费人群。这些问题，大概需要多长时间可以解决？"

"整个系列都要建模的话，理论上来说，最快也要半个月。"工程师思索着给出一个时间。

"不行，等不了那么久。从今天开始，加班费双倍，技术部多跟 VR 公司那边沟通，盯紧进度，二十四小时轮班也行，最多给你们一周。"

工程师等人一脸为难，但还是点了点头。

连心转身往自己的办公室走去，见叶木桃跟在自己身边欲言又止，心下了然，先开口道："觉得我太苛刻了？公司目前的业绩每况愈下，真给半个月时间，可能样板还没出来，心上人就已经不在了。让他们有什么要求尽管提，尽量满足。"

"这些我都明白，就是希望他们也能理解。我会安排好夜宵的。"叶木桃点头离开。

连心回到办公室坐下，有些疲惫地扶住额头，刚舒了口气，见叶木桃又返了回来，还带着上次来闹事的两位签约设计师，立刻打起精神看向他们。

两位设计师刚一坐下就咄咄逼人地要求解约。其中一位很不客气地说："连总，你保证过会给我们一个满意的答复，但是目前为止，我们没有看到任何改变，项语秋的专页还是挂在网站上！其他人我不知道，但我们俩不想再拖下去了，还有别的公司要找我们谈合作呢！"

"我明白了，实在很抱歉，解约可以。"连心故意装作很遗憾的样子，"不过这样一来，新一轮定制产品里就看不到两位的名字了。"

"新一轮定制？"两位设计师一惊，互相对看一眼。

"不好意思，既然你们准备和网站解约，这就属于内部机密了，恕我不能告知。"连心十分有技巧地说着。

一直没说话的那位设计师顿时脸色有些难看了，刚刚表态那么坚决，眼下可怎么挽回。两人互相使着眼色，再开口，发言的设计师态度立刻缓和下来："我们也是不得已才做出这种决定，都是为了自己的品牌着想，希望连总也能理解。如果有更好的机会，我们当然愿意与心上人继续合作。"

此时同事小秦开门进来，对连心耳语了几句。她听后起身对设计师说道："不好意思，我和投资人还有个会要开。不如你们回去再考虑一下？我们过几天再聊？"

两人对连心点了点头，起身走出办公室。

一直等在门口的叶木桃见他们走了，连忙进来气愤地说："这帮人，太不地道了。稍微遇到一点儿困难，就急着跟我们划清界限。"

连心叹了口气说："算了，这也不能怪人家，我们自己的问题不解决，早晚还是留不住他们。多亏小秦及时进来，我骗他们投资人有了消息，应该暂时不会再来闹了。"

"这种人自私自利，走了也没什么不好的。"叶木桃对于两位设计师的行为有些不齿。

连心拍了拍她的肩膀让她消消气，大度地说道："他们不仁，我们不能不义，这点儿肚量还是要有的。"

一天的工作下来，连心疲惫不堪地回到家，见项语秋等在院门口，欣喜地扑了过去。项语秋牵住她的手，神秘一笑，为她推开门，一个精致的木马立刻跳入她的眼帘，这是项语秋为她重新做的。木马静静地立在院子中央，表情可爱又生动。

连心不禁眼前一亮，走过去细看，手指轻轻地抚过木马上刻着的"心"字，爱不释手，心中溢满了感动和甜蜜。

此时项语秋悄悄走到角落按下开关，院子里的星星灯渐次亮了起来，发出温暖的光。浪漫的气息晕染了整个院子，仿佛回到了两人在西班牙公园的时候。

看着连心在灯光中旋转，她的裙裾飞扬，项语秋含情脉脉地说："那会儿总觉得你还小，不明白什么是爱，原来一直不明白的人是我。两个人相爱，本身就是最牢固的地基。对不起，让你久等了。"

"我才不要原谅你，我们错过的那几年你要加倍地补回来。"连心望向项语秋，眼中闪烁着泪光。

项语秋微笑答应，将她拥入怀中。

两人牵手走进客厅，连心眼尖地发现客厅的墙上新挂了一个画框，上面是一张扭曲的项语秋的脸，右下角还写着她的名字。

"这个你居然还留着？"她凑过去端详着自己的"画作"。惊讶之余，她赶紧把画拿下来扣在手上，"我当时可讨厌你了，故意把你画得这么丑的！别挂了，别挂了。"

"这可是你给我画的第一张肖像！一点儿都不丑，有毕加索的风范。"项语秋不顾她的反对，又将画重新挂上。

连心听出了他话里的讽刺，佯装不悦，伸手去挠他痒痒。项语秋躲开，转而又宠溺地揉了揉她的头发，没有说话，用手指指远叔的房间，示意她小点儿声。

连心顺着手势望过去，见远叔安静地睡在床上，心中不禁涌起一股感动，鼻子酸酸地说："谢谢你，为我们做了这么多。"

"以后的日子还长，我想为你做的还有很多。"项语秋边说边牵着连心回到了院子，紧接着从口袋里掏出一枚设计简洁的戒指，深情地注视着连心的眼睛。

连心先是一愣，随即明白了他的用意，抑制住内心的雀跃，期待地看着他。没有甜言蜜语，没有海誓山盟，只要爱的人一个眼神，自己就会勇敢地伸出手，跟他走。

两人就这样对视着，好像要望进彼此的心里去。直到项语秋轻轻呼唤了一声"连心"。她立刻自然地伸出左手，露出甜蜜的笑容回应道："我愿意。"

项语秋温柔地牵过她的手，深情地说："余生请你多指教。"

此时，连心已经泪眼朦胧，看着项语秋缓缓给自己戴上戒指，又见他的无名指上也戴了同样的一枚素戒，她知道，从这一刻起，自己和项语秋的命运紧密相连，融入对方的生命，成为彼此的羁绊。院子里的星星灯一闪一闪，连心和项语秋相互依偎着坐在躺椅上。

"困了就回屋休息吧。"项语秋关心道。

"没事，难得星空这么美，我要等流星许愿。"

项语秋指着满院子的星星灯，无奈地说："这么多还不够你许？"

"当然不够了，女人都是很贪心的，想要亲人安好，想要朋友开心快乐，想要最爱的人一直陪在身边。"连心认真地扳着手指一一数着愿望。

项语秋伸手轻轻刮了下连心的鼻子，宠溺地说："我的愿望很简单，就是希望你的愿望全部实现。"

连心转过头看着项语秋，把脸更深地埋进了项语秋的怀里。

4

尽管上次项语秋内部消化了大批家具送给养老院，但匠心这个季度的销售业绩并未因此得到根本性的扭转，杯水车薪罢了。看着临时取消订单的消息不断发来，唐诗焦虑地不停在办公室走来走去。项语秋见她这样，干脆给她放了个假，让她缓解一下压力。

唐诗拗不过只能同意，约陈奇去打壁球。陈奇忙不迭地答应。等他赶到壁球馆的时候，唐诗已经独自玩了一会儿了。陈奇走过去和她前后交错地打着小比赛，两人玩得大汗淋漓。

陈奇瞥了她一眼，调侃道："看来你们工作室真的很闲啊，都有空出来打球了。要不，明天和我约个会怎么样？"

"技术这么弱，还好意思和我约会？"唐诗翻了个白眼，奋力击出一球，突然脚下一滑，跌坐在地上。

陈奇赶紧蹲下紧张地看她有没有伤到哪儿。唐诗感觉像是脚踝扭了，活动了一下，试图自己站起来，可是脚稍一着力，就痛得坐到了地上。陈奇一着急，直接将她横抱起来往休息区走去，引得周围的人纷纷侧目。

唐诗挣扎道："陈奇，你放我下来！找死啊你！这么多人看着呢！"

"我的眼里只有你，没有别人。"说着，陈奇将她放在了椅子上，试探地问，"我不已经是你男朋友了吗？"

"想得美！"唐诗依然嘴硬，却有些害羞地低了头。

"不是我想得美，是你本来就很美。"陈奇见状知道自己有戏，声音更显温柔。他按摩着唐诗受伤的脚踝，空气里弥漫着甜腻腻的味道。

得益于陈奇那还算不错的手法，唐诗的脚没那么疼了，加上本来就只是轻微的扭伤，她回家擦了红花油休息一晚就没事了。

唐诗早早起来化了个精致的妆容，站在衣柜前试了又试，才选出一件裸粉色的雪纺长裙换上，喜滋滋地来到陈奇的工作室找他约会，却只看到布丁一个人在给模特拍照。

"哎？唐诗姐，你要找陈奇哥吗？"

"不找。"唐诗习惯性地脱口而出，继而想了想，又不好意思地问，"那个……他去哪儿了？"

布丁偷笑，被唐诗一瞪赶紧回答："陈奇哥去人民公园取景了。你要过去找他，方便的话顺便帮我带个镜头呗，就在老大办公桌上。"

唐诗拿上镜头要走，突然发现陈奇办公室里有一间房门上着锁，出于好奇便问起布丁。

布丁耸肩回答道："老大的秘密基地，谁也不让进。"

"有什么见不得人的秘密？"唐诗又忍不住朝暗房看了几眼，指挥布丁打开看看。

布丁有些为难，犹豫着是得罪老板，还是得罪老板娘呢？转念一想，老板天天巴巴地围着唐诗转，万一得罪了她，肯定没好果子吃。他只好慢慢挪动到门口，打开了门，嘴里还嘀咕着："老大，保命要紧，这就不能怪我了啊。"

唐诗一把推开门，被眼前的景象惊呆了，墙上大大小小的照片，或彩色或黑白，全都是同一个女人的背影。她缓缓取下一张，那是自己在海边的背影，又取下一张，是自己在孤儿院的，还有在工作室……从自己和陈奇认识开始到现在的都有。

唐诗轻轻地抚摩墙上的照片，久久不能平静。半晌，她擦了擦湿润的眼角，将暗房门锁好，拿起桌上的镜头转身离开。

来到人民公园，看见陈奇正低头调试着相机，唐诗悄悄走到身后把镜头递给他。

陈奇以为是布丁，头也不抬地说："都拍完了才送来，你动作也太慢了吧？"

"对不起！耽误陈老师的事了！"唐诗略带戏谑的声音从他身后传来。

听到熟悉的声音，陈奇猛地转过身，惊喜地问："你怎么来了？"

唐诗想起刚才在暗房里看到的一切，那面照片墙，那些照片，每一张都流露出拍摄者的心意，他记录下自己的每个样子，也让自己看清曾经错过了多么好的爱情。

看着眼前的陈奇，唐诗连语气都温柔了不少，笑着暗示道："陈奇，你昨天在壁球馆说了什么还记得吗？"

"说了好多啊，说我是你男朋友，说我按摩手法好，还说……"可陈奇似乎忘了最关键的一句。

唐诗不打算再点拨他了，直接打断道："你说你今天跟我约会！"说完自己耳根已经红了。

陈奇大喜过望，昨天试探性地提出约会被她拒绝，本来都不再抱希望了，没想到她今天却主动找了过来。这么一想，陈奇又激动得手足无措起来。

"这么突然，我都没准备好……"

"不用准备，我就是工作压力太大，想发泄！"唐诗口是心非地说，环顾四周，指着不远处一家电玩城，"就去那儿吧！"

"好，你想去哪儿咱们就去哪儿！"

陈奇买了一大堆游戏币，陪着唐诗从娃娃机、射击、赛车、拳击，到跳舞机、电子鼓……一路玩了个遍。唐诗屡屡获胜，激动得跳起来抱住了陈奇。陈奇先是一愣，随后露出了幸福而满足的笑容。两人从电玩城出来，陈奇还沉浸在自己输了所有项目的闷闷不乐中。唐诗却张开双臂伸了伸腰，长舒一口气，然后认真地看着陈奇说道："虽然你脸皮厚、嘴又损，但我也是可以勉为其难跟你这位大龄离异男青年试试的。"

"我哪有那么差啊……"陈奇刚开口反驳，突然反应过来，难以置信地看着唐诗，"你说什么，试试？和我？"

"不早了，回去休息，明天还要陪我爸去养老院呢。"唐诗说完害羞地迈步走开。

陈奇在原地愣了愣，赶紧追上她，假装自己没听清，想让她再说一遍。

"机会只有一次，错过就没了！"唐诗走在前面偷笑。

陈奇后悔得捶胸顿足，连连叹气说自己应该早点儿带她来电玩城，被唐诗笑着踢了一脚。他不顾两人是在大街上，欢呼着抱起唐诗转了几圈。羞得唐诗不停地拍他，让他放自己下来。

这个周末，四人约好一起带远叔回养老院转转，顺便拿下个月的药。正好匠心资助的养老院翻修工程已经接近尾声，院长热情地邀请他们下周来参加竣工仪式，大家都欣然答应。

众人边走边聊着，经过公共休息区，只见里面的家具都焕然一新，院长连忙对项语秋介绍道："前几天送过来的那批家具都摆在这里了，谢谢你……"

项语秋赶紧对院长比了个"嘘"的手势，打断了他。可院长的话还是被陈奇听见了，他指着项语秋恍然大悟道："哦，连心说前几天有人下了笔大单，原来是你自己搞的鬼！"

项语秋忙捂住他的嘴，紧张地往不远处连心和唐诗的方向看了看，示意他小声点儿，别让连心听见了。陈奇这才作罢，随即又悄声问起这事唐诗知不知道，项语秋怕他听了又激动地嚷嚷，手依旧捂在他的嘴上，告诉他唐诗是第一个发现的。

你们俩也太不够意思了，都瞒着我不说！陈奇心里想着，却只能发出"呜呜"的声音表示抗议。

项语秋松开手，一副"你行行好"的表情，小声说："你知道了，全世界就都知道了！"

"有那么夸张吗？"陈奇看到项语秋甩过来一个怀疑的眼神，只好连连答应道，"好了，我不说还不行吗？"

唐诗和连心推着远叔在草地上散步，一个护士迎面走过来，和远叔打招呼，没想到远叔结结巴巴地叫出了护士的名字，让大家惊讶不已。

唐诗笑着对护士说："我爸最近能认出很多人了。"像是在回应她的话，远叔突然指着她喊出"诗诗"，又指指连心喊出了"心心"。

听见父亲叫出了自己和妹妹的名字，唐诗抑制不住内心的喜悦。护士也由衷地感到高兴，感慨着亲情力量的伟大。姐妹俩相视一笑，紧紧握住了远叔的手。

5

从养老院出来，连心像唐诗的小尾巴一样跟着她回了家。唐诗笑着调侃她怎么舍得把项语秋一个人丢下，连心吐吐舌头说不还有爸陪着他嘛。两人穿着睡衣，敷着面膜，靠在沙发上翻着唐诗中学的毕业纪念册，互相打趣调侃。

"哇，姐，你念书的时候好矮呀，后来怎么长高的？"

"基因。"

"合着我没遗传到好基因呗，这不公平！"

"人品。"

一句话惹得连心跳起来要去掀唐诗的面膜，两人闹作一团。连心受不了唐诗的挠痒痒，笑着躲进了卧室。

折腾累了，姐妹俩并排躺在床上。连心看向唐诗，轻声说："姐，明天我们带爸去逛街吧。我们好不容易团聚，我想多陪陪他，带他四处走走看看。"

"嗯，就算爸记不住，但只要我们陪在身边，对他来说就是最大的幸福了吧。"唐诗喟叹道。

"还有啊，我给爸做了个名牌。我听院长说，上个月又走丢了一个老人。为了有备无患，我们还是……"连心絮絮叨叨地说着，睡意渐渐袭来。

唐诗也迷迷糊糊地问了一句："什么名牌啊……"就睡着了。两姐妹相认后，第一次这么亲密无间地睡在一起，却没有预想中的尴尬，反而异常安心。

周末的南长街显得更加熙熙攘攘，两旁的摊位上是各式各样的小吃、琳琅满目的手工艺品……充满了人间烟火气息。父女三人来到南长街入口，远叔好奇地看着眼前热闹的长街，却迟迟不敢迈出脚步。

姐妹俩一左一右地陪着远叔，鼓励他走进去看看。远叔慢慢适应了嘈杂的人群，开始四处张望，像小孩子一样要这要那的。三人一路走走停停，很是开心。突然，远叔停在一个小摊儿前，盯着眼前各种造型精致的长命锁一动不动了。

"爸，想要哪个？"

连心的话音刚落，远叔挠了挠头，被前面工艺品小店门口的风铃所吸引，转眼忘了刚才看的长命锁。两人带着远叔走过去，在门口把玩了一阵风铃，远叔被它发出的清脆悦耳的声音逗得呵呵笑起来。

三人随即走进店里，连心拿起一顶帽子给远叔戴上，远叔对着镜子，把头顶的帽子转来转去，似乎很好玩的样子。天气太热，唐诗担心父亲口渴，嘱咐连心照看好他，便跑出去买水。

唐诗没走一会儿，远叔突然捂住肚子，委屈地叫着要上厕所。连心赶紧扶着他到洗手间门口，迟疑了一下，问道："爸，上厕所，我不方便进去，你自己可以吗？"

见他仿佛能听懂似的点点头，连心放心地扶他进了残疾人专用厕所，然后关上门等在外面。远叔半天不出来，连心百无聊赖地四处张望，突然她看到角落处摆着一款十分特别的足浴盆，不由自主地走过去询问，听着店员的热情推销，正想着给远叔买一个，这时门口传来一阵风铃清脆的响声，她回头看了眼，脑海里瞬间一片空白。

回过神儿后，连心隐约觉得好像忘记了什么，可死活想不起来，就像那天在公园迷路一样，记忆断片儿了。她没注意到，远叔刚刚从洗手间出来，独自走出店了。

这时，唐诗买了奶茶回来，见连心独自一人在店里，急忙问她远叔人呢。连心猛地怔住："爸？哦，对了……他好像在洗手间！"

两人匆忙赶过去，只见洗手间的门大敞着，里面空无一人。连心的脸色瞬间变得苍白，手中的奶茶也摔在地上。

远叔在街上漫无目的地走着，被汹涌的人群挤来挤去，吓得浑身发抖。听见身后有吆喝声传来，他边走边回头去看，转头回来的时候狠狠撞在了面前的柱子上，被撞得有些发蒙，靠着柱子好一会儿才缓过来，见有人上前询问，他又满脸戒备地躲开。

姐妹俩也在街上四处寻找着远叔，却始终看不到他的身影，两人焦急不已。唐诗站在街上就冲连心大发脾气道："我让你看好爸，你到底在干吗？居然能让他一个人走出去？他的病时好时坏，就算他要上洗手间，他一个人能办到吗？"

"爸说了他一个人可以，而且我就在洗手间外面，他有事会叫我的！"连心也很不好受，委屈地辩解道。

"你就在外面？那他什么时候出去的你都没发现？"唐诗觉得无法理解，好端端一个人出去怎么可能没发现。

"我……我也不知道怎么了，当时突然就忘了爸还在洗手间。"连心无法解释刚才那瞬间的空白，想起自己做的名牌，连忙安慰唐诗，"你别着急，我给爸做了名牌……"

"名牌，什么名牌啊！爸要是走丢了……"唐诗已经有些急不择言，没心情去听连心解释。

就在唐诗责怪连心的时候，项语秋和陈奇听到消息及时赶了过来，劝她们先别吵，现在最重要的是找到远叔，一个老人走不了多远，再找找肯定就在附近。姐妹俩稍微冷静了下来，只听见连心的手机突然响起。

连心接完电话，说了一句"清名桥"，不等项语秋等人问清楚，就飞奔穿过拥挤的人群。其他三人只得紧跟其后。

大家来到清名桥下，一眼就看见远叔坐在桥上，靠着桥身缩成一团。唐诗和陈奇率先上桥，跑到远叔身边，项语秋则陪着迟迟不敢上前的连心站在桥下。

因为这一路受到的刺激，远叔微微颤抖着，手里还紧紧攥着一张写着几个人联系方式的卡片，呢喃道："小女儿、小女婿、大女儿、大女婿。"

所有人的眼眶都有些湿润，连心终于忍不住，扑上去抱住了远叔，哽咽着连声道歉。

四人将远叔带回老屋安顿好以后，唐诗跟陈奇正准备走，只见远叔突然又浑身发抖起来，嘴里不知道嚷嚷着什么，伸手把茶几上的杯子和果盘都扫到了地上。连心冲过去，想要安抚远叔，却被他一把推开。

远叔抱头蹲下，不停地呜咽，弄得大家不知所措，只能站在他周围护着。

连心以为远叔是因为白天走丢的事在生气，连忙也跟着蹲下握住他的手，说道："对不起，爸，我们不会再把你弄丢了。"

远叔却断断续续地呢喃着："锁……心心……两岁了……要戴！"

连心跟唐诗对视一眼，又望向陈奇和项语秋，四人完全不懂远叔的意图。所幸远叔今天实在折腾累了，很快平静下来回到卧室躺下，进入了梦乡。

今天的事给众人敲响了警钟，唐诗和连心又多写了几张名牌放在远叔的各个口袋里以防万一。

技术部经过一周的不眠不休，终于做好了3D模型。同事们神色忐忑地站在连心的办公桌前，看着她拿鼠标在电脑屏幕上滑来滑去。

"整个系列都在这儿了？"连心看完问道。

工程师点点头说："一共十几个模型，都在这里了。接下来需要把模型放到场景里去，再调整位置和光线效果。"

"嗯，我约了洪总明天下午视频会议，我需要交出一个完整的样板。"连心看了看表，又看向众人，"还有三十个小时。"

办公室内一片沉寂，大家都苦恼地挠了挠头，叶木桃也是一脸紧张地看向连心。

"我知道这很难，但这份样板对公司非常重要，心上人不光是我一个人的，也是大家的心血。我们现在所做的，就是共同保护这个家。我完全相信你们的能力。"连心语气坚定地说。

大家受到鼓舞，互相对视一眼，向连心保证明天会议前一定会赶出来。紧接着就离开办公室各自回到岗位上忙碌起来。

叶木桃也端坐在电脑前开始码数据，突然手机响了起来，见是罗锐的头像，她兴奋地跳起来跑到楼梯口，紧张地按下接听键。电话那头嘈杂不已，罗锐似乎在酒吧喝多了，醉醺醺地问连心为什么不接电话。叶木桃一听，激动的心情瞬间跌入谷底，却又担心他一个人喝醉了出事，只得打着连心有东西要给他的幌子，从他嘴里骗出了酒吧的位置。

挂了电话，叶木桃叹了口气，敲开连心办公室的门吞吞吐吐地说："我手头的工作已经差不多了，这会儿有点儿急事想……"

见她扭扭捏捏的样子，连心猜想八成是和罗锐有关。她潇洒地一挥手，让叶木桃赶紧去，今晚有自己在这里陪着大家就够了。叶木桃还是有些不放心，踌躇着自己是走还是不走。

连心看在眼里，打趣道："你可是公司元老，这些年帮我太多了，我总不能再耽误了你的感情吧？"

"小狐狸，真是什么都瞒不过你。"叶木桃脸上飞起一抹绯红，嘀咕着走出了办公室。

一走进酒吧，叶木桃就看见几个男女架着喝醉的罗锐往楼梯方向走，其中一个男人说着："包厢在楼上，随便拍些私房照卖给狗仔，能赚多少是多少！"

叶木桃冲上前一脚朝说话的男人踹了过去，对方被突如其来的袭击惊得目瞪口呆，刚想还手就又被她打了一巴掌。另一个男人见状扔下罗锐，一拳挥向叶木桃，又抬脚将她踢倒在地，打了几下。

这时渐渐有人围过来，那几个人见局势不妙，恨恨地骂了几句就溜走了。

叶木桃坐在地上，擦了擦嘴角的血，看着醉倒的罗锐，连忙脱下外套遮住他的脸，抬起他的一只手搭在自己的肩膀上，把他拖出了酒吧。

一路上，叶木桃咬牙切齿地念叨着："看起来挺瘦的，没想到死沉死沉啊！什么钢琴王子，一点儿都不注意自己的形象。我告诉你，美女救英雄，你得以身相许！"

正当她絮絮叨叨地说个不停时，罗锐似乎清醒了些，不舒服地挣扎起来。

"你别乱动，喂，罗锐，我撑不住你啊！"叶木桃一边说着，一边还是努力地扶住他免得摔倒。

等叶木桃终于把他拖回罗家时，自己已经累得瘫在别墅门口的楼梯上了。这时罗锐还没有清醒，他靠在叶木桃肩上，难得的安静温柔。

声控灯亮起又熄灭，叶木桃找不到钥匙，只好不停地咳嗽让灯亮起来。

"咳咳！本姑娘暗恋你容易吗？好不容易想来场约会，你倒好，醉鬼一个！咳咳！明明还喜欢连心，却总是装作不在乎，忍得这么辛苦，何必呢？"

她自言自语了半天，罗锐却早已沉沉睡去。这时，声控灯再次熄灭，她没再出声，在黑暗中静静享受着和罗锐依偎在一起的时光。

项语秋帮远叔洗完澡，扶着他躺到床上，在床头念了一会儿《海的女儿》，将他哄睡着后，便蹑手蹑脚关门退出来。他拎着夜宵，走出老屋去找连心。

心上人公司里依旧灯火通明，连心的助理见项语秋来了正准备去叫她，项语秋做了个嘘声的手势。他轻轻推门进去，走向她的办公室。

连心正埋首在一堆文件中，时不时用笔写着什么，听到声音本能地抬起头。她看到是项语秋，惊讶地问："你怎么来了？我不是说今晚加班吗？"

"远叔睡下了，我睡不着，就来看看你。"项语秋说着将夜宵摆在连心面前，手撑着下巴，一动不动地看着她。

"你再看，再看我就吃了你。"连心故意张牙舞爪地说着，还拉过项语秋的胳膊假装要咬。项语秋笑着躲开。

吃完夜宵，见项语秋还不走，连心催促他："明天还有养老院的竣工仪式呢，快回去休息。你在这儿我没法儿好好工作！"

项语秋答应着，乖乖起身，走出办公室。连心没有抬头，她不知道项语秋没有真的离开，而是靠在办公室的门边，久久地注视着埋头工作的自己。

在连心的身后，对面楼上也稀稀疏疏有几个窗户亮着灯，似乎也在陪伴着她。夜色如水，静谧而深沉。

/ 第十五章

1

连心不知何时趴在桌上睡着了，醒来发现自己身上披着一件外套，面前的桌上还摆着一张铅笔肖像。画里正是她的睡颜，还有一个男人的侧脸正轻轻吻在她的额头上，旁边熟悉的字迹写着："今天加油！"连心抬手摸了摸自己的额头，甜蜜地笑了。这样的杰作，除了项语秋，还会有谁？

城市随着阳光逐渐地苏醒，心上人的工程团队一上班就忙活起来，通过会议室的大屏幕，给连心展示出最终的 VR 效果图。听着工程师详细到位的讲解，连心的眉头渐渐舒展，露出了满意的微笑，说："模型完成得很完美，大家这段时间辛苦了。"

得到老板的认可，这么多天的努力总算没有白费，众人如释重负地松了口气，开心地互相击掌庆贺。

连心推门走出会议室，正对上姗姗来迟的叶木桃。见她鼻青脸肿、哭丧着脸，连心吓了一跳，连忙问道："桃子？你这……什么情况？你昨天不是去找……哇哦，这么激烈啊？"

叶木桃回了连心一个白眼，又不好告诉她缘由，只能默默拿着一颗白水鸡蛋敷在脸上的瘀青处揉着，聊起 VR 效果图来转移话题。

一说起 VR，连心赶紧把刚刚的结果告诉叶木桃，让她继续跟进，自己则回到办公室联系投资人洪总，和他进行远程视频会议。叶木桃和几个员工也关切地趴在门上偷听，奈何隔音效果太好，什么都听不到。就在众人忐忑不安的时候，连心办公室的门突然打开，几个人由于惯性差点儿摔了进去。

"今天公司放假，都回去休息吧！"连心一脸平静地宣布。

几个人愣愣地看着面无表情的连心，一脸迷茫。

连心突然笑着说："不想回家？那继续干活儿吧！洪总只给了我们一个月时间，不做出点儿成绩来，除夕晚上还得加班！"

众人顿时反应过来，发出阵阵欢呼声，纷纷冲向自己的工位收拾东西。

"就知道你没问题！"叶木桃开心地走上前抱了抱连心。

连心抬手看看表，焦急地说："哎呀，养老院的竣工仪式赶不上了……"

"啧啧啧，狗粮的酸臭味，你们两个真是互相站台、互相鼓励。"叶木桃假装嫌弃地推开她，满是羡慕的语气。

"你要是努努力，也有人跟你互相站台啊！"连心坏笑着大步离开。

叶木桃下意识地摸了摸脸上的瘀青，感到一阵无奈，看着她远去的背影嘟囔道："我这明明只有互相伤害！"

新竣工的养老院里，为方便轮椅行进，增加了许多坡道和栏杆扶手，院子的中央还搭建起了充满设计感的凉亭，供散步的老人休息。公共空间也营造出了家一般的氛围，随处摆放着可以倚靠的软垫和抱枕，墙上挂着老人们集体活动的照片和手工课上的作品，阳光透过落地的玻璃窗照射进来，使原木色的手工桌椅显得更加温暖明亮。

连心四处寻找着项语秋的身影，从公共空间的窗外走过，看到项语秋正笨手笨脚地跟着一位头发花白、戴着老花镜的老奶奶学织围巾，便悄悄地走进去，在他身边坐下，想看看这个家具设计大师究竟能织出什么新花样。

"哎呀！你又织反了！"老奶奶用力拍了一下他的手。

项语秋苦着脸，一脸为难地解释道："奶奶，我的手是做家具的，干不了这么细致的活儿。"

"真笨，不要你织了！你帮我绕线吧！"老奶奶索性把针线从项语秋手上拿了回来。

项语秋不敢反驳，顺从地伸手帮老奶奶绕线，一抬头看到连心在捂嘴偷笑，便朝她做了个鬼脸。连心不甘示弱，立刻向老奶奶举报说他不认真。

老奶奶又拿毛线针打了一下他的头，嘴里还念叨着："这小孩儿真是又笨又皮！"

看着连心转过头去又忍不住偷笑，项语秋一脸无奈，只好认输，继续乖乖地绕线。

这时陈奇也走了进来，四下打量着焕然一新的养老院，感叹道："可以啊，项语秋！我等会儿就去问问，能不能给我预留个位置。"

"又胡说八道！"紧跟过来的唐诗听见这话，戳了陈奇一下。

陈奇嬉皮笑脸地回应她："放心，肯定留两个，不会把你落下的！"

"谁要跟你一起！"唐诗翻了个白眼，有些受不了他。

陈奇一屁股坐在手工家具改造的沙发上，随手拎了个软垫抱在怀里，顺口说道："这就是你刷单的那些家具？改得不错嘛！一点儿都看不出来！"话音刚落，就见唐诗和项语秋猛对自己使眼色，他这才突然意识到自己说漏了嘴，转过头刻意躲避着连心的视线，欲盖弥彰地说："哎呀，这环境真不错……"

但连心显然已经都听到了，尤其是"刷单"两个字。她仔细打量起公共空间里的每一件家具，转而疑惑地看着项语秋。

陈奇见状连忙改口："我说的是……是'加班'！这些都是语秋加班加点做出来的！"

老奶奶一听扶了扶眼镜，盯着项语秋抢先问道："这些家具都是你做的？"

项语秋只好硬着头皮承认。老奶奶扶了扶眼镜，颤颤巍巍地拿起篮子里一条织好的围巾，给他围上，慈眉善目地笑着说："倒也不算太笨嘛……"

众人见项语秋在老奶奶面前像个小孩儿一样，不由得哄笑起来。

连心仔细打量起每一件家具，又望向项语秋，笑里藏刀地说："'加班'辛苦了。"

项语秋额头冒起冷汗，只能尴尬地傻笑掩饰过去。

又是一年除夕，上海街头早已张灯结彩，喜气洋洋，处处洋溢着过年的气氛，项家老屋也不例外。连心和项语秋在院内各处张罗着挂起了灯笼。

"高点儿，再高点儿，挂歪了！"连心侧躺在露天花园的椅子上，一副"美人卧"的姿势，指挥着站在梯子上的项语秋。

"喂……你那样躺着看，怎么都是歪的啊！"项语秋回头，见连心像小孩儿一样顽劣地偷笑，无奈地叹了口气，从梯子上下来，捏了捏连心的脸。

看着院子里挂起红彤彤的灯笼，原本坐在花园里晒着太阳发呆的远叔，突然想起了那日南长街上的景象，一个人急匆匆地就要下楼梯，嘴里还念念有词："锁……锁，锁，我的锁。"

连心忙扶住远叔问他想要去哪儿。远叔只是不停地跺脚，着急地断断续续说："锁！心心……两岁，要戴！"

"什么锁啊？"听远叔一直念叨着锁，连心茫然看向项语秋。

项语秋也不明白，只能让她再好好回忆一下远叔有没有提过自己想要什么。

见远叔焦躁的样子，连心也又急又慌。突然，她灵光一闪，记起上次逛街的时候，父亲曾在一个小摊儿前站了很久，好像是在看一只长命锁。

"爸，您说的……是长命锁？"连心试探着问远叔。

远叔不断地点头，嘴里重复着："锁……锁……心心要戴，心心……"

可今晚是除夕夜，店铺应该都早早歇业准备回家过年了，想到这里，项语秋俯身哄着远叔，告诉他过完年就去买。

远叔又急躁起来，一个劲儿地嚷嚷着要锁。连心忙安抚他，说马上就去，远叔这才渐渐冷静下来。

两人头疼地对视一眼，正好唐诗和陈奇提着大包小包的东西来了，连心果断做了决定，叮嘱唐诗看好爸，赶紧拉着项语秋跑了出去。

"大过年的去哪儿啊！这会儿都赶着回家呢！连心！"唐诗在后面喊，却不见她和项语秋回头，一脸纳闷儿，"这两人又莫名其妙发什么疯呢？"

大厨走了，只剩唐诗和陈奇两个新手在厨房里手忙脚乱地捣鼓年夜饭。

唐诗见陈奇笨手笨脚地切着菜，忍不住指挥道："不对，不对，切那么宽，叫你做土豆丝不是炸薯条！"

陈奇也不甘示弱地回击："还说我呢，你一条鱼都洗了一个小时了。"

"不洗了，你来吧，我去给爸做他最爱的鸡蛋羹。"唐诗转身翻着塑料袋找鸡蛋，问陈奇，"我们买鸡蛋了吗？"

"呀，忘了！"陈奇一拍脑袋，"我去买。"

陈奇借机逃离厨房，唐诗则洗了洗手，坐在远叔身边给他剥橘子。远叔不耐烦地推开她递过来的橘子，又嚷嚷着要锁。

唐诗为了哄他，把家里所有的锁都搜罗出来放在了他面前。远叔却一下子把这些锁全扫到了地上，然后不住地将她往屋外推，边推边说："锁……锁……外面……去过的，买锁，我要……"

唐诗有点儿招架不住暴躁的远叔，打电话向陈奇求助，却发现他把手机忘在了沙发上。她只好把远叔扶到轮椅上坐好，耐心地说："爸，我去给您买外面的锁，马上就回来，您乖乖坐这儿看电视等我啊！"

唐诗急着出门买锁安抚远叔的情绪，忘记了给他系上安全带。远叔一个人在家推着轮椅烦躁地抓起水果扔掉，又去抓沙发上的抱枕……没过多久，他又突然平静下来，从轮椅上站起，茫然地环顾着四周。只见客厅的地上杂乱无章地扔着抱枕和水果，厨房里摆放着凌乱的蔬菜、水盆，他不知道为什么会这样，完全不记得刚刚发生的事。

远叔慢慢走进厨房，开始切菜，自言自语着："诗诗不会做饭，爸爸来做。诗诗爱吃鱼，爸爸给她做……"

他拧开水龙头，接了盆水放在一边，开始洗菜，转头就忘了水龙头没有关。水"哗啦啦"地流着，渐渐从洗碗池里溢了出来，流到地上。

远叔转身踩到水渍，脚底打滑，直直地向后摔去，后脑勺重重砸在地上。他先是眼前一黑，渐渐地，耳边传来诗诗和心心的笑声，诗诗闹着要听《海的女儿》，心心在一旁咿呀学语，还有海难那天妻子对他说的最后一句话："照顾好两个女儿……"

往事一一浮现，可是画面越来越模糊，远叔渐渐地失去意识，缓缓闭上了双眼。

而毫不知情的唐诗还穿梭在项家老屋附近的各个商店，买了各式各样的锁，匆匆往家赶。

当她捧着一堆锁回到老屋时，水流已经蔓延到了客厅，她顺着水流望去，发现远叔正安静地倒在一片潮湿中。

"爸！"唐诗扔了锁扑过去，手中的锁重重地砸在地上，也砸在她的心头。

医院的走廊里弥漫着刺鼻的消毒水味，唐诗的胃里一阵痉挛，她眼巴巴地盯着手术室门前的红灯。直到远叔的身体被盖上白布推出来，周遭的空气仿佛瞬间被抽走了，她无法呼吸，只觉得浑身发冷，愣在那里忘记了反应。

唐诗双腿发软，被陈奇搀扶着，一步步挪向远叔，眼泪像决堤的洪流。

匆匆赶来的连心正好看到眼前这一幕，难以置信地顿住了脚步，眼前一黑，"扑通"跪了下去，跟在身后的项语秋连忙扶住了她。

唐诗看着连心，泪流满面，哽咽着说："我和陈奇出去买东西，回来的时候爸就……"

连心难以接受眼前的事实，自己刚刚有了家，有了亲人，可为什么……她彻底崩溃，冲着唐诗喊道："出去买什么啊？不是叫你看好爸吗？"

"是，怪我！怪我没有看好爸！都是我的错！那你呢？你去哪儿了？爸非要让我出去买锁，我能怎么办？看着他发疯？"悲伤、自责、委屈，种种情绪交织在一起，唐诗几近失控地冲连心喊。

连心愣住了，她从口袋里拿出自己和项语秋跑遍整条南长街才买到的长命锁，跪在远叔遗体前失声痛哭："爸，长命锁我买回来了，我不是去买了吗？您为什么还要让姐姐去……"

　　唐诗这才终于明白，她抱住连心撕心裂肺地呼唤着远叔，可是他再也听不到了。项语秋和陈奇强忍着悲痛默默站在一旁，留给姐妹俩一点儿缓冲的时间去面对现实。

　　处理好远叔的后事，四人沉默着回到了老屋。连心手里捧着远叔的骨灰盒走进院子，看到角落里停着的空轮椅，仿佛远叔还坐在那里，慈祥地看着她。

　　想到自己再也无法陪伴在他身边，连心鼻头一酸，眼泪不禁又流了下来。

　　"爸，以后它会替我陪着您的。"连心把长命锁拴在了骨灰盒上。

　　唐诗示意项语秋和陈奇先进去，自己走到连心身边，紧紧搂住她。耳边依稀传来热闹的鞭炮声，刺痛着两人的神经。在连心面前，唐诗是姐姐，所以她不得不冷静，让自己坚强起来，其实她的痛苦比起连心有过之而无不及。

　　从老屋一回来，唐诗就把自己关在家里没日没夜地喝酒，仿佛把自己灌醉，就可以不去接受父亲已经离开的事实。她将自己封闭起来，不接任何人的电话，包括陈奇。

　　陈奇担心她出事，一大早跑来她家，刚走到大门口就看见醉醺醺的唐诗刚启动车子，他慌忙追上挡在车前，不让她开。

　　唐诗从车窗探出头吼道："你神经病啊！想死吗？"

　　陈奇不由分说地拉开车门钻进去，熄了火。见唐诗无力地趴在方向盘上啜泣着，他心疼不已。

　　"没事了，我在呢，难过就大声哭出来，打我、咬我也行，别折磨自己好吗？"陈奇轻拍着她的背安抚着，突然感到手臂一阵刺痛，只见她真的一口咬了上去。陈奇咬了咬牙，忍住没有出声。

　　闻到唐诗一身的酒味，他决心要让她振作起来，便带她去射箭释放压力。唐诗不断从背后的箭筒抽箭，用力拉弓，瞄准箭靶射出，直到精疲力竭地瘫倒在地上。

　　"有没有舒服点儿？"陈奇拿了块冰毛巾走过来，敷在唐诗红肿的眼睛上。

　　唐诗还在自责："我要是坚持不去买锁，爸也不会出事……是我没有照顾好他。"

　　"医生都说了，远叔真正的死因是突发脑溢血，我知道你难过，但别这么为难自己。"陈奇劝道。

　　唐诗把毛巾从眼睛上取开，瞥到陈奇手臂上带着血迹的牙印，又感动又愧疚。她坐起来紧紧抱着陈奇，轻轻对他说了声"谢谢"，谢谢他总是想尽各种办法让自己开心，谢谢他能一直陪在自己身边。接下来她要让自己过得更充实，没有一丝空隙去悲伤、消沉。

2

阳光洒入卧室，温柔地滑过连心的画、连心的毕业照、远叔在世时拍的全家福……

连心被一阵敲门声惊醒，揉揉眼睛起身打开门，只见远叔手里拿着那把长命锁，牵着唐诗走进来，身后跟着项语秋和陈奇，四个人一副其乐融融的模样。

连心震惊不已地问："爸，你没事？"

远叔笑盈盈地回答："我？我应该有什么事吗？傻丫头，你是不是做梦了？"

"我……我梦到……"连心的鼻子又酸了，眼泪止不住地流下来。

远叔举起长命锁，哄着连心道："心心不要哭，你看，我们刚才逛街的时候看到的，一直说要给你买，现在终于买回来了。"

"爸，你真的没事？病也好了？"连心有些不敢相信。

"好了。"远叔刮了连心鼻子一下，"别疑神疑鬼了，你最近太累，好不容易睡个懒觉，我们都没忍心喊你。"

"快点儿，我都饿死了，远叔、项语秋，来做年夜饭喽！"陈奇嚷嚷着。

连心看着远叔、项语秋和陈奇进了厨房，唐诗从袋子里拿出一沓窗花，招呼自己一起贴。眼前的一切都无比真实，连心不自觉地迈开脚步朝他们走去。

突然大家都不见了，只看见远叔孤零零地躺在病床上，身上盖着白布……

连心想呼唤远叔，张口却发不出任何声音，她满头大汗地惊醒了。痛苦像针扎一般密密麻麻地袭上心头，原来，都是梦，只是美梦难再实现，而噩梦却已成真。

项语秋正在厨房做爱心早餐，听到尖叫声急忙跑进卧室，看见连心满脸泪水坐在床上瑟瑟发抖，顿时心疼不已，恨不得替她背负所有的苦楚。

他一把将连心紧紧抱入怀中，安慰着："别怕，只是做噩梦而已，我在这……别怕，我在。"

连心擦干眼泪，缓了缓神儿，直直地望着他的眼睛说道："老项，如果有一天我们必须分开，一定要认真地告别，好不好？"

"说什么傻话呢！我们不会分开的。"

"我是说如果！答应我！"

"好，我们一定会好好告别……"项语秋将连心抱得更紧。

片刻后，连心在他怀里渐渐停止了抽泣，心情平复了许多。项语秋这才放心地回到厨房。

连心洗漱后吃过早餐，无精打采地走到院子里，见项语秋已经在露天花园支起了画板，正全神贯注地对着远叔的轮椅画着什么。她无心去探究，收回目光，从敞开的院门悄无声息地走了出去。

过了一会儿，项语秋拿着一卷画纸从花园出来，准备要给连心一个惊喜，却四处不见她的踪影，心里一慌，匆匆跑了出去。

项语秋几乎找遍了连心所有可能会去的地方，终于在上次找到远叔的那座清名桥上，看见了熟悉的身影。连心背靠着栏杆缩成一团，把脸深深地埋在膝盖里，肩膀微微颤动着，显得那么的无助和孤单。

项语秋慢慢走过去蹲下，温柔地揉了揉连心的头发。她缓缓抬起了头，一双眼睛哭得红肿。

项语秋满是心疼地说："连心，该回家了。"

"我们约定过的，如果他走丢了，就找个地方坐着，我一定会找到他。他一定还在这儿等我，只是暂时藏起来了，我看不见。"连心失魂般一动不动地坐在那里说着。

项语秋将连心揽入怀中，劝道："听话，远叔一定不愿看到你现在这样，我带你去一个地方。"

车子在墓园外停下，项语秋带着连心来到了罗婷墓前，将那些已经干枯的花清理干净，重新摆上了一束百合。

看着罗婷微笑的照片，他语重心长地对连心说："我曾经也被绝望和痛苦包围，可最后是你把我拉出了深渊。Ben 守在他的妻子身边几十年，我们看见的他始终很乐观，热情好客，又爱笑，也许是他妻子一直活在他心里吧。你不是也说过，只要拥有过，多短暂都值得吗？"说着将连心抱进怀中，抚摸着她的头。

连心喃喃地说："我知道，有生之年能见到我爸一面，已经很不容易了。可是我宁愿我永远都找不到他，只要他能在某个地方活着。这种得到又失去的感觉，太痛了。"

"可是如果你们一直没有找到彼此，远叔会疯了似的想你们。至少在大家相聚的那段时光，远叔是快乐的。"项语秋将一直拿着的画卷摊开在连心眼前，"其实远叔一直都没走，就像你说的，他只不过藏起来了。"

画里远叔安安稳稳地坐在轮椅上，带着安详和蔼的微笑，看上去无比幸福。连心仔细端详着，眼里终于有了一些神采，她感动地说："老项，还好有你。"

"不只是我，还有唐诗和陈奇，我们都在你身边。"项语秋轻声说着，见连心终于不再消沉下去，欣慰地牵着她离开了墓园。

经项语秋提醒，连心意识到自己不能一直沉浸在悲伤里，她还有姐姐，这时候唐诗的难过不比她少，她得去陪着姐姐，帮她走出梦魇。

当晚，她让项语秋送自己去了唐诗家。黑暗中，姐妹俩仰面躺在床上，互相鼓励，安慰着彼此。

"爸被病痛折磨了这么多年，对他来说，这也算是种解脱吧。"回忆起父亲和蔼的面容，连心眼睛涩涩的。

唐诗扭头看向连心道："或许，他见到我们，看到我们过得很幸福，想到妈妈还孤孤单单一个人在天堂，就想去陪妈妈了。"

连心点点头说："爸希望看见我们幸福，他一定在某个地方守护着我们。"

"过了今天，又是新的开始了。"唐诗心中感慨，活着的人生活还要继续，与其沉浸在悲伤里，不如珍惜当下。她默默地拉住连心的手，两人不约而同地看着窗外，流星划过，一夜好眠。

第二天，连心醒来发现身边没有唐诗，心想她怎么这么早就去上班，抓起闹钟一看，才发现已经快中午了，匆匆洗漱出门。刚到公司，就看见叶木桃迎上来，说从昨晚开始，网站流量就突然莫名其妙地暴增。

连心浏览了她递过来的资料，纳闷儿道："VR 购物版块还没上线，哪儿来这么多的流量？"

"我也觉得奇怪，而且很多成交的订单，大部分都是匠心品牌。"叶木桃将自己的发现说了出来。

这句话却提醒了连心，她眉头一挑，思索片刻，拿起手机打给了项语秋。电话一接通，她就迫不及待地问道："你是不是又搞鬼了？我们网站上突然冒出来那么多单子，又是你刷的？"

此时项语秋正在匠心工作室，他颈窝里夹着手机，手上的笔还在设计稿上涂涂画画。

"有单子是好事呀，不过这次你可真冤枉我了！我天天跟你在一起，哪有时间搞小动作啊！再说了，现在匠心的运营我全都已经交给唐诗了。"他对于连心说的事也感到不解。

"那是怎么回事……"电话那头连心疑惑不已。

项语秋安慰道："总之是好事，别想那么多，先做好运营。"刚挂了电话，只见唐诗拿着 iPad 急匆匆跑了进来，示意他看新闻。

一个浮夸的标题跃入项语秋的眼帘：华人匠心大师巨作"风中的居所"，创国际拍卖新高。标题下还配着他和拍卖作品的照片。

项语秋看着屏幕上那幅设计稿，感到有些意外。这个作品是两个月前，唐诗拿去跟欧盟美术馆合作的，但是大家都没想过它会如此受青睐。

"刚刚已经有好几家媒体发出采访邀请，你打算怎么办？"一直处于困境的工作室眼下终于有了转机，唐诗激动不已。

项语秋却淡淡地说："推了吧。"

"你确定吗？我知道你不想再被媒体打扰，可这次不一样！爱尚已经迫于压力出面澄清了上次抄袭的事，现在正是趁热打铁的好机会！"唐诗极力说服着。

"我说了，那不是我想要的生活。"项语秋摇摇头，见她还想说些什么，抢先开口，"对了！刚才连心打电话来，问我是不是又刷单了，可能也是因为这个吧。"

"那又有的忙了。"唐诗灵机一动，"我去跟她确认一下。"说着便往外走去。

收到唐诗转发来的拍卖会新闻，连心这才明白了网站流量暴增的原因。短暂的激动过后，连心迅速恢复了冷静，叮嘱兴奋过头的叶木桃千万别去发什么标榜网站再创新绩的通稿，VR 推广那边更不能松懈。

"你也太冷静了吧？"叶木桃不解地看着连心。

连心看向桌面的全家福，沉吟片刻道："也许是大起大落经历多了，都习惯了。"这时她扫了一眼手机的新消息，转而看向叶木桃问："想去我的母校看看吗？"

"干吗啊？公司还有好多事呢！怎么突然开始怀旧了？"叶木桃有些警惕。

"就当陪我散散心了，不去你会后悔的。"连心故作神秘地说。

正值假期，校园里的学生不多，小路旁香樟树淡淡的香味沁人心脾。篮球场上一群男生大汗淋漓地打着球，旁边零星地站着几个观战的女孩儿。看着眼前这些朝气蓬勃的少年，连心回想起十七八岁的自己，不由得露出了笑容。

叶木桃见她一脸傻笑，调侃她以前一定也经常来这里看帅哥。连心翻了个白眼，辩白说自己才没那么花痴。

叶木桃点点头假装表示同意，调侃道："是是是，谁不知道你家里早就有个校草罗锐了。"

连心拿胳膊轻轻撞了她一下，半开玩笑半认真地道："你想要啊，送给你了！"

叶木桃不接话，顺势躺到草坪上，闭目凝神，不自觉地跷起了二郎腿。太阳晒到脸上暖暖的，她舒服得都有些困了，半梦半醒之间，隐约感觉到连心起身，轻轻留下一句"放你假了，自己安排吧"。她没开口回答，只听脚步声越来越远，四周又恢复了安静。

突然叶木桃感觉眼前有黑影压下来，一睁眼，就看见头顶上罗锐那张帅气的脸。她惊得一下跳起来，见他疑惑地四下张望寻找连心，这才明白了好姐妹的良苦用心。

"连心……好像走了吧。"叶木桃有些迟疑道。

"就这么不想见我，还推你出来救场。"罗锐苦笑，然后拽起叶木桃要走。

"哎！去哪儿啊？"叶木桃装出一脸娇羞的样子，"虽然本'桃'貌美如花，你也不用这么着急吧！"

晚霞渐渐落幕，斑斓的霓虹灯渐次亮起，高楼大厦灯火通明，川流不息的街道上奔波着各式各样为生活忙碌的人。

地铁口失恋的男孩儿抱着吉他，悲伤地唱着《十年》；街口的那对情侣，因为一点儿琐事争吵，女孩儿掩着面哭泣；疲累的出租车司机停在路边，满脸烦躁地听电话那头老婆喋喋不休地抱怨。繁华的夜景下，掩藏着无数的喜怒哀乐、悲欢离合。

罗锐此刻正在健身房里，一拳一拳砸向沙包。自从连心跟项语秋在一起后，他就跟得了失恋综合征一样，时不时就把自己灌醉，现在连自己的手都不爱惜了。

站在一旁的叶木桃看得心里着急，冲上去挡在沙包前。罗锐没刹住一拳打在她肚子上，叶木桃捂着肚子弯下腰，忍着痛说："我去，罗锐，你能不能对我好点儿，凭什么跟连心一起就是音乐会、咖啡厅，跟我一起就是酒吧、沙包！每次都少不了挂彩！"

罗锐也没想到叶木桃会突然冲过来，一脸歉疚地说："对不起啊，桃子，也只有你能陪我疯了，哥们儿会记住你的。"

叶木桃装作没事地起身，肚子上仍隐隐作痛，嘟囔着"谁要当你哥们儿"，心中却是五味杂陈，罗锐到现在都还放不下连心，自己只能在身边默默以朋友的身份陪伴。

"爱情怎么比代码还难啊！"叶木桃在心中哀号着。

3

心上人推出的VR购物体验一上市，便引发了全新网络购物形式的热潮，各大媒体争相报道，网站的浏览量频频突破新高，公司每个人的脸上都洋溢着欢欣鼓舞的表情。

连心踩着平衡车进来，路过员工工位，见众人干劲儿十足，还不时有同事笑着对自己打招呼，顿时觉得无比亲切和感动。她拍拍手，将所有人的视线集中过来，宣布道："推出VR体验这段时间，大家都辛苦了，今晚公司聚餐，大家提早下班吧，晚上玩得开心点儿。"

众人欢呼着收拾东西，情绪愈发高涨。

这时叶木桃走过来，把一份资料塞到连心手里，说道："刚刚有个客户下了一批匠心的订单，作为零售来说，订量还不小。但对方要求改动尺寸。咱们要接吗？"

"当然要接了。"连心仔细翻阅着订单表格等文件，最后在尺寸修改清单上签下自己的名字，并让叶木桃不用寄了。因为她今天要去见唐诗，正好把资料带过去。

来到匠心工作室，连心悄悄推开唐诗办公室的门，只见她正美滋滋地喝着咖啡，不由得会心一笑。自从项语秋的作品在欧盟美术馆一炮而红，匠心工作室也跟着重新恢复了生机，线下销售火爆不说，光靠心上人网站的订单，就已经接单接到手软。

唐诗见连心来了，连忙起身，随手接过连心带来的订单资料，看也不看就放到桌上，还不忘调侃一番："最喜欢你的单子，项语秋自己就会准时交货，保质保量，根本不需要我操心。"

连心撇撇嘴，故意左顾右盼张望一圈，揶揄起唐诗来："咦？你的影子呢？"

"什么影子？"

"陈奇哥啊！自从你们在一起之后，就跟连体婴似的，有你的地方就有他，有他的地方就有你啊！"

"取笑我是不是？你陈奇哥最近变得越来越啰唆了，他要到更年期还不得把我烦死。"

"哇哦，这才在一起多久，就考虑更年期的问题了，看来你是真的想跟他白头偕老啦。"

唐诗恼羞成怒地作势要打连心，被她跳着躲开了。

唐诗看了眼连心的黑眼圈，一边收拾东西一边说："走吧，带你去做个护理，看着真憔悴。"

"你还不是一样。"连心嘁着嘴，但还是挽起唐诗的胳膊笑盈盈地走出了工作室。

匠心工作室上上下下忙了好几天，终于把货按时按量送到了客户那边。唐诗难得悠闲地在家一边吃着早餐，一边翻看桌上的台历。突然她接到叶木桃的电话，得知客户向心上人投诉，说之前那批定制家具的尺寸全错了！

唐诗惊讶之余感到疑惑，自己全都是按照订单上的要求发的货，怎么可能出错呢？正想着，又听叶木桃说，那批订单资料里有个修改尺寸的附件，连心已经亲自来匠心拿给了她。

唐诗一头雾水，连心确实拿了资料过来，但没听说有修改尺寸这回事呀！她冷静了一会儿，当机立断，告诉叶木桃这次事故的责任由匠心全权承担，这边会抓紧时间重新做一套，而心上人只要先稳住客户的情绪，让对方耐心等待几天就好。

和叶木桃沟通好其他的细节问题，唐诗又赶紧联系项语秋，交代清楚返厂重做的事项，之后慌忙赶到办公室，一阵翻箱倒柜，却始终没找到改尺寸的附件。她跌坐在椅子上，心中隐隐觉得有些不安，最近自己的记性好像变差了，这次的尺寸清单到底去哪儿了，难道真的被自己弄丢了？

这时项语秋走进来，说约好了连心和陈奇明天一起去泡温泉。唐诗被清单的事弄得心情全无，不太想去。项语秋宽慰道："不就是返厂重做嘛，没那么严重。"

"你不懂，我担心的不是这个……"唐诗欲言又止。

"走吧，陈奇拿奖都这么久了，我说好的要请他泡温泉。你不去，连心一个人多孤单。"

听项语秋这么一说，唐诗才意识到这次泡温泉算是给陈奇庆功。于是一直忘记买礼物的她，只好等到下班后赶去商场，投其所好挑个镜头，包装得美美的带回了家。

第二天四人会合准备出发，连心和项语秋早已准备好了礼物，刚上车就迫不及待地送给陈奇。陈奇拆开一看，连心送的是智能手表，项语秋则送了一个自制创意水杯。

"项语秋！你送我的杯子都能开个店了，拿出点儿诚意行不行啊！杯具，杯具，听着多不吉利！"陈奇故意嚷嚷着。

"连心说杯子是一辈子的意思啊！"项语秋一脸无辜地解释道。

一旁的唐诗手忙脚乱翻遍包，支支吾吾地说："我……礼物忘带了……对不起啊！"

陈奇嘴上说着"没事"，心里难免有点儿介意。原本热闹的气氛顿时有些僵了。

连心赶紧圆场说道："姐肯定是故意的！想等回家了单独送他，是不是？"

唐诗尴尬地挤出一丝笑容，算是默认了妹妹的话。

到了露天温泉，四人分头去换衣服。陈奇在更衣室里闷闷不乐地说："我就是害怕，她答应跟我在一起，只是一时冲动，并不是真的喜欢我。我从来不奢望她付出的跟我一样多，但是连礼物都能忘，说明她根本不在乎我。"

"你怎么跟个小女生似的这么患得患失、斤斤计较，唐诗每天事情那么多，一时忘了也是难免的事。"项语秋安慰道，又看看手机上连心发过来的消息，赶紧先换好衣服走了出去。

从更衣室出来，只见连心早已等在外面，她凑过来贴着项语秋的耳朵悄悄说了几句，随后两人环顾四周，将目光锁定在两个身材火辣的美女身上。

唐诗刚一出来，连心拉着她陪自己去买水了。

项语秋和陈奇在原地等她们俩，这时两个美女从远处走来，项语秋凑到陈奇身边，小声说道："快看，九点钟方向，身材不错吧？"

陈奇正惊讶地看向项语秋，只见两个美女热情地走过来说："帅哥，晚上有空吗？"

"两个大男人泡温泉有什么意思，带我们一起玩吧。"美女一左一右围住陈奇，把他吓得一个哆嗦，鸡皮疙瘩都起来了。

唐诗和连心正好买完水走过来目睹了眼前的一幕，唐诗气得咬牙切齿："连心，你能不能管管项语秋，在你面前都敢这样，背着你还不知道干吗呢！"

"你想管你管喽，我相信我们家语秋，不过陈奇哥嘛，能不能坐怀不乱就不知道了。"连心憋着笑，故意煽风点火。

唐诗握紧拳头走了过去，一把揪起陈奇的耳朵，将他从两个美女中间揪了出来，转头冲她们吼道："看什么看啊，没见过情侣打架？小心溅你们一身血！"

"疼疼疼！"陈奇好不容易将耳朵从唐诗的手里解救出来，见她的反应这么强烈，欣喜地问，"你这是？你吃醋了？"

"我没有！谁给你的自信！"唐诗嘴硬走开，没看到身后的项语秋和连心两人默契地击掌，给两个美女递上"演出费"。

陈奇追上唐诗，着急地解释："天地良心，是她们自己凑过来的，我还觉得莫名其妙呢，你放心，我绝对没有多看她们一眼，我对你的忠心是日月可鉴……"

"好啦，谅你也不敢。"唐诗打断他，蹙着眉，好像在想着什么。

见唐诗一副有心事的样子，陈奇唱起了歌："写一首简单的歌 / 让你的心情快乐 / 爱情就像一条河 / 难免会碰到波折 / 这一首简单的歌 / 并没有什么独特 / 好像我 / 那么的平凡却又深刻……"

看着陈奇努力哄自己开心的样子，唐诗眼睛里闪烁着晶莹的泪光，终于忍不住抱住他，说道："我该怎么办啊？"

"不就是忘带礼物了吗，你就是最好的礼物，你要还不开心，喏，耳朵给你揪！"

唐诗反而更加伤心，啜泣着说："我最近记性特别不好，之前丢了文件，赔了一笔大单，这次又……"

"我还经常忘东忘西呢！肯定是你这段时间为远叔伤心，又忙工作，精神压力太大了。"

"你说，我会不会也得了阿尔茨海默症？"唐诗突然想起了远叔，一脸慌张，"我爸就是在三十几岁发病的，我现在好担心……我很有可能也……我可能会慢慢忘记你，忘记连心，甚至忘记我自己！就像我爸一样。"唐诗越说越害怕。

陈奇心疼地将唐诗抱得更紧，安慰道："就算是真的，我也不会离开你，你忘记什么，我就给你讲什么，你忘记多久，我就给你讲多久。"

陈奇说着低头吻上唐诗。

一大早，唐诗就被电话吵醒，她拿枕头堵住了耳朵，好不容易等电话的响声停止，打算翻个身继续睡，结果震耳欲聋的敲门声又响了起来。

唐诗穿着睡衣，打着哈欠，无精打采地开门，只见陈奇穿着运动服，精神抖擞地站在门口说道："我查过了，记忆力衰退是神经衰弱的先驱症状，可能是压力过大，也可能是身体素质下降了，只要加强锻炼，就能有效缓解健忘症状！快进去换衣服，我们一块儿跑步去。

唐诗就这样不情不愿地被拖出了家门。陈奇难得跑在唐诗前面，边跑边回头喊："跑起来呀！拿出你平时那股劲儿！"唐诗无奈，勉强跟了上去。

跑了一会儿，陈奇便蹲在路边，累得气喘吁吁，夸张地哼哼："啊，我不行了……不行了……"

唐诗站在一旁，皱着眉头说："陈奇，我没开玩笑，这个病真的会遗传。"

"既然你这么担心，我陪你去检查。"陈奇突然起身，拉着唐诗的手就要去医院。

唐诗大惊，抗拒道："我不去！万一确诊了我会更痛苦的！"

"去查一下心里踏实，逃避只会让你越来越疑心，况且就算确诊，你有我还怕什么呢？我虽然饭做得不好吃，但还能养得起你。以后你就放心大吃大喝，把工作抛到脑后，过得轻轻松松。"陈奇发自肺腑地说着。

唐诗轻轻推了他一把，嘴上嫌弃地说"谁要你养"，心里却被他这番话所触动。自己一直不肯去医院，就是因为缺乏安全感，但陈奇却这样一脸认真地告诉自己，无论结果好坏他都会不离不弃。这句话像魔法一般让她突然安下心来，听他的话去了医院。

患者的哀叹，家属的愁容，匆匆跑过的护士……医院的一切让唐诗更加紧张。医生让她放松，接着开始进行简单的智力和精神状态测试。

前几个结果还算正常。但做折纸测试的时候，唐诗并没有按照医生要求的顺序完成一系列动作，也没意识到自己做错了，但她敏锐地发现医生的表情变得严肃，赶紧问他是不是自己有什么问题。

"唐小姐，我会给你安排相关检查，你先放宽心，这也只是做进一步的排查，具体诊断还要等检查结果出来。"医生一脸平静地说。

陈奇紧紧握住唐诗的手，似乎是在给予她力量和勇气。

等待结果的日子显得无比漫长，唐诗心里装着事，没法儿专心工作，于是请假在家休息。陈奇陪着唐诗在家里窝了好几天，照着菜谱学做饭，被唐诗嫌弃难吃，拉着唐诗自拍，又被嫌弃丑……除了和陈奇打打闹闹，唐诗就缩在沙发上刷电视剧，尽量不去想烦心的事情。

好不容易等到检查报告出来，医生向唐诗和陈奇展示出 CT 片子，告知各项指标都处在正常值，唐诗并没有阿尔茨海默症的发病迹象，只是最近工作压力太大，神经长期处于紧绷状态，才导致她出现了一些反常举动。医生叮嘱她要多休息，保持心情舒畅。

唐诗咽了咽口水，如释重负，开心地扑向陈奇的怀抱。

陈奇紧紧地抱住她，笑着说："恭喜唐小姐，可以继续欺负我了。"

经过这次测试风波后，唐诗发现自己越来越离不开陈奇了，曾经的女强人竟也学会了依赖，她并不反感这样的改变，反而觉得有些甜蜜。

唐诗听从医生的话请假休息了几天，连心知道原委后又惊讶又自责，她没想到清单丢失的事情会给唐诗造成那么大的心理压力。

当时把资料给唐诗的时候，自己好像也没有提醒她尺寸的重要性，现在为了赔偿，匠心不得不重新制作这批家具，自己应该早点儿一起承担损失的。连心越想心里越过意不去，打电话给唐诗，想确认她是不是真的没事了。

听着唐诗把医生的话重复了一遍，又告诉她这病的遗传概率只有百分之五，连心这才松了口气。

为了赶制出客户投诉的那笔订单，项语秋已经在工厂忙了好几天。连心担心他顾不上吃饭，提着便当来到了工厂。

一见到她，项语秋嘴角不禁上扬，放下手里的活儿走过来，随意找了根木头坐下，迫不及待地打开便当吃起来。

项语秋吃着，还不忘夹起一块肉喂给连心，问道："听唐诗说你们坚持要共同承担责任？其实没关系，我们这边再出一批就行了。"

"哎！你就当我帮你的，不行吗？以前都是你帮我解决问题，也给我个机会为你做点儿事啊。"

项语秋感动地凑过去想亲连心一下，被连心害羞地躲开了。

吃过饭，连心和项语秋一起回家，项语秋拍打着衣服上沾着的木屑和灰尘。连心躲到一边，故作嫌弃的样子说："赶紧去洗澡。"

连心用指尖推着项语秋往浴室走，项语秋却故意贴近她，坏笑道："要不我们一起？节省点儿热水。"

连心眼珠一转，爽快地答应道："好呀，你等我一下，我去拿睡衣！"说完作势就要回房。

项语秋连忙拉住连心，一脸惊恐地说："哎！别别别！我开玩笑的！"

"是吗？可我是认真的呀，我不怕！"连心故意装傻。

"你你你，你别跟过来啊！"项语秋松开连心慌张地跑进浴室，"砰"地把门关上，从里面反锁。

连心看到项语秋被反调戏的窘样，得意地捂着肚子哈哈大笑。

5

自从罗锐回国以来，请他参加音乐交流会的邀约就络绎不绝。刚参加完一场的他坐在车里，呆呆地看着窗外的车水马龙。

助理一边开着车，一边汇报行程："主办方那边今天又催我要演奏会的主题了，主题定了他们才好做海报。要不还是用上次巡演的那个？"

"不行，这次都是我自选的曲子，必须重新定。"

助理弱弱地提醒道："可是……曲单你还没开呢……"

罗锐向前凑近，没好气地说："是啊，好纠结呢，不如你来帮我开？"

助理慌忙看向窗外，马路对面的一家甜品店前排着长龙："啊！那家店的芝士蛋糕很好吃，我女朋友特别喜欢吃！"

"这么多人排队？有这么好吃吗？"

助理见罗锐感兴趣，连忙热情介绍："对啊，在网上可火了，它每天限量，好多人排了一两个小时队最后也没买到。"

"那你上次怎么买到的？"

"哦！我女朋友自己排队去买的，我天天跟着你忙都忙死了，哪有时间！那个……我不是那个意思……"助理自觉失言，尴尬地说。

罗锐叫他停车，自己戴上帽子下车，绕到驾驶室窗外拍拍助理的肩膀，若有所指地说："失恋了记得跟我说，今天给你放假！"

街上冷风瑟瑟，罗锐缩得缩脖子，穿过堵得几乎静止的车流走到马路对面，却发现店员正在挂"售空"的牌子。看到身旁最后一个买到蛋糕的男生乐呵呵地走过，他心里有了主意。

罗锐疾步跟上那个男生，礼貌地提出想买他手里的蛋糕，而且价钱随他开。男生看了罗锐一眼，捂住蛋糕继续走。他又追了上去道："拜托你啦，我是买来送给我喜欢的女生。"

"这么巧，我也是买给我的女神的！"男生目不斜视地继续往前走。

"要不我帮你买个别的礼物换这个蛋糕？"

"明明就是我排队买到的，凭什么给你？你以为你是谁啊！"男生没好气继续走着。

罗锐待在原地灵机一动，迅速跟上那个男生说："哎，你的女神肯定知道我是谁。"

男生停下脚步，戒备地问："你怎么知道？你认识她？"

"知道罗锐吗，钢琴王子罗锐。过阵子他有个演奏会，我免费送你们两张票。前提是你把芝士蛋糕让给我。"

"真的吗？罗锐的票很难买的，她吵了好几次了。"男生有些激动又不敢相信，死死地盯着罗锐看。

罗锐心里大喜，写了助理的电话递给男生，让他到时候打这个电话拿票。男生欣喜接过来，往后大跨一步，将蛋糕双手奉上。

接过蛋糕，罗锐往心上人公司赶去，想送给连心，到了却发现公司里漆黑一片。就着月光，他隐隐约约看见叶木桃捧着一堆 VR 眼镜从远处的办公室走出来，有意吓她，于是赶紧藏到墙角，等叶木桃经过时，突然跳出来一把抓住她的肩膀。

叶木桃以为被鬼抓住，吓得把 VR 眼镜扔到了地上。她紧紧闭着眼睛，浑身抖得连牙齿也在打战，哆哆嗦嗦地说："求求你放过我……我没做过什么坏事啊……"

见她是真被吓着了，罗锐忙松开手让她看清楚自己是谁。叶木桃听声音有些熟悉，才敢睁开眼睛，缓了好一会儿，终于看清了眼前的人。

"罗……罗锐？你走路能不能出个声？吓死我了！"叶木桃没好气地说着，弯腰去捡地上的 VR 眼镜，"我正准备把东西收好就回去呢，本来停电就害怕，你又跟幽灵一样冒出来。"

"刚好路过，就上来看看呗，没想到还真的有人。"说着罗锐把手中的蛋糕放到一边，也帮着一起捡，"你不是女汉子吗？胆子这么小。"

叶木桃"哼"了一声，不理会他的调侃，眼尖地看到那盒芝士蛋糕，一把拿过来，眼睛放光地说："哇！他们家的芝士蛋糕可难买了！你怎么知道我喜欢吃？"

"那个是给……"罗锐看叶木桃兴高采烈的样子，把剩下的话吞回肚子，"也不是刻意买的啦，我看到它快关门了还卖不出去，就当做善事咯。"

"奇怪，我每次去都是早早就卖光了啊……不管了，这次总算能吃上了！看在芝士蛋糕的分儿上，我就原谅你吧！"叶木桃毫不客气地打开。

罗锐吞吞吐吐："嗯……你知道连心在哪儿吗？刚刚打她电话打不通。"

"应该在项语秋家吧，远叔去世后她就很少在公司待了。"叶木桃嘴里塞满蛋糕，含糊不清地说。

"他们同居了？"罗锐心下一沉，脸色也变得极差。

叶木桃大大咧咧地说："不算同居吧，那本来也是他们的家。"她的注意力一直就没离开过蛋糕，根本没留意到罗锐情绪的变化。

连心刚洗完澡，吹完头发，突然眼前一片漆黑，老屋也停电了。

"老项？"连心正在适应黑暗，见前方有些隐约的光亮，疑惑着走到客厅，只见天花板上水光漾漾，映着一个发光的巨大旋涡。

项语秋站在角落里，拿着手电筒从一个装水的玻璃瓶底部往上照，连心走到项语秋身边，看向天花板的旋涡光斑，不禁笑了。

"怎么样？像不像住在海里？"

连心贴近项语秋，调皮地问："还有些什么招儿？不如一次使出来让我开心个够吧！"

项语秋神秘一笑，拉着连心走出了老屋。

路灯亮着，道路两边的楼房都陷入停电的黑暗中，项语秋骑着一辆颇有些老旧的单车，连心坐在后座，头倚在项语秋背上，晚风吹拂着连心的长发。

连心伸手搂住他的腰，项语秋微笑着感受背后连心抱紧自己的温度。

直到第二天连心上班的时候，她还沉浸在昨晚的甜蜜中。一到公司便看见陈奇站在门口，正奇怪他为什么一大早来心上人，还没问出口便被他拉进旁边一家咖啡厅。

得知陈奇想要向唐诗求婚，连心惊喜不已，摆出一副"传道、授业、解惑"的样子，侃侃而谈："有些女生嘛，就享受被男生捧在手里的感觉，喜欢感受到公主一般的待遇，所以她们会希望男朋友当着亲朋好友甚至路人的面，跪下来求婚。"

"但是！"见陈奇频频点头，连心话锋一转，一字一句地说，"你女神肯定不喜欢这种！我姐她独立自强惯了，需要的是被尊重的感觉，更希望两人之间能够水到渠成。当众求婚很容易迫于人群的压力而不答应。"

"啊？哪有求婚还能不答应的？"陈奇不明所以。

连心使劲儿捶了陈奇一拳，说道："你是不是傻啊！如果所有求婚马上就答应，那求婚的意义何在啊！求婚不就是征求对方的意见吗？"

"哦……好像也对……"陈奇托着下巴，若有所思，突然表情又变得有些抓狂，"我的天哪！被你这么一说，我突然觉得我被拒绝的概率很高啊！"

连心没想到自己的分析适得其反，连忙否认，说自己不是这个意思。

但陈奇却开始焦虑，自言自语地说："你想想看，她从来都对我爱理不理的，我太主动了她还嫌我烦！我现在这么冒冒失失地求婚，她肯定想都不想就拒绝我了！怎么办，我该怎么办好……"

"陈奇哥！你淡定点儿！我姐的性格就那样不冷不热的，可你见过她对谁那么傲娇过，这说明她很喜欢你啊！"连心使劲儿摇晃陈奇的肩膀，希望他冷静下来。

陈奇完全蒙了，一脸疑惑地说："我怎么好像越来越听不懂了，她不理我，还喜欢我？小祖宗，你别和我绕了，我脑子够乱的了。快快给我指一条明路。"

"别紧张，我会帮你的。你只管开始着手准备，首先……"

陈奇突然打断了连心："不行！我被你说得感觉自己彻底没戏了。我得冷静冷静。"说着就一个人有些抓狂地起身离开，留下连心自己坐在位子上发愣。

从咖啡厅出来，连心大脑突然变得空白，迷茫地看着四周，不知道自己在哪儿。她迷迷糊糊走到了老屋附近，门口的一条路来回走了好几趟，几次路过家门却认不出来。

项语秋在院子里浇花，正好看到连心徘徊在门外惊慌失措的样子，叫了她一声。

连心听到项语秋的声音，仿佛突然从梦中惊醒一样，暗自松了一口气，立刻笑着向他招手，若无其事地走进院子。

项语秋递过来一杯牛奶，回想着她最近屡次反常，担忧地问："你真的没事？"

"有事。"连心反应片刻，嬉笑着，"你的'好基友'要求婚了，我未来的姐夫正在到处求助怎么策划一场轰轰烈烈的求婚仪式呢！"

"行啊，现在搞小动作连我都瞒着！"项语秋果然被转移走了注意力。

"我啊，打算过几天陪他去挑戒指，你呢，就负责场地好了。到时候你把我姐支走，布置好求婚现场。"

"小菜一碟，保证完成任务！"项语秋感慨，总算守得云开见月明了，他俩再不成，自己的头发都熬白了。

自从上次和连心聊完，陈奇就一直发愁该怎么求婚。首先得搞定求婚戒指，可该怎么知道唐诗手指的尺寸呢？愁眉不展间，碰巧工作室接了一组戒指的广告拍摄，他翻看着布丁拿来的模特简历，觉得都不是很满意，突然灵机一动，拨通了唐诗的电话。

当唐诗火急火燎赶到工作室的时候，陈奇正跷着二郎腿，悠闲地吹着口哨，喝着咖啡。

唐诗猛拍一下陈奇的脑袋，恨铁不成钢地骂道："有没有搞错！鬼哭狼嚎似的把我叫来，你却在这儿喝咖啡？"

"我是真有急事！今天我要拍一组平面，可是模特突然病了，来不了，我这儿缺人！"

"缺人？你要我当你的模特？"唐诗双手交叉在胸前，非常警惕，见陈奇嬉皮笑脸地点点头，一口回绝，"没门儿！"

"这组片子已经拖了很久了，要是今天再交不出来，客户要翻脸了！"陈奇刚刚的笑容瞬间消散，换上一脸苦哈哈的表情。

"跟我有什么关系？我工作室还一堆事呢！"唐诗不听，甩手要走。

陈奇拉住唐诗的手，央求道："这次的模特要求很特殊，普通人真不行，只有你才能胜任！不要这么绝情嘛，好歹我也是你男朋友，哪有这么不给面子的啊！上次你在那么多人面前说没带礼物，我也没生气，你总不能每次都这么不留情面吧。"

"再说了，又不需要你露脸。"见唐诗表情略有松动，陈奇牵起唐诗的手，神秘地笑道，"只要这个就行了！"说完拉着她进了摄影棚。

过了几日，陈奇来到唐诗家里，摊开一沓照片摆在沙发边的地毯上，一张张征求她的意见。这些照片里只看得到唐诗纤长的手，无名指上戴着各种款式的戒指。

"这个怎么样？"陈奇拿起其中一张问道。

"一般，有点儿俗。"唐诗撇撇嘴。

"那这个呢？"

"嗯……太浮夸了，不喜欢。"

陈奇又拿起一张，激动地说："这个！你一定会喜欢！"

唐诗瞥了一眼，摇摇头道："你可真是够不了解我的啊！"

"我现在就在努力了解啊，那你觉得哪一款好呀？"陈奇想方设法套唐诗的喜好。

"问我干吗？这种事难道不是看商家的需求吗？决定要主推哪款的是他们，凭什么由你我来决定？"唐诗感到有些奇怪。

陈奇面不改色地胡诌："话是这么说，但我身为摄影师也要提供点儿专业意见嘛，让排版更好看点儿。"

唐诗狐疑地看了陈奇一眼，弯下身，拿起一张照片目不转睛地盯着。

陈奇凑近，讨好地问："喜欢这款啊？"

"我的手怎么这么好看……"唐诗故作陶醉，伸了个懒腰，随手把照片塞给陈奇，"就是它了！"

陈奇默默翻了个白眼，然后迅速把照片收好，宠溺地看着她。

"我发现啊，自从陪你去医院折腾了几次后，我就有了一种跟你相依为命的感觉……"陈奇凑近她，试探着问，"你呢，有没有想要跟我一直待在一起的感觉？"

唐诗一脸无所谓的表情说"还好"。陈奇却按捺不住了，激动地加大嗓门儿喊道："什么叫'还好'？"

唐诗被陈奇突然提高的音调吓到，莫名其妙地问："我又不是那种考拉型女朋友，非得天天挂你身上啊？"

"你这个女人真是……你早点儿睡吧！"陈奇有气不能发，捧起唐诗的脸，在额头上狠狠嘬了一口，头也不回地走了。

唐诗揉着额头上被陈奇亲出的红印子，自言自语道："什么鬼？这人没事抽什么疯！"

第十六章 /

1

项语秋获奖后扩大了匠心在业界的影响力，也给心上人带来了巨大流量和销售额，两家公司都逐渐走出了困境，一切都慢慢步入正轨。

忙碌了一天的连心早早缩进被窝，项语秋正靠在床边浏览手机新闻。想起前几天听唐诗说，连心打算签约一个新生代的设计师，推出更多系列的原创家具，他关心地问道："新设计师谈下来了吗？"

"新设计师？"连心努力回想，却发现自己完全不记得这事，只能假装恍然大悟，"哦！对对对……只是随便聊聊，还没到签约的地步呢，还得再深入评估……"

"叫什么名字呀？没准儿我还能帮上点儿忙。"

"你不认识的，是前阵子刚从意大利回来的一个新设计师，现在在国内还没什么名气……"连心胡编乱造地想搪塞过去。

看着连心躲躲闪闪的眼神，加上之前屡次的反常，项语秋心中疑团重重。

他随口编了个没发生过的事情试探道："你还记不记得你刚搬到这儿来住的时候，有一次在院子里玩得忘形了，跑进来的时候也没注意看，直接整个人撞到落地窗上了？"

连心脑海中并没有这段记忆，但为了不露馅儿只好顺着项语秋的话，指了指自己的额头，装作委屈地说："这里还起了一个大包呢！好几天都消不下去，丑死了！"

项语秋眼神复杂地看着连心，心中生出隐隐的担忧，她肯定有什么事瞒着自己。

"好困啊，睡觉吧，晚安！"连心慌忙拉过被子盖住头。

项语秋也不再追问，若无其事地替连心把被子往下拉了拉，露出头来，拿起床边的口琴吹给她听。

最爱的曲子响起，连心对项语秋的怀疑毫无察觉，伴着悠扬的口琴声很快入睡了。

第二天是周末，连心却没法儿好好睡个懒觉，十点就被陈奇拉到了珠宝店里。耀眼的水晶灯照得陈列在柜台里的钻石更加璀璨夺目。连心两眼放光地凑在柜台前，痴迷地欣赏着玻璃柜里的各类珠宝首饰，连她自己也搞不明白女人为什么天生就喜欢亮晶晶的东西。

柜员看着陈奇带来的照片，遗憾地摇摇头道："这款戒指昨天刚被一位客人买走了，店里暂时没有现货。"

"那可以从别的地方调吗？"陈奇不甘心地问道。见柜员走到一旁向总店打电话确认，他又软趴趴地倚在柜台边，显得心事重重。

连心看不过去，上前拍了他一把，说："别这么丧气嘛。"

这时柜员走了回来，告知他们很幸运，总店还剩最后一枚，如果现在订货，大概明天就能送到。连心兴奋地看向陈奇，陈奇却依旧一副愁眉苦脸的样子，喃喃道："我觉得她不会喜欢……万一她不答应……"

"你不是说这是我姐自己选的吗？"连心有些纳闷儿。

"我说的不是戒指！是人！"陈奇突然泄气地离开了珠宝柜台，留下连心和店员面面相觑，连心慌忙签了订货单，追了出去。

陈奇看到连心追来，不自觉地想要逃避，赶紧乘着扶手电梯下楼。

连心见他跑走也急了，拨开人群，终于在下一层楼抓住了陈奇，气喘吁吁地说："你不会临时想打退堂鼓吧？"

"反正她也不知道！与其等着被拒绝，还不如不求了！"

陈奇继续往前走，连心紧紧跟住，深吸一口气，喊住他："你没有问过她，也没有求过婚、争取过，怎么知道她不肯嫁给你呢？"

"我问她想不想一直跟我在一起，她说'还好'。"陈奇委屈巴巴地复述唐诗的回答。

连心忍不住"扑哧"笑了，问道："你就因为这个打退堂鼓？这个回答也不算太坏啊，起码没有直接拒绝嘛。"

两人倚在商场的护栏边，陈奇满心苦恼地说："难道你不觉得吗？她其实并没有那么喜欢我，可能是我们这么多年成了习惯，我追她成了习惯，她被我追也是习惯，我能感觉到她没有完全接受这段感情。我已经有过一次失败的婚姻，也浑蛋过一次，这次我真的怕了，我错不起了。"

"你别太灰心，陪伴是最长情的告白，我姐是慢热型的，孤儿的成长经历又让她缺乏安全感，但这并不代表她不够爱你。再说，她那么理智的人如果有一丁点儿犹豫，都不会答应和你在一起的。"

"可能吧，我不知道……"

"你们认识了这么多年，经历了这么多，就没什么事能让你很确定你们之间的感情？"

陈奇冥思苦想了半天，苦恼地抓着头发说："我想不出来！但我看不到她会心慌，看她难过我比她更心疼，无论发生什么，我都想告诉她……"

此时陈奇的电话突然响起，电话那头的唐诗大喊："陈奇！你跑哪儿去了？"

"我在工作室，忙着拍摄呢！现在没空跟你说啊，晚点儿再打给你。"陈奇支支吾吾，匆匆挂了电话。

"我姐又变相查岗了吧，这叫不在乎吗？好啦，你就别再怀疑自己了。她这叫'爱你在心口难开'，你懂不懂啊！"连心恨铁不成钢地说。

陈奇苦笑了一下，对连心的话将信将疑，这时手机又响了起来。

电话那头布丁的声音像被用过了古代十大酷刑一样，哭天抢地道："老大啊！你到底在哪儿啊，刚才唐诗姐差点儿把这里掀个底朝天啦！"

"啊？她刚刚在工作室？"陈奇心里一紧。

"你撒谎技术也太烂了吧，现在好了，城门失火，殃及池鱼，现在烧到我身上来了！"

陈奇僵住了，挂断了电话，脸色发青地说："坏了……你姐现在开始怀疑我了……"

面对这么突然的狗血事件，连心试图组织语言安慰他，一时也不知道说什么好。

这时原本垂头丧气的陈奇却突然抬起头来，两眼发出异样的光彩，一扫刚才的低落，兴奋地看着连心说："我突然想到了一个好点子！"

"什么？"连心有些莫名其妙。

"既然你姐现在怀疑我，不如我将计就计，利用这个误会验证一下她对我的感情，让她也吃一回醋，这样她才能意识到我在她心中的分量！"陈奇胸有成竹地说。

连心对这个"好点子"感到无语，劝他别铤而走险，上次泡温泉已经用过这招儿了。陈奇倒是对自己挺有信心，完全恢复了平日里扬扬得意的样子。看到楼下一场演出刚好结束，围观的众人一阵叫好，他也对着楼下夸张地鼓起掌来。

看着陈奇一副打了鸡血的样子，连心却感到有些不安。

"唉！也不知道陈奇哥的计划能不能成功。"连心回到家，坐在木马上摇晃，向项语秋说起白天的事。

项语秋在一旁修理着电路，说道："他这是没事找事，你也算半个帮凶，小心唐诗跟你们急。"

"陈奇哥就是无法确定我姐对他的感情到底到哪一步，被逼急了才想出这种下策，不过也不能怪他，这种问题最好在婚前搞清楚。"

"你觉得唐诗知道事实之后，陈奇真能把她哄好了？哼！我看悬！那小子的嘴没个把门儿的，临场发挥又不是一般的烂，哪壶不开提哪壶！"

"哈哈，以我对他们俩的了解，最后陈奇哥肯定要被家法伺候。但应该还是能挂着彩抱得美人归的。"

"我看你是看热闹不嫌事大。"项语秋停下手里的活儿，拍拍手上的灰，院子里的星星灯渐次亮起，照亮了整个院子，温暖而浪漫。

连心仰头，痴痴地看着，不知为何，每次看星星灯亮起来都觉得格外开心。

项语秋目不转睛地看着灯光下连心秀气的脸庞，突然说："陈奇求婚的事，也让我想到了我们的未来。连心，你有想过吗？"

连心沉吟，低下头小声地说："当然有想过，但是……怎么样才能确定两个人愿意在法律面前做出承诺，不管发生什么都不离不弃呢？陈奇哥是因为我姐误以为自己得病，才有了那么深的感触想到去求婚的……"

"你担心什么呢？"

"我不知道……恋爱当然很美好，但是婚姻……"连心纠结地绞着手指。

项语秋尊重她的想法，不再聊这个话题，摸摸连心的头说："这样吧，等忙过这阵子我带你出去走走，就我和你两个人，想想我们已经好久没有一起旅行了，你不是说过想去海岛吗？"

"你现在花招儿越来越多了！"连心也成功被他转移了注意力，调侃道。

"你太累了，需要休息休息，散散心。再说上一次旅行还是在西班牙，我们要多去看看世界，留下一些我们两人的回忆呀！"

"肉麻，我们俩的旅途还算少吗？从小到大我的旅途里都有你。"

"这次不一样。"项语秋扶着木马，"很多事情要趁我老之前陪你完成，毕竟现在是你最好的年龄。"

"你现在看起来和我第一次见你没什么区别。"连心眨着大眼睛看着项语秋，露出烂漫的笑脸。

"连心，如果有一天我走得比你早，你怎么办？"项语秋心情沉重地想着。

陈奇一意孤行要试探唐诗，从工作室走出来先是走进一家花店，没一会儿，拿着一束绣球花走了出来，余光瞥到唐诗躲在不远处的街角，不动声色地笑了笑，又走进隔壁的西餐厅。

西餐厅里灯光昏暗，环境宜人别致，布置浪漫幽雅，处处洋溢着优雅的法国风情。陈奇穿着笔挺的西装，正襟危坐，似乎在等什么人。在另一张桌子旁坐下的唐诗眼看着服务员给陈奇端上两份牛排，她按捺不住，直接冲上前，坐到陈奇对面。

"唐诗！你怎么会在这儿？"陈奇装出诧异和紧张的神情。

"这话应该我问你才对吧？昨天你去哪儿了，为什么骗我说在公司？"唐诗咄咄逼人地发问。

陈奇故作轻松地说："没去哪儿啊，就是陪一个模特朋友去唱歌了。我这不是怕你胡思乱想嘛，所以才撒谎说我在工作室，毕竟她长得漂亮，又暗恋我那么久……"

"哦？所以你今天也是约了她吃饭咯？"唐诗语气有些不悦。

这时，一个身姿摇曳的女人走过来，上前搂住陈奇的脖子，嗲声嗲气地说："陈小奇，有没有想我啊？"完全忽视了对面的唐诗。

唐诗目瞪口呆，脸色已经铁青，嘴上冷冷地说："看来，你们感情还挺好，在一起多久了啊？"

女人看向唐诗："当然好了，昨天刚陪我唱完歌，今天又约我吃饭了。你是谁呀，长得也不怎么样嘛，陈小奇，你又想丢下我，换口味啊？"

眼看着表演有点儿过头，情况不受控制，陈奇开始发慌，催促道："你赶紧走，这儿没你什么事了。"

女人还沉浸在角色中，转向唐诗说："听到没有，这位小姐，他说让你赶紧走。"

"唐诗，你听我……不是，我……"陈奇急得满脸通红。

"没事，你们俩该干吗干吗，我就坐这儿吃，不打扰你们。"唐诗大方微笑，向服务员招手："给我来一份牛排，一分熟。"

服务员诧异地问道："一……一分熟？您确定吗？这款我们厨师推荐最好是四到六分熟哦……"

"就要一分熟。"唐诗咬牙切齿地说。

服务员讪讪走开，唐诗看着陈奇，笑眯眯地说："从早上到现在还没吃过东西呢，饿死我了！"

陈奇被唐诗看得脊背发凉、心里发毛，一时不知说什么好。

牛排上桌，唐诗优雅地切下一块，只见牛肉的内部还是血淋淋的，锋利的刀叉闪着寒光，陈奇惊恐地咽了一下口水。

唐诗故意把叉子伸到陈奇面前："试试看！"

女人也切下自己盘子里的一块牛排，递到陈奇嘴边，撒娇地说："陈小奇，吃这个。"

陈奇看着面前两个女人伸过来的两块牛排，欲哭无泪，半晌，拍桌而起："够了！"

唐诗同样用力扔下餐具："是够了！你们好好享用吧。"

陈奇忙起身去追，慌慌张张地解释道："唐诗，你听我解释啊，那都是骗你的！"

"的确都是骗我的，陈奇，我看错你了，还以为你有多痴情、多执着，原来你死乞白赖要跟我在一起，都是在耍我是吧？如果是因为我一次又一次拒绝你，你想报复，很好，现在你做到了！"唐诗气愤地说。

"不是，我没有骗你，我是说那个模特是布丁找来的！我今天压根儿就没有约人，我不是故意要骗你的，不对，我是故意要骗你的！不对……"陈奇越解释越乱，急得语无伦次。

"不用解释了，亏我还想跟你……"唐诗气急败坏，把一个盒子扔在陈奇身上，大步离开。

陈奇捡起，是一个首饰盒，里面装着跟自己准备求婚的那枚一模一样的戒指。

"这真的都是误会！模特是假的，约会是假的，都是因为我心里不踏实！想再确定一下我在你心里的分量，不信你可以问连心，她刚刚也在那家餐厅！"陈奇上前拽住唐诗解释。

听到连心的名字，唐诗恢复了一点儿平静。

"我就是觉得，我们交往也有一段时间了，我有多喜欢你，连路人都看得出来！但你对我总是不冷不热的，那天我问你想不想一直和我在一起，你回答说'还好'，我就心里没底，就想试探一下我在你心中的分量，才想出的这个馊主意……反正这次是我错了，我真的错了，你别生气了。"

唐诗沉默了一会儿："好玩吗？"语气里有一点儿委屈，有一点儿无奈。

"我真的知道错了……"陈奇苦恼地揪住头发，懊恼不已，自顾自地喃喃着，没有看到唐诗已经扭头回了餐厅。

陈奇苦恼地揪住头发，懊恼不已："让你作！到嘴的鸭子飞了！"

唐诗走了几步，回头发现陈奇还待在原地，喊道："还愣着干吗？戒指都给你了，婚后三年家务你全包！愿意就跟上来！"

刚还在自责的陈奇呆愣住，缓了一会儿神儿，终于反应过来，使劲儿地点头，屁颠儿屁颠儿跟在了唐诗后面。

之前一直躲在餐厅的连心见两人迟迟没有回来，担心陈奇搞不定，正准备出去帮忙，正好看见唐诗又回来了，准备悄悄退回门里，却被一把提溜出来。连心拉着唐诗的袖子，撒娇求饶："姐，你大人不记小人过，陈奇哥也是想着给你个惊喜嘛。"

"你早就知道了也不告诉我，哼，胳膊肘子往外拐，到底谁跟你比较亲？"

"当然是你咯！"连心递上一个大大的盒子，"这是陈奇哥为你准备的，想求婚来着，没想到前面闹了那么一出戏，我问过了，都是布丁捣的鬼，好心办坏事！"

唐诗冷哼一声，勉强接受连心的解释。

"他准备了一堆惊喜呢，还是给他个机会发挥吧！"连心指指盒子。

唐诗缓缓打开盒子，里面是一条做工精美的裙子，一字肩的设计、纯白的裙身、精巧细致的刺绣让唐诗爱不释手，不禁流露出幸福的笑容。

西餐厅露天花园的方向响起了音乐声，唐诗换上陈奇精心准备的裙子，循着音乐拾阶而上。陈奇站在花园正中央，捧着一束娇艳欲滴的红玫瑰，身边鲜花环绕。待唐诗走到了花簇中间，陈奇干咳两声，清了清嗓子，看向唐诗的眼睛，一本正经地说："唐诗，今天我们下了一个套儿……"

项语秋抱着一块巨大的海报板站在一旁，小声提醒道："咳咳！陈奇！跟着稿子走，别随意发挥！"

"哦！今天，你中了我的计，不对，是我中了你的计……"陈奇紧张得语无伦次。

原本因为浪漫的环境，酝酿了一点儿情绪的唐诗终于忍不住笑场。

"兄弟，我劝你还是闭上嘴！"项语秋再次提醒。

陈奇深吸了一口气，努力平复了下激动紧张的心情，才再次紧紧拉住唐诗的手，深情地娓娓道来："唐诗，我追求你这么多年，身边的人都觉得没可能，劝我放弃，我告诉他们，人生总是难以预测才有意思。你就像一颗遥不可及的星，我是追光者，默默跟在你身后，不管你会不会停留。不论怎样，过程和结果都很值得。"

"今天之所以有这么一出，其实完全不是要你开心，我从来就没有想过要耍你。前几天你怀疑自己生病了，表现出来的那种无助感让我很心疼。我突然意识到，自己想要以一个更好的身份在你身边，让你赶都赶不走。我现在就想每天一睁眼，第一个见到的就是你；每天睡觉前，对我说晚安的也是你；但凡我生活里发生点儿什么新鲜事，我第一个想分享的还是你；心情不好的时候，唯一想见的人也只有你。"陈奇正了正领结，单膝跪地，从兜里掏出戒指盒，打开了盒盖，"唐诗小姐，你愿意嫁给我吗？"

唐诗眼睛湿润，严肃地说："今天……不管结果如何，你必须记住……"

大家以为唐诗要拒绝，偷偷替陈奇捏了一把汗。

"是我先向你求婚的！"唐诗一脸傲娇地说。

陈奇忍不住笑了，问道："所以你愿意？"

唐诗温柔地看着陈奇，坚定地吐出三个字："我愿意。"

牵过唐诗的手，陈奇缓缓给她戴上了戒指。唐诗踮起脚，跟陈奇深情拥吻。

项语秋牵着连心偷偷离开，留给两人一个浪漫的二人世界。

2

连心一早去上班后，项语秋哼着小曲儿在老屋打扫卫生，走进连心房间，发现书柜的门开着，里面摆着和远叔、顾漾等人的全家福照片。他微笑地看着，拿出相框吹了吹灰尘，突然注意到全家福后面的几本书反常地突起着。

项语秋犹豫着抽出一本，一个药瓶赫然出现在眼前。他只觉得嗓子一紧，猛地把书一一抽离，只见一排药瓶整齐地码在里面。

他不知道自己是怎么来到的医院，脑子里像炸开了锅，一片混乱。空气中飘荡着刺鼻的消毒水味，狭窄的走廊里是凌乱的脚步声和刻意放轻的谈话声，不时有护士推着急诊病人从面前跑过，空气中还混杂着大人和孩子的哭闹声，医院是个让正常人都能感觉不舒服的地方。

项语秋两眼无神地走出诊室，没走几步，像是被人抽去了全部力气，他扶着墙缓缓坐在走廊边的椅子上，医生的话还在耳边回荡："这是用于缓解记忆力减退的药，一般用在阿尔茨海默症的患者身上。"

项语秋整理好情绪回到家，心情复杂地把药瓶放回原处，做好晚饭等连心回来。

两人一起吃过晚饭，项语秋假装不经意地提起："之前的海岛之行没来得及完成，不如就明天吧。"

连心大喜过望，连日来公司的事忙得她晕头转向，正好借此机会放松一下，于是笑着抱住项语秋在他脸上亲了一口。突然想到自己藏在书柜的药瓶，她赶紧回到房间先收拾起了行李。

看着连心的背影，项语秋心中五味杂陈。

骄阳似火，碧海蓝天，海岛的风吹来海鲜腥甜的气味，客轮在水面上缓缓前行。

连心靠在甲板上，海风吹拂起她的长发，项语秋留恋地抓拍下这一幕。

连心一路拍着海景、白鸥，时不时将镜头对准项语秋。难得的是，平日里不爱拍照的项语秋，今日不但由着连心拍，还主动拉她拍了许多合影。

一对白发苍苍的老夫妻走过来请连心帮他们拍照，老头儿帮着老太太将额边的碎发拢到耳后，表情温柔，老太太挽着老头儿的手看向镜头，笑得一脸幸福。连心也被这种幸福感染，按下快门，时光汹涌也不曾带走爱人眼底的甜蜜，令人动容。

转眼红彤彤的夕阳沉入大海深处，游轮开始返航，项语秋倚在甲板的护栏上远眺，连心则在一边欣赏着刚刚拍的照片。

"怎么突然迷上拍照了？"项语秋试探着问。

"年纪大了呗，记性越来越差，只能借助工具来留住美好回忆啦。"

项语秋一阵心疼，表面上依旧是不露声色，伸手挽住连心的腰，低头轻轻吻了一下她的额头。连心深情地看着项语秋近在咫尺的脸，仿佛要牢牢刻在心里。

靠岸后，项语秋带她去吃饭，正值旅游旺季，又是饭点儿，美食街内生意爆棚。两人挑了一家干净的小店走进，在一张四人桌拼桌坐下，对面是两个穿着校服的小学生。小男生拿着PSP在打游戏，小女生则正在细细数着桌上摊着的一堆零钱，数完后不可置信地看向男孩儿，问道："就这么点儿？"

见他专心打游戏不搭理自己，女孩儿一把抢过小男生的PSP，又问道："我不是让你把过年的压岁钱都带出来吗？"

男孩儿弱弱地说："本来还剩挺多的，买了这个就……"

女孩儿摆出一副小大人的模样，叹气道："那你说怎么办吧？回去的船票还没买，还要不要吃饭了？"

连心和项语秋对视一眼，觉得他俩可爱又好笑。这时服务员帮连心点完菜，瞪向这两个坐了许久的小孩儿。

男孩儿低着头不敢吱声，女孩儿狠狠瞪了一眼男孩儿，转而对服务员灿烂一笑道："阿姨，你都没给菜单我们怎么点菜呢？"

服务员翻了个白眼，把菜单递过去，然后不抱希望地转身走了。

连心和项语秋的餐点上桌，一盘盘肥美鲜嫩的海鲜，瞬间堆满整张桌子，两个小孩儿瞪大了眼盯着眼前的美食，忍不住咽口水。连心忍不住笑了，邀请他们一起吃。

"谢谢阿姨！"男孩儿迫不及待拿起筷子夹菜。

"会不会说话！"女孩儿用筷子打了一下小男生的手，转向连心，甜甜地说："谢谢姐姐！"

"你们不用上课吗？"连心有些好奇。

男孩儿嘴里塞满了食物，狼吞虎咽，含糊不清地说他们是偷偷溜出来的，因为今天是女孩儿的生日。

"那你们爸爸妈妈知道吗？"项语秋不知趣地问。

女孩儿瞥了一眼项语秋说："大叔，这种问题还用问吗？他们知道的话我们还能在这里吗？"然后低头继续剥虾。

项语秋哭笑不得，出于关心，还是提醒道："你们还未成年，独自坐船跑到这么远的海岛上，又没有通知家里人，万一出了什么事怎么办？"

男孩儿听了项语秋的话，似乎找到了靠山，扭头对女孩儿说："你看，我就说得跟我爸说一声嘛，反正我们来都来了，他们还能把我们抓回去啊？"

"你闭嘴！"女孩儿打断男孩儿的话，拿起自己的手机，"我有定位啊，万一有什么事，他们肯定能找到我们。来之前我还看了《荒野求生》的视频，急救的药也全带齐了！"

连心和项语秋又被逗笑。

"不过确实出现一个严重的问题，"女孩儿看了一眼男孩儿，加重语气说道，"由于某人乱花钱，我们剩下的钱都不够买回去的船票。姐姐，你能不能借我们一点儿钱？"

连心和项语秋对视了一眼，连心开口："我可以借，但你们得答应我一件事。"

"什么事？"女孩儿谨慎地看着两人。

"现在必须通知家长，不能让他们担心。你想啊，现在告诉他们顶多就是回去挨批，万一他们找不到人去报了警，那事情就闹大了，估计就不是骂一顿这么简单咯……"连心巧妙地劝着两个小孩儿。

两个小孩儿互相来回在耳边说着悄悄话，商量了一会儿，点了点头。

连心掏出钱包，给了两人多出船票价格的钱，女孩儿郑重地接过，像模像样地掏出一张纸记下她的电话，承诺回家后一定会联系她还钱。

项语秋看两个孩子离开的背影，不禁感慨："那鬼丫头真像你小的时候。"

"是吧？我也觉得！又聪明又漂亮，小小年纪就那么有主见！"连心得意地说。

"我说的是逃课、撒谎！"

连心笑道："说实话，我小时候你是不是特别烦我？"

"你说呢？整天在外面给我惹事，帮你收拾了多少烂摊子。"

"那你还是不烦，要不早就给我扔大街上了。"

"你想多了，我是真烦。"项语秋一脸真诚。

连心捶打着项语秋，撒娇道："哼，你就不承认吧，反正我心里有数。"

比起商业化的酒店，连心更想住民宿，在网上看到评分还不错的一家，便拉着项语秋进去。

只见长头发、浓胡须的老板正在休息区抱着吉他轻弹，几个住客围在旁边倾听。屋内的装饰布局，呈现出优雅的复古感，充满文艺气息，看得出主人的用心。

项语秋也十分喜欢这里的氛围，懊恼着没有提前预订，碰上只有一间单人房的窘境。连心接过老板娘手里的钥匙，若无其事地往楼上走，项语秋只好跟上。

水龙头"哗啦啦"流着水，连心看着镜子里的自己发愣，恍惚着不知道过了多久。直到项语秋在外面敲门，连心才反应过来，慌忙用水拍拍脸，关掉了水龙头，深呼吸调整了下情绪，开门走出来。

项语秋正在打地铺，窗边摆着一张铺好的单人床，连心莫名有些脸红心跳。

"怎么洗了那么久？"

"我……我……"连心一时找不到托词。

项语秋反应过来可能是跟病情有关，主动帮连心解围道："算了，你们女生都是这样的，也不是第一天和你住了。"

连心暗自松了口气，一屁股坐在地铺上，体贴地说："你经常弯着腰做家具，脊椎不好，你睡床，我睡地铺。"

"这事不许争，你赶紧上床睡觉，还要早起看日出呢。"项语秋说着拉起连心，自己走向洗手间洗漱。

连心背对着洗手间，迅速从包里拿出分装好的药丸吞下，缩进被窝。

项语秋从门缝儿里看到这一幕，心疼不已，几乎就要忍不住抱住连心，问她为什么要独自面对，问她为什么不肯依靠自己。他无力地靠着墙，打开水龙头，眼泪止不住流下。

收起情绪，项语秋走到床边，宠溺地注视着装睡的连心。连心从小装睡时，睫毛就会不自觉地跳动，只是她自己不知道。项语秋没有戳穿，替她把被子往上拉了拉，关灯躺在地铺上，默默握住连心垂在半空的手。

黑暗中，连心缓缓睁开眼睛，小心翼翼地朝项语秋的方向翻身，看着他美好的睡颜，满足地闭上眼。

3

天刚微微亮，项语秋就背着连心走在通往山顶的石路上，连心趴在项语秋背上迷迷糊糊地睡着了。

东方的天际露出一丝光亮，连心坐在石头上远望，对着双手呵气。项语秋伸手替她把帽子戴好，想起刚刚把相机忘在房间，有些遗憾拍不到日出了。

"记得带上我就够啦！"连心灿烂地笑着，指着自己的眼睛，"最好的相机在这儿呢！"

项语秋注视着连心，琥珀色的瞳孔中倒映出自己的面容。面对着这么美好的一双眼睛，项语秋却生出深深的悲伤，他害怕这双美丽的眼睛，终有一天会认不出自己。

连心没有察觉出项语秋的异样，笑着将头靠在他的肩膀上。

项语秋忍住内心翻江倒海的难过，亲了亲连心的额头说道："只要你愿意，我去哪儿都带着你……"

人群中一阵骚动，地平线尽头颜色变幻，一轮初阳已经冉冉升起。

看完日出，两人来到露营地，连心坐在搭好的帐篷边上看着手机，开心地对项语秋说："昨天那两个小鬼到家了，小女孩儿用她妈妈的手机祝我们百年好合！"

项语秋把帐篷架好，笑着走到连心身边坐下。

"虽然她跟你小时候一样闹，不过还真是挺可爱的。"项语秋见她心情不错，又试探着问，"连心，如果将来我们结婚了，就生两个小孩儿好不好？一个太孤单了，有个伴儿陪着一起玩，出去被同学欺负也有个帮手，万一他们像那两个小鬼一样离家出走的话，多一个人也还安全点儿，你说呢？"

连心想起医生开给自己的诊断书，忐忑不安，又无法告诉项语秋自己的担忧。

"我不知道……我还没做好准备……我不能……"连心移开视线不去看他，"你把事情想得太简单了。"

项语秋话里有话道："本来就很简单啊，我们深爱着对方，没什么困难是不能一起克服的，是你想得太复杂了。"

连心突然激动地说："那你有没有想过，如果，如果有一天我们分开了，孩子要怎么办？"

"我们不会分开的！"项语秋一把抓住连心的肩膀，神情异常严肃。

"假如有一天我们其中一个人不在了，孩子会有多痛苦？我不希望自己变成这种痛苦的根源！"连心说完迅速躲进帐篷里，蜷住身子向帐篷外吼，"别进来！我想一个人静静！"

项语秋准备拉开帐篷的手顿住，轻声说了一句："其实你可以依靠我。"

连心躲在帐篷里，泪流满面。曾经描摹过的未来是那么的清晰，她和项语秋会养一只乖巧的猫咪、一只漂亮的大狗，每天早晨被老屋的阳光叫醒，看睡眼惺忪的他给宠物们准备早饭，下班后挽着他的胳膊一起遛狗、散步，还会有他们的孩子……可是病魔横亘在半途，她再也无法出现在项语秋的未来了。

项语秋站在帐篷前，听着连心的哭声越来越悲伤，他伸出手，最终无力地放下，痛苦地走到远一点儿的地方忧伤出神。

露营者们纷纷到达，营地里的帐篷比先前多了许多，有人在烧烤，有人在架相机，孩子们围着帐篷打打闹闹。

过了许久，项语秋走回帐篷外，温柔地问："连心，你醒了吗？我煮了吃的，起来吃一点儿吧？"

帐篷内没有回应，项语秋皱眉，上前拉开帐篷，却发现里面不见了连心的身影。

项语秋疯了似的穿梭在各个帐篷之间，呼唤着连心的名字，一边不停地拨打连心的手机，但电话那头传来的冰冷电子女音让他倍感绝望。

连心泪眼蒙眬地环顾四周，发现自己处在一个全然陌生的环境里。她漫无目的地乱逛，到了一个岔路口，只觉得眼前的世界天旋地转，完全想不起来自己在哪里。她慌乱地掏出手机，接连试了几遍密码都解不开锁，不禁手足无措，眼泪大颗大颗地往下掉，引来周围人奇怪的眼神。

夜幕降临，连心失神地走着，抬头看见一家民宿的霓虹招牌一闪一闪，犹豫着走进去。老板娘上前热情地打招呼，连心却小心翼翼地问她这个地方是哪里。老板娘以为她是和朋友走散了，好心收留她住了下来。

连心洗完澡，坐在床边用毛巾擦着头发，不知怎么的，又想起在医生办公室里的情景。

"根据你的扫描结果，海马体和杏仁核都有不同程度的缩小。"医生指着核磁片子上的几个部位，停顿了一下，"这代表你的确患了阿尔茨海默综合征……"

连心难以置信地站起来大喊："医生，这样就确诊了吗？我，我最近工作很忙，压力太大又经常熬夜……要不我们再查一次，现在误诊的事件太多了，我们再做一次检查！再检查一次好不好？"

医生安抚连心坐下，劝道："连小姐，你冷静点儿……我知道这个消息让人很难接受，之前做过一些简单的测试，我发现你有一些认知障碍的表现，所以我才帮你安排了包括脑脊液分析在内的一系列检查，检查结果不会错的……"

连心呆呆地坐在椅子上，稍微平静下来后，请医生接着说。

医生同情地看着连心，叹口气道："早发型的阿尔茨海默症大多是遗传的，根据个人的具体情况，病发可能跟你小时候头部受到外力撞击有很大的关系。另外，身心的劳累都不利于治疗……药物可以延缓一些症状，但是病情随着时间逐渐恶化，这是无法避免的。在身体机能弱化之前，思维会逐渐衰退，判断力也会有所下降……"

连心打断了医生，问道："这些我已经知道了……我还有多长时间？"

"每个患者恶化的速度不一样，这个要根据个体而异，不好说……你目前的情况很需要家属配合护理。回去和家人商量一下，下次一起来复诊吧。"连心看着诊断书，神色非常茫然，似乎整个人都飘走了。

那些不好的回忆袭来，连心缩到客栈房间的床边，收起双脚将自己蜷成一团，无声地哭泣了起来。如果告诉他们，只会让大家为她难过，她希望她爱的每个人都开开心心的，所以选择了隐瞒大家，与自己越来越差的记忆力做抗争，留下更多的回忆。

过了许久，连心哭累了，拿起手机输入密码，试了好几次才终于解锁，她赶紧掏出随身的本子记下。

项语秋一连串的未接来电跳了出来，连心回了个信息："不小心走远了，已在旅馆住下，不用担心，明早见。晚安。"再次关上手机，疲倦地睡去。

项语秋已经在街上找了她一天，收到短信才终于松了口气。

第二天，两人默契地装作什么也没发生的样子，连心还一直担心项语秋如果提起昨天的事，该怎么瞒住他，但见他表现得一切如常，便没再开口。

两人各怀心事地回到上海，连心随口找了个理由偷偷跑到医院。

"医生，我这次出去，好像情况更严重了。"连心紧张地看着低头看报告的医生，掏出手机打开录音功能，脸上苦笑着，"我怕我会忘记你说的话。"

医生努力保持平和的态度，指着复诊报告道："Senile Plaques，也就是我们称之为'脑内老年斑'的部分有所增加，出现认知障碍的频率可能会有所提高，以后尽量不要工作太久。"

连心喃喃道："也就是说，我的记性还会越来越差，连写报告、写计划书都不行了是吗？"

"目前我们唯一能做的就是尽量延缓病情恶化，多进行些认知和社交活动，比如看书、下棋、拼图，还有啊，坚持运动，注意饮食，最重要是保持心情愉悦！这一系列过程中，少不了家人、朋友的陪伴……"

从医院出来，连心万般沮丧地发动汽车，汽车的油门越踩越重，一路狂飙。前方斑马线上有行人正在过马路，连心这才回过神儿来看到红灯，猛地一个急刹车，整个身体往前撞到方向盘上。还好及时刹车，交警开了张罚单后就放她走了。

项语秋系着围裙在厨房里切着菜，心里却还记挂着连心，不知道她一下午去哪儿了，一走神儿切到了手，鲜血慢慢渗出。突然听到外面有钥匙转动的声音，他一个激灵，顾不上手指流血，连忙走出查看。

连心闷闷地对他说了声"我回来了"，便走进了浴室，不一会儿传来"哗哗"的水声。

项语秋将火锅和各种材料端到饭桌上，摆好两副碗筷，调好连心喜欢的酱料，走到连心房门口轻轻敲门："连心，吃饭了。"

"我不饿，你自己吃吧！"

项语秋拍打房门，着急地说："连心，你开门，我有话跟你说！"

连心虚弱的声音传出来："我今天很累，想睡了，有什么话明天再说吧！"

项语秋心疼不已，强打起精神，轻轻说了声"晚安"。

火锅"咕噜咕噜"地冒着泡，食材一样都没动过，项语秋独自坐在桌旁，看着沸腾翻滚的泡泡发呆。回头看了看连心房间，依旧没有任何动静。他夹起一块肉涮了涮，把给连心准备的蘸酱拿到自己面前，落寞地吃起一个人的火锅。

连心用被子把整个人完全蒙住，被子一下一下轻微地颤动，窗外的雨声盖过了连心的啜泣。

4

自从连心休假以来，叶木桃只得独自挑起心上人的担子，每天忙得团团转。即便如此，当宣传部送来代言人的年度宣传企划书的时候，她还是咬咬牙，告诉负责人，有关罗锐的项目她亲来。

叶木桃紧张地站在别墅门口按响门铃，抓紧时间照了照镜子整理发型，过了好一会儿，罗锐才穿着睡衣，顶着一头乱糟糟的头发来开门，看清来人，他又如行尸走肉般转身往回走。叶木桃已经习惯了他对自己不冷不热的模样，跟着他进门，好奇地四处打量着别墅。

"怎么大白天的窗帘都不拉开，你是吸血鬼啊？"叶木桃说着"哗啦"把窗帘拉开，刺眼的阳光瞬间涌入室内，罗锐迅速用毛毯把自己从头到尾都裹了起来。

叶木桃见不得罗锐这副颓废的样子，上前要掀他的毯子，可他往里一个翻身，让她扑了个空。叶木桃转到沙发背后，俯视着罗锐，又要"动手"，罗锐一边躲避着，一边咳嗽了几声。

"你是不是感冒啦？"叶木桃走回沙发前，使劲儿将罗锐拉着坐起来。

"是又怎么样，不是又怎么样，没差。"

"下个月就要开演奏会了！你别不当回事，把感冒拖成大病了！"

罗锐懒洋洋地回答："主题还没想好呢，开不开都不一定。"

"可你不是说这次演奏会对你很重要吗？"叶木桃不禁有些担心。

"所以我才不想将就，想不到满意的主题，就定不出最好的歌单，宁愿不开。"罗锐抽张纸巾擤鼻涕，"不是说要来谈年度宣传的吗？"

"哦哦！"叶木桃赶紧从包里拿出方案书，"这是初拟的，你先看看，和你助理沟通完添加了一些内容。"

罗锐接过方案随意翻了翻，随手扔在一旁道："就这样吧。你们公司的活动，我一定会配合的。还有什么事吗？"

"好像，没有了……"叶木桃愣愣地回答，倒退着挪向门口。

"那我就不送你了……"罗锐打着哈欠，又倒在一旁的沙发上睡着了。

半梦半醒间他隐约听到敲门声，拉过毯子盖在头上，来人仍执意地敲着门，不得已，他只能烦躁地爬起来开门，只见刚离开不久的叶木桃又出现在门口收着雨伞，开关没扣拢，"啪"地弹回去，溅了他一脸雨水。

罗锐擦擦脸上的雨水，黑着脸一把抢过叶木桃的雨伞收起来。

"我知道你肯定懒得出门吃饭，就给你打包过来啦，还有感冒药。"叶木桃扬了扬手上大大小小的塑料袋。

"桃子，你对我这么好，该不会是……"罗锐有些感动。

叶木桃红着脸立刻打断，语速飞快地说："少来！你倒是想得美！我就是看在你好歹也是心上人代言人的分儿上，要不然我才懒得管你呢！就这样，我走了啊！记得吃完饭半小时后再吃药！"说完便落荒而逃。

罗锐看着叶木桃逃窜的背影，莫名地扬起了嘴角，他提着外卖本想回自己房间吃，却瞥见走廊另一头连心上锁的房间。他鬼使神差地走过去，站在门口犹豫了一会儿，轻轻推开房门。

房间的一切布置都保留着连心童年时候的样子：墙上的海报，置物柜上还摆放着他送给连心的钢琴谱和舞鞋。童年的记忆如同洪水般倾泻而出：

爸妈把连心接回家的那晚他开心得睡不着觉，兴奋地打算着以后每天放学等她一起回家，在路上给她买爱吃的冰激凌；

得知妈妈要送她去学舞蹈，自己捂着肚子笑了很久，她那样调皮捣蛋的性格还不如去学武术；

一起逃课买给妈妈的痒痒挠依旧放在床头，连心稚嫩的童音仿佛还在耳边回响："阿姨，那我就不长大，一直给你挠痒痒。"

…………

罗锐抚摩着连心的照片，自言自语道："可你还是长大了……"

连心哭了一晚上，花了很久的时间把自己放心不下的事做了个清单。首先就是她倾注了无数心血的心上人。她来到公司，远远地看着叶木桃在公司大楼前送别客户，一一握手拥抱，举止端庄大方。等车驶远，她又立刻恢复了本性，在原地又蹦又跳了好一会儿才哼着歌上楼。

走进公司，连心看着外面努力工作的员工们，环视自己一手建立起来的公司，满心不舍。

叶木桃正坐在连心的座椅上背对着门口，听见脚步声，摆出一副江湖做派，头也不回地喊："什么事？报！"

连心双手抱臂，只笑着不说话。

椅子一转，叶木桃一手捧着蛋糕，一手正往嘴里塞，看到是连心，突然面红耳赤，一下子被呛到。"主子，我……我真不是故意的，我就是坐着玩玩！"叶木桃一边咳嗽一边绕过桌子，拉住连心的袖子拉扯，"求求你，别赶我出去！"

连心拍拍叶木桃的肩膀，走到桌子对面的客椅坐下，依旧不说话。

"主，主子……您别不说话呀，我怕！"

连心忍不住，"扑哧"一下笑道："你还会怕呢，这不坐得挺稳的嘛，看来这里没了我也是一样的。"

"不稳，不稳，一点儿都不稳！马上就摔下去了，哎呀，哎呀。"叶木桃把身子慢慢往下缩，藏在桌子后面，只露出一双圆圆的眼睛，不敢再动。

"行了，起来吧。以后不许上班时间躲在我办公室吃东西，你得以身作则，不然他们会对你没信心的。"

叶木桃爬出来，满脸无所谓："他们不用对我有信心啊，对你有信心就行啦！"

连心突然一拍桌子，提高了音调严肃地说："桃子！我没有在开玩笑！"

叶木桃被吓了一跳，小声嘟囔："好嘛，以后不吃咯……"

连心意识到自己的失态，稍稍调整好情绪，语重心长地说："我刚刚在楼下看到你送外商，你做得很好。下个月就是我姐的婚礼了，我要给她做伴娘，婚礼还要准备好多东西，我答应会让她成为最美的新娘！所以……公司全靠你盯着，就当是短期练习吧，以后万一我不在公司了，你也可以独挑大梁。"

"婚礼之后不就没事了吗，以后你为什么会不在？你要去哪儿？我不要挑大梁！"叶木桃有些着急。

"谁知道呢，也许哪天心血来潮就环游世界去了。"连心一边故作轻松地说着，一边把桌上摆着的饭菜吃了个精光，擦擦嘴，"挺好吃，你买的？"

"有人专门来心上人送爱心午餐，却没看见自己的心上人，哎……"

连心已经躲了项语秋好多天了，知道叶木桃所指是谁，不再接茬儿，转移话题道："你的熊猫眼怎么越来越重了？"

"我说了，你可别笑啊，你不是让我去跟罗锐那边谈宣传的事嘛，他已经连续推掉好几天的工作，就待在家，我过去才发现他感冒了……"叶木桃羞赧地说着。

连心担心地问："啊！严重吗？"

"看起来倒是不严重，但他对自己的病一点儿也不在乎，所以我昨天就给他送了点儿吃的，还有感冒药……"

"然后呢？"连心一脸坏笑。

"然后……我就失眠了！"叶木桃哀号道。

"只是失眠？哈哈哈。"连心嘘了一口气，整个人轻松地倒在椅子上，"不过你总算开窍咯！我让你负责罗锐的代言，就是在给你们创造机会！我旁敲侧击过多少次，你就是不肯承认，我就差把你这桃子给切了！"

"我这不是怕……"叶木桃还是有些顾虑连心。

连心打断她，正色道："桃子，我爱的是项语秋，罗锐永远都是我的哥哥。小时候是，现在是，将来也不会变，所以你根本不需要顾虑什么，既然喜欢就勇敢去追吧！"

叶木桃心中的石头落地，但想起罗锐的态度，苦恼地说："但是他对我……好像一点儿别的想法都没有……"

"他只是还不知道你的心思，所以一直都拿你当朋友。你不让他明白你的心意，你们永远就都只能做朋友。"

"可我就是怕一旦告白了，连朋友都没得做。连心，你快把秘诀传授给我！怎么才能撩到自己喜欢的汉子？"

"秘诀就是，想象着某一天即将失去他的痛苦，用尽所有力气去告白、去爱。"连心笑得有些心酸。

叶木桃似懂非懂地点点头，然后出去做事了。

连心开始默默整理工作上的文件和资料，在病情更加严重之前，她要提前做好准备，公司重要的资料要提前整理出来给叶木桃，她的时间不多了。

突然，几张纸散落到了地上，连心捡起来查看，却在其中发现了那张调整尺寸的清单，上面写着她醒目的签名，连心一下子跌坐在椅子上，原来自己的病……早就有迹可循。

5

项语秋起床时连心已经留了张字条出门了，趁她不在，项语秋在电脑上查看阿尔茨海默症的相关论文，一段话进入视线："即使只有这几个突变基因其中之一被双亲中的一位传给下一代，下一代也几乎一定会发展出早发性阿尔茨海默症。如果家长之一是家族性阿尔茨海默症，下一代患病的概率高达百分之五十，这就叫作显性遗传。"

看到这里，项语秋懊恼地使劲儿拍打自己的脑袋，他终于明白了，之前在海岛旅行时，自己提出要孩子的打算，连心为什么会那么生气。

想着养老院照顾远叔那么多年，应该会有经验，于是他立刻开车赶了过去。

到了养老院，他找到院长，两人来到草坪上边走边聊，只见几个护士和家属陪着老人们在散步、晒太阳。

"自从远叔去世之后你们也好久没来了，这次过来是？"院长不解道。

"哦，正好路过来看看……我有朋友最近也查出来得了这个病，我也想来问问你们有没有遇到过年轻的病例。"

院长注意到项语秋一副心事重重的样子，想必那一定是他很重视的朋友，不禁感到惋惜，把自己知道的相关知识都告诉了他。

正说着，两人走到活动室前，隔着窗看里面聚集的老人，有的坐着打瞌睡，有的在下棋，有的呆呆地看着远处发愣。

"虽然说，接到养老院住着有专人护理，但还是比不上家人的陪伴……"院长继续说着。

项语秋却越来越难以集中注意力，开始走神儿发呆。海岛的那次走失已经把自己吓得不轻，连心又硬扛着不肯告诉自己，到底该怎么做……

从养老院出来，心里一团乱麻的项语秋去陈奇的工作室找他喝酒。陈奇还在忙，拍照的间隙，顺手把婚庆公司给的各种资料交给项语秋，让他带给连心。

"你干吗不自己给她？"

陈奇调整着相机，夸张地说："我今天一整天的拍摄，忙都忙死了，哪有时间去找她，你们俩反正都会见到的。"

项语秋黑着脸没接话，陈奇一看他的表情有些不对头，试探道："吵架了？"

项语秋犹豫片刻，点点头。陈奇立刻扔下相机，把项语秋拖出了摄影棚，盘问起来。项语秋有意识地回避掉连心的病情，把两人在海岛的经历告诉了陈奇。

"所以你的意思是，你跟连心因为将来要不要小孩儿的事吵起来，然后她就跑了，然后你在外面冻了一晚上？"陈奇总结道。

项语秋又点点头。

陈奇突然拍手大笑道："好一个连心！不愧是我带大的！我说你也太心急了，婚都没结，就想着孩子的事情。"

"算了，说了你也不懂……"项语秋皱皱眉，没有继续解释。

"不过这样也挺好的，你们在一起之后都没吵过架，总感觉缺了点儿什么。"陈奇单手搂住项语秋的肩膀，"恭喜你，解锁恋爱新关卡，开启支线任务：哄生气的女朋友开心。不过感情这种事宁可热过头也不能冷下来，冷久了就该变质了。"

项语秋甩开陈奇的手，问道："但是从海岛回来之后连心就一直躲着我……你觉得我应该怎么做？"

"温馨浪漫型的、霸道总裁型的、嘴硬傲娇型的，要哪种？说吧！"陈奇胸有成竹，数着手指说道。

"嗯，温馨浪漫型吧。"

"这个最简单，你去花店定几百朵玫瑰，让人送到她公司，最好再有个横幅或者什么牌子之类的，上面写着'连心，我爱你'这类的！"

"你真俗气，我开始同情唐诗了……"项语秋无语地看着陈奇。

"女生不就喜欢这一套嘛。"

"其他人我不知道，你说的那些连心跟唐诗肯定都不喜欢。"

"那你想怎么办？唐诗说今晚连心要去她家吃饭，要不你也一起来？我们俩帮着调解调解就好了。"

陈奇话没说完，项语秋便头也不回地去找唐诗了。没想到唐诗的反应和陈奇如出一辙，项语秋头疼地扶额，心想都是被陈奇带坏了！不过唐诗还是保持了一贯靠谱儿的行事风格，她觉得两个人的问题还是该这两人自己解决，于是谎称有客户在，脱不开身，让连心去超市买菜，转头又通知了项语秋连心的去向。

连心接到唐诗的电话，没有多想就去超市买东西了，她低头核对着手机上的购物清单，一边默念着"排骨、牛肉，排骨、牛肉……"一边往前走，已经放了一些食材的购物车被遗忘在原地。走到肉类区，她迎面碰见项语秋推着被落下的购物车朝自己走来。

四目相对，连心一紧张，手上的东西掉了一地，项语秋蹲下，默默地捡起来放好。

连心看着项语秋弯腰的身影，心中有百转千回的念头，却一个字也说不出口。

两人沉默着买好东西，项语秋帮连心把一大袋东西放进后备厢，连心钻进驾驶室，对项语秋说："我晚上去我姐家吃饭，不用等我了。"

项语秋偷偷把车钥匙往口袋深处藏了藏，说道："正好，我也有事要去找她，不过我没开车，只能蹭你的。"

连心在最近去过的地址列表中选中唐诗家，开启导航，偷看项语秋，想着编一个什么样的理由解释。还好项语秋对她为什么需要导航的事毫无反应，她暗暗松了口气。

到了公寓楼下，连心抢先下车跑上楼，不一会儿又垂头丧气地原路返回，刚刚她敲了半天门没反应，打电话给唐诗才知道她今晚加班回不来。

连心出来见项语秋压根儿没跟过来，一直倚在车边，嘴角还带着掩饰不住的笑意，恍然大悟道："你是不是知道我姐今晚不回来啊？你去超市但是什么都没买！你们提前串通好的！"

项语秋被戳穿，只好承认："手法是拙劣了点儿，但动机绝对单纯！你回来之后一直不理我，我不过是想……哎！连心！"

没等项语秋说完，连心就上车绝尘而去，把他甩在原地。

连心一路气呼呼地开回老屋，刚打开门往院子里走，项语秋下了出租车追了过来。

项语秋将连心扯回来一把抱在怀里，突然说："我想清楚了，不生小孩儿，就我和你两个人就好！我嫌和你二人世界的时间都不够呢，这事就这么定了！那天是我不好，你跑了之后我到处找你，但是一直没找到，还好你没事。"

连心愣愣地看着项语秋突如其来的转变，停止了挣扎，许久没出声。项语秋小心翼翼地放开连心，发现她眼眶红红的，顿时有些慌了，急忙解释："怎么哭了？我是真心跟你道歉的，以后有什么事我们好好沟通，一定不会再出现这种误会了。"

"项语秋！你为什么对我这么好！那天明明是我乱发脾气，你根本不用道歉……可你……"

项语秋打断她："别说了，你只要以后别这么跟我玩失踪就好了。我年纪大，老这么吓我可不行。"

"对不起……我爱你。"连心伸手抱住了项语秋。

项语秋深情回应道："对不起，我也爱你。"

买回来那么多食材放着浪费，连心坚持要亲自下厨，项语秋只得答应。坐在客厅等了一会儿，他还是不放心，便走进厨房看连心做饭。发现她忘了按下煮饭的按键，项语秋不动声色地按下。

"你怎么进来了！出去，不许看，乖乖等着吃吧！"连心没察觉到项语秋的小动作，把他推了出去。

项语秋也不再坚持，靠在门边注视着连心忙碌的背影。

一桌简单的家常菜很快做好了。项语秋吃得津津有味，夸奖道："我看我可以退休了，你就直接上岗吧。"

想到项语秋对未来的美好憧憬根本实现不了，连心心中涌上一阵悲伤，试探着问："语秋，你有没有想过……万一我们将来分开了会怎么样？"

"怎么又问这种问题，我不会允许它发生的。"

"但是人生无常，世事难料，爱情更是这世界上最变幻莫测的。"连心眼神有些忧虑。

项语秋放下筷子看着连心，严肃地说："这个世界上有很多事情我不确定，也不想去确定，因为我只是个普通人，掌控不了那么多。我唯一能确定的是，我要和你在一起。"

项语秋停了停，又问道："我唯一想确定的是，你是不是也要和我在一起？"

"我当然要！但是……"连心满是感动。

项语秋立刻打断："那就行了，没有但是，吃饭！"

连心不再多说，低头默默吃饭。他越是这样，自己便越是不舍，如果让他知道自己有一天会忘记他……连心摇摇头，不再去想，而是更加坚定了隐瞒病情的决心。

"连小姐，很遗憾，目前的医疗技术还不能有效地治疗阿尔茨海默症，药物只能缓解健忘症状。你之前说过的国外研究，我已经联系过了，他们的临床试验失败，治疗效果在患者身上并不明显……"黑暗中，连心躺在床上回忆医生的话，辗转反侧，难以入眠。她打开灯，披上外套走出房间，想给自己倒杯水喝。

端着水杯从厨房出来，连心发现项语秋工作间的灯还亮着，连心走过去静静站在工作室的落地窗外，痴痴地看着眼前这个全神贯注的男人。

此时的项语秋正在埋首打造一个八音盒的雏形，对一处细节不太满意，他焦虑地削磨着，对身后连心的到来浑然不觉。

过了好久，连心调整好情绪，敲了敲工作间的窗户。项语秋听到声音转头，见连心微笑着对自己挥着手。

夏夜的凉风吹来淡淡的玉簪花香，繁星闪烁，隐约可见银河。项语秋点亮院子里的星星灯，和连心依偎在椅子上，连心歪着头靠在他肩膀上，语气轻松地说："我把网站交给桃子，自己不干了，好不好？我想花更多的时间好好陪陪你。"

项语秋捋着连心的头发，没有接话，伸手把她搂得更紧一些。

"现在想想，我们和爸爸相处的时间真的太短了。"

"远叔并没有离开我们，他一定在某个地方看着我们。"

连心眼里闪着泪花，哑着嗓子说："以后，我也会变成星星，每天对你眨眼睛。"

"说什么傻话呢？我们会一起慢慢变老，然后一起变成星星。这次在岛上没有一起看星星，下次再带你去。"项语秋低头亲了亲连心的额头。

"只要跟你待在一起，什么遗憾都不算遗憾了。而且，谁说没有一起看，现在不正在看吗？"连心指着星星灯，然后伸手抚摩着项语秋的眼睛，"记住我现在的样子，好吗？"

"放心啦，等到你脸上长满皱纹，我还是会一直爱你。"项语秋捧着连心的脸，认真地说。

悲伤袭来，连心努力挥散消极的情绪，转而开起了玩笑："等我长满皱纹的时候……你已经老得走不动了。到时候天天都得求着我给你喂饭。"

"那为我的将来着想，我得从现在起就锻炼你的厨艺。"

"好呀，你个老项，嫌弃我。"

两人笑着闹作一团，却都各怀心事。明知那些未来是不可能的，却还要怀着卑微的愿望……

6

周末，连心拉着叶木桃一起来到了文身馆，互相保密想要文的内容，各自找了不同的设计师。

电动文身机在连心白皙的皮肤上刻出一道道线条。只见她裸露的右后肩处渐渐出现几个花体字母"Xiang"。刺青处慢慢渗血变红，连心忍着针扎般的刺痛，心中却生出一种安心的满足感。

文身结束后，叶木桃大大咧咧地掀起衣服，将自己文在腰窝处的一颗粉嘟嘟的桃子展示给连心看，开玩笑地说以后随时都有桃子了，说着作势要掀连心的衣服看看她的。

连心笑着躲开，拉低上衣露出右肩上的文身。

叶木桃有些不解地问："不是吧？现在都什么年代啦，哪里还有人把自己男朋友的姓文在身上的啊？你就不怕你们有一天分手了，还得去把文身洗掉？"

连心把衣服理好，也不生气，依旧笑嘻嘻的，话里有话地说："不会有那一天的。"

因为，这是她永远也不会被抹去的记忆。

连心把清单里的文身这一项画掉，视线随之移到了下一条。这是件特地做了重要标记的事：她要在病情还没有彻底恶化前，看着姐姐穿上婚纱，幸福地出嫁。

于是连心每天除了给叶木桃整理公司资料，就是跟着唐诗忙前跑后地筹备婚礼。试婚纱那天，陈奇被客户拖住，姗姗来迟，他一把拉住连心，喘着粗气，满脸的焦急，生怕错过这一重要时刻。

连心指指试衣间，只见唐诗穿着婚纱从试衣间里缓缓走出，款款站在巨大的落地镜前，早已恭候多时的店员迎上来，周到地整理犹如孔雀尾羽般的裙摆，灯光照射下，星星点点的水钻仿佛闪光的星星一般，把唐诗衬托得宛如一只洁白的天鹅。

看着镜子中的自己，唐诗眨了眨灿若星子的眼睛，姣好的面容泛起一丝羞红，多了几分待嫁女孩儿的幸福和期待。陈奇完全被眼前的唐诗惊艳了，多年的梦想成真，他竟激动得一句话也说不出来，只是眼里闪着激动的泪光。

唐诗回头笑着和陈奇对视，眼底尽是幸福。兜兜转转，还是遇见了。曾经看不清，还好他愿意在原地等待，还好，他们终究没错过。

一旁的项语秋走到连心身边问道：“你的伴娘服呢？不用一起试吗？”

“那个不是很着急，改天我自己过来就行了，今天先把主角们的都选定了。”

“怎么不着急！”陈奇看向项语秋，“还有你这个伴郎的西装，也还没确定呢！”

“陈奇哥你别慌嘛，我都会安排好的。”连心安慰陈奇。

“我怎么能不慌呢，这眼看没剩多少时间了，婚纱照也还没拍，我可不想到时乱成一团，必须让你姐对婚礼感到百分之百满意！不然我这婚后的日子可就难过咯……”陈奇又开始说个不停。

自从开始筹备婚礼，陈奇啰唆的毛病越来越重了，连心和项语秋无奈地相视一笑。

试好了婚纱，四人开车准备去迪斯尼公园玩，连心和唐诗坐在后排说着姐妹间的悄悄话，不时抬头看一眼前面的两人，又低头偷笑。连心闭着眼依偎在唐诗身上，虽然嘴角微笑着，但却略显疲惫。

项语秋在后视镜上看到，转身担心地询问：“连心，真的要现在去迪斯尼吗？我看你今天也挺累的，要不改天再去？”

连心突然睁开眼，将身子坐直，斩钉截铁地说：“不行！必须今天去！时间不等人，说是改天，说着说着就不知道拖到什么时候了。”

开着车的陈奇没有听出话中的深意，附和道：“对，想到什么要立马去做！”说着往浦东新区驶去。

唯有项语秋因为连心的话皱紧了眉头。

连心和唐诗站在宏伟梦幻的迪斯尼城堡面前赞叹着，眼里闪着光，如同小姑娘一般兴奋地走在米奇大街上。连心戴着米妮发箍，唐诗戴着小恶魔发箍噘嘴自拍，看到米妮、唐老鸭、黛丝、高飞以及布鲁托等一众穿着玩偶服的卡通形象，又像孩子般尖叫着跑过去合影，项语秋和陈奇跟在后面不停地给两人拍照。

其间，一个小丑拿着一大束五颜六色的气球走过，项语秋上前买下一个米妮形状的气球，趁连心不注意偷偷绑在她的背包上。连心毫无察觉，开心地大步往前追着巡游的花车，气球在身后左右飘荡，惹得唐诗和陈奇哈哈大笑。

夜幕降临，整座城堡的灯都亮了起来，整个乐园流光溢彩，一切梦幻得恍若真实的童话世界。项语秋拥着连心，陈奇拥着唐诗，在城堡前观赏烟火表演。伴着音乐，无数朵绚烂的烟花在空中肆意绽放，连心看着项语秋被烟火照亮的侧脸，踮起脚尖，主动凑上去亲了一口。

　　"记住今天。"连心低声地说。

　　项语秋心底一片悲凉，表面上却幸福地笑着说："我会记住有你在身边的每一分、每一秒。"

　　四人一直玩到累得快要虚脱才各自回家。

　　连心回到老屋还意犹未尽地摆弄着米妮气球，项语秋则悄悄走进了工作间。

　　片刻，他拿出一个精致的手工木制八音盒递到连心眼前。

　　"专门为你做的，以后睡不着的时候可以听。"项语秋深情地说，眼底是浓得化不开的温柔。

　　连心眼前一亮，她根本不知道项语秋什么时候背着自己做了这个，惊喜地接过八音盒细细端详，看到八音盒底部刻着"Tomy Lynn"字样时，不禁会心一笑。她轻轻转动发条，熟悉的《你的名字我的姓氏》旋律随着齿轮的转动响起，伴着如水的月光流淌在整个院子。

　　夜深人静，趁着项语秋入睡，连心独自坐在桌旁，翻看着拍立得照片，看到自己和唐诗一起做鬼脸的样子不禁傻笑，然后拿出本子和笔，在每张照片的下方写上日期、地方和人名，将照片粘在贴着各种备忘贴和单子的笔记本上。

　　做好这一切，连心又想了想，拿出手机撑在桌上的支架上，调整好镜头的角度，打开录像模式，她坐在床边，努力挤出一个微笑，小声地说："我的时间不多了，从今天开始我要记录下每天的事情……我知道情况会一天比一天糟糕，甚至会彻底忘记生命中很重要的人和事，如果真的到了那一天，连心，请相信你现在所说的一切……你的姐姐叫唐诗，她的老公叫陈奇，陈奇也是你最好的朋友。罗锐，如果你忘了他的样子可以上网搜一下，他是你的哥哥……叶木桃是从西班牙就陪着你一路打拼的好妹妹，你一直喊她桃子，还有一个最重要最重要的人，他叫项语秋，他是你深爱着的人，你可以忘记任何事情，但千万不要忘记他的名字。记住，他叫项语秋……晚安！"

　　清晨，连心坐在书桌前对着镜子发呆，从镜子里看见项语秋来到自己身后，她略显懊恼地说："想把头发扎起来，可是找不到皮筋了。"

　　项语秋瞥到皮筋就放在镜子旁，故意往前探出身子，挡住连心的视线，假装在书桌上方的柜子寻找，偷偷拿起皮筋。

　　"这不就是吗？叫你平时老乱放东西，关键时刻又找不着。"项语秋假装数落着，顺手帮她扎好了头发。

连心从镜子里看着项语秋，甜甜地笑着："罗锐，你扎得比我好多了。"

项语秋扎着头发的手一抖，苦涩地笑了笑，说："扎好了，你先换衣服。"说着走进了厨房。

明明是夏季，连心却穿了一身秋装走出房间，额头上渗着细细的汗珠。项语秋见状欲言又止，灵机一动，说道："我突然很想看你穿裙子。"

"裙子？"连心有些疑惑。

项语秋走到连心衣柜前，拿出一条浅蓝色的连衣裙，问道："这件怎么样？还是这件？不如这样吧，以后你每天穿什么都由我负责帮你搭配，怎么样？"

见连心还是疑惑地看着自己，项语秋解释道："就当是训练嘛，这样以后出门你问我穿什么好，我也不会说不出来了。"

连心被项语秋说服，点点头。

唐诗还要上班，连心只能抽空和她商量婚礼的事。好不容易寻到个空闲，唐诗拉着连心在匠心会议室商议宾客名单，项语秋不声不响走到唐诗身后，伸手拿起一张请柬："好啊，唐诗，上班时间做私事！"

"那又怎样？你直接撇下整个工作室不管了呢，还好意思说我！"

项语秋被反将一军，自觉没趣地走到连心身后，却见她幸灾乐祸地看着自己，嗔怪道："还笑，你怎么也没告诉我要过来？"

"我得病了。"连心严肃地说，见项语秋和唐诗都一脸惊讶的神情，坏笑着故意慢吞吞地解释，"我得了一种……不想上班只想玩耍的病！"

唐诗嘲笑地看着项语秋说："项语秋啊项语秋，有这么个女朋友，你也不容易啊。"

"我乐意。"见连心是在开玩笑，项语秋紊乱的心绪渐渐恢复了平静，"连心，待会儿你去哪儿？"

"去趟孤儿院，找院长有点儿事。"

"我送你去。"

"不用了，你接着忙吧。"

"不行，我怕你……"项语秋差点儿说漏嘴，怕连心敏感，也不好再争辩，只得说，"好吧，有事随时给我打电话。"

唐诗叮嘱道："你顺便帮我把院长的请柬给他吧！我最近记性越来越差了，老是丢三落四的。"

连心想起自己的情况，有些担心地问："姐，你上次去检查确定没问题吧？"

"确定没事！我也害怕啊，一直追着医生问，那医生最后都被我问得不耐烦了。"

"那就好。"连心浅笑。

唐诗抓住连心的手,安慰道:"放心吧,爸爸妈妈会在天堂保佑我们的。"

连心心潮起伏,艰难地点点头。

连心拿了给院长的喜帖就跑出了匠心,到孤儿院的时候,发现草坪上搭起了临时的塑料棚,小孩子排队,原来是医院的志愿者来免费给他们做眼科检查。

连心跟院长在走廊漫步,草坪上不断传来小孩子们追闹的笑声。

"院长,如果以后我不能经常过来,你有什么事尽管给项语秋打电话,打给陈奇哥也行。"

"你要出远门吗?"

"还不知道呢。"连心苦涩地笑了笑。

几个孩子来到旁边,互相扭捏推搡着,最后一个叫"莎莎"的小女孩儿站了出来,有点儿害羞,小声地说:"我们想请连心姐姐教我们画画。"

连心蹲下摸着她的头,温柔地说:"没问题,你想画什么姐姐都教你。"

"公主!"

"变形金刚!"

"蜘蛛侠!"

孩子们欢呼着拉着连心去画室。

画板上已经画出了一座简单的城堡,连心正准备继续下笔,却发现手有些不受控制,想的是一回事,画出来却画偏了。孩子们并没有发现连心的不对劲,依然满脸期待地把她围在中间。

"莎莎,连心姐姐突然有点儿不舒服,我把画带回去,下次画好了给你拿回来,好吗?"

小女孩儿点点头,拉住连心的手摇晃,声音软软糯糯地说:"那你不要让我们等太久哦。"

连心摸摸她的头,起身将画小心翼翼地取下放进包里,又从包里拿出几块巧克力分给孩子们,没有发现唐诗的请柬被随着抽出来,掉在了地上。

连心向院长道别后离开了孤儿院,一转身她的眼泪就落了下来,捂住嘴忍着没有哭出声,走出门口,连心无力地靠着墙,任泪水肆流。

项语秋站在不远处看着,他怕连心再出现在海岛上的情况,不放心就偷偷跟了过来。

看着连心倚在墙边哭泣,项语秋心疼至极却无能为力。他想过去抱着连心,对她说出一直埋在心底的话:"我明白你所有的坚强和倔强,可是在我面前,你可以袒露你的脆弱。"

可最终他还是没能说出口，只是看着连心的车渐行渐远。

连心驱车来到墓地，捧着鲜花放在罗婷墓前，哽咽着说："罗婷姐，这可能是我最后一次来看你了……我不能让任何人知道我的病，所以只能来这里跟你倾诉……谢谢你，让我可以看见这个世界……"连心泪流满面，"罗婷姐，我又要看不见了，看不见昨天，看不见我在乎的人，甚至看不见我自己……罗婷姐，我好怕，你是我绝对不能忘记的人，但如果……那一天真的到了，罗婷姐，请你一定要原谅我……"

从墓园出来，连心打开到老屋的导航，正值晚高峰的十字路口车流不息，绿灯亮起，行人纷纷过马路，她却失神地停在原地，直到后面的车不耐烦地按起喇叭，连心才猛然惊醒。

7

清晨，连心打开门，只见项语秋已经换上了外出的衣服，正低着头写纸条。见连心出来，他慌忙把纸条藏到上衣口袋里。

连心疑惑地看着项语秋："写什么呢？"

"没什么，我要出去，以为你还在赖床，想告诉你早餐帮你放在厨房保温了。"

连心忍不住心里偷笑。项语秋走进连心房间，打开衣柜开始挑衣服，很自然地问道："今天要去公司吗？职业装？"

"不用，要陪我姐去婚庆公司选蛋糕。"连心歪着头倚在门边，"伴娘最近比较忙，伴郎要照顾好自己哦。"

项语秋拿出几件衣服比较了一下，挑中一条简洁的衬衫裙放到连心床上，朝她说："一会儿我送你去。"

连心有些心虚地问："你最近是怎么了？衣服也要穿你挑好的，去哪儿都要跟着，我都快没有个人空间了！"

"我也不知道为什么，最近就是想黏着你，你不喜欢的话就算咯……"项语秋故作委屈，转身走到客厅，突然被连心叫住，不免有些期待，"你同意让我跟着你了？"

连心小跑到项语秋跟前，踮起脚尖在项语秋额头上吻了一下，说道："没有，只是差点儿忘了'打卡'了。"

见项语秋凝视着自己，一脸担忧的样子，连心坏笑道："说得那么好听，要是我真出了什么事打电话不接，某人就完蛋了……"

项语秋笑着点了点头，只好抑住心中的不安，先去上班。

连心哼着歌从电饭锅里拿出热乎乎的早餐，厨房的炉子上烧着水，蓝色的火焰愉快地跳跃着，连心端着粥和煎蛋腾不出手，看了一眼锅，心想待会儿再来关火吧。

吃过早饭，连心转而又跑去洗衣机旁边准备晒衣服，但总感觉似乎还有什么事应该做却又想不起来，困惑地在走廊上徘徊。

突然炉子上的锅发出"吱吱"的尖叫，连心迅速跑进厨房里，急忙把天然气熄灭，掀开盖子，锅里的水早已经烧干了，锅底彻底变成了黑色。

连心无力地叹了口气靠在墙上，使劲儿拍了拍自己的脑袋，转头一看，自己又把已经洗干净的衣服扔进了洗衣机里。

连心晾好了衣服，又偷偷把锅扔到老屋外面。刚忙完这一切就接到唐诗的求救电话，她匆匆忙忙吞下一把苦涩的药丸，急忙赶去匠心工作室。

婚庆公司特意上门服务，将蛋糕样品送到了匠心的露天花园。此刻唐诗正对着满满一桌蛋糕发愁，看到连心来了，急忙上前将她一把抱住，激动地说："太好了，你终于来了！我已经完全选择困难了！"

连心见她一脸抓狂的样子，有些好笑地问："进展到哪一步了？"听唐诗说已经把现场布置的花定好了，她又随口问了一句是不是选的百合。唐诗却奇怪地看向连心。

"什么啊？你不是说百合不吉利吗？"

"哦……对！我提的意见太多，自己都晕了。"连心忙找理由解释。

"不管了！反正好不容易定了香槟玫瑰，坚决不改了！"唐诗挥了挥手中的甜品勺，指着桌上被单独放在一个区域内的几盘蛋糕，"接下来就是选婚礼蛋糕！我现在已经把范围缩小到这几个了，你每样都尝一尝，不要多想，就凭第一感觉告诉我你最喜欢哪一个。"

连心笑道："这个工作应该交给桃子，她最爱吃蛋糕了。"

说完，她拿起勺子，将唐诗所指的每一款蛋糕都尝了一口，却记不住哪块蛋糕是哪种口感。几块蛋糕在她眼前晃出重影，仿佛数量无限扩大，变成了成千上万块的蛋糕。连心皱眉看着桌上的一切，根本分不清哪些是自己吃过的，哪些是还没尝过的，神色茫然地愣住了。

"连心，连心？"唐诗见连心半天没反应，伸出手在她眼前晃了晃，见她回过神儿了，赶紧又问，"觉得哪个比较好？"

连心犹豫了一下，无奈地随便点了最靠近她的那款蛋糕。

唐诗伸出勺子又尝了一口，有些疑惑道："这个？还以为你会选红丝绒呢，前两天还总惦记着要吃。"

连心慌忙掩饰道："吃什么不重要，重要的是你开心！"

这话听起来没错，唐诗也就没多想，但最后还是选了红丝绒蛋糕。对于她来说，这又算是完成了一件大事。送走了婚庆公司的人，姐妹俩在露天花园逛着闲聊起来。

"烦死了，没想到结个婚这么多事！"唐诗一脸急躁。

连心宽慰道："现在虽然嫌烦，等到婚礼那天你就会觉得一切都是值得的。"

"真到那天再说吧……"

连心一听，拉住唐诗盯着她看，一本正经地问："姐，你不会告诉我你要悔婚吧？"

"如果是呢？"唐诗故意想要逗连心。

短短一瞬间，连心脑中闪过无数想法，不禁激动地抓住了唐诗的手。

"陈奇哥一定会崩溃的！他那么喜欢你！不行……但是，但是……"说着，连心稍微平复了一下情绪，像是做了个重大的决定，语气变得郑重，"姐，虽然我很想亲眼见证那一天，但是如果你真的决定不结婚，我会支持你的，只要你幸福。"

唐诗没想到连心会当真，既感动又好笑，伸手摸了摸连心的头，安慰她道："我说笑的啦，婚是我求的，现在要临时悔婚是不是也太浑蛋了点儿？"

"以后不许再这么吓我了！"连心听完松了口气。

"我们连心平时很坚强的呀，今天怎么这么脆弱。"唐诗挽着连心的手臂，见她一脸严肃地看着自己，"好吧，算我错了，你结婚我免费送你一套某著名设计师的手工家具怎么样？"

连心被逗笑，假装嫌弃地说："才不要，仓库里一堆！"说完大步往外走去。

连心走后，唐诗一脸疲惫地坐在椅子上，还没从刚才挑蛋糕的折磨中抽离出来，连项语秋什么时候进来的都没发觉。

项语秋给自己倒了杯咖啡，过了许久都没喝一口。他还是忍不住问唐诗，有没有觉得连心最近有点儿奇怪。

唐诗努力回忆着妹妹最近的言行举止，回答道："我没觉得啊，就是对我越来越好了！哈哈哈哈。"

见她这样说，项语秋不知该如何接话，看来要结婚的女人一向智商不够用。不过女人的直觉还是让唐诗感到项语秋不大对劲，追问他到底在担心什么。

项语秋赶紧搪塞道："没事，我就是怕她有事都藏在心里，对谁也不说。"

"她从小就习惯了，越是大事越要自己扛着。有可能是工作压力太大，心上人不是马上又要谈融资了吗？你这个做男朋友的，可别太粗心大意了！"唐诗提醒他。

项语秋暗自嘀咕："我像是粗心大意的人吗？就怕是太细心了……"

"唐诗和陈奇的婚礼在即，还不能让他们知道连心的病。"项语秋思索着回到老屋，开始给连心准备晚饭。

炖好最后一道鱼汤，项语秋打连心的电话问她什么时候回来，却一直无人接听。随着时钟的指针一点点转动，项语秋抑制不住地担心。

不知过了多久，钥匙转动的声音惊醒了躺在沙发上项语秋，见连心推门进来，他揉了揉眼睛，问道："回来啦？"

连心意识到他是在等自己，有些心疼，坐到他旁边，调皮地让他猜猜自己今天遇见了谁。

项语秋微笑不语地看着连心，她反倒有些着急了，问道："你怎么不猜啊？"

"反正你也会告诉我的。"项语秋气定神闲地看着她。

连心自觉无趣，坦白地告诉他遇见的是 Alex，就是那个西班牙寄宿家庭房东的儿子。他这次是来中国交流，正好和她在路上碰见。

项语秋听了有些酸溜溜地说："当然记得，你的男闺密。"

连心一笑，絮絮叨叨地讲今天带 Alex 去吃了好多特色小吃，还带他听了一直心心念念的相声……

"嗯，应该的，毕竟他在西班牙的时候对你那么好……"项语秋依旧是酸溜溜的语气。

"有完没完了！"连心嗔怒地推了他一把。

项语秋也不躲闪，看着连心跟自己斗嘴的俏皮模样，想到以后这样的机会可能会越来越少，心里不禁一阵难过，突然一把抱住连心，动情地说："我这是高兴，越多人对我们连心好我就越高兴。"

连心被紧紧抱着，靠在项语秋肩膀上撇嘴道："还真是像上了年纪的人说的话，我去洗澡啦。"

吃过晚饭，项语秋独自坐在工作间的桌前写着什么，眼前总是浮现出连心的一颦一笑。

她第一次陪自己过生日，大方地拿出积攒的零花钱请自己吃长寿面，还认真地说："虽然你这个人有时候很讨厌，但对我还算不错，陈奇哥说要礼尚往来。你看你过生日都没人陪，只好我来陪你了！"那是他第一次被这个小丫头感动得掉眼泪。

她为了给生病的自己买营养品，偷偷卖掉了父母留给她的那枚玉佩。自己不知情还责怪了她，被她瞪了一眼吼道："我卖我自己的东西，你管不着！"后来自己虽然立刻去赎回了玉佩，但回家看到她委屈的样子，心里还是懊恼不已。

圣诞夜，她穿着小礼服亭亭玉立地站在自己面前，看到装扮成圣诞老人的自己，眼睛亮晶晶的，惊喜地扑了过来，那时的她可爱又迷人。

在汽车电影院，她拉着自己兴奋地在雪中转圈，开心地说："因为会不小心就一起白了头啊！"

在星星灯下，她伸出手让自己给她戴上了戒指，一脸幸福地说："我愿意。"

…………

回忆是那么的鲜活生动，仿佛连心就在自己的耳边说话，项语秋停下了笔，捂住脸无声地流泪，伏在桌上的背影显得那样无助。

连心以为项语秋睡着了，悄声在房间开始记录视频日志。

"语秋，我知道我能清醒的时间不多了，我能感觉到……可我舍不得，舍不得你，还有我们刚开始的生活。如果有一天我离开了，答应我，你一定要好好的。"连心伸手想要按下结束键，手到半空中又停住，对镜头一字一句地说，"还有，最最重要的是，记住，他叫项语秋。"

连心关掉手机，拿起项语秋送给自己的八音盒，转动了几圈发条，然后把它放在床头柜上，熄灯躺在了床上。伴随着"叮咚"的旋律，她闭上眼，那些美好的往事一幕幕涌入脑海。

想起小时候在艺术中心惹祸，项语秋站在她身前，坚定地对老师说他就是自己的家长。

想起离家出走时，是项语秋第一个找到了她，还让她明白自己并不是一个麻烦。

想起两个人总是用老屋院子那口大水缸比赛憋气。

想起在巴塞罗那，项语秋扮成圣诞老人逗她开心。

想起那个夜晚，项语秋眼里似有星光闪烁，深情地对她说："连心，你愿意嫁给我吗？"

…………

黑暗中连心时而露出傻傻的甜蜜微笑，时而又忍不住悲伤地流下眼泪。她想在爱的记忆消失前，尽可能地记住更多。

月光如流水般倾泻，照在项家老屋，也照着深夜中的两个不眠人。

/ 第十七章

1

清晨，闹钟准时地响起，连心打着哈欠从被窝里伸出一只手摁掉，转身又迷迷糊糊睡着了。急促的电话铃声响了好几次，她都没有听到。

临近中午，连心才慵懒地从床上爬起来，一时想不起今天是几号，茫然地走到桌前查看日历，只见上面用不同颜色的马克笔标记出待办事项。她一一扫过，直到看见有个格子用鲜艳的红笔写着"婚纱照拍摄"，才突然反应过来。

连心急忙拿起手机查看，二十几通未接来电格外显眼，她迅速地跑进卫生间，一边手忙脚乱地挤牙膏，一边把手机夹在脖子里回拨过去："姐！对不起，我不小心睡过头了，我现在马上过去！很快！"

"不用着急，他们还在准备拍摄道具呢，你待会儿先去一趟我家，帮我把鞋柜里那双五厘米的 Manolo Blahnik 拿过来，要银灰色的，其他的东西也别忘了啊！"

"补水喷雾、口红、防蚊水、巧克力、披肩、防晒霜……齐了！"连心洗漱穿戴好，对照着便利贴再次检查要带给唐诗的东西，正要开门，又转身环视屋子。

是不是还漏了什么……不管了，时间来不及了！连心不再多想，"砰"地关上门向唐诗家赶去。

"Manolo Blahnik……Manolo Blahnik……"打开唐诗家的鞋柜，连心一层层翻找，终于看到唐诗要的高跟儿鞋，却发现有两双款式相近的摆在一起。她盯着高跟儿鞋，眨巴着眼睛回忆，却始终想不起唐诗要的是什么颜色，只好将两双一起拿走。

连心提着几个袋子来到沙滩边,附近早已聚集了好几拨拍婚纱照的团队,她寻寻觅觅,终于找到了熟悉的身影。

只见陈奇双手搂着唐诗的腰,唐诗的头微微后仰与陈奇对视,布丁在一旁端着照相机半蹲着拍照:"就这样保持住哦,准备拍了。一,二……"

陈奇突然看向布丁问道:"你光圈现在调的多少?"

"哎呀,老大,你有完没完?"布丁递上相机,"要不你自己来!"

唐诗瞪了陈奇一眼。陈奇挠挠头,一脸尴尬地说:"这不是第一次被别人拍嘛,职业惯性……好好好,我不说了!"

第一组拍摄刚结束,陈奇就忍不住凑到布丁身边查看拍完的照片。唐诗则来到连心旁边,坐在折叠椅上,脱掉高跟儿鞋,轻轻揉着发红的脚面,稍事休息。

连心打开袋子,把鞋子递给唐诗解释道:"我忘了你说要什么颜色了,就两双一起带来了。"

唐诗拿起高跟儿鞋换上,转了转脚踝,看着陈奇指指点点的样子说道:"要不是某人一直指手画脚,这会儿早拍完了。"

"姐,我真高兴你们俩在一起了,特别高兴。"

"小鬼头,这次给我当完伴娘,下一个就轮到你了。到时记得接住我的捧花哦!"

连心蹭到唐诗身边,讨好地说:"要不你别扔了,直接给我吧!"

唐诗刮了一下连心的鼻子,调侃道:"就这么着急嫁啊!"

连心害羞地低下头,看到唐诗脚上的高跟儿鞋,忘记自己解释过了,又重复了一遍:"我忘了你要哪个颜色的鞋了,只好两双一起带过来了。"

"你刚刚说过啦。"唐诗忙着补妆,戴首饰,沉浸在婚前准备的各种混乱中,始终没有察觉到连心的反常。

没过一会儿,陈奇在不远处招呼唐诗过去继续拍照。

连心坐在折叠椅上看着眼前这对新人佳偶,生出一丝欣慰,虽然自己以后没办法陪在姐姐身边,甚至会忘记她,但有陈奇在身边,姐姐一定会幸福的。

可惜天公不作美,突然淅淅沥沥地下起小雨来。陈奇灵机一动,干脆临时改了拍摄主题,拍起了雨中婚纱照,两人淋了大半天雨都还意犹未尽。

倒是苦了连心,一回家便喷嚏连天,鼻涕流个不停,裹着毯子蜷缩在沙发上,有气无力地哼哼。项语秋端着碗,用勺子舀起姜汤,小心地吹了吹,递到她嘴边。连心想接过来自己喝,但被项语秋躲开了,只得一口一口乖乖地让他喂。

"你这么惯着我会导致我逐渐丧失自理能力的。"连心说完立刻意识到失言,忙转移话题，"雨中拍婚纱照，还挺有创意的。"

"那你呢？你有没有想过要去哪里拍婚纱照？"项语秋小心翼翼地试探。

连心故作调皮，眨眨眼睛神秘地说："不告诉你。"

除了跟连心在一起，在网上搜索跟阿尔茨海默症有关的所有资料成了项语秋的日常，只要有一点儿希望，他就倾尽所能去争取，已经到了通宵达旦、不眠不休的状态。看着连心的记性越来越差，有时候甚至会忘记自己刚刚吃过饭，项语秋知道，留给他的时间不多了。

又是一夜未眠，项语秋听到敲门声，挂着两个浓重的黑眼圈，憔悴地去开门。

只见陈奇一手一套西装礼服，难掩兴奋之情地说："礼服改好了，你快帮我看看婚礼的时候穿哪套好！我觉得两套我穿着都很帅，实在选不出来！"

还在半梦半醒间的项语秋没有答话，坐到沙发上，将头给靠着闭着眼。陈奇这才发现项语秋脸色异常，忙把西装放到一旁，走到他身边坐下。

"你怎么一副半死不活的样子，要结婚的人明明是我啊……"陈奇突然一拍脑袋，"难道，连心也向你求婚了？"

项语秋缓缓睁开眼，眼神空洞，呆呆地望着前方，问道："陈奇，如果有一天你知道你即将失去唐诗，你会怎么办？"

"呸呸呸！我这还没结婚呢，别胡说啊！"

"我是说如果，如果真有那么一天呢？"

"你和连心又吵架啦？还吵上瘾了不成，这次又是为了什么？"

"你还没回答我的问题。"

陈奇也往后把头靠在沙发背上，和项语秋保持同一个姿势仰望着天花板，认真想了想，一字一句地说："从今时直到永远，无论顺境或是逆境、富裕或贫穷、健康或疾病、快乐或忧愁，我都爱你、尊重你，直到死亡将我们分离。"

"直到死亡将我们分离……"项语秋喃喃地重复着。他无法想象没有连心的未来，无论将来连心会不会记得自己，他都会陪在连心身边，永远爱着她。

心上人近期的各项数据都很可观，在同类创业公司中表现突出，决定开始准备二轮融资。连心和员工们正在开会，一名员工递上投资顾问发来的资料。连心接过看了看，微笑着站起来。

"在座的每个人都在过去的几个月付出了最大的努力，才有了今天的成果，辛苦大家了！"连心向众人深深鞠了个躬，然后出乎所有人的意料，将二轮融资的准备和沟通全权交给了叶木桃，还不忘打趣叶木桃，让她尽情发挥个人魅力。

"这次融资对公司未来的发展至关重要，希望你们能够配合叶木桃，全力以赴。"连心不顾众人议论纷纷，继续布置任务，可说到一半就卡住了，一时想不起来"VR"这个词。感觉到众人聚焦过来的眼光，连心愈发紧张，思索着说："还有关于……那个虚拟的场景的扩展方案……"

直到有人小声提起"VR"，连心才反应过来，匆忙交代了最后几句，就快步走了出去。

叶木桃一脸错愕地呆在原地，晃过神儿来忙跟着连心进了办公室，追问道："二轮融资的事情，你真的要让我来负责？"她始终无法理解连心这一突然的决定，这可是关系公司未来发展的大事，没有连心，她自己一个人怎么可能独立完成。

连心手上整理着文件，想要把它们塞回文件夹，却无法控制微微颤抖的双手。为了掩饰自己的动作，她索性将文件重新摊在桌上，认真地看着叶木桃说："公司里的所有员工随你挑，抽调组成专门的小组，一周内向我展示成果。"

"一周？这……你知道我目前的能力根本无法胜任，为什么还要交给我？"

"没有人是从一开始就能胜任的。你不给自己机会，怎么知道不行呢？不是你经常劝我多放松嘛！"连心的语气突然变得严厉，"你可是从最开始陪着我一起把心上人创办起来的，你也可以算是创始人之一，到这个时候还没有信心独当一面吗？"

叶木桃听了连心的话，沉默不语。

"我不希望心上人打上'连心'的标签，更不希望网站少了我就无法转动。我也不可能永远陪在你身边，所以你一定要学会面对所有的情况，解决各种各样的问题。"连心继续苦口婆心地说着。

叶木桃慢慢消化着这番话，却没听出连心话里带着悲伤的告别，以为她是要锻炼自己，轻声说了句"知道了"。

见木叶桃答应了，连心的态度也软了下来，拍拍她的肩道："我明白这个要求是有些为难你了，我也会帮你的，只是其中的过程必须要你自己去经历。"

"你的用意我懂。放心，不会让你失望的！"叶木桃拍拍胸脯，向她保证道。

经过一个星期抽筋剥骨的历练，叶木桃成长了不少。在融资会议上，她极力掩盖着自己的生涩和不自信，全方位展示出心上人公司运营的各项情况与未来前景，在众多投资者的注视下侃侃而谈。

连心带着赞许和鼓励的目光看向她，叶木桃回之以灿烂的微笑。

第二轮融资顺利完成，连心看着叶木桃管理公司越来越得心应手，终于放下心来，难掩喜悦地开车来找蒋佩珊。

车子缓缓驶入别墅区，停在蒋佩珊家楼下，连心一抬头就看见她正在二楼阳台收被子。如今她一身清雅打扮，与在西班牙的艳丽相比，多了些许温柔的烟火气息。

这时蒋佩珊也看到了站在楼下的连心，笑着招呼她上去。

连心走进客厅，只见落地窗边的椅子上放着一条毯子和一本打开的小说，她顺手拿起来翻看。

蒋佩珊拿了一罐未开封的茶叶出来，笑盈盈地说："你说得没错，裹着软绵绵的毛毯坐在窗边看小说真是太幸福了，就是少了只猫。"

"不如我来当那只猫吧？"连心调皮地眨眨眼。

蒋佩珊一边泡茶，一边说："你这只猫我可不敢养，你主人会找我拼命的。"

连心看着蒋佩珊给自己倒茶的身影，极力想在脑海中留住她的样子。

蒋佩珊见她一直盯着自己看，疑惑地问："怎么了？有心事吗？"

"谢谢你，佩珊姐。"想到自己一路磕磕绊绊走到今天，遇到过无数的阻碍和困境，每次化险为夷都离不开她的支持和鼓励，连心由衷地感激道，"今天的二轮融资非常顺利，当年在西班牙如果不是你愿意给我投第一笔钱，我就不可能启动创业的第一步，就更不可能有今天的心上人了。"

"连心，你想多了。我在生意上一直都很理智，不轻易感情用事，也不做亏本的买卖。我当初投资你也是因为觉得心上人是有潜力的，后来证明我赚翻了呀！"蒋佩珊开怀大笑。

连心也被她的笑声感染，暂时抛开心事，说道："虽然你不愿意承认，但反正我就是认定你了！"

"行啊，那你想怎么报答我呀？"

"不是说了吗，我可以给你当猫啊。喵……"连心用手当作猫爪在蒋佩珊肩上摩擦卖萌。

蒋佩珊被挠得痒痒，一个劲儿躲，笑着打趣道："那我家猫咪的男朋友今天怎么没来啊？"

"他昨晚通宵加班，困成狗了。"连心耸耸肩，一脸无奈。

猫猫狗狗将蒋佩珊绕糊涂了，她微微一愣，随即大笑起来。两人的笑声不断响起，回荡在偌大的别墅里。

2

如今公司几乎全权交给了叶木桃打理，连心乐得清闲，终于有时间和项语秋一起回孤儿院看看。周末一大早，连心就拉着项语秋要去风信子。

路上项语秋见她心情不错，犹豫了一下，试探道："连心，你最近是不是有什么事瞒着我？"

连心忙心虚地岔开话题："怎么会？我就是想去风信子看看，顺便拍点儿照片，可以洗出来挂在家里的墙上。"

"连心，我们说好的，不管发生什么事都要和对方说。"项语秋说着向连心靠近了一步。

连心本就心虚，突然被他戳中了心事，恼羞成怒起来："项语秋，你到底怎么回事？之前缠着说要每天帮我搭配衣服，现在又莫名其妙要我坦白。"

项语秋怕再问下去会让连心为难，只好摸摸她的头，妥协道："好吧，只是觉得你最近突然变得像个哲学家。"

连心不高兴地打掉他的手，丢下一句"我不想去了"，扭头就走。项语秋忙赶了上去，还未来得及开口，她却突然停在原地，带着甜甜的微笑转身，牵住项语秋说："走快点儿啦，我想多拍点儿照片挂在家里。"仿佛刚刚的争吵没有发生过。

意识到连心的病情越来越重了，项语秋担忧的表情凝固在脸上。

孤儿院的大门渐渐出现在视野里，连心兴冲冲地说："这个地方充满了我童年的回忆，也是我和你最开始认识的地方，我想和你一起复习一下过去。而且我想从这个起点开始，重新自我介绍，重新认识对方。"

"重新认识对方？"项语秋不得不佩服连心脑袋中的鬼点子。

"对。我不再是那个迷茫孤单的小女孩儿，你也不是那个嘴上不饶人的大哥哥。这次，我们两人都是同龄人，肯定很好玩！"

项语秋假装思考了一下，然后坏笑道："同龄人的话……我可能就未必会喜欢你了哟！"

"试试看啊！"连心仰起头不服输地说。

项语秋稍稍酝酿了一下情绪，配合地换了个真挚的表情，假装成第一次见面的样子，伸出手，介绍道："你好！我是项语秋。很高兴认识你。"

连心没想到他这么快进入角色，愣了一下，随即握住了项语秋的手，绽放出笑容："你好！我是连心。我也很高兴认识你。"

两个"小朋友"牵手一一走过孤儿院里每个熟悉的角落，院子里的草坪上依然保留着当年破旧的秋千和有些斑驳的木马，连心住过的宿舍墙上还有她留下的贴纸和涂鸦。无论外面的世界怎么变化，这里永远都是记忆里温馨的样子。

两人心里一阵感怀，经过新画室时，见里面空无一人，便走到最后一排同桌而坐。

项语秋扭过头，托腮痴痴地看着连心，装出小男生的样子，掐着嗓子挤出细声细气的声音说："连心同学，你长得真好看，待会儿放学我可以送你回家吗？"

连心被卖萌的项语秋逗笑了，瞬间出戏，伸手推了他一把，调侃道："不错嘛，小小年纪就会逗女孩儿开心啊。"

"连心同学，你这么说，看来年纪比我大呀，我可以叫你学姐吗？"项语秋继续演着。

"好啊，那你可要乖乖地给我当跟班！我叫你做什么就做什么，不许反抗！"连心也装出一副大姐姐的样子，说着还拿出图画册和画笔，指挥道，"去，帮我把美术作业做了！听其他的小朋友说你挺会画画的嘛，以前还到孤儿院辅导其他小孩儿画画呢。"

"我自己也是小孩子，没那么大能耐。画画倒是会，老师说我是天生的！"即使装成了小孩儿，项语秋也不忘自夸。

"真臭美！"连心被逗得哈哈大笑。

项语秋开始在画册上涂涂画画，不一会儿，纸上跃现一个小女孩儿的轮廓。

连心凑过来，明知故问道："这画的是谁啊？"

"一个我喜欢的人。"

"不会刚好是我吧？"

"学姐你想多了，她这会儿还在隔壁的幼儿园呢。"

"哼，我告诉老师去。"连心假装起身要走，被项语秋拉住，挣脱不开，只得坐回原位。

项语秋左手拉着连心，右手拿起画笔，如行云流水般在纸上游走，没一会儿，连心小时候的样子跃然纸上。他拿起纸向连心展示着自己的作品，一脸得意。

连心也来了兴致，坐下拿起纸和笔开始涂画，但线条却歪歪扭扭的。

"我在你心里就这么丑吗？以前教你的那些都还给我啦？"项语秋急了，马上端出以前教连心画画的样子，在纸上指指点点，"这儿，阴影要稍微重一点儿，不然透视的感觉就不对了，这个地方要注意光线照进来的感觉。"

连心一边照做，一边抬头瞪了项语秋一眼，不满地嘟囔着："你怎么又变回教画画的志愿者哥哥了。"

"没有！连心学姐太美，学弟忍不住勾搭一下！"项语秋立刻嘴甜地哄道。

笔下的轮廓渐渐清晰，连心的手却又开始不自觉地发抖。她感觉到自己已经有点儿控制不住自己的手了，于是放下画笔，将项语秋画的小连心画像叠好，郑重地放进口袋里，然后假装舒展一下身体，露出古灵精怪的表情，挑眉说："反正老师没有注意我们俩，不如咱们逃课吧！"

项语秋转念一想，问道："你以前是不是也总逃课？"

"哎呀，你真啰唆！走啦！"连心心虚地说着，拉起项语秋的手走出了教室。

两人在孤儿院的各个角落里拍照，项语秋故意做出各种搞怪的姿势，逗得连心开怀大笑。看着她终于露出了笑容，项语秋的心底却不禁生出悲凉。这样的笑容，他不知道还能看多久。

项语秋宠溺地看着跳上木马的连心，走到不远处举起相机拍了张照片，照片里的连心坐在木马上笑靥如花，可相机后面的他却忍不住流下泪来。但连心并没有发现，又跑过去坐在秋千上，项语秋见状，擦干泪水过去推她。

正当他们玩得开心的时候，天色一暗，突然下起了大雨，两人慌忙跑进大象滑梯下方的空间里避雨。狭小的空间弥漫着氤氲的水汽，空气中多了几分暧昧。项语秋脱下外套，披到连心身上，又帮她擦了擦脸上的雨水。

连心看着项语秋近在咫尺英俊的脸庞，突然说："和你有关的记忆好像总是在下雨。"

"多好啊，这样一下雨你就会想起我了。"项语秋凝视着连心的眼睛，深情地说。

连心笑了笑，躲开他的视线，看着雨帘笼罩下的孤儿院里，院长种下的风信子在雨中摇曳。她沉吟片刻，对项语秋说起了风信子的花语——重生的爱，是叫人忘记过去的悲伤，开始崭新的生活。

项语秋看着连心的侧颜，明白她话中有话，心中犹如被针扎般的疼。悲伤在脸上蔓延，他担心被连心发现，忙转过头望向外面的雨幕。

从孤儿院回来已是深夜，书桌上台灯亮着，八音盒缓缓转动，连心又伏在桌上给新的照片写备注。突然泪水忍不住一滴一滴掉下来，浸湿了照片上项语秋的脸，她慌忙拿纸巾小心翼翼地擦干。

笔记本早已贴不下了，连心将照片一张张放进新买的相册里，不一会儿就塞了厚厚的一本。项语秋、唐诗、陈奇、罗锐、叶木桃、蒋佩珊、Alex，还有公司员工……一张张灿烂的笑脸，满满的都是回忆。

连心打开手机，开始录制今天的视频日志。

"今天是 2016 年 11 月 22 日，和项语秋去了风信子……荡秋千玩到一半下雨了，我用风信子的花语暗示他，可是他好像没有明白……真的不想忘记他，忘记我们经历过的那些美好，记住，他的名字是项语秋，是你最爱的人。"

此时，另一个房间里的项语秋，一边翻看着电脑的网页，一边低声用英文打着电话："那请问教授什么时候才能回来呢？关于阿尔茨海默症的治疗我想请教他……"

突然传来敲门声，项语秋来不及向对方解释，慌忙挂断，但当他打开门时，却没看见人，只好走出几步朝客厅左右张望。

连心躲在走廊拐角偷瞄，等着项语秋走过来找她，谁知项语秋只是探头看了看，转身又回了房间。见计划失败，连心好一阵失望。

项语秋拿起手机正想再拨回去，门外再次传来敲门声。这一次，连心笑意盈盈地站在门口，双手摆出餐厅迎宾员的姿势，指向餐桌上的简单土司和牛奶，说道："夜宵时间！"

"我们连心真贴心。"项语秋感动地说。

"请用餐！"连心体贴地帮项语秋拉开椅子，又拉开对面的椅子坐下，双手支撑在桌上托着下巴，目不转睛地盯着项语秋。

项语秋拿起一片土司，疑惑地问："咦，你自己的呢？"

"我不吃，减肥，而且我看你吃就饱了。对了，你明天要去木厂吗？"

项语秋面不改色地回答："嗯，石头说找了一批新木材，让我过去看看。你呢，明天什么安排？"

"我得去趟我姐家，还有好多婚礼上要用的东西她一直拖着没确定呢。"

"又不回公司？真要一直当甩手掌柜啦？"

"放心，桃子现在已经对公司的事情上手了，交给她没问题。我就是想抓紧时间做自己想做的事。"

抓紧时间，偏生是这么不吉利的字眼……项语秋抬眼看了看连心，没再多说，低头继续吃起来。

第二天一早，连心就敲开了唐诗的门。唐诗穿着睡衣，缩在沙发上一副生无可恋的样子，可怜兮兮地说："我可不可以不去啊？"

连心斩钉截铁地说："不行！还有喜糖、喜糖盒子、桌卡、签到簿、捧花、酒水、饮料……等着你确定。"

唐诗抓狂地扯着头发一顿狂揉，喊道："天啊！结婚真的好麻烦啊！连心，你放过我吧。"

"这是幸福的烦恼，你就乖乖受了吧。"连心把唐诗拉着坐起来，"我肩负着伴娘的神圣使命，一定要负责到底。不过，话说，别的新娘都是以此为乐，怎么到你这儿就变成痛苦了呢？"

"项语秋把匠心丢给我一个人，说不管就不管，我平时在公司做的决策还少啊？把我选择的热情都用光了！要说起来，这全都怪你那个男朋友，所以，这些任务我就交给你了，你帮我决定啊，夫债妇还！"唐诗说完又立刻缩进沙发里，扯起毯子把自己裹起来。

连心拗不过，只得自己去婚庆公司交涉。看着令人眼花缭乱的各种婚庆用品，她简直挑花了眼，好不容易全部定好，刚走出来就接到员工电话，得知公司有几件事情需要决策，但是叶木桃一整天都没去上班，也不接电话，所以只好来问她。

连心在电话里一一安排，心中却莫名地感到不安，叶木桃的电话始终关机着实有些反常。她立刻开启车载导航，输入叶木桃家的地址，匆匆赶了过去。

来到叶木桃家，连心拼命敲门朝里面喊，可屋里却无人回应。她注意到门口附近放着一个精致的包装盒，愣了愣，仔细一看，是个芝士蛋糕的外盒。

连心回想着，顿时什么都明白了，她看了一眼紧闭的大门，咬了咬嘴唇，拿着盒子离开。

其实叶木桃此刻就在屋里。她蜷缩着身子，靠墙坐在地上，完全没有理会刚刚的敲门声，一双眼睛又红又肿，看得出来已经哭了很久。

不远处的地板上，一块芝士蛋糕被砸得粉碎。叶木桃呆呆地看向它，缓缓起身走过去，拿着一把小勺蹲在蛋糕前，一口一口慢慢吃着，甜腻的奶油入口却变得苦涩，眼泪"啪嗒啪嗒"地落在破碎的蛋糕上。

这是她今天起了个大早，去那家店排了很久的队才买到的。从店员手中接过精致的包装盒时，她迫不及待想要马上将这份回礼连同自己的心意递到罗锐面前。她抑制不住兴奋，满心欢喜地赶到了罗家，却被浇了个透心凉。

叶木桃就是带着小心思去的，一见到罗锐更是整颗心都提了起来，但还是极力掩饰着自己的紧张。她没有注意到罗锐眼底的失落，越过他直接走进屋里，在沙发一端坐下，把芝士蛋糕小心翼翼地放到茶几上，接着不自然地咳嗽了两声，催着罗锐在另一张沙发上坐下，然后缓缓抬头，目光和他相对。

叶木桃鼓起勇气，不再像往常那样嘻嘻哈哈，而是一脸认真地开口："你听过一句话吗？梦里出现的人，醒来时就要去见他。"说完，深情地看了罗锐一眼。

见叶木桃画风突变，罗锐有些不习惯，莫名其妙地问她今天是怎么了。

她却没有回答，继续认真地说："我梦见过一个人很多次，但是醒来之后一次也没有去找过他，因为我没有勇气，我怕去找了他，结果却不是我想象的那样。"

"一直以来我只能看着他的背影，听着他的音乐。所以今天我决定要站在他的面前。"她把蛋糕缓缓推到罗锐面前，"这是你送我的第一个礼物，我想再次和你一起分享。罗锐，我喜欢你！"

准备了好久的告白终于说出口，叶木桃脸涨得通红，慌忙低下头盯着蛋糕，不敢看罗锐，却又期待着他的回应。

罗锐彻底傻眼，一时不知说什么好，也呆呆地盯着眼前的芝士蛋糕。

两人沉默了许久，叶木桃终于等到罗锐开口，却只听他说了句"谢谢"，就再也没了下文。叶木桃的心开始一点点下沉，突然，又听见他没头没尾地说了一句："告诉你个好消息，这次演奏会的主题，终于定下来了……就叫'心上人'。"

叶木桃完全听懂了罗锐的意思，眼中的光芒瞬间黯淡下去。她抬头看向罗锐，眉头紧皱，缓缓地问道："是不是除了她，你这辈子都不会喜欢上其他人了？"

看着眼前失魂落魄的叶木桃，罗锐好像看到另一个自己，他思索着要如何回答，才能不伤害到这个喜欢了自己很久的女孩儿，这个自己一直只是当作哥们儿的女孩儿。

"从我十三岁开始，那个人就一点一点地把我的心填满。要是让她从心里走了，我就垮了！对不起，叶木桃。爱情是没有办法转移的，你爱上谁就是谁了。"罗锐终究还是坦白说了出来，语气里满是歉意。

听到这里，叶木桃已经心如刀割，表面上却立刻恢复成平日里没心没肺的样子，冲罗锐摆了摆手。

"别！千万别！搞得惨兮兮的，这样显得我多没面子！不就是表个白嘛，在这年头儿就跟吃个饭一样。你拒绝了我，我也接受你的拒绝，完事了，其他的就不用多说了。"说完她慌忙起身，"那就这样吧，我回去了，晚上还要加班呢！"

罗锐看着她，实在不知说什么好，只能起身目送着她离开。

刚走到门口，叶木桃突然停住了脚步，转过头来，苦笑着问："上次那个蛋糕，你也不是给我买的吧？"

心里却又希冀着他会说出自己想要的答案，哪怕是骗她也好。这样，自己就可以抓住那一点点甜头，继续喜欢下去。

可是罗锐依旧沉默着，叶木桃知道那是他不忍心说实话，于是她走回茶几拿起蛋糕，扯出一个轻松的笑容，平静地说："我排了两个小时队才买到的，你应该也不会喜欢的，还是留给我自己吃吧。"然后，打开门，头也不回地走了出去。

从罗家出来，她再也憋不住，眼泪汹涌而下，一路狂奔回家。蛋糕被她发泄般地砸在了地上，像是她碎了一地的心。

3

叶木桃走后，罗锐一遍又一遍地弹着《天使爱美丽》，直到门铃响起，传来连心的声音："罗锐！罗锐你开门，我听到弹琴的声音了！"

罗锐没有理会，越弹越激动，突然，在某个极高的调上，旋律戛然而止，起身给连心开门。

连心看了他一眼，没说话，进门轻轻把空蛋糕盒放到茶几上，见罗锐的眼光落在蛋糕盒上，才开口道："这是桃子送给你的那个蛋糕。"

罗锐反应过来，声音有些不自然地问道："那个……她还好吗？"

"她把自己关在家里，手机也关机，估计还要一段时间才能平复。"

"是我不好。"

"桃子真的很喜欢你，你就对她一点儿感觉都没有吗？"

罗锐看着连心，犹豫了一会儿道："桃子是个好女孩儿，我不想伤害她……她的感情是完整的，值得一个能够给她同样完整的爱的人。而我做不到，我心里已经有其他人了。"说完，他深情看了连心一眼。

"可是罗锐……"

罗锐打断连心，悲伤地说："我知道你要说什么，没关系，我知道自己的位置在哪儿……我只想在你看不见的地方陪着你，这样就挺好的。"

连心知道劝不动他，只好无奈地笑笑道："总之，桃子是个好姑娘，如果你不喜欢她，就尽早和她讲清楚，你们都是我喜欢的人，谁受伤害我都不好过。"

从罗家别墅出来，连心一副心事重重的样子在街上走着，耳边传来一阵悠扬而深情的口琴声。她循声望去，只见有位流浪艺人正在路边表演，引来不少路人围观喝彩。隔着人群，她不自觉停下脚步偏头观看。表演结束，路人纷纷鼓掌散去。

连心正要继续往前走，抬眼间看到项语秋站在人群后，微笑着注视着自己。她嘴角也不禁上扬，扑进项语秋的怀里。

寂静的夜晚，两人牵手沿着马路散步，路灯将两人的影子拉得细长。走了一会儿，项语秋见连心似乎有些疲惫，准备伸手叫出租车，突然项语秋放下了手，拉起连心一路追赶缓缓驶入站台的公交车。

公交车缓缓停在站台，狂奔的项语秋和连心恰好赶到，两人甜蜜地相视而笑，上车走到最后一排坐下，连心把头靠在了项语秋的肩膀上。

车子摇摇晃晃地往前开着，车上只有稀稀落落一两个乘客。项语秋看着窗外霓虹灯影掠过，感叹道："连心，你记不记得我们以前在西班牙，我也是这么坐着公交送你去上课？就像现在这样，坐在最后一排，那时候你每天都睡不够，总是要在车上补觉……"

项语秋一低头，发现连心的睫毛一颤一颤的，已经靠在他身上睡着了。项语秋怜惜地把她的脑袋往内挪了挪，看着她安静的脸庞，内心充满不舍与难过。

晚上，项语秋洗完澡，擦着头发从浴室走出来，突然闻到一股浓烈的怪味，赶紧用毛巾捂住口鼻，发现好像是从厨房里发出来的，瞬间明白过来，立刻冲向厨房，关上燃气灶开关，又把天然气管道的总开关也拧上，把各个窗户打开。

茶几上还放着一碗热汤，项语秋透过落地窗看到连心正在阳台晾衣服，他走过去一把抱住连心，久久不说话。连心不明所以，转过身来说："我给你热了碗汤，赶紧去趁热喝了吧，待会儿凉了。"

"凉了就再热，以后这种事都让我来做。"

"我好好表现的机会都被你剥夺了，那我干什么呀？"

"你只要好好的……好好的……"项语秋紧紧地抱住连心，好像她下一秒钟就会消失一样，喃喃地重复着。

第二天，连心刚走进公司就听见一阵熟悉的笑声，叶木桃和员工聊得正欢，完全是平日里活力满满的样子，似乎什么事情也没发生过。连心微微一笑，心中踏实了不少，感觉那个熟悉的叶木桃又回来了。

叶木桃见连心走过来，立即递上手机，兴奋地讲起自己的新发现："我们发现上次来的投资人里，有个头有点儿秃的，微信头像竟然用的是当红小鲜肉！简直是诈骗啊！"

"咦……"连心起了一身鸡皮疙瘩。

叶木桃笑着把手机还给同事，一转身笑容便凝固住，脸上露出一丝不易察觉的忧伤。

连心还是不放心，把叶木桃叫进办公室问道："桃子，你真的没事了吗？"

叶木桃故作镇定地说："没事！你以为我至少要在家瘫十天半个月吧？那怎么行！我现在可是心上人的叶总了，你又整天不来，我要再不上班，公司不就彻底没人管了？治疗失恋这种事，二十四个小时足够了！"

连心慢慢走到叶木桃身边，伸出手给了她一个大大的拥抱。叶木桃靠在连心的肩膀上，湿了眼眶，忙用手抹了抹，说了句"我去工作了"，就匆匆跑出了办公室。

随着婚期将近，唐诗的不安感越来越强烈，对陈奇也是盯得越来越紧，这才刚刚把内衣品牌的广告拍摄工作扔给布丁，又开始筛查起陈奇的手机通信录，甚至用两人的合照替换了陈奇的微信头像，以此来宣誓主权。但陈奇丝毫不敢有一句怨言，甚至还有点儿乐在其中。

这天晚上，唐诗正闭着眼在沙发上敷面膜，陈奇在一旁用手机翻看婚礼乐队的资料，问道："流行感觉不太对，摇滚又太嗨，爵士乐怎么样？"

唐诗沉默着，没有说话。

"哎，老婆，你想要哪种主题的婚礼？欧式田园风好不好？就是那种在户外的草坪摆上长桌，还有彩灯啊、花门啊什么的，女生好像都喜欢这个。"

唐诗冷冷地说："我不喜欢。"

"那清新海洋风？复古宫廷 Style？未来科幻风……"陈奇一口气说出一连串的婚礼主题，都被唐诗冷冷地拒绝了。

陈奇突然站起来，激动地说："这也不要那也不要，你不会真的想悔婚吧！"见唐诗还是闭着眼睛，一副淡定自若的模样，又急道："你倒是说句话呀！"

唐诗缓缓睁开眼，把面膜从下往上揭开，平静地说："我就是什么都不想要。"

陈奇被唐诗噎住不知如何应对，只能大口喘着气。唐诗见状忍不住笑了，拍了拍沙发示意他过来。陈奇无奈地坐下来，等唐诗发话。

唐诗看着他的眼睛，认真地说："我想清楚了，我真的不需要什么隆重的婚礼，哪一种风格都不是我想要的，其实我想旅行结婚。"

陈奇有些惊讶，结结巴巴地说："可……可我说好要给你一个毕生难忘的婚礼的。"

唐诗摇摇头道："我不想要这些形式的东西，最近这段日子每天和婚庆公司打交道，婚礼那一套东西实在是太折磨人了。我就想和你旅行，你要陪我去我没去过的地方。"

陈奇思考了一番,郑重其事地答应了她,同时提出条件,路上必须找一个教堂说一次婚礼誓词。见她一脸奇怪地看着自己,陈奇只好吞吞吐吐地解释:"哎呀!不是你想的那样……也没什么啦,就是……就是那天,我……我跟项语秋练习来着……我就把婚礼誓词对他说了一遍,现在不举行婚礼的话,至少得给我个机会对你说吧?不然我唯一说过婚誓的对象,岂不是变成项语秋了?"陈奇越说越觉得别扭。

听完陈奇奇葩的解释,唐诗静静地盯着他看了几秒钟,终于憋不住,捂着肚子哈哈大笑起来。

4

偌大的讲堂里,巨幅幕布上投影出一个大大的标题"向阿尔茨海默症宣战——被谋杀的人生",这是一个关于阿尔茨海默症的讲座及家属分享会。

观众席上已经陆陆续续坐了很多人,项语秋找到一个靠后的位置坐了下来。从知道连心的病情开始,他就一直没有停止过寻找治疗的一线生机。

"以上就是近期全球对于阿尔茨海默症的最新研究报告,令人兴奋的是出现了新兴的药物和疗法,虽然还不确定能否顺利推行及其可能产生的副作用。但我认为我们应该抱着乐观的心态,积极地期待医学更好的发展。"教授在众人的掌声中走下讲坛。

观众席上陆陆续续有人举手,主持人挑了坐在前排的一个三十多岁的女人。

女人有点儿紧张地说:"大家好,我今年三十五岁,是一个中学语文老师,几个月前我被查出患有阿尔茨海默症……"女人边哭边讲,不少听众也跟着默默抹泪。

"我会叫不出班上学生的名字,背不出我喜欢的古诗词,我没有告诉我儿子这一切,因为……因为我还想看着他一天天长大,读大学、谈恋爱,虽然到时候我已经认不出他是谁……但是我想说,所有的阿尔茨海默症患者都需要被家人和朋友关怀、陪伴。在记忆还没有彻底模糊前,留下更多的记忆……"

项语秋听到一半,心里止不住地难受,匆匆走出讲堂,站在门口等候。见教授走出来,他连忙上前问道:"教授,您好,我的爱人也得了这种病,请问您刚刚提到的那种最新的实验疗法需要志愿者吗?"

"你想去？"教授谨慎地看了项语秋一眼，"这个疗法虽然在理论上有可行性，但还处于研发阶段，目前的确需要大批志愿者提供数据，但很可能会让你的大脑受损。我非常理解你紧张您爱人的心情，但我并不建议你去。"

"我不想失去她。"项语秋坚定地说，"我知道有可能会发生最坏的情况，但只要有一丝希望，我都愿意去试试。"

教授看着项语秋沉默许久，终于点点头同意了。

巧的是罗锐的演奏会正好在讲堂隔壁的音乐厅进行彩排，罗锐的助理在指挥工作人员摆放海报。梦幻的海报上赫然印着演奏会的主题——心上人。

罗锐在台上心不在焉地试琴，脑中不时想起上次在医院里碰到连心的情景。

那天他在医院的地下停车场取车，看见连心往电梯方向走着，想着她是不是生病了，随即喊了一声"连心"，可连心似乎没有听到，径直走进了电梯。于是他便扔下车悄悄跟了上去。

看着电梯几乎在每一层都停了一遍，他傻眼了，不知道连心到底去了哪一层，只好每一层都找一圈，连妇产科都不放过。无奈科室和病人实在太多，他从下往上寻了一圈也没有结果。正当他怀疑会不会是自己眼花准备放弃时，一个熟悉的身影从不远处的诊室走了出来。只见连心一直低着头往前走，似乎完全没有看到自己。

他连忙往回走了几步，整理好情绪，迎了上去，在和连心擦肩而过的瞬间，假装意外地拉住了她。

可连心对他的出现并不惊喜，反倒有些慌张，问他怎么也在这里。他随口找了个感冒的理由，试图敷衍过去。

连心表情有些奇怪地看着他，回头指了指墙上的提示牌。他顺着连心指的方向看见"神经科"三个字，顿时愣住了，心中疑惑更深，连心为什么会出现在这里？

连心躲避着他的视线，慌忙解释着最近经常通宵加班，都有点儿神经衰弱了。那副慌乱的样子，任谁都知道是在撒谎，但他没有拆穿，配合着说自己最近也有点儿失眠，要赶着去排号，便往前走去。

走出一段距离后，他回头看到连心下楼，这才折回刚刚她离开的诊室门口，徘徊了好一会儿，终于下定决心走了进去。无论他怎么恳求，医生都不肯透露连心的情况。

他反而更加怀疑，盯着医生逼问："她肯定不是神经衰弱这么简单！不然你为什么不肯告诉我……"虽然医生还是没有回答，但脸上复杂的表情证实了他的猜测。

想到这些，罗锐心中一阵烦躁，拿起外套就往外走。助理焦急地在原地跺脚，追问道："哎！这马上彩排了，你去哪儿呀？"

"状态不好，出去吹吹风！"说着，罗锐直接走出了演奏厅。

刚走到门口，罗锐就看到了项语秋匆匆离开会场的背影，他赶紧拦下一位工作人员询问道："这边是什么活动？"

工作人员告诉他是阿尔茨海默症的讲座和家属分享会。联想起之前在医院得到的信息，罗锐彻底明白了。

他开着车发了疯一样不停地给连心打电话，过了好长时间才终于接通。电话里，连心的语气有些颤抖，她说不出自己在哪儿，随后又听见一个男人凶巴巴地让她别想跑。罗锐担心她出事，更是心急如焚，连忙让她把定位发过来，加大油门往那边赶去。

而早就接到连心电话的项语秋，这时已经赶到了饭店，只见连心正低着头站在气势汹汹的服务员面前。

"连心，怎么了？"项语秋焦急地问。

连心还没有说话，一旁的服务员凶神恶煞地递上账单，说道："你是她朋友吧？吃饭不付钱，想吃霸王餐？"

连心明显受到了惊吓，小声解释道："我听同事说这家店的东西很好吃，就想给你打包回去，但是忘了带钱包了……"

项语秋先是安抚她别怕，然后掏出卡递给服务员，霸气地回应："我女朋友的确是忘了带钱，但是你们也不需要态度这么恶劣。钱我照付，东西我不要了。"

服务员被他的话呛住，不敢再说什么，接过卡去结账。项语秋把连心搂在怀里，连心的情绪慢慢平静下来。

走出餐厅，项语秋看连心还没有回过神儿，便提起唐诗要去旅行结婚的事，好让她转移注意力。连心这才想起来明天就是出发的日子，赶忙来到唐诗家，打算陪着姐姐一起聊天儿，收拾行李。

唐诗正忙着准备带去旅行的各种物品，将摊了一地的衣服、化妆品还有陈奇缝的小熊一一装进行李箱。

连心坐在一旁看着唐诗一样一样地收拾，拉着她的手撒娇道："姐，我舍不得你。"

唐诗满脸宠溺地说："傻瓜，去旅行而已，很快就回来了呀。"

"那你答应我，我不在你身边的时候，一定要好好照顾自己。你胃不好，出去也要记得一日三餐按时吃，如果一时找不到饭店……"

"知道啦，啰唆！"

"没跟你开玩笑，我是认真的。"连心伸出手指做拉钩状，唐诗无奈，只好配合地伸出手指。

连心又想了想，嘛嘛嘴道："哼，你们不举行婚礼我都不能当伴娘递戒指了，也不能接捧花了！"

唐诗听连心这么一说，机灵地一笑："答应了你一定要让你接到捧花的。"说着拉起连心往卧室走去。

两人分别换上了婚纱和伴娘的礼服，眼前的唐诗一袭白纱，眼角和眉梢都流露着幸福和甜蜜，连心也发自心底地感到高兴，忍不住多看几眼，把姐姐最美的样子留在心里。

唐诗拿着捧花站在前面，背对着连心，将捧花抛了出去。捧花在空中画了个优美的弧线，连心一侧身，稳稳接住花球。唐诗转头，两人激动地抱在一起又笑又哭，仿佛真的在婚礼现场。

陈奇来到老屋找项语秋喝酒，纪念最后一个单身之夜。项语秋想着连心的事，心中苦闷不已，一杯接一杯地借酒消愁。

酒过半巡，项语秋提着一袋垃圾从老屋出来，扔完正想往回走，却在院门口看到了罗锐。对于他的出现，项语秋感到有些意外。一时间两人都沉默不语。

原来罗锐赶到餐厅的时候，正好看到项语秋搂着连心走出来，他有些懊恼自己晚了一步，想了许久，决定还是要来找项语秋谈谈。

"你要找连心的话，她不在。我刚送她去唐诗家了。"项语秋先开了口。

罗锐点了点头，犹豫地问道："连心……她没事吧？"

项语秋心中一惊，却不动声色地问："能有什么事？"

罗锐观察着项语秋的表情，不确定该不该捅破自己已经得知的事实，最后还是没有说出口，敷衍道："我下午给她打电话，听上去她好像遇到了什么麻烦。"

"小事，已经解决了。"项语秋暗自松了一口气。

罗锐看向前方，躲开项语秋的视线，小声说了句"谢谢"，然后上车离开。

项语秋站在原地，消化着罗锐这句莫名其妙的"谢谢"，一时也想不明白，挠挠头转身回到了客厅。

陈奇显然已经喝多了，躺在一堆啤酒瓶中，眼神迷离地抓着项语秋的手，对着灯光转来转去地看，又突然一把甩开，满脸嫌弃地说："这不是我老婆的手！太粗糙了，还有茧……"

项语秋哭笑不得，想逗逗陈奇，故意说道："严格来说，她还不是你老婆，只是未婚妻而已。"

"不管！我说是就是！"酒醉的陈奇有些小孩子气，他翻了个身看着项语秋，又喃喃道，"不知道她们现在在干吗……"

"你不是说最后的单身之夜要狂欢的吗？"

"对啊，我也以为会像电影里演的那样呢……"陈奇突然哭了起来，"可是我突然好想她……"

"我也是……"项语秋摸摸陈奇的头。

陈奇一把将项语秋的手拿开，嫌弃地说："别趁机摸我的头。"

夜深了，项语秋也醉意渐深，心潮起伏。他和连心的未来就同今夜的雾一般迷茫，有烦躁，有忧愁，但唯一坚定的，是无论前路如何，他都会牵住连心的手一起走。

第二天，唐诗和陈奇把行李拿上车，准备出发。连心还挽着唐诗的胳膊，舍不得她走。

唐诗怜爱地抚摩连心的头，像哄小孩儿一样说道："乖乖等着姐给你带礼物吧。"

连心撒着娇说："嗯，我要一个国家一份！"

"那我也要！"项语秋也跟着起哄。

唐诗白了项语秋一眼："我不在这段时间你多回匠心看看，事情我都交代好了，应该不会有什么问题的。"

"知道了。给连心就是礼物，给我就是安排工作。"项语秋装作不满地说。

见陈奇一副宿醉还没醒的样子，连心伸手戳了他一下，不放心地叮嘱道："好好照顾我姐，不许欺负她。"

"她不欺负我就不错了。"陈奇挠着头，一旁的唐诗听见打了他一下。

连心一直目送着汽车远去，直到它消失在路口。

讲座之后没多久，项语秋就收到了教授助理的邮件，里面附带着一张申请表，并且再三告知了实验的危险性。他瞒着连心来到实验室，递上填好的申请表。

医生仔细检查着表格内容，再次向项语秋确认："所有的危险性我都说得很清楚了，你确定完全自愿地参与这次实验吗？"

"我确定。"项语秋坚定地回答。

实验室的灯光格外刺眼，项语秋换上实验专用的衣服，躺在设备里。

医生和助手做好相关措施后，把设备顶部的透明舱门关上，项语秋被缓缓推进一个类似核磁共振仪的设备里。

设备启动，项语秋的身体忍不住颤动，努力忍耐着各种不适。他闭着眼，几乎失去了知觉，潜意识里又似乎听到了连心的声音。

这时连心正坐在办公室里，听叶木桃汇报公司近来的经营状况，突然接到了新婚旅行中唐诗的电话。

原来匠心仓库的电路老化得厉害，偏偏唐诗走之前忘了拉电闸，她担心会出事故，又联系不上项语秋，有李昂的前车之鉴，她也不放心找别人去，只好打电话拜托连心。

"行，我去吧。"连心答应着挂了电话，拿着记录了密码的纸片出门。

进入仓库，连心被眼前全新风格的家具吸引，随手将密码纸放在进门的桌子上，走过去细细欣赏。

突然她觉得一阵恍惚，头晕目眩，脑中一片空白。连心脚下一软跌坐在沙发上，抱着头缓了好一会儿，怎么也想不起自己来仓库的目的。她慌忙往外跑，不小心踢倒了脚边的一桶水，随着仓库的关门声响起，水流渐渐蔓延至电闸附近。长年失修的电源线裸露在外面，插座上"噼里啪啦"地冒起了火星。

连心跑到仓库外面才想起了电闸，转身想再回仓库，却发现自己又忘记了密码，可密码纸也不记得放到哪里去了。

仓库周围信号不好，连心只好走到附近的街道上给唐诗打电话。

"姐，我突然忘了……"连心扭头看向仓库，表情从平静变成惊恐，最后她绝望地对电话那头的唐诗说，"没事……姐，我……想你了。"

只见熊熊火光照亮了天际，仓库外面聚集了不少围观的民众，消防车呼啸而来，消防员们跑进跑出。连心站在仓库门口，一直打不通项语秋的电话。她呆呆地看着眼前的一切，泪水缓缓滑落，本来还想在大家身边多留一段时间，现在看来该是自己离开的时候了。

5

项语秋缓缓从实验中醒来，逐渐恢复了意识，却莫名地感到一阵揪心的难过，以为是实验的副作用，便没有多想，拿回自己的私人物品准备离开。刚打开手机，他就接到仓库失火的通知，紧张、焦急的情绪一齐涌上心头，不安的感觉愈加强烈。

等他赶到仓库的时候，火势已经基本扑灭了，但一大批家具都已化为灰烬，损失惨重。幸运的是仓库地处偏僻，没有人员伤亡。

回公司安排好仓库的善后工作，项语秋拖着疲惫不堪的身子往家走，不时揉着太阳穴，实验的后遗症使他的脑袋还在隐隐作痛。

项语秋走进家门，发现连心还没回来，但他实在太累了，已无力多想，给连心写了张字条贴在房门上，然后就瘫倒在床上睡着了。

一夜噩梦，项语秋辗转醒来，走出房间，时间已是晌午，但连心房门上的纸条还在。项语秋疑惑地推开门，房间里还是他昨晚看到的样子。他以为连心又在公司加班，正准备打电话，突然听见洗手间里传来了手机铃声。

他走过去一看，只见连心的手机躺在洗手台上，而电话是叶木桃打来的。两人一沟通，才知道连心昨天下午离开公司后，就再也没有出现过。

项语秋瞬间清醒，抓起车钥匙冲出老屋，急匆匆地赶到孤儿院、墓地、学校……都没有发现连心的身影。

深夜，项语秋筋疲力尽地回到家，满怀期待地推开连心的房门，发现依旧无人，转而又在厨房、客厅、院子、天台找了一圈，最后实在体力不支，趴在天台的栏杆上远眺。

"连心，你到底在哪里……"

星星灯闪亮着，灯下却只有项语秋孤单的身影。

项语秋回到屋里，站在自己的卧室门口，眼睛却看着连心的房间。他想起两个人互道晚安的每个夜晚，仿佛下一秒钟连心就会出现，踮起脚尖在他的额头上"打卡"。

项语秋猛地想起了什么，急匆匆地走进连心的房间，把书柜里的书拿出来，发现原来藏药的地方早已空空如也。他这才意识到连心是有计划的失踪，额头冒出了一层细细的冷汗。他紧张地环视房间，试图寻找连心留下的蛛丝马迹。

这时项语秋才注意到小木板上贴着的拍立得都不见了，他走到桌边细看，桌子上孤零零地放着连心的戒指，底下压着一张纸条，上面是她娟秀的字迹："君生我未生，我生君已老；恨不生同时，日日与君好。语秋，谢谢你的爱，但爱情也需要尊严，好好继续自己的生活，别找我。永远爱你的连心。"

突如其来的消息像一团黑色的迷雾袭来，令项语秋陷入了绝望，他双手颤抖着，任泪水打湿了纸条。

项语秋蜷缩在连心的床上，一夜一夜地失眠，看着窗外的太阳升起又落下，落下又升起，光线缓缓在他的脸部移动，但他始终没有反应。

就这样过了几日，一天下午，门铃突然响了，项语秋整个人惊醒，光脚冲出去开门。

"Surprise！"唐诗和陈奇拎着大包小包站在门口，满脸幸福洋溢。

项语秋大失所望，颓丧地转身往里走。

陈奇没有注意到他的异样，边把一个个超重的行李箱搬进门，边兴奋地朝他喊道："哎，项语秋，搭把手啊！没想到我们提前回来了吧！连心呢？快叫她出来，我给她带了好多礼物！"

项语秋却好像没有听到一样，一言不发地走进连心的房间，趴在床上。唐诗发现有些不对劲，跟进来关切地问他出什么事了。

陈奇念念叨叨地在客厅收拾行李，朝连心房间瞥了项语秋一眼，不以为然地说："还能有什么事，看那样估计是又和连心吵架了吧？"

"连心不见了……"项语秋痛苦地双手抱头，声音沙哑。

唐诗和陈奇同时愣了一下，陈奇冲过来大喊道："什么叫不见了？"

"她留下一张纸条，走了。"

"走了？走去哪儿？你到底做了什么？"唐诗一把抓住项语秋。

"我不知道……她可能去的地方我都找过了。"项语秋沉默了一会儿，充满自责，"连心病了……"

唐诗瞪大了眼睛，隐约明白了什么，不可置信地看向项语秋。接着，她听到项语秋缓缓吐出"阿尔茨海默"五个字，顿时耳边响起一阵轰鸣。她彻底慌了，盯着项语秋，眼泪不自觉地滑落，整个人几乎处于崩溃的边缘。

"你早就知道了为什么不告诉我？她可是我妹妹啊！我有权利知道！为什么不告诉我？"唐诗越说越激动。

见项语秋只是不停地重复说"对不起"，唐诗一把将他推倒在地，自己也摔坐在地上，失声痛哭："我终于知道了，她为什么要我们这么快就举行婚礼……因为她怕自己等不到，想在清醒的时候看着我穿上婚纱嫁人，可是我竟然连这个都没有满足她……我们走的前一天晚上，连心还说……如果她不在我身边了让我一定要好好照顾自己。我这个笨蛋，竟然没有听出来！我还和她拉钩！我照顾不好爸，也照顾不好妹妹……"

唐诗痛苦得再也说不下去，陈奇心疼地环抱住她。

项语秋不说话，爬起来将一个盒子递给唐诗，里面装着满满的便利贴，熟悉的笔迹跃入眼帘："陪姐姐试婚纱""拍结婚照""到婚庆公司选蛋糕"……婚礼繁复的准备工作都被连心事无巨细地记录在纸条上。

唐诗泪眼婆娑地看着一张张便笺，心中满是心疼、自责、懊悔。明明连心自己病着需要照顾，还努力为她准备婚礼……想到这里，唐诗的眼泪大颗大颗地往下掉。

陈奇心想这样下去也不是办法，只好先把唐诗带回家，打算等大家情绪稳定一点儿，再一起商量如何寻找连心。

家里早已布置成新婚的样子，可两人的心情却和这喜庆的气氛格格不入。陈奇看了看手里的一堆礼物，忍不住叹气。

唐诗默默地走到地毯上坐下，内心自责，又开始哭起来："我根本就不配当姐姐！我都没有意识到她的反常，也没有真正地关心过她……我把自己的妹妹都弄丢了，我算什么狗屁姐姐啊！"

陈奇赶紧给她擦着眼泪，拍着她的背，像哄小孩儿一样安慰："你先别瞎想，说不定她只是心情不好，想躲起来散散心，给她点儿时间冷静一下就会回来了。"

唐诗已经完全失去了判断力，停止哭声，怔怔地看着陈奇，像抓住最后一根稻草。

"你想想看，仓库被烧了，她发现是自己忘了关电闸，她肯定自责难过啊……"陈奇继续分析道。

唐诗听了又哭起来："在她这么难过的时候，我也没有陪着她……是我让她去仓库的，那天她还给我打了电话，我却没有听出她的反常……都怪我！"

"连心从小就特别有主见，自尊心又强，她不想我们知道的话，谁也没办法。你别这么自责了。好啦，乖，别哭了，说不定她这会儿想通了已经在回家的路上啦！"

唐诗在陈奇不断的安慰下，情绪稍微缓和了些，坚定了信心，一口一口地喝着他端过来的汤，说道："你说的对，没找到连心之前我绝对不能先垮了。我一定要撑住。"

叶木桃听说连心失踪的消息，急得像热锅上的蚂蚁，直奔连心的办公室，看能不能找到一些线索，最终在一个暗柜里发现了她的病历，还有之前那张莫名消失的尺寸清单。她的眼泪顿时掉了下来，原来连心的病情早已有迹可循，可自己却丝毫没能察觉。

叶木桃拿着这些东西来到老屋，红着眼睛一一摊在大家面前。唐诗努力忍住悲伤，翻看着病历。项语秋坐在一旁，开始讲起自己发现连心生病的过程。

"有好几个晚上，她回来得特别晚，我开始以为是加班，其实她是迷路了找不到家……她一直努力掩饰不让我知道，到后来我发现她经常撒一些拙劣的谎，说过的话自己不记得……于是我试探她，还记不记得小时候有一次在院子里玩，进屋整个人撞到了落地窗上……"

"那不是我吗？"听到这里，陈奇惊讶不已。

"是啊，可是连心不记得了，为了不让我发现，她硬是顺着我的话往下说。我这才慢慢确定她的病情。"项语秋苦笑着。

叶木桃也是红肿着双眼，指着尺寸清单哽咽道："估计那时候连心就已经生病了。后来她突然说要把心上人交给我……还说可能哪一天就不会再见了……我怎么就听不出来呢！"说着懊恼地拍了拍自己的脑袋。

唐诗又忍不住哭了出来，想起有一次和连心打电话聊天儿，连心突然说自己经常给她添麻烦，想说声对不起……这个傻丫头，什么事情都自己扛，而她作为姐姐，却什么都没能替连心分担。

"现在最要紧的是赶紧找找线索。"陈奇看向项语秋，"你好好想想，有什么地方是连心最想去的？"

"她手机的密码应该换了很多次，我试过她记在便利贴上的那些，都不对……她要真的躲起来肯定会是一个不想让我们知道的地方。"项语秋双手撑着额头，痛苦而又焦灼。

众人又陷入了一阵沉默中。每个人都在回想各自以前和连心相处的细节，却都毫无头绪，一夜无眠。

天蒙蒙亮，叶木桃因为匠心仓库失火导致的供货问题，急忙赶去公司处理。陈奇好不容易将唐诗哄睡着，拎着一打啤酒过来，"刺啦"一声拉开，递给项语秋。

项语秋没有理会，还摆弄着连心的手机，问道："如果是你，会用什么做手机密码？"

"自己的生日，喜欢的人的生日，自己的手机尾号，喜欢的人的手机尾号，自己的身份证尾号，喜欢的人的身份证尾号……"陈奇一一列举着。

项语秋摇了摇头，这些他早已经试过了。

陈奇突然灵机一动道："你们俩的纪念日呢？"见项语秋还是摇头，他深深叹了口气，仰头喝了一大口啤酒，继续托腮思索道："她有没有什么特别喜欢的数字？幸运号码？或者是某个对她来说很重要的日子？"

项语秋又陷入思考，突然脑海中闪过一个念头，抓过手机输入了一串数字，终于成功解锁。陈奇激动地抢过去，问他刚刚输入了什么。

项语秋愣了愣，幽幽地说："是连心第一次见到我的那天……"

那一天，护士小心翼翼地帮连心拆掉眼睛上的纱布，连心缓缓睁开眼睛，适应光线的过程中，项语秋朦朦胧胧的身影逐渐清晰，从此项语秋从她的眼里，走到了心里。

项语秋有些激动地打开连心的手机，翻到相册，发现里面存着大量的视频文件。

他将手机屏幕投影在了客厅的墙上，一条接一条地播放着。画面中的连心还是那么美，她笑着，像从未被病痛折磨过一样，事无巨细地记录着每一天发生的事、说过的话……每一个视频的结尾都有同样的一句："记住，他叫项语秋。"

项语秋紧紧盯着墙上的画面，之前好多的细节串联在一起，连心独自扛下的他不知道的事情，让他更加自责。

"我的时间不多了，从今天开始我要记录下每天的事情……我知道情况会一天比一天糟糕，甚至会彻底忘记生命中很重要的人和事，如果真的到了那一天，连心，请相信你现在所说的一切……

"今天去见了一个老朋友……我们总是认为，每天能见到对方，一起变老，才是爱情最美的形式。但是如果无法实现的话……能不能像她一样，选择别的方式和相爱的人厮守到老呢？

"如果继续留下，估计很快就要瞒不住他了吧？我走了，至少还能保留最美好的回忆……

"记住，他叫项语秋！"

最后一条视频播完了，项语秋的目光还久久停留在墙上。突然他来回移动着进度条，看着连心在视频里说了一句"今天去见了一个老朋友"，他按下了暂停键，突然意识到了什么，立刻冲出了老屋。

6

蒋佩珊对项语秋的深夜到访深感意外，听到连心的不辞而别，更是震惊。

"她是不是一时心烦，想出去走走？"蒋佩珊还是有些难以置信。

项语秋摇了摇头道："她遗传了远叔的阿尔茨海默症，发病的症状越来越严重了，我很担心她一个人在外面会出事，现在找遍了所有出境记录都没有查到。她之前是不是有来找过你？"

"她是来找过我。"蒋佩珊想起最后一次见到连心时的情景，猛然醒悟。

那天两人在客厅嬉笑一番后，连心捧着冒着热气的茶杯，语气平淡地说真想多些时间和她待在一起。她还开玩笑让连心说话算数，以后别只顾着工作和恋爱，要多过来陪陪她。

连心一口答应，又说要是自己去了很远的地方，让她也不要太想念。她当时并没有想太多，以为连心是打算要去旅行，原来她早已做好了离开大家的打算。

"她当时说过什么？有没有提到要去哪里？"

听见项语秋焦急的声音，蒋佩珊回过神儿来，摇了摇头，把那天发生的事都告诉了他。

项语秋好不容易捕捉到的希望就这样又烟消云散了，看来，连心是下定决心不想让任何人找到她。

回到老屋，项语秋又走进连心的房间，轻轻地抚摩着她的旧物：她爱看的动漫、搜集的贴纸和海报、小女孩儿的玩偶、参加比赛获得的奖牌和奖状，其中还有一张55分的试卷。

当初连心拿着这张试卷，不情不愿地说要家长签字，一脸窘迫的样子令他感到好笑。他接过试卷龙飞凤舞地签上了自己的名字。连心抢过来，气急败坏地抱怨他怎么不签罗父的，气鼓鼓地像一只河豚瞪了他一眼，夺门而出……

将试卷珍而重之地收好，项语秋又拿起一个锈迹斑斑的饼干盒，打开一看，里面摆着大大小小的木头玩意儿。这些都是连心小的时候，他用木头废料刻的，权当练手，没想到自己眼里的废物，却被连心当作宝贝似的收了起来。

他轻轻抚摩着这些承载着两人无数回忆的"作品"，也感受着连心对自己深刻的爱。

他窝在院子的一角，恍惚间看到连心正收拾东西准备离开，急忙跑过去拼命拦住。连心却仿佛没有听见，拉着行李箱继续往外走。

"连心，不要走……我知道你生病了，不要怕，我会陪在你身边……不要走，好吗……"项语秋跟在她身后苦苦哀求着，但连心还是决绝地关上了门。

他回过神儿，整个院子静悄悄的，只有清冷的风空荡荡地吹过。

每天的高架桥上，车流汇合又分开；
每天的外滩边，有人在跑步，有人在看风景；
每天的大厦玻璃幕墙上，光线的影子起起落落；
每天的十字路口，行色匆匆的路人各自散去；
每天的商场里，情侣甜蜜地依偎在一起；
每天的项语秋，从未停止对连心的寻找和思念。
…………

转眼连心已经离开了三个月，项语秋靠着手头仅有的一点点线索，找遍了所有她可能去的地方，但依旧一无所获。希望越来越渺茫，刻骨的思念日夜折磨着项语秋，他满脸胡楂儿，两鬓居然有了点点花白，整日和衣躺在地上，手里还握着连心的手机，身旁散落着她的笔记本和毕业纪念册。

突然唐诗打来电话，他强撑着坐起，有气无力地问："你那边有什么新发现吗？"

收到否定的答复，项语秋更加沮丧，有一搭没一搭地讲着电话，将散落在四周的东西拢了拢，放在茶几上。他无意中瞥见茶几下面露出了木板的一角，好奇地凑上前去，抽出小木板，一张已完成的拼图呈现在眼前，上面是卢塞恩湖的美丽景色。

项语秋愣愣地看着拼图，瞬间眼神一亮，对着电话说道："我知道连心在哪儿了！"

像夜里迷途的旅人突然看到了远处的光亮，项语秋一扫之前的沮丧，振作起来。以最快的速度办好签证，订了当天最早的一班机票，带着那张拼图去了机场。

陈奇和唐诗送项语秋到安检口，三人拥抱在一起。

唐诗抹着眼泪，哽咽着说："是你把我妹妹弄丢的，一定要找回来。"

"我的未婚妻，我当然得找回来。"项语秋攥住口袋中的戒指，朝后挥挥手，迈着坚定的步伐走进候机大厅。

绵延不绝的山峦上，点缀着从中世纪到现代各种风格的精美建筑，远处终年不化的雪山带着圣洁的光彩，配上湛蓝的湖泊、蜿蜒的湖岸，恍如一幅层次分明、色彩丰富的山水画卷。

阿尔卑斯山脉下的卢塞恩湖，有着 114 平方千米的辽阔水域，项语秋日日穿行在湖畔星罗棋布的小镇中，反复拿着手机里的拼图比对，向无数人打听，沿途的景色再美，在他眼中也毫不重要。

记不清走了多少相似却又各有特色小镇，终于，眼前出现了和照片上一模一样的画面，项语秋长长地舒了口气。

一连几日，项语秋穿梭在古老的街道上，走过铺满鹅卵石的广场，走过木桥和水塔，走过有成群白天鹅的河边和在街上拥吻的情侣身旁，大海捞针般，沿着各个酒店和客栈打听着连心的消息，但都是无功而返。

难道连心已经离开这里了？

天空不知何时飘起了雪花，项语秋停下脚步，伸出手，一枚雪花落入掌心，慢慢融化了。他仰起头，自言自语："连心，下雪了，你看到了吗？我们看到的，是同一场雪吗？"

雪越下越大，项语秋随手推门进了一家咖啡厅，拍了拍身上的雪粒。温馨的咖啡厅里，充满了圣诞节的气氛。服务员一边下单，一边用英语跟他攀谈："天气预报上说，今年圣诞节会迎来三十年来最大的一场雪。"

"真的吗？那我运气真好。"

"您一个人来旅游？"

"我把我心爱的女孩儿弄丢了，她就在瑞士，我要找到她。"

服务员同情地对项语秋笑笑道："祝你好运。"

项语秋坐在咖啡馆的台灯下，看着窗外白茫茫的一片，想起在滑雪场，连心一脸憧憬地说要一起在雪中白头。他抿下一口咖啡，略带苦涩的香气在口中蔓延。

连心，你在哪儿？

清晨阳光正好，项语秋推开房间的窗户，洁白的雪山尽收眼底。他深吸一口气，又伸了伸懒腰，迎接新的一天。

小镇的圣诞市集上熙熙攘攘，两边是各种商铺和摆摊儿的小贩。项语秋漫无目的地游走，对耳边充斥的各种叫卖声和谈论声置若罔闻。一个卖小玩意儿的小贩强行拉住他，用不流利的中文打着招呼，把一个便携式酒壶递到项语秋眼前，热情地推销。

项语秋摇摇头正想走，鬼使神差地瞥了一眼小贩打开的大箱子，一个似曾相识的东西映入眼帘，项语秋冲过去拿起来，正是自己送给连心的手工木质八音盒，盒子底部刻着的"Tomy Lynn"还清晰可见。

项语秋无比激动，语无伦次地问："这个！这个八音盒你在哪里找到的？"

小贩的表情变得怪异，似乎有些不情愿，语气也变得凶巴巴："什么哪里找的！这个是我自己做的！我的东西都是自己做的，保证外面找不到第二件！"

"不可能！这个是我朋友的东西！"

小贩气急败坏地推开愤怒的项语秋想要离开，却被他一把按倒在摊位上："你再不说我就把你抓到警察局去！"语气里满是威胁和不耐烦。

人群渐渐围了上来，小贩唯恐事情闹大，影响生意，又被项语秋的样子吓到了，战战兢兢地说了实话："是……是我从一家咖啡馆里拿的……我看它放在桌上，好像没人要的样子……"

项语秋拎起小贩，急切地说："我买你这个音乐盒，你带我去那家咖啡馆！"

眼前有了一丝希望，从市集到咖啡馆短短的一段路，都显得格外漫长。小贩指了指马路对面 Hyacinth 咖啡馆，从项语秋那里拿了钱，转眼就溜没了影儿。

项语秋怀着激动而忐忑的心情走近，渐渐看清咖啡馆门口的招牌，他知道自己来对了地方，大喜过望。只见店门口有个自家的小庭院，搭着保持恒温的棚顶，里面种满了风信子，门上、院子护栏上到处贴满了风信子图案的贴纸，但咖啡馆已经关门了。

项语秋试着敲了敲上锁的大门，却迟迟无人应答，心里微微有些失落，他围着咖啡馆转了好几圈，唯恐还有其他的门出入，又不时趴在门窗上往里看，试图发现和连心有关的蛛丝马迹。他在咖啡馆门口搓着手，呵出的气都成了白雾，冻得直哆嗦，这一等就是一天。

直到夜幕降临，他才从经过这附近的路人那里得知，今天是周三，正是这家咖啡馆的例行休息日。

他只得先回旅馆，准备第二天再来。

躺在旅馆的小床上，项语秋又拿出连心的手机，翻看着她留下的视频。

只见最后一段视频中，连心神色悲伤地说："继续留下，只会拖累所有人。虽然我要去的地方没有项语秋，但是可以守着我们的约定，也算是一件幸福的事情吧。记住，他叫项语秋。晚安！"

窗外又飘起了雪，纷纷扬扬，转眼间屋顶就染上了一层白。项语秋的手指轻柔地在屏幕上滑过连心的脸，笑着说："晚安，明天见。"

曾经答应陪连心来瑞士，可是他失约了。以后的日子她再也不是一个人，无论去哪里，身边都会有他的陪伴，这是他对她的承诺。

7

天刚蒙蒙亮，项语秋就坐在咖啡馆门口守着。临近中午，老板才不紧不慢地来开门。项语秋立刻起身，晃了晃冻得有点儿发麻的双腿，上前打听连心的消息。老板看了项语秋一眼，默默地将他领进屋。

一推门，店里就响起了一阵悦耳的风铃声，温暖的气息混合着风信子的香气扑面而来，项语秋不禁深深地吸了一口气。他的眼神在店内的陈设上一一扫过，只见屋子里到处插着大大小小的风信子，玻璃柜里陈列着风信子香水、种子瓶和带有风信子图案的笔记本，各种手绘的有关风信子的介绍也随意地张贴在墙上。

一张雪山素描吸引了项语秋的目光，整幅画的构图和笔触跟他的风格很像。他走过去细看，发现素描一角清晰呈现的"Lynn"署名，立即取下来拿给老板，激动地说："就是画这幅画的女孩儿！你知道她现在在哪里吗？"

"你是她什么人？"老板看向项语秋的眼神充满了疑惑。

"我是她的男朋友！"

老板意味深长地上下打量着项语秋，继续擦着桌子，答道："她今天不会来了。"

项语秋的神经瞬间紧绷起来，语无伦次地问道："她在这里，对吗？"

老板抬头看了一眼墙上的时钟，用调侃的语气说："现在她应该在小镇另一边的教堂里，要和另一个男朋友举行婚礼了。"显然是在怀疑项语秋的身份。

"另一个男朋友？这是什么意思？"项语秋顾不上多想，短暂的反应之后就冲出了咖啡馆。

这时，教堂的钟声响起，"当……当……当……"的声音与"嗡嗡"的余韵互相映衬，悠远而肃穆，仿佛来自天边。项语秋全力奔跑在通往教堂的路上，多日来的疲劳与紧张都随着这悠扬的钟声散去，剩下的是惊喜、悲戚与爱恋交织在一起的情不自胜。

阳光从高悬的彩色玻璃窗中透进来，丰富的色彩和温暖的光线将教堂大厅装点得唯美浪漫。伴着婚礼进行曲激昂的旋律，罗锐穿着笔挺的西装礼服，站在圣坛前，表情透着激动和紧张。

穿着洁白婚纱的连心沿着红毯缓缓走来，微笑地看着罗锐，脸上洋溢着幸福的光芒。

牧师站在主讲台前，看向罗锐问道："项语秋先生，你愿意娶连心女士为您的妻子，今后无论风雨和阳光、贫穷和富贵、疾病和健康、逆境和顺境，都与之终生厮守，永不分离，你愿意吗？"

罗锐深情地凝视着连心，红着眼眶，坚定地回答："我愿意。"

"项连心女士，你愿意嫁给这位项语秋先生，今后无论风雨和阳光、贫穷和富贵、疾病和健康、逆境和顺境，都与之终生厮守，永不分离，你愿意吗？"牧师又看向连心。

连心也深情地看着罗锐，正要开口，项语秋狼狈地冲了进来，用尽全部的力气，大喊一声："连心！"

众人都向门口望去，一种久违的感觉涌上连心的心头，熟悉又温暖，但她脑海中已经没有了和这个男人有关的任何记忆。

还未等她反应过来，项语秋冲上前狠狠给了罗锐一拳，朝他吼道："你知不知道你这么做对连心的病一点儿帮助都没有，很可能还会害了她！"

罗锐居然没有反抗，任由项语秋不停打着，嘴角已经出血。

项语秋转头，突然发现连心已经不见了，立刻环顾四周，大叫着寻找："连心……连心！我是项语秋！你在哪儿？"

看到牧师的主讲台下露出的一小截婚纱裙摆，项语秋轻轻走过去。只见连心蜷缩着身子躲在里面，紧紧抱着双臂，被刚刚的一幕刺激到，显得害怕又无助。项语秋试着靠近连心，她却慌张地一个劲儿往后躲。

罗锐跑过来推开项语秋，朝连心伸出手说："连心，是我，别怕。"

连心惊恐地看着罗锐，变得更加紧张，瑟瑟发抖地问："项语秋？"

罗锐看了看项语秋，幽幽地说："她只记得你的名字！"

项语秋蹲下来，温柔地安抚着连心："别怕，我不会伤害你的，我是项语秋，我们很久很久之前就认识了。"然后从口袋里拿出八音盒，转动发条，熟悉的音乐响起。

"这是我给你做的，记得这个旋律吗？相信我，我是来带你回家的，我是项语秋。"他将手伸向连心。

连心怀疑地打量着项语秋，不敢伸出手。项语秋的手也执着地不愿放下，静静地等待着。

八音盒的旋律似乎给了连心某种安全感，她静静地听着，终于缓缓地把自己的手放到项语秋的手心里，站了起来。

罗锐看着这一幕，泪水滑落，他擦了擦眼泪和嘴角的血渍，悄悄走出教堂。

三个月前，"心上人"演奏会正式举行的那天，罗锐在后台刷着新闻，看到了仓库着火的视频，连心茫然失措的面孔在屏幕上一闪而过。他呼吸一窒，来不及向经纪人打招呼，冲出会场就打车赶到了仓库。

连心正失魂落魄地站在人群中流泪，被周围的人撞来撞去，全身止不住地颤抖。

他一把拉过连心，上下打量着连心有没有受伤。连心泣不成声，央求他带自己走。于是他如同英勇的骑士一般，不顾一切带着连心离开，来到了瑞士。

在异国小镇的日子安逸平静，但随着时间的推移，连心的记忆变得越来越模糊，起初还能认得罗锐，到后来，她时常忘记自己刚刚在做什么，忘记家在哪儿，忘记罗锐的名字……去咖啡馆画画成了她唯一能记住的每天要做的事。

罗锐也每天都会去那家咖啡馆，陪着她画画，让她重新认识自己。哪怕连心转眼就忘记了他的名字，他还是会一遍遍耐心地重复着，然后牵起她的手，带她去卢塞恩湖边散步。

渐渐的，连心的画本上新的速写只剩下极其简单的线条，已经看不出画的到底是什么。每往前翻一张，肖像就更加清晰一些，越来越能看出那是项语秋的脸。可是她却完全不记得自己画的是谁。

尽管如此，她不论穿什么衣服，都会下意识地戴上那条绿松石项链，虽然已经不记得这份执着的缘由，但只要有它在身边，就会觉得莫名的安心。

连心的病情越来越严重，甚至有一天，罗锐外出回来后，都不肯给他开门，语气里还满是陌生和防备，用报警威胁他走开。他想解释，又怕刺激到连心，只得倚在紧闭的门边苦笑，慢慢坐到了地上，就这样睡了一夜。

第二天清晨，罗锐正迷迷糊糊地睡着，门突然开了，他整个人猝不及防地往后倒，只见连心披着外套蹲在他身边，愧疚地为昨天的事道歉。罗锐以为连心记起了他，心里正有些高兴，连心却脱下外套，将睡衣往下拉了些，露出后肩处的文身，"Xiang"的图案清晰地出现在罗锐眼前。

"我都想起来了！我记得了！你叫项语秋，是我的男朋友，对不对？"

看着连心高兴的样子，他心中虽然涩涩的不好受，却没有反驳，笑着承认，然后牵着她走进屋子。

他注意到客厅里多了几幅大小不一、形式各异的肖像，形象虽然有些模糊，但他能看出来，那是项语秋。连心兴奋地告诉他，昨晚突然想起他的样子，就赶紧画了下来。他只能压下自己苦涩的情绪，强颜欢笑地夸她画得好。

给连心做好早饭后，他走回自己的房间，忍不住又回头看了一眼那些画，然后拉开床头柜的抽屉，取出了连心的相册。他翻看着项语秋的照片，经过一番思想斗争，还是将这些会暴露真相的照片放回了抽屉。就算是假的也好，只要能陪在连心身边，以后就由他来为连心筑造爱的城堡……

可惜到如今，终究还是一场空，和连心相处的点点滴滴都深深刻在心里，即使她的回忆变得模糊空白，即使她最后还是选择牵住了项语秋的手，但只要她能好好的，为她付出一切都心甘情愿。

/ 结局章

　　2017年的冬天，一场大雪刚刚停息，阿尔卑斯山下的这座小镇被皑皑白雪覆盖，和远方的雪山融为一色，显得更加静谧。来了这么久，连心已经逐渐适应了这里的气候，此时她正背着画板，穿着雪地靴走在积雪的小道上，白皙的脸颊冻得有些发红，一串蜿蜒的脚印，如细碎的花，缀在身后。

　　她来到一家咖啡馆门口，在门廊前的垫子上使劲儿跺了跺脚，捋了捋被风吹乱的头发，推门进去，伴着一阵清脆的铃铛声。

　　店里温暖的气息和往常一样，但今天播的音乐让她有些恍然，她时常不经意哼出这个旋律，这一定和过去有关，只是……她都记不起来了。

　　"连心，你来了！"见到她，老板有些兴奋地提高了嗓门儿，"我终于找到这首歌了！"

　　"如果要说何谓爱情 / 定是跟你动荡时闲话着世情 / 和你走过无尽旅程 / 就是到天昏发白亦爱得年轻 / 不相信当天荒不再地老不合时 / 竟跟你多相拥一次便爱多一次 / 怎相信最回肠荡气之时 / 可用你的名字和我姓氏 / 成就这故事……"

　　连心静静地站在原地，眉头紧蹙，听着熟悉的歌曲旋律，记忆深处好像有什么想要破土而出，但当她努力地想从歌词中想起什么时，脑海中又是一片空白。终于，她的思绪回到了现实，眼神逐渐黯淡下去，归于茫然。

　　还是没办法，过去的记忆就像一摊死水，不论她再怎么努力，都起不了任何波澜。

　　连心对这个善良执着的瑞士老板笑了笑，心里有些感激。虽然她依旧没有想起一丁点儿那些尘封的往事，但跟以往的每一天相比，今天总算有些不太一样了。

　　她踏上通往二楼的楼梯，径直走到靠窗的位置，这里光线充足，又可以远眺少女峰，很适合她取景画画。脱掉厚实臃肿的外套，连心缓缓坐下，将靠垫调整成舒适的角度，定了定神儿，打开随身带的画板。脖子上挂着的一条绿松石项链露出来，将毛衣衬得格外好看。

这些天她一直都坐在这个位置，试着将时常出现在脑海中的那个模糊的人脸，画进对面空着的沙发背景里。这是一幅未完成的素描，一个英俊男子静静坐着，目光深邃。她反复描绘男子的眼睛，仿佛迷失在画中人的目光里。

老板端着托盘过来，将一杯咖啡摆在她面前，看着画像问道："这个人看着很眼熟，是你男朋友？"

"说实话，我不记得了。"连心顿了顿，"但我闭上眼睛的时候，经常会看到他。"

"我想，你曾经一定很爱他。"老板意味深长地说。

连心眼神复杂地看着画像，轻轻吐出几个字："也许是吧！"

楼下的铃铛再次响了起来，老板忙端着托盘下楼，连心挪了挪身子，听到老板在楼梯上定了几秒钟，然后有人踏上楼梯，厚重的脚步踩在木质台阶上，发出"嘎吱嘎吱"的声音。

连心只是随意抬头朝楼梯的方向望了一眼，便立刻愣住。一种说不清、道不明的情绪涌上她的心头，所有藏在平静外表下的徘徊、不安、惶恐都找到了出口，仿佛随时都会涌出来。

只见来人一身卡其色风衣，温文儒雅，温柔地笑着对她伸出手道："你好！我是项语秋。很高兴认识你。"

她愣了几秒钟，握了上去，随后脸上绽放出笑容道："你好！我是项连心。我也很高兴认识你。"

"我想带你去看一个地方。你可以跟我来吗？"

不知为何，连心对眼前的人有一种莫名的信任，不知不觉跟着他走出了咖啡馆。雪后的小镇像寂静的童话，仿佛被撕开的云层透出阳光，将两人身后的身影拉长。

雪地里很滑，项语秋很自然地伸手想要扶住连心，被连心生涩地躲开了，他也不生气，浅浅地笑了笑，小心地跟在连心身后护着。

连心在前面突然停住，迷茫地望着项语秋，问道："我们要去哪儿？"

项语秋愣了一下，心中难过，没想到连心的情况已经恶化得这么严重了。他上前一步，语气里带着心疼，小心翼翼地问道："连心，我带你回家，好吗？"

"回家？"

项语秋看着连心眼中满是疑惑，不自觉将她紧紧地抱在怀里，郑重承诺道："我会一直陪着你，再也不会让你走丢。"说着他的眼眶已然湿润。

埋在温暖的怀抱里，连心有种莫名的安全感，这次她没有抗拒，而是露出甜蜜的微笑："嗯，我要回家，有人在等我。"

远处的蓝天白云下，此起彼伏的高山静静耸立着，项语秋将连心抱得更紧了。

回到家中，项语秋去给连心做她最爱吃的火锅，突然听到连心惊恐的尖叫声，慌忙从厨房跑出来，才发现原来是连心不小心打翻了盘子，水果掉得满地都是，盘子也碎了一地。

连心像犯了错的小孩儿一样，满脸愧疚，弯腰想要捡起盘子的碎片。

项语秋怕她划伤手，情急之下大喝一声："别碰！"

连心被项语秋吓到，回过神儿来，变得一脸防备，一脸陌生地看着眼前的项语秋，警惕地问："你是谁？走开！"

项语秋一把抄起连心的膝弯，将她打横抱了起来。连心不停捶打项语秋，用力挣脱，质问道："你到底是谁？为什么会在我家？放开我！"

"小心！别闹，小心扎到脚！"项语秋把连心放到沙发上，见她还在挣扎，只好解释，"我是项语秋！我是你男朋友！"

"你胡说！我不信！我没有男朋友！"

项语秋翻出相册，摊在连心面前，指着照片中的自己说道："你有！只是你把他忘了！"

连心冷静下来，一页一页翻过去，发现上面贴满了项语秋的照片，每张照片上都标记着日期和备注。连心慢慢放下了警惕，表情缓和了些，迟疑地问："你……真的是我男朋友？"

项语秋宠溺地点点头，在旁边坐下来，陪连心一起翻看。

"那我以前是什么样子的啊？"连心好奇地问。

"你呀，小时候又调皮又任性，长大了也没少给我添麻烦！"项语秋摸摸她的头，见她还是一脸懵懂的样子，苦涩地笑了。

入夜，项语秋坐在连心的床边，拿出口琴吹起了《你的名字我的姓氏》这首曲子。听着熟悉的旋律缓缓流出，连心渐渐闭上眼睛。一曲结束，项语秋看着她安详的睡容，轻轻替她掖了掖被子走出房间。

回到客厅，项语秋才感觉脚底下一阵阵刺痛，应该是之前不小心踩到了盘子的碎片。他忍着疼一点点取出来，怕会有遗漏的玻璃碴儿伤到连心，于是仔仔细细地把地板又清扫了一遍。

忙完这一切，他坐回沙发上，拿起那本相册，照片上都是连心灿烂的笑容，突然一阵心酸涌上心头，眼泪忍不住又流了下来。

清晨暖暖的阳光洒进来，唤醒了不知何时在沙发上睡着的项语秋。他伸了个懒腰，简单地洗漱后，穿上围裙开始煎蛋、煎培根、烤土司、冲咖啡，手法娴熟，不一会儿两份丰盛的早餐就端上了桌。

连心睡醒了，顶着一头乱发，慵懒地走到厨房，"咕咚咕咚"喝了一大杯白开水。突然听到有人问道："你睡醒啦？"她扭头一看，吓得瞪大了双眼。

见项语秋打开洗手间的门，正准备出来。连心冲过去，猛一下把洗手间的门重重关上，拧紧门把手死也不放开，把他关在了里面。

连心显然又忘了他是谁，对卫生间里的呼喊声恍若未闻。她看着身上的睡衣，完全想不起来自己昨晚做了什么，下意识地松开门把手，焦急地在客厅里踱来踱去，自言自语道："不行！我一定要找机会逃跑！"

项语秋这才得以重获自由，他揉着刚刚被门砸痛的额头，看着连心一脸警惕的样子，又好气又好笑，走到餐桌前坐下，招呼她赶紧过来吃早餐。

连心却跑到卧室前打开门，探头向里面望了望，又跑回来打开洗手间看一看，脸上又焦急又委屈，嘴里还念叨着："门在哪儿啊？我要出去啊！门呢！"

"找门干什么？大早上的你要上哪儿去啊？"项语秋听得莫名其妙。

连心急得带着哭腔说道："我跟我男朋友约好了的……我要去找他，他等不到我一定会很着急的！"

项语秋看着她，忍住心酸说："我带你去找他，我相信他一定会等到你的。"

见连心将信将疑地对自己点点头，项语秋露出一个温暖安心的笑容，哄她吃过早饭，帮她穿好衣服，便带着她出去散步。

卢塞恩的清晨，如诗，如画，琉璃般的湖水让它成了上帝的宠儿，美得令人窒息。连心的注意力渐渐被转移，很快就忘记了早晨发生的闹剧。

在瑞士的生活日复一日，白天项语秋会骑着单车载着连心穿梭在小镇上，路过河边垂钓的老者、驻足拍照的游客和悠闲的当地居民，时不时停下来和他们打招呼，又接着上路，最后来到湖边的草坪上互相给对方画肖像。

夜幕降临后，两人就坐在小院里闲聊。项语秋会用一件大外套把她裹在怀里，两人依偎在一起，静静地看着满天繁星闪烁。

连心记性还是不好，她依然会忘记项语秋，依然会像从前一样，坐在咖啡馆的老地方，画着同样一幅素描，等着一个未知的人。项语秋总是耐心地陪着她，两人一次又一次相遇在 Hyacinth 咖啡馆，上演着初见，每一次初见，亦是久别重逢。

终于，最后一次，项语秋从旅行包里拿出连心留下的素戒，又把自己手指上的也摘下，分别装进两个丝绒盒中。

他要给连心一场婚礼，不管她今后是否能想起。

连心穿着一身简约优雅的轻婚纱，站在教堂的十字架前，注视着眼前一身西装、英俊挺拔的男子。阳光透过五彩玻璃笼罩在两人身上，使这一刻愈发显得庄严而圣洁。

祭台后的牧师慈祥地看着他们，念道："项语秋先生，你愿意娶项连心小姐为你的妻子，今后无论风雨和阳光、贫穷和富贵、疾病和健康、逆境和顺境，都与之终生厮守，永不分离，你愿意吗？"

连心呆滞的眼睛突然有了些亮光，项语秋握着连心的手，神情坚定道："我愿意。"

牧师转向戴着蕾丝头纱的连心："项连心小姐，你愿意嫁给项语秋先生，今后无论风雨和阳光、贫穷和富贵、疾病和健康、逆境和顺境，都与之终生厮守，永不分离，你愿意吗？"

"我——愿——意——和项语秋在一起。"连心甜蜜地笑着。

下面坐着的唐诗和陈奇早已哭红了眼眶。

项语秋牵着连心的手从小教堂里走出，连心手中握着一束风信子，左手无名指上重新戴起了之前的那枚戒指。

"我们来玩追人的游戏吧。"连心笑着跑在前面，洁白的裙裾飞扬。

"连心！小心摔倒。"眼看着连心跑远，项语秋急忙追了上去。

草地上留下一串清脆悦耳的笑声。

他们回到上海的那个冬天，这座城市飘起了久违的雪花。

项家老屋的壁炉里生着火，烤得整个房间暖暖的，连心坐在天使翼上，呆呆地看着投影在墙上的视频，看着那些项语秋为她记录下的温暖美好的回忆。身旁的项语秋轻轻搂住她的肩膀，和她十指相扣，不时扭头看看她，露出幸福的微笑。

每个清晨，项语秋都如往常般问连心很多问题，记不记得自己的生日，记不记得爱人的名字，记不记得自己最喜欢吃的东西是什么，他相信总有一天，连心会好起来。但是每个问题都只换来她茫然地摇头。可当他最后问起，你是谁时，连心却总能清楚地回答："我是连心，项连心。"

她忘记了一切，独独没有忘记——以他之姓，冠她之名。

这成为她无法遗失的，她爱他的证据。而他，每天都会让爱重生。